D0562796

Harry Potter™

AND THE HALF-BLOOD PRINCE

哈利·波特

与“混血王子”

〔英〕J.K.罗琳 著

马爱农　马爱新 译

人民文学出版社

著作权合同登记图字 01 - 2005 - 4427

图书在版编目（CIP）数据

哈利·波特与"混血王子"/(英)罗琳(Rowling,J.K.)
著；马爱农，马爱新译. -北京：人民文学出版社，
2005.11 重印
ISBN 7-02-005323-8

Ⅰ.哈… Ⅱ.①罗…②马…③马… Ⅲ.长篇小说-
英国-当代 Ⅳ.I561.84

中国版本图书馆 CIP 数据核字（2005）第 110516 号

责任编辑：叶显林　王瑞琴
责任校对：王玉川　王瑞琴
美术编辑：何　婷
责任印制：张文芳

人民文学出版社出版
（100705　北京朝内大街 166 号）
北京瑞古冠中印刷厂印刷　　新华书店发行
字数 500 千字　开本 710×1000 毫米　1/16　印张 31.5　插页 2
2005 年 10 月北京第 1 版　　2005 年 11 月第 3 次印刷
印数：900001-950000
定价：58.00 元
此书封面、环衬及内文均系本社特制防伪用纸

主要人物表

哈利·波特　本书主人公，霍格沃茨魔法学校六年级学生

罗恩　哈利在魔法学校的好朋友

赫敏　哈利在魔法学校的好朋友

纳威　哈利在魔法学校的同学

金妮　魔法学校五年级学生，罗恩的妹妹

卢娜　哈利在魔法学校的同学

马尔福　哈利在魔法学校的同学

阿不思·邓布利多教授　霍格沃茨魔法学校校长

麦格教授　霍格沃茨魔法学校副校长

海格　霍格沃茨魔法学校钥匙保管员，狩猎场看守

斯内普教授　霍格沃茨魔法学校黑魔法防御术课教师

斯拉格霍恩教授　霍格沃茨魔法学校魔药课教师

鲁弗斯·斯克林杰　新任魔法部部长

汤姆·里德尔　少年时期的伏地魔

伏地魔　杀死哈利父母的黑魔王，被人称为“神秘人”

献给

我美丽的女儿麦肯琦

愿她喜欢这个散发着墨香的孪生妹妹

目　次

第 1 章

另一位部长

差不多快到午夜了，首相独自坐在办公室里，读着一份长长的备忘录，但是他脑子里一片空白，根本不明白那上面写的是什么意思。他在等一个遥远国家的总统打来电话。他一方面怀疑那个倒霉的家伙到底会不会来电话，另一方面克制着对这一漫长而累人的一周的许多令人不快的回忆，所以脑子里便没有多少空间想别的事情了。他越是想集中精力阅读他面前的这张纸上的文字，越是清清楚楚地看见他的一个政敌幸灾乐祸的脸。这位政敌那天出现在新闻里，不仅一一列举了上个星期发生的所有可怕的事故（就好像有谁还需要提醒似的），而且还头头是道地分析了每一起事故都是由于政府的过失造成的。

首相一想到这些指责，脉搏就加快了跳动，因为它们很不公正，也不符合事实。他的政府怎么可能阻止那座桥倒塌呢？有人竟然提出政府在桥梁建筑方面投资不够，这真让人忍无可忍。那座桥建成还不到十年，最出色的专家也无法解释它怎么会突然整整齐齐地断成两截，十几辆汽车栽进了下面深深的河水里。另外，有人竟然提出是警方力量不足，才导致了那两起传得沸沸扬扬的恶性谋杀案的发生，还说政府应该预见到西部那场给人们的生命和财产造成巨大损失的古怪飓风。还有，他的一位助理部长赫伯特·乔莱偏偏在这个星期表现怪异，说是要跟家人多待一些时间，这难道也是他的过错吗？

“全国上下一片恐慌。”那位反对派最后这么总结道，几乎毫不掩饰脸上得意的笑容。

不幸的是，事实确实如此。首相自己也感觉到了。人们确实显得比平常更加惶恐不安，就连天气也不如人意，还是七月中旬，就已弥漫着寒冷的雾气……这很不对头，很不正常……

他翻到备忘录的第二页，发现后面的内容还很长，知道不可能把它看完，便索性放弃了。他把两只胳膊伸过头顶，郁闷地打量着他的办公室。这是一个很气派的房间，漂亮的大理石壁炉对着长长的框格窗，窗户关得很严实，挡住了外面不合季节的寒雾。首相微微打了个寒战，站起来走到窗户前，望着外面紧贴窗玻璃的薄薄的雾气。正当他背对房间站在那儿的时候，他听见身后传来一声轻轻的咳嗽。

他僵住了，面前黑黑的窗玻璃里是他自己那张惊恐的脸。他熟悉这咳嗽声。他以前曾经听见过。他缓缓地转过身，面对着空荡荡的房间。

“喂？”他说，努力使自己的声音听上去显得勇敢一些。

那一瞬间，他明知道不可能，但心里还是隐约希望没有人会答应他。然而，立刻有个声音做了回答，这个声音清脆、果断，好像在念一篇准备好的发言稿。首相听见第一声咳嗽时就知道，这声音来自那个戴着长长的银色假发、长得像青蛙一般的小个子男人，他是房间那头墙角里一幅肮脏的小油画上的人物。

“致麻瓜首相。要求紧急会面。请立刻答复。忠实的，福吉。”油画里的男人询问地望着首相。

“嗯，”首相说，“听着……这个时间对我不合适……我在等一个电话……是一位总统的——”

“那可以重新安排。”肖像不假思索地说。首相的心往下一沉。他担心的就是这个。

“但是我确实希望跟他通话——”

“我们会让总统忘记打电话的事情。他会在明天晚上再打来电话。”小个子男人说，“请立即答复福吉先生。”

“我……噢……好吧，”首相无可奈何地说，“行，我就见见福吉。”

他匆匆走向办公桌，一边正了正领带。他刚刚坐定，把面部表情调整得如他希望的那样轻松、镇定自若，就见大理石壁炉下面空空的炉栅里突然冒出了鲜绿色的火苗。首相竭力掩饰住内心的惊讶和恐慌，眼睁睁地看着一个大胖子出现在火焰中间，像陀螺一样飞快地转个不停。几秒钟后，大胖子跨过炉栅，手里拿着一顶黄绿色的圆顶高帽，站到一方古色古香的精美地毯上，掸了掸他那件细条子斗篷袖子上的炉灰。

“呵……首相，”康奈利·福吉说着，大步走了过来，伸出一只手，“很高兴跟你又见面了。”

首相从心底里不愿回答这句客套话，便什么也没说。他一点儿也不愿意见到福吉，福吉以前的几次露面，除了令人特别惊慌外，一般意味着又要听到一些特别糟糕的消息了。况且，福吉这次显然显得忧心忡忡。他比以前瘦了，脸色更加晦暗，脑袋也秃得更厉害了，脸上看上去皱巴巴的。首相曾在政客们脸上看见过这种神情，一般来说，这不是一个好兆头。

“我能帮你做点什么吗？”首相问，匆匆握了一下福吉的手，示意他坐到桌子前一把最硬的椅子上。

“真不知道从哪儿说起，”福吉嘟囔道，拉过椅子坐下，把那顶绿色的圆顶高帽放在膝盖上，“这个星期真够呛，真够呛啊……”

“你这个星期也过得不顺心吗？”首相板着脸问，他想让对方明白，他自己需要操心的事情已经够多的了，不想再替福吉分担什么。

“是啊，那还用说。”福吉说着疲倦地揉揉眼睛，愁闷地看着首相，“这个星期我跟你的遭遇差不多，首相。布罗克代尔桥……博恩斯和万斯的命案……更别提西部的那场动乱……”

“你们——嗯——你们的——我是说，你们的一些人跟——跟这些事件有关，是吗？”

福吉非常严厉地瞪着首相。“当然是这样。”他说，“你肯定明白是怎么回事？”

“我……”首相迟疑着。

正是这种状况，使他不太喜欢福吉的来访。他毕竟是堂堂的首相，不愿意有人让他感觉自己是个什么都不懂的小学生。可是，自他当上首相的第一个晚上与福吉的第一次见面起，情况就是这样。他还清楚地记得当时的情景，就好像是昨天刚发生的事情，他知道他至死也忘不了那段记忆。

当时他独自站在这间办公室里，品味着经历了那么多年的梦想和精心谋划之后，终于获得成功的喜悦，突然，他听见身后传来一声咳嗽，就像今晚一样，他转身一看，是那幅丑陋的小肖像在跟他说话，通报说魔法部部长要来拜访他。

自然地，他以为这是长期的竞选活动和选举的压力导致他的精神有点失常。他发现一幅肖像在跟他说话时确实惊恐极了，这还不算，后来又有一个自称是巫师的人从壁炉里跳了出来，跟他握手，他更是吓得不知所措。他一言不发，福吉友好地解释说如今仍有巫师秘密地生活在世界各地，还安慰他说这些事用不着他来操心，因为魔法部有责任管理整个巫师界，不让非巫师人群知道他们的存在。福吉说，这是一件相当艰巨的工作，简直无所不包，从规定如何认真负责地使用飞天扫帚，到控制和管辖所有的火龙（首相记得自己听到这里时，不由得紧紧抓住了桌子，以免自己摔倒）。福吉说完之后，还像慈父一样拍了拍仍然瞠目结舌的首相的肩膀。

“不用担心，”他说，“你多半不会再见到我了。只有在我们那边出了严重的麻烦，有可能影响到麻瓜，就是那些非巫师人群的时候，我才会来打扰你。除此之外，你就顺其自然好了。对了，我还得说一句，你接受这件事的态度比你那位前任强多了。他以为我是他的政敌派来的一个骗子，要把我扔出窗外呢。"

这时，首相终于找到机会能说话了。

"这么说，你——不是骗子？"

这是他仅存的一点渺茫的希望。

"不是，"福吉温和地说，"对不起，我不是。你看。"

说着他一挥魔杖，就把首相的茶杯变成了一只沙鼠。

"可是，"首相注视着他的茶杯在啃他的下一次演讲稿，上气不接下气地说，"可是，为什么——为什么没有人告诉过我——？"

"魔法部部长只在执政的麻瓜首相面前暴露自己的身份。"福吉说着把魔杖重新插进了衣服里面，"我们认为这样最有利于保持隐蔽。"

"可是，"首相用颤抖的声音说，"为什么前任首相没有提醒我——？"

听了这话，福吉竟然笑出声来。

"我亲爱的首相，难道你会去跟别人说吗？"

福吉仍然呵呵地笑着，往壁炉里扔了一些粉末，然后跨进翠绿色的火苗，呼的一声就消失了。首相一动不动地怔在那里，他知道，只要他还活着，是绝对不敢跟任何人提起这场会面的，在这大千世界里，有谁会相信他呢？

过了一段时间，他那颗受了惊吓的心才慢慢平静下来。他曾经试图说服自己，那个什么福吉只是一个幻觉，是因为竞选活动弄得他心力交瘁，睡眠不足，才出现了这样的幻觉。为了摆脱所有会让他想起这场不愉快会面的东西，他把那只沙鼠送给了欢天喜地的侄女，还吩咐他的私人秘书把那个通报福吉来访的小个子丑八怪的肖像取下来。可令他大为沮丧的是，那幅肖像竟然怎么也弄不走。他们动用了几位木匠、一两个建筑工人、一位艺术史专家，还有财政大臣，费了九牛二虎之力想把它从墙上撬下来，都没有成功。最后首相不再尝试了，只是一门心思地希望那玩意儿在他任期之内一直保持静止和沉默。偶尔，他可以肯定他的眼角瞥见画像里的人在打哈欠或挠鼻子,有一两次甚至走出了画框,只留下空空的一片土灰色帆布。不过,首相训练自己不要经常去看那幅画像,每当出现这类蹊跷的事情时,他总是坚决地告诉自己是他的眼睛出现了错觉。

后来,也就是三年前,在一个像今天这样的夜晚,首相一个人待在办公室里,那幅画像又通报福吉即将来访,紧接着福吉就从壁炉里蹿了出来,浑身湿得像只落汤鸡,一副惊慌失措的样子。首相还没来得及问他为什么把水都滴在了阿克斯明斯特绒头地毯上,福吉就气冲冲地唠叨开了,说的是一座首相从来没听说过的监狱,一个被称作"小灰狼"布莱克的男人、一个听着像是霍格沃茨的什么东西,还有一个名叫哈利·波特的男孩,首相听得云里雾里,根本不知道他在说些什么。

"……我刚从阿兹卡班过来。"福吉一边喘着粗气说,一边把圆顶高帽帽檐里的一大堆水倒进了他的口袋,"你知道的,在北海中央,这一路可真够呛……摄魂怪造反了——"他打了个寒噤,"——他们以前从来没有发生过越狱事件。总之,我必须上你这儿来一趟,首相。布莱克是个著名的麻瓜杀手,而是很可能准备加入神秘人一伙……当然啦,你连神秘人是谁都不知道!"他无奈地望了首相片刻,说道,"唉,坐下,坐下吧,我最好跟你详细说说……来一杯威士忌吧……"

明明是在他这位首相的办公室,对方却吩咐他坐下,还请他喝他自己的威士忌。首相本来是很恼火的,但他还是坐下了。福吉抽出魔杖,凭空变出了两只大玻璃杯,里面满是琥珀色的液体,他把其中一杯推到首相手里,然后又拖过来一把椅子。

福吉说了一个多小时。说到某个地方时,他竟不肯把一个名字大声说出来,而且写在一张羊皮纸上,塞进了首相那只不拿威士忌的手里。最后,福吉起身准备离开了,首相也站了起来。

"这么说,你认为……"他眯起眼睛看了看左手里的那个名字,"伏地——"

"那个连名字都不能提的魔头!"福吉咆哮着说。

"对不起……你认为那个连名字都不能提的魔头还活着,是吗?"

"是啊,邓布利多是这么说的,"福吉说着把细条纹的斗篷在下巴底下掖紧，"可是我们一直没有找到他。依我看，他只有得到支持才会构成危险，所以我们要担心的是布莱克。你会把那个警告公布出去的吧？太好了。行了，我希望我们不会再见面了，首相！晚安。"

可是他们后来还是又见面了。不到一年，心烦意乱的福吉在内阁会议室里突然凭空显形，告诉首相说"鬼地奇"（至少听上去是这几个字）世界杯赛上出了乱子，有几个麻瓜被"牵扯"了进去，不过首相不用担心，虽然神秘人的标记又出现了，但那说明不了什么问题。福吉相信这只是一个孤立事件，而且就在他们说话的当儿，麻瓜联络办公室正忙着进行修改记忆的工作呢。

"哦，我差点忘记了，"福吉又说道，"为了举办三强争霸赛，我们要从国外进口三条火龙和一头斯芬克司，这是惯例，不过神奇动物管理控制司的人告诉我，按照规定，如果我们把特别危险的动物带进这个国家，都需要向你通报一声。"

"我——什么——火龙？"首相结结巴巴地问。

"是啊，三条，"福吉说，"还有一头斯芬克司。好了，祝你顺心。"

首相侥幸地希望不会再出现比火龙和斯芬克司更可怕的东西了，然而他错了。不到两年，福吉又一次从火里冒了出来，这回带来的消息是：阿兹卡班发生了集体越狱。

"集体越狱？"首相用沙哑的声音重复道。

"不用担心，不用担心！"福吉大声说，一只脚已经跨进了火焰，"我们很快就会把他们一网打尽的——只是觉得应该让你知道而已！"

还没等首相喊一声"喂，等一等！"福吉已经消失在一片绿色的火花里了。

不管媒体和反对派们怎么说，首相并不是一个愚蠢的人。他注意到，虽说他们第一次见面时福吉向他拍胸脯保证过，但实际上他们现在经常见面，而且每次见面福吉都显得更加心神不宁。首相不太愿意想到那位魔法部部长（他在心里总是管福吉叫*另一位部长*），但他还是忍不住担心福吉下一次出现时，肯定会带来更加糟糕的消息。因此，当他看见福吉又一次从火里跨出来时，他觉得这是这个倒霉的星期里所发生的最糟糕的一件事了。福吉衣冠不整，神情烦躁，而且似乎对首相怎么会不明白他为什么来访感到很生气、很吃惊。

“我怎么会知道——嗯——巫师界发生的事情呢？”首相这时候生硬地说，“我要管理一个国家，目前需要操心的事情已经够多的了——”

“我们操心的事情是一样的。”福吉打断他的话说，“布罗克代尔桥并不是年久失修；那股风实际上并不是飓风；那几起谋杀案也不是麻瓜所为。还有，赫伯特·乔莱走了，他的家人反而会更安全。我们目前正安排把他转到圣芒戈魔法伤病医院。今天晚上就可以办妥。”

“你们怎么……恐怕我……什么？”首相激动地咆哮起来。

福吉深深地吸了一口气，说道：“首相，我非常遗憾地告诉你，他回来了。那个连名字都不能提的魔头回来了。”

“回来了？你说他‘回来了’……他还活着？我的意思是——”

首相在记忆中搜索着三年前那段可怕对话的具体内容，当时福吉跟他谈到了那位人人谈之色变的巫师，那位十五年前犯下无数滔天大罪之后神秘失踪的巫师。

“是啊，还活着，”福吉说，“算是活着吧——我也说不清——一个不能被杀死的人还算活着吗？我搞不明白是怎么回事，邓布利多又不肯好好解释——可是不管怎么说，他肯定有了一具躯体，可以走路、说话，可以杀人了，所以我想，就我们所谈的话题来说，他确实是活着的。”

首相听了这话，竟一时不知道该说什么好，但他有一个根深蒂固的习惯，不管谈论什么话题，他都要显示自己无所不知，因此他在记忆中苦苦搜寻他们前几次谈话的内容。

“小灰狼布莱克跟——嗯——跟那个连名字都不能提的魔头在一起吗？”

“布莱克？布莱克？”福吉心烦意乱地说，一边用手指飞快地转动着他的圆顶高帽，“你是说小天狼星布莱克吧？天哪，没有。布莱克死了。后来才发现，我们——嗯——我们在布莱克的事情上搞错了。他竟然是无辜的，也没有跟那个连名字都不能提的魔头勾结在一起。我是说，”他接着又分辩道，圆顶高帽在他的手里转得更快了，“所有的证据都显示——

有五十多位目击证人——可是,唉,正像我刚才说的,他死了。实际上是被杀害的。就在魔法部办公的地方。这件事肯定还要调查的……"

听到这里,首相突然对福吉产生了恻隐之心,这使他自己也大为吃惊。不过,他的同情转瞬即逝,立刻就被一种自我得意的心情所取代。他想到,他虽说不具备从壁炉里显形的本领,但是在他所管辖的政府部门里,还从来没出过命案呢……至少现在还没有……

首相偷偷地敲了一下木头桌子①,福吉继续说道:"不过布莱克的事情已经过去了。现在的问题是,我们正处于战争之中,首相,必须采取一些措施。"

"战争之中?"首相不安地重复了一遍,"这肯定有些夸大其辞吧。"

"那个连名字都不能提的魔头的一些追随者,一月份从阿兹卡班越狱逃出来之后,又投奔到他那儿去了。"福吉的语速越来越快,圆顶高帽转得像飞一样,变成了一片模糊的黄绿色。"自从他们公开亮相以来,已经造成了很大的破坏。布罗克代尔桥——就是他给弄塌的,首相,他威胁说,除非我跟他站在一边,不然他就要大批屠杀麻瓜——"

"天哪,那些人被害原来都是你的问题,而我却被逼着回答那些关于设备生锈、伸缩接头腐烂等等莫名其妙的问题!"首相气愤地说。

"我的问题!"福吉涨红了脸,说道,"难道你是说,你会屈服于那样的威胁吗?"

"也许不会,"首相说着站了起来,迈着大步在房间里走来走去,"但是我会想尽办法抓住那个威胁我的人,不让他犯下这样残暴的罪行!"

"你以为我就没有做出种种努力吗?"福吉激动地问,"魔法部的每一位傲罗都在想方设法地寻找他,围捕他的追随者,直到今天!可是我们眼下谈论的,碰巧是有史以来最厉害的一位巫师,将近三十年来他一直逍遥法外!"

"我想,你接着还会告诉我,西部的那场飓风也是他造成的吧?"首相

① 这是世界上很多民族的习惯:如果说到或想到一些不吉利的事情,赶紧敲敲近旁的木制东西,事情就可避免发生。

问。他每走一步,心里的怒火就增长一分。他发现了所有那些可怕灾难的原因,却又不能告诉公众,这简直太令人生气了,如果真是政府的过失反倒还好一些。

"根本就没有什么飓风。"福吉苦恼地说。

"你说什么!"首相吼道,他已经忍不住在跺脚了,"大树连根拔起,屋顶被掀翻,路标变成了弯的,大批人员伤亡——"

"这都是食死徒干的,"福吉说,"就是那个连名字都不能提的魔头的追随者。另外……我们还怀疑巨人也参与了。"

首相猛地停住脚步,仿佛撞上了一堵看不见的墙。

"什么也参与了?"

福吉做了个苦脸。"上次他就利用了巨人,想把声势造得很大。现在,错误信息办公室[①] 的人们正在加班加点地工作,我们还派出了好几批记忆注销员,修改所有那些亲眼目睹了事情经过的麻瓜们的记忆,神奇动物管理控制司的大多数工作人员都被派到萨默塞特去了,他们在那里四处搜寻,但没能找到巨人——真是一场灾难。"

"这不可能!"首相气呼呼地说。

"我不否认,部里现在人心惶惶,士气消沉。"福吉说,"这还不算,后来阿米莉亚·博恩斯又失踪了。"

"谁失踪了?"

"阿米莉亚·博恩斯。魔法法律执行司的司长。我们认为是那个连名字都不能提的魔头亲手杀害了她,因为她是一个很有天分的女巫——而且所有的迹象都表明她曾经奋力反抗过。"

福吉清了清嗓子,然后,像是费了很大的劲,才停止了旋转他的圆顶高帽。

"可是报纸上报道了那起命案,"首相暂时忘记了他的愤怒,说道,"我们的报纸。阿米莉亚·博恩斯……说她是一位单身的中年妇女,这是一

---

① 关于"错误信息办公室"的职责,请见《神奇动物在哪里》第 19 页,人民文学出版社,2001 年 10 月版。

起——一起恶性谋杀案,是吗?这件事已经传得沸沸扬扬。警察完全不知道从何入手。”

福吉叹了口气。“唉,那是自然的。她是在一个从里面锁住的房间里被杀害的,是不是?我们倒完全清楚是谁干的,但这也不能帮助我们抓住那家伙。还有爱米琳·万斯,这件事你也许没有听说——”

“我当然听说了!”首相说,“实际上,它就发生在离这儿不远的那个角落里。报纸拿这一点大做文章:*在首相的后院里以身试法*——”

“就好像这些还不够糟糕似的,”福吉几乎没听首相说话,只是自顾自地说道,“现在摄魂怪到处都是,随时向人发起进攻……”

在以前无忧无虑的日子里,首相会觉得这句话难以理解,但是现在他已经知道了许多事情。

“我记得,摄魂怪是看守阿兹卡班犯人的?”他谨慎地问。

“以前是这样,”福吉疲倦地说,“现在不是啦。他们离开了监狱,投靠了那个连名字都不能提的魔头。我必须承认这真是祸从天降。”

“可是,”首相说,他心里渐渐产生了一种恐惧,“你不是告诉过我,它们这种生物是专门吸走人们的希望和快乐的吗?”

“没错。而且它们还在不断繁衍,所以形成了这些迷雾。”

首相双膝一软,跌坐在离他最近的一把椅子上。想到这些无形的生物在城市和乡村飞来飞去,在他的选民中散布悲观绝望的情绪,他就感到自己快要晕倒了。

“听我说,福吉——你必须采取措施!这是你作为魔法部部长的责任!”

“我亲爱的首相啊,发生这么多事情之后,你真的认为我还能当魔法部部长吗?我三天前就下台了!整个巫师界两个星期来一直叫嚷着要我辞职。我在任这么多年,还从没见过他们这么团结一致!”福吉说着勉强地笑了一下。

首相一时说不出话来。他对自己被置于这样一种境地感到愤慨,同时又对坐在对面的这个看上去萎缩了的男人心生同情。

“非常抱歉。”最后他说道,“我能帮你做些什么吗?”

"谢谢你的好意,首相,但没有什么了。我今晚是被派来向你通报最新事态发展的,并把你介绍给我的继任者。我本来以为他现在应该到了。当然啦,目前发生了这么多事,把他忙得够呛。"

福吉扭头看了看肖像里那个戴着拳曲的长长的银色假发、长相丑陋的小个子男人,他正在用羽毛笔的笔尖掏耳朵。

肖像里的男人发现福吉在看他,便说道:"他马上就来。他正在给邓布利多写信,很快就写完了。"

"我祝他好运。"福吉说,语气第一次显得有些尖刻,"在过去的两个星期里,我每天给邓布利多写两封信,但他就是不肯改变主意。如果他愿意说服那个男孩,我恐怕还能……唉,说不定斯克林杰会比我顺利。"

福吉显然很委屈地陷入了沉默,可是,肖像里的那个男人立刻打破他的沉默,用打着官腔的清脆声音突然说话了。

"致麻瓜首相。请求会面。事情紧急。请立即答复。魔法部部长鲁弗斯·斯克林杰。"

"行,行,可以。"首相心绪烦乱地说,炉栅里的火苗又一次变成了翠绿色,火焰中间出现了第二位滴溜溜旋转的巫师。他转了一会儿,走到了古色古香的地毯上。首相看着这情景,没有表露出害怕的样子。福吉站起身,首相迟疑了一下,也站了起来,注视着那个新来的人直起身子,掸掉黑色长袍上的炉灰,向左右张望着。

首相一下子冒出一个荒唐的念头,觉得鲁弗斯·斯克林杰活像一头老狮子。他茶褐色的头发和浓密的眉毛里夹杂着缕缕灰色,金丝边眼镜后面是一双锐利的黄眼睛,尽管腿有点瘸,但走起路来却有一种大步流星的潇洒,使人立刻感觉到他是一个敏锐、强硬的家伙。首相认为他很能理解在这危及的时期,巫师界为什么希望斯克林杰而不是福吉当他们的首领。

"你好。"首相彬彬有礼地说,向他伸出了手。

斯克林杰草草地握了一下首相的手,眼睛在屋里扫来扫去,然后从长袍里抽出一根魔杖。

"福吉把事情都告诉你了?"他一边问一边大步走到门口,用魔杖敲了敲锁眼。首相听见门锁咔哒一响。

“嗯——是这样。”首相说，“如果你不介意的话，我希望不要锁门。”

“我不愿意被人打搅。”斯克林杰不耐烦地说，“或被人监视。”他又加了一句，同时用魔杖指了指窗户，窗帘便都拉上了。“好了，我是个大忙人，我们就开门见山吧。首先，我们需要讨论一下你的安全问题。”

首相尽量把腰板挺得直直的，回答道：“我对现有的安全措施很满意，非常感谢——”

“可是，我们不满意。”斯克林杰打断了他的话，“如果首相大人中了夺魂咒，麻瓜们可就要遭殃了。你办公室外间的那位新来的秘书——”

“我绝不会把金斯莱·沙克尔赶走的，如果这就是你的建议的话！”首相激动地说，“他效率极高，做的工作是其他人的两倍——”

“那是因为他是个巫师，”斯克林杰说，脸上不带丝毫笑容，“一位训练有素的傲罗，专门派来保护你的。”

“喂，慢着！”首相大喊起来，“你不能随便把你们的人安插到我的办公室来，谁为我工作由我来决定——”

“我想你对沙克尔很满意吧？”斯克林杰冷冷地说。

“是的——我是说，以前是——”

“那就没有什么问题了，是吗？”斯克林杰问。

“我……是啊，只要沙克尔的工作一直那么……嗯……那么出色。”首相软弱无力地说，可是斯克林杰似乎根本没有听见。

“还有，关于赫伯特·乔莱——你的助理部长，”他继续说道，“就是那个模仿鸭子、逗得公众乐不可支的人。”

“他怎么啦？”首相问。

“这显然是他中了一个蹩脚的夺魂咒之后的反应。”斯克林杰说，“他的脑子被弄糊涂了，但并不排除他会有危险。”

“他只是学了几声鸭子叫！”首相无力地辩解道，“多休息休息……少喝点酒……肯定就会……”

“就在我们说话的工夫，圣芒戈魔法伤病医院的一支医疗队正在给他做检查。到现在为止，他已经试图掐死他们中间的三个人了。”斯克林杰说，“我认为我们最好暂时把他从麻瓜社会转移出去。”

“我……那么……他会好起来吗?”首相担忧地问。斯克林杰只是耸了耸肩膀,已经回身朝壁炉走去。

“好了,我要说的就这么多。我会把事态的发展及时告诉你的,首相——或者,我也许很忙,抽不出时间亲自过来,那样我就派福吉上这儿来。他已经同意以顾问的身份留下来了。”

福吉想挤出一个笑容,但没有成功,那样子倒像是患了牙痛。斯克林杰已经在口袋里翻找那种使火苗变绿的神秘粉末了。首相不抱希望地凝视了他们俩片刻,然后,他整个晚上一直忍住没说的一句话终于脱口而出。

“可是,看在老天的分儿上——你们是巫师!你们会施魔法!你们肯定能够解决——是啊——解决任何问题的!”

斯克林杰在原地慢慢转过身,与福吉交换了一个疑惑的目光。福吉这次总算露出了笑容,和颜悦色地说:“问题是,另外一边也会施魔法呀,首相大人。”

说完,两位巫师就先后跨入鲜绿色的火苗,消失不见了。

第2章

蜘蛛尾巷

许多英里之外，曾经在首相的窗户外游荡的雾气，此刻正在一条肮脏的河流上飘浮。这条河蜿蜒曲折，两岸杂草蔓生，垃圾成堆。一根巨大的烟囱，那是一个废弃的磨坊留下的遗物，高高地耸立着，阴森森的，透着不祥。四下里没有声音，只有黑黢黢的河水在呜咽，也没有任何生命的迹象，只有一只精瘦的狐狸偷偷溜下河岸，满怀希望地嗅着深深的杂草丛中几只炸鱼和炸土豆片的包装纸。

这时，随着噗的一声轻响，河边凭空出现了一个戴着兜帽的细长身影。狐狸惊呆了，一双警觉的眼睛盯着这个新出现的奇怪身影。那身影似乎在弄清自己的方位，过了片刻，便迈着轻快的大步往前走去，长长的斗篷拂过草地沙沙作响。

又是噗的一声，比刚才那声更响，又一个戴兜帽的身影显形了。

"等等！"

狐狸此刻几乎是趴在低矮的灌木丛里，听到这声沙哑的喊叫，更是吓坏了。它嗖地从藏身的地方蹿了出来，往岸上跑去。一道绿光，一声尖叫，狐狸跌倒在地上，死了。

第二个身影用脚尖踢了踢狐狸，把它翻了过来。

"原来只是一只狐狸，"兜帽下传出一个女人不屑的声音，"我还以为是傲罗呢——西茜，等一等！"

可是，被她追赶的那个人刚才只是停下来看了看那道闪光，这时正往狐狸刚才摔下来的河岸上爬去。

"西茜——纳西莎——你听我说——"

第二个女人赶上第一个女人，抓住她的胳膊，但被她挣脱开了。

"回去，贝拉！"

"你必须听我说！"

"我已经听过了。我的决心已定，你别来管我！"

那个叫纳西莎的女人爬到了河岸上，一道旧栏杆把河流和一条窄窄的卵石巷隔开了。另一个女人，贝拉，立刻跟了上来。她们并排站在那里，望着小巷那边一排排破旧的砖房，房子上的窗户在夜色中显得黑洞洞的，毫无生气。

"他就住在这儿？"贝拉用轻蔑的口气问，"这儿？这麻瓜的垃圾堆里？我们的人以前肯定没有光顾过——"

可是纳西莎并没有听。她已经从锈迹斑斑的栏杆的一处豁口钻了过去，正匆匆地穿过小巷。

"西茜，等一等！"

贝拉跟了过去，她的斗篷在身后飘摆着。她看见纳西莎飞快地穿过房屋之间的一条小巷，拐进另一条几乎一模一样的街道。有几盏路灯已经坏了，两个奔跑的女人时而被灯光照亮，时而被黑暗笼罩。就在前面的那个女人拐过另一个街角时，后面的那个追上了她，这次总算一把抓住了她的胳膊，把她拽得转过身来，两个人面对面站住了。

"西茜，你千万不能这么做，你不能相信他——"

"连黑魔王都相信他，不是吗？"

"黑魔王准是……我相信……准是弄错了。"贝拉气喘吁吁地说。她左右看看是不是有人，两只眼睛在兜帽下一闪一闪的。"不管怎么说，我们不能把计划透露给任何人。那意味着出卖了黑魔王的——"

"放开我，贝拉！"纳西莎吼道，从斗篷里面抽出一根魔杖，威胁地举在对方面前。贝拉只是笑了笑。

"西茜，对你亲姐姐这样？你不会——"

"现在没有什么事情是我做不出来的！"纳西莎压低声音说，语气里透着一丝歇斯底里，她把魔杖像刀子似的往下一砍，又是一道闪光，贝拉像是被火烧着了一样，顿时松开了妹妹的胳膊。

"纳西莎！"

可是纳西莎已经往前冲去。贝拉揉了揉手，再次跟了上去，不过现在她跟纳西莎保持着一段距离，两人就这样走进了那些迷宫般的废砖房的更深处。最后，纳西莎快步走上一条名叫蜘蛛尾巷的街道，那根高高的磨坊烟囱耸立在天空，就像一根举起的表示警告的巨人手指。她走过一扇扇用木板钉着的破旧的窗户，踏在鹅卵石上的脚步发出阵阵回音。她来到最后一幢房子跟前，楼下一个房间的窗帘缝里透出昏暗的灯光。

当贝拉骂骂咧咧地赶上来时，她已经敲响了门。她们一起站在门外等着，微微喘着粗气，嗅着被晚风吹过来的那条污水河的气味。过了几秒钟，她们听见门后面有了动静，接着门被打开了一条缝，一个男人朝她们张望着，乌黑的长发像帘子一样披在两边，中间是一张灰黄色的脸和一双乌黑的眼睛。

纳西莎把兜帽掀到脑后。她的脸色十分苍白，在夜色中仿佛泛着白光，一头金色的长发披散在背后，使她看上去像一个溺水而死的人。

"纳西莎！"男人说着把门缝开得大了一些，灯光不仅照到了她，也照到了她的姐姐。"真是令人又惊又喜！"

"西弗勒斯,"纳西莎紧张地小声说,"我可以跟你谈谈吗?事情很紧急。"

"当然。"

他退后一步,把她让进了屋里。她那仍然戴着兜帽的姐姐也跟了进来,尽管没有受到邀请。

"斯内普。"经过他身边时,她简单地招呼了一声。

"贝拉特里克斯。"斯内普回道,薄薄的嘴唇扭曲成一个略带讥讽的微笑,咔哒一声在她们身后关上了门。

她们直接走进了一间小小的客厅,这里给人的感觉像是一间昏暗的软壁牢房[1]。几面墙都是书,其中大部分是古旧的黑色或褐色的皮封面;一盏点着蜡烛的灯从天花板上垂落下来,投下一道昏暗的光圈,光圈里挤挤挨挨地放着一张磨损起毛的沙发、一把旧扶手椅和一张摇摇晃晃的桌子。这地方有一种荒凉冷清的气息,似乎平常没有人居住。

斯内普示意纳西莎坐在沙发上。纳西莎脱掉斗篷扔到一边,坐了下来,眼睛盯着自己那双交叉在膝盖上的苍白颤抖的手。贝拉特里克斯慢慢地放下兜帽。她妹妹白得惊人,她的皮肤却很黑,厚厚的眼皮,宽宽的下巴。她走过去站在纳西莎身后,目光一刻也没有离开斯内普。

"那么,我能为你做什么呢?"斯内普在姐妹俩对面的扶手椅上坐了下来,问道。

"这里……这里没有别人吧?"纳西莎轻声问。

"当然没有。噢,对了,虫尾巴在这里,不过我们不把害虫计算在内,是不是?"

他用魔杖一指他身后那面书墙,砰的一声,一扇暗门打开了,露出一道窄窄的楼梯,一个小个子男人呆若木鸡地站在上面。

"想必你已经很清楚,虫尾巴,我们来客人了。"斯内普懒洋洋地说。

那男人弓着腰走下最后几级楼梯,来到房间里。他长着一双水汪汪的小眼睛,尖鼻子,脸上堆着不自然的假笑。他用左手抚摸着右手,右手

---

① 精神病院或监狱中墙上装有衬垫以防被监禁者自伤的房间。

看上去像是戴着一只银亮的白手套。

“纳西莎!”他用吱吱的声音说,“贝拉特里克斯! 多么迷人——”

“如果你们愿意的话,虫尾巴会给我们端来饮料,”斯内普说,“然后他就会回到他自己的卧室去。”

虫尾巴闪身一躲,好像斯内普朝他扔出了什么东西。

“我不是你的仆人!”他躲闪着斯内普的目光,用吱吱的声音说。

“是吗? 我以为黑魔王把你安排在这里是为了帮助我的。”

“帮助,没错——但不是给你端饮料,也不是——给你打扫房间!”

“虫尾巴,没想到你还渴望得到更危险的任务。”斯内普用油滑的腔调说,“这很容易办到:我去跟黑魔王说——”

“如果我愿意,我自己会跟他说的!”

“你当然可以。”斯内普讥笑着说,“至于眼下嘛,你还是给我们端饮料吧。来一点儿小精灵酿的葡萄酒就行。”

虫尾巴迟疑了片刻,似乎还想争辩一番,但他还是转过身,从另一道暗门出去了。她们听见了砰砰的声音,还听见了玻璃杯丁当的碰撞声。几秒钟后他回来了,用托盘端着一只脏兮兮的酒瓶和三只玻璃杯。他把托盘放在那张摇摇晃晃的桌子上,立刻三步并作两步地离开了,重重地关上了那扇被书隐藏的门。

斯内普倒出三杯血红色的葡萄酒,递了两杯给姐妹俩。纳西莎嘟哝了一句“谢谢”,贝拉特里克斯什么也没说,继续狠狠地瞪着斯内普。但这似乎并没有让斯内普感到局促不安,他好像觉得这挺好笑的。

“为了黑魔王。”他说着举起杯子,一饮而尽。

姐妹俩也举起杯子一口喝干了。斯内普又把她们的杯子斟满。

纳西莎接过第二杯酒,一口气说开了:“西弗勒斯,真对不起,这个样子来打扰你,可是我必须来见你。我想,只有你一个人能帮助我——”

斯内普举起一只手制止了她,然后再次用魔杖一指那道楼梯暗门。只听砰的一声巨响和一声尖叫,接着便是虫尾巴慌忙逃上楼去的声音。

“抱歉,”斯内普说,“他最近养成了爱偷听的毛病,真不明白他这么做是什么意思……你刚才说到哪儿了,纳西莎?”

纳西莎颤抖着深深吸了口气,又开始说了起来。

"西弗勒斯,我知道我不该来这儿,我被告知,对什么人也不能说的,可是——"

"那你就应该管住你的舌头!"贝拉特里克斯吼道,"特别是当着眼前这个人!"

"'眼前这个人'?"斯内普讥讽地重复道,"这话我该作何理解,贝拉特里克斯?"

"就是我不相信你,斯内普,其实你心里很明白!"

纳西莎发出了一点声音,像是无泪的抽泣,然后用手捂住了脸。斯内普把杯子放在桌上,身体往椅背上一靠,两只手搭在椅子的扶手上,笑眯眯地看着贝拉特里克斯那张怒气冲冲的脸。

"纳西莎,我认为我们最好听听贝拉特里克斯迫不及待地想说些什么,免得她没完没了地打搅我们。好了,你接着说吧,贝拉特里克斯,"斯内普说,"你为什么不相信我?"

"有一百个理由!"贝拉特里克斯一边大声说着一边从沙发后面大步走了过来,把杯子重重地放在桌子上。"从哪儿说起呢?黑魔王失势时,你在哪儿?他消失后,你为什么不做任何努力去寻找他?这些年来,你在邓布利多手下苟且偷生,究竟做了些什么?你为什么阻止黑魔王得到魔法石?黑魔王复活后,你为什么没有立刻回来?几个星期前,我们奋勇战斗,为黑魔王夺取预言球时,你又在哪儿?还有,斯内普,哈利·波特为什么还活着?他有五年时间可以随你任意处置!"

她停了下来,胸脯剧烈地起伏着,面颊涨得通红。在她身后,纳西莎一动不动地坐着,脸仍然埋在双手里。

斯内普笑了。

"在我回答你之前——噢,没错,贝拉特里克斯,我是要回答你的!你可以把我的话转告给那些在背后议论我的人,可以把关于我叛变的不实之词汇报给黑魔王!但在我回答你之前,先让我问你一个问题。你真的认为黑魔王没有问过我这每一个问题吗?你真的认为,如果我没有给出令人满意的答案,我还能坐在这儿跟你说话吗?"

她迟疑着。

“我知道他相信你,但——”

“你认为他弄错了?或者我竟然骗过了他?竟然捉弄了黑魔王——人类有史以来最伟大的巫师,世界上最有成就的摄神取念高手?”

贝拉特里克斯没有说话,但她的神情第一次显得有点儿困惑。斯内普没有抓住不放。他重新端起杯子,喝了一小口,继续说道:“你刚才问,黑魔王失势时,我在哪儿。我在他命令我去的地方,在霍格沃茨魔法学校,因为他希望我在那儿暗中监视阿不思·邓布利多。我猜你肯定知道,我是听从黑魔王的吩咐才接受那个教职的吧?”

她几乎不易察觉地点了点头,张开嘴想说话,但斯内普抢先阻止了她。

“你还问,当他消失后,我为什么没有努力去寻找他。我没有去寻找他的原因,跟埃弗利、亚克斯利、卡罗夫妇、格雷伯克、卢修斯,”他朝纳西莎微微偏了偏脑袋,“以及其他许多人一样。我以为他完蛋了。我并不为此感到自豪,我做错了,但情况就是这样……如果他不能原谅我们在那个时候失去信心,他的追随者就所剩无几了。”

“他还有我!”贝拉特里克斯激动地说,“为了他,我在阿兹卡班蹲了许多年!”

“是啊,是啊,精神可嘉。”斯内普用干巴巴的声音说,“当然啦,你在监狱里待着,对他并没有多大用处,但这种姿态无疑是很好的——”

“姿态!”她尖叫起来,盛怒之下的她,看上去有点疯狂。“我忍受摄魂怪的折磨时,你却躲在霍格沃茨,舒舒服服地扮演邓布利多的宠儿!”

“并不尽然,”斯内普心平气和地说,“他不肯把黑魔法防御术的教职给我,你知道的。他似乎认为那会使我重新堕落……引诱我重走过去的老路。”

“那就是你为黑魔王所做的牺牲?不能教你最喜欢的科目?”她讥笑道,“你为什么一直待在那儿,斯内普?仍然在暗中监视邓布利多,为了一个你相信已经死去的主人?”

“也许不是,”斯内普说,“不过黑魔王很高兴我没有放弃教职:他回来时,我可以向他提供十六年来关于邓布利多的情报,比起没完没了地回忆阿兹卡班的悲惨境况来,这可是一件更有价值的见面礼……"

"可是你留下来了——"

"是的,贝拉特里克斯,我留下来了。"斯内普说,第一次流露出不耐烦。"我有一份舒适的工作,何苦到阿兹卡班去坐牢呢?你知道,他们当时在围捕食死徒。邓布利多的保护使我免受牢狱之苦,这么便利的条件,我不用白不用。我再重复一遍:黑魔王都没有埋怨我留下来,我不明白你凭什么说三道四。

"我想,接下来你想知道的是,"他步步紧逼,并略微提高了嗓音,因为贝拉特里克斯明显表示出要打断他的话,"我为什么阻止黑魔王得到魔法石。这个问题很容易回答。他不知道他可不可以相信我。他和你一样以为,我已经从一个忠实的食死徒变成了邓布利多的走狗。他当时的处境很可怜,非常虚弱,跟一个平庸的巫师共用一具身体。他不敢把自己暴露给一个昔日的支持者,万一那个支持者向邓布利多或魔法部告发他呢?他没有相信我,我感到非常遗憾。不然,他可以早三年东山再起。当时,我看见的只是贪婪、无能的奇洛想要偷取魔法石,我承认,我尽我的力量阻止了他。"

贝拉特里克斯的嘴唇嚅动着,似乎吞下了一剂特别难吃的药。

"可是当他复出时,你没有立刻回来,当你感觉到黑魔标记在烧灼时,也没有火速跑到他身边——"

"不错。我是两个小时之后才回去的。我是听从邓布利多的吩咐回去的。"

"听从邓布利多的——"她怒不可遏地说。

"想想吧!"斯内普又一次显出了不耐烦,"想想吧!就等了那么两个小时,短短的两个小时,我保证了我可以继续留在霍格沃茨做密探!我让邓布利多以为,我回到黑魔王身边是听从他的吩咐才这么做的,这样我就能源源不断地汇报邓布利多和凤凰社的情报!你考虑一下,贝拉特里克斯:在那几个月里,黑魔标记越来越清晰,我就知道他肯定要复出了,所有的食死徒都知道了!我有足够的时间考虑我何去何从,计划我下一步该做什么，比如像卡卡洛夫那样逃之夭夭，不是吗？

“我向黑魔王解释说，我一直对他忠心耿耿，尽管邓布利多以为我是他的人。听了我的解释，黑魔王因为我晚去而产生的不满就消失得无影无踪了。是的，黑魔王本以为我永远离开了他，但是他错了。”

“但是你起过什么作用呢？”贝拉特里克斯讥讽地问，“我们从你那儿得到过什么有用的情报呢？”

“我的情报是直接传给黑魔王的，”斯内普说，“既然他没有把它们告诉你——”

“他什么都会告诉我的！”贝拉特里克斯立刻火冒三丈，“他说我是他最忠诚、最可靠的——”

“是吗？”斯内普说，微微变了声调，表示不相信，“在遭遇了魔法部的那场失败之后，他仍然这么说吗？”

“那不是我的错！”贝拉特里克斯红着脸说，“过去，黑魔王把他最宝贵的东西都托我保管——如果不是卢修斯——”

“你怎么敢——你怎么敢说是我丈夫的错！”纳西莎用低沉的、恶狠狠的声音说，抬头望着她姐姐。

“追究是谁的过错已经没有用了，”斯内普不动声色地说，“该做的已经做了。”

“但你什么都没做！”贝拉特里克斯气愤地说，“是啊，我们其他人都在冒着危险，出生入死，你却又一次不在场，是不是，斯内普？”

“我得到的命令是留在后方。”斯内普说，“莫非你不赞同黑魔王的想法，莫非你以为，如果我加入食死徒的阵营，跟凤凰社作战，邓布利多会毫无察觉？还有——请原谅——你说冒着危险……实际上你面对的只是六个十几岁的孩子，不是吗？”

“你明明知道，很快半个凤凰社的人都加入进来了！”贝拉特里克斯怒吼道，“还有，既然说到了凤凰社，你仍然声称你不能透露他们的总部在什么地方，是不是？”

“我不是保密人，不能说出那个地方的名字。我想，你应该明白那个魔法是怎么起作用的吧？黑魔王对我传递给他的凤凰社的情报很满意。

你大概也猜到了,我的情报导致了爱米琳·万斯最近的被捕和被杀,无疑还帮助解决了小天狼星布莱克,不过,结果他性命的功劳还是非你莫属。"

他偏偏脑袋,举杯向她致意。她的表情没有丝毫缓和。

"你在回避我的最后一个问题,斯内普。哈利·波特。在过去的五年里,你随时都能把他置于死地。你却没有动手,为什么?"

"你跟黑魔王讨论过这个问题吗?"斯内普问。

"他……最近,我们……我问的是你,斯内普!"

"如果我杀死了哈利·波特,黑魔王就不能用他的血获得新生,使自己变得不可战胜——"

"你敢说你当时就预见到他要利用那个男孩?"她讽刺道。

"我没有这么说。我对他的计划一无所知。我刚才已经坦言,我以为黑魔王已经死了。我只是想解释为什么黑魔王看到波特还活着并不感到遗憾,至少直到一年之前……"

"可是你为什么让他活着呢?"

"你没有明白我的意思吗?多亏邓布利多的保护,我才没有被关进阿兹卡班!你以为我杀害了他的得意门生,他不会和我反目成仇吗?不过事情比这复杂得多。我不妨提醒你,当波特刚进入霍格沃茨时,仍然流传着许多关于他的谣言,说他本人就是一名了不起的黑巫师,所以才能从黑魔王的袭击中死里逃生。确实,黑魔王昔日的许多追随者都认为波特可能成为一面旗帜,我们可以在他周围再一次团结起来。我承认,在他踏进城堡的时候,我很好奇,根本没有想到要去谋杀他。

"当然,我很快就发现,他根本就没有什么超常的天赋。他只是靠了运气,靠了比他更有天赋的朋友才勉强摆脱了许多困境。他平庸到了极点,却跟他的父亲一样自鸣得意,惹人讨厌。我用尽各种办法想把他赶出霍格沃茨,我觉得他根本就不配进来,至于杀死他,或让他在我面前丧命?只有傻瓜才会冒这种风险,因为邓布利多就在近旁。"

"就凭你说的这些,我们就应该相信邓布利多从来没有怀疑过你?"贝拉特里克斯问,"他不知道你实际上为谁效忠?他仍然毫无保留地相信你?"

"我的角色扮演得很出色。"斯内普说,"你忽视了邓布利多的一个最大的弱点:他总是把别人往好处想。我刚离开食死徒、加入他的教师队伍时,编造了一番追悔莫及的谎言说给他听,之后他就张开双臂欢迎我了——不过,他尽可能不让我接近黑魔法。邓布利多曾经是一位伟大的巫师——没错,不可否认,"(因为贝拉特里克斯轻蔑地哼了一声)"黑魔王也承认这一点。可是,说来让我高兴的是,邓布利多已经老了。上个月跟黑魔王的那场较量让他大伤元气。他受了重伤,因为他的反应比以前慢了。但是这么多年来,他从来没有停止过对西弗勒斯·斯内普的信任,这就使我对黑魔王具有很大的价值。"

贝拉特里克斯仍然显得很不高兴,但似乎拿不准接下来该怎么攻击斯内普才最有效果。斯内普趁她沉默不语,转向了她的妹妹。

"好了……纳西莎,你是来请求我的帮助的?"

纳西莎抬头看着他,满脸绝望的神情。

"是的,西弗勒斯。我——我想,也只有你能够帮助我了,我现在是走投无路了。卢修斯在监狱里,而且……"

她闭上眼睛,两颗大大的泪珠从眼皮下渗了出来。

"黑魔王不许我说这件事,"纳西莎继续说,眼睛仍然闭着,"他不希望任何人知道那个计划。那是……非常机密的。可是——"

"既然他不许你说,你就不应该说。"斯内普立刻说道,"黑魔王的话就是法律。"

纳西莎倒抽了一口冷气,好像被他兜头浇了一瓢冷水。贝拉特里克斯自从踏进这幢房子之后,脸上第一次露出满意的神色。

"怎么样!"她得意地对她妹妹说,"就连斯内普也这么说:既然不许你说,你就保持沉默吧!"

可是斯内普已经站起身,大步走到那扇小窗户前,透过窗帘朝荒凉的街道上望了望,然后猛地重新拉上了窗帘。他转过身面对着纳西莎,眉头皱了起来。

"我碰巧知道那个计划。"他压低声音说,"黑魔王把计划透露给了很少几个人,我是其中之一。不过,如果我不知道这个秘密,纳西莎,你就会犯下严重背叛黑魔王的大罪。"

"我就猜到你肯定是知道的!"纳西莎说,呼吸自如多了,"他这么信任你,西弗勒斯……"

"你知道那个计划?"贝拉特里克斯说,刚才满意的表情迅速换成了满脸的怒气,"你会知道?"

"当然。"斯内普说,"可是你需要什么帮助呢,纳西莎?如果你幻想我能说服黑魔王改变主意,恐怕那是没有希望的,一点儿希望也没有。"

"西弗勒斯,"纳西莎说,眼泪顺着她苍白的面颊滚落下来,"我的儿子……我惟一的儿子……"

"德拉科应该感到骄傲,"贝拉特里克斯冷漠地说,"黑魔王给了他极高的荣誉。而且我要替德拉科说一句:他面对责任没有退缩,他似乎很高兴能有机会证明自己的能力,他对即将发生的事情非常兴奋——"

纳西莎伤心地哭了起来,乞求地盯着斯内普。

"那是因为他才十六岁,根本不知道等待他的是什么!为什么,斯内普?为什么是我的儿子?太危险了!这是为了报复卢修斯的失误,我知道!"

斯内普什么也没说。他避开了她的目光,不去看她的眼泪,似乎觉得那是不雅观的,但他不能假装没有听见她的话。

"所以他才选中了德拉科,是不是?"她逼问道,"就为了惩罚卢修斯,是不是?"

"如果德拉科成功了,"斯内普说,眼睛仍然望着别处,"他就能获得比其他所有人更高的荣誉。"

"可是他不会成功的!"纳西莎哭着说,"他怎么可能呢,就连黑魔王自己——"

贝拉特里克斯倒抽了一口冷气,纳西莎似乎顿时失去了勇气。

"我的意思是……既然没有一个人成功过……西弗勒斯……求求你……你一直是,现在也是德拉科最喜欢的老师……你是卢修斯的老朋友……我求求你……你是黑魔王最得意的亲信,最信任的顾问……你能不能跟他谈谈,说服他——"

“黑魔王是不可能被说服的，我不会愚蠢到去做这种尝试。”斯内普干巴巴地说，“我不能假装说黑魔王没有生卢修斯的气。当时卢修斯应该在那里守着，结果他自己被抓住了，还搭上了那么多人，而且预言球也没能取回来。是的，黑魔王很生气，纳西莎，确实非常生气。”

“看来我说的没错，他是为了报复才挑选德拉科的！”纳西莎哽咽着说，“他根本就不想让他成功，只想让他去送命！”

看到斯内普没有说话，纳西莎似乎失去了最后的一点自制。她站了起来，踉踉跄跄地走向斯内普，抓住他长袍的前襟，把脸靠近了他的脸，眼泪滚落到他的胸前。她喘着气说：“你能办到的。德拉科办不到，你能办到，西弗勒斯。你会成功的，你肯定会成功的，他给你的奖赏会超过我们所有的人——”

斯内普抓住她的手腕，扳开她紧紧攥住他长袍的手。他低头望着她泪痕斑斑的脸，慢慢说道：“我想，他打算最后再派我去办。但他决定先让德拉科试一试。你知道，万一德拉科成功了，我就能够在霍格沃茨多待一阵子，把我作为一个密探的有用角色扮演到最后。”

“换句话说，他根本就不在乎德拉科是否会送命！”

“黑魔王非常生气。”斯内普轻轻地又说了一遍，“他没能听到预言。你和我一样清楚，纳西莎，他不是轻易能够原谅人的。”

她瘫倒在他脚下，在地板上抽泣着、呻吟着。

“我惟一的儿子……我惟一的儿子啊……”

“你应该感到骄傲！”贝拉特里克斯冷酷地说，“如果我有儿子，我巴不得牺牲他们去为黑魔王效忠呢！”

纳西莎绝望地叫了一声，揪着自己金色的长发。斯内普弯下腰，抓住她的手臂把她扶了起来，让她重新在沙发上坐好。然后他又给她倒了一些红酒，把杯子硬塞进她的手里。

“纳西莎，行了。把这个喝了，听我说。”

她略微平静了一点儿，颤抖着喝了一小口酒，有一些洒到了身上。

“也许我有可能……帮助德拉科。”

她腾地坐直了身子，脸白得像纸一样，眼睛睁得滚圆。

"西弗勒斯——哦,西弗勒斯——你愿意帮助他?你愿意照顾他,保证他安然无恙?"

"我可以试一试。"

她一扬手扔掉了杯子,杯子滑到了桌子的那头。她从沙发上出溜下去,跪在斯内普的脚边,用两只手抓着他的手,把嘴唇贴了上去。

"如果你会在那里保护他……西弗勒斯,你能保证吗?你能立一个牢不可破的誓言吗?"

"牢不可破的誓言?"斯内普脸上的表情变得不可捉摸了,贝拉特里克斯发出一串得意的笑声。

"你没听明白吗,纳西莎?哦,他会试一试的,我相信……又是那套空话,又是那样临阵脱逃……噢,当然啦,都是听从了黑魔王的吩咐!"

斯内普没有看贝拉特里克斯。他乌黑的眼睛紧紧盯着纳西莎那双沾满泪水的蓝眼睛,而她继续攥着他的手。

"当然,纳西莎,我可以立一个牢不可破的誓言,"他轻声说,"也许你姐姐同意做我们的见证人。"

贝拉特里克斯吃惊地张大了嘴巴。西弗勒斯矮下身子,跪在了纳西莎的对面。在贝拉特里克斯惊愕的目光下,他们互相握住了对方的右手。

"你需要拿着魔杖,贝拉特里克斯。"斯内普冷冷地说。

她抽出魔杖,脸上仍是一副吃惊的样子。

"你需要再靠近一点儿。"他说。

她走上前,站在两人身边,把魔杖头点在他们相握的两只手上。

纳西莎说话了。

"西弗勒斯,在我儿子德拉科试图完成黑魔王的意愿时,你愿意照看他吗?"

"我愿意。"斯内普说。

一道细细的、耀眼的火舌从魔杖里喷了出来,就像一根又红又热的金属丝,缠绕在他们相握的两只手上。

"你愿意尽你最大的能力,保护他不受伤害吗?"

"我愿意。"斯内普说。

第二道火舌从魔杖里喷了出来，与第一道缠绕在一起，构成一根细细的、闪着红光的链条。

“还有，如果必要的话……如果德拉科眼看就要失败……”纳西莎低声说（斯内普的手在她的手里抖动，但他没有把手抽出来），“你愿意把黑魔王吩咐德拉科完成的事情进行到底吗？”

片刻的沉默。贝拉特里克斯注视着他们，她的魔杖悬在他们紧攥的两只手上，她的眼睛瞪得大大的。

“我愿意。”斯内普说。

贝拉特里克斯的脸被第三道火舌的光映得通红，火舌从魔杖里喷出，与前面那两道交织在一起，紧密地缠绕在他们相握的两只手周围，像一根绳索，像一条喷火的蛇。

第 3 章

要与不要

哈利·波特响亮地打着鼾。他在卧室窗前的一把椅子上坐了将近四个小时,一直望着外面渐渐暗下来的街道,后来便睡着了。他的一侧面颊贴在冰凉的窗玻璃上,眼镜歪在一边,嘴巴张得大大的。他呼在窗户上的一团热气被外面橙黄色的路灯照得闪闪发亮,在这种不自然的灯光下,他的脸上毫无血色,乌黑的头发乱蓬蓬的,看上去有点儿像个幽灵。

房间里零零散散地放着各种东西,还扔着许多垃圾。地板上散落着猫头鹰的羽毛、苹果核和糖纸,床上几本魔法书乱七八糟地跟袍子摊在一起,桌上的台灯下放着一堆报纸。其中一张的标题非常醒目:

哈利·波特：救世之星？

人们继续纷纷议论魔法部最近发生的那场神秘骚乱，其间那个连名字也不能提的魔头再次现身。

“我们不许谈论这件事，什么也别问我。”一位不愿意透露自己姓名的神情焦虑的记忆注销员昨晚在离开魔法部时说。

然而，据魔法部消息灵通人士证实，那场骚乱的中心是在传说中的预言厅。

尽管到目前为止魔法部发言人仍然不肯证实有这样一个地方存在，但巫师界越来越多的人相信，那些因侵害和盗窃行为在阿兹卡班服刑的食死徒们当时试图窃取一个预言球。那个预言球的内容不明，不过人们纷纷猜测与哈利·波特有关，他是人们所知的惟一从杀戮咒中生还之人，而且据说事发那天夜里他也在魔法部。有人甚至称波特为“救世之星”，他们相信，那个预言指出只有波特才能使我们摆脱那个连名字也不能提的魔头。

那个预言球即使真的存在，目前也下落不明，不过(下转第2版，第5栏)

第二张报纸放在第一张旁边，上面的标题是：

斯克林杰接替福吉

头版的大部分版面都被一个男人的大幅黑白照片占据了，他有着一头狮子毛般浓密的头发和一张野蛮凶狠的脸。照片是活动的——那人正朝天花板挥着手。

魔法部法律执行司的前任傲罗办公室主任鲁弗斯·斯克林杰接替康奈利·福吉出任魔法部部长。这一任命得到巫师界广泛而热烈的欢迎，不过新部长斯克林杰就任几个小时后，就有传言说他与刚刚恢复原职的威森加摩首席巫师阿不思·邓布利多关系不和。

斯克林杰的代表承认,部长就任最高职务后即与邓布利多会面,但他拒绝透露他们所商谈的话题。据知阿不思·邓布利多(下转第3版,第2栏)

在这张报纸的左边,还有另外一张叠起来的报纸,上面一篇《魔法部保证学生安全》的文章正好露在外面。

新任魔法部部长鲁弗斯·斯克林杰今天发表讲话说,魔法部采取了一些新的强硬措施,确保霍格沃茨魔法学校的学生于今秋安全返校。

"出于显而易见的原因,魔法部不会透露其严密的最新安全计划的具体内容。"部长说。不过一位内部人士证实,这些措施包括一些防御魔法和咒语、一系列破解咒和一支专门派去保护霍格沃茨学校的傲罗小分队。

新任部长坚决保证学生安全的立场似乎使大多数人消除了疑虑。奥古斯塔·隆巴顿夫人说:"我的孙子纳威——他碰巧是哈利·波特的一个好朋友,六月份曾在部里与哈利一起并肩抗击食死徒,而且——"

这篇报道的其他内容都被一只放在上面的大鸟笼遮住了。鸟笼里关着一只气派非凡的雪白色猫头鹰。它那双琥珀色的眼睛威严地扫视着屋子,脑袋不时地转动一下,望望正在酣睡的主人。有一两次它还不耐烦地磕磕嘴巴,发出咔哒咔哒的声音,可是哈利睡得太沉了,根本听不见。

屋子中间放着一只大箱子,盖子开着,似乎在期待着什么,但里面几乎是空的,只有箱底稀稀落落地扔着一些糖果、旧内衣、空墨水瓶和破羽毛笔。箱子旁边的地板上有一本紫色的小册子,上面印着醒目的文字:

魔法部授权出版

保护你家和家人
不受黑魔法侵害

目前巫师界受到一个自称食死徒的组织的威胁。遵守下列简单的安全准则将有助于保护您自己、您的家人和您的住宅免遭袭击。

1、不要独自离家。

2、夜晚需要格外小心。外出尽可能在天黑前赶回。

3、检查住宅周围的安全防备,确保全家人都知道一些紧急措施,如使用铁甲咒、幻身咒等,家中未成年的孩子则需学会随从显形。

4、与亲朋好友商定安全暗号,以识破食死徒利用复方汤剂假冒他人(见第2页)。

5、若察觉某位家庭成员、同事、朋友或邻居行为异常,请立即与魔法法律执行队联系。他们可能已被施了夺魂咒(见第4页)。

6、如若黑魔标记出现在任何住宅或建筑物上,**千万不要进入**,立即与傲罗办公室联系。

7、未经证实的消息说,食死徒现在可能使用阴尸(见第10页)。若看见或遭遇阴尸,请**即时**向魔法部报告。

哈利在睡梦中哼了哼,脸颊顺着窗户往下滑了一两寸,眼镜歪得更厉害了,但是他没有醒。哈利几年前修好的一只闹钟在窗台上滴答滴答地走着,时间是十一点差一分。闹钟旁边,哈利松开的手里有一张羊皮纸,上面用细长的、歪向一边的笔迹写着一些字。这封信三天前被送来后,哈利经常拿出来看,刚送来时羊皮纸卷得紧紧的,现在已经平平展展了。

亲爱的哈利：

如果你方便的话，我将在本星期五夜里十一点到女贞路4号来接你去陋居，他们邀请你在那里度过暑假剩余的日子。

另外，我在去陋居的路上要办一件事，若能得到你的协助我将非常高兴。详情见面时谈。

请将回信托这只猫头鹰捎回。星期五见。

你最忠实的

阿不思·邓布利多

信的内容哈利已经记得滚瓜烂熟，但自从晚上七点坐在卧室的窗户旁(这里能清楚地看见女贞路的两个路口)之后，他还是每过几分钟就忍不住偷偷再朝它撇上几眼。他知道没有必要反复地看邓布利多的信。哈利已经按照要求，把他肯定的回答让那只送信的猫头鹰捎了回去。他眼下能做的只有等待：不管邓布利多来还是不来。

可是哈利没有收拾行李。刚在德思礼家住了两个星期就要被解救出去，这件事太美妙了，不像是真的。他怎么也摆脱不了心头的疑虑，总觉得会有什么地方出差错——他给邓布利多的回信送到别处去了，邓布利多被耽搁了、不能来接他了，或者那封信根本不是邓布利多写来的，而是一个玩笑、恶作剧或陷阱。如果高高兴兴地收拾好行李，到头来大失所望，还要把东西一件件地从箱子里再拿出来，哈利肯定会受不了的。对于可能到来的旅行，他惟一的举动就是把他那只雪白的猫头鹰海德薇牢牢地关在笼子里。

闹钟的分针指向了十二，几乎就在同时，窗外的路灯突然灭了。

这突如其来的黑暗像闹铃一样把哈利惊醒了。他赶紧扶正了眼镜，把贴在玻璃上的面颊移开，而把鼻子贴在了窗户上，眯起眼睛看着下面的人行道。一个身穿长斗篷的高高身影正顺着花园小路走来。

哈利像遭到电击一样腾地跳了起来，带翻了椅子。他开始把地板上够得着的东西胡乱地全部抓起来扔进箱子。他刚把一套长袍、两本魔法书和一包脆饼从房间那头扔过来，门铃就响了。

楼下的客厅里传来弗农姨父的喊声："真见鬼，这么晚了谁在叫门？"

哈利僵在了那里，一手拿着黄铜望远镜，一手拎着一双运动鞋。他完全忘记了告诉德思礼一家邓布利多可能会来。他觉得又紧张又好笑，赶紧从箱子上翻过去，拧开卧室的门，正好听见一个低沉的声音说："晚上好。想必你就是德思礼先生吧。我相信哈利一定对你说过我要来接他，是不是？"

哈利一步两级地冲下楼梯，在离楼底还有几级时猛地刹住脚步，长期以来的经验告诉他，任何时候都要尽量与姨父保持距离，别让姨父的手臂够着他。门口站着一个瘦高个子的男人，银白色的头发和胡子一直垂到腰际。他的鹰钩鼻上架着一副半月形的眼镜，身穿一件黑色的旅行斗篷，头戴一顶尖帽子。弗农·德思礼的胡子差不多跟邓布利多的一样浓密，不过是黑色的，他身穿一件紫褐色的晨衣，正呆呆地盯着来人，似乎不敢相信他那双小眼睛看到的一切。

"从你这么惊讶、不敢相信的神情看，哈利没有告诉你我要来。"邓布利多亲切随和地说，"不过，让我们假定你已经热情地邀请我进入你的家门吧。如今时局动荡，在门口逗留时间过长是不明智的。"

他敏捷地跨过门槛，关上了身后的大门。

"我上次来过以后，已经有很长时间了。"邓布利多的目光从鹰钩鼻上望着弗农姨父，"必须承认，你的百子莲开得很茂盛。"

弗农·德思礼没有吭声。但哈利相信他很快就会缓过劲儿来说话的——姨父太阳穴上的血管跳得都快爆炸了——但是邓布利多身上的某种东西似乎使他一时喘不过气来。也许是邓布利多所显露出的惹人注目的巫师气质，也许只是因为就连弗农姨父也能感觉到，他很难在这个男人面前耀武扬威。

"啊，晚上好，哈利，"邓布利多从半月形眼镜片的后面望着哈利，脸上带着十分满意的表情，"太好了，太好了。"

这句话似乎唤醒了弗农姨父。显然对他来说，任何一个能够看着哈利说"太好了"的人，他都永远不可能跟那人达成共识。

"我不是故意失礼——"他说,话里的每一个音节都透着无礼。

"——然而,我们还是经常会碰到意外的失礼。"邓布利多严肃地接过他的话头,"最好什么也别说啦,亲爱的伙计。啊,这位肯定是佩妮。"

厨房的门开了,哈利的姨妈站在那里,戴着橡胶手套,晨衣上套着一件家常便服,显然她正像往常一样要在睡觉前把整个厨房的表面都擦一遍。她那长长的马脸上满是惊恐。

"阿不思·邓布利多。"邓布利多看到弗农没有给他作介绍,便说道,"当然啦,我们是通过信的。"哈利觉得,用这种方式提醒佩妮邓布利多曾经给她寄过一封吼叫信,听着有点好笑,但是佩妮姨妈并没有对这种说法表示异议。"这一定是你们的儿子达力吧?"

达力这时候从客厅门口探出头,他那个一头黄发的大脑袋戳在条纹睡衣的领口外,看上去好像不是长在他身体上似的。因为吃惊和害怕,他的嘴巴张得大大的。邓布利多等了片刻,似乎想听听德思礼一家有什么话要说,看到他们继续沉默着,他便笑了。

"我们能不能假设,你们已经邀请我进入你们家的客厅了?"

邓布利多经过达力身边时,达力慌忙闪到一边。哈利跳下最后几级楼梯,跟着邓布利多进了客厅,手里仍然抓着望远镜和运动鞋。邓布利多在最靠近壁炉的扶手椅上坐了下来,带着善意的兴趣打量着房间里的一切。他看上去与周围的环境完全不协调。

"我们——我们走吗,先生?"哈利焦急地问。

"走,当然要走,不过有几件事需要先商量一下。"邓布利多说,"我认为我们最好不要在外面谈论这些事,所以只好再多打扰你的姨妈和姨父一会儿了。"

"什么,你们?"

弗农姨父也进了客厅,佩妮站在他身边,达力战战兢兢地躲在他们俩后面。

"没错,"邓布利多简短地说,"是这样的。"

他忽地拔出魔杖,快得哈利都没看清。魔杖轻轻一挥,沙发嗖地冲了过去,撞在德思礼家三个人的膝盖上。他们一下子没有站住脚,全都栽倒在沙发上，滚作一团。魔杖又是轻轻一挥，沙发又嗖地回到了原处。

"我们也可以舒服一些。"邓布利多愉快地说。

他把魔杖重新放回了口袋，这时哈利看见他的那只手既干枯又焦黑，好像上面的肉都被烧干了。

"先生——这是怎么搞的——?"

"以后再说，哈利，"邓布利多说，"坐下吧。"

哈利在另外那把扶手椅上坐了下来，尽量不去看德思礼一家，他们似乎被吓得说不出话来了。

"我本来以为你们会让我喝点儿什么，"邓布利多对弗农姨父说，"现在看来，这种期望是乐观到了可笑的程度。"

魔杖第三次轻轻一挥，空中出现了一只脏兮兮的酒瓶和五只玻璃杯。瓶子自动侧过来给每只杯子里倒满了蜜黄色的液体，然后杯子分别飘向房间里的每个人。

"罗斯默塔夫人最好的栎木催熟的蜂蜜酒。"邓布利多说着朝哈利举了举杯，哈利抓住他自己的那一杯酒喝了一小口。他以前从没尝过这种东西，但是非常喜欢。德思礼一家惊慌失措地迅速对视了一下，然后便拼命躲避着他们的杯子。这可不太容易，因为杯子不停地轻轻撞着他们的脑袋提醒他们。哈利忍不住怀疑邓布利多是不是在故意搞恶作剧。

"好了，哈利，"邓布利多转向他说，"现在有了一个难题，我希望你能帮我们解决。我说的'我们'指的是凤凰社。不过，我首先要告诉你，小天狼星的遗嘱一个星期前被发现了，他把他所有的一切都留给了你。"

沙发上的弗农姨父转过头，但是哈利没有看他，也想不出该说什么话，只回了一句："噢，是吗。"

"这基本上还是比较简单的，"邓布利多继续说道，"你在古灵阁的账户上又多了一大笔金子，你还继承了小天狼星所有的个人财物。遗产中有点儿问题的部分是——"

"他的教父死了?"弗农姨父在沙发上大声问。邓布利多和哈利都扭头看着他。那杯蜂蜜酒这会儿已经是不依不饶地敲着弗农的脑袋，他则拼命想把它赶走。"他死了？他的教父?"

"是的。"邓布利多说。他没有问哈利为什么没把这件事告诉德思礼一家。"现在的问题是，"他继续对哈利说，就好像没被打断似的，"小天狼星还把格里莫广场12号也留给了你。"

"给他留下了一幢房子？"弗农姨父贪婪地说，一双小眼睛眯了起来，但是没有人理睬他。

"你们可以把它留着做总部。"哈利说，"我不在乎。你们可以用它，我其实并不需要。"只要有可能，哈利再也不想跨进格里莫广场12号。他觉得自己一辈子都忘不了小天狼星曾经在那些昏暗发霉的房间里独自徘徊，被囚禁在那个他日夜渴望离开的地方。

"那太慷慨了。"邓布利多说，"不过，我们暂时撤出了那幢房子。"

"为什么？"

"是这样，"邓布利多没有理会弗农姨父的嘟囔，继续往下说——这时候弗农姨父的脑袋被那杯蜂蜜酒敲得当当直响，"布莱克家族的传统规定，房子世代相传，要传给下一个姓布莱克的男性。小天狼星是他的家族里最后一位传人，因为他的弟弟雷古勒斯死在他之前，而他们俩都没有孩子。虽然他的遗嘱里说得很清楚，要把房子留给你，但那地方可能被施过一些魔法或咒语，以确保不让任何一个非纯血统的人占据它。"

哈利脑海里闪过一个画面，是格里莫广场12号大厅里那幅小天狼星的母亲尖叫、怒骂的肖像。"肯定是那样。"他说。

"是啊，"邓布利多说，"如果存在这种魔咒，那么，这幢房子的所有权很可能就要属于布莱克家族现存的年纪最长的人，也就是小天狼星的堂姐，贝拉特里克斯·莱斯特兰奇[①]了。"

哈利还没意识到自己在做什么，就一下子跳了起来，腿上的望远镜和运动鞋都滚到了地上。贝拉特里克斯·莱斯特兰奇，杀死小天狼星的凶手，继承他的房子？

---

① 贝拉特里克斯·莱斯特兰奇本名叫贝拉特里克斯·布莱克，因嫁给罗道夫斯·莱斯特兰奇为妻，所以从了夫姓。详情请见《哈利·波特与凤凰社》第80页。

"不!"他说。

"是啊,我们肯定也不希望她得到它。"邓布利多平静地说,"情况相当复杂。房子的所有权不归小天狼星了,我们就不知道我们原来给它施的一些魔法,比如让它无法在地图上标绘等等,现在还管不管用。贝拉特里克斯随时都会出现在门口。所以我们只好先搬出去,等情况弄清楚了再说。"

"但你怎么能弄清我是不是可以拥有它呢?"

"幸好,"邓布利多说,"有一种简单的测试办法。"

他把空杯子放在椅子边的小桌子上,没等他再做什么,弗农姨父就喊道:"你能把这些该死的东西从我们这儿弄走吗?"

哈利扭头一看,德思礼家的三个人都用胳膊护着脑袋,因为他们的杯子正跳上跳下地撞着他们的脑壳,里面的酒洒得到处都是。

"哦,对不起。"邓布利多不失礼貌地说,又把魔杖举了起来。三只玻璃杯一下子就消失了。"可是你知道,把它喝掉才更有风度。"

弗农姨父似乎忍不住想说几句难听的话作为反击,但他只是跟佩妮姨妈和达力一起缩进沙发垫子里,一声不吭,一双小小的猪眼睛紧盯着邓布利多的魔杖。

"你看,"邓布利多说着又转向哈利,就当弗农姨父根本没开口似的继续说道,"如果你确实继承了那幢房子,你同时便会继承——"

他第五次挥动魔杖。随着一记很响的爆裂声,一个家养小精灵出现了,他鼻子向上突起,长着一对大大的蝙蝠状耳朵和一双铜铃般的、充血的眼睛。他身上穿着脏兮兮的破衣服,蹲在德思礼家的长绒地毯上。佩妮姨妈发出一声令人汗毛直竖的尖叫:从她记事起,她家里从没进来过这么肮脏的东西。达力赶紧把他那双粉红色的大光脚丫从地板上抬起来,差不多举过了头顶,就好像他害怕那怪物会顺着他睡衣的裤腿爬上去似的。弗农姨父吼道:"那是个什么玩意儿?"

"克利切。"邓布利多接着刚才的话说。

"克利切不要,克利切不要,克利切不要!"家养小精灵哑着嗓子说,声音几乎跟弗农姨父的一样高,一边还跺着他那双长长的、皱巴巴的脚,揪着他那对大耳朵,"克利切属于贝拉特里克斯小姐,噢,没错,克利切属于布莱克家的人,克利切想要新的女主人,克利切不要归那个波特小子,克利切不要,不要,不要——"

"你也看出来了,哈利,"邓布利多提高了音量,盖过了克利切那不停歇的"不要,不要,不要"的嘶喊,"克利切不愿意归你所有。"

"我不在乎,"哈利厌恶地看着那个不断扭动、跺着脚的家养小精灵,又把话说了一遍,"我不想要他。"

"不要,不要,不要,不要——"

"那么你情愿让他落到贝拉特里克斯·莱斯特兰奇手里啰?你别忘了,他去年可一直住在凤凰社的总部啊!"

"不要,不要,不要,不要——"

哈利呆呆地望着邓布利多。他知道绝不能让克利切跟贝拉特里克斯·莱斯特兰奇生活在一起,但是想到克利切要归他所有,想到他要对这个曾经背叛过小天狼的家伙负责,他感到一阵厌恶。

"给他下个命令吧。"邓布利多说,"如果他现在属于你了,他就不得不服从。如果你不要他,我们就必须想别的办法不让他跟他法定的女主人在一起。"

"不要,不要,不要,不要!"

克利切简直是在声嘶力竭地尖叫了。哈利想不出什么可说,就喊了一句:"克利切,闭嘴!"

顿时,克利切好像被呛住了。他掐住自己的喉咙,嘴巴还在愤怒地动个不停,眼睛向外突起着。他大口大口地喘息了几秒钟,突然向前扑倒在地毯上(佩妮姨妈抽抽搭搭地哭了起来),双手和双脚使劲敲打着地板,发起了来势凶猛、但绝对无声的大脾气。

"好,这样事情就简单了,"邓布利多高兴地说,"看来小天狼星头脑很清楚。你是格里莫广场12号以及克利切的合法主人了。"

"我——我必须把他带在身边吗?"哈利惊恐地问,克利切在他脚边剧烈地扭动着。

"如果你不愿意,就不用。"邓布利多说,"我不妨提一个建议,你可以把他派到霍格沃茨,让他在厨房里干活。那样,别的家养小精灵还可以监视他。"

"好,"哈利松了口气说,"好,就这么办。嗯——克利切——我要你到霍格沃茨去,在那里的厨房里跟别的家养小精灵一起干活。"

克利切此刻平躺在地上,四脚朝天,翻着眼睛充满怨恨地朝上看了哈利一眼。然后,又是一记很响的爆裂声,他消失了。

"很好,"邓布利多说,"还有一件事,是关于鹰头马身有翼兽巴克比克的。自从小天狼星死后,一直是海格在照料他,但巴克比克现在属于你了,所以,如果你愿意另作安排——"

"不,"哈利立刻说道,"就让它跟海格在一起吧。我想巴克比克也愿意那样。"

"海格会很高兴的。"邓布利多微笑着说,"顺便说一句,为了巴克比克的安全,我们决定暂时给它改名叫蔫翼,其实我不相信魔法部会猜到它就是他们曾经判处死刑的那只鹰头马身有翼兽。好,哈利,你的箱子收拾好了吗?"

"嗯……"

"不相信我真的会来?"邓布利多尖锐地指出。

"我这就去——嗯——把它收拾好。"哈利赶紧说道,一边匆匆捡起掉在地上的望远镜和运动鞋。

他花了十多分钟才把他需要的每件东西都找齐了。最后,他总算从床底下抽出了他的隐形衣,拧上那瓶变色墨水的盖子,又把箱子盖使劲压在坩埚上盖好。然后,他一手拎着箱子,一手提着海德薇的笼子,下楼来了。

他失望地发现,邓布利多并没有在门厅里等着,这就意味着他不得不再回到客厅去。

没有一个人说话。邓布利多轻声哼着小曲儿,一副自得其乐的样子,但是屋里的空气比冰冻的牛奶蛋糊还要凝重。哈利不敢看德思礼一家,只是说道:"教授——我准备好了。"

"很好。"邓布利多说,"还有最后一件事,"他又一次转过身对德思礼一家说,“你们无疑也意识到了,哈利再过一年就成年了——”

“不。”佩妮姨妈说,这是她在邓布利多到来后第一次开口说话。

“对不起,你说什么?”邓布利多礼貌地问。

“不,他还没有成年。他比达力小一个月,达力要到后年才满十八岁呢。”

“啊,”邓布利多和气地说,“可是在巫师界,满十七岁就成年了。”

弗农姨父嘟囔了一句“荒唐”,但邓布利多没有理他。

“你们已经知道,如今,那个名叫伏地魔的巫师又回到了这个国家。巫师界目前正处于一种公开交战的状态。伏地魔已经多次试图杀害哈利,现在哈利的处境,比十五年前我把他放在你们家台阶上时更加危险。当时我留下一封信,解释说他的父母已被杀害,并希望你们会像对待自己的孩子一样照顾他。”

邓布利多停住了,尽管他的声音还是那么轻松、平静,脸上也没有表现出丝毫的怒容,但哈利感觉到他身上散发出一股寒意。他注意到德思礼一家互相挤缩得更紧了。

“你们没有按我说的去做。你们从来不把哈利当成自己的儿子。他在你们手里,得到的只是忽视和经常性的虐待。不幸中的万幸,他至少逃脱了你们对坐在你们中间的那个倒霉男孩造成的那种可怕伤害。”

佩妮姨妈和弗农姨父都本能地转过目光,似乎以为会看见挤坐在他们中间的不是达力,而是别的什么人。

“我们——虐待达力?你这是——?”弗农姨父气愤地说,可是邓布利多举起一只手示意安静,屋里立刻静了下来,仿佛他一下子把弗农姨父变成了哑巴。

“我十五年前施的那个魔法,意味着在哈利仍然可以把这里当家的时候,他会得到强有力的保护。他在这里不管过得多么可怜,多么不受欢迎,多么遭人虐待,你们至少还很不情愿地给了他一个容身之处。当哈利年满十七岁,也就是说,当他成为一个男人时,这个魔法就会失效。我只要求一点:你们在哈利十七岁生日前允许他再次回到这个家,这将保证那种保护力量一直持续到那个时候。”

德思礼一家谁也没有吭声。达力微微皱着眉头,似乎还在琢磨他到底受到了什么虐待。弗农姨父看上去像是喉咙里卡了什么东西。佩妮姨妈呢,却莫名其妙地涨红了脸。

"好了,哈利……我们该出发了。"邓布利多最后说道。他站了起来,整了整长长的黑斗篷。"下次再见。"他对德思礼一家说,而从他们的表情看,他们希望永远不要再见才好。然后,邓布利多戴上帽子,快步走出了房间。

"再见。"哈利匆匆向德思礼一家道了个别,便也跟了出来。邓布利多在哈利的箱子旁停住脚步,箱子上还放着海德薇的鸟笼子。

"现在我们可不想带着它们碍事,"他说着又抽出了魔杖,"我把它们送到陋居,让它们在那儿等着我们吧。不过,我希望你把隐形衣带上……以防万一。"

哈利费了一些力气才把隐形衣从箱子里抽出来,因为他不想让邓布利多看到箱子里有多乱。等他把隐形衣塞进夹克衫里面的口袋,邓布利多一挥魔杖,箱子、笼子和海德薇便一下子全消失了。然后,邓布利多又挥了一下魔杖,大门便朝着寒冷的、雾蒙蒙的夜色敞开了。

"好了,哈利,让我们走进黑夜,去追逐那个轻浮而诱人的妖妇——冒险吧。"

第4章

霍拉斯·斯拉格霍恩

在过去的日子里，哈利只要醒着，就无时无刻不在热切地盼望着邓布利多真的会来接他，可是，当两人一同出发，走在女贞路上时，他却觉得非常别扭。以前，他从来没有在霍格沃茨之外跟校长正经交谈过，他们中间一般都隔着一张桌子。他忍不住想起他们最后一次见面的情形，这更增加了他的尴尬。那次见面时，他不仅大吵大嚷，而且还不顾一切地打碎了邓布利多几件最宝贵的东西。

邓布利多却显得非常随和。

“把魔杖准备好，哈利。”他语调轻快地说。

“可是，我在校外好像不能使用魔法吧，先生？”

“如果遇到袭击，”邓布利多说，“我允许你使用你能想到的任何魔法和咒语去反击。不过，我认为你今晚用不着担心遭到袭击。”

“为什么呢，先生？”

“因为你和我在一起，”邓布利多简单地说，“这就没事了，哈利。”

他在女贞路的路口突然停住了脚步。

“你肯定还没有通过幻影显形的考试吧？”他问。

“没有，”哈利回答说，“我记得好像要年满十七岁才行。”

“是啊，”邓布利多说，“那么你就需要紧紧抓住我的胳膊。是我的左胳膊，如果你不介意的话——你肯定注意到了，我拿魔杖的胳膊目前有点儿不得劲儿。”

哈利抓住了邓布利多伸过来的前臂。

“很好。”邓布利多说，“好了，我们出发。”

哈利觉得邓布利多的胳膊好像要从他手里挣脱，便赶紧抓得更牢了，随即他发现周围变得一片漆黑。他受到来自各个方向的强烈挤压，一点儿也透不过气来，胸口像是被几道铁箍紧紧地勒着。他的眼球被挤回了脑袋里，耳膜被压进了头颅深处，接着——

他大口大口地吸着夜晚寒冷的空气，睁开流泪的双眼。他觉得自己刚才似乎是从一根非常狭窄的橡皮管子里挤了出来。几秒钟后他才缓过神来，发现女贞路已经消失。他和邓布利多现在站着的这个地方，像是某个被遗弃的村落的场院，中间竖着一座古老的战争纪念碑，还有几条长凳。哈利的理解跟上了他的感觉，意识到他刚才经历了生平第一次幻影显形。

“你没事吧？”邓布利多低头关切地看着他问道。“这种感觉需要慢慢适应。”

“我挺好的，”哈利揉着耳朵说，他觉得他的耳朵似乎是很不情愿地离开了女贞路，“但我好像更喜欢骑着扫帚飞行。”

邓布利多笑了，他用旅行斗篷紧紧裹住脖子，说道：“这边走。”

他迈着轻快的脚步走着，经过了一家空荡荡的小酒馆和几所房屋。

从附近一座教堂的钟上看,时间差不多已经是午夜了。

"那么你告诉我,哈利,"邓布利多说,"你的伤疤……它一直在疼吗?"

哈利下意识地把手伸到额头上,摸了摸那道闪电形的伤疤。

"没有,"他说,"我也一直在纳闷呢。现在伏地魔卷土重来,我还以为伤疤会一直火辣辣地疼呢。"

他抬眼看了看邓布利多,发现他脸上露出一种满意的神情。

"我的想法跟你不同。"邓布利多说,"伏地魔终于意识到你一直能够进入他的思想和情感,他觉得这是很危险的。看来,他现在对你使用大脑封闭术了。"

"那好,我巴不得这样呢。"哈利说,他并不怀念那些折磨人的噩梦,也不怀念那些突然洞悉伏地魔心理活动的可怕经历。

他们拐过一个街角,经过了一个电话亭和一个公共汽车候车亭。哈利又偏头看了看邓布利多。

"教授?"

"哈利?"

"嗯——我们到底在哪儿呢?"

"这儿就是迷人的巴德莱·巴伯顿村庄,哈利。"

"我们到这儿来做什么呢?"

"啊,对了,我还没有告诉你。"邓布利多说,"唉,我都记不清最近几年这件事我说过多少遍了,可是没办法,现在我们又短缺一名教师。我们是来劝说我的一名退休的同事重新出来工作,回到霍格沃茨的。"

"我能帮上什么忙呢,先生?"

"噢,我想我们会让你派上用场的。"邓布利多含糊地说,"向左转,哈利。"

他们走上了一条陡直、狭窄的街道,两边是一排排住房。笼罩了女贞路两个星期的寒气在这里也滞留不去。哈利想到了摄魂怪,转过头去朝后看了看,用手抓住口袋里的魔杖给自己壮胆。

"教授,我们为什么不能直接幻影显形到你的老同事家里呢?"

"因为那就像踢开别人家的大门一样无礼。"邓布利多说,"礼貌要求我们向别的巫师提供拒绝我们的机会。不过,大多数巫师住宅都有魔法抵御不受欢迎的幻影显形者。比如,在霍格沃茨——”

“——在城堡和猎场里都不可以幻影显形,”哈利抢着说,“赫敏·格兰杰告诉我的。”

“她说得不错。我们再往左拐。”

在他们身后,教堂响起了午夜的钟声。哈利心里纳闷:邓布利多怎么不认为这么晚去拜访老同事是失礼呢?但现在谈话已经展开,他还有更加迫切的问题要问。

“先生,我在《预言家日报》上看到,福吉已经下台了……”

“不错,”邓布利多说着拐上了另一条笔直的小街,“我相信你已经看到了,接替他的是鲁弗斯·斯克林杰,他以前是傲罗办公室主任。”

“他……你认为他这个人怎么样?”哈利问。

“这是个有趣的问题。”邓布利多说,“他很有能力,这是不用说的。比康奈利更果断、更有魄力。”

“是啊,不过我指的是——”

“我知道你指的是什么。鲁弗斯是个雷厉风行的人,他参加工作后的大部分精力都致力于对付黑巫师,所以对伏地魔的力量不会低估。”

哈利等待着,但邓布利多只字不提《预言家日报》报道的他跟斯克林杰的那场争执,而哈利也不敢追问,便改变了话题。

“还有……先生……我看到了博恩斯夫人的事。”

“是啊,”邓布利多轻声说,“一个惨重的损失。她是一个了不起的巫师。我想就在那上边——哎哟!”

他用来指路的是那只受伤的手。

“教授,你这是怎么弄的——?”

“现在没有时间解释了。”邓布利多说,“这是一个惊心动魄的故事,我希望能够展开来描述。”

他微笑地看着哈利,哈利明白他没有受到斥责,还可以继续再提问题。

“先生——我收到猫头鹰送来的一份魔法部的小册子,讲的是对付食死徒的安全措施……"

"是啊,我也收到了一份。"邓布利多仍然笑眯眯地说,"你觉得有用吗?"

"不太有用。"

"是啊,我也认为没用。比如,你并没有问我最喜欢哪一种果酱,以此来检验我是否确实是邓布利多教授,而不是一个冒牌货。"

"我没有……"哈利没有说完,他不能肯定他是不是受到了批评。

"为了将来用得着,我不妨告诉你,哈利,我最喜欢的是覆盆子果酱……不过,当然啦,如果我是个食死徒,我肯定会把我喜欢什么果酱弄清楚了再去冒充我自己的。"

"嗯……是这样。"哈利说,"对了,小册子上还提到了阴尸。它们到底是什么呢?小册子上说得不太清楚。"

"它们是死尸,"邓布利多平静地说,"是被施了巫术、为黑巫师效劳的死尸。不过,阴尸已经有很长时间没见过了,自从伏地魔上次失势之后就绝迹了……不用说,他当时杀了许多人,制造了大批阴尸。我们到了,哈利,就是这儿……"

他们走近了一幢坐落在花园里的整洁的小石头房子。哈利一门心思只顾琢磨着关于阴尸的可怕说法,没留心周围的事情。他们走到大门前,邓布利多突然停住了脚步,哈利猝不及防,撞到了他身上。

"噢,天哪。噢,天哪,天哪,天哪。"

哈利顺着邓布利多的目光,朝精心养护的小路那边望去,心顿时往下一沉。前门的铰链开了,门歪歪斜斜地悬着。

邓布利多望了望街道两边,似乎一个人也没有。

"哈利,拔出魔杖,跟我来。"他小声说。

他推开前门,悄没声儿地快步走上花园的小路,哈利紧随其后。然后邓布利多慢慢推开前门,手里举着魔杖,随时准备出击。

"荧光闪烁!"

邓布利多的魔杖顶端亮了,映照出一道狭窄的门廊。左边还有一扇敞开的门。邓布利多高高地举着发亮的魔杖,走进那间客厅,哈利紧紧跟在后面。

眼前是一片狼藉，一只老爷钟摔碎在他们脚边，钟面裂了，钟摆躺在稍远一点的地方，像一把被遗弃的宝剑。一架钢琴翻倒在地上，琴键散落在四处。近旁还有一盏摔散的枝形吊灯的碎片在闪闪发光。垫子乱七八糟地扔得到处都是，已经瘪瘪的了，羽毛从裂口处钻了出来。碎玻璃和碎瓷片像粉末一样洒了一地。邓布利多把魔杖举得更高一些，照亮了墙壁，墙纸上溅了许多暗红色的黏糊糊的东西。哈利小声抽了口气，邓布利多听见了，四下里看了看。

"不太好看，是不是？"他沉重地说，"是啊，这儿发生了一起恐怖事件。"

邓布利多小心地走到屋子中间，仔细观察着脚边的破碎残片。哈利跟了过去，打量着四周，隐隐地担心会看见什么可怕的东西藏在残破的钢琴或翻倒的沙发后面，但他并没有看见尸体的影子。

"也许有过一场搏斗，后来——后来他们把他拖走了，是吗，教授？"哈利猜测道，他尽量不去想象一个人受了多么严重的伤，才会在墙上那么高的地方溅上那些血迹。

"我不认为是这样。"邓布利多平静地说，一边朝翻倒在地的一把鼓鼓囊囊的扶手椅后面看了看。

"你是说他——？"

"仍然在这里？没错。"

说时迟那时快，邓布利多突然出手，把魔杖尖扎进了鼓鼓囊囊的扶手椅的椅垫，椅子发出一声惨叫："哎哟！"

"晚上好，霍拉斯。"邓布利多说着重新站直了身子。

哈利吃惊地张大了嘴巴。刚才还是一把扶手椅，眨眼之间却变成了一个秃顶的胖老头儿蹲在那里。他揉着小肚子，眯起一只痛苦的、泪汪汪的眼睛看着邓布利多。

"你没必要用魔杖扎得那么狠嘛。"他气呼呼地说，费劲地爬了起来，"疼死我了。"

魔杖的光照着他那明晃晃的秃头、那鼓起的双眼、那海象般的银白色胡须,还照着他淡紫色睡衣外面那件褐紫色天鹅绒衣服上亮闪闪的纽扣。他的头顶只及邓布利多的下巴。

"是怎么露馅儿的?"他粗声粗气地问,一边踉踉跄跄地站起来,仍然揉着小肚子。看来他的脸皮厚得惊人,要知道他刚刚可是装成了一把扶手椅被人识破的。

"我亲爱的霍拉斯,"邓布利多似乎觉得很可笑,说道,"如果食死徒真的来过,肯定会在房子上空留下黑魔标记的。"

巫师用胖乎乎的手拍了一下宽大的前额。

"黑魔标记。"他嘟囔道,"我就觉着还缺点儿什么……啊,对啦。不过,也来不及了。我刚把椅套调整好,你们就进屋了。"

他重重地叹了一口气,将两根胡子尖都吹得翘了起来。

"要我帮你收拾吗?"邓布利多彬彬有礼地问。

"请吧。"那人说。

他们背对背站了起来,一个又高又瘦,一个又矮又胖,两人步调一致地挥舞着魔杖。

家具一件件跳回了原来的位置,装饰品在半空中恢复了原形,羽毛重新钻回了软垫里,破损的图书自动修复,整整齐齐地排列在书架上。油灯飞到墙边的小桌上,重新点亮了。一大堆碎裂的银色像框闪闪烁烁地飞到了房间那头,落在一张写字台上,重又变得光亮如新。房间各处破损、撕裂、豁开的地方都恢复如初。墙上的污迹也自动擦干净了。

"顺便问一句,那是什么血呀?"邓布利多问道,声音盖过了刚修好的老爷钟的钟摆声。

"墙上的? 是火龙血。"这位名叫霍拉斯的巫师大声喊着回答,这时那盏枝形吊灯自动跳回了天花板上,吱吱嘎嘎、丁丁当当的声音震耳欲聋。

随着钢琴最后发出丁冬一响,房间里总算安静下来。

"是啊,火龙血,"巫师谈兴很浓地说,"我的最后一瓶,目前价格贵得惊人。不过,也许还能用。"

他迈着沉重的脚步走到餐具柜前,拿起柜顶上的一只小水晶瓶,对着光线仔细看了看里面黏稠的液体。

“嗯，有点儿脏了。”

他把小瓶重新放回到餐具柜上，叹了一口气。这时，他的目光才落在哈利的身上。

“嗬，”他说，圆圆的大眼睛立刻望向哈利的额头，以及额头上那道闪电形的伤疤，“嗬！”

“这位，”邓布利多走上前去做介绍，“是哈利·波特。哈利，这是我的一位老朋友、老同事，叫霍拉斯·斯拉格霍恩。”

斯拉格霍恩转向邓布利多，脸上一副机敏的表情。

“你以为靠这个就能说服我，是吗？我告诉你，阿不思，答案是不行！”

他推开哈利走了过去，并且坚决地把脸转向了一边，像在抵御什么诱惑似的。

“我想，我们至少可以喝一杯吧？”邓布利多问，“为了过去的时光？”

斯拉格霍恩迟疑着。

“好吧，就喝一杯。”他态度生硬地说。

邓布利多朝哈利笑了笑，领着他走向一把椅子。这把椅子很像斯拉格霍恩刚才冒充过的那把，椅子旁边是刚刚燃起的炉火和一盏明亮的油灯。

哈利在椅子上坐了下来，他有一种感觉，似乎邓布利多出于某种原因，尽量把他安排在显眼的地方。果然，斯拉格霍恩对付完那些瓶子和杯子、重新转过脸来时，他的目光一下子就落在了哈利身上。

“哼，”他赶紧移开目光，好像害怕眼睛会受伤似的，“给——”他递了一杯给已经坐下来的邓布利多，又把托盘朝哈利面前一推，然后便坐进了那张刚刚修复的沙发上的一堆软垫里，板着脸陷入了沉默。他的腿因为太短，够不着地面。

“怎么样，霍拉斯，近来你身子骨还好吧？”邓布利多问。

“不太好，”斯拉格霍恩立刻说道，“透不过气来。哮喘，还有风湿，腿脚不像以前那么灵便了。唉，这也是意料中的。人老了，不中用了。”

“不过，你在这么短的时间里准备了这么一个欢迎现场，动作肯定够敏捷的。"邓布利多说,"你得到警报的时间不会超过三分钟吧?"

斯拉格霍恩半是恼怒半是得意地说:"两分钟。我在洗澡,没听见我的入侵咒被解除的警报。不过,"他似乎重新镇静下来,板着脸说道,"事实不可否认,我是个老头子啦,阿不思。一个疲惫的老头子,有权过一种清静的生活,得到一些物质享受。"

他无疑不缺乏物质享受,哈利看了看房间里的摆设,想道。房间里又挤又乱,但没有人会说它不舒适。这里有软椅、垫脚凳、饮料和书籍,还有一盒盒巧克力和一堆鼓鼓囊囊的靠垫。如果哈利不知道是谁住在这里,他准会猜想是一位挑剔讲究的贵妇人。

"你的年龄还没我大呢,霍拉斯。"邓布利多说。

"是啊,也许你自己也该考虑退休了。"斯拉格霍恩直话直说。他那双浅绿色的眼睛盯住了邓布利多受伤的手。"看得出来,反应不如过去那么敏捷了。"

"你说得对,"邓布利多平静地说,把袖子往上抖了抖,露出了烧焦变黑的手指的指尖。哈利看了,觉得脖子后面一阵异样的刺痛。"我显然是比过去迟钝了。可是另一方面……"

他耸耸肩膀,摊开了两只手,似乎想说年老也有年老的好处。这时哈利注意到邓布利多那只没有受伤的手上戴着一枚戒指,他以前从没见他戴过。

戒指很大,像是金子做的,工艺粗糙,上面嵌着一块沉甸甸的、中间有裂纹的黑石头。斯拉格霍恩的目光也在戒指上停留了片刻,哈利看见他微微蹙起眉头,宽脑门上出现了几道皱纹。

"那么,霍拉斯,所有这些抵挡入侵者的安全措施……它们是针对食死徒的,还是针对我的呢?"邓布利多问。

"食死徒要我这把不中用的老骨头有什么用?"斯拉格霍恩反问道。

"我想,他们想让你把你的聪明才智用于镇压、酷刑和谋杀。"邓布利多说,"你敢说他们没有来拉你入伙吗?"

斯拉格霍恩恶狠狠地瞪了邓布利多片刻,然后低声说:"我没有给他们机会。一年来,我一直行踪不定。待在一个地方从来不超过一个星期。

从一处麻瓜住宅搬到另一处麻瓜住宅——这幢房子的主人正在加那利群岛[①]度假呢。我在这儿住得很舒服,真舍不得离开。一旦找到窍门就很容易啦,他们不用窥镜,而用那些可笑的防盗警报器,你只要在上面施一个冰冻魔咒,还有,搬钢琴进来时别让邻居们看见就行了。”

“真巧妙。”邓布利多说,“不过,对于一个想过清静日子的不中用的老家伙来说,这种生活不是太累人了吗?想一想,如果你回到霍格沃茨——”

“如果你想告诉我在那所讨厌的学校里我会生活得更平静,阿不思,你不妨省省力气,别再往下说了!不错,我是在到处东躲西藏,但自从多洛雷斯·乌姆里奇离开后,我也听说了一些离奇的传言!如果你们现在就是这样对待教师的——”

“乌姆里奇教授跟我们的那些马人发生了冲突。”邓布利多说,“我想,霍拉斯,你肯定不会大摇大摆地走进禁林,管一群愤怒的马人叫‘肮脏的杂种’吧。”

“她竟然做出这种事情?”斯拉格霍恩说,“真是个傻婆娘,我一向讨厌她。”

哈利轻轻地笑出了声,邓布利多和斯拉格霍恩都扭过头来看着他。

“对不起,”哈利赶紧说道,“只是——我也不喜欢她。”

邓布利多突然站了起来。

“你要走了吗?”斯拉格霍恩立刻满脸期待地问。

“不,我只想问一下我能不能用用你的卫生间。”邓布利多说。

“噢,”斯拉格霍恩显然很失望,说道,“顺着门厅,左边第二个门就是。”

邓布利多向房间那头走去。门在他身后关上后,房间里静下来。过了片刻,斯拉格霍恩站起身,但似乎拿不定主意要做什么。他偷偷瞥了一眼哈利,然后大步走到壁炉前,转身背对炉火,烘烤着他的大屁股。

“别以为我不知道他为什么把你带来。”他突然说道。

---

① 加那利群岛,位于北大西洋东部,1497年起沦为西班牙殖民地,后改为西班牙的两个省。

哈利只是看着斯拉格霍恩。斯拉格霍恩那双泪汪汪的眼睛瞟向了哈利的伤疤，而且这次把他的整个脸都看清楚了。

“你长得很像你父亲。”

“是的，别人也这么说。”哈利说。

“只是眼睛不像。你的眼睛——”

“像我母亲，是的。”这话哈利听了无数遍，都觉得有点腻烦了。

“哼。是啊。当然啦，作为一名教师，是不应该偏爱学生的，但我就是偏爱她。你的母亲，”斯拉格霍恩看到哈利疑问的目光，补充说道，“莉莉·伊万丝，是我教过的最聪明的学生之一。活泼可爱。一个迷人的姑娘。我经常对她说，她应该在我的学院才是。我经常得到她很不客气的回答。”

“你在哪个学院？”

“我当时是斯莱特林的院长。”斯拉格霍恩说。

“哦，得了，”他看到哈利脸上的表情，立刻朝他晃着一根短粗的手指说道，“别因为这个就对我有敌意！我想，你一定像她一样，是格兰芬多的吧？是啊，一般都是世代相传的。不过也有例外。听说过小天狼星布莱克吗？你肯定听说过——前两年报上经常出现的——几个星期以前死了——”

似乎有一双无形的手紧紧地揪住了哈利的五脏六腑。

“是啊，想当年，他可是你父亲在学校的好朋友。布莱克家的人都在我的学院，没想到小天狼星却到了格兰芬多！真可惜——他是个很有天分的男孩。他弟弟雷古勒斯一来我就把他弄到手了，但要是两个人都在我那儿就好了。”

他说话的口气，就像一位热心的收藏家在拍卖中输给了对手。他显然陷入了回忆，眼睛望着对面的墙壁，身子懒洋洋地原地转动着，好让整个后背均匀受热。

“当然啦，你母亲是麻瓜出身。我发现这一点时简直不敢相信。我本来以为，她那么优秀，肯定是纯种的。”

“我有一个最好的朋友也是麻瓜出身，”哈利说，“她是全年级最优秀的学生。”

“有时候就会有这种事，真奇怪，是不是？”斯拉格霍恩说。

“不奇怪。”哈利冷冷地说。

斯拉格霍恩吃惊地低头看着他。

“你可别以为我有偏见！”他说，“不，不，不！我不是刚说过，你母亲是我这辈子最喜欢的学生之一吗？还有比她低一级的德克·克莱斯韦——现在是妖精联络处的主任——也是麻瓜出身，一个资质很高的学生，现在仍然经常向我透露古灵阁里宝贵的内部消息！”

他脸上带着得意的笑容，往上跳了跳，指着柜子上那许多闪闪发亮的像框，每个像框里都有活动的小人儿。

“这都是我以前的学生，都是签名照片。你会看见巴拿巴斯·古费，《预言家日报》的编辑，他总是很有兴趣听我对时局发表见解。还有蜜蜂公爵糖果店的安布罗修·弗鲁姆——每年我过生日时，他都要送我一个礼品篮，因为当年是我把他介绍给了西塞隆·哈基斯，使他得到了他的第一份工作！还有后面——你伸长脖子就能看见——是格韦诺格·琼斯，霍利黑德哈比[①]队的队长……人们经常奇怪我为什么跟哈比队队员的交情那么好，只要我愿意，就能搞到不花钱的球票！”

说到这里，他似乎情绪大振。

“这些人都知道在哪儿能找到你，能把东西送给你吗？”哈利问，他忍不住怀疑，既然装满糖果的礼品篮、魁地奇球票以及征询他的观点和忠告的那些人都能找到斯拉格霍恩，食死徒怎么会追查不到他的下落呢？

斯拉格霍恩脸上的笑容突然消失了，就像刚才墙上的血迹一样。

“当然不能，”他低头看着哈利说，“我已经一年没有跟任何人联系了。”

哈利感觉到斯拉格霍恩被自己的话吓了一跳。一时间，他显得有点儿不安，接着耸了耸肩。

---

① 哈比，希腊罗马神话中的怪物，脸和躯干似女人，而翅膀、尾巴和爪子似鸟，性情残忍、贪婪。关于霍利黑德哈比队，详情请见《神奇的魁地奇球》第37页，人民文学出版社，2001年10月版。

"不过……这年头,谨慎的巫师都尽量不抛头露面。邓布利多说得也有道理,但这个时候到霍格沃茨任职,就等于公开宣布我是拥护凤凰社的!尽管我相信他们勇敢无畏,令人钦佩,但我这个人不太喜欢死亡率——"

"你到霍格沃茨来教书,不一定要加入凤凰社啊。"哈利说,口气里忍不住透着一点嘲笑。想到小天狼星躲在山洞里,靠吃老鼠活命,他很难同情斯拉格霍恩这种养尊处优的生活。"大多数教师都不是凤凰社的成员,而且没有一个人被害——当然啦,除非你把奇洛算上,但那是他活该,因为他是替伏地魔卖命的。"

哈利知道斯拉格霍恩肯定会像其他巫师一样,听到他大声说出伏地魔的名字就吓得不行。果然不出所料,斯拉格霍恩打了个激灵,大声发出了抗议,但哈利没有理会。

"我认为,只要邓布利多担任校长,学校的教工就会比大多数人都安全。据说,伏地魔只害怕他一个人,是不是?"哈利继续说。

斯拉格霍恩出了一会儿神,似乎在仔细考虑哈利的话。

"唉,是啊,那个连名字都不能提的魔头确实从来没敢跟邓布利多较量过。"他满不情愿地嘟囔道,"我想,既然我没有加入食死徒,那个连名字都不能提的魔头就不可能把我当成朋友……那样的话,我待在阿不思身边恐怕会更安全些……我不能假装阿米莉亚·博恩斯的死对我毫无触动……她在部里有那么多熟人、那么多保护,都……"

邓布利多重新走进了屋里,斯拉格霍恩吓了一跳,他似乎忘记了邓布利多还没离开这幢房子。

"哦,你回来了,阿不思,"他说,"你去的时间可不短啊,闹肚子了?"

"没有,我只是翻了翻那些麻瓜杂志。"邓布利多说,"我很喜欢毛衣编织图案。好了,哈利,我们已经叨扰了霍拉斯很长时间,我认为我们应该走了。"

哈利欣然从命,立刻站了起来。斯拉格霍恩似乎吃了一惊。

"你们要走了?"

"是啊。我想,我能看得出来败局已定。"

“败局……?”

斯拉格霍恩显得很不安。他摆弄着两根胖胖的大拇指,焦虑地看着邓布利多裹紧了旅行斗篷,哈利拉上了他的夹克衫拉链。

“唉,我很遗憾你不肯接受这份工作,霍拉斯,”邓布利多说着举起那只没有受伤的手,做了个告别的姿势,“如果你能回来,霍格沃茨会很高兴的。我们大大加强了安全防范措施,只要你愿意,随时欢迎你过来看看。”

“好……唉……太客气了……我说过……”

“那就再见了。”

“再见。”哈利说。

他们刚走到前门,就听见身后传来一声喊叫。

“好吧,好吧,我干!”

邓布利多一转身,看见斯拉格霍恩正气喘吁吁地站在客厅门口。

“你愿意重新出来工作?”

“是啊,是啊,”斯拉格霍恩不耐烦地说,“我肯定是疯了,但是没错,我愿意。”

“太好了,”邓布利多顿时喜形于色,“那么,霍拉斯,我们九月一日见。”

“好吧,没问题。”斯拉格霍恩嘟囔道。

他们走在花园的小径上时,身后又传来了斯拉格霍恩的声音。

“我会要求涨工资的,邓布利多!”

邓布利多轻声笑了。花园的门在他们身后自动关上了,他们穿过黑压压的袅袅绕绕的浓雾,朝山下走去。

“干得不错,哈利。”邓布利多说。

“我什么也没做呀。”哈利吃惊地说。

“噢,你做了。你让霍拉斯看到了他回到霍格沃茨能得到多少好处。你喜欢他吗?”

“嗯……”

哈利不能肯定自己是不是喜欢斯拉格霍恩。他觉得斯拉格霍恩在某些方面还是挺讨人喜欢的，但他似乎有些虚荣。还有，虽然他嘴上说的是另外一套，但他对于一个麻瓜出身的人竟能成为出色的女巫，表露出了太多的惊讶。

“霍拉斯喜欢物质享受，”邓布利多接着说道，哈利就用不着把他这些心里想法说出来了，“还喜欢结交著名的、成功的、有权有势的人物。他喜欢那种听他摆布的感觉。他自己从来不想掌管大权，而更喜欢屈居次要位置——那样天地更宽，更加游刃有余。他在霍格沃茨时，总喜欢挑选自己最喜欢的学生，有时是因为他们的抱负或智慧，有时是因为他们的魅力或天赋，而且他有一种很不寻常的本领，总能挑选到那些日后会在各行各业出人头地的人。霍拉斯以自己为核心搞了一个俱乐部，由他的得意门生组成。他让他们之间互相认识，建立有用的联系，最后总能获得某种好处，或是免费得到一箱他最喜欢的菠萝蜜饯，或是有机会向妖精联络处推荐一名办事员。”

哈利脑海里立刻出现了一只胖鼓鼓的大蜘蛛，它这里吐一根丝，那里吐一根丝，在身体周围结了一张网，把美味多汁的大苍蝇引到自己身边来。

“我告诉你这些，”邓布利多继续说，“不是叫你对霍拉斯——我们现在必须称他为斯拉格霍恩教授了——产生反感，而是希望你保持警惕。他肯定会来拉拢你的，哈利。你会成为他收藏品中的瑰宝：大难不死的男孩……或者，用他们最近对你的称呼，‘救世之星’。”

听了这些话，哈利身上起了一丝寒意，这寒意与周围的浓雾没有关系。他想起了几个星期前听到的那句话，那句对他有着可怕而特殊含义的话：

两个人不能都活着……

邓布利多已经停下脚步，站在与他们先前经过的那座教堂平行的地方。

“行了，哈利。你只要抓紧我的胳膊。”

这次,哈利对幻影显形有了心理准备,但仍然觉得很不舒服。当压力消失、他发现自己又能顺畅地呼吸时,他已和邓布利多并肩站在一条乡村小路上,而面前那个歪歪斜斜的剪影,正是他在这个世界上第二个最喜欢的地方:陋居。尽管刚才有一丝恐惧侵入了他的内心,但一看到陋居,他的情绪就不由得欢快起来。罗恩在这里……还有韦斯莱夫人,她做的饭菜,比他认识的任何人做的都好吃……

"如果你不反对,哈利,"他们穿过大门时,邓布利多说,"分手前我想跟你说几句话。不想让别人听见。也许就在那里?"

邓布利多指着房子外面一间破败的小石屋,那是韦斯莱一家放扫帚的地方。哈利有些困惑地跟着邓布利多走进了嘎吱作响的小门,来到一个比普通的碗柜大不了多少的地方。邓布利多点亮魔杖,让它像火把一样照着,然后他微笑地看着哈利。

"哈利,希望你能原谅我提起这个话题,但是在部里发生了那些事情之后,你似乎一直对付得不错,对此我很高兴,还有点儿自豪。请允许我说一句,我认为小天狼星也会为你感到自豪的。"

哈利咽了口唾沫,他的声音好像弃他而去了。他认为他无法忍受谈论小天狼星。那天听弗农姨父说"他的教父死了?"就已经使他很痛苦了,后来听斯拉格霍恩那么轻描淡写地吐出小天狼星的名字,更让他感到伤心。

"这很残酷,"邓布利多温和地说,"你和小天狼星只在一起待了那么短的时间。你们本来应该在一起度过许多快乐的时光,这种结局真让人难受。"

哈利点了点头,眼睛固执地盯着一只正往邓布利多帽子上爬的蜘蛛。

他可以感觉到邓布利多是理解他的,邓布利多甚至可能猜到,哈利在收到那封信之前,几乎从早到晚都躺在德思礼家的床上,不吃不喝,盯着水汽模糊的窗户,内心充满了如同摄魂怪留下的那种空洞和寒意。

"很难相信,"哈利终于低声说道,"他再也不会给我写信了。"

他的眼睛突然火辣辣的,赶紧眨了眨眼皮。他不好意思承认,实际上，找到教父之后给他带来的最美好的一件事情，就是知道有一个人在霍格沃茨校外像父母一样时刻关心着他……如今，送信的猫头鹰再也不会带给他那种慰藉了……

"对你来说，小天狼星代表着许多你以前从不知道的东西。"邓布利多温和地说，"失去他肯定令你感到无比痛苦……"

"可是我在德思礼家的时候，"哈利打断了他的话，声音变得有力了，"我知道我不能把自己封闭起来，也不能——不能自暴自弃。小天狼星肯定不愿意这样，是吗？而且生命太短暂了……看看博恩斯夫人，看看爱米琳·万斯……下一个可能就是我，对吗？如果真的轮到我，"他直视着邓布利多那双在魔杖的亮光下闪烁的蓝眼睛，激动地说，"我一定要尽量多消灭几个食死徒，如果可能的话，就跟伏地魔同归于尽。"

"说得好，不愧是你父母的儿子、小天狼星的教子！"邓布利多说着赞许地拍了拍哈利的后背，"我要脱帽向你表示敬意——我很想这么做，但我担心会弄得你满身都是蜘蛛。

"另外，哈利，还有一个与此密切相关的话题……我想，最近两个星期你一直都在订阅《预言家日报》吧？"

"是的。"哈利说，心脏突然跳得更快了。

"那你就会看到，你在预言厅的那场经历像洪水一样泄露出去了，是吗？"

"是啊，"哈利又说道，"现在大家都知道我是——"

"不，他们不知道，"邓布利多打断了他的话，"世界上只有两个人知道那个关于你和伏地魔的预言的完整内容，而这两个人眼下都站在这间臭烘烘的、爬满蜘蛛的扫帚棚里。不错，许多人确实猜到了伏地魔曾派他的食死徒去盗取一个预言球，而那个预言跟你有关。

"那么，我可不可以断言，你没有把预言的内容告诉任何人呢？"

"没有。"哈利说。

"总的来说，这么做是明智的，"邓布利多说，"不过我认为你不妨在你的朋友罗恩·韦斯莱先生和赫敏·格兰杰小姐面前松松口。是啊，"看到哈利惊愕的神色，他又说道，"我认为可以让他们知道。你把这么重要的事情瞒着他们,会伤害他们的感情的。"

"我不想——"

"——让他们担惊受怕?"邓布利多从他的半月形眼镜片上方打量着哈利,说道,"或者,不想坦白你自己的担心和恐惧?哈利,你需要朋友。你刚才说得对,小天狼星肯定不愿意你把自己封闭起来。"

哈利什么也没说,但邓布利多似乎并不需要他做出回答。他接着说道:"再谈另外一个与此有关的话题,我希望这学期给你单独上课。"

"单独上课——跟你?"哈利太惊讶了,从沉思中突然回过神来。

"是的。我想,现在我应该更多地管管你的教育了。"

"你会教我什么呢,先生?"

"噢,教一点这个,教一点那个呗。"邓布利多轻描淡写地说。

哈利还等着往下听,但邓布利多不再多说了,于是哈利就问了一件一直困扰着他的事情。

"如果我跟你上课,就用不着跟斯内普学习大脑封闭术了,是吗?"

"是斯内普教授,哈利——是的,用不着了。"

"太好了,"哈利如释重负,"那些课简直就是——"

他停住了,强忍着没把心里的想法说出来。

"我认为'彻底失败'这个词用在这里很合适。"邓布利多点点头说。

哈利笑了起来。

"啊,那就意味着我从此不大见得到斯内普教授了,"他说,"除非我O.W.Ls得了'优秀',不然他是不会让我选修魔药学的,而我知道我肯定得不到'优秀'。"

"成绩没送来之前,先别忙着想选修课。"邓布利多沉着脸说,"我想就在今天什么时候,成绩就能送到了。好了,哈利,分手之前,还有两件事。

"第一,我希望从此以后,你把你的隐形衣时刻带在身上,即使是在霍格沃茨校内。以防万一,明白吗?"

哈利点点头。

"最后,你住在这里时,陋居得到了魔法部所能提供的最严密的安全保护。这些措施给亚瑟和莫丽带来了一定程度的不便——比如,他们所有的邮件都要经部里审查后才能送达。但他们丝毫不介意，一心只牵挂着你的安全。可是，如果你跟他们住在一起时冒险胡来，可就太对不起他们了。"

"我明白。"哈利赶紧说道。

"那就好，"邓布利多说完，推开了扫帚棚的门，走到外面的院子里，"我看见厨房里亮着灯。我们就让莫丽赶紧有机会哀叹你有多么瘦吧。"

第 5 章

黏痰过多

哈利和邓布利多朝陋居的后门走去，那里仍然像以前一样乱糟糟地堆放着许多旧靴子和生锈的坩埚。哈利听见远处棚子里传来鸡睡着时发出的轻轻咕咕声。邓布利多在门上敲了三下，哈利看见厨房的窗户后面突然有了动静。

“是谁？”一个声音紧张地问，哈利听出是韦斯莱夫人，“报上尊姓大名！”

“是我，邓布利多，带着哈利。”

门立刻就开了。门口站着韦斯莱夫人，矮矮胖胖的，身上穿着一件旧的绿色晨衣。

"哈利,亲爱的! 天哪,阿不思,你吓了我一跳,你说过你们明天早晨才会来的!"

"我们运气不坏,"邓布利多把哈利让进屋里,说道,"斯拉格霍恩很容易就说通了,根本不像我原来想的那么困难。当然啦,这都是哈利的功劳。啊,你好,尼法朵拉!"

哈利环顾了一下周围,才发现尽管天色已经很晚了,韦斯莱夫人却并不是独自一人。一个年轻的女巫正坐在桌旁,两只手里捧着一个大茶杯。她心形的面孔显得有些苍白,头发是灰褐色的。

"你好,教授。"她说,"你好,哈利。"

"你好,唐克斯。"

哈利觉得她神情憔悴,甚至有些病态,笑容里也带着一些勉强的成份。她的头发不再是平常那种泡泡糖般的粉红色,这无疑使她的模样逊色了不少。

"我得走了,"她仓促地说,起身用斗篷裹住肩膀,"谢谢你的茶,谢谢你的安慰,莫丽。"

"请别因为我的缘故而离开。"邓布利多谦恭有礼地说,"我不能久待,我还有要紧的事情跟鲁弗斯·斯克林杰商量呢。"

"不是,不是,我确实要走了,"唐克斯躲避着邓布利多的目光说,"晚安——"

"亲爱的,周末来吃晚饭吧,莱姆斯和疯眼汉都来——"

"不了,莫丽,真的不了……非常感谢……祝你们大家晚安。"

唐克斯匆匆地从邓布利多和哈利身边走进院子,下了几级台阶,原地转了个身,便一下子消失了。哈利注意到韦斯莱夫人显得很烦恼。

"好了,我们在霍格沃茨再见,哈利,"邓布利多说,"好好照顾自己。莫丽,有事尽管吩咐。"

他朝韦斯莱夫人鞠了一躬,紧跟在唐克斯后面,就在同一个地方消失了。院子里没了人,韦斯莱夫人关上门,扶着哈利的肩膀,把他领到桌上那盏灯的灯光下,仔细端详着他的模样。

“你跟罗恩一样，”她上上下下地打量着他，说道，“你们俩都好像中了伸长咒似的。我敢说，自从我上次给罗恩买校袍到现在，他长了整整四英寸。你饿了吗，哈利？”

“是啊，饿了。”哈利这才发现他确实饿坏了。

“坐下吧，亲爱的。我这就给你做点儿吃的。”

哈利刚坐下，一只扁平脸、毛茸茸的姜黄色的猫就跳上了他的膝头，趴在他腿上呼噜呼噜地叫着。

“赫敏也在这儿？”他挠着克鲁克山的耳朵根，高兴地问。

“是啊，她是前天来的。”韦斯莱夫人说着用魔杖敲了敲一只大铁锅。铁锅咣当一声跳到了炉子上，立刻开始翻滚冒泡。“当然啦，这会儿大家都睡觉了，我们以为你过几个小时才会来呢。给——”

她又敲了敲铁锅。铁锅升到空中，朝哈利飞来，然后又歪向一边，韦斯莱夫人赶紧把一只碗塞在下面，正好接住了它倒出来的浓浓的、热气腾腾的洋葱汤。

“要面包吗，亲爱的？”

“谢谢，韦斯莱夫人。”

她把魔杖朝肩膀后面一挥，一块面包和一把刀子就优雅地飞到了桌上。面包自动切成了片，汤锅又飞回去落在炉子上。韦斯莱夫人在哈利对面坐了下来。

“这么说，是你说服霍拉斯·斯拉格霍恩接受了那份工作？”

哈利点了点头，他嘴里满是热汤，说不出话来。

“他以前教过亚瑟和我。”韦斯莱夫人说，“很多年以前他就在霍格沃茨，我想，他和邓布利多差不多同时间进校的。你喜欢他吗？”

哈利嘴里又塞满了面包，只好耸耸肩膀，不置可否地甩了一下脑袋。

“我明白你的意思。”韦斯莱夫人心领神会地点点头，“不错，如果他愿意，是可以使自己变得很有魅力的，但亚瑟从来就不太喜欢他。魔法部里有许多他过去的得意门生，他总是愿意给学生开小灶，但从来不肯在亚瑟身上多花时间——他似乎认为亚瑟没有什么抱负。嘿，这就证明，就连斯拉格霍恩也会看走了眼。不知道罗恩是不是已经写信告诉你了——这还是最近的事呢——亚瑟提升了!"

显然,韦斯莱夫人一直迫不及待地要说这件事。哈利赶紧吞下一大口滚烫的热汤,觉得喉咙里都被烫出了泡。

"太棒了!"他喘着气说。

"你真可爱。"韦斯莱夫人笑眯眯地说,她大概以为哈利眼泪汪汪是因为听了喜讯激动的,"是啊,为了对目前的局势做出反应,鲁弗斯·斯克林杰又新设了几个部门,亚瑟现在主管'伪劣防御魔咒及防护用品侦察收缴办公室'。这个工作很重要,现在手下有十个人呢!"

"那究竟是——"

"噢,是这样,神秘人搞得大家人心惶惶,到处都有人弄一些稀奇古怪的东西出来卖钱,说是能够抵御神秘人和食死徒。你能想象那种玩意儿——所谓的防身药剂,实际上就是肉汤加上一点儿淋巴脓,还有防御魔咒的操作指南,实际上只会让你掉了耳朵……唉,一般来说,做这些坏事的只是蒙顿格斯·弗莱奇那样的人,他们一辈子没有一天好好干活的,现在利用人们的恐惧心理趁火打劫。可是偶尔也会碰到真正的恶性事件。那天,亚瑟收缴了一箱施了魔咒的窥镜,几乎可以肯定是某个食死徒安置在那里的。所以你看,这是一项很重要的工作,我跟他说,现在再惦记着火花塞、烤面包炉以及麻瓜们的其他破烂,就显得太可笑了。"韦斯莱夫人说到最后,眼神变得严厉起来,似乎是哈利提出应该惦记火花塞的。

"韦斯莱先生还在上班吗?"哈利问。

"是啊。说实在的,有点儿晚了……他说大概午夜前后回来的……"

她扭头去看那个大钟,那大钟放在桌边洗衣篮里的一大堆床单上,显得很不协调。哈利一眼就认了出来:它有九根指针,每根针上都刻着家里一位成员的名字,平常总是挂在韦斯莱家客厅的墙上。它现在放在这里,可见韦斯莱夫人在家里走到哪儿就把它带到哪儿。眼下,那九根针都指着致命危险。

"它这个样子有一段时间了,"韦斯莱夫人用一种装出来的轻描淡写的口气说,但装得不像,"自从神秘人公开复出以后,它就是这样。我想现在每个人都处于致命危险中……不可能只是我们家里的人……但我不知道谁家还有这样的钟，所以没法核实。哦！”

她突然尖叫一声，指着钟面。韦斯莱先生的那根指针突然跳到了在路上。

“他回来了！”

果然，片刻之后，后门传来了敲门声。韦斯莱夫人一跃而起，匆匆过去开门。她用手握住球形把手，把脸贴在木门上，轻轻喊道：“亚瑟，是你吗？”

“是，”门外传来韦斯莱先生疲倦的声音，“但假如我是一个食死徒，也会这么说的，亲爱的。快问问题！”

“哦，说实在的……”

“莫丽！”

“好吧，好吧……你最大的抱负是什么？”

“弄清飞机怎么能待在天上。”

韦斯莱夫人点点头，转动把手想把门打开，但显然韦斯莱先生在外面紧紧地攥住了门把手，门仍然纹丝不动。

“莫丽！我先要问问你那个问题！”

“亚瑟，说真的，这太荒唐了……”

“我们独自在一起时，你喜欢我叫你什么？”

即使就着昏暗的桌灯，哈利也能看出韦斯莱夫人的脸一下子涨得通红。他自己也觉得耳朵和脖子都在发烧，赶紧大口地喝汤，尽量把勺子在碗里碰得丁当作响。

“莫丽小颤颤。”韦斯莱夫人不好意思地对着门边的那道裂缝小声说。

“正确，”韦斯莱先生说，“现在你可以让我进来了。”

韦斯莱夫人打开门，她丈夫出现了，一位秃顶、红发的瘦巫师，戴着一副角质架眼镜，身穿一件灰扑扑的旅行斗篷。

“我还是不明白，为什么你每次回家都要来这么一套。”韦斯莱夫人说着帮丈夫脱下斗篷，她的脸仍然微微泛红，“我的意思是，食死徒会先逼你说出答案，然后再冒充你的！”

“我知道，亲爱的，但这是魔法部规定的，我必须做出表率。什么东西这么好闻——洋葱汤?”

韦斯莱先生眼巴巴地朝桌子上望了过去。

“哈利! 我们还以为你明天早晨才能来呢!”

他们握了握手,韦斯莱先生坐到哈利旁边的椅子上,韦斯莱夫人在他面前也放了一碗热汤。

“谢谢,莫丽。今天晚上真够呛。一个白痴居然卖起了变形勋章。说是只要把它挂在脖子上,你就能随心所欲地改变相貌。千万张面孔,变化无穷,只卖十个加隆!”

“那么实际上戴了以后会怎么样呢?”

“一般来说只会将面孔变成一种难看的橘黄色,不过也有两个人全身长出了触角般的肉瘤。就好像圣芒戈魔法伤病医院还不够忙乱似的!”

“这类玩意儿,像是弗雷德和乔治感兴趣的东西。”韦斯莱夫人迟疑地说,“你能肯定不是——”

“当然能肯定!”韦斯莱先生说,“那两个小子现在不会做出那种东西的,现在人们都在不顾一切地寻求保护!”

“所以你才回来得这么晚,就为了变形勋章?”

“不是,我们得到情报,说大象城堡那儿有人施了一个危险的回火咒,幸好,等我们赶到那儿的时候,魔法法律执行队已经把事情解决了……”

哈利用手捂住了一个哈欠。

“睡去吧。”心明眼亮的韦斯莱夫人立刻说道,“我已经把弗雷德和乔治的房间给你准备好了,你一个人住在里面!”

“为什么,他们俩呢?”

“噢,他们在对角巷呢,现在生意这么忙,他们就睡在笑话商店楼上的小套房里。”韦斯莱夫人说,“我不得不说,我起先并不赞成,但他们似乎确实有点儿生意头脑! 来吧,亲爱的,你的箱子已经搬上去了。”

“晚安,韦斯莱先生。”哈利说着推开椅子站了起来。克鲁克山敏捷地从他腿上跳了下去,溜出了房间。

“晚安,哈利。”韦斯莱先生说。

离开厨房时,哈利看见韦斯莱夫人扫了一眼放在洗衣篮里的大钟。

所有的指针又全部指向了致命危险。

弗雷德和乔治的卧室在三楼。韦斯莱夫人用魔杖指了指床头柜上的一盏台灯,它立刻就亮了,给房间里洒下一片温馨柔和的光。那扇小窗户前面的桌上放着一大瓶鲜花,但它们的香味并不能掩盖残留在房间里的气味——哈利认为是火药味。地板上一大片地方都堆放着许多没有标名的密封的硬纸箱,哈利上学用的箱子也在其中。这个房间看上去像是一个临时仓库。

海德薇在一个大衣柜顶上朝哈利高兴地叫了几声,然后便振翅飞出了窗外,哈利知道它一直在等着见他一面之后才去觅食。哈利向韦斯莱夫人道了晚安,换上睡衣上了一张床。枕头里有个硬东西,他把手伸进去一摸,掏出来一块黏糊糊的、一半紫色一半橘黄色的糖,他认出来了,是吐吐糖锭。他暗暗笑了笑,翻了个身,立刻睡着了。

几秒钟后,至少哈利感觉是这样,他被一声炮火般的巨响惊醒,房门被突然撞开了。他腾地坐直身子,听见了窗帘被拉开的刺耳声音:明晃晃的阳光刺得他两只眼睛生疼。他用一只手挡住眼睛,用另一只手慌乱地摸索他的眼镜。

"怎么回事?"

"我们不知道你已经来了!"一个声音激动地大声说,接着哈利的头顶上狠狠地挨了一巴掌。

"罗恩,别打他!"一个女孩子的声音责备道。

哈利总算摸到了眼镜,赶紧戴上,不过光线太强烈了,他还是什么都看不见。一个模模糊糊的长长的影子在他面前晃了一会儿,他眨了眨眼睛,才看清是罗恩·韦斯莱,正笑眯眯地低头看着他呢。

"你好吗?"

"从来没这么好过。"哈利说完揉了揉头顶,重新跌回到枕头上,"你呢?"

"还行,"罗恩说着拖过一个硬纸箱,坐在上面,"你什么时候来的?妈妈刚告诉我们!"

"大概凌晨一点钟吧。"

“那些麻瓜们怎么样？他们待你还好吧？”

“跟平常一样，”哈利说，赫敏在他床沿上坐了下来，“他们不怎么跟我说话，我倒情愿这样。你怎么样，赫敏？”

“噢，我挺好的。”赫敏说，她一直在仔细地端详哈利，就好像他有什么不对劲的地方似的。

哈利知道赫敏心里在想什么，但他眼下不想谈论小天狼星的死，不想谈论任何令人难过的话题，于是他说：“什么时间了？你们已经吃过早饭了吧？”

“不用担心，妈妈会给你端上来的。她认为你看上去营养不够。”罗恩说着翻了翻眼珠，“好了，快说吧，到底发生了什么事？”

“没发生什么呀，我一直闷在我姨妈姨父家里，不是吗？”

“得了吧！”罗恩说，“你跟邓布利多一起出去了！”

“那也没什么刺激的。他只是让我帮他说服那个退休的老教师重新出来工作。那人名叫霍拉斯·斯拉格霍恩。”

“噢，”罗恩显出一副失望的样子，“我们还以为——”

赫敏警告地瞪了罗恩一眼，罗恩赶紧换了一种说法。

“——我们就猜到会是这种事情。”

“是吗？”哈利觉得怪好玩的。

“是啊……是啊，现在乌姆里奇走了，我们的黑魔法防御术显然需要一位新老师，对不对？那么，嗯，他长得什么样儿？”

“他长得有点儿像海象，以前当过斯莱特林学院的院长。”哈利说，“有什么不对吗，赫敏？”

赫敏注视着他，似乎他随时都会显露出某种奇怪的症状。这时她赶紧调整了一下面部表情，露出一个不自然的微笑。

“没有，绝对没有！那么，嗯，斯拉格霍恩看上去会是个好老师吗？”

“不知道，”哈利说，“总不会比乌姆里奇还要糟糕吧？”

“我知道有一个人比乌姆里奇还糟糕。”门口传来一个声音。罗恩的妹妹没精打采地走进房间，一脸气呼呼的样子。“你好，哈利。”

“你这是怎么了？”罗恩问。

"是她,"金妮说着一屁股坐在哈利的床上,"她简直要把我逼疯了。"

"她这次又怎么啦?"赫敏同情地问。

"她对我说话的那种方式——好像把我当成了三岁的孩子!"

"我知道,"赫敏压低了声音说,"她心里只想着她自己。"

哈利听见赫敏这么谈论韦斯莱夫人,感到非常吃惊,所以也就怪不得罗恩生气地说:"你们俩能不能有五秒钟不要谈她?"

"嗬,行啊,你护着她。"金妮不客气地回嘴说,"我们都知道你怎么也看不够她。"

这么说罗恩的妈妈可有点儿莫名其妙,哈利这才发觉自己是听岔了,便问道:"你们说的是——"

他的问题还没有问出来就得到了答案。卧室的门又一次被猛地推开了,哈利本能地拽过床单盖到了下巴。他使的劲儿太大了,赫敏和金妮都从床上滑到了地板上。

一个年轻女子站在门口,她真是美艳惊人,房间里一下子变得让人透不过气来。她身材修长苗条,披着一头金黄色的秀发,周身似乎散发出淡淡的银光。而且,她手里还用托盘端着一顿丰盛的早餐,使得整个画面更加完美。

"阿利①,"她用沙哑的喉音说,"好久没见了!"

她轻快地跨过门槛朝哈利走来,这才露出了紧跟在她身后的韦斯莱夫人,她的神情显得很恼怒。

"用不着你把托盘端上来,我正想自己端呢!"

"没关系,"芙蓉·德拉库尔说着把托盘放在哈利的膝头,俯身在他的两边腮帮子上各亲了一下。哈利觉得被她嘴唇触到的地方在火辣辣地发烧。"我一直盼着见到你。你还记得我妹妹加布丽吗?她一刻不停地谈着哈利·波特。她再次见到你肯定会很高兴的。"

"噢……她也在这儿吗?"哈利哑着嗓子问。

"不,不,傻孩子,"芙蓉发出一串银铃般的笑声,"我是说明年夏天,我

---

① 法国姑娘芙蓉按照法语的习惯叫哈利,将"H"省略了。

们——难道你还不知道吗？”

她那双大大的蓝眼睛睁得更大了，责怪地看着韦斯莱夫人，韦斯莱夫人说：“我们还没有抽出空儿来告诉他呢。”

芙蓉转向了哈利，一甩瀑布般的银色秀发，发梢扫在韦斯莱夫人的脸上。

“比尔和我要结婚啦！”

“噢！”哈利茫然地说。他不由地注意到韦斯莱夫人、赫敏和金妮都故意躲避着彼此的目光。“哇，嗯——祝贺你们！”

她又俯身亲了亲他。

“眼下比尔很忙，工作很辛苦，我只在古灵阁上半天班，补习我的英语，所以他就把我带到这儿来住几天，多了解了解他的家人。听说你要来，可把我高兴坏了——在这里没有多少事情可做，除非你喜欢烧菜，喜欢鸡！好了——美美地吃你的早餐吧，阿利！”

说完，她优雅地一转身，一阵风似的飘出了房间，轻轻地关上了房门。

韦斯莱夫人发出一个声音，听着好像是“去！”

“妈妈讨厌她。”金妮小声说。

“我没有讨厌她！”韦斯莱夫人气恼地压低声音说，“我只是认为他们的订婚太仓促了，仅此而已！”

“他们已经认识一年了。”罗恩说，他脸上神情恍惚，呆呆地望着关上的房门。

“是啊，那并没有多长时间！当然啦，我也明白为什么会是这样。都是因为神秘人回来了，大家人心惶惶，都有一种朝不保夕的感觉，所以，本来需要时间好好考虑的事情，全都匆匆忙忙就做了决定。上次神秘人得势的时候就是这样，到处都有人私奔——”

“包括你和爸爸。”金妮调皮地说。

“是啊，没错，但你们的父亲和我是天生的一对，还需要等什么呢？”韦斯莱夫人说，“可是比尔和芙蓉……唉……他们到底有什么共同之处呢？比尔是一个勤勤恳恳、脚踏实地的人，芙蓉却——”

“是一个懒婆娘，”金妮点点头抢着说道，“不过，比尔并不是那么脚踏实地。他是个解咒员,对吗,他喜欢来点儿冒险,来点儿精彩……所以他才会喜欢黏痰[1]。"

"不许那么叫她,金妮。"韦斯莱夫人严厉地说,而哈利和赫敏都笑出了声,"好了,我得赶紧……快把鸡蛋趁热吃了吧,哈利。"

她说完便离开了房间,看上去忧心忡忡的。罗恩仍然显得有点儿神情恍惚,他试探性地晃了晃脑袋,像一条狗想甩掉耳朵上的水珠似的。

"她跟你住在同一幢房子里,你还没有习惯她吗?"哈利问。

"唉,习惯是习惯了,"罗恩说,"可是如果她在你没防备的时候突然跳出来,就像刚才那样……"

"活该!"赫敏气呼呼地说。她大步离开了罗恩,一直走到房间那头的墙边,转身抱起双臂瞪着他。

"你不会真的希望她在这里永远住下去吧?"金妮不敢相信地问罗恩。看到罗恩只是耸了耸肩,她又说:"嘿,妈妈会想办法阻止这件事的,信不信由你。"

"她怎么可能办到呢?"哈利问。

"她三天两头请唐克斯来吃饭。我想她是希望比尔能爱上唐克斯。我也巴不得这样,我情愿让唐克斯成为我们家的一员。"

"是啊,想得真妙。"罗恩讽刺道,"听着,只要有芙蓉在,没有哪个头脑正常的人会喜欢唐克斯。我是说,如果唐克斯不把她的头发和鼻子搞得一团糟的话,她的样子还不算难看,可是——"

"她比黏痰好看多了。"金妮说。

"而且她更有智慧,她是个傲罗!"赫敏从墙角那儿说道。

"芙蓉也不傻,她很优秀,还参加了三强争霸赛呢。"哈利说。

"想不到你也这样!"赫敏尖刻地说。

"我想,你大概是喜欢黏痰叫你'阿利'时的那副腔调吧,是不是?"金妮轻蔑地问。

"不是,"哈利后悔自己不该说话,"我只是说,黏痰——我是说芙

---

① 芙蓉(Fleur)的名字法语读音与黏痰(Phlegm)英语读音相近。

蓉——”

“我宁愿让唐克斯上我们家来。”金妮说，“她至少还能逗人开心。”

“她最近不大逗人开心了。”罗恩说，“我每次看见她，她都显得更像哭泣的桃金娘了。”

“这么说不公平。”赫敏厉声说道，“她仍然没有从那件事情当中缓过来……你知道的……我是说，他毕竟是她的亲戚啊！”

哈利的心往下一沉。他们终于谈到小天狼星了。他拿起叉子，狼吞虎咽地吃起了炒鸡蛋，希望别人不再邀请他加入这部分谈话。

“唐克斯和小天狼星根本就算不上认识！”罗恩说，“在唐克斯出生后的一半时间里，小天狼星都待在阿兹卡班，而且在那之前他们两家从没碰过面——”

“关键不在这里，”赫敏说，“唐克斯认为小天狼星的死都是她的责任。”

“她怎么会得出那样的结论呢？”哈利忍不住问道。

“唉，当时是她在对付贝拉特里克斯·莱斯特兰奇，对吧？她大概以为，如果她能把贝拉特里克斯干掉，她就不会杀死小天狼星了。”

“那太荒唐了。”罗恩说。

“这就是幸存者的内疚心理。”赫敏说，“我知道卢平想把她开导过来，但她仍然情绪低落。她现在甚至不能得心应手地搞她的易容术了！”

“她的什么？”

“她不能像过去那样改变她的容貌了，”赫敏解释道，“大概因为受了惊吓什么的，使她的法术打了折扣。”

“没想到还会有这种事情。”哈利说。

“我也没想到，”赫敏说，“但我猜想，如果你的心情非常糟糕……”

门又被推开了，韦斯莱夫人探进头来。

“金妮，”她小声说，“下楼来帮我做午饭。”

“我在跟大伙儿说话呢！”金妮生气地说。

“快来！”韦斯莱夫人说完就关门走了。

“她只是不想跟黏痰单独待在一起，才叫我下去的！”金妮恼火地说。

她把长长的红头发往后一甩，那样子活脱脱一个芙蓉，然后像芭蕾舞演员那样悬着两个手臂，翩翩然地飘出了房间。

"你们大家最好也赶紧下来。"她临出门时又说了一句。

哈利利用这短暂的沉默，加紧吃他的早餐。赫敏在查看弗雷德和乔治的那些箱子，偶尔也朝哈利这边瞥上几眼。罗恩一边吃着哈利的面包，一边仍然神思恍惚地盯着房门。

"这是什么？"赫敏举起一个小望远镜似的东西，问道。

"不知道，"罗恩说，"不过既然弗雷德和乔治把它留在这儿，它恐怕还不能拿到笑话商店里去卖，你可得小心点儿。"

"你妈妈说小店生意不错，"哈利说，"还说弗雷德和乔治挺有生意头脑的。"

"这么说太轻描淡写了。"罗恩说，"他们现在是大把地捞钱啊！我真想赶紧去看看那个地方。我们还没有去过对角巷呢，妈妈说为了安全起见，爸爸也得一起去，而现在爸爸工作忙得要命，不过这个安排听起来真棒！

"珀西怎么样了？"哈利问，韦斯莱家的这位三儿子曾经同家人闹翻了，"他跟你爸爸妈妈说话了吗？"

"没有。"罗恩说。

"可是他现在知道，你爸爸关于伏地魔会回来的说法是对的——"

"邓布利多说，人们容易原谅别人的错误，却很难原谅别人的正确。"赫敏说，"我听见他跟你妈妈说的，罗恩。"

"这一听就是邓布利多的至理名言。"罗恩说。

"他今年要给我单独上课呢。"哈利引出了话题。

罗恩被嘴里的面包噎住了，赫敏吃惊地倒抽了一口气。

"你跟我们保密！"罗恩说。

"我刚想起来。"哈利如实地说，"他昨晚在你们家的扫帚棚里告诉我的。"

"天哪……邓布利多给你单独上课！"罗恩一副肃然起敬的样子，说道，"不知道他为什么……？"

罗恩的声音低了下去。哈利看见他和赫敏交换了一下目光。哈利放下刀叉,他的心跳加快,而他现在只是坐在床上,什么也没做。邓布利多说过可以告诉他们……为什么不是现在呢?他眼睛盯着叉子,阳光洒在他的腿上,照得叉子闪闪发亮,他说:“我不知道他到底为什么要给我上课,但我想肯定是因为那个预言球。”

罗恩和赫敏都没有说话。哈利感觉到他们俩都惊呆了。他眼睛盯着叉子继续说:“你们知道,就是他们想从魔法部偷走的那个。”

“可是谁也不知道那上面写着什么。”赫敏立刻说道,“它被打碎了。”

“不过《预言家日报》说——”罗恩的话没说完,赫敏就制止了他,“嘘!”

“《预言家日报》说得没错,”哈利说着费力地抬起头望着他俩:赫敏看上去很惊慌,罗恩则是一副惊愕的样子,“那个打碎的玻璃球并不是预言的惟一记录。我在邓布利多的办公室里听说了事情的来龙去脉,那个预言就是说给他听的,所以他能够告诉我。从那个预言来看,”哈利深深地吸了一口气,“似乎我就是那个结果伏地魔的人……至少,它说我们俩不可能同时活着。”

三个人面面相觑了一会儿。突然,砰的一声巨响,赫敏消失在一大团黑烟的后面。

“赫敏!”哈利和罗恩同时喊起来,早餐托盘咣啷一声滑到了地板上。

赫敏从黑烟里出现了,不停地咳嗽着,手里仍抓着那个望远镜,一只眼睛变成了乌眼青。

“我一挤,它就——它就给了我一下!”她喘着气说。

果然,他们这才看见望远镜的顶端伸出一根长长的弹簧,上面有一只小小的拳头。

“别担心,”罗恩说,他显然在拼命忍住笑,“妈妈会给你治好的,她治疗小伤小痛最拿手了——”

“噢,没关系,现在先不管它!”赫敏赶紧说道,“哈利,哦,哈利……”

她又在哈利的床边坐了下来。

“从魔法部回来以后,我们心里就在嘀咕……当然啦,我们什么都不想跟你说，但听了卢修斯·马尔福说的关于那个预言、关于你和伏地魔的话之后，唉，我们就已经猜到可能会是这样……哦，哈利……”她望着他，又低声问道，“你害怕吗？”

“不像当时那么害怕了。”哈利说，“我第一次听见它时，确实……不过现在，我觉得我好像早就知道我最后要跟他面对面地较量的……”

“当我们听说邓布利多要亲自去接你时，我们就猜想他大概会跟你说一些、或给你看一些跟预言有关的东西，”罗恩急急地说道，“我们没有猜错吧？如果他认为你注定要完蛋，他就不会给你上课，不会浪费他的时间了——他肯定认为你还是有希望取胜的！”

“对，”赫敏说，“不知道他会教你什么，哈利？大概是绝顶先进的防御魔法……特别厉害的破解咒……反恶咒……”

哈利并没有认真地听。他感到全身暖融融的，而且这暖意跟阳光毫无关系，堵在他胸口的那块东西似乎正在渐渐融化。他知道罗恩和赫敏并没有把内心的恐惧都显露出来，但看到他们仍然和他站在一起，说着安慰和鼓励的话，而没有把他当成异类或危险分子，远远地躲开，他觉得这价值是他无法用语言向他们表达的。

“……还有其他高深莫测的魔法。”赫敏终于说完了，“好了，你至少知道你今年要上的一门课了，比罗恩和我都多一门。不知道我们的O.W.Ls成绩什么时候寄来？”

“不会太久的，已经有一个月了。”罗恩说。

“等一等，”哈利突然想起昨晚的另一段对话，说道，“邓布利多好像说我们的O.W.Ls成绩今天就能寄到！”

“今天？”赫敏惊叫起来。“今天？那你为什么不早——哦，天哪——你应该早点告诉——”

她腾地跳了起来。

“我去看看有没有猫头鹰飞来……”

可是，十分钟后，当哈利穿戴整齐、端着空托盘下楼时，却发现赫敏焦虑不安地坐在厨房的桌子旁，韦斯莱夫人正在试着给她治疗，想使她的那只眼睛看上去不再那么像熊猫眼。

"它就是不肯让步,"韦斯莱夫人发愁地说,她站在赫敏面前,一手拿着魔杖,一手拿着一本《疗伤手册》,翻到"碰伤、割伤和擦伤"那一部分,"以前总是挺管用的,我真闹不明白。"

"这就是弗雷德和乔治想出来的恶作剧点子,确保它不会褪色。"金妮说。

"它怎么能不褪色呢!"赫敏尖叫起来,"我这副样子永远没法见人了!"

"不会的,亲爱的,我们会找到解药的,别担心。"韦斯莱夫人安慰她道。

"比尔告诉过我,弗雷德和乔治非常风趣!"芙蓉优雅地微笑着说。

"是啊,我笑得都喘不过气来了。"赫敏没好气地说。

她一跃而起,在厨房里一圈一圈地踱着步,手指互相绞在一起。

"韦斯莱夫人,你绝对能够肯定,今天早晨没有猫头鹰飞来吗?"

"是的,亲爱的,如果有我会注意到的。"韦斯莱夫人耐心地说,"现在还不到九点呢,仍然有许多时间……"

"我知道我的古代魔文考砸了,"赫敏心烦意乱地嘟囔道,"肯定至少有一处完全译错了。还有黑魔法防御术的实践课,我也考得一塌糊涂。我当时觉得变形术考得还可以,但现在回想一下——"

"赫敏,你能不能闭嘴,又不是只有你一个人感到紧张!"罗恩吼道,"等你拿到十个O.W.Ls'优秀'……"

"不,不,不要说了!"赫敏歇斯底里地拍打着双手说,"我知道我每门都不及格!"

"如果不及格怎么办呢?"哈利问大家,但又是赫敏抢着回答了。

"跟院长商量我们选修哪些课,我上学期结束时问过麦格教授。"

哈利的胃里开始翻腾,他后悔不该吃那么多早饭。

"在我们布斯巴顿,"芙蓉只顾得意地说,"情况完全不一样,我认为那样更好。我们不是五年级就考试,而是学满六年再考,然后——"

芙蓉的话被一声尖叫吞没了。赫敏指着厨房的窗户外。天空上出现了三个清清楚楚的小黑点,而且越来越大了。

"肯定是猫头鹰。"罗恩哑着嗓子说,跳过去和赫敏一起站在窗口。

"一共有三只。"哈利说着也奔过去站在赫敏的另一边。

"我们每人一只,"赫敏惊慌地小声说,"哦,不……哦,不……哦,不……"

她紧紧地抓住哈利和罗恩的胳膊肘。

猫头鹰径直朝陋居飞来,是三只漂亮的黄褐色猫头鹰,当它们降低高度、在通向房子的那条小路上空飞过时,他们看清了每只猫头鹰都抓着一个方方的大信封。

"哦,不!"赫敏尖叫道。

韦斯莱夫人挤过他们身边,打开了厨房的窗户。一只、两只、三只猫头鹰从窗口飞了进来,落在桌子上,整整齐齐地站成一排,步调一致地抬起了右腿。

哈利凑上前去。中间的那只猫头鹰腿上绑的信封上写着他的名字。他用不听使唤的手指把信封取了下来。在他左边,罗恩也在手忙脚乱地解下他的考试成绩;在他右边,赫敏的手抖得太厉害了,连带得她那只猫头鹰也全身发抖了。

厨房里谁也没有说话。最后,哈利终于把信封解了下来。他赶紧撕开信封,展开里面的羊皮纸。

普通巫师等级考试成绩

合格成绩:		不合格成绩:
	优秀(O)	差(P)
	良好(E)	很差(D)
	及格(A)	极差(T)

哈利·詹姆·波特成绩如下:

天文学:	A
保护神奇生物:	E
魔咒学:	E

黑魔法防御术： O
占卜学： P
草药学： E
魔法史： D
魔药学： E
变形术： E

哈利拿着羊皮纸反复看了几遍，他的呼吸越来越自如了。还好，他早就知道他的占卜课不会及格，而魔法史考试进行到一半时他病倒了，肯定没有希望通过，其他几门功课居然都过关了！他的手指在成绩单上滑过……变形术和草药学成绩不错，就连魔药学也得了个"良"！最棒的是，他的黑魔法防御术竟然得了"优秀"！

他扭头看去，赫敏背对着他，低着脑袋，罗恩倒是满脸喜色。

"只有占卜课和魔法史没及格，谁在乎那些玩意儿？"他高兴地对哈利说，"给——交换——"

哈利低头看了一眼罗恩的成绩单：没有一个"优秀"……

"我就知道你会在黑魔法防御术上拔尖，"罗恩捶了一下哈利的肩膀，说道，"我们都干得不错，是不是？"

"不错！"韦斯莱夫人骄傲地说，揉了揉罗恩的头发，"O.W.Ls过了七门，比弗雷德和乔治加在一起还多！"

"赫敏？"金妮试探地叫道，因为赫敏仍然没有转过身来，"你成绩怎么样？"

"我——还好。"赫敏小声说。

"哦，得了吧，"罗恩三步并作两步走到她跟前，一把从她手里抢过成绩单，"嘿——九个'优秀'，一个'良好'——是黑魔法防御术。"他半是好笑、半是恼火地低头看着她。"你竟然还觉得失望，是吗？"

赫敏摇了摇头，哈利笑了起来。

"太好了，我们现在是N.E.W.Ts的学生了！"罗恩笑着说，"妈妈，还有香肠吗？"

哈利又低头看着他的成绩单。他考得不错，跟他所预想的差不多。他只是感到有一点小小的遗憾……他想要成为一名傲罗的理想破灭了。他的魔药学成绩没有达到要求。他早就知道会是这样，但此刻再一次看着那个黑色的小字母“E”，他仍然感到心里沉甸甸的。

说来奇怪，最初告诉哈利他会成为一名出色的傲罗的，是一个伪装的食死徒，但不知怎的，这个想法在哈利心里生了根，他想象不出除此之外他还愿意做什么。而且，自从一个月前听了那个预言之后，这似乎已是他注定的命运……两个人不能都活着……如果他加入那支足智多谋、以追捕和消灭伏地魔为己任的巫师队伍，他岂不是就能实施那个预言，给自己一个最大的生存机会吗？

第 6 章

德拉科兜圈子

接下来的几个星期，哈利一直没有离开过陋居花园的范围。他大部分时间都在韦斯莱家的果园里玩两人对两人的魁地奇(他和赫敏对罗恩和金妮。赫敏打得很糟糕，金妮倒是球技不凡，所以这样搭配正合适)。到了晚上，韦斯莱夫人端到他面前的每样东西，他都要吃三份。

如果不是《预言家日报》几乎每天都要报道有人失踪甚至死亡，以及其他一些稀奇古怪的事件，这个暑假本来可以过得很开心、很平静。有时候，比尔和韦斯莱先生会带回来一些还没来得及登报的消息。哈利十六岁生日的庆祝会，就因为莱姆斯·卢平带来的一些恐怖消息而黯然失色，韦斯莱夫人大感不快。卢平看上去消瘦、憔悴，表情严峻，棕褐色的头发里夹杂着大量白发，衣服比以前还要破烂，补丁更多。

“又发生了两起摄魂怪袭击事件，”他宣布道，韦斯莱夫人递给他一大块生日蛋糕，“他们在北方的一个小木屋里发现了伊戈尔·卡卡洛夫的尸体。黑魔标记悬在上空——唉，坦白地说，他离开食死徒后居然还能够活一年，倒真让我吃惊。我记得，小天狼星的弟弟雷古勒斯只活了几天就死了。”

“是啊，”韦斯莱夫人皱着眉头说，“好了，也许我们应该谈点儿别的——”

“福洛林·福斯科的事你听说了吗，莱姆斯？”问话的是比尔，芙蓉正给他一杯接一杯地斟酒，“就是那个——”

“——在对角巷开冰淇淋店的？”哈利插嘴道，心里有一种很不舒服的空落落的感觉，“以前他常给我吃免费的冰淇淋。他怎么啦？”

“从小店里的情况看，他被劫走了。”

“为什么？”罗恩问，韦斯莱夫人则严厉地瞪着比尔。

“谁知道呢？他准是不知怎么得罪了他们。这个福洛林，他可是个好人啊。”

“说到对角巷，”韦斯莱先生说，“好像奥利凡德也不见了。”

“就是那个做魔杖的？”金妮显得很吃惊。

“就是他。店里空无一人。没有搏斗的痕迹。谁也不知道他是自己离开了，还是被绑架了。”

“可是魔杖呢——人们要买魔杖怎么办呢？”

“只好去找别的魔杖制造商了。”卢平说，“可是奥利凡德是最优秀的，如果另一派把他弄去，对我们可就非常不利了。”

在这相当沉闷的生日茶会的第二天，霍格沃茨给他们寄来了信和书单。哈利的信封里还装着一个喜讯：他被选为魁地奇球队的队长了。

“这样你的地位就跟级长一样了！”赫敏高兴地大声说，“现在你也可以用我们的专用盥洗室了，还有其他所有的东西！”

“哇，我记得查理戴过这玩意儿。”罗恩喜滋滋地端详着那枚徽章，说道,"哈利,真是太酷了,你是我的队长了——如果你能让我归队,那可就,哈哈……"

"我说,现在你们收到了这些,"韦斯莱夫人低头看着罗恩的书单,叹着气说,"我们不能再拖延了,必须抓紧时间去对角巷。只要你们的父亲不加班,我们就星期六去。没有他陪着,我可不去那儿。"

"妈妈,你真的以为神秘人会藏在丽痕书店的一排书架后面吗?"罗恩坏笑着说。

"福斯科和奥利凡德是去度假了,是吗?"韦斯莱夫人立刻就火了,抢白道,"如果你认为安全问题是一场儿戏,你可以留在家里,我去替你们买东西——"

"不行,我要去,我还想看看弗雷德和乔治的小店呢!"罗恩赶紧说道。

"那你就赶紧提高认识,年轻人,免得我觉得你太不成熟,不能跟我们一起去!"韦斯莱夫人生气地说着一把抓起她的大钟,放在刚刚洗干净的一堆毛巾上,钟上的九根针仍然都指着致命危险。"回霍格沃茨上学的事也是这样!"

罗恩转身不敢相信地瞪着哈利,他妈妈拎起洗衣篮,气冲冲地走出了房间,大钟在篮子上面摇晃着。

"天哪……在这个家里连玩笑也不能开了……"

不过,在后来的几天里,罗恩变得很小心,再也不敢随便乱说伏地魔的事了。一直到星期六早晨,韦斯莱夫人没有再发火,但吃早饭时她显得非常紧张。比尔留在家里陪芙蓉(这使赫敏和金妮大感庆幸),他隔着桌子递给哈利一只满满的钱袋。

"我的呢?"罗恩立刻问道,眼睛睁得大大的。

"这都是哈利的,你这傻瓜。"比尔说,"哈利,我替你从保险库里取出来的,目前小妖精们加强了保安,戒备森严,普通人取钱要花大约五个小时。两天前,阿基·菲尔坡特把一根诚实探测器插在他的……唉,信不信由你,那样子更方便些。"

"谢谢你,比尔。"哈利说着把钱装进了口袋。

"他总是这么体贴周到。"芙蓉含情脉脉地低语道,一边抚摸着比尔的鼻子。她身后的金妮对着碗里的麦片做呕吐状。哈利被玉米片呛住了，罗恩使劲拍着他的后背。

这是一个昏暗的、阴云密布的日子。当他们裹着斗篷从房子里出来时，魔法部的一辆专用汽车已经在前院里等着了，这辆汽车哈利曾经坐过一次。

“幸好爸爸又能给我们派车。”罗恩美滋滋地说着，舒舒服服地伸展了一下四肢。这时汽车轻快地驶离了陋居，比尔和芙蓉在厨房窗口朝他们挥着手。罗恩、哈利、赫敏和金妮都坐在宽敞、舒适的后座上。

“你可别坐惯了，这只是为了哈利。”韦斯莱先生扭头说。他和韦斯莱夫人以及魔法部的司机坐在前面。司机旁边的乘客座位很体贴地变宽了，像一张双人沙发。“他现在享受一级安全保卫。到了破釜酒吧，还要给我们加强保安呢。”

哈利什么也没说。他可不愿意买东西时周围有一大批傲罗跟着。他已经把隐形衣塞在了背包里。他曾想，既然邓布利多不反对，魔法部也不会反对，不过现在仔细想来，他不能肯定魔法部是不是知道他有一件隐形衣。

“你们到了。”没过一会儿司机就说，这是他说的第一句话。他放慢速度驶进了查林十字路，在破釜酒吧外面停了下来。“我等你们回来，知道需要多长时间吗？”

“大概两个小时吧。”韦斯莱先生说，“啊，太好了，他已经来了！”

哈利也像韦斯莱先生那样透过车窗朝外望去。他的心顿时欢跳起来。酒吧外面并没有什么傲罗在等着，而是站着大块头、黑胡子的鲁伯·海格，霍格沃茨的狩猎场看守，他穿着一件长长的海狸皮大衣，一看见哈利的面孔就露出了喜悦的笑容，毫不理会过路的麻瓜们惊异的目光。

“哈利！”他粗声大气地说，哈利刚一下车，海格就使劲把他搂进怀里，把他的骨头都要挤碎了，“巴克比克——我是说蔫翼——你真应该看看它，哈利，它回到露天可高兴了——”

“它高兴就好，”哈利一边揉着肋骨，一边笑着说，“没想到‘保安’指的就是你呀！”

“我知道,就像过去一样,是不?你看,魔法部本来想派一批傲罗来的,但邓布利多说我来就行了。”海格得意地说,他挺起胸膛,把两个大拇指插进了口袋里,“好了,我们进去吧——你们先请,莫丽,亚瑟——”

在哈利的记忆里,破釜酒吧第一次显得这么冷清,空无一人。过去那些热闹的人群不见了,只剩下满脸皱纹、牙齿掉光了的店主汤姆。他们一进去,汤姆满怀希望地抬起头,可是没等他开口,海格就郑重其事地说:“今天只是路过,汤姆,你肯定明白。是霍格沃茨的公事,你知道的。”

汤姆闷闷不乐地点点头,继续擦他的玻璃杯。哈利、赫敏、海格和韦斯莱家的人穿过酒吧,来到后面放垃圾箱的阴冷的小院子里。海格举起手里的粉红色雨伞,敲了敲墙上的一块砖,那里立刻出现了一个门洞,通向一条蜿蜒曲折的卵石小路。他们跨过门洞,停下来四下张望着。

对角巷完全变了样儿。橱窗里原先陈列着咒语书、魔药原料和坩埚,五光十色的,如今都看不见了,而是被魔法部张贴的大幅通告遮得严严实实的。这些令人生畏的紫色通告,大部分都是魔法部暑期散发的那些小册子上的安全忠告的放大版,还有一些通告上印着被通缉的食死徒的黑白活动照片。贝拉特里克斯·莱斯特兰奇在近旁那家药店门口狰狞地冷笑着。有几扇窗户被木板钉死了,包括福洛林·福斯科的冰淇淋小店。而另一方面,街道两边突然冒出了许多破破烂烂的小摊子。离他们最近的一个摊子就搭在丽痕书店外一个污迹斑斑的条纹雨棚下面,摊前钉着一块硬纸板招牌:

护身符:有效抵御狼人、摄魂怪和阴尸

一个邋里邋遢的小个子巫师向路人兜售着一大串拴着链子的银质吉祥物,把它们抖得哗哗直响。

“夫人,买一个给你的小姑娘吧?”他们经过时,他朝韦斯莱夫人喊道,同时色迷迷地看了一眼金妮,“保护她那漂亮的脖子?”

“如果我在值勤……”韦斯莱先生说,怒气冲冲地瞪着那个卖护身符的人。

"是啊,但你现在可别到处去抓人啦,亲爱的,我们时间很紧。"韦斯莱夫人说着焦急地看了看一份清单,"我想我们最好先去摩金夫人长袍专卖店,赫敏需要一件新袍子,罗恩的校服短了,手腕子露出一大截,还有,哈利,你肯定也需要买新衣服了,你长得太快了——好,大家快走吧——"

"莫丽,我们大家都去摩金夫人长袍专卖店不太合适。"韦斯莱先生说,"不如让他们三个跟着海格去,我们可以到丽痕书店去把大家的课本都买齐,好吗?"

"我不知道怎么办才好,"韦斯莱夫人烦恼地说,显然,她既希望赶紧买完东西,又希望大家不要分开,真是左右为难,"海格,你觉得——?"

"别担心,他们跟着我不会有问题的,莫丽。"海格安慰道,一边潇洒地挥了挥他那垃圾桶盖般大的手掌。韦斯莱夫人似乎并不完全放心,但还是让大家分开了,她跟着丈夫和金妮一起匆匆奔向丽痕书店,而哈利、罗恩、赫敏和海格则去了摩金夫人长袍专卖店。

哈利注意到,许多路人的脸上都带着和韦斯莱夫人一样的烦恼焦虑的神情,不再有人停下来说话。买东西的人都三五成群地贴在一起,直奔他们要买的东西,似乎没有一个人单独购物。

"如果我们都进去,可能会有点儿挤。"海格说,他在摩金夫人长袍专卖店外面停下脚步,俯身朝窗户里看了看,"我在外面站岗,好吗?"

于是,哈利、罗恩和赫敏一起走进小店。第一眼看去,店里好像空无一人,可是门刚在他们身后关上,他们就听见一排绿色和蓝色的礼袍后面传来一个熟悉的声音。

"……不是个小孩子了,你也许没有注意到,妈妈。我完全有能力独自出来买东西。"

接着是一阵类似母鸡孵蛋的咕咕声,然后一个人说话了,哈利听出是摩金夫人的声音:"是啊,亲爱的,你妈妈说得对,现在我们谁也不应该单独出来闲逛,这跟小孩子不小孩子的没有关系——"

"你那根针往哪儿戳?留点儿神!"

一个脸色苍白、头发淡黄的尖脸少年从挂衣架后面出现了,他穿着一套漂亮的墨绿色长袍,贴边和袖口都别着闪闪发亮的别针。他大步走到镜子前,仔细端详着自己。片刻之后,他才从镜子里注意到哈利、罗恩和赫敏就站在他身后。他眯起了淡灰色的眼睛。

"妈妈,如果你不明白这是一股什么怪味儿,我可以告诉你,这里刚进来了一个泥巴种。"德拉科·马尔福说。

"我认为没有必要这样说话!"摩金夫人说着从挂衣架后面匆匆走了出来,手里拿着皮尺和一根魔杖,"而且,我也不希望在我的店里把魔杖抽出来!"她朝门口扫了一眼,看见哈利和罗恩都拔出魔杖指着马尔福,便赶紧加了一句。

赫敏站在他们后面一点的地方,低声说:"别,别这么做,说实在的,不值得……"

"是啊,就好像你们敢在校外施魔法似的。"马尔福讥笑道,"是谁把你的眼睛打青了,格兰杰? 我要给那些人献花。"

"够了!"摩金夫人厉声说,扭头寻求支持,"夫人——请你——"

纳西莎·马尔福慢慢地从挂衣架后面走了出来。

"把它们收起来,"她冷冷地对哈利和罗恩说,"如果再敢对我的儿子动手,我就让你们再也动弹不得。"

"是吗?"哈利说着跨前一步,盯着那张光滑、傲慢的脸,那张脸尽管皮肤白皙,却跟她姐姐的脸仍有相似之处。现在哈利个头已和她一样高了。"想找几个食死徒哥们儿把我们干掉,是吗?"

摩金夫人尖叫一声,一把揪住了胸口。

"说真的,你不应该指责——说这种话很危险——请你快把魔杖收起来!"

但哈利没有放下魔杖。纳西莎·马尔福脸上露出难看的笑容。

"看得出来,你做了邓布利多的得意门生,就误以为自己安全了,哈利·波特。可是邓布利多不会总在你身边保护你的。"

哈利假装打量了一下小店。

"哇……你瞧……他眼下不在这里! 那你为什么不试一试呢? 说不定他们会给你在阿兹卡班找一个双人牢房,跟你那失败的丈夫关在一起呢!"

马尔福气愤地朝哈利逼了过来，却被他那过长的袍子绊了一下。罗恩大声笑了起来。

“你竟敢对我妈妈这么说话，波特！”马尔福恶狠狠地吼道。

“没关系，德拉科，”纳西莎用苍白纤细的手指按住他的肩膀，阻止了他，“我想，不等我去跟卢修斯团聚，波特就去跟亲爱的小天狼星团聚了。”

哈利把魔杖举得更高了。

“哈利，别！”赫敏低声说，一把抓住他的胳膊，使劲往下压，“考虑一下……千万不能……你会闯大祸的……”

摩金夫人在原地颤抖了一会儿，然后似乎打算假装什么事也没发生，并希望什么事也别发生。她朝仍然瞪着哈利的马尔福弯下腰去。

“我觉得左边这只袖子可以再往上收一点儿，亲爱的，让我——”

“哎哟！”马尔福大叫一声，啪地把她的手打开了，“仔细点儿，看你的针往哪儿扎，蠢婆子！妈妈——这件衣服我不要了——”

他从头上把长袍扯下来，扔在摩金夫人脚下。

“你说得对，德拉科，”纳西莎说，轻蔑地扫了一眼赫敏，“现在我知道是哪些社会渣滓在这里买衣服了……我们到脱凡成衣店能买到更好的。”

说完，他们俩就大步走出了小店，马尔福出门前故意狠狠地撞了一下罗恩。

“唉，真够呛！”摩金夫人说着抓起扔在地上的长袍，用魔杖尖在上面一扫，灰尘就像被吸尘器吸走一样没有了。

她给罗恩和哈利裁剪新袍子时一直心不在焉，而且还要把男巫的袍子卖给赫敏。最后，当她鞠躬把他们送出小店时，她似乎满心庆幸他们终于离开了。

“东西都买齐了？”海格看到他们出来，高兴地问。

“差不多吧。”哈利说，“你看见马尔福和他妈妈了吗？”

“看见了。”海格不太介意地说，“不过在对角巷中，他们是不敢轻举妄动的，哈利，不用担心他们。”

哈利、罗恩和赫敏交换了一下目光，他们还没来得及消除海格的错误想法，韦斯莱夫妇和金妮就出现了，每个人怀里都抱着一大包书。

“大伙儿都没事吧？”韦斯莱夫人说，“袍子买到了？好吧，我们在去弗雷德和乔治的小店的路上，顺便去一趟药店和咿啦猫头鹰商店——走吧，跟紧一点儿……”

哈利和罗恩知道他们不再上魔药课了，便没有在药店里买任何原料，但两人都在咿啦猫头鹰商店里给海德薇和小猪买了两大盒猫头鹰坚果。然后，他们在街上继续往前走，寻找弗雷德和乔治开的笑话商店——韦斯莱魔法把戏坊，韦斯莱夫人每隔一分钟就要看一次表。

“我们真的不能待很长时间，”韦斯莱夫人说，“只是抓紧时间在店里看看，然后就回到车上。大家必须跟紧一点儿，这是九十二号……九十四号……”

“哇！”罗恩猛地停住脚步，惊呼道。

周围店铺的门脸都暗淡无光，被通告埋没了，而弗雷德和乔治的橱窗像烟火展览一样吸引着人们的眼球。普通的行人都忍不住扭过头看着那橱窗，还有几个人显得特别震惊，竟然停下脚步，一副痴迷的样子。左边的橱窗里五光十色，摆着各种各样旋转、抽动、闪烁、跳跃和尖叫的商品，哈利看着看着，眼泪就涌了出来。右边的橱窗上蒙着一张巨幅海报，和魔法部的那些通告一样也是紫色的，但上面印着耀眼的黄色大字：

你为什么担心神秘人？

你**应该**关心

便秘仁——

便秘的感觉折磨着国人！

哈利笑了起来。他听见身边传来一声无力的呻吟，转脸一看，韦斯莱夫人正目瞪口呆地看着那张海报。她的嘴唇无声地蠕动着，默念着那几个字：**便秘仁**。

“他们会在床上被人谋杀的！”她小声说。

“不会的！”罗恩说，他和哈利一样笑出了声，“这简直太精彩了！”

他和哈利领头走进了小店。里面全是顾客，哈利简直挤不到货架前面。他左右看看，只见纸箱子一直堆到了天花板上：这是双胞胎在霍格沃茨肄业前的最后一年研制出来的速效逃课糖。哈利注意到最受欢迎的是鼻血牛扎糖，货架上只剩下最后被压扁了的一盒。另外还有好几箱戏法魔杖，其中最便宜的一挥就能变成橡皮鸡或裤子，而最贵的那种，如果使用者没有防备，脖子和脑袋就会挨上一顿打。还有一盒盒的羽毛笔，包括自动喷墨、拼写检查、机智抢答等品种。这时，人群稍微松动了点儿，哈利朝柜台挤去，一群十来岁的孩子兴奋地注视着一个木头小人慢慢地登上台阶，爬向一套逼真的绞索架，这两样东西都在一个箱子顶上，箱子上写着：可反复使用的刽子手——拼不出就吊死他①！

"'专利产品：白日梦咒……'"

赫敏好不容易挤到柜台旁边一个大的陈列柜前，正在阅读一只箱子背面的说明文字。那箱子上印着一幅色彩鲜艳的图画：一位英俊青年和一个如痴如醉的姑娘一起站在海盗船的甲板上。

"'只要念一个咒语，你就能进入一场高质量的、绝顶逼真的三十分钟的白日梦，适用于普通学校上课，操作简单，绝对令人难以察觉（副作用包括表情呆滞和轻微流口水）。不向十六岁以下少年出售。'嘿，你看，"赫敏抬头看着哈利说，"这种魔法可真奇特！"

"这玩意儿，赫敏，"一个声音在他们后面说，"你可以免费拿走一个。"

笑容满面的弗雷德站在他们面前，他身上穿着一套品红色的长袍，跟他火红色的头发配在一起很不协调，十分耀眼。

"你好吗，哈利？"他们握了握手，"赫敏，你的眼睛怎么啦？"

"都怪你的打拳望远镜。"赫敏懊恼地说。

"哦，天哪，我都把它们给忘了。"弗雷德说，"给——"

他从口袋里掏出一个小塑料瓶递给赫敏，赫敏小心地拧开盖子，里面是一种黏稠的黄色膏体。

"把它涂上，一小时之内青肿就消了。"弗雷德说，"我们必须找到一种

---

① 刽子手是一种拼字游戏玩具，一般由一个绞架和小人组成，如果参加游戏的人拼写发生一定的错误，小人就会被放到绞架上被处死。

有效的青肿消除剂,大多数产品我们都在自己身上试验的。"

赫敏显得有点儿顾虑。"它安全吗?"

"那还用说。"弗雷德宽慰她道,"哈利,走吧,我带你到处转转。"

赫敏在那儿往黑眼圈上抹药膏,哈利跟着弗雷德朝小店后面走去,他看见那里有一个摊子上摆着纸牌和绳索戏法。

"麻瓜的魔术!"弗雷德高兴地把它们一一指给他看,"专门卖给我爸爸那种喜欢麻瓜东西的怪人,你知道的。赚得不多,但细水长流,都是非常新奇的玩意儿……哦,乔治来了……"

弗雷德的孪生兄弟热情地跟哈利握手。

"带他转转?到后面来吧,哈利,那才是我们真正赚大钱的地方——如果谁敢偷东西,到时候要付出的就不止是加隆了!"他突然对一个小男孩发出警告,那男孩赶紧把手从标着"**可食用黑魔标记——谁吃谁恶心!**"的塑料瓶上缩了回去。

乔治掀开麻瓜魔术用品旁边的一个帘子,哈利看见了一个更加黑暗、但不太拥挤的房间,排在架子上的产品包装都显得比较低调。

"我们刚研制出这些更加严肃的产品。"弗雷德说,"说起来真有趣……"

"你简直不能相信有那么多人,甚至在魔法部工作的人,都念不出一个像样的铁甲咒。"乔治说,"当然啦,他们没有碰到你这么好的老师,哈利。"

"没错……嘿,我们本来以为防咒帽只是一种搞笑的玩意儿。你知道的,就是你戴着这种帽子叫你的同伴给你施恶咒,然后你盯着他的脸,恶咒就会反弹出去。没想到魔法部给他们所有的工作人员买了五百顶!现在我们还不断接到大额订单呢!"

"所以我们又接着开发了防咒斗篷、防咒手套……"

"……我的意思是,它们对不可饶恕咒没有多大作用,但对付一些小魔法、小恶咒什么的……"

"我们打算全面进入黑魔法防御术的领域,因为那简直就是摇钱树啊。"乔治兴奋地往下说,"太酷了。你看,隐身烟雾弹,秘鲁进口的。如果你想快速脱身,用起来是很方便的。”

“还有我们的诱饵炸弹,刚刚下架,看,”弗雷德指着一大堆怪模怪样、黑色猫头鹰似的玩意儿,它们看起来就像是随时准备逃之夭夭,“你只要偷偷地扔一个出去,它就会快速逃窜,闹出很响的动静,在你需要的时候转移别人的注意力。”

“真方便。”哈利赞叹道。

“给。”乔治说着抓起两个扔给了哈利。

一个金色短发的年轻女巫从帘子后面探进头来,哈利看见她也穿着品红色的店袍。

“外面有一位顾客想要笑话坩埚,韦斯莱先生和韦斯莱先生。”她说。

哈利听见弗雷德和乔治被称为“韦斯莱先生”,觉得非常滑稽,但他们倒是从容地接受了这个称呼。

“好吧,维丽蒂,我这就来。”乔治立刻说道,“哈利,你想要什么就随便拿,好吗？不用付钱。”

“那怎么行!”哈利说,他已经掏出钱袋,准确为诱饵炸弹付款了。

“这里不用你花钱。”弗雷德坚决地说,挥手挡开了哈利的金币。

“可是——”

“我们的启动资金就是你借给我们的,这我们可没有忘记。”乔治严肃地说,“你喜欢什么就拿去,如果别人问起来,别忘了告诉他们是从这儿弄到的。”

乔治穿过帘子,帮顾客挑选商品去了,弗雷德领着哈利回到前面的店里,发现赫敏和金妮仍然若有所思地盯着那白日梦咒的专利产品。

“你们这两个小丫头还没有找到我们特制的‘神奇女巫’产品吗?”弗雷德问,“跟我来吧,姑娘们……”

在靠近窗口的地方放着一排耀眼的粉红色产品,旁边围了一群兴奋的女孩子,叽叽喳喳地笑个不停。赫敏和金妮都迟疑着不肯上前,显得很警觉。

“去看看吧,”弗雷德得意地说道,“最高级的迷情剂,别处是找不到的。”

金妮怀疑地扬起一道眉毛。"管用吗?"

"那还用说,每次效果可以长达二十四个小时,这取决于那个男孩的体重——"

"——和那个女孩的迷人程度。"乔治突然又出现在他们身边,说道。"但我们可不能把它卖给我们的亲妹妹,"他补充道,表情突然变得严肃了,"尤其是她现在已经走马灯似的跟五个男孩搞得挺热乎,这是我们从——"

"这是你们从罗恩那儿听来的胡编乱造的鬼话。"金妮平静地说,探身从架子上拿了一个粉红色的小罐子,"这是什么?"

"十秒消除脓疱特效灵,"弗雷德说,"对疖子和黑头粉刺什么的都有奇效,但是你别改换话题呀。你目前是不是正跟一个名叫迪安·托马斯的男孩谈恋爱?"

"对,没错,"金妮说,"但我上次找他时,毫无疑问他只是一个男孩,而不是五个。那些是什么?"

她指着一大堆深深浅浅的粉红色和紫色的绒毛小球,小球在一只笼子的底部滚来滚去,发出刺耳的尖叫。

"侏儒蒲,"乔治说,"微型蒲绒绒,我们没法让它们很快地繁殖。那么,迈克尔·科纳又是怎么回事呢?"

"我把他甩了,他是个可耻的失败者。"金妮说着把一只手指伸进了笼子,看着那些侏儒蒲全都围拢过来,"它们好可爱啊!"

"是啊,确实怪招人喜爱的。"弗雷德勉强承认道,"可是你的男朋友换得有点儿太勤了吧?"

金妮转身盯着他,两只手叉在后腰上。她脸上怒气冲冲的表情极像韦斯莱夫人,哈利很吃惊弗雷德竟然没有退缩。

"我的事用不着你管。还有,"这时候,罗恩怀里抱着一堆商品突然出现在乔治的身旁,她恼火地冲着罗恩喊,"劳驾你别在他们两个面前造我的谣!"

"一共三个加隆、九个西可、一个纳特,"弗雷德仔细看了看罗恩怀里大大小小的盒子,说道,"付钱吧。"

"我是你弟弟!"

"你拿的是我们的东西。三个加隆、九个西可。那个纳特给你免了。"

"可是我没有三个加隆、九个西可!"

"那你最好把东西放回去,记住别放错了架子。"

罗恩扔掉几个盒子,嘴里骂骂咧咧的,朝弗雷德做了一个粗鲁的手势,不巧的是,却被偏偏在这个时候出现的韦斯莱夫人看见了。

"如果我再看见你这么做,我就念个恶咒把你的手指都粘在一起。"她严厉地说。

"妈妈,我可以买一只侏儒蒲吗?"金妮立即抢着问。

"一只什么?"韦斯莱夫人警惕地说。

"看,它们多可爱啊……"

韦斯莱夫人走过去看侏儒蒲了,哈利、罗恩和赫敏正好可以清清楚楚地看到窗户外面的情况。只见德拉科·马尔福一个人匆匆地走在街上。他走过韦斯莱魔法把戏坊时,还扭头看了一眼。几秒钟后,他就走过窗户。他们看不见他了。

"不知道他妈妈上哪儿去了。"哈利皱着眉头说。

"看样子他把他妈妈给甩掉了。"罗恩说。

"可是为什么呢?"赫敏问。

哈利什么也没说。他正在紧张地思考。纳西莎·马尔福自己肯定不愿意让她的宝贝儿子离开她的视线。马尔福准是下了一番功夫才摆脱了她的控制。哈利非常了解和讨厌马尔福,他知道这里头肯定不会有什么好事。

他扭头看了看,韦斯莱夫人和金妮正俯身看着那些侏儒蒲。韦斯莱先生欣喜地琢磨着一副麻瓜扑克牌。弗雷德和乔治都忙着接待顾客。在玻璃窗外,海格背对他们站着,监视着街上的情况。

"快,快钻进来。"哈利从包里掏出他的隐形衣,说道。

"哦——这好吗,哈利?"赫敏迟疑地朝韦斯莱夫人那边望了望,问道。

"快点儿!"罗恩说。

她又犹豫了一秒钟,然后和哈利、罗恩一起钻到了隐形衣下面。谁也没有注意到他们的消失,大家都被弗雷德和乔治的商品吸引住了。哈利、罗恩和赫敏尽快挤出小店,可是等他们来到街上,马尔福早已像他们一样成功地消失了。

"他是朝那个方向去了。"哈利尽量压低声音说话,以免让哼着小曲儿的海格听见,"快走。"

他们加快脚步往前赶去,一边留意着街道两旁的橱窗和店门,最后赫敏突然用手指着前面。

"他在那儿,是不是?"她低声说,"往左拐了?"

"真让人吃惊。"罗恩轻声道。

只见马尔福左右张望了一下,便闪身钻进翻倒巷不见了。

"快,别把目标给丢了。"哈利说着,加快了脚步。

"我们的脚会被人看见的!"赫敏担心地说,因为隐形衣的下摆在他们脚脖子周围掀动着。如今,他们三个人藏在它下面比以前困难多了。

"没关系,"哈利不耐烦地说,"快走!"

可是,翻倒巷——这条与黑魔法密切相关的小街上空无一人。他们一边走一边朝窗户里张望,似乎每家店铺里都没有顾客。哈利猜想,在这段危险而多疑的时期购买——或被人看见购买黑魔法制品,是会暴露身份的。

赫敏使劲拧了一下他的胳膊。

"哎哟!"

"嘘!快看!他在那里面!"她贴着哈利的耳朵低声道。

现在他们身边的这家商店,是哈利在翻倒巷曾经光顾过的惟一一家店铺:博金-博克黑魔法商店,专门出售各种各样凶险不祥的东西。果然,在那些装满骷髅和旧瓶子的箱子中间,马尔福背对他们站着,就在那个黑色大柜子的后面。当年哈利为了回避马尔福和他的父亲,曾经在那个大柜子里躲过。从马尔福的手势看,他正在兴致勃勃地说话。店主博金先生是一个头发油亮、身材佝偻的人,此刻就站在马尔福面前。他脸上的表情很古怪,夹杂着怨恨和恐惧。

"要是我们能听见他们在说什么就好了!"赫敏说。

“可以呀!”罗恩兴奋地说,“等等——该死——”

他摸索着那只最大的盒子,结果把手里仍然拿着的两只盒子弄掉在地上。

“伸缩耳,看!”

“太棒了!”赫敏说,罗恩解开长长的、肉色的细绳,开始把它们伸到门缝下面,“哦,希望这扇门没有被施扰——”

“没有!”罗恩欢喜地说,“听!”

他们把脑袋凑在一起,专心地贴在细绳的绳头上听着,马尔福的声音响亮、清楚地传了出来,就好像打开了一台收音机。

“……你知道怎么把它修好吗?”

“可能吧,”博金说,从他的口气上看,他似乎不愿意明确表态,“不过我需要先看一看。你为什么不把它拿到店里来呢?”

“我不能,”马尔福说,“它必须留在原处。你只需要告诉我怎么修就行了。”

哈利看见博金紧张地舔了舔嘴唇。

“唉,我没有亲眼看见它,恐怕很难说得清,可能根本就没办法。我什么也不能保证。”

“不能?”马尔福说,哈利听他的口气就知道他在讥笑,“也许这会让你更有信心。”

他逼近了博金,大柜子挡住了他的身体。哈利、罗恩和赫敏赶紧挪到旁边,不让他从视线中消失,可是他们只能够看见博金,他神色非常惊恐。

“要敢告诉别人,”马尔福说,“叫你吃不了兜着走。你知道芬里尔·格雷伯克吧?他是我们家的朋友,他会时常过来看看你是不是在专心解决这个问题。”

“没有必要——”

“这由我来决定。”马尔福说,“好了,我得走了。别忘了替我好好保管那东西,我会用得着的。”

“你不想现在就拿走吗?”

“不,当然不想,你这个愚蠢的矮子,我拿着它走在街上像什么话?你别把它卖掉就是了。"

"当然不会……先生。"

博金深深地鞠了一躬,哈利曾经看见他对卢修斯·马尔福也是这样鞠躬的。

"不许对任何人说,博金,包括我妈妈,明白吗?"

"当然,当然。"博金喃喃地说,又鞠了一躬。

接着,店门上的铃铛响了起来,马尔福大步走出小店,一副志得意满的样子。他贴着哈利、罗恩和赫敏走了过去,他们感觉到隐形衣又在扑打着他们的膝盖。店里,博金仍然僵在那里,脸上虚假的笑容消失了,神情显得很忧虑。

"这到底是怎么回事?"罗恩小声问,一边把伸缩耳的细绳收了回来。

"不知道。"哈利努力思索着说,"他有个东西要修理……还有个东西希望店里替他留着……他说'那东西'时,你们看见他指的是什么了吗?"

"没有,他被那个柜子挡住了——"

"你们俩待着别动。"赫敏小声说。

"你想干什么——"

可是赫敏已经从隐形衣下面钻了出去。她对着玻璃照了照她的头发,然后迈着大步走进店里,铃铛又一次丁丁当当地响了起来。罗恩赶紧把伸缩耳又塞到门缝下面,把一根细绳递给了哈利。

"你好,天气真糟糕,是不是?"赫敏愉快地对博金说,博金怀疑地瞥了她一眼,没有回答。赫敏欢快地哼着歌儿,在店里陈列的乱七八糟的商品间溜达着。

"这条项链卖吗?"她在一个玻璃柜前停下脚步,问道。

"如果你掏一千五百个加隆,就卖。"博金冷冷地说。

"噢——嗯——不,我可没有那么多钱。"赫敏说着,继续往前走去,"那么……这只可爱的——嗯——骷髅呢?"

"十六个加隆。"

"那么它是可以卖的?不是……不是给什么人留着的?"

博金眯起眼睛看着她。哈利有一种不妙的感觉,博金很清楚赫敏想干什么。看来赫敏也发觉自己被识破了,她突然豁了出去。

“事情是这样的——嗯——刚才进来的那个男孩,德拉科·马尔福,他是我的一个朋友,我想送给他一件生日礼物,但如果他已经预定了什么东西,我当然不想再给他买一件同样的,所以……嗯……”

在哈利看来,这个故事编得太蹩脚了,博金显然也是这么认为的。

“出去。”他厉声吼道,“滚出去!”

赫敏没等他说第二遍,就匆匆逃了出来,博金一直追到了门口。铃铛又是一阵乱响,博金在她身后砰的一声关上门,挂出了“停业”的牌子。

“不错,”罗恩说着把隐形衣重新罩在赫敏身上,“值得一试,不过你做得也太明显了——”

“好,下次你来做给我看看,神秘大师!”她回敬道。

在返回的路上,罗恩和赫敏一直在打嘴仗,不过到了韦斯莱魔法把戏坊,他们就不得不住嘴了,这样才能神不知鬼不觉地躲过惊慌失措的韦斯莱夫人,躲过显然已经发现他们失踪的海格。一到店里,哈利就脱下隐形衣,把它藏进包里,然后,面对韦斯莱夫人的责问,他和两个伙伴一口咬定他们一直待在后面的小屋里,她只是没有认真去找。

第 7 章

鼻涕虫俱乐部

暑假的最后几个星期里，哈利许多时候都在思考马尔福在翻倒巷的所作所为。最让他感到不安的是马尔福离开商店时脸上那副得意的表情。能让马尔福显得那么高兴的准不是什么好事。然而，令他感到有些恼怒的是，罗恩和赫敏对于马尔福的行为似乎都不像他那么好奇。至少，他们几天后就厌倦了，不愿意再谈这件事。

“是啊，哈利，我已经承认这有点可疑。”赫敏有点不耐烦地说。她坐在弗雷德和乔治房间的窗台上，两只脚踏着一只硬纸箱，满不情愿地从她那本新书《高级魔文翻译》上抬起目光。“但我们不是一致认为这件事可以有许多种解释吗?"

"也许他打坏了他的光荣之手[1]。"罗恩一边用力把他扫帚上的弯树枝扳直,一边含糊地嘟囔说,"还记得马尔福的那只干枯的手吗?"

"可是他说'别忘了把那东西替我保管好',这又是什么意思呢?"这个问题哈利已经问了无数遍。"在我看来,好像那个打坏的东西博金还有一件,马尔福两件都想要。"

"你是这么想的?"罗恩说着擦去扫帚柄上的灰尘。

"是啊。"哈利说。看到罗恩和赫敏都没有回答,他又说:"马尔福的父亲在阿兹卡班。你们说,马尔福会不会想要报仇?"

罗恩抬起头,眨巴眨巴眼睛。

"马尔福,报仇?他能做什么呢?"

"我只是这么想,我也不知道!"哈利泄气地说,"可是他肯定有什么打算,我认为我们应该认真对待。他父亲是个食死徒,而且——"

哈利顿住话头,眼睛盯着赫敏身后的窗户,嘴巴张得大大的。他脑子里灵光一闪,冒出一个念头。

"哈利?"赫敏用担心的口气说,"你怎么啦?"

"不是你的伤疤又疼了吧?"罗恩也紧张地问。

"他是个食死徒。"哈利慢慢地说,"他顶替他父亲,也做了食死徒!"

一阵沉默之后,罗恩哈哈大笑起来。

"马尔福?他才十六岁啊,哈利!你认为神秘人会让马尔福加入?"

"确实不太可能,哈利,"赫敏用耐着性子的口吻说,"你怎么会认为——?"

"在摩金夫人长袍专卖店里。摩金夫人去给他卷袖子时,根本就没有碰到他,他就尖叫了起来,猛地把胳膊抽了回去。那是他的左胳膊。他被烙上了黑魔标记。"

罗恩和赫敏互相看了看。

---

① 西方巫术中的一种护身符,一般取被处以绞刑的人的手用曼德拉草或其他药草缠裹并浸泡而制成。持有该手的人可用它在黑暗中照明,但其他人却看不见。

"这个吗……"罗恩的口气是完全不相信。

"我认为他当时只是想离开那儿,哈利。"赫敏说。

"他给博金看了什么东西,我们没有看见,"哈利固执地往下说道,"那东西把博金吓得够呛。我知道那准是黑魔标记——他让博金看清楚是在跟谁打交道,你们看见博金拿他多当回事啊!"

罗恩和赫敏又交换了一下目光。

"我说不准,哈利……"

"是啊,我仍然认为神秘人不会让马尔福加入……"

哈利很懊恼,但坚信自己是对的。他抓起一堆脏乎乎的魁地奇球袍,离开了房间。这些天,韦斯莱夫人一直在催他们抓紧时间洗衣服和收拾行李,免得临时抱佛脚。在楼梯平台上,他跟金妮撞了个满怀,金妮正要返回她自己的房间,怀里抱着一堆刚洗干净的衣服。

"换了我,现在可不去厨房,"她提醒他,"那里有一大堆黏痰。"

"我会小心别踩着它滑倒的。"哈利微笑着说。

果然,他一走进厨房,就看见芙蓉坐在桌子旁,滔滔不绝地筹划着她跟比尔的婚礼。韦斯莱夫人守着一堆正在自动削皮的甘蓝,脸上是一副没好气的样子。

"……比尔和我差不多已经决定只请两个伴娘,金妮和加布丽站在一起会显得非常可爱。我打算让她们穿淡金色的衣服——粉红色配着金妮的头发肯定很难看——"

"啊,哈利!"韦斯莱夫人大声说,打断了芙蓉的长篇独白,"太好了,我正要跟你说说明天去霍格沃茨一路上的安全措施呢。我们又借到了魔法部的汽车,到时候将有傲罗在车站等着——"

"唐克斯也在那儿吗?"哈利把魁地奇球袍递了过去,问道。

"不,大概不会,听亚瑟说,她被安排在别的地方了。"

"那个唐克斯,她现在变得不修边幅了。"芙蓉若有所思地说,一边对着一把茶匙的背面照了照她美丽的脸蛋,"要我说,这可是个很大的错误——"

"是啊,多谢你啦。"韦斯莱夫人尖刻地说,又一次打断了芙蓉的话,

“你最好抓紧时间继续收拾吧，哈利。如果可能的话，我希望你今晚就把箱子收拾好，省得像往常那样临走时乱成一团。”

确实，第二天早晨他们出发时比往常顺利多了。魔法部的汽车开到陋居门前时，他们都已经等在那里了：箱子收拾好了，赫敏的猫克鲁克山安安稳稳地待在它的旅行篮里，海德薇、罗恩的猫头鹰小猪，以及金妮新买的紫色侏儒蒲阿囡，都好好儿地在笼子里关着呢。

“再见，阿利。”芙蓉用沙哑的喉音说，并亲了一下哈利。罗恩赶紧上前，一脸期待的神情，可是金妮伸出一只脚，把罗恩绊了一跤，使他摔在芙蓉脚边的泥土上。他气得满脸通红，身上沾满了灰尘，连声“再见”也没说，就匆匆钻进了车里。

在国王十字车站等待他们的，不是满脸喜色的海格。汽车刚一停下，就有两个身穿黑色麻瓜西装、神色严峻的大胡子傲罗走上前来，一言不发，左右掩护着他们走进了车站。

“快，快，快穿过挡墙，”韦斯莱夫人说，这戒备森严的架势似乎使她也有点紧张慌乱，“最好让哈利先走，和——”

她征询地看着一位傲罗，那人微微点了点头，一把抓住哈利的胳膊，领着他朝第 9 和第 10 站台之间的挡墙走去。

“我自己能走，谢谢。”哈利恼火地说，将胳膊从傲罗手里挣脱出来。他推着手推车朝坚固的挡墙直冲过去，毫不理会那位沉默的陪同。一秒钟后，他就发现自己站在了 $9\frac{3}{4}$ 站台上，在拥挤的人群那边，鲜红色的霍格沃茨特快列车正在喷着蒸气。

几秒钟后，赫敏和韦斯莱一家也过来了。哈利没有征求那位脸色阴沉的傲罗的意见，就示意罗恩和赫敏跟他一起顺着站台往前走，寻找没有人的空车厢。

“我们不能一起走，哈利，”赫敏满脸歉意地说，“我和罗恩先要去级长车厢，然后还要在走廊里巡视一下。”

“噢，对了，我忘记了。”哈利说。

“你们最好都赶紧上车，只剩下几分钟时间了。”韦斯莱夫人看了看表，说道，“好了，祝你这学期过得愉快，罗恩……”

"韦斯莱先生,我可以和你说两句话吗?"哈利一时冲动,做了一个决定。

"没问题。"韦斯莱先生说,他显得有点儿意外,但还是跟着哈利走到了别人听不见他们说话的地方。

哈利反复考虑之后,得出了这样的结论:如果他想告诉某个人,韦斯莱先生是最合适的人选。首先,他在魔法部工作,这个位置最有利于展开调查;第二,哈利认为韦斯莱先生不太可能一下子火冒三丈。

他们俩走向一边时,他看见韦斯莱夫人和那个脸色阴沉的傲罗朝他们投来怀疑的目光。

"我们在对角巷的时候——"哈利开始说道,但韦斯莱先生换了脸色,阻止了他。

"我正想弄清你和罗恩、赫敏跑到哪儿去了呢!你们还假装说是在弗雷德和乔治商店后面的小屋里。"

"你怎么——"

"哈利,别跟我兜圈子了。你知道你在跟谁说话吗,是我把弗雷德和乔治带大的。"

"嗯……是啊,没错,我们确实没在后面的小屋里。"

"很好,那么,让我们听听最糟糕的吧。"

"是这样,我们跟踪了德拉科·马尔福。我们披了我的隐形衣。"

"你们这么做,有什么特别的理由吗?还是一时心血来潮?"

"因为我认为马尔福在搞什么阴谋。"哈利没有理会韦斯莱先生脸上流露出的恼火的、觉得他可笑的神情,接着说道,"他把他妈妈甩掉了,我想弄清是为什么。"

"你想得没错。"韦斯莱先生用迁就的口吻说,"后来呢?你弄清原因了吗?"

"他进了博金-博克商店,"哈利说,"开始恶狠狠地命令店里的那个家伙——博金帮他修理什么东西。然后,他还说希望博金替他留着另外一件东西。听他的意思,这跟那件需要修理的是同样的东西。好像是一对。后来……"

哈利深深吸了口气。

“还有别的呢。当摩金夫人想去碰马尔福的左胳膊时,他一下子跳出了八丈远。我认为他被烙上了黑魔标记。我认为他顶替他父亲当了食死徒。”

韦斯莱先生似乎吃了一惊。他顿了顿,说道:“哈利,我不相信神秘人会让一个十六岁的——”

“有谁真的知道神秘人会做什么、不会做什么呢?”哈利生气地问,“韦斯莱先生,原谅我的冒昧,但这件事不值得调查吗?如果马尔福有一件东西要修理,而且需要威胁博金替他修理,那东西很可能是与黑魔法有关的,是危险的,对不对?”

“说实在的,我不能肯定,哈利,”韦斯莱先生慢慢地说,“你知道,卢修斯·马尔福被捕后,我们搜查了他的家,把可能有危险的东西都抄走了。”

“我想你们大概漏掉了什么。”哈利固执地说。

“是啊,也说不定。”韦斯莱先生说,但哈利可以感觉到韦斯莱先生是在敷衍他。

身后传来了口哨声。差不多每个人都上了火车,车门正在关上。

“你得赶紧了。”韦斯莱先生说,这时韦斯莱夫人喊道:“哈利,快点儿!”

哈利飞快地冲过去,韦斯莱夫人帮他把箱子搬上了火车。

“好了,亲爱的,你来跟我们一起过圣诞节,这已经跟邓布利多谈好了,所以我们很快就会再见面的。”韦斯莱夫人隔着车窗说,这时哈利重重地关上车门,火车开动了,“一定要好好照顾自己——”

火车在加速。

“——要乖乖的——”

她跟着火车小跑。

“——别出危险!”

哈利不停地挥手,直到火车拐了个弯,再也看不见韦斯莱夫人了,然后他转过身,想看看别人都去了哪里。他猜想罗恩和赫敏肯定都被关在级长车厢里,幸好金妮就在那边的走廊上,正在跟几个朋友说话。他便拖着箱子朝她走去。

在他走近时，人们毫不掩饰地盯着他看。有人为了看他一眼，甚至把脸贴在了车厢的玻璃窗上。他早就知道，在《预言家日报》登了那些关于"救世之星"的谣言之后，这学期他肯定要忍受人们对他变本加厉的瞪视和围观，但他实在不喜欢这种站在耀眼的聚光灯下的感觉。他拍了拍金妮的肩膀。

"想去找一节车厢吗？"

"我不能，哈利，我说好了要等迪安的。"金妮欢快地说，"待会儿见。"

"好吧。"哈利说。他看着她转身离去，长长的红发在她身后飘动，哈利的心里产生了一种异样的惆怅。暑假里他已经习惯了跟金妮朝夕相处，几乎忘记了她在学校里是不跟他和罗恩、赫敏为伍的。然后，他眨眨眼睛，看了看四周：围在他身边的都是一些为他痴迷的女孩子。

"嘿，哈利！"身后传来一个熟悉的声音。

"纳威！"哈利松了口气，转身看见一个圆圆脸的男孩费力地朝这边挤来。

"你好，哈利。"纳威身后一个长发姑娘说，她的一双大眼睛看上去雾蒙蒙的。

"卢娜，你好，怎么样？"

"挺好的，谢谢。"卢娜说。她把一本杂志按在胸口上，封面上醒目的大字宣布里面有一副免费赠送的防妖眼镜。

"《唱唱反调》仍然办得很红火吧？"哈利问，他对这份杂志抱有一定的好感，因为前一年接受了它的独家采访。

"是啊，发行量稳步上升。"卢娜高兴地说。

"我们去找座位吧。"哈利说，于是三个人一起挤过那些目瞪口呆的学生，顺着过道往前走。最后，他们终于找到了一节空车厢，哈利如释重负，赶紧钻了进去。

"她们甚至还盯着我们看呢，"纳威说，指的是卢娜和他自己，"就因为我们和你在一起！"

"他们盯着你们看，是因为你们当时也在魔法部。"哈利说着把箱子举起来塞进了行李架，“我们那场小小的奇遇都在《预言家日报》上登着呢，你们肯定看见了。”

“是啊，我本来以为这样张扬出去，奶奶肯定会生气的，”纳威说，“没想到她很高兴，说我终于不愧是我父亲的儿子了。她还给我买了一根新魔杖呢，看！”

他抽出魔杖，递给了哈利。

“樱桃木，独角兽的毛，”他得意地说，“我们认为这是奥利凡德卖出的最后一根魔杖，他第二天就失踪了——喂，快回来，莱福！”

他钻到座位底下去抓他的蟾蜍，这东西经常逃出去寻求自由。

“我们今年还搞 D. A. 集会吗，哈利？”卢娜问，她正在把一副色彩艳丽的眼镜从《唱唱反调》中间拆下来。

“现在已经摆脱了乌姆里奇，就没必要再搞了，是不是？”哈利说着坐了下来。纳威从座位底下钻出来时，脑袋被重重地撞了一下。他显得失望极了。

“我喜欢 D. A. 集会！我跟你在一起学到了许多东西！”

“我也很喜欢那些聚会，”卢娜平静地说，“就像跟朋友们在一起一样。”

卢娜经常说一些这种令人不舒服的话，使哈利不由得产生一种既同情、又尴尬的复杂感情。然而，他还没来得及回答，车厢外面就起了一阵骚动。一群四年级女生正在玻璃窗外窃窃私语，叽叽嘎嘎地傻笑。

“你去问他！”

“不，你去！”

“还是我去吧！”

其中一个看着很大胆的姑娘推门走了进来，她长着一双黑黑的大眼睛、突出的下巴和一头乌黑的长发。

“你好，哈利，我是罗米达，罗米达·万尼。”她自信地大声说，“你为什么不坐到我们车厢里去呢？你犯不着跟他们坐在一起。”她压低声音说，却又故意让别人听见，并指了指纳威再次钻到座位底下去抓莱福时露在外面的屁股，还有卢娜，她现在已经戴上了那副免费赠送的眼镜，看上去就像一只五颜六色、情绪错乱的猫头鹰。

"他们是我的朋友。"哈利冷冷地说。

"噢，"那姑娘显得非常吃惊，说道，"噢，好吧。"

然后她退了出去，关上了身后的滑门。

"人们认为你应该有比我们更带劲的朋友。"卢娜说，又一次显示了她哪壶不开提哪壶的本领。

"你们就很带劲啊，"哈利简短地说，"当时她们谁也没在部里。她们没有跟我一起战斗。"

"这话说得真中听。"卢娜顿时眉开眼笑，把防妖眼镜往鼻梁上推了推，埋头读起了《唱唱反调》。

"不过我们并没有面对他，"纳威说着从座位底下钻了出来，他头发上粘着绒毛和灰尘，手里捧着那只显得老实多了的莱福，"面对他的是你。你真该听听我奶奶是怎么说你的。'那个哈利·波特比整个魔法部的人加在一起还有骨气！'要是你能当她的孙子，她拿什么去换都愿意……"

哈利尴尬地笑了笑，赶紧把话题引到了O.W.Ls考试成绩上。纳威把他的成绩报了一遍，然后说出了内心的忧虑：他的变形术只得了"及格"，不知道能不能选修N.E.W.Ts课程。哈利似听非听地看着他。

和哈利一样，纳威的童年也被伏地魔摧残了，但是纳威不知道他差一点儿就遭到了哈利的命运。预言中原来指的是他们两个人中间的任何一个，然而，出于一些不可理解的原因，伏地魔愿意相信它指的是哈利。

如果伏地魔选择了纳威，那么，头上带着闪电形伤疤、承受着那个预言的重负的，就会是坐在哈利对面的纳威……是不是？纳威的母亲会不会为了救他而死，就像莉莉为了救哈利而死一样？肯定会的……可是，如果她不能阻挡伏地魔毒害她的儿子呢？那么，是不是就根本没有"救世之星"了呢？那样的话，纳威现在坐的位子上就会空无一人，而刚才吻别哈利的就会是哈利自己的母亲，而不是罗恩的母亲了。是不是？

"你没事吧，哈利？你看上去怪怪的。"纳威说。

哈利突然惊醒了。

"对不起——我——"

“被骚扰虻缠住了?”卢娜同情地问,一边从那副彩色的大眼镜后面看着哈利。

“我——你说什么?”

“骚扰虻……它们是隐形的,会飘到你耳朵里,把你的脑子搞乱。”她说,“我刚才好像觉得有一只在这里嗡嗡地飞。”

她两只手拍打着空气,好像在赶走看不见的大飞蛾。哈利和纳威对视了一下,赶紧聊起了魁地奇。

车窗外的天气忽晴忽阴,整个夏天都是这样。刚驶过寒冷的迷雾,就见到了晴朗而微弱的阳光,等到窗外的阳光几乎当空高照时,罗恩和赫敏总算走进了车厢。

“真希望送餐的车子赶紧过来,我饿坏了。”罗恩眼巴巴地说,一屁股坐在哈利旁边,揉着他的肚子,“你好,纳威,你好,卢娜。你们猜怎么着?”他接着转向哈利说,“马尔福作为级长竟然没去值勤。他只是跟斯莱特林的其他几个同学一起坐在车厢里,我们经过时看见的。”

哈利腾地坐直了身子,一下子就来了兴致。错过炫耀级长权威的好机会,这可不像是马尔福的做派,他上学期可是一直耀武扬威的。

“他看见你们时在做什么?”

“跟平常一样。”罗恩漫不经心地说,做了一个粗鲁的手势,“这可不像他,是不是?嗯——这点倒像他——”他又做了一遍那个手势,“他为什么不出来欺负一年级学生了呢?”

“不知道。”哈利嘴上虽然这么说着,但脑子里却在飞快地转动。这是不是意味着马尔福心里装着比欺负小同学更重要的事情呢?

“也许他更喜欢加入调查行动组,”赫敏说,“也许当了级长似乎就得听话一些。”

“我认为不是这样,”哈利说,“我认为——”

没等他说明他的观点,车厢的门又被拉开了,一个气喘吁吁的三年级女生走了进来。

“我来把这些送给纳威·隆巴顿和哈利·波——波特。”她结结巴巴地说,目光刚与哈利的对上,立刻羞得满脸通红。她递过来两卷扎着紫色绸带的羊皮纸。哈利和纳威疑惑地接过写着他们各自姓名的纸卷,那女生就跌跌撞撞地跑出了车厢。

"什么东西?"罗恩看着哈利打开纸卷,问道。

"一封请柬。"哈利说。

哈利:

如果你能在C号车厢与我共进午餐,我将非常高兴。

你忠实的

H.E.F.斯拉格霍恩教授

"斯拉格霍恩教授是谁?"纳威一头雾水地看着他那份请柬,问道。

"新老师。"哈利说,"看来我们肯定得去了,是不是?"

"可是他为什么叫我去呢?"纳威不安地问,好像他会被弄去关禁闭似的。

"不清楚。"哈利说,这并不完全属实,但他还不能证明他的预感是对的。"听我说,"他脑子里突然想到一个好办法,说道,"我们穿着隐形衣去,路上能够仔细观察一下马尔福,看他想做什么。"

然而,这个办法没有成功。走廊上挤满了等待送餐的人,穿着隐形衣根本没法通过。哈利遗憾地把隐形衣塞进了包里,心想:穿着它躲避人们瞪视的目光倒是个好办法,自从上学期下了火车之后,这种瞪视变得更让他难以招架了。有时同学们还从车厢里匆匆跑出来,就为了好好看他一眼。只有秋·张例外,她一看见哈利过来,就一头扎进了自己的车厢。哈利经过她的窗口时,看见她正煞有介事地跟她的朋友玛丽埃塔聊得起劲。玛丽埃塔化了很浓的妆,但并没有完全遮住那些深深刻在她脸上的奇怪的疹子。哈利暗暗笑了笑,继续往前走。

当他们赶到C号车厢时,才发现斯拉格霍恩邀请的不止他们两个,不过从斯拉格霍恩热烈欢迎的程度看,哈利是他最盼望见到的。

"哈利,我的孩子!"斯拉格霍恩一看见哈利就跳了起来,他那穿着天鹅绒衣服的大肚子几乎把车厢里剩余的空间都填满了。他那明晃晃的光头、那一大把银白色的胡子，都和他马甲上的金纽扣一样，在阳光下闪着耀眼的光芒。“见到你太好了，见到你太好了！那么，你一定是隆巴顿先生吧！”

纳威点点头，似乎被吓坏了。斯拉格霍恩做了个手势，他们俩就在最靠近门口的仅有的两个空座位上面对面地坐了下来。哈利扫了一圈其他被邀请的人。他认出了与他同一年级的一位斯莱特林学生，那是一个高个子的黑人男孩，高高的颧骨，长长的眼睛，眼角有些上挑。还有两个哈利不认识的七年级男生，而那个被挤在斯拉格霍恩身边的角落里、一脸茫然、不知道自己为何会在这里的，竟然是金妮！

“好了，这些人你们都认识吧？”斯拉格霍恩问哈利和纳威，“布雷司·沙比尼跟你们同一个年级，你们肯定认识——”

沙比尼既没有表示出认识，也没有打招呼，哈利和纳威这边也毫无反应：一般来说，格兰芬多和斯莱特林的同学都是互相仇视的。

“这位是考迈克·麦克拉根，也许你们以前见过——？没有？”

麦克拉根是一位头发粗硬的大块头小伙子，他举起一只手，哈利和纳威也朝他点了点头。

“——这位是马科斯·贝尔比，不知道你们是不是——”

贝尔比身材消瘦，神色紧张，他不自然地微笑了一下。

“——这位迷人的年轻女士告诉我，她认识你！”斯拉格霍恩终于说完了。

金妮在斯拉格霍恩身后朝哈利和纳威做了个鬼脸。

“好了，真令人愉快，”斯拉格霍恩满意地说，“一个更多地了解你们大家的机会。给，拿一张餐巾。我的午饭是自己带的，我记得送餐车上的饭菜甘草魔杖的味儿总是太重，一个可怜的上了年纪的人，他的消化系统受不了这些东西……来点儿鹌鹑，贝尔比？”

贝尔比吃了一惊，随即接受了像是半只冷鹌鹑似的东西。

“我刚才正在对这位年轻的马科斯说，我当年有幸教过他的叔叔达摩克利斯，”斯拉格霍恩对正在传递一篮面包卷的哈利和纳威说，“很出色的巫师，非常出色，他的梅林勋章绝对受之无愧。你经常看见你叔叔吗，马科斯?"

不幸的是,马科斯刚吃了一大口鹌鹑,他急于回答斯拉格霍恩的问题,咽得太快,脸一下子转成了猪肝色,呛得说不出话来。

"安咳消。"斯拉格霍恩用魔杖指着贝尔比,平静地说,贝尔比的气管似乎一下子就通畅了。

"不……不怎么见到他。"贝尔比喘着气说,他的眼泪都呛出来了。

"是啊,当然,我敢说他一定很忙。"斯拉格霍恩询问地看着贝尔比说道,"我想他准是下了不少功夫才发明了狼毒药剂吧?"

"我想是吧……"贝尔比说,在他确信斯拉格霍恩结束对他的审问之前,他似乎不敢再吃鹌鹑了,"嗯……是这样,他和我爸爸关系不太好,所以我实际上不太清楚……"

他的声音低了下去,因为斯拉格霍恩朝他冷笑了一声,转向了麦克拉根。

"你呢,考迈克,"斯拉格霍恩说,"我碰巧知道,你是经常见到你的叔叔提贝卢斯的,因为他那儿有一张你们俩在……让我想想,在诺福克捕猎巨尾兽的精彩照片,是不是?"

"噢,是啊,那可好玩了,"麦克拉根说,"跟我们一起去的还有贝蒂·希金斯和鲁弗斯·斯克林杰——当然啦,那是在他当部长之前——"

"啊,你还认识贝蒂和鲁弗斯?"斯拉格霍恩顿时笑逐颜开,端起一小盘馅饼分给大家,不知怎的偏偏漏掉了贝尔比,"那你跟我说说……"

正如哈利早就怀疑到的,这儿的每个人似乎都是因为跟某个有影响的大人物沾亲带故才受到邀请的——只有金妮除外。在麦克拉根之后接受审问的是沙比尼,没想到他母亲竟是一位大名鼎鼎的漂亮女巫(从哈利得出的结论看,她曾经结过七次婚,每一位丈夫都死得很蹊跷,并给她留下了一大笔遗产)。接着轮到纳威:这真是非常令人不快的十分钟,因为纳威的父母都是著名的傲罗,被贝拉特里克斯·莱斯特兰奇和两个食死徒同党折磨致疯。对纳威的访谈结束时,哈利得到这么一个印象,似乎斯拉格霍恩对于纳威是否继承了他父母的禀赋还存有疑虑。

"现在,"斯拉格霍恩说,他气派地在座位上挪动了一下,像一个主持人隆重推出一位大明星一样，“哈利·波特！从哪儿说起呢？我觉得，我们暑假的那次见面，我只是触及了一点皮毛！”

他沉思地端详着哈利，似乎哈利是一只肥墩墩的、美味多汁的鹌鹑，然后他说：“‘救世之星’，他们现在这么称呼你了！”

哈利一声不吭。贝尔比、麦克拉根和沙比尼都盯着他。

“当然，”斯拉格霍恩仔细看着哈利说，“多少年来一直谣言不断……我记得当年——是啊……在那个可怕的夜晚之后——莉莉——詹姆——你死里逃生——有人说你肯定拥有超常的力量——”

沙比尼轻轻地咳嗽一声，显然为了表示他对此感到怀疑和可笑。斯拉格霍恩身后突然传出一个怒气冲冲的声音。

“是啊，沙比尼，因为你太有天赋了……在装腔作势方面……”

“哦，天哪！”斯拉格霍恩快慰地轻轻笑了笑，扭头看着金妮——金妮正隔着斯拉格霍恩的大肚皮朝沙比尼怒目而视，“你可得小心点儿哟，布雷司！我经过这位年轻女士的车厢时，看见她施了一个绝顶精彩的蝙蝠精魔咒！我可不敢惹她！”

沙比尼只是一副轻蔑的神情。

“总之，”斯拉格霍恩重新转向哈利，说道，“今年夏天真是谣言四起。当然啦，谁也不知道应该相信什么，大家都清楚《预言家日报》经常登一些错误消息，以讹传讹——不过既然有这么多证人，似乎不应该再有什么怀疑，魔法部确实发生了一场骚乱，而你就在战斗最激烈的地方！”

除了撒谎，哈利看不出还有什么办法可以脱身，于是便点点头，但还是什么也没说。斯拉格霍恩笑眯眯地看着他。

“多么谦虚，多么谦虚啊，怪不得邓布利多这么喜欢——这么说，你当时在场？可是其他那些报道——哎呀，太精彩，太刺激了，弄得人简直不知道该相信什么——比如，那个传说中的预言球——”

“我们从来没听说过什么预言球。”纳威说，脸涨得通红。

“对，”金妮毫不含糊地说，“当时我和纳威也在场，所有那些‘救世之星’的鬼话，像往常一样都是《预言家日报》胡编乱造出来的。”

“你们俩也在场，是吗？”斯拉格霍恩饶有兴趣地问，看看金妮，又看看纳威，但他们俩面对他鼓励的微笑都守口如瓶。"是啊……是啊……不错，《预言家日报》确实经常夸大其词……"斯拉格霍恩继续说道，口气显得有点儿失望，"我记得亲爱的格韦诺格告诉过我——当然啦，我指的是格韦诺格·琼斯，霍利黑德哈比队的队长——"

他漫无边际地岔开话题，啰里啰唆地回忆起了往事，但是哈利有一种直觉，斯拉格霍恩不会就此放过他的，而且他也并没有相信纳威和金妮的话。

整个下午，斯拉格霍恩又讲了许多他当年教过的杰出巫师的趣闻轶事，他们在霍格沃茨时都欣然加入了一个他称为鼻涕虫俱乐部[①] 的组织。哈利巴不得赶紧离开，却又不知道怎样脱身才不失礼。最后，火车驶过一段长长的浓雾地区，进入了红彤彤的晚霞里，斯拉格霍恩环顾一下四周，在暮色中眨了眨眼睛。

"哎哟，天都快黑了！我没注意他们把灯都点上了！你们最好赶紧回去换上校袍吧。麦克拉根，你有空一定要过来借那本关于巨尾兽的书。哈利，布雷司——欢迎你们随时过来。你也一样，小姐。"他朝金妮眨眨眼睛，"好了，你们走吧，快走吧！"

沙比尼从哈利身边挤到昏暗的过道上时，恶狠狠地瞪了哈利一眼，而哈利则饶有兴味地望着他。哈利、金妮和纳威都跟着沙比尼顺着过道往回走去。

"谢天谢地，总算结束了。"纳威轻声说，"真是个怪人，是吧？"

"是啊，有点儿，"哈利说，眼睛仍然盯着沙比尼，"你怎么也跑到那儿去了，金妮？"

"他看见我给扎卡赖斯·史密斯施恶咒来着。"金妮说，"你还记得那个参加 D. A. 集会的赫奇帕奇的傻瓜吗？他不停地缠着我问部里发生的事情，弄得我不胜其烦，我就给他施了个恶咒——斯拉格霍恩进来时，我还以为他要关我的禁闭呢，没想到他倒觉得那个恶咒施得非常漂亮，并邀请我去吃午饭！真怪，是吧？"

---

① 斯拉格霍恩(Slughorn)这一姓氏的前半部分(Slug)的意思是鼻涕虫。

"因为这个而受到邀请,总比因为他们的母亲有名,"哈利瞪着沙比尼的后脑勺说,"或因为他们的叔叔——"

他突然顿住了。一个主意在他脑海里闪现,一个不顾后果、但说不定很绝妙的主意……再过一分钟,沙比尼就要回到斯莱特林六年级学生的车厢了,马尔福肯定会坐在那里,他以为只有他的斯莱特林同学才能听见他的话……如果哈利跟在沙比尼后面,神不知鬼不觉地混进去,他会看到什么、听到什么呢?不错,火车很快就要到站了——从窗外闪过的荒凉景色来看,距霍格莫德车站还有不到半小时——可是,既然谁也不把哈利的怀疑当真,他就只好自己去取证了。

"我待会儿再来找你们俩。"哈利压低声音说了一句,便抽出他的隐形衣,披在身上。

"可是你想干什么——"纳威问。

"待会儿见!"哈利低声说完,便快步朝沙比尼追去,尽量不发出一点儿声响,其实火车正在哐啷哐啷地行驶,他没有必要这么谨慎。

现在过道里几乎空无一人。差不多每个人都回到车厢里去换校袍、收拾行李了。哈利在碰不着沙比尼的前提下,尽量与他贴得很近,但是沙比尼把车厢的门拉开后,哈利溜进去的速度还是不够快。沙比尼眼看就要把门关上了,哈利赶紧伸出一只脚挡住。

"这玩意儿出什么毛病了?"沙比尼恼火地说,把滑门一次次地撞在哈利脚上。

哈利抓住门,使劲把它推开,仍然攥着门把手的沙比尼被甩到一边,摔在格雷戈里·高尔的大腿上。趁着混乱,哈利冲进车厢,纵身跳上沙比尼暂时空着的座位,一个引体向上,爬上了行李架。幸亏高尔和沙比尼两个人正互相咆哮,把大家的目光都吸引了过去。哈利知道刚才隐形衣掀了起来,他的脚和脚脖子肯定都露在外面了。确实,在那可怕的一瞬间,他似乎看见马尔福的目光追着他的运动鞋,看着它往上一提然后消失了。就在这时,高尔重重地关上门,把沙比尼从他身上甩了下去。沙比尼跌坐在自己的座位上,一副气急败坏的样子。文森特·克拉布继续看他的漫画书,马尔福轻笑了几声,重新横躺在两个座位上,脑袋枕着潘西·帕金森的大腿。哈利很不舒服地蜷缩在隐形衣里,以确保浑身上下都被藏得严严实实的。他注视着潘西一边把马尔福脑门上柔顺的金发轻轻撩开,一边得意地傻笑着,就好像谁都眼巴巴地想得到她这个位置似的。天花板上的灯笼左右摇晃着,照亮了车厢里的一切。哈利可以清清楚楚地看见下面克拉布那本漫画书上的每一个字。

"怎么样,沙比尼,"马尔福说,"斯拉格霍恩想干什么?"

"只是想巴结巴结跟显贵人物沾亲带故的人,"沙比尼仍然怒气冲冲地瞪着高尔,"不过他没能找到多少。"

这个情报似乎使马尔福不太高兴。

"他还邀请了谁?"他问。

"格兰芬多的麦克拉根。"沙比尼说。

"噢,对了,他叔叔是部里的大官。"马尔福说。

"——还有一个叫贝尔比的,是拉文克劳的——"

"别提他了,他是个草包!"潘西说。

"——还有隆巴顿、波特和韦斯莱家的那个姑娘。"沙比尼汇报完毕。

马尔福腾地坐了起来,把潘西的手打到一边。

"他还邀请了隆巴顿?"

"对,我想是吧,因为隆巴顿也去了。"沙比尼不太介意地说。

"隆巴顿有什么地方让斯拉格霍恩感兴趣呢?"

沙比尼耸了耸肩。

"波特,稀罕的波特,他显然是想亲眼看看'救世之星',"马尔福讥笑道,"可是韦斯莱家的那个姑娘!她有什么不寻常的?"

"许多男孩喜欢她,"潘西一边说一边用眼角注视着马尔福的反应,"就连你也觉得她挺漂亮,是不是,布雷司,而我们都知道你的眼光有多挑剔!"

"我才不会去碰她那样一个肮脏的小败类呢,不管她长得什么样儿。"沙比尼冷冷地说,潘西顿时喜形于色。马尔福重新倒在她的大腿上,让她继续给他梳理头发。

"唉,我真为斯拉格霍恩的品味感到遗憾。大概他有点儿老糊涂了。

可惜啊,我父亲一向说他是当时一位很出色的巫师。我父亲曾经在他面前挺得宠的。斯拉格霍恩大概没听说我在车上,不然——"

"我认为你不太可能受到邀请。"沙比尼说,"我刚来时,他向我打听诺特的父亲,看来他们曾经是老朋友。他听说诺特的父亲被部里逮捕了,他的脸色就沉了下去,结果诺特就没被邀请,不是吗?我认为斯拉格霍恩对食死徒不感兴趣。"

马尔福显得很生气,但勉强挤出一声干巴巴的怪笑。

"哼,谁在乎他对什么感兴趣?再说了,他又算个什么东西?不过是个愚蠢的教书匠。"马尔福夸张地打了个哈欠,"我的意思是,没准我明年就不在霍格沃茨了,某个过了气的老胖子喜欢不喜欢我,对我又有什么关系?"

"你说什么,没准你明年就不在霍格沃茨了?"潘西气哼哼地问,立刻停止了给马尔福梳理头发。

"是啊,你们永远也不会知道,"马尔福带着一丝得意的笑容说道,"也许我高升了,要去做——嗯——更重要、更精彩的事情。"

哈利裹着隐形衣蜷缩在行李架上,心突然跳得飞快。罗恩和赫敏听了这话会怎么说呢?克拉布和高尔傻乎乎地瞪着马尔福,显然,他们对于他要去做更重要、更精彩的事情的计划一无所知。就连沙比尼高傲的脸上也露出了一点儿好奇。潘西带着一副目瞪口呆的神情,又开始慢慢地梳理马尔福的头发。

"你指的是——他?"

马尔福耸了耸肩。

"妈妈希望我完成学业,但我个人认为,如今这已经没有那么重要了。想想吧……黑魔王得势之后,他还会在乎谁通过了几门 O. W. Ls 或 N.E.W.Ts吗?当然不会……他只关心别人怎么为他效劳,怎么向他表示赤胆忠心。"

"你认为你能为他做事?"沙比尼尖刻地问,"你才十六岁,还没有取得正式的资格呢。"

"我刚才不是说了吗?也许他不在乎我是不是有资格。也许他想让我做的那份工作,是不需要多少资格的。"马尔福轻声说。

克拉布和高尔呆呆地坐在那里,嘴巴张得老大,活像两尊怪兽状的滴水嘴。潘西低头凝视着马尔福,似乎从没见过这么令人敬畏的东西。

"我看见霍格沃茨了。"马尔福显然很满意他制造的这种效果,他指着漆黑的窗外说道,"我们最好赶紧换上校袍吧。"

哈利只顾盯着马尔福,没有注意到高尔站起来取他的箱子。高尔把箱子抽下去时,箱子重重地撞在哈利的脑袋上,痛得他忍不住吸了一口凉气。马尔福抬头看看行李架,皱起了眉头。

哈利倒不害怕马尔福,但觉得让一群不友好的斯莱特林发现他藏在隐形衣里,总归不是一件什么好事。眼睛仍然在流泪,脑袋仍然一跳一跳地疼,但他抽出魔杖,同时小心不把隐形衣弄乱,然后屏住呼吸,等待着。令他感到宽慰的是,马尔福似乎认定刚才听到的那个声音只是他的幻觉,他像别人一样套上校袍,锁好箱子。当火车减慢速度、缓缓向前滑动时,他将一件崭新的厚旅行斗篷裹在了脖子上。

哈利可以看见过道里又挤满了人,他希望赫敏和罗恩能替他把行李搬到站台上。他被困在这里,要等车厢空了以后才能出去。终于,随着最后的哐当一声响,火车完全停住了。高尔忽地把门拉开,使劲挤到一群二年级学生中间,拳打脚踢地把他们推到一边。克拉布和沙比尼也跟了过去。

"你先走,"马尔福对潘西说,潘西伸着手等他,似乎希望他能牵住她的手,"我还要查看一件东西。"

潘西走了。现在车厢里只剩下哈利和马尔福两个人。人们鱼贯而过,下车来到漆黑的站台上。马尔福走到车厢门口,放下帘子,这样外面过道里的人就不能朝里面窥视了。然后他弯下腰,把箱子又打开了。

哈利从行李架的边缘探头往下看着,心跳得更快了。马尔福有什么东西瞒着潘西呢?他是不是就要看见那件破碎的、需要修理的神秘东西了?

"统统石化!"

说时迟那时快,马尔福用魔杖一指哈利,哈利立刻就僵住了。就像慢镜头一样，他从行李架上往下一歪，重重地、无比痛苦地倒在马尔福的脚边，隐形衣被压在身下，他的身体暴露无遗，两条腿仍然可笑地蜷缩着，是一种僵硬的跪着的姿势。他完全动弹不得，只能抬眼望着马尔福，马尔福得意地笑了。

“我就猜到是这样。”他开心地说，“我听见高尔的箱子砸到了你。而且，沙比尼回来后，我好像看见有个白色的东西一闪而过……”他的目光在哈利的运动鞋上停留了一下。“我猜，沙比尼进来时，就是你把门挡住了吧？”

他仔细端详了哈利片刻。

“你听到了什么我不在乎，波特。不过既然我抓住了你……”

他照着哈利的脸狠狠跺了一脚。哈利觉得鼻子破了，鲜血溅得到处都是。

“这一脚是为了我父亲。现在，让我瞧瞧……”

马尔福把隐形衣从哈利一动不动的身体底下抽了出来，罩在哈利身上。

“我想，他们要等火车返回伦敦时才会发现你，”他轻声说。“再见，波特……也许再也见不到了。”

马尔福故意踩着哈利的手离开了车厢。

第 8 章

斯内普如愿以偿

哈利全身一点儿也动弹不得。他躺在隐形衣下面，感觉到热乎乎的鲜血从鼻子里流出来，糊在他的脸上。他听着外面过道里的脚步声和说话声，先是想道：在火车再次出发之前，肯定会有人来检查每一个车厢吧？可是，紧接着他又万分沮丧地意识到，即使有人往车厢里看一眼，也不会看见他或听见他的声音。他只能希望有人会走进来，踩在他身上。

哈利躺在那里，像一只可笑的、四脚朝天的乌龟，鼻血直接淌进了他张开的嘴巴里，令他感到恶心，他从来没有像此刻这样恨透了马尔福。他现在的处境多么狼狈啊……这时，最后一阵脚步声也消失了，大家拖着疲倦的脚步走在外面漆黑的站台上，他可以听见箱子拖在地上的声音和同学们大声的说话声。

罗恩和赫敏肯定以为他撇下他们自己下车了。等他们到了霍格沃茨，在大礼堂里坐下来，朝格兰芬多的桌子扫视了几遍之后，才会发现他不在那儿，而那个时候，他已经在返回伦敦的半路上了。

他拼命想发出点儿声音，哪怕是一声嘟囔，可是怎么也发不出来。接着他想起有些巫师，比如邓布利多，可以不出声地念咒语，他便试着在心里一遍遍地默念“魔杖飞来！魔杖飞来！”想把从他手里掉落的魔杖召唤回来。然而，什么反应也没有。

他仿佛听见了湖边树叶的沙沙声和远处一只猫头鹰的叫声，但是并没有人来检查车厢，甚至(他有点看不起自己居然存有这种希望)没有人惊慌地询问哈利·波特怎么不见了。他想象着夜骐拉的车队慢慢朝学校移动，马尔福坐在马车里发出一阵阵刺耳的大笑，他肯定在跟他那些斯莱特林的同学们讲述他是怎么教训哈利·波特的……想到这儿，一种绝望的情绪在他心头蔓延开来。

火车猛地动了一下，震得哈利翻滚过去，侧身躺着。现在他不再瞪着天花板，而是面对着黑黢黢的座位下面。发动机启动了，地板微微震颤着。特快列车正在驶离站台，而没有一个人知道哈利还在……

突然，他感觉到隐形衣被掀开了，头顶上一个声音说道：“你好，哈利。”

一道红光闪过，哈利的身体解咒了。他坐了起来，尽量使自己显得体面一些，并赶紧用手背把鲜血从受伤的脸上擦去，抬头看着唐克斯。唐克斯手里拿着她刚才揭开的隐形衣。

“我们最好赶紧离开这儿。”她说，这时车窗已被蒸气罩住，变得模模糊糊，火车开始驶离站台，“快，我们跳车。”

哈利匆匆跟着她来到过道里。唐克斯拉开车门，纵身跳到了站台上。随着火车加速，下面的站台似乎在向后滑动。哈利跟着她跳了下去，落地时差点儿摔倒。他直起身子，正好看见鲜红耀眼的蒸汽机车加快了速度，拐过一个弯道，消失了。

夜晚凉飕飕的空气扑面而来，使哈利突突跳痛的鼻子感到很舒服。唐克斯正看着他。他觉得又恼火又尴尬，居然在这种狼狈的状况下被人发现。唐克斯默默地把隐形衣递给了他。

"谁干的？"

"德拉科·马尔福，"哈利恨恨地说，"谢谢你……嗯……"

"没什么。"唐克斯面无笑容地说。哈利就着夜色看去，发现她和上次他在陋居看见她时一样，灰褐色的头发，面容憔悴。"你站着别动，我把你的鼻子治好。"

哈利不太赞成这个主意。他本来打算去找校医庞弗雷夫人的，在用咒语疗伤方面，他对她更有信心一些。但是这么说似乎不太礼貌，所以他一动不动地站住了，闭上了眼睛。

"愈合如初！"唐克斯说。

哈利感到鼻子一下子变得火辣辣的，接着又变得冰凉凉的。他抬起手小心地摸了摸。鼻子似乎已经愈合了。

"太感谢了！"

"你最好把隐形衣披上，我们可以步行去学校。"唐克斯说，脸上还是毫无笑容。

哈利把隐形衣重新披在身上时，唐克斯挥了一下魔杖。一头巨大的银白色四脚动物从魔杖里冒了出来，飞快地跑进了夜色中。

"那是守护神吗？"哈利问，他曾经看见邓布利多用这种方式传递消息。

"对，我通知学校我已经找到你了，免得他们着急。走吧，最好别再耽搁了。"

他们朝那条通向学校的小路走去。

"你是怎么找到我的？"

"我注意到你没有下车，而且知道你有隐形衣。我就猜到你不知为什么藏了起来。后来我见那个车厢拉着帘子，我就觉得应该进去检查一下。"

"可是，你在这里做什么呢？"哈利问。

“我目前守在霍格莫德，给学校增加一些保护。”唐克斯说。

“守在这里的只有你一个人，还是——？”

“不，普劳特、塞维奇和德力士也都在这里。”

“德力士，就是邓布利多上次打击的那个傲罗吗？”

“是的。”

他们顺着马车刚压出的车辙，艰难地走在漆黑荒凉的小路上。哈利从隐形衣下侧脸看着唐克斯。去年，她是那么爱打听别人的事情(有时甚至有点惹人讨厌)，那么爱笑，那么爱讲笑话。现在她好像一下子老了好几岁，显得严肃和刚毅多了。这难道都是部里发生的那件事带来的后果吗？他不安地想到，赫敏肯定会建议他对唐克斯说一些安慰的话，说小天狼星的死根本不能怪她，但是，他没有勇气这么说。他丝毫不认为小天狼星的死是唐克斯的过错，她的责任不比任何人大(更不比他的大)，但是他实在不愿意谈到小天狼星，能回避就尽量回避。于是，他们默默地走在寒冷的夜色中，唐克斯的斗篷拖在身后的地上，发出沙沙的响声。

哈利以前都是坐的马车，从不知道霍格沃茨离霍格莫德车站有多远。当他终于看见学校大门两边高高的、顶上装饰着带翼的野猪石柱时，总算松了口气。

他又冷又饿，而且巴不得赶紧离开这位陌生的、脸色阴沉的唐克斯。可是当他伸手推大门时，发现大门用链条锁住了。

“阿拉霍洞开！”他用魔杖指着门锁，很有把握地喊道，可是大门毫无反应。

“这个对它不会管用的。”唐克斯说，“邓布利多亲自给它施了魔法。”

哈利转过脸来。

“我可以翻墙进去。”他提议道。

“不行，绝对不行，”唐克斯面无表情地说，“墙上都施了反侵入咒。今年夏天，安全措施加强了一百倍。”

“那好，”哈利对她这样袖手旁观感到有点生气，说道，“我想我只能睡在外面，等明天早上再说了。”

“有人来接你了。”唐克斯说，“看。”

远处城堡脚下出现了一盏摇摇晃晃的提灯。哈利高兴极了,他觉得他甚至能够忍受费尔奇呼哧带喘地批评他迟到,并叫嚷着说如果定期给他动点儿酷刑,他的时间观念就会增强了。闪亮的橙黄色灯光离他只有十来步远了,哈利脱掉隐形衣好让来人看见他,这时他才认出了斯内普那个被灯光从下面照亮的鹰钩鼻和那一头乌黑油腻的长发,他顿时产生了一种强烈的厌恶感。

"很好,很好,很好,"斯内普讥笑道,一边抽出魔杖,在锁上敲了一下,链条便像蛇一样缩了回去,大门吱吱嘎嘎地开了。"你总算露面了,波特,不过你显然认为穿上校袍会有损你的容颜。"

"我没法换衣服,我的箱子——"哈利的话没说完,就被斯内普打断了。

"没必要再等了,尼法朵拉。波特在我手里非常——嗯——安全。"

"我本来是把消息告诉海格的。"唐克斯皱着眉头说。

"海格像波特一样,没能准时参加开学宴会,所以我就代收了。顺便说一句,"斯内普退后一步,把哈利让了过去,"我对你的新守护神很感兴趣。"

他当着唐克斯的面哐当一声关上了大门,又用魔杖敲了敲链条,随着一阵金属的碰撞声,链条又像蛇一样蹿回了原处。

"我认为还是原来的那个更好,"斯内普说,声音里毫无疑问透着恶意,"新的这个看上去没什么力气。"

斯内普把提灯一晃,哈利看见唐克斯脸上闪过一丝愤怒,但紧接着她就又被黑暗笼罩了。

"晚安,"哈利跟斯内普一起朝学校走去时,扭头对唐克斯喊道,"谢谢……谢谢你做的一切。"

"再见,哈利。"

斯内普一时间没有说话。

哈利觉得自己身体里释放出非常强烈的仇恨,他简直不敢相信斯内普竟然感觉不到这些仇恨在烧灼着他。他们从第一次见面起,他就讨厌斯内普,而斯内普对待小天狼星的态度,又使哈利永远也不可能原谅他。

不管邓布利多怎么说，哈利在暑假里反复思忖之后得出了这样的结论：斯内普不怀好意地讥讽小天狼星，说凤凰社的其他成员都在跟伏地魔战斗，而他却躲在安全的地方，后来正是斯内普的这番话促使小天狼星在那天夜里冲进魔法部，丢掉了性命。哈利抱着这种想法不放，他这样就可以把责任怪罪到斯内普身上，这使他感到解恨，而且他知道，如果有谁对小天狼星的死无动于衷，那就是此刻在黑暗中走在他身边的这个男人。

“因为迟到，格兰芬多扣掉五十分。”斯内普说，“还有，让我想想，因为你穿着麻瓜衣服，再扣掉二十分。我想，还没有哪个学院在学期刚刚开始——甜点还没有端上来——就被扣了分数呢。你大概是创纪录了，波特。”

哈利内心的愤怒和仇恨简直白热化了，他宁愿全身僵硬地返回伦敦，也不愿告诉斯内普他迟到的原因。

“我猜你是想来一个登场亮相吧？”斯内普继续说道，“你弄不到会飞的汽车，就以为在宴会进行到一半时冲进大礼堂也会产生戏剧性的效果。”

哈利仍然保持着沉默，尽管他觉得肺都要气炸了。他知道斯内普来接他就是为了这个，他可以有几分钟时间激怒和折磨哈利，而不会被任何人听见。

他们终于来到了城堡的台阶上，当那两扇橡木大门打开、露出里面铺着石板的宽大门厅时，一阵阵欢声笑语和杯盘碰撞的声音通过大礼堂敞开的门，传到了他们的耳朵里。哈利心想，不知道他能不能偷偷披上隐形衣，神不知鬼不觉地溜到格兰芬多的长桌旁坐下。很不方便的是，格兰芬多的桌子在大礼堂的最里头。

然而，斯内普似乎猜到了哈利的心思，他说：“不许穿隐形衣。你就这样走进去，让大家都看看你，我相信这正是你想要的效果。”

哈利原地转了个身，大步穿过敞开的大门：只要能离开斯内普就行。大礼堂里有四张学院餐桌，顶头还有一张教工餐桌，空中像往常一样装饰着许多飘浮的蜡烛，照得下面的盘子闪闪发亮。然而，所有这些在哈利眼里只是亮晃晃的模糊一片。他走得飞快，当人们开始盯着他看时，他正在穿过赫奇帕奇餐桌，而当人们站起来打量他时，他已经看见了罗恩和赫敏。他快步从一条条长凳旁奔过，挤到他们俩中间坐了下来。

“你去哪儿了——天哪，你的脸怎么了？”罗恩说，他和近旁的每个人都睁大了眼睛瞪着哈利。

“怎么啦，有什么不对吗？”哈利说着抓起一把汤勺，眯起眼睛打量映在上面的那张变形的脸。

“你满脸都是血！”赫敏说，“来——”

她举起魔杖，念道：“*旋风扫净！*”那些干硬的血痂就被吸走了。

“谢谢。”哈利摸着干干净净的脸说，“我的鼻子看上去怎么样？”

“很正常，”赫敏担忧地说，“你的鼻子怎么了？哈利，出什么事了，真把我们吓坏了！”

“待会儿再告诉你们。”哈利简短地说了一句。他警觉地发现金妮、纳威、迪安和西莫都在听着，就连格兰芬多的鬼魂——差点没头的尼克也顺着长凳飘过来想偷听。

“可是——”赫敏说。

“先不说了吧，赫敏。”哈利用一种神秘的、意味深长的口吻说。他真希望他们都以为他去做了一件很勇敢的事，最好是面对两个食死徒和一个摄魂怪。当然啦，马尔福肯定会逢人便讲这个故事，但说不定不会传到太多的格兰芬多同学的耳朵里。

他隔着罗恩去拿两根鸡腿和一把炸薯条，可是没等拿到手，它们就没了，取而代之的是甜点心。

“你错过了分院仪式。”赫敏说，罗恩伸手去够一大块巧克力蛋糕。

“帽子说了什么有趣的话没有？”哈利一边问一边拿过一块蜂蜜馅饼。

“跟以前大同小异……建议我们团结起来，共同面对我们的敌人，你知道的。”

“邓布利多提到伏地魔了吗？”

“还没有，不过他总是在宴会结束后才正式讲话的，对吧？快了。”

“斯内普说海格也没准时参加宴会——”

“你看见斯内普了？怎么会呢？”罗恩狼吞虎咽地吃着蛋糕，问道。

“正好碰到他了。”哈利含糊其词地说。

“海格只迟到了几分钟。”赫敏说，“看，哈利，他正冲你招手呢。”

哈利朝教工餐桌望去，海格果然在冲他招手，他便也朝海格笑了笑。海格和威严的麦格教授总是显得很不协调，麦格教授是格兰芬多的院长，他们坐在一起时她的头顶只齐到海格的臂肘和肩膀之间。此刻，她看见海格这样热情洋溢地打招呼，露出了不满的神情。

哈利惊讶地看到，坐在海格另一边的竟然是占卜课老师特里劳妮教授。她平常很少离开她塔楼上的房间，哈利以前从没在开学宴会上看见过她。

她的模样还像以前一样古怪，身上戴着闪闪发亮的珠子，裹着长长的披肩，一双眼睛被眼镜放大了许多倍。哈利以前一直把她看成一个骗子，没想到在上学期快要结束时，他得知竟是她说出了那个预言，导致伏地魔杀死了哈利的父母，并对哈利本人下了毒手。知道这件事后，哈利更不愿意跟她待在一起了，幸好，他这学期不再选修占卜课了。她那双大得吓人的、灯泡般的眼睛朝他这边望了过来，哈利赶紧把目光转向斯莱特林的桌子。

德拉科·马尔福正在描述他怎么砸烂了一只鼻子，博得了一阵刺耳的笑声和掌声。哈利垂下眼睛望着那块蜂蜜蛋糕，心里又是怒火燃烧。他真恨不得跟马尔福面对面地干上一仗……

“那么斯拉格霍恩教授想要什么？”赫敏问。

“想要知道部里到底发生了什么事。”哈利说。

“不光他，这里的每个人都想知道，”赫敏轻蔑地说，“火车上总有人审问我们，是吧，罗恩？”

“没错，”罗恩说，“大家都想知道你是不是真的就是‘救世之星’——”

“就连鬼魂们对这个话题也有很多议论。”差点没头的尼克插进来说道，他那颗仅连着一点皮的脑袋朝哈利偏了过来，在轮状皱领上危险地摇晃着，“我差不多被看成是波特权威，大家都知道我们的关系很好。不过，我向鬼魂们保证，我不会缠着他打听情况的。‘哈利·波特知道他可以绝对信任我，对我推心置腹。’我告诉他们说，‘我宁死也不会背叛他的信任。'"

"那不能说明什么问题,因为你已经死了。"罗恩尖锐地指出。

"又来了,你总是像钝斧头一样伤人。"差点没头的尼克委屈地说完,便升到空中,朝格兰芬多餐桌的那头飘去。就在这时,邓布利多在教工餐桌后面站了起来,回荡在大礼堂里的说笑声几乎立刻就平息下来。

"祝大家晚上好!"他慈祥地微笑着说,一边张开双臂,似乎要拥抱整个礼堂。

"他的手怎么啦?"赫敏惊愕地问。

注意到这点的不只是她一个人。邓布利多的右手仍然像那晚他到德思礼家接走哈利时的一样,焦黑干枯,毫无生机。礼堂里一片窃窃私语。邓布利多知道大家在议论什么,他只是笑了笑,抖抖紫色和金色相间的衣袖,遮住了那只受伤的手。

"不用担心。"他轻描淡写地说,"好了……新同学们,欢迎入学;老同学们,欢迎回校!等待你们的是新一学年的魔法教育……"

"我暑假里看见他时,他的手就是这样。"哈利小声对赫敏说,"我本来以为他早就治好了……或者庞弗雷夫人给他治好了。"

"那只手看上去像是死了。"赫敏脸上带着难受的表情说,"有些伤永远治不好……古老的咒语……还有一些魔药是没有解药的……"

"……管理员费尔奇让我告诉大家,今年绝对禁止学生携带从韦斯莱魔法把戏坊购买的任何笑话商品。

"想要参加学院魁地奇球队的同学,像往常一样把名字报给院长。我们还在物色新的魁地奇比赛解说员,有意者也到院长那儿报名。

"今年,我们很高兴地迎来了一位新的教师。斯拉格霍恩教授,"斯拉格霍恩站了起来,他那光秃秃的脑袋在烛光下闪闪发亮,穿着马甲的大肚子在桌上投下一大片阴影,"是我以前的一位同事,他同意重操旧职,担任魔药课教师。"

"魔药课?"

"魔药课?"

这个词在整个礼堂里回荡,大家都怀疑自己是不是听错了。

“魔药课?”罗恩和赫敏异口同声地说,同时都偏过脑袋来瞪着哈利,“可是你原来说——”

“与此同时,斯内普教授,”邓布利多提高声音盖过了人们的议论,“将担任黑魔法防御术课的教师。”

“不!”哈利的声音太响了,许多脑袋都朝他这边转了过来。但他不管,他只是愤怒地瞪着教工餐桌。怎么到头来还是把黑魔法防御术的教职给了斯内普呢?这么多年来大家不是都知道,邓布利多不相信他能胜任这份工作吗?

“可是,哈利,你说过斯拉格霍恩要教黑魔法防御术的!”赫敏说。

“我以为是他!”哈利说。他拼命回忆邓布利多什么时候告诉过他,然而,现在仔细想来,他根本记不起邓布利多跟他说过斯拉格霍恩要教哪门课。

斯内普坐在邓布利多的右侧,他听见邓布利多提到自己的名字时并没有站起来,只是懒洋洋地抬了抬一只手,表示听见了斯莱特林餐桌上的喝彩声,可是哈利清清楚楚地看见,他恨之入骨的那张脸上透着一丝得意洋洋的喜色。

“也好,这件事有一点好处,”哈利咬牙切齿地说,“斯内普不到一年就会滚蛋。”

“你这是什么意思?”罗恩问。

“那份工作是被施了恶咒的。没有一个人能超过一年……奇洛连命都搭进去了。我个人衷心希望再发生一桩命案……”

“哈利!”赫敏惊恐地责备道。

“到了期末,他大概又回去教他的魔药课了。”罗恩理智地说,“那个叫斯拉格霍恩的家伙大概不愿意长期待在这儿,穆迪就是这样。”

邓布利多清了清嗓子。

在下面说话的不止哈利、罗恩和赫敏,整个礼堂里的人听到斯内普终于如愿以偿的消息,都在议论纷纷。邓布利多似乎没有意识到他刚才公布的消息有多么轰动,他没有再说教师职务的事,而是等了几秒钟,确保大家完全安静下来后才继续说话。

“这座礼堂里的每个人都知道,伏地魔和他的随从再次兴风作浪,并且势力在不断壮大。”

邓布利多说话时,礼堂里一片紧张的、揪心的沉默。哈利扫了一眼马尔福。马尔福没有看着邓布利多,而是用魔杖把他的叉子悬在半空中,仿佛他觉得校长的话根本不值得一听。

“我需要格外强调的是,目前局势非常危险,我们霍格沃茨的每一个人都需要万分谨慎才能保证自身的安全。城堡的魔法防御工事在暑假期间被加强了,我们得到了新的、更有效的保护,但是我们每一位师生仍然必须时刻提高警惕,丝毫不能掉以轻心。因此,我要求你们必须严格遵守老师制定的每一条安全规定,不管那些条条框框可能有多么烦人——特别要遵守熄灯后不得起床外出的规定。我恳请你们,不管在校内还是校外,只要发现任何异常或可疑的情况,都要立刻向教工汇报。我相信你们,为了自己和他人的安全,一定会约束自己的行为的。”

邓布利多的蓝眼睛扫过所有的学生,然后脸上又露出了微笑。

“好了,你们的床铺在等待你们,像你们期望的那样温暖和舒适,我知道你们现在的当务之急是好好休息,准备明天上课。所以,让我们道一声‘晚安’吧。嘟嘟!”

像往常一样,一张张板凳被推到了身后,发出刺耳的摩擦声,几百名学生开始鱼贯离开大礼堂,朝宿舍走去。

哈利并不急着离开,他不愿意跟那些瞪大眼睛盯着他看的同学挤在一起,也不愿意挨近马尔福,让他有机会把踩鼻子的故事再讲一遍,所以他就假装系鞋带,故意落在后面,让大多数格兰芬多同学都走到他前面去了。赫敏早已跑去履行她级长的职责,去照顾那些一年级新生了,只有罗恩留下来陪着哈利。

“你的鼻子到底是怎么了?”等那些挤出礼堂的人群已经远远离开,不再会有人听见他们说话时,罗恩问道。

哈利把事情告诉了他。罗恩没有笑,这显示了他们的友谊是多么牢固。

“我看见马尔福在那里假装对付一只鼻子。”他愤愤不平地说。

“是啊，好了，不去管它了。”哈利气恼地说，“你听听他在发现我之前说的那些话吧……”

哈利本来以为罗恩听了马尔福那些吹牛的话会感到很震惊。可是罗恩竟然觉得无动于衷，哈利觉得他简直是变成榆木脑袋了。

“得了，哈利，他只是在帕金森面前炫耀自己……神秘人会派给他什么任务呢？”

“你怎么知道伏地魔不需要在霍格沃茨安插一个什么人呢？这可不是第一次——”

“我希望你别再说那个名字了，哈利。”他们身后响起了一个责备的声音。哈利扭头一看，海格正在那里摇着头。

“邓布利多就直呼其名。”哈利固执地说。

“是啊，但那是邓布利多呀，对不？”海格神秘兮兮地说，“你怎么会迟到的，哈利？我真担心哪。”

“在车上耽搁了。”哈利说，“你为什么迟到？”

“我跟格洛普在一起，”海格高兴地说，“忘记了时间。现在，他在山里有了一个新家，邓布利多安排的——是一个漂亮的大山洞。他比待在禁林里的时候开心多了。我们好好地聊了一会儿。”

“真的？”哈利说，他尽量不去看罗恩的眼睛。罗恩上次看见海格同母异父的弟弟——那个专会把大树连根拔起的凶狠的巨人时，他的词汇量只有五个单词，而且其中两个的发音还不准。

“是啊，他进步可大了。”海格骄傲地说，“你会感到吃惊的。我在考虑把他培养成我的助手。”

罗恩很响地哼了一声，不过总算及时地把它变成了一个响亮的喷嚏。这时他们已经站在橡木大门旁了。

“好了，我们明天见，午饭后的第一节课，早点过来，可以跟巴克——我是说蔫翼打个招呼！”

他喜滋滋地举起一只胳膊和他们告别，然后便出了大门，融进了夜色中。

哈利和罗恩面面相觑。哈利看得出来，罗恩的心情跟他一样沮丧。

"你不准备选保护神奇生物课了,是吗?"

罗恩摇了摇头。

"你也不选了,是吗?"

哈利也摇了摇头。

"赫敏呢?"罗恩说,"她也不选了?"

哈利又摇了摇头。当海格发现他最喜欢的三个学生都不再上他的课时,他会说什么呢?对此哈利不愿意去想。

第 9 章

混 血 王 子

第二天早上吃早饭前，哈利、罗恩和赫敏在公共休息室里碰面了。哈利希望有人支持他的想法，便立刻把他在霍格沃茨特快列车上偷听到的马尔福的话告诉了赫敏。

“他显然是在帕金森面前吹牛，是不是？”没等赫敏说话，罗恩就抢着说道。

“嗯，”赫敏迟疑地说，“我也说不清……也许马尔福是故意虚张声势，想显示自己很了不起……不过编出这样的谎话也太……”

“是啊。”哈利说，可是他没法进一步说明他的观点，因为许多同学不仅好奇地盯着他看,用手捂着嘴窃窃私语,而且还侧着耳朵听他说话。

"指指点点不礼貌!"他们排队通过肖像洞口时,罗恩冲一个特别矮小的一年级男生厉声喝道。那男生正在用手挡着嘴巴跟朋友嘀咕关于哈利的什么话,被罗恩这么一喝,顿时脸涨得通红,惊慌失措地从洞口跌了出去。罗恩得意地笑出了声。

"我真喜欢上六年级。而且今年我们会有许多自由时间,可以整节课整节课地坐在这里,什么也不干。"

"我们需要用那些时间来学习,罗恩!"赫敏说,这时他们正顺着走廊往前走。

"知道啦,但不是今天,"罗恩说,"今天要痛痛快快地睡一觉。"

"站住!"赫敏说着一把拦住一个四年级学生,那学生手里紧紧抓着一个深绿色的圆盘,正想从她身边挤过去。"狼牙飞碟是违禁物,快交出来。"赫敏严厉地对他说。那个愁眉苦脸的男生交出了那个咆哮的飞碟,一猫腰从赫敏胳膊底下钻过,追他的朋友们去了。罗恩等他走远了,便把飞碟从赫敏手里夺了过来。

"太棒了,我早就想要一个这样的东西。"

赫敏的抗议被一阵响亮的咯咯笑声淹没了。拉文德·布朗似乎觉得罗恩的话特别好玩,她从他们身边经过时,还扭头朝罗恩看了几眼。罗恩显得非常得意。

大礼堂的天花板瓦蓝瓦蓝的,飘着几缕淡淡的浮云,就像高高的、装着竖框的窗户外面的天空一样。哈利和罗恩一边大口喝粥,吃着鸡蛋和火腿,一边把前一天晚上跟海格的那段尴尬的对话告诉了赫敏。

"他不可能真的以为我们还会去上保护神奇生物课吧!"赫敏显得很苦恼,说道,"我是说,其实我们谁也没有表示出……你们知道的……表示出任何热情呀。"

"是这么回事。对吧?"罗恩说着把一个炸鸡蛋囫囵吞了下去,"因为我们喜欢海格,所以在他的课上是最用功的。可他还以为我们喜欢那门愚蠢的功课呢。你们说有谁会去上他的提高班呢?"

哈利和赫敏都没有回答。这个问题无需回答。他们知道得很清楚,在他们年级中,没有一个人想上保护神奇生物课的。十分钟后,当海格离开教工餐桌,兴高采烈地跟他们挥手打招呼时,他们躲避着他的目光,浮皮潦草地朝他挥了挥手。

吃过早饭,他们仍然坐在座位上,等麦格教授从教工餐桌上下来。这学期发放课程表的工作比往常复杂,麦格教授先要确保每一个学生的O.W.Ls成绩达到要求,才能让他继续学习他所选择的N.E.W.Ts提高班课程。

赫敏的课程立刻就确定下来了,她要继续学习魔咒、黑魔法防御术、变形术、草药学、算术占卜、古代魔文和魔药学。她没再耽搁,立刻赶去上第一节古代魔文课了。纳威的情况多费了一些周折。麦格教授低头看着他的申请,一边核对他的O.W.Ls成绩,纳威圆圆的脸上满是焦虑。

"草药学,很好,"她说,"O.W.Ls成绩是'优秀',斯普劳特夫人肯定很高兴看到你回去。黑魔法防御术的成绩是'良好',也有资格继续选修。问题是变形课。对不起,隆巴顿,'及格'的成绩不够好,不能进修变形课的N.E.W.Ts课程,我担心你可能会跟不上的。"

纳威垂下了脑袋。麦格教授透过方形眼镜片望着他。

"你为什么要继续学习变形课呢?我觉得你好像不是特别喜欢它。"

纳威显得很难过,嘴里嘟囔了一句什么,像是"我奶奶要我学的"。

"噢,"麦格教授哼着鼻子说,"你奶奶终于知道该为她的孙子感到骄傲,而不是总认为她的孙子应该更优秀了——特别是在发生了魔法部的那件事之后。"

纳威的脸变得绯红,眼睛困惑地眨巴着。麦格教授以前从来没有表扬过他。

"对不起,隆巴顿,我不能让你进入我的提高班。不过,我看到你的魔咒课成绩是'良好'——你为什么不申请魔咒课的提高班呢?"

"我奶奶认为选魔咒课是图省事。"纳威嘟囔道。

"选魔咒课吧,"麦格教授说,"我要给奥古斯塔写封信提醒她,不能因为她的魔咒课O.W.Ls考试不及格,就认为这门功课不值得一学。"看到纳威脸上不敢相信的欣喜表情,麦格教授用魔杖尖敲了敲一张空白课程表,然后递给了纳威,那上面已经详细填好了他这学期要上的课。

接着,麦格教授转向了帕瓦蒂·佩蒂尔。佩蒂尔的第一个问题是,那个漂亮的马人费伦泽今年还教不教占卜课。

“他和特里劳妮教授今年共同承担占卜课。”麦格教授的语气里透着一丝不快,大家都知道她一向看不起占卜课。“给六年级上占卜课的是特里劳妮教授。”

五分钟后,帕瓦蒂垂头丧气地去上占卜课了。

“下面,波特。波特……”麦格教授一边查看她的笔记,一边转向哈利,“魔咒,黑魔法防御术,草药学,变形术……都可以。我得说一句,我对你变形术的成绩很满意,波特,非常满意。可是,你为什么不申请继续学习魔药课呢?我记得你的理想是将来当一名傲罗!”

“是的,可是你曾告诉我,我的魔药课 O.W.Ls 成绩必须达到‘优秀’才行,教授。”

“斯内普教授教这门课的时候是这样。斯拉格霍恩教授很愿意接受 O.W.Ls 成绩‘良好’的学生进入提高班。你愿意继续学习魔药课吗?”

“愿意,”哈利说,“但是我没买课本和原料什么的——”

“我相信斯拉格霍恩教授可以借给你一些。”麦格教授说,“很好,波特,这是你的课程表。对了,顺便说一句——已经有二十位同学报名参加魁地奇球队了。到时候我把名单给你,你抽空安排一下选拔赛。”

几分钟后,罗恩的课程表也排好了,他要上的课跟哈利一样,他们俩一起离开了餐桌。

“看,”罗恩看着他的课程表高兴地说,“我们现在没有课……课间休息以后又没有课……吃过午饭还是没有课……太棒了!”

他们回到了公共休息室,里面只有六七个七年级的学生,凯蒂·贝尔也在,她是哈利一年级时加入的那支格兰芬多魁地奇球队里仅剩的一名队员。

“我就猜到你会得到它的,真不错。”她指着哈利胸前的队长徽章大声对他说道,“进行选拔赛时告诉我一声!”

“别说傻话了,”哈利说,“你用不着参加选拔,我看着你打球已经有五年了……”

“你可别一开始就这么做。”她警告说，“你们都知道有些人的球技比我好得多。以前有一些很不错的球队，就因为队长总让熟面孔打球，让自己的朋友入队，结果把好好儿的球队给毁了……”

罗恩有点儿不自在了，低头玩起了赫敏从四年级学生那里没收来的狼牙飞碟。飞碟在公共休息室里飞来飞去，咆哮着去咬墙上的挂毯。克鲁克山的黄眼睛紧盯着它，每次看到它飞过来，便发出嘶嘶的叫声。

一个小时后，他们满不情愿地离开了洒满阳光的公共休息室，到楼下去上黑魔法防御术课。赫敏已经排在教室外面了，她怀里抱着一大堆沉甸甸的书，一副受了虐待的样子。

“魔文课的作业一大堆，”她焦虑地说，这时哈利和罗恩跟她一起排进了队伍里，“一篇十五英寸长的文章，两篇翻译，还要在星期三之前读完这么多书！”

“真倒霉。”罗恩打了个哈欠说。

“你等着吧，”赫敏愤愤地说，“我敢说斯内普也会给我们布置一大堆作业。”

就在她说话的当儿，教室的门开了，斯内普走到了走廊里。他和以前一样，油腻腻的黑发从两边分下来，框住了那张蜡黄色的脸。队伍里立刻沉默下来。

“进来。”他说。

走进教室时，哈利四下里看了看。斯内普已经在这间教室里烙上了他自己的性格特征。窗帘拉得紧紧的，只有蜡烛发出的微光，光线比平常更加昏暗。墙上贴了一些以前没有的图画，许多画面上都是遭受痛苦的人、狰狞的伤口和离奇扭曲的身体局部。同学们坐下后，谁也没有说话，都扭头望着墙上这些阴森恐怖的图画。

“我还没有叫你们把书拿出来。”斯内普说着关上教室的门，走到讲台后面面对着全班同学。赫敏赶紧把她那本《遭遇无脸妖怪》扔回书包，塞进了椅子下面。“我有话要对你们说，希望你们的注意力高度集中。”

他那双黑眼睛扫过一张张仰起的面孔，在哈利脸上停留的时间比别人略微长一些。

“迄今为止,这门课程想必你们已经换过五位老师了。”

想必……就好像你没有看见他们一个个来了又走了似的,斯内普,希望下一个就是你。哈利尖刻地想。

“不用说,这些老师都有他们自己的教学方式和教学重点。在这种混乱的状况下,我很吃惊你们竟然有这么多人还勉强通过了这门课的O.W.Ls考试。如果你们都能跟上提高班的课程,我将会更加吃惊,因为它的内容要高深得多。”

斯内普走下讲台,绕着教室走来走去,说话的声音放低了。为了能看见他,同学们一个个伸长了脖子。

“黑魔法,”斯内普说,“五花八门,种类繁多,变化多端,永无止境。与它们搏斗,就像与一只多头怪物搏斗,刚砍掉一个脑袋,立刻又冒出一个新的脑袋,比原先那个更凶狠、更狡猾。你们所面对的是一种变幻莫测、不可毁灭的东西。”

哈利盯着斯内普。把黑魔法当成危险的敌人来重视是一码事,而像斯内普这样,用喜爱和景仰的口吻谈论它们,就显然是另一码事了。

“因此,你们的防御,”斯内普稍稍提高了音量说,“也必须像你们需要对付的黑魔法一样灵活多变,富有创新。这些图画,”他一边走一边顺手指指其中几幅,“生动表现了那些受害者的情形,比如说,中了钻心咒,”(他挥手一指一个显然在痛苦惨叫的女巫)“感受到摄魂怪的亲吻,”(一个男巫蜷缩在墙角,两眼失神)“或遭到阴尸的侵害,”(地上一摊血迹)。

“那么,人们真的看见过阴尸吗?”帕瓦蒂·佩蒂尔用尖细的声音问,“他是不是真的在利用阴尸?”

“黑魔王过去使用过阴尸,”斯内普说,“这意味着我们应当假设他还会再次使用它们。好了……”

他又绕到教室的另一边朝讲台走去,黑色的长袍在身后摆动着,全班同学的目光又一次追随着他。

“……我想,你们对于无声咒的使用还很陌生。无声咒有什么好处?”

赫敏立刻举起了手。斯内普不慌不忙地扫视了一下全班同学,看到没有别的选择，才生硬地说："很好——格兰杰小姐？"

"对手不知道你打算施什么魔法，"赫敏说，"这就使你占有一刹那间的优势。"

"这个回答是原封不动地从《标准咒语，六级》上抄来的，"斯内普轻蔑地说（马尔福在墙角发出了讥笑），"不过基本正确。是的，施魔法时不把咒语大声念出来，可以达到一种出其不意的效果。当然啦，不是所有的巫师都能做到这点的。这需要很强的注意力和意志力，而有些人，"他的目光又一次停留在哈利脸上，"是没有的。"

哈利知道，斯内普想起了上学期那几节糟糕透顶的大脑封闭术课。哈利不肯垂下眼睛，怒视着斯内普，最后是斯内普移开了目光。

"现在你们分成两个人一组，"斯内普继续说道，"一个试着给另一个施恶咒，但不许念出声来。另一个试着击退那个恶咒，同样也不许出声。开始吧。"

斯内普不知道，上学期哈利教过班上半数同学（那些曾是D.A.成员的同学）怎样施铁甲咒。不过，他们谁也没有不出声地念过这个咒语。可想而知，接下来便是大量的作弊。许多同学在小声地念咒语，只是不把声音放大而已。不出所料，课上到十分钟的时候，赫敏一个字也没说就成功击退了纳威小声念出的软腿咒。哈利怨恨地想，这么了不起的成绩，换了任何一位通情达理的老师，都会给格兰芬多加二十分的，可是斯内普只当没看见。同学们练习时，他拖着长袍在他们中间巡视，和以前一样，如同一只巨大的蝙蝠，并故意停下来注视哈利和罗恩艰难地练习着。

罗恩要给哈利施恶咒，脸憋得红红的，嘴巴闭得紧紧的，生怕自己挡不住诱惑轻声念出咒语。哈利举着魔杖，提心吊胆地等着击退一个看来永远不会发过来的咒语。

"真差劲，韦斯莱。"斯内普看了一会儿，说道，"来——让我做给你看——"

说时迟那时快，他突然把魔杖转向了哈利，哈利本能地做出反应，把无声咒的事忘得一干二净，大喊一声："盔甲护身！"

他的铁甲咒力量太大了，斯内普被击得失去了平衡，撞在一张桌子上。全班同学都转过头来,看着斯内普挣扎着站稳脚跟,满脸怒容。

"你还记得我告诉过你,我们在练习无声咒吗,波特?"

"记得。"哈利生硬地说。

"记得,先生。"

"用不着叫我'先生',教授。"

没等他反应过来,这句话已脱口而出。几个同学吃惊得抽了一口冷气,包括赫敏。然而在斯内普身后,罗恩、迪安和西莫的脸上露出了赞赏的笑容。

"关禁闭,星期六晚上,在我的办公室。"斯内普说,"我不允许任何人对我无礼,波特……即便是救世之星。"

"太漂亮了,波特!"片刻之后,他们出来课间休息时,罗恩开心地咯咯笑着说。

"你真不应该那么说的。"赫敏朝罗恩皱着眉头说,"你当时是怎么了?"

"他想给我施恶咒,你大概没有注意到!"哈利气冲冲地说,"我在那些大脑封闭术课上已经受够了这一套!他为什么不另外找个人给他当试验品?邓布利多葫芦里卖的什么药,竟然让他来教防御术?你有没有听见他谈黑魔法时的那种口气?他喜欢它们!所有那些变幻莫测、不可毁灭的东西——"

"是啊,"赫敏说,"我觉得他的口气有点儿像你。"

"像我?"

"是啊,你告诉我们面对伏地魔的感觉时就是这么说的。你说,光靠背熟一大堆咒语是不行的,还需要你整个人、你的头脑和你的勇气——嘿,这不就是斯内普说的吗?他不是说这涉及到勇敢和思维敏捷吗?"

哈利没料到赫敏居然认为他的话像《标准咒语》一样值得牢记在心,他顿时消了怒气,没有再说什么。

"哈利!嘿,哈利!"

哈利扭头一看,杰克·斯劳珀——上学期格兰芬多魁地奇球队的一名击球手——匆匆朝他奔来,手里拿着一卷羊皮纸。

"给你的。"斯劳珀气喘吁吁地说,"听着,我听说你当上了队长。什么时候搞选拔赛?"

"还没定下来呢,"哈利说,他私下里认为斯劳珀重回球队,除非吉星高照,"到时候我会通知你的。"

"噢,好吧。我本来希望会在这个周末——"

可是哈利已经不再听他说了,他认出了羊皮纸上细长、歪斜的字体。没等斯劳珀把话说完,他就和罗恩、赫敏匆匆走开了,他边走边展开了羊皮纸。

亲爱的哈利:

我打算本周六就开始给你单独上课。请在晚上八点到我的办公室来。希望你开学第一天过得很愉快。

你忠实的

阿不思·邓布利多

又及:我喜欢酸味汽水。

"他喜欢酸味汽水?"罗恩说,他隔着哈利的肩头把短信看了一遍,一脸的迷惑不解。

"这是通过他办公室外面那只石头怪兽的口令。"哈利压低声音说,"哈!斯内普肯定会不高兴……我不能去他那儿关禁闭了!"

整个课间休息时,哈利、罗恩和赫敏都在猜测邓布利多会教哈利什么。罗恩认为很可能是食死徒不知道的一些特殊的咒语和魔法。赫敏说这些东西是不合法的,她认为邓布利多更有可能教哈利一些高深的魔法防御术。课间休息结束后,她去上算术占卜课了,哈利和罗恩回到公共休息室,满不情愿地开始做斯内普布置的家庭作业。作业太难了,吃完午饭后的休息时间里,赫敏也来做作业时,他们的作业还没有做完(不过赫敏一来,速度就快得多了)。刚刚做完,下午两节魔药课的铃声就响了。他们顺着熟悉的路赶往地下教室,那里很长时间以来一直是斯内普专用的。

他们来到教室外面的走廊里,看见只有十二三个同学来上提高班。显然,克拉布和高尔的 O. W. Ls 成绩没有达到要求,但是有四个斯莱特林学生考试通过了,其中就有马尔福。另外还有四个拉文克劳学生和一个赫奇帕奇学生——厄尼·麦克米兰,他尽管为人有些自负傲慢,但是哈利很喜欢他。

"哈利,"厄尼看见哈利走近,便伸出一只手,端着架子说,"上午的黑魔法防御术课上没有机会跟你说话。课上得不错,不过对于我们这些 D.A.老成员来说,铁甲咒已经是老掉牙了……你们怎么样,罗恩——赫敏?"

他们只来得及说了一句"还好",地下教室的门就打开了,斯拉格霍恩人还没露面,那个大肚子就已经先挺了出来。同学们鱼贯走进教室,他的海象胡子在笑眯眯的嘴巴上抖动着,他招呼哈利和沙比尼时显得格外热情。

与往常不同的是,地下教室里已经弥漫着蒸气,充满了各种古怪的气味。哈利、罗恩和赫敏走过一只只冒泡的大坩埚,饶有兴趣地闻着。四个斯莱特林学生坐一张桌子,四个拉文克劳学生也是一样。这么一来,哈利、罗恩和赫敏就只好跟厄尼坐在一起了。他们挑了一张离一只金色坩埚最近的桌子,坩埚里散发出阵阵香气。

哈利从没有闻过这么诱人的气味:它使他同时想到了蜂蜜馅饼,想到了飞天扫帚的木头味儿,还想到了一股准是在陋居闻到过的花香味儿。他发现自己正缓缓地、深深地往里吸气,药剂的气味像酒精一样充盈在他体内,一种巨大的满足感慢慢向他袭来。他咧嘴朝罗恩笑着,罗恩也在懒洋洋地望着他笑。

"好了,好了,好了,"斯拉格霍恩说。隔着许多热腾腾的蒸气望去,他那大块头的身形显得飘飘忽忽的。"各位同学,请拿出天平、药包,还有,别忘了拿出你们的《高级魔药制作》课本……"

"先生?"哈利举起手说。

"怎么啦,哈利?"

"我没有书,没有天平,什么也没有——罗恩也是——因为,我们没想到还能上提高班——”

“啊,对了,麦格教授提到过这事……别担心,孩子,一点儿也不用担心。你们今天可以先用储藏柜里的原料,天平也可以借给你们,这里还有一些旧课本,你们先用着,然后你们可以写信给丽痕书店……”

斯拉格霍恩大步走到墙角的一个储藏柜前,在里面摸索了一会儿,拿出两本破破烂烂的、利巴修·波拉奇所著的《高级魔药制作》,和两套暗淡退色的天平一起递给了哈利和罗恩。

“好了,”斯拉格霍恩说着回到教室前面,他把已经很鼓的胸膛又往前挺了挺,马甲上的纽扣眼看就要迸掉了,“我准备了几种药剂让你们开开眼界,当然啦,只是出于兴趣。等你们完成了提高班的课程,就应该能做出这样的东西了。虽然你们没有亲手做过,但肯定听说过。谁能告诉我这一种是什么?”

他指着最靠近斯莱特林桌子的那只坩埚。哈利微微从座位上欠起身,看见那里面像是一锅清水在翻滚。

赫敏那只久经锻炼的手抢先举了起来。斯拉格霍恩指了指她。

“是吐真剂,一种无色、无味的药剂,强迫喝它的人说出实话。”赫敏说。

“很好,很好!”斯拉格霍恩高兴地说。“现在,”他指着最靠近拉文克劳桌子的那只坩埚,继续说道,“这种比较出名……最近部里发的几本小册子上也重点介绍过……谁能——?”

赫敏的手又一次抢先举了起来。

“是复方汤剂,先生。”她说。

哈利也认出了第二只坩埚里那慢慢泛着气泡的泥浆一般的东西,但他并不嫉妒赫敏回答这个问题。毕竟,在他们二年级时,是她成功地熬制出了这种药剂。

“太好了,太好了!还有这里的这种……你说,亲爱的?”斯拉格霍恩说,他看见赫敏的手又一次举起,显得有点儿惊异。

“是迷情剂!”

“一点儿不错。似乎根本用不着问,”斯拉格霍恩这时显出了由衷的佩服，说道，"我想你肯定知道它是做什么用的？"

"它是世界上最有效的爱情魔药！"赫敏说。

"非常正确！我想，你是通过它特有的珍珠母的光泽认出来的吧？"

"还有它特有的呈螺旋形上升的蒸气，"赫敏兴趣盎然地说，"而且，它的气味因人而异，根据各人最喜欢什么。我可以闻到刚修剪过的草地，崭新的羊皮纸，还有——"

她突然绯红了脸，不再往下说了。

"亲爱的，可以把你的名字告诉我吗？"斯拉格霍恩问道，似乎没注意到赫敏的不好意思。

"赫敏·格兰杰，先生。"

"格兰杰？格兰杰？你是不是跟非凡药剂师协会的创办人赫托克·达格沃斯－格兰杰有亲戚关系？"

"不，应该不是，先生。我是麻瓜出身。"

哈利看见马尔福凑近诺特低声嘀咕了几句什么，两人偷偷地笑了起来。可是斯拉格霍恩倒没有表示出失望的样子。相反，他满脸笑容，看看赫敏，又看看坐在她身边的哈利。

"嗬，对了！'我有一个最好的朋友也是麻瓜出身，她是全年级最优秀的！'我敢断定，这就是你说的那位朋友吧，哈利？"

"是的，先生。"哈利说。

"很好，很好，给格兰芬多的格兰杰小姐加上当之无愧的二十分。"斯拉格霍恩亲切地说。

马尔福脸上的表情就跟上次赫敏迎面给他一拳时差不多。赫敏喜滋滋地转向哈利，小声说："你真的对他说过我是全年级最优秀的？哦，哈利！"

"得了，这有什么了不起的？"罗恩小声说，他不知为什么显得有些恼怒，"你本来就是全年级最优秀的嘛——如果他问我，我也会这么说的！"

赫敏笑了，但又做了个"嘘"的手势，以便他们能听见斯拉格霍恩说话。罗恩看上去有点不高兴。

"当然啦，迷情剂并不能真的创造爱情。爱情是不可能制造或仿造的。不,这种药剂只会导致强烈的痴迷或迷恋。这大概是这间教室里最危险、最厉害的一种药剂了——对,没错,"他朝马尔福和诺特严肃地点了点头,他们俩正在那里怀疑地讥笑,"等你们的人生阅历像我这么丰富之后,就不会低估中了魔的痴情有多么大的威力了……

"现在,"斯拉格霍恩接着说,"我们应该开始上课了。"

"先生,你还没有告诉我们这里面是什么呢。"厄尼·麦克米兰指着斯拉格霍恩讲台上的一只黑色的小坩埚说。那只小坩埚里面的药剂欢快地飞溅着,它的颜色如同熔化了的金子,在表面跳跃着的大滴大滴液体,像一条条金鱼,但没有一滴洒到外面。

"嗬!"斯拉格霍恩又来了这么一声。哈利相信斯拉格霍恩根本没有忘记那种药剂,他只是等着别人来问,以制造一种戏剧性的效果。"对了,那种还没说呢。女士们先生们,那玩意儿是一种最为奇特的小魔药,叫福灵剂。我想,"他笑眯眯地转过身来看着发出一声惊叫的赫敏,"你肯定知道福灵剂有什么作用吧,格兰杰小姐?"

"它是幸运药水,"赫敏兴奋地说,"会给你带来好运!"

全班同学似乎顿时挺直了腰板。哈利只能看见马尔福那油光水滑的黄头发后脑勺,因为马尔福终于全神贯注地听斯拉格霍恩讲课了。

"非常正确,给格兰芬多再加十分。是的,这是一种奇特的小魔药——福灵剂,"斯拉格霍恩说,"熬制起来非常复杂,一旦弄错,后果不堪设想。不过,如果熬制得法,就像这坩埚里的一样,你会发现你不管做什么都会成功……至少在药效消失之前。"

"那为什么人们不整天喝它呢,先生?"泰瑞·布特急切地问。

"因为,如果过量服用,就会导致眩晕、鲁莽和危险的狂妄自大。"斯拉格霍恩说,"你们知道,好东西多了也有害……剂量太大,便有很强的毒性。不过如果偶尔谨慎地、有节制地服用一点儿……"

"你服用过吗,先生?"迈克尔·科纳兴趣很浓地问。

"我这辈子服用过两次,"斯拉格霍恩说,"一次是二十四岁,一次是五十七岁。早饭时服用了两勺。那两天过得真是完美啊。"

他神情恍惚地凝望着远处。哈利觉得,不管他是不是在演戏,那效果是很诱人的。

“这个嘛，”斯拉格霍恩似乎回到了现实中，说道，“我将作为这节课的奖品。”

教室里一片寂静，周围那些药剂的每一个冒泡声、沸腾声似乎都放大了十倍。

“小小一瓶福灵剂，”斯拉格霍恩从口袋里掏出一个塞着木塞的小玻璃瓶，举给全班同学看，“可以带来十二个小时的好运。从天亮到天黑，你不管做什么都会吉星高照。

“不过，我必须提醒你们，福灵剂在有组织的比赛中是禁止使用的……比如体育竞赛、考试或竞选。因此，拿到奖品的人，只能在平常日子里使用……然后等着看那个平常日子会变得怎么不同寻常！

“那么，”斯拉格霍恩说，突然变得精神振奋起来，“怎么才能赢得我这份奇妙的奖品呢？好，请把《高级魔药制作》翻到第十页。我们还有一个多小时，你们就用这段时间好好地熬制一份活地狱汤剂。我知道，这比你们以前做过的任何东西都要复杂，我也不指望有人熬出十全十美的汤剂。不过，做得最好的那个人将会赢得这小瓶福灵剂。好了，开始吧！”

只听得一片刺耳的擦刮声，大家都把坩埚拉到了自己面前，然后是咣当咣当把砝码放在天平上的声音，但是没有一个人说话，同学们高度集中的注意力简直触手可及。

哈利看见马尔福在疯狂地翻他那本《高级魔药制作》。马尔福显然很想得到那幸运的一天，这是再清楚不过的了。哈利赶紧低头看斯拉格霍恩借给他的那本破破烂烂的课本。

令他恼火的是，他发现课本以前的主人在书上到处乱写，弄得每一页的空白处也跟印着药剂的地方一样黑糊糊的。哈利一边低头辨认药剂成份（以前那位主人在这部分内容上也做了许多注解，还划掉了几种成份），一边匆匆奔向储藏柜，寻找他需要的东西。当他冲回自己的坩埚时，看见马尔福正在飞快地切着缬草根。

每个人都不停地张望其他同学在做什么，这既是魔药课上的一个优点，也是一个缺点，你很难不让别人看见你做的事情。十分钟后，整个教室里已弥漫着淡蓝色的蒸气。不用说，进展最快的似乎还是赫敏。她的药剂已经很接近那种“调匀的、茶褐色的液体”，书上说这正是药剂熬到一半时的理想状态。

哈利切完了草根，又低头去看课本。真是太让人气恼了，他必须费力地从课本原来的那位主人胡乱涂写的文字中辨认出操作指南。那位老兄不知为什么，不同意书上说的要把瞌睡豆切成片，而是另外写了一条说明：

用银短刀的侧面挤压，比切片更容易出汁。

“先生，我想你一定认识我爷爷阿布拉克萨斯·马尔福吧？”

哈利抬头一看，斯拉格霍恩正走过斯莱特林的桌子。

“认识，”斯拉格霍恩看也没看马尔福，说道，“听说他死了，我很难过，不过这也是意料当中的事，那么大岁数还患了龙疫梅毒……”

说着他就走开了。哈利幸灾乐祸地暗笑着，又埋头对付他的坩埚。他看得出来，马尔福希望像哈利或沙比尼那样得到斯拉格霍恩的另眼相看，甚至还希望得到当年斯内普对他的那种优待。不过眼下看来，马尔福要想赢得那瓶福灵剂只能靠自己的聪明才智了。

哈利发现瞌睡豆很难切。他转向了赫敏。

“我能借你的银刀子用用吗？”

赫敏不耐烦地点了点头，眼睛一刻也没有离开她的药剂。书上说，药剂现在应该变成一种淡雪青色了，可她的埚里还是深紫色的。

哈利用短刀的侧面挤压着瞌睡豆。真没想到，豆子立刻渗出了大量的汁液，哈利简直不敢相信那颗干瘪瘪的豆子里竟有那么多水分。他赶紧把汁液放进他的坩埚，药剂立刻变成了书上所说的那种淡雪青色，他真是惊讶极了。

哈利对先前那位主人的恼怒立刻烟消云散，他眯起眼睛读着下一条说明。课本上说，他必须逆时针搅拌，直到药剂变得像水一样清。可根据先前那位主人所加的笔记，他应该逆时针搅拌七下之后再顺时针搅拌一下。那位老兄会两次都说对吗？

哈利屏住呼吸，逆时针搅拌了七下，又顺时针搅拌了一下。效果立竿见影，药剂立刻变成了淡淡的粉红色。

"你是怎么做到的？"赫敏问，她的坩埚里冒出的热气熏得她满脸通红，头发也越来越乱了。她的药剂还是紫色的，丝毫不肯改变。

"再顺时针搅拌一下——"

"不行，不行，书上说的是逆时针！"她武断地说。

哈利耸了耸肩，继续忙他自己的药剂。逆时针搅拌七下，顺时针搅拌一下，停一停，再逆时针搅拌七下，顺时针搅拌一下……

桌子那边的罗恩一直在低声地骂个不停，他的药剂看上去就像是稀薄的甘草糖。哈利的目光在教室里扫了一圈，没有看见哪个同学的药剂像他的一样变成了浅色。他觉得精神大振，这可是这间地下教室里以前从没有过的事情。

"好，时间……到！"斯拉格霍恩大声说道，"请停止搅拌！"

斯拉格霍恩在桌子之间慢慢走动着，轮流检查每一只坩埚。他没作任何评论，只是偶尔搅拌一下，或凑上去闻一闻。最后，他走到了哈利、罗恩、赫敏和厄尼的桌子旁。他朝罗恩埚里那堆柏油似的东西苦笑了一下，又从厄尼熬出的那埚蓝色混合物旁走了过去。看到赫敏的药剂，他赞许地点了点头。可当他看见哈利坩埚里的东西时，脸上露出了难以置信的喜悦神色。

"无可争议的优胜者！"他对地下教室的全班同学大声说，"出色，太出色了，哈利！天哪，你显然继承了你母亲的天赋，莉莉当年在魔药课上就是如此心灵手巧！给，拿去吧——我说话算数，给你一瓶福灵剂，好好利用！"

哈利把那一小瓶金色液体塞进了袍子里面的口袋，心情十分复杂，几个斯莱特林学生的脸上气恼的表情让他看了心花怒放，而赫敏失望的神情又让他感到内疚。罗恩则完全是一副目瞪口呆的样子。

"你是怎么做到的？"他们离开地下教室时，他问哈利。

"大概是运气好吧。"哈利说，因为马尔福就在旁边听着呢。

等到他们在格兰芬多餐桌旁坐定、准备吃午饭时，他觉得比较安全了，才把实话告诉了他们。赫敏听着他的叙述，脸色越来越阴沉。

"你大概以为我是作弊了吧？"哈利被她脸上的表情弄得很恼火，讲完后便问了她一句。

"是啊，你并不是自己独立完成的，是不是？"她生硬地说。

"他只是按照和我们不同的方法操作的，"罗恩说，"也可能会闯大祸的，是不是？他冒险了，所以得到了补偿。"他叹了口气。"斯拉格霍恩本来可能把那本书递给我的，可是，唉，没有谁在我那课本上写过字。从五十二页的情形来看，好像有人在上面吐过，但是——"

"等等。"哈利左耳边上一个声音说道，他又闻到了他在斯拉格霍恩课堂里闻到的那种花香味儿。他扭头看见金妮也加入了他们的谈话。"我没有听错吧，哈利？你一直在按照别人写在一本书上的指令做事？"

她显得惊慌而气愤。哈利立刻猜到她脑子里在想什么了。

"这没什么，"他压低声音宽慰她道，"你知道，这不像里德尔的日记。那只是一本被人涂写过的旧课本。"

"可是你照那上面写的做了？"

"我只是试了试书上空白处写的几点小窍门，说实在的，金妮，没有什么蹊跷的——"

"金妮说得有道理，"赫敏一下子来了精神，说道，"我们应该检查一下它有没有什么不对劲儿。我是说，所有那些古怪的说明，谁知道是怎么回事？"

"喂！"哈利气愤地抗议道，赫敏一把抽出哈利书包里的那本《高级魔药制作》，举起了魔杖。

"*原形立现！*"她干脆利落地敲了敲封面，念道。

什么动静也没有。课本还是课本，破旧，肮脏，书角都卷起来了。

"完了吗？"哈利恼火地问，"你还想等着看它会不会来几个后滚翻？"

"看来没问题，"赫敏仍然怀疑地盯着课本，说道，"我是说，它看上去确实……只是一本课本。"

"很好，那我就把它拿回来了。"哈利说着就把课本从桌上夺了过去，可是课本从他手里滑落下来，掉在地上摊开了。

谁也没有注意。哈利弯下腰正要把书捡起来，就在这时，他看见封底的下端写着什么东西，还是那种小小的、密密麻麻的笔迹，跟那些帮他赢得福灵剂的说明的笔迹一样，而那瓶福灵剂，现在已经安安稳稳地藏在楼上他箱子里的一双袜子里了。

本书属于混血王子

第10章

冈特老宅

这星期后来几节魔药课上，每次混血王子对利巴修·波拉奇的课本提出异议，哈利就按混血王子的建议去做，结果在上第四节魔药课时，斯拉格霍恩对哈利的能力赞不绝口，说他很少教过这么有天分的学生。罗恩和赫敏对此都不太高兴。尽管哈利把他的书拿出来与他俩共享，但罗恩不能像哈利那么熟练地辨认那些字迹，又不能总是叫哈利念出声来给他听，免得惹人怀疑。赫敏呢，她毫不动摇地按照她所说的"正式"指南去操作，结果熬制出的魔药远不如按照王子的那些说明去操作的令人满意，所以她的脾气越来越坏。

哈利暗暗猜测这位混血王子到底是什么人。由于家庭作业太多，他还没能把那本《高级魔药制作》仔细研读一遍，但他已经从头到尾大致翻了翻，发现王子几乎在每一页上都添加了笔记，而且那些笔记并不都与魔药制作有关。有一些说明看上去像是王子自己编的咒语。

“说不定那是个女人呢，”一个星期六的晚上，赫敏在公共休息室里听哈利把那些咒语说给罗恩听的时候，不耐烦地说，“也可能是个女生。我觉得那笔记不像男生的，更像女生的。”

“他叫‘混血王子’。”哈利说，“有多少女生管自己叫王子？”

赫敏似乎无言以对。她只是皱起眉头，一把抽走了她写的那篇题目叫《幽灵显形的原理》的文章，罗恩正倒着偷看呢。

哈利看了看表，急忙把他那本《高级魔药制作》旧课本塞进了书包。

“八点差五分了，我得赶紧走，到邓布利多那儿要迟到了。”

“哟！”赫敏吃了一惊，立刻抬起头来，“祝你好运！我们会一直等你回来。我们想听听他会教你什么。”

“希望一切顺利。”罗恩说，然后他们俩目送哈利从肖像洞口离开了。

哈利快步穿过空无一人的走廊，突然，他看见特里劳妮教授转过拐角，手里洗着一副脏兮兮的扑克牌，一边读着牌上的点数，一边自言自语，哈利赶紧闪身躲到一座雕像后面。

“黑桃2：冲突；”她走过哈利躲藏的地方时，嘴里念念有词地说，“黑桃7：凶兆；黑桃10：暴力；黑桃杰克：一个黑头发的年轻人，很可能心烦意乱，不愿意别人审问他——”

她停住脚，就站在哈利藏身的那座雕像的另一边。

“唉，这肯定不对。”她烦恼地说，哈利听见她一边起劲地重新洗牌，一边又往前走去，只在身后留下一股雪利料酒的气味。哈利一直等到确信她已经走远，才赶紧拔腿离开雕像，一直走到八楼走廊里有只单独的石头怪兽的地方。

“酸味汽水。”哈利说。石头怪兽跳到一旁，它身后的墙壁裂成了两半，露出后面的一道活动的螺旋型楼梯。哈利跨了上去，随着楼梯一圈圈地旋转，越升越高，最后来到了那扇带有黄铜门环的邓布利多办公室门前。

哈利敲了敲门。

“请进。”是邓布利多的声音。

“晚上好，先生。”哈利说着走进了校长办公室。

“啊，晚上好，哈利。坐下吧，”邓布利多笑眯眯地说，“我想，开学第一个星期你过得很愉快吧？”

“是的，先生，谢谢。”哈利说。

“你一定很忙啊，已经吃了一个禁闭了！”

“嗯……”哈利不知道该说什么，不过邓布利多的表情并不是很严厉。

“我已经跟斯内普说好了，你下个星期六再去关禁闭。”

“好的。”哈利说，他脑子里装着更要紧的事情，顾不上去想斯内普的禁闭。他偷偷打量着四周，想猜出邓布利多这个晚上叫他来做什么。这间圆形办公室看上去还和往常一样：细长腿的桌子上摆着许多精致的银器，它们旋转着，喷出一小股一小股的烟雾。那些男男女女老校长们的肖像都在各自的相框里打着瞌睡。邓布利多那只气派非凡的凤凰福克斯站在门后的栖枝上，兴趣盎然地注视着哈利。看样子，邓布利多并没有腾出一个练习格斗的地方。

“我想，哈利，”邓布利多用一本正经的口吻说，“你肯定在纳闷，我打算怎么给你——没有更好的说法——上课？”

“是的，先生。”

“是这样，既然你已经知道十五年前是什么促使伏地魔对你下毒手的，我认为现在应该让你了解一些情况了。”

片刻的停顿。

“上学期结束时，你就说要把一切都告诉我的。”哈利说。他很难消除自己话里所带的一点儿责怪口气。“先生。”他又找补道。

“我是那么做了。”邓布利多心平气和地说，“我把我所知道的一切都告诉了你。从现在起，我们就要离开坚实的事实基础，共同穿越昏暗模糊的记忆沼泽，进入错综复杂的大胆猜测了。在这一点上，哈利，我可能会像汉弗莱·贝尔切一样犯下可悲的错误，他竟然相信可以用干酪做坩埚。”

“但是你认为你是正确的?”哈利说。

“我自然这样以为,但是,正如我已经向你证实的,我也像普通人一样会犯错误。事实上,由于我——请原谅——由于我比大多数人聪明得多,我的错误也就相应地会更严重。”

“先生,”哈利试探地说,“你要跟我说的事情,是不是跟那个预言有关?是不是为了帮助我……活下来?”

“它跟那个预言很有关系。”邓布利多说,语气是那样随便,就好像哈利是在问他明天天气如何,“我当然希望它能帮助你活下来。”

邓布利多站起来,绕过桌子,从哈利旁边走过去。哈利在椅子上热切地转过身,注视着邓布利多在门旁的那个柜子前俯下身去。当邓布利多直起腰时,手里端着一个哈利熟悉的浅底石盆,盆口刻着一圈古怪的符号。他把冥想盆放在哈利面前的桌子上。

“你看上去很担心。”

确实,哈利是以担忧害怕的目光打量着冥想盆的。对于这个储藏和展现思想和记忆的古怪器物,他以前有过的几次经历虽然颇有启发性,但是都很不舒服。比如,他上次擅自闯进去时,就看到了许多他不愿意看到的东西。不过,邓布利多脸上带着微笑。

“这一次,你跟我一起进入冥想盆……而且,更不同寻常的是,你是获得准许的。”

“我们去哪儿呢,先生?”

“到鲍勃·奥格登的记忆小路上走一走。”邓布利多说着从口袋里掏出一个水晶瓶,里面盛着一种旋转飘浮的银白色东西。

“鲍勃·奥格登是谁?”

“他当年在魔法法律执行司工作。”邓布利多说,“他死了有一些日子了。不过在他死之前,我想方设法找到了他,并说服他把这些记忆告诉了我。现在,我们要陪他一起到他执行任务时去过的一个地方。哈利,你站起来……”

可是邓布利多拔不出水晶瓶的木塞子:他那只受伤的手似乎很疼,不听使唤。

“我——我来好吗，先生？”

“没关系，哈利——”

邓布利多用魔杖指了指瓶子，塞子立刻跳了出来。

“先生——你的手是怎么受伤的？”哈利既嫌恶又同情地看着那些焦黑的手指，又问了一遍。

“现在不是说这件事的时候，哈利。还不到时候。我们跟鲍勃·奥格登有个约会呢。”

邓布利多把瓶子里的银色物质倒进了冥想盆，它们在盆里慢慢地旋转起来，发出淡淡的微光，既不像液体，也不像气体。

“你先进去。”邓布利多指了指冥想盆，说道。

哈利往前探着身子，深深吸了一口气，一头扎进了银色的物质中。他感觉他的双脚离开了办公室的地面。他穿过不断旋转的黑暗，往下坠落，坠落，突然，强烈的阳光刺得他闭上了眼睛。没等他的眼睛适应过来，邓布利多在他旁边降落了。

他们站在一条乡间小路上，两边都是高高的、枝叶纠结的灌木树篱，头顶上是夏日的天空，像勿忘我花一样清澈、湛蓝。在他们前面大约十步远的地方，站着一个矮矮胖胖的男人，他戴着一副镜片特别厚的眼镜，两只眼睛被缩小成了两个点，像鼹鼠的眼睛一样。他在阅读从小路左边的荆棘丛里伸出来的一根木头路标。哈利知道这一定就是奥格登了，因为四下里看不见别人，而且他跟那些想打扮成麻瓜模样、却又经验不足的巫师一样，穿着一身古里古怪的衣服：一件带条纹的游泳衣外面披了一件礼服大衣，脚上还套着鞋罩。哈利刚打量完他古怪的模样，奥格登就顺着小路快步走去了。

邓布利多和哈利跟了上去。经过那根木头路标时，哈利抬头看了看它的两个指示箭头。指着他们来路的那个写着：大汉格顿，5英里。指着奥格登所去的方向写着：小汉格顿，1英里。

他们走了一会儿，周围看不见别的，只看到两边高高的灌木树篱、头顶上湛蓝辽阔的夏日天空和前面那个穿着礼服大衣、沙沙行走的身影。接着，小路向左一拐，顺着山坡陡直而下，于是，他们突然意外地发现一座山谷,一览无遗地呈现在他们面前。哈利看见了一个村庄,那无疑便是小汉格顿了,坐落在两座陡峭的山坡之间,教堂和墓地都清晰可见。山谷对面的山坡上,有一座非常气派的大宅子,周围是大片绿茵茵的草地。

由于下坡的路太陡,奥格登不由自主地小跑起来。邓布利多把步子迈得更大,哈利也加快脚步跟在后面。他以为小汉格顿肯定是他们最终的目的地,所以,他就像他们去找斯拉格霍恩的那天夜里一样,心里纳闷为什么要从这么远的距离走过去。很快他就发现自己弄错了,他们并不是要去那个村庄。小路往右一拐,等他们转过那个弯道,只见奥格登礼服大衣的衣摆一闪,他在篱笆中的一个豁口处不见了。

邓布利多和哈利跟着他来到一条狭窄的土路上,两边的灌木树篱比刚才他们经过的那些更加高大茂密。土路弯弯曲曲,坑坑洼洼,布满乱石,像刚才那条小路一样陡直向下,似乎通向下面一小片漆黑的树林。果然,没走多远,土路就接上了那片矮树林,奥格登停下脚步,拔出魔杖,邓布利多和哈利也在他身后停了下来。

尽管天空晴朗无云,但头顶上那些古树投下了凉飕飕的黑暗浓密的阴影,过了几秒钟,哈利的眼睛才看见一座在盘根错节的树丛中半隐半现的房子。他觉得挑这个地方造房子真是有些奇怪,或者说,让那些大树长在房子旁边真是个古怪的决定,树木挡住了所有的光线,也挡住了下面的山谷。他琢磨着这个地方是不是有人居住:墙上布满苔藓,房顶上的许多瓦片都掉了,这里或那里露出了里面的椽木。房子周围长着茂密的荨麻,高高的荨麻一直齐到窗口,那些窗户非常小,积满了厚厚的陈年污垢。哈利正要断定不会有人住在里面,突然,咔哒一声,一扇窗户打开了,从里面冒出一股细细的蒸气或青烟,似乎有人正在烧饭。

奥格登悄悄地向前走去,哈利觉得他的动作非常谨慎。等黑糊糊的树影从他身上滑落下来,他又停下了脚步,两眼直直地望着房子的前门,什么人把一条死蛇钉在了门上。

就在这时,一阵沙沙声响起,紧接着又是咔嚓一声,一个穿着破衣烂衫的男人从近旁的一棵树上跳了下来,恰好落在奥格登的面前。奥格登赶紧后退,结果踩在自己大衣的后摆上,差点儿摔倒。

“你不受欢迎。”

站在他们面前的这个男人，浓密的头发里缠结着厚厚的污垢，已经辨不出原来的颜色。他嘴里掉了几颗牙，两只黑溜溜的小眼睛瞪着两个相反的方向。他本来看上去应该挺滑稽，然而事实上不是这样。他的模样很吓人，哈利心想，难怪奥格登又往后退了几步才开口说话。

“呃——上午好。我是魔法部——”

“你不受欢迎。”

“呃——对不起——我听不懂你的话。”奥格登不安地说。

哈利认为奥格登真是迟钝到了极点。在哈利看来，陌生人已经把他的意思表达得很清楚了，特别是他一只手里挥着一根魔杖，另一只手里握着一把看上去血淋淋的短刀。

“我想，你肯定能听得懂他的话吧，哈利？”邓布利多轻声问道。

“是啊，那还用说。”哈利有点不解地说，“为什么奥格登听不——”

接着，他的眼睛又看到了门上的那条死蛇，他突然明白了。

“他说的是蛇佬腔？”

“很好。”邓布利多点点头，微笑着说。

这时，那个穿着破衣烂衫的人一手握刀，一手挥着魔杖，正一步步朝奥格登逼近。

“喂，你别——”奥格登刚想说话，可已经迟了：砰的一声巨响，奥格登倒在地上，用手捏着鼻子，一股令人恶心的黄兮兮、黏糊糊的东西从他指缝间涌了出来。

“莫芬！”一个声音大喊道。

一位上了年纪的男人匆匆地从木房子里跑了出来，重重地带上身后的门，那条死蛇可怜巴巴地左右摇摆着。这个男人比刚才那个略矮一些，身材怪模怪样的，长得不成比例：肩膀太宽，手臂过长，再加上一双亮晶晶的褐色眼睛、一头又短又硬的头发和一张皱巴巴的面孔，看上去活像一只凶猛的老猴子。他走过去站在那个拿刀的男人旁边，拿刀的男人看到奥格登倒在地上，开心得嘎嘎大笑起来。

“部里来的，嗯？”年长一些的男人低头看着奥格登，问道。

"正是!"奥格登一边擦着脸一边生气地说,"我想,你就是冈特先生吧?"

"没错。"冈特说,"他打中了你的脸,是吗?"

"是的!"奥格登没好气地说。

"你来这里应该先通知我们,是不是?"冈特盛气凌人地说,"这是私人领地。你这么大摇大摆地走进来,我儿子能不采取自卫行动吗?"

"他有什么要自卫的?"奥格登挣扎着爬起来,说道。

"爱管闲事的人。闯私宅的强盗。麻瓜和垃圾。"

奥格登的鼻子仍在大量流着黄脓状的东西,他用魔杖指了自己一下,它们立刻就止住了。冈特先生撇着嘴对莫芬说:

"进屋去。不许废话。"

这次哈利有了思想准备,听出了他的蛇佬腔。他听懂了话的意思,同时也分辨出奥格登所能听见的那种奇怪的嘶嘶声。莫芬似乎还想辩解几句,但他父亲朝他狠狠地瞪了一眼,他便改变了主意,迈着古怪的、摇摇晃晃的脚步,慢吞吞地朝木房子走去,进去后又重重地关上门,那条蛇又可怜巴巴地摇摆起来。

"我来是想见见你的儿子,冈特先生,"奥格登说,一边擦去衣襟上的最后一点黄脓,"刚才那就是莫芬吧?"

"啊,那就是莫芬。"老人漫不经心地说,"你是纯血统吗?"他问,态度突然变得如此咄咄逼人。

"两边都不是。"奥格登冷冷地说,哈利顿时对他肃然起敬。

但冈特显然不以为然。他眯起眼睛盯着奥格登的脸,用一种显然是故意冒犯的口吻嘟囔道:"现在我回过头来想想,确实在村子里见过你那样的鼻子。"

"对此我毫不怀疑,既然你儿子这样随意地攻击它们,"奥格登说,"也许我们可以进屋里去谈?"

"进屋?"

"是的,冈特先生。我已经告诉过你。我是为了莫芬的事来的。我们派了一只猫头鹰——"

“猫头鹰对我没有用。”冈特说，“我从来不看信。”

“那你就不能抱怨说不知道有人要来了。”奥格登尖刻地说，“我来这里，是为了处理今天凌晨发生的一件严重违反巫师法律的事情——”

“好吧，好吧，好吧！”冈特吼道，“就到该死的房子里去吧，那样你会舒服得多！”

这座房子似乎共有三间小屋子，中间的大屋子兼作厨房和客厅，另有两扇门通向别的屋子。莫芬坐在黑烟滚滚的火炉旁的一把肮脏的扶手椅上，粗大的手指间摆弄着一条活的小毒蛇，嘴里轻轻地用蛇佬腔哼唱着：

嘶嘶，嘶嘶，蛇宝宝，
快快在地上爬过来，
你要对莫芬特别好，
不然就把你钉在大门外。

那扇敞开的窗户旁的墙角里传来慢吞吞的脚步声，哈利这才发现屋里还有另外一个人，是一个姑娘，她身上穿的那件破破烂烂的灰色衣裙简直跟她身后肮脏的石墙一个颜色。她站在积满烟灰的炉子上一只冒着热气的炖锅旁，正在炉子上方搁架上的一堆肮脏的盆盆罐罐里找着什么。她平直的头发毫无光泽，脸色苍白，相貌平平，神情显得很愁闷。她的眼睛和她弟弟的一样，朝两个相反的方向瞪着。她看上去比那两个男人干净一些，但哈利觉得他从没见过比她更没精打采的人了。

“我女儿，梅洛普。”冈特看见奥格登询问地望着那姑娘，便满不情愿地介绍说。

“上午好。”奥格登说。

姑娘没有回答，惊慌地看了父亲一眼，就赶紧背转身，继续摆弄搁架上的那些盆盆罐罐。

“好吧，冈特先生，”奥格登说，“我们开门见山地说吧，我们有理由相信你的儿子莫芬昨天深夜在一个麻瓜面前施了魔法。”

咣当一声，震耳欲聋。梅洛普把一只罐子碰掉在地上。

"捡起来!"冈特朝她吼道,"怎么,像一个肮脏的麻瓜那样趴到地上去找?你的魔杖是干什么用的,你这个废物大草包?"

"冈特先生,请不要这样!"奥格登用惊愕的口气说,这时梅洛普已经把罐子捡了起来,可突然之间,她的脸涨得红一块白一块的。她的手一松,罐子又掉在了地上。她战战兢兢地从口袋里掏出魔杖,指着罐子,慌里慌张地轻声念了一句什么咒语,罐子噌地从她脚下贴着地面飞了出去,撞在对面的墙上,裂成了两半。

莫芬发出一阵疯狂的嘎嘎大笑。冈特尖声大叫起来:"修好它,你这个没用的傻大个儿,修好它!"

梅洛普跌跌撞撞地走到屋子那头,但没等她举起魔杖,奥格登已经用自己的魔杖指了过去,沉着地说了一句:"*恢复如初!*"罐子立刻自动修好了。

有那么一会儿,冈特似乎想冲奥格登嚷嚷一通,但又似乎改变了主意。他讥笑着对他女儿说:"幸好有魔法部的这位大好人在这儿,是不是?说不定他会把你从我手里弄走,说不定他不讨厌龌龊的哑炮……"

梅洛普对谁也没看一眼,也没对奥格登道声感谢,只是捡起罐子,用颤抖的双手把它重新放到搁板上。然后,她一动不动地站在那里,后背贴在肮脏的窗户和炉子之间的墙壁上,似乎一心只希望自己能陷进石墙里,彻底消失。

"冈特先生,"奥格登先生又开口道,"正如我刚才说的,我此行的原因是——"

"我第一次就听明白了!"冈特怒气冲冲地说,"那又怎么样?莫芬随手教训了一个麻瓜——那又怎么样呢?"

"莫芬违反了巫师法。"奥格登严肃地说。

"*莫芬违反了巫师法,*"冈特模仿着奥格登的声音,并故意拖腔拖调的,透着一股子傲慢。莫芬又嘎嘎大笑起来。"他给了一个肮脏的麻瓜一点颜色瞧瞧,怎么,如今这算非法的了?"

"对,"奥格登说,"恐怕是这样。"

他从大衣内侧的口袋里掏出一小卷羊皮纸,展了开来。

“这是什么,给他的判决?”冈特气愤地提高了嗓音。

“传唤他到魔法部接受审讯——”

“传唤！传唤？你以为你是谁呀,竟敢传唤我的儿子?”

“我是魔法法律执行队的队长。”奥格登说。

“你以为我们是下三滥啊?”冈特尖叫着说,一边逼近奥格登,一边用发黄的肮脏的手指戳着他的胸口,“魔法部一声召唤,我们就得颠儿颠儿地跑去？你知道你在跟谁说话吗,你这个龌龊的小泥巴种,嗯?”

“我记得我好像是在跟冈特先生说话。”奥格登显得很警惕,但毫不退缩。

“没错!”冈特吼道。哈利一时以为冈特是在做一个下流的手势,接着他才发现,冈特是在给奥格登看他中指上戴着的那枚丑陋的黑宝石戒指。他把戒指在奥格登面前晃来晃去。“看见这个了吗？看见这个了吗？知道这是什么吗？知道这是从哪儿来的吗？它在我们家传了好几个世纪了,我们家族的历史就有那么久,而且一直是纯血统！知道有人想出多大的价钱把它从我手里买走吗？宝石上刻着佩弗利尔的纹章呢!”

“我确实不知道,”奥格登说,那戒指在他鼻子前一英寸的地方晃过,他眨了眨眼睛,“而且它跟这件事没有关系,冈特先生。你儿子犯了——”

冈特愤怒地大吼一声,冲向他的女儿,一只手直伸向女儿的喉咙,一时间,哈利还以为他要把她掐死呢。接着,他拽着女儿脖子上的一条金链子,把她拉到了奥格登面前。

“看见这个了吗?”他朝奥格登咆哮道,一边冲他摇晃着那上面的一个沉甸甸的金挂坠盒,梅洛普憋得连连咳嗽,连气都喘不过来了。

“我看见了,我看见了!”奥格登急忙说。

“斯莱特林的!”冈特嚷道,“萨拉查·斯莱特林的！我们是他最后一支活着的传人,对此你有什么话说,嗯?”

“冈特先生,你的女儿!”奥格登惊慌地说,但冈特已经把梅洛普放开了。她跌跌撞撞地离开了他,回到原来那个角落里,一边揉着脖子,一边使劲地喘着气。

“怎么样!”冈特得意地说,似乎他刚把一个复杂的问题证明得清清楚楚,不会再有任何争议了,“所以别用那副口气跟我们说话,别把我们当成你鞋底上的泥巴！我们祖祖辈辈都是纯血统,都是巫师——我相信,你没有这些可炫耀吧！”

他朝奥格登脚下吐了一口唾沫,莫芬又嘎嘎大笑起来。梅洛普蜷缩在窗户边,垂着脑袋,一声不吭,直直的头发遮住了她的面庞。

“冈特先生,”奥格登固执地说,“恐怕无论你我的祖先都跟眼下这件事情毫无关系。我到这里来是为了莫芬,还有昨天深夜他招惹的那个麻瓜。我们得到情报,”他低头看了看那卷羊皮纸,“说莫芬对那个麻瓜念了一个恶咒,或施了一个魔法,使他全身长出了剧痛无比的荨麻疹。”

莫芬咯咯地笑了。

“闭嘴,小子！”冈特用蛇佬腔喝道,莫芬立刻不吭声了。

“就算他这么做了,那又怎么样?”冈特挑衅地对奥格登说,“我想,你们一定替那个麻瓜把肮脏的脸擦干净了,还把他的记忆——”

“问题不在这里,对吗,冈特先生?”奥格登说,“这是一起无缘无故袭击一个毫无防备的——”

“哈,刚才我一看见你,就知道你是一个喜欢麻瓜的人。”冈特讥笑着说,又往地上吐了一口唾沫。

“这种谈话不会有任何结果。”奥格登义正词严地说,“从你儿子的态度来看,他显然对他的所作所为没有一丝懊悔。”他又扫了一眼那卷羊皮纸。“莫芬将于九月十四日接受审讯,对他在一位麻瓜面前使用魔法、并给那位麻瓜造成伤害和痛苦的指控做出答辩——”

奥格登突然停住了。丁丁的铃铛声、嘚嘚的马蹄声,还有响亮的说笑声从敞开的窗户外面飘了进来。显然,通向村庄的那条羊肠小道离这座房子所在的矮树林非常近。冈特愣住了,他侧耳倾听,眼睛瞪得大大的。莫芬的嘴里嘶嘶作响,他转眼望着声音传来的地方,一脸贪婪的表情。梅洛普抬起头。哈利看到她的脸色白得吓人。

“天哪,多么煞风景的东西！”一个姑娘清脆的声音从敞开的窗口飘了进来,他们听得清清楚楚,好像她就站在屋子里,站在他们身边似的,“汤姆,你父亲就不能把那间小破棚子拆掉吗?”

“那不是我们的。”一个年轻人的声音说道,“山谷另一边的东西都属于我们家,但那座小木屋属于一个名叫冈特的老流浪汉和他的孩子们。那儿子疯疯癫癫的,你真该听听村里的人是怎么议论他的——”

姑娘笑了起来。丁丁的铃铛声、嘚嘚的马蹄声越来越响。莫芬想从扶手椅上跳起来。

“坐好了别动!”他父亲用蛇佬腔警告他。

“汤姆,”姑娘的声音又响了起来,现在离得更近了,显然他们就在房子旁边,“我不会看错吧——难道有人在那扇门上钉了一条蛇?”

“对啊,你没有看错!”那个男人的声音说,“肯定是那儿子干的,我对你说过他脑子不大正常。别看它了,塞西利娅,亲爱的。”

丁丁的铃铛声、嘚嘚的马蹄声又渐渐地远去了。

“‘亲爱的,’”莫芬望着他姐姐,用蛇佬腔小声说道,“他管她叫‘亲爱的’,看来他是不会要你了。”

梅洛普脸色煞白,哈利觉得她肯定要晕倒了。

“怎么回事?”冈特厉声问道,用的也是蛇佬腔,眼睛看看儿子,又看看女儿,“你说什么,莫芬?”

“她喜欢看那个麻瓜,”莫芬说着盯住他姐姐,脸上露出恶毒的表情,梅洛普则显得非常惊恐,“每次那个麻瓜经过,她都在花园里隔着篱笆看他,是不是?昨天夜里——”

梅洛普哀求地使劲摇着头,但是莫芬毫不留情地说了下去:“她在窗户外面徘徊,等着看那麻瓜骑马回家,是不是?”

“在窗户外面徘徊,等着看一个麻瓜?”冈特小声问。

冈特家的三个人似乎都忘记了奥格登的存在。奥格登面对这新一轮爆发的不可理解的嘶嘶声和粗吼声,显得既迷惑又恼怒。

“这是真的吗?”冈特用阴沉沉的声音问,一边朝那个惊恐万状的姑娘逼近了一两步,“我的女儿——萨拉查·斯莱特林纯血统的后裔——竟然追求一个肮脏的、下三滥的麻瓜?”

梅洛普疯狂地摇着头,拼命把身体挤缩在墙角里,显然一句话也说不出来。

"可是我教训了那家伙,爸爸!"莫芬嘎嘎地笑着说,"他走过时,我教训了他,他满头满脸的荨麻疹,看上去就不那么漂亮了,是不是,梅洛普?"

"你这个可恶的小哑炮,你这个龌龊的小败类!"冈特吼道,他失去了控制,两只手扼住了女儿的喉咙。

"不!"哈利和奥格登同时叫道。奥格登举起魔杖,喊了一句:"力松劲泄!"冈特被击得连连后退,丢下了他女儿。他被椅子绊了一下,仰面摔倒在地。莫芬怒吼一声,从椅子上一跃而起,冲向奥格登,一边挥舞着那把血淋淋的刀子,并从魔杖里射出一大堆乱七八糟的恶咒。

奥格登夺路而逃。邓布利多示意他们也跟上去。哈利跟了出去,梅洛普的尖叫声还在他耳畔回响。

奥格登用手臂护着脑袋,冲上土路,又飞快地拐上主路,撞上了那匹油亮亮的枣红马。骑马的是一位非常英俊的黑头发年轻人,他和身边那位骑一匹灰马的漂亮姑娘看到奥格登的模样,都被逗得开怀大笑。奥格登从枣红马的身上弹了出去,立刻撒腿又跑,顺着小路落荒而逃,他从头到脚都沾满了灰尘,礼服大衣在他身后飘摆着。

"我认为差不多了,哈利。"邓布利多说。他握住哈利的胳膊肘,轻轻一拽。一转眼间,他们俩就失重般地在黑暗中越飞越高,最后稳稳地落回到邓布利多的办公室里,这时窗外已经是一片夜色。

"小木屋里的那个姑娘怎么样了?"哈利立刻问道,邓布利多一挥魔杖,又点亮了几盏灯,"就是那个叫梅洛普什么的?"

"噢,她活下来了。"邓布利多说着在桌子后面重新坐定,并示意哈利也坐下来,"奥格登幻影移形到了部里,十五分钟后带着增援回来了。莫芬和他父亲负隅顽抗,但两个人都被制服了,被押出了小木屋,后来威森加摩判了他们的罪。莫芬已经有过攻击麻瓜的前科,被判在阿兹卡班服刑三年。马沃罗除了伤害奥格登之外,还伤害了魔法部的另外几名官员,被判六个月有期徒刑。"

"马沃罗?"哈利疑惑地重复道。

"对,"邓布利多说,露出了赞许的微笑,"我很高兴你跟上了我的思路。"

“那个老人就是——？”

“伏地魔的外祖父，是的。”邓布利多说，“马沃罗、他儿子莫芬、女儿梅洛普是冈特家族最后的传人，那是一个非常古老的巫师家族，以不安分和暴力而出名，由于他们习惯于近亲结婚，这种性格特点一代比一代更加显著。他们缺乏理性，再加上特别喜欢豪华的排场，所以，早在马沃罗的好几辈人之前，家族的财产就被挥霍殆尽。你刚才也看到了，马沃罗最后落得穷困潦倒，脾气坏得吓人，却又狂傲、自负得不可理喻，他手里还有两样祖传的遗物，他把它们看得像他儿子一样珍贵，看得比他女儿珍贵得多。”

“那么，梅洛普，”哈利在椅子上探身向前，盯着邓布利多说道，“梅洛普就是……先生，这是不是意味着，她就是……伏地魔的母亲？”

“没错，”邓布利多说，“我们碰巧还看了一眼伏地魔的父亲。不知道你有没有注意？”

“就是莫芬袭击的那个麻瓜？那个骑马的男人？”

“非常正确，”邓布利多笑眯眯地说，“是啊，那就是老汤姆·里德尔，一位相貌英俊的麻瓜，常常骑马经过冈特家的小木屋，梅洛普·冈特痴痴地暗恋着他。”

“他们后来真的结婚了？”哈利不敢相信地问，他不能想象这两个毫不相干的人会相爱。

“我认为你大概忘记了，”邓布利多说，“梅洛普是个女巫。我想，当她受到父亲的高压恐怖统治时，她的魔法力量似乎不能完全发挥出来。一旦马沃罗和莫芬都被关进了阿兹卡班，一旦她第一次独自一人、可以随心所欲时，我相信，她就可以充分施展她的才能，策划逃离她过了十八年的那种水深火热的生活了。

“你能不能设想一下，梅洛普会采取什么措施，让汤姆·里德尔忘记他那位麻瓜情侣而爱上她呢？”

“夺魂咒？”哈利猜测道，“或者迷情剂？”

“很好。我个人倾向于她使用了迷情剂。我相信她会觉得那样更加浪漫，而且操作起来也不太困难。某个炎热的日子，里德尔独自骑马过来，梅洛普劝他喝了一杯水。总之，在刚才我们目睹的那一幕的几个月后,小汉格顿村爆出了一个惊人的丑闻。你可以想象,当人们听说乡绅的儿子跟流浪汉的女儿梅洛普一起私奔的消息后,会怎样议论纷纷啊。

“可是跟马沃罗感到的震惊相比,村民们的惊讶就不算什么了。马沃罗从阿兹卡班回来时,本以为会看到女儿乖乖地等着他,桌上摆着热气腾腾的饭菜。他没想到屋里的灰尘积了一寸多厚,女儿留了一张诀别的纸条,上面写了她所干的事情。

“从我所能发掘的情况来看,从那以后,他再也没有提到过女儿的名字,或提到过女儿的存在。女儿弃家出走给他带来的震惊,大概是他过早去世的一个原因——或者,他大概一直没有学会怎么弄饭给自己吃。阿兹卡班搞垮了马沃罗的身体,他没有活着看到莫芬回到那座小木屋。”

“那么梅洛普呢?她……她死了,是不是?伏地魔不是在孤儿院长大的吗?”

“是啊,没错,”邓布利多说,“这里我们必须做一些猜测,不过我认为不难推断出后来发生的事情。是这样,他们私奔结婚的几个月之后,汤姆·里德尔又回到了小汉格顿的大宅子里,但身边并没有带着他的妻子。邻居们纷纷传言,说他一口咬定自己是被‘欺骗’和被‘蒙蔽’了。我想,他的意思一定是说他中了魔法,现在魔法已经解除了,但我相信他肯定不敢使用这样的字眼,以免别人把他看成疯子。不过,村民们听了他的话,都猜想是梅洛普对汤姆·里德尔撒了谎,假装说她就要为他生孩子了,逼得他只好娶了她。”

“可是她确实生了他的孩子呀。”

“是啊,但那是他们结婚一年之后了。汤姆·里德尔离开她时,她正怀着身孕。”

“出什么事了?”哈利问道,“迷情剂失效了吗?”

“这又只能凭猜测了。”邓布利多说,“我认为,梅洛普深深地爱着她的丈夫,她不能忍受继续靠魔法手段把他控制在手心里。我想,她做出了一个决定,不再给他服用迷情剂。也许,她是由于自己爱得太痴迷,便相信丈夫也会反过来爱上她。也许,她以为丈夫会为了孩子的缘故留下来。如果真是这样,她的这两个打算都落空了。汤姆·里德尔离开了她,从此再也没有见过她，也没有费心去打听他的儿子怎么样了。”

外面的天空已经墨黑墨黑，邓布利多办公室的灯光似乎比以前更亮了。

“哈利，我看今天晚上就到这儿吧。”片刻之后邓布利多说道。

“好的，先生。”哈利说。

他站了起来，但没有马上离开。

“先生……了解伏地魔过去的这些事情很重要吗？”

“我认为非常重要。”邓布利多说。

“那么……它跟那个预言有关系吗？”

“跟那个预言很有关系。”

“好的。”哈利说，虽然还有些困惑，但心中的疑虑被打消了。

他转身准备离去，突然又想起了另一个问题，便又转回身。

“先生，我可以把你对我说的一切告诉罗恩和赫敏吗？”

邓布利多打量了他一会儿，然后说道：“可以，我认为韦斯莱先生和格兰杰小姐已经证明自己是值得信任的。可是，哈利，我要求你不许他们再把这些事情告诉任何人。如果消息传出去，让人知道我了解或察觉到伏地魔的多少秘密，恐怕就不妙了。”

“不会的，先生，我保证只让罗恩和赫敏两个人知道。晚安。”

他又转身准备离去，快走到门口时，他看见了一个东西。在一张放着许多精致银器的细长腿小桌子上，有一枚丑陋的金戒指，中间镶着一块大大的、有裂纹的黑宝石。

“先生，”哈利瞪着它，问道，“那枚戒指——”

“怎么？”邓布利多说。

“那天晚上我们去拜访斯拉格霍恩教授时，你就戴着它。”

“没错。”邓布利多承认。

“但它不是……先生，它不是马沃罗·冈特给奥格登看的那枚戒指吗？”

邓布利多微微点了点头。

“正是那一枚。”

“可是怎么会——？它一直在你这儿吗？”

“不，我是最近才弄到的，”邓布利多说，“实际上，就在我到你姨妈姨父家去接你的几天之前。”

“你的手就是在那个时候受伤的吗，先生？”

“差不多就在那个时候，没错，哈利。”

哈利迟疑着。邓布利多面带微笑。

“先生，究竟是怎么——？”

“太晚了，哈利！下次再给你讲这个故事吧。晚安。”

“晚安，先生。”

第11章

赫敏出手相助

正如赫敏所预言的，六年级没有课的那些时间，根本不像罗恩期待的那样可以尽情地放松休息，而是必须用来努力完成老师布置的大量家庭作业。他们不仅像每天都要应付考试似的拼命用功，而且功课本身也比以前难多了。这些日子麦格教授所教的东西，哈利差不多有一半听不懂，就连赫敏也不得不让麦格教授把讲的内容重复一两遍才能明白。令人不敢相信的是，哈利最拿手的科目突然变成了魔药学，这多亏了那位混血王子，也使赫敏越来越感到愤愤不平。

现在要求他们使用无声咒了，不仅黑魔法防御术课，而且魔咒课和变形课也这样要求。哈利在公共休息室或者在吃饭的时候,经常看见他的同班同学脸憋得通红,暗暗跟自己较着劲儿,像是服用了过量的便秘仁。但他知道,他们实际上是在苦苦练习不把咒语念出声来而让魔法生效的本领。只有来到外面的暖房里时,大家才算松了口气。现在草药课上对付的植物比过去更危险了,但是当曼德拉草的毒触手猝不及防地从后面抓住他们时,他们至少还可以大声地念咒。

由于功课繁重,没日没夜地练习无声咒,哈利、罗恩和赫敏一直没能有时间去看望海格。海格已经不来教工餐桌吃饭了,这是一个不祥的兆头,而且有几次他们在走廊里或外面操场上遇到他,他竟然假装没看见他们,也没听见他们跟他打招呼,这真是太奇怪了。

"我们一定要去解释一下。"星期六吃早饭时,赫敏抬头望着教工餐桌上海格的那张空空的大座位,说道。

"今天上午有魁地奇选拔赛呢!"罗恩说,"而且还要练习弗立维布置的清水如泉咒!再说了,有什么可解释的?我们总不能跟他说我们讨厌他那门愚蠢的课程吧!"

"我们不讨厌它!"赫敏说。

"那是你自己这么说,我可没忘记那些炸尾螺。"罗恩愁眉苦脸地说,"现在我告诉你吧,我们能逃脱真是够侥幸的。你没听见他怎么谈他那个傻瓜弟弟——如果我们留下来继续上课,现在可能在教格洛普怎么系鞋带呢。"

"我不愿意跟海格不说话。"赫敏说,显得很难过。

"那我们就等魁地奇选拔赛结束以后再去。"哈利安慰她道。他也很想念海格,不过他和罗恩一样,也觉得最好一辈子别跟格洛普打交道。"有这么多人提出申请,选拔赛可能要进行一个上午呢。"想到就要面对他当队长后的第一个障碍,他感到有点儿紧张。"不知道为什么球队突然变得这么受欢迎了。"

"哦,得了吧,哈利,"赫敏突然不耐烦起来,说道,"受欢迎的不是魁地奇,而是你!你从来没像现在这样让人感兴趣过,坦白地说吧,你从来没像现在这样招人喜欢。"

罗恩被嘴里的一大块腌鲑鱼呛住了。赫敏朝他鄙夷地瞪了一眼，又转向哈利。

“现在大家都知道你说的是实话了，对不对？整个巫师界都不得不承认，你说的伏地魔卷土重来的消息是正确的，而且你在过去两年里真的跟他较量过两次，两次都死里逃生。现在他们管你叫‘救世之星’——怎么样，现在你还不明白人们为什么对你着迷吗？”

哈利突然觉得礼堂里热得难受，尽管天花板看上去仍然阴雨蒙蒙的。

“还有啊，你遭受了魔法部对你的那些迫害，他们拼命想把你说成是一个反复无常的人，一个说谎专家。那个恶毒的女人逼你用自己的鲜血写出的印迹，现在还能看得出来，可是你仍然坚持自己的说法……”

“在部里那些家伙抓我时留下的痕迹，现在也能看得出来，你看。”罗恩说着把衣袖往上抖了抖。

“还有，你暑假里长高了差不多一英寸，这也让人刮目相看。”赫敏没有理睬罗恩，兀自把话说下去。

“我个子也高了。”罗恩没头没脑地来了这么一句。

送信的猫头鹰来了，俯冲着穿过溅满雨水的窗户，把雨滴洒在礼堂里每个人的头上和身上。大多数人的邮件都比平常多。忧心忡忡的家长都急着想知道自己孩子的消息，反过来又告诉孩子他们在家一切都好。哈利自从开学以来就没有收到过信。惟一一个经常给他写信的人已经死了，他曾暗暗希望卢平偶尔会给他写写信，但这个期盼也落空了。因此，当他在那些褐色和灰色的猫头鹰中看到海德薇雪白的身影时，不禁大感意外。海德薇带着一个四四方方的大包裹落在哈利面前。片刻之后，罗恩面前也掉下来一个一模一样的包裹，他那身材娇小的猫头鹰小猪被压在下面，已经累得喘不过气来了。

“哈！”哈利说着拆开了包裹，露出一本崭新的《高级魔药制作》，是丽痕书店刚刚寄来的。

“哦，太好了，”赫敏高兴地说，“现在你可以把那本被乱涂乱画得一团糟的课本还回去了。”

“你疯了吗？”哈利说，“我要留着它！看，我早就想好了——”

他从书包里抽出那本旧的《高级魔药制作》课本，用魔杖敲了敲封面，念了一句："四分五裂！"封面立刻脱落了下来。他又对着那本新书如法炮制（赫敏一副震惊的样子）。然后，哈利把两个封面互相交换过来，再挨个儿敲了敲，说道："恢复如初！"

于是，王子的那一本被伪装成了新书，而丽痕书店刚寄来的那本新书则显得破破烂烂，完全像个二手货了。

"我把新书还给斯拉格霍恩。他没什么可抱怨的，这花了我九个加隆呢。"

赫敏抿着嘴唇，满脸的愤怒和不满。就在这时，第三只猫头鹰带着当天的《预言家日报》落在她面前，转移了她的注意力。她急忙打开报纸，扫了几眼第一版。

"有我们认识的人死了吗？"罗恩用假装随便的口气问。每次赫敏打开报纸，他都要提出这个问题。

"没有，但是又有摄魂怪袭击的报道，"赫敏说，"还有一个人被捕了。"

"太棒了，谁？"哈利说，心里想到了贝拉特里克斯·莱斯特兰奇。

"斯坦·桑帕克。"赫敏说。

"什么？"哈利大吃一惊。

斯坦·桑帕克，巫师界著名的骑士公共汽车售票员，因涉嫌从事食死徒活动而被捕。桑帕克先生现年二十一岁，警方昨夜在突袭搜查其在克拉彭区的住所后将其拘捕……

"斯坦·桑帕克，是个食死徒？"哈利想起了他三年前第一次遇到的那个脸上长着青春痘的小伙子，"不可能！"

"他大概是中了夺魂咒吧，"罗恩合理地分析道，"这可是说不准的事儿。"

"看来不像。"赫敏仍然在看报纸，说道，"这上面说，是有人听见他在一家酒馆里谈论食死徒的秘密计划之后才逮捕他的。"她抬起头，脸上带着苦恼的表情。"如果他中了夺魂咒，就不可能到处跟人议论他们的计划,是不是?”

“看样子他是想炫耀自己知道许多东西。”罗恩说,“当年他想跟那些媚娃套近乎时,不是还吹牛说他就要当魔法部长了吗?”

“是啊,就是他。”哈利说,“真不明白他们在搞什么名堂,竟然把斯坦的话当真。”

“大概是想让大家看到他们在做事吧。”赫敏皱着眉头说,“现在人心惶惶——你知道吗,双胞胎佩蒂尔的父母要把她们接回家了。爱洛伊丝·米德根已经退学,她父亲昨天晚上来接她的。”

“什么!”罗恩瞪大眼睛看着赫敏说,“可是霍格沃茨比他们家里安全呀,这是毫无疑问的!我们有傲罗,又新增了那么多防护咒,还有邓布利多!”

“我认为他其实并不一直在我们身边。”赫敏压低声音说,她的目光从《预言家日报》上朝教工餐桌扫了一眼,“你们没有注意到吗?最近这个星期,他的座位经常像海格的一样空着。”

哈利和罗恩抬头看了看教工餐桌。果然,校长的座位上没有人。哈利仔细一想,自从一个星期前邓布利多给他单独上课之后,他就再也没有看见他。

“我想,他离开学校是去做跟凤凰社有关的事情,”赫敏低声说,“我是说……现在形势显得很严峻,是不是?”

哈利和罗恩没有回答,但哈利知道他们脑子里都想到了同一件事。前一天出了一起可怕的事故,汉娜·艾博在草药课上被叫了出去,被告知她母亲已遇害身亡。从那之后,他们就再也没有看见汉娜。

五分钟后,当他们离开了格兰芬多餐桌,朝魁地奇球场走去时,迎面看见了拉文德·布朗和帕瓦蒂·佩蒂尔。哈利想起了赫敏说过佩蒂尔孪生姐妹的父母想要她们离开霍格沃茨的事,所以,他看到这两个好朋友在那里窃窃私语,神情忧伤,就不感到奇怪了。让他感到吃惊的是,当罗恩走过她们旁边时,帕瓦蒂突然用胳膊肘捅了捅拉文德,拉文德回过头来,送给罗恩一个灿烂的微笑。罗恩朝她眨巴眨巴眼睛,也迟疑不决地笑了笑。他走路的姿势立刻变得大摇大摆,架子十足起来。哈利看了想笑,但赶紧忍住了，他想起马尔福踩破自己鼻子时，罗恩也没有笑话自己。赫敏则显得傲慢、冷漠，她穿过冷飕飕、雾蒙蒙的毛毛细雨，走向下面的球场，然后，也没向罗恩道一声好运，就径自到看台上找座位去了。

正如哈利早就料到的，选拔赛进行了差不多一个上午。格兰芬多学院从一年级到七年级的半数同学都来了。一年级同学紧张地攥着从学校仓库里挑出的几把破破烂烂的旧扫帚，七年级同学则显得高高大大，鹤立鸡群，气势怪吓人的。七年级同学里有一个头发又粗又硬的大个子，哈利一眼就认出他是霍格沃茨特快列车上的那个男生。

"我们在火车上见过，在老鼻涕虫的车厢里。"他信心十足地说着从人群里走了出来，要跟哈利握手，"考迈克·麦克拉根，守门员。"

"你去年没有参加选拔，是吗？"哈利注意到麦克拉根长得膀大腰圆，他想，即使他站在那里不动，大概也能把三个球门封堵得严严实实。

"去年他们搞选拔时，我还住在医院里呢。"麦克拉根带着点儿吹牛的口气说，"我跟人打赌，吃了一磅狐媚子蛋。"

"噢，"哈利说，"好吧……你就在那儿等着吧……"

他指了指球场边缘靠近赫敏坐的地方。他仿佛看见麦克拉根脸上闪过一丝懊恼的表情，他想，莫非麦克拉根以为他们俩都是老鼻涕虫的宠儿，他就能得到特殊的待遇？

哈利决定先进行一个基本测试，他叫所有申请加入球队的人分成十个人一组，绕着球场飞一圈。这真是一个明智的决定。第一组的十个人全是一年级新生，显然，他们以前根本就没有飞过。只有一个男孩在空中待了几秒钟，他自己也吃惊得要命，结果很快就撞到了球门柱子上。

第二组是十个女生，哈利从没碰见过这么傻的姑娘，他一吹哨子，她们就叽叽咕咕地笑得直不起腰，互相抱作一团。罗米达·万尼也在她们中间。当哈利叫她们离开球场时，她们高高兴兴地走了，然后坐在看台上七嘴八舌地互相指责着。

第三组绕球场飞到一半时摔成了一堆。第四组的大多数人没带扫帚就来了。第五组竟然都是赫奇帕奇的学生。

"这里还有谁不是格兰芬多学院的，"哈利吼道，他心里真的恼火了，

“请马上离开!”

停顿片刻后,两个拉文克劳的低年级学生扑哧一声大笑着奔出了球场。

两个小时后,听了满耳朵牢骚,看了好几次他人发脾气,其中一个人还砸烂了一把彗星260,又有人打掉了几颗牙齿,哈利终于给自己挑选了三名追球手:凯蒂·贝尔,她表现出色,重新归队;一位名叫德米尔扎·罗宾斯的新秀,他躲避游走球特别敏捷;还有金妮·韦斯莱,她飞得比所有选手都快,并且投中了十七个球。哈利对他选出的这几个人很满意,但因为不停地冲许多发牢骚的人嚷嚷,他的嗓子都哑了,此刻又要对付那些落选的击球手们的抱怨。

“就这么定了,如果不赶快滚开让守门员进来,我就给你们施恶咒。”他吼道。

他挑选的两位击球手都不如弗雷德和乔治那么出类拔萃,但还算让人满意:吉米·珀克斯,一位宽胸膛、矮个子的三年级同学,他大力击出的游走球将哈利的后脑勺撞出了一个鸡蛋那么大的鼓包;里切·古特,看上去弱不禁风,但瞄得很准。他们俩现在跟观众一起坐在看台上,观看哈利挑选他们的最后一名队员。

哈利故意把守门员的选拔赛放在最后,希望这时候球场上的人会少一些,这样给参赛选手的压力也会小一些。不幸的是,所有那些落选的球员,还有许多拖拖拉拉刚吃完早饭的人现在又都加入到观众当中,看台上的人比刚才更多了。每位守门员飞向球门时,观众都爆发出同样热烈的欢呼声和讥笑声。哈利扫了一眼罗恩,罗恩总是有怯场的毛病。哈利本来希望他们上学期最后一场比赛大获全胜,大概可以治好他这个毛病,然而看起来没有。罗恩的脸色微微有些发绿。

前面五位选手都最多只救起了两个球。让哈利大为失望的是,考迈克·麦克拉根竟然一连救起了五个球中的四个。不过,在救最后一个球时,他朝着完全相反的方向扑去。观众们哄堂大笑,给他喝倒彩,麦克拉根咬着牙回到了球场上。

罗恩骑上他那把横扫11时,看上去随时都会晕倒。

"祝你好运!"看台上一个声音喊道。哈利扭过头,以为看见的会是赫敏,没想到却是拉文德·布朗。片刻之后,哈利也巴不得能像她那样用两只手把脸捂住,但他觉得自己身为队长,应该表现得更有勇气一些,便转脸注视着罗恩参选。

其实他用不着担心:罗恩一连救起了一个、两个、三个、四个、五个罚球。哈利高兴得心花怒放,他拼命克制住自己,没有跟着观众一起欢呼喝彩。他转向麦克拉根,准备告诉他:很不幸,罗恩击败了他。没想到他一扭头,麦克拉根那张通红的脸就在眼前,近在咫尺。哈利赶紧退后几步。

"他妹妹根本就没认真发球。"麦克拉根恶狠狠地说。他太阳穴上的一根血管突突直跳,这景象是哈利经常在弗农姨父身上看到并暗自称奇的。"她给他的球很容易救起来。"

"胡说,"哈利冷冷地说,"就是那个球,他差一点儿就失手了。"

麦克拉根朝哈利逼近了一步,哈利这次没有退缩。

"让我再试一次。"

"不行,"哈利说,"你已经试过了。你救起了四个,罗恩救起了五个。罗恩是守门员,他赢得光明正大。你快给我滚开。"

一时间,他以为麦克拉根会出拳揍他,但麦克拉根只是做了一个难看的鬼脸,便嗵嗵嗵地走开了,一边对着空气叫嚷着一些威胁的话。

哈利转过脸,发现他的新队员们都在笑眯眯地看着他。

"干得漂亮,"他哑着嗓子说,"你们飞得真不错——"

"你太棒了,罗恩!"

这次真的是赫敏从看台上朝他们跑来了。哈利看见拉文德跟帕瓦蒂手挽着手走出了球场,脸上一副气呼呼的样子。罗恩似乎对自己满意极了,他看着队员和赫敏,傻呵呵地直笑,个头显得比平常更高了。

定好第一次全队训练的时间是下个星期二,哈利、罗恩和赫敏便向其他队员说了声再见,朝海格的小屋走去。这时,一轮水汪汪的太阳正拼命从云彩里探出头来,毛毛雨终于停了。哈利觉得饿极了。他希望海格的小屋里能有点吃的东西。

"我还以为第四个球我救不起来呢。"罗恩眉飞色舞地说,"德米尔扎的那个球真刁，带着点儿旋转——”

“是啊，是啊，你真出色。”赫敏似乎感到很有趣。

“我反正比那个麦克拉根强。”罗恩用非常得意的口气说，“你看见他救第五个球时，竟然笨头笨脑地扑错了方向吗？就好像中了混淆咒似的……”

听了这话，赫敏的脸色突然变得通红，哈利看了觉得很吃惊。罗恩什么也没注意到，他只顾在那里津津乐道地描述他是怎么救起另外几个球的。

巴克比克，那只庞大的、灰色的鹰头马身有翼兽就拴在海格小屋的门前。它看见他们走近时，咔哒咔哒地咂了咂刀片般锋利的尖嘴，把大脑袋朝他们转了过来。

“哦，天哪，”赫敏紧张地说，“它仍然有点儿吓人，是不是？”

“得了吧，你还骑过它呢，不是吗？”罗恩说。

哈利走上前，与鹰头马身有翼兽的目光对视着，眼睛一眨不眨地朝它深深地鞠了一躬。过了几秒钟，巴克比克也弯下身去。

“你好吗？”哈利低声问，一边上前轻轻抚摸着它那覆盖着羽毛的脑袋，“想他了？但你待在海格这里也蛮开心的，是不是？”

“喂！”一个响亮的声音说。

海格从小屋后面转了过来，他系着一条印花的大围裙，拎着一口袋土豆。他那条大猎狗牙牙跟在他脚边。牙牙低吼一声，朝哈利他们扑了过来。

“别去惹它！它会咬掉你的手指——噢，是你们几个。”

牙牙冲着赫敏和罗恩上蹿下跳，想去舔他们的耳朵。海格停住脚，看了他们三个一眼，便转身大步走进小屋，重重地把门关上了。

“哦，天哪！”赫敏说，显得难过极了。

“别担心。”哈利板着脸说。他走到小屋前使劲地敲门。

“海格！快开门，我们想跟你谈谈！”

里面没有声音。

“如果你不开门，我们就把门炸开！”哈利说着抽出了魔杖。

"哈利!"赫敏用惊恐的声音说,"你绝不能——"

"怎么不能!"哈利说,"往后站站——"

可是,没等他再说话,小屋的门突然打开了——这是哈利早就料到的,海格站在那里气冲冲地瞪着他,他虽然系着印花围裙,但那样子还是挺吓人的。

"我是个老师!"他冲哈利吼道,"老师,波特! 你怎么敢威胁我说要炸坏我的门!"

"对不起,先生。"哈利说,故意把最后两个字咬得很重,一边把魔杖插进了长袍里。

海格似乎惊呆了。

"你从什么时候开始叫我'先生'了?"

"你从什么时候开始叫我'波特'了?"

"嗬,够机灵,"海格咆哮着说,"够有趣的。把我给绕进去了,是不? 好吧,进来吧,你们这些忘恩负义的……"

他气呼呼地嘟囔着,往后一闪给他们让出了门。赫敏紧跟着哈利进了小屋,显出非常害怕的样子。

"怎么啦?"海格说,这时哈利、罗恩和赫敏在他那张大木桌旁坐了下来,牙牙立刻把脑袋搁在哈利的膝盖上,口水哩哩啦啦地滴在他的袍子上。"这是怎么啦? 觉得我可怜? 以为我很孤独什么的?"

"不是,"哈利立刻说道,"我们只是想来看看你。"

"我们很想你!"赫敏战战兢兢地说。

"想我,是吗?"海格轻蔑地哼了一声说,"是啊,没错。"

他跺着脚走来走去,用那把巨大的铜茶壶沏上了茶,嘴里一边不停地嘟囔着什么。最后,他把三只小桶那么大的茶杯重重地放在他们面前,里面茶水的颜色深得像红木一样,他还端来了一盘他自制的岩皮饼。哈利饿极了,顾不上挑剔海格的烹调手艺,立刻伸手拿了一块。

"海格,"赫敏怯生生地说,这时海格跟他们一起坐在桌子旁,开始削土豆皮,他用的劲儿那么狠,似乎每个土豆都跟他有着深仇大恨,"其实,我们真的想继续上保护神奇生物课来着。"

海格的鼻子里使劲哼了一声。哈利简直怀疑有几块鼻子牛儿落进了土豆里,他暗自庆幸他们不会留下来吃午饭。

"真的!"赫敏说,"可是我们的课程表都排不过来了!"

"是啊,没错!"海格又这么说。

这时,突然传来一种古怪的嘎吱嘎吱的声音,他们都转过头去。赫敏轻轻地尖叫了一声,罗恩忽地从座位上跳起来,绕到桌子那头,躲开了他们刚刚注意到的那只放在墙角的大桶。桶里装满了一尺来长的蛆一般的东西,黏糊糊、白生生的,不停地扭动着。

"这是什么呀,海格?"哈利问,尽量使自己的语气听上去感觉是好奇而不是厌恶,但还是赶紧放下了手里的岩皮饼。

"巨蛴螬嘛。"海格说。

"它们长大后会变成……?"罗恩神色惶恐地问。

"不会变成什么的。"海格说,"我养它们是为了喂阿拉戈克。"

毫无来由地,他突然哭了起来。

"海格!"赫敏叫了一声,跳起来匆匆绕过桌子——为了避开那桶巨蛴螬,她特意从远的那端绕了过去。她用胳膊搂住海格颤抖的肩膀。"怎么啦?"

"是……是它……"海格抽泣着说,泪水从他黑亮的小眼睛里流淌下来,他用围裙擦着脸,"是……阿拉戈克……我觉得它快死了……它病了一个夏天,一直不见好……我不知道,如果它……如果它……我该怎么办……我们在一起这么长时间了……"

赫敏拍着海格的肩膀,完全不知道该说什么才好。哈利明白她的感觉。他知道海格曾经把一只玩具熊送给一头凶恶的小火龙,还看见海格给那些长着吸盘和螯刺的大蝎子轻轻地哼歌儿,并试图跟他那个同母异父的弟弟、那个残暴的巨人讲道理,但是,在海格喜欢过的所有这些庞然大物中,要数这个最难让人理解了:阿拉戈克,一只会说话的巨型蜘蛛,居住在禁林深处,四年前,哈利和罗恩差点儿在它那里送了命。

"我们——我们能做点什么吗?"赫敏没理睬使劲冲他做鬼脸、摇头的罗恩,问道。

"恐怕没办法了,赫敏,"海格抽抽搭搭地说,拼命忍住汹涌而下的泪水,"知道吗,在部落里……在阿拉戈克家族里……它们看到它病了,表现得很奇怪……有点儿不好控制了……"

"没错,我们当时就看出它们有那种倾向。"罗恩低声说。

"……我想,眼下除了我,不管谁走近那片地方都不安全。"海格说完,在围裙上使劲擤了擤鼻子,抬起了头,"不过谢谢你这么说,赫敏……这对我来说太重要了……"

在那之后,气氛就变得轻松多了,尽管哈利和罗恩都没有表示出愿意拿巨蟒蛐去喂一只凶狠残暴、体格庞大的蜘蛛,但海格似乎想当然地认为他们有这个意思,于是,他立刻恢复了常态。

"嗬,我早就知道你们会觉得很难把我塞进你们的课程表,"他粗声粗气地说,又给他们倒了些茶,"即使你们用上了时间转换器——"

"我们用不上了。"赫敏说,"夏天我们在魔法部时,把部里库存的时间转换器都砸碎了。《预言家日报》上写着呢。"

"嗬,所以呀,"海格说,"你们就没有办法了……对不起,我刚才——你们知道——我只是在为阿拉戈克担心……不过我确实有点怀疑,既然格拉普兰教授给你们上过课——"

他们三个听了这话,立刻言不由衷地声讨起了曾给海格代过几次课的格拉普兰教授,一口咬定她是一个特别糟糕的老师。结果,当黄昏降临,海格站在屋外同他们挥手告别时,他显得情绪高昂多了。

"我饿坏了。"小屋的门一关上,他们匆匆走在昏暗的、空无一人的场地上时,哈利便说道。刚才他在吃岩皮饼时,一颗后槽牙不祥地嘎巴响了一下,他便赶紧把饼放下了。"我今天晚上还要到斯内普那里去关禁闭呢,没有多少时间吃晚饭了……"

他们进了城堡,正好看见考迈克·麦克拉根走进大礼堂。他走了两次才穿过那道门,第一次撞到门框上弹了回来。罗恩幸灾乐祸地大笑起来,跟在他后面大摇大摆地走进了礼堂,哈利一把抓住赫敏的胳膊,把她拉了回来。

"怎么啦?"赫敏警觉地问。

“据我看，”哈利小声说，“麦克拉根像是中了混淆咒，而他当时就站在你的座位前面。”

赫敏脸红了。

“噢，好吧，是我干的，”她小声说，“但是你真应该听听他是怎么议论罗恩和金妮的！而且，他的脾气坏透了，你看见他落选后是个什么反应——你肯定不希望球队里有这么一个家伙。”

“对，”哈利说，“对，我想确实是这样。但那不是作弊吗，赫敏？我是说，你还是个级长呢，是不是？”

“哦，你小声点儿！”赫敏断喝道，哈利暗暗地笑了。

“你们俩在做什么？”罗恩问，他又回到礼堂的门口，脸上露出怀疑的神色。

“没什么。”哈利和赫敏同时说道，然后便匆匆跟着罗恩走了进去。烤牛排的香味使哈利的肚子饿得更难受了，可是，他们刚朝格兰芬多的餐桌走了两三步，斯拉格霍恩教授就出现在他们面前，挡住了他们的路。

“哈利，哈利，正是我希望见到的人！”他热情地大声说，手指玩弄着海象胡须尖，鼓着大肚子，“我就希望在吃饭前堵住你！今天晚上到我那里去吃一顿便饭如何？我们有一个小小的晚会，只请了几位冉冉升起的新星。我邀请了麦克拉根、沙比尼，还有迷人的梅林达·波宾——不知道你是不是认识她，她家里开着大型的连锁药店——还有，当然啦，我非常希望格兰杰小姐也能赏光。”

斯拉格霍恩说到最后，朝赫敏微微鞠了一躬，就好像罗恩根本不存在似的，看也没看他一眼。

“我不能来，教授，”哈利赶紧说道，“我要到斯内普教授那里去关禁闭。”

“哦，天哪！”斯拉格霍恩说着脸一下子就拉长了，显得很滑稽，“天哪，天哪，我可就指望着你呢，哈利！好吧，我这就去找西弗勒斯谈谈，把情况解释一下，我相信我能说服他推迟你的禁闭。好，待会儿见，你们俩！”

他匆匆忙忙地走出了礼堂。

“他根本就不可能说服斯内普，”哈利等到斯拉格霍恩走得听不见了，便说道,"这个禁闭已经被推迟了一次。斯内普上回是看在邓布利多的面子上,他绝不会再为任何人推迟了。"

"哦,我真希望你能来,我一个人可不想去!"赫敏焦虑地说。哈利知道她想起了麦克拉根。

"你恐怕不会一个人去的,金妮大概也受到了邀请。"罗恩没好气地说,斯拉格霍恩对他的忽视似乎让他耿耿于怀。

晚饭后,他们回到格兰芬多塔楼。这时候大部分同学都已经吃过晚饭,公共休息室里非常拥挤,但他们总算找到一张空桌子坐了下来。自从他们跟斯拉格霍恩碰过面后,罗恩就一直闷闷不乐。他抱着双臂,皱着眉头,望着天花板。赫敏伸手拿来了别人扔在一把椅子上的一份《预言家晚报》。

"有什么新消息?"哈利问。

"没有什么……"赫敏已经打开报纸,浏览着上面的内容。"噢,罗恩,快看,这里有你爸爸——他没事!"罗恩惊慌地转过头来,赫敏赶紧加了一句,"报上只是说他去了马尔福家。'对于这位食死徒住所的第二次搜查似乎没有任何收获。伪劣防御咒及防护用品侦察收缴办公室的亚瑟·韦斯莱说,他的小组是在得到某人暗中透露的情报后才采取行动的。'"

"对啊,那就是我!"哈利说,"我在国王十字车站跟他说了马尔福的事,还有马尔福想要博金替他修理的那件东西!嗯,既然不在他们家,他肯定把那东西带到了霍格沃茨——"

"他怎么可能办到呢,哈利?"赫敏说着放下报纸,脸上露出一副惊讶的表情,"我们进校时都被检查过的呀。"

"什么?"哈利吃惊地说,"我可没有!"

"噢,对了,你当然没有,我忘记你迟到了……唉,我们进入门厅时,费尔奇用探密器在我们全身上下扫了个遍。凡是黑魔法的物品都会被搜出来的,我就知道克拉布有一个干枯的人头被没收了。所以你看,马尔福不可能把危险的东西带进来!"

哈利暂时无话可说,他注视着金妮·韦斯莱逗弄那只侏儒蒲阿囡,过了一会儿才想出了一句反驳的话。

“有人可以通过猫头鹰把东西寄给他，”他说，“他妈妈或其他什么人。”

“所有的猫头鹰也要受到检查。”赫敏说，“费尔奇用探密器到处乱捅时这么告诉我们的。”

哈利这次败下阵来，彻底无话可说了。看来，马尔福确实没有办法把危险的或黑魔法物品带进学校。他期待地看了看罗恩，但罗恩抱着双臂坐在那里，看着那边的拉文德·布朗。

“你能想出马尔福用什么办法——？”

“哦，别提这件事了，哈利。”罗恩说。

“听着，斯拉格霍恩邀请赫敏和我去参加他那愚蠢的晚会，这不是我的错，我们俩都不想去，你知道的！”哈利一下子火了，冲口说道。

“好吧，既然没有人邀请我去参加晚会，”罗恩说着站了起来，“我还是上床睡觉吧。”

他嗵嗵嗵地朝男生宿舍的门口走去，哈利和赫敏呆呆地望着他的背影。

“哈利？”新任追球手德米尔扎·罗宾斯突然出现在他身边，“我有一个口信带给你。”

“斯拉格霍恩教授的？”哈利满怀希望地坐起身。

“不……是斯内普教授的，”德米尔扎说，哈利的心往下一沉，“他说你必须在今晚八点半到他办公室去关禁闭——嗯——不管有多少人邀请你去参加晚会都没用。他还叫我通知你，你的任务是把腐烂的弗洛伯毛虫从好的里面挑出来，魔药课上要用——他还说你不用带防护手套。”

“好的，”哈利沉着脸说，“非常感谢，德米尔扎。”

第 12 章

银器和蛋白石

邓布利多去了哪儿？他在做什么？在接下来的几个星期里，哈利只见过校长两次。他很少在吃饭的时候露面，看来赫敏认为校长一次离开好几天的说法是对的。难道邓布利多忘记了他应该给哈利单独上课吗？邓布利多说过，那些课最终跟那个预言有关。哈利曾经觉得很受鼓舞，心里很踏实，现在却有点儿被遗弃的感觉。

十月中旬，他们第一次去霍格莫德村。由于学校周围的防范措施越来越严密，哈利本来以为不会允许他们去霍格莫德村了。现在知道还是要去，他心里很高兴。离开城堡散散心，哪怕只有几个小时也是愉快的。

去霍格莫德村的那天早晨，外面刮起了狂风，哈利醒得很早，他翻看着那本《高级魔药制作》消磨早饭前的时间。平常他是不躺在床上看课本的，罗恩说得对，除了赫敏，这种行为放在任何人身上都是不雅观的，而赫敏那么做只是显得有些怪异而已。不过哈利觉得，混血王子的那本《高级魔药制作》根本不能算作课本。哈利越仔细研读那本书，越觉得里面内容丰富，不仅有容易操作的提示和快捷方法——正是这些让哈利赢得了斯拉格霍恩的热烈称赞，而且书的空白处还胡乱记着许多很有创意的小恶咒和小魔法，从那些涂涂改改的笔迹上看，哈利断定这些东西都是王子自己发明的。

哈利已经尝试过王子发明的几个咒语。有一个恶咒是让人的脚趾噌噌地疯长（他在走廊上拿克拉布做了一个试验，效果有趣极了）；还有一个咒语是把人的舌头粘在上腭上（他在阿格斯·费尔奇身上用了两次，赢得了大家的热烈喝彩，而费尔奇还蒙在鼓里，毫无察觉）；最有用的要数闭耳塞听咒了，这个咒语能让周围每个人的耳朵里充满一种无法辨别的嗡嗡声，这样，在课堂上就能随心所欲地聊天，不怕被别人听见了。惟一觉得这些魔法不好玩的就是赫敏，她始终板着脸，一副不以为然的样子，如果哈利对近旁的什么人施了闭耳塞听咒，她就干脆一句话也不说。

哈利坐在床上，把课本侧过来仔细研读那潦草的笔迹写出的一个咒语，王子似乎在这个咒语上费了不少脑筋。经过无数次的涂涂改改，最后在那一页的角落上挤挤挨挨地写着这么几个字：

倒挂金钟（无声）

狂风裹着雨夹雪，无情地打在窗户上，纳威很响地打着呼噜，哈利盯着括号里的那两个字。*无声*……肯定是指无声咒。哈利不知道自己能不能练成功这个特殊的咒语。他对于无声咒仍然不能得心应手，斯内普在黑魔法防御术课上动不动拿这件事说三道四。其实，王子教给哈利的东西比斯内普要多得多。

哈利用魔杖随便指着一个地方，轻轻往上一抖，脑子里默念道：*倒挂*

金钟！

"啊啊啊啊啊！"

一道强光闪过，房间里乱成一团。罗恩发出一声惨叫，把大家都惊醒了。哈利惊慌地扔掉了《高级魔药制作》。罗恩头朝下悬在空中，似有一只无形的钩子钩住他的脚脖子，把他倒挂了起来。

"对不起！"哈利喊道，迪安和西莫放声大笑，纳威刚才摔到了地上，现在正慢慢地爬起来，"等等——我这就把你放下来——"

他摸到了那本魔药书，慌乱地翻找着刚才那一页。最后总算找到了，他在那个咒语下面辨认出挤成一团的几个字：哈利暗自祈祷这就是破解咒，然后集中意念，在脑子里念道：金钟落地！

又是一道强光闪烁，罗恩掉在床上，摔成一堆。

"对不起。"哈利又轻声说了一遍，迪安和西莫还在那里放声大笑。

"我希望你明天还是上闹钟吧。"罗恩声音闷闷地说。

他们穿好衣服，在身上鼓鼓囊囊地套了几件韦斯莱夫人织的毛衣，拿上了斗篷、围巾和手套。罗恩已经从刚才的惊吓中缓过劲来，认为哈利的新咒语非常好玩。实际上，他觉得这个咒语太好玩了，他们刚坐下来吃早饭，他就迫不及待地把这件事讲给赫敏听。

"……然后又闪过一道亮光，我就掉回到床上了！"罗恩笑嘻嘻地说，一边动手给自己拿香肠。

赫敏听着，脸上没有一丝笑容，她板着冷冰冰的脸，不满地转向哈利。

"或许，这个咒语又是你那本魔药书里的吧？"她问。

哈利朝她皱起眉头。

"你总是一下子就得出最坏的结论，是吗？"

"到底是不是？"

"好吧……没错，是又怎么样？"

"你竟然决定拿一个手写的陌生咒语来做试验，看看会发生什么事？"

"手写的又怎么样？"哈利说，故意避重就轻，不回答其他问题。

"因为这可能是魔法部禁止使用的。"赫敏说，"而且，"她看到哈利和罗恩翻了翻眼珠，便又说道，"因为我开始觉得这个叫王子的家伙有点儿不可靠。”

哈利和罗恩同时喊她住口。

“那是闹着玩的!”罗恩把一瓶番茄酱倒过来浇在他的香肠上,说道,“只是闹着玩,赫敏,没什么大不了的!”

“钩住脚脖子把人倒挂起来?”赫敏问,“谁会花时间和精力编出这样的咒语呢?”

“弗雷德和乔治,”罗恩耸了耸肩膀说,“他们就爱搞那些玩意儿。还有,嗯——”

“我爸爸。”哈利说。他是刚刚想起来的。

“什么?”罗恩和赫敏同时说道。

“我爸爸使用过那个咒语。”哈利说,“我——卢平告诉我的。”

最后这句不是实话。实际上,哈利是亲眼看见他父亲给斯内普施了这个魔法,但他一直没有把他在冥想盆里的那段经历告诉罗恩和赫敏。不过,眼下他突然想起一种很奇妙的可能性。混血王子会不会就是——?

“或许你爸爸使用过它,哈利,”赫敏说,“但使用过它的不止你爸爸一个人。我们看见过一大堆人都在使用它,也许你已经忘记了。把人悬在半空,让他们昏昏沉沉、无能为力地在上面飘浮。”

哈利呆呆地望着她。他也想起了食死徒在魁地奇世界杯赛上的所作所为,不由得心往下一沉。罗恩出来给他解了围。

“那是两码事。”他大大咧咧地说,“他们是在滥用这个魔法。哈利和他爸爸只是闹着玩儿。赫敏,你不喜欢王子,”他严肃地用香肠指着赫敏说道,“是因为他的魔药课学得比你好——”

“跟那个毫无关系!”赫敏说,面颊一下子变得通红,“我只是认为,还不了解一种魔法是做什么用的就随便拿来使用,这是非常不负责任的。还有,别再一口一个‘王子’的,就好像那是他的头衔似的,我敢说那只是一个愚蠢的外号,而且他给我的感觉不像是个正经人!”

“我不知道你这是从哪儿得到的印象。”哈利激动地说,“如果他是一个未成年的食死徒,他就不会口口声声地说自己是‘混血’的了,是不是?”

哈利嘴里这么说着,心里却想起他父亲是纯血统的,但他把这个念头从脑海里赶走了,以后再去考虑……

"食死徒不可能都是纯血统的,现在已经没有多少纯血统的巫师了。"赫敏固执地说,"我猜想他们大多数都是混血,却假装自己是纯血统。他们仇恨的只是麻瓜出身的人,他们肯定很愿意让你和罗恩入伙。"

"他们休想让我成为食死徒!"罗恩气愤地说,他朝赫敏挥舞着手里的叉子,结果叉子上的一小片香肠飞了出去,砸在厄尼·麦克米兰的脑袋上,"我们全家都背叛了自己的血统!在食死徒看来,这跟麻瓜出身一样糟糕!"

"他们倒是很愿意要我。"哈利讥讽地说,"要不是他们总想干掉我,说不定我跟他们还会成为铁哥儿们呢。"

罗恩笑了起来,就连赫敏也勉强露出了笑容,这时金妮出现了,转移了他们的注意力。

"喂,哈利,我把这个交给你。"

是一卷羊皮纸,上面是那种熟悉的细细长长、歪向一边的字体,写着哈利的名字。

"谢谢你,金妮……邓布利多又要给我上课了!"哈利又对罗恩和赫敏说,一边展开羊皮纸,飞快地扫了一遍上面的内容。"星期一晚上!"他觉得心情一下子轻松、愉快了。"你跟我们一起去霍格莫德吗,金妮?"他问。

"我和迪安一起去——也许会在那儿见到你们。"她说完便朝他们挥挥手走了。

费尔奇和往常一样站在橡木大门口,一个个核对获准去霍格莫德村的同学的名字。这个时间比以往更加漫长,因为费尔奇用他的探密器在每个人身上反复地测来测去。

"就算我们把黑魔法物品偷带出去又有什么关系?"罗恩忐忑不安地盯着那根细细长长的探密器,问道,"你恐怕应该检查我们带进来的东西吧?"

他出言不逊,结果被探密器额外多戳了几下,当他们走到外面的狂风和雨雪中时,他还疼得龇牙咧嘴呢。

步行去霍格莫德村的一路上很不舒服。哈利用围巾裹住脸的下半部,暴露在外的部分很快就被冻得生疼生疼的,后来都发麻了。在通往村口的路上,到处可见弯着腰顶风前进的学生。哈利不止一次地怀疑,他们待在暖融融的公共休息室里可能会更愉快。当他们终于走到霍格莫德村时,却看见佐科笑话店被木板封死了,哈利认为这更证实了这趟旅行注定是毫无乐趣的。罗恩用戴着厚手套的手指着蜜蜂公爵糖果店,谢天谢地,那里还开着门,哈利和赫敏便跟着罗恩摇摇晃晃地朝那家拥挤的小店走去。

"感谢上帝,"弥漫着乳脂糖香味的温暖气息扑面而来,罗恩瑟瑟发抖地说,"我们就在这里待一个下午吧。"

"哈利,孩子!"他们身后一个洪钟般的声音说。

"哦,糟糕。"哈利嘟囔道。他们三个一回头,看见了斯拉格霍恩教授,他戴了一顶硕大无比的毛绒帽子,身上是一件带有配套毛绒领子的大衣,手里攥着一大袋菠萝蜜饯,他至少占据了这个小店四分之一的空间。

"哈利,你已经错过我的三次小型晚餐会了!"斯拉格霍恩亲热地捅了捅哈利的胸口,"这可不行,孩子,我是铁了心要你来的!格兰杰小姐很喜欢这些晚会,是不是?"

"是的,"赫敏无奈地说,"它们确实——"

"那你为什么不来呢,哈利?"斯拉格霍恩责问道。

"嗯,我要参加魁地奇训练呢,教授。"哈利说。确实,每次斯拉格霍恩给他送来一张小小的系着紫色绸带的请柬时,他就故意安排球队训练。这个策略能保证不把罗恩一个人撇下。他们还经常和金妮一道想象赫敏与麦克拉根、沙比尼被关在一起的情景,乐得哈哈大笑。

"好啊,训练得这么刻苦,你们的第一场比赛肯定能赢!"斯拉格霍恩说,"不过偶尔来点儿娱乐是没有害处的。那么,星期一晚上怎么样,这种天气你们不可能训练的……"

"不行,教授,我——我——我那天晚上跟邓布利多教授约好了。"

"又是不巧!"斯拉格霍恩夸张地大叫了一声,"啊,好吧……你不可能永远躲着我,哈利!"

他架子十足地挥了挥手,大摇大摆地走出了糖果店,几乎没有注意到罗恩，就好像他只是店里陈列的一个蟑螂堆。

"真不敢相信，居然又让你躲过了一次。"赫敏摇着头说，"其实并没有那么糟糕……有时候还蛮好玩的……"她突然看见罗恩脸上的表情。"哦，看——他们有高级棒糖羽毛笔——可以吮好几个小时呢！"

哈利庆幸赫敏改变了话题，他假装对这种新的超大型棒糖羽毛笔特别感兴趣，但罗恩还是显得闷闷不乐，当赫敏问他接下来想去哪里时，他只是耸了耸肩膀。

"我们去三把扫帚吧，"哈利说，"那里肯定暖和。"

他们重新用围巾把脸裹住，离开了糖果店。刚从暖融融、甜丝丝的蜜蜂公爵店里出来，凛冽的寒风刮在他们脸上，像刀子一样。街上比较冷清，没有人停下来闲聊天，大家都在匆匆赶路，直奔他们要去的地方。惟一例外的是他们前面的两个人。他们就站在三把扫帚的外面，其中一个很高很瘦，哈利眯起眼睛，透过被雨水打湿的眼镜认出他是霍格莫德村另一家酒吧——猪头酒吧里的男招待。哈利、罗恩和赫敏走近时，那男招待用斗篷裹紧脖子，转身走开了，只留下那个矮个子在摸索着怀里的什么东西。他们离那男人不到一步远了，哈利突然认出了他。

"蒙顿格斯！"

那个两腿外八字、留着一头乱糟糟的姜黄色长发的男人吓了一跳，怀里一只古色古香的小提箱掉在地上弹了开来，里面的东西五花八门，像是一家古董店整个橱窗里的内容。

"噢，你好，哈利，"蒙顿格斯·弗莱奇说，装出非常轻快的样子，却装得一点儿也不像，"别让我耽误了你的时间。"

他蹲在地上摸索着捡起箱子里的东西，一副巴不得马上离开的样子。

"你在卖这些东西？"哈利看着蒙顿格斯从地上抓起一堆各式各样、破破烂烂的东西，问道。

"唉，没办法，总得想办法糊口啊。"蒙顿格斯说，"把那个给我！"

罗恩正蹲下身捡起一个银器。

"等等，"罗恩慢悠悠地说，"这个看着眼熟——"

"谢谢！"蒙顿格斯说着一把从罗恩手里夺过那只高脚酒杯，塞进了箱子,“好了,咱们以后再见——哎哟!”

哈利掐住蒙顿格斯的脖子,把他顶在酒吧外面的墙上。他一只手紧紧地掐着他,另一只手拔出了魔杖。

“哈利!”赫敏惊叫道。

“这玩意儿你是从小天狼星家里偷出来的,”哈利说。他与蒙顿格斯几乎鼻子碰鼻子,闻到了一股臭烘烘的烟草和烈酒的气味,“上面有布莱克家族的纹章。”

“我——没有——什么?”蒙顿格斯结结巴巴地说,脸色慢慢涨成了猪肝色。

“你干了什么?在他死的那天夜里,你去把那个地方洗劫了一空?”哈利吼道。

“我——没有——”

“把它给我!”

“哈利,你不能!”赫敏尖叫着说,蒙顿格斯的脸已经发青了。

砰的一声巨响,哈利觉得自己双手从蒙顿格斯的脖子上弹开了。蒙顿格斯呼哧呼哧地喘着气,抓起掉在地上的箱子,然后——啪——他幻影移形了。

哈利扯着嗓子叫骂,原地转着圈儿看蒙顿格斯跑到哪儿去了。

“**回来,你这个贼——!**”

“没有用了,哈利。”

唐克斯不知从哪儿冒了出来,她那灰褐色的头发被雨雪淋得湿漉漉的。

“蒙顿格斯这会儿大概已经到了伦敦。再嚷嚷也没有用了。”

“他偷了小天狼星的东西!他偷东西!”

“是啊,不过,”唐克斯说,她似乎对这个消息完全无动于衷,“你们不应该待在这儿受冻。”

她看着他们进了三把扫帚酒吧的门。哈利一进酒吧就吼了起来:“他在偷小天狼星的东西!”

“我知道,哈利,可是请你别再嚷嚷了,别人都在看你呢。”赫敏小声说,"快去坐下来,我给你端饮料。"

几分钟后,赫敏端着三瓶黄油啤酒回到他们的桌子旁,哈利还在那里气呼呼地发脾气。

"社里就不能管管蒙顿格斯吗?"哈利气愤地小声责问他们两个,"他在总部的时候,他们就不能管着他点儿?至少别让他把搬得走的东西都偷光啊!"

"嘘!"赫敏焦急地说,一边看看周围有没有人在偷听。坐在近旁的两个男巫怀着极大的兴趣盯着哈利,沙比尼懒洋洋地靠在不远处的一根柱子上。"哈利,换了我也会很生气的,我知道他偷的是你的东西——"

哈利被黄油啤酒呛了一口。他一时忘记了他已经是格里莫广场12号的主人。

"对啊,是我的东西!"他说,"怪不得他看见我那么心虚呢!哼,我要把这件事告诉邓布利多,蒙顿格斯就害怕他一个人。"

"好主意。"赫敏小声说,她显然很高兴看到哈利终于平静下来,"罗恩,你在盯着什么呢?"

"没什么。"罗恩说着慌忙把目光从吧台那儿挪开了,哈利知道他是想引起那位妩媚动人的老板娘——罗斯默塔夫人的注意,罗恩已经暗暗喜欢她好长时间了。

"我想,你的那位'没什么'正在后面拿更多的火焰威士忌吧?"赫敏尖刻地说。

罗恩没理会这句嘲讽的话,一言不发地慢慢喝着黄油啤酒,显然以为自己那副派头很高贵、很深沉。哈利在想着小天狼星,他想起小天狼星当时是多么仇恨那些银制的高脚酒杯。赫敏用手指敲着桌子,眼睛忽而望望罗恩,忽而望望吧台。

哈利刚把瓶里的啤酒喝完,赫敏就说:"今天就到这里,我们回学校吧?"

另外两个人点了点头。这趟旅行没有什么乐趣,再待下去,天气只会越来越糟糕。于是,他们又一次把斗篷裹得紧紧的,用围巾把脸挡住,戴上手套,跟在凯蒂·贝尔和一位朋友的后面出了酒吧,顺着大路往回走。

他们步履艰难地踩着路上被冻得硬邦邦的雪泥，朝霍格沃茨的方向走去，哈利没来由地想起了金妮。他们没有碰见她，哈利心想，她肯定和迪安一起舒舒服服地待在帕笛芙夫人的茶馆里呢，那是快乐的情侣们最爱去的地方。哈利皱起双眉，埋头顶着随风飞舞的雨雪，一步步艰难地往前走着。

过了一会儿哈利才意识到，被风刮到他耳朵里的凯蒂·贝尔和她朋友的声音变得越来越响、越来越尖利了。哈利眯起眼睛打量着她们模糊的身影。两个女孩正为凯蒂手里拿的什么东西在争吵。

"这跟你没有关系，利妮！"哈利听见凯蒂说。

他们在小路上拐了一个弯，雨雪下得更密更急了，把哈利的眼镜弄得一片模糊。他用戴着手套的手擦拭着镜片，就在这时，利妮突然伸手去夺凯蒂手里的那包东西。凯蒂使劲往回一拽，那包东西掉在了地上。

一下子，凯蒂就升到了空中，她不像罗恩那样被可笑地钩住脚脖子倒挂起来，她的姿态非常优雅，双臂平伸着，像是要飞起来似的。然而，她身上有一些怪异，有一些不对劲儿的地方……她的头发被猛烈的狂风吹得四下飘舞，但是她的眼睛紧闭着，脸上一点儿表情也没有。哈利、罗恩、赫敏和利妮都停住了脚步，呆呆地看着她。

然后，在离地面六英尺高的地方，凯蒂突然发出一声恐怖的尖叫。她的眼睛猛地睁开了，而她所能看见或感觉到的东西显然给她带来了可怕的痛苦。她一声接一声地尖叫。利妮也跟着叫了起来，她拽住凯蒂的脚脖子，拼命想把她拖回到地面上。哈利、罗恩和赫敏也冲过去帮忙。就在他们抓住凯蒂的双腿时，她一下子落到他们身上。哈利和罗恩总算把她抱住了，但她扭动得太厉害了，他们简直控制不住她。于是，他们就把她放到了地面上。她剧烈地扭动着，失声惨叫，显然认不出他们中的任何一个了。

哈利看看周围，四下里一个人也没有。

"你们待在这儿！"他在呼啸的狂风中对另外几个人喊道，"我去叫人来帮忙！"

哈利撒腿朝学校的方向跑去。他以前从没见过有谁像凯蒂这样，他想不出这究竟是怎么回事。他飞快地拐过一个弯道，却跟一个庞然大物撞了个满怀，那家伙像是一头靠后腿站立的大熊。

"海格！"哈利摔进了一片树篱中，他喘着气，挣扎着钻出来叫道。

"哈利！"海格说，他的眉毛和胡子上都沾着雨雪，身上穿着那件巨大无比、邋里邋遢的海狸皮大衣，"我去看格洛普了，他进步可快了，你都——"

"海格，那边有人受伤了，也许是中了魔咒什么的——"

"什么？"海格俯下身听哈利说话，狂风的声音太响了。

"有人中了魔咒！"哈利扯开嗓子喊道。

"中了魔咒？谁中了魔咒——不是罗恩？赫敏？"

"不，不是他们，是凯蒂·贝尔——在这边……"

他们一起顺着小路往回跑，很快就看见那一小群人围在凯蒂身边。凯蒂仍然躺在地上扭动、惨叫，罗恩、赫敏和利妮都在想办法使她安静下来。

"闪开！"海格喊道，"让我看看！"

"她出事了！"利妮哭泣着说，"我不知道是怎么——"

海格盯着凯蒂看了一秒钟，然后一言不发地弯下腰把她抱起来，转身就朝城堡的方向跑去。几秒钟后，凯蒂的尖叫声就听不见了，四下里只有狂风的阵阵呼啸。

赫敏匆匆走到凯蒂那位号啕大哭的朋友身边，伸出胳膊搂住了她。

"你是利妮，是吗？"

那姑娘点了点头。

"这件事是突然发生的，还是——？"

"那个包裹一撕开就出事了。"利妮抽抽搭搭地说，指着地上那个已经湿透的牛皮纸包。纸包裂开了，里面有什么东西发出绿莹莹的光。罗恩弯下腰伸出手去，哈利一把抓住他的胳膊，把他拉了回来。

"别碰它！"

哈利俯下身。他看见纸包里露出一条华丽的蛋白石项链。

"我以前见过它，"哈利注视着那东西说，"它很久以前陈列在博金-博克店里。商标上说它带着魔咒。凯蒂肯定是碰到它了。”他抬头看着利妮，利妮这会儿已经全身抖得无法控制了。“凯蒂是怎么弄到这东西的？”

“唉，我们刚才就为这个争吵着。她从三把扫帚的厕所里出来时，手里就拿着它，说那是送给霍格沃茨什么人的礼物，由她转交。她说话的时候表情很奇怪……哦，不，哦，不，她肯定是中了夺魂咒了，我当时没有意识到！”

利妮又哭得浑身发抖。赫敏轻轻拍着她的肩膀。

“她没有说是谁给她的吗，利妮？”

“没有……她不肯告诉我……我说她昏了头，绝不能把这东西拿到学校去，可她就是不听，后来……后来我想把东西从她手里抢过来……后来——后来——”利妮发出一声绝望的尖叫。

“我们最好赶紧回学校去，”赫敏仍然搂着利妮说，“这样就能弄清她现在怎么样了。走吧……”

哈利迟疑了一会儿，把脸上裹的围巾解了下来，他没有理会罗恩的惊叫，小心翼翼地用围巾裹住那条项链，把它捡了起来。

“我们需要把这个拿给庞弗雷夫人看看。”他说。

他们跟着赫敏和利妮往前走，哈利心里紧张地思索着。他们刚走进学校的场地，他就忍不住把自己的想法说了出来。

“马尔福知道这条项链。它四年前就在博金－博克店的一只匣子里，当时我藏在店里，躲避马尔福和他爸爸，我看见马尔福仔细打量过它。我们跟踪他的那天，他想买的就是这个东西！他没有忘记它，就想回去把它买下来！”

“我——我说不清，哈利，”罗恩犹豫不决地说，“去博金－博克店的人多着呢……而且，那女生不是说凯蒂是在女厕所里拿到项链的吗？”

“她说凯蒂从厕所回来时手里拿着项链，并没说是在厕所里拿到的——”

“麦格！”罗恩警告说。

哈利抬头一看，果然，麦格教授冒着随风飞旋的雨雪匆匆走下石头台阶来迎他们了。

"海格说你们四个人看见了凯蒂·贝尔出事的经过——请立刻到楼上我的办公室来一趟！你手里拿的什么，波特？"

"就是凯蒂碰的那个东西。"哈利说。

"天哪，"麦格教授说着从哈利手里接过项链，神色显得十分紧张，"不，不，费尔奇，他们是跟我在一起的！"她看见费尔奇举着探密器，兴致勃勃、踢踏踢踏地从门厅走来，便赶紧对他说，"立刻把这条项链拿去给斯内普教授，千万不要碰它，就让它一直包在围巾里！"

哈利和其他几个人跟着麦格教授上楼走进了她的办公室。溅满雨雪的窗玻璃在窗框里咔咔作响，尽管炉栅里噼噼啪啪地燃着旺火，屋里还是很冷。麦格教授关上门，快步绕到桌子后面，看着哈利、罗恩、赫敏和仍然哭个不停的利妮。

"说吧，"她严厉地说，"怎么回事？"

利妮结结巴巴地说开了，因为哭得控制不住，中间停顿了好几次。她告诉麦格教授，凯蒂怎么在三把扫帚酒吧去了一趟厕所，回来时怎么显得有点怪怪的，手里拿着那个没有任何标记的包裹；她们俩怎么争吵，因为她认为凯蒂不应该答应转交一件不知名的东西；争吵到最激烈的时候，两人便开始抢夺那个包裹，结果包裹被扯开了。说到这里，利妮情绪完全崩溃了，再也说不出一个字来。

"好了，"麦格教授不失温柔地说，"利妮，你到校医院去，让庞弗雷夫人给你点儿药压压惊。"

利妮走后，麦格夫人转向哈利、罗恩和赫敏。

"凯蒂碰了那条项链后发生了什么？"

"她升到了空中，"哈利抢在罗恩和赫敏前面说，"然后开始尖叫，接着便掉了下来。教授，请问我能见见邓布利多教授吗？"

"校长出去了，要到星期一才回来，波特。"麦格教授显得很惊讶，说道。

"出去了？"哈利气恼地重复了一遍。

"是的，波特，出去了！"麦格教授尖刻地说，"但是我认为，关于这件可怕的事情，你有什么要说的都可以跟我说！"

一刹那间，哈利有些犹豫。他好像很难对麦格教授推心置腹。而邓布利多尽管在许多方面令人生畏，却似乎不太可能对某个想法嗤之以鼻，不管这个想法多么荒唐离奇。然而，这是一个生死攸关的问题，没有工夫考虑是否会遭到嘲笑了。

"我认为是德拉科·马尔福给了凯蒂那条项链，教授。"

站在他一侧的罗恩尴尬地揉着鼻子；站在他另一侧的赫敏把脚在地上滑来滑去，似乎巴不得跟哈利保持一定的距离。

"这是一个很严重的指控，哈利，"麦格教授惊愕地停顿了一下，说道，"你有证据吗？"

"没有，"哈利说，"但是……"他把那天他们跟踪马尔福到博金－博克店，偷听到他和博金之间的那段对话告诉了麦格教授。

他说完后，麦格教授显得有点儿迷惑。

"马尔福把一件东西拿到博金－博克店去修理？"

"不，教授，他只是要博金告诉他怎么修理一件东西，并没有把它带去。但问题不在这里，问题是他同时还买了一件东西，我认为就是那条项链——"

"你看见马尔福离开商店时拿着那样一个包裹？"

"不，教授，他叫博金替他保存在店里——"

"可是，哈利，"赫敏打断了他的话，"博金问他是不是想把东西拿走，马尔福说'不'——"

"因为他不想碰那东西，那还用说吗！"哈利生气地说。

"他的原话是：'我拿着它走在街上像什么话？'"赫敏说。

"是啊，他拿着一条项链确实会显得很傻。"罗恩插嘴说。

"哦，罗恩，"赫敏绝望地说，"项链肯定是包起来的，他用不着碰到它，而且很容易藏在斗篷里面的口袋里，没有人会看得见！我认为他保存在博金－博克店里的那件东西要么体积很大，要么会发出很大的响动，他知道如果带着那东西在街上走，肯定会引起别人的注意——而且，"她不让哈利有机会打断她，只顾大声地往下说，"我向博金打听过那条项链，记得吗？当时我走进店里，想弄清马尔福要他保存什么，我看见项链还在那儿。博金告诉了我项链的价钱,他并没有说它已经卖出去了——"

"嘿,你做得太显眼了,他五秒钟内就发现了你想干什么,自然不会告诉你啦——而且,马尔福可以通过邮购的方式——"

"够了!"赫敏刚想张嘴反驳,麦格教授就气呼呼地说道,"波特,感谢你告诉我这些,但我们不能因为马尔福先生光顾过那家可能卖出这条项链的商店,就随随便便地指责他。去过那家商店的可能有好几百人——"

"——我也是这么说的——"罗恩嘟囔道。

"——而且,今年我们加强了严密的安全防范措施,我不相信那条项链会在我们不知道的情况下进入这所学校——"

"可是——"

"——还有一点,"麦格教授以一种斩钉截铁的口气说,"马尔福先生今天没有去霍格莫德村。"

哈利呆呆地望着她,顿时泄了气。

"你怎么知道的,教授?"

"因为他在我这里关禁闭呢。他已经接连两次没有完成变形课的家庭作业。好了,波特,感谢你把你的怀疑告诉了我,"她大步从他们身边走过,"但是我现在要去医院看看凯蒂·贝尔。祝你们愉快。"

她打开办公室的门。他们别无选择,只好一言不发地挨个儿从她身边走了出去。

哈利很生罗恩和赫敏的气,因为他们跟麦格站在一边。不过,当他们开始谈论刚才发生的事情时,他还是不由自主地加入了进去。

"那么,你们认为凯蒂要把那条项链交给谁呢?"他们上楼去公共休息室时,罗恩问道。

"那只有天知道了,"赫敏说,"不过,不管那个人是谁都逃不过去。只要打开那个包裹,就肯定会碰到项链。"

"许多人都有可能,"哈利说,"邓布利多——食死徒巴不得摆脱他呢,他肯定是他们的首选目标。或者斯拉格霍恩——邓布利多认为伏地魔很想把他拉过去,现在他们看到他站到了邓布利多一边,肯定很不高兴。或者——"

“或者是你。”赫敏很焦虑地说。

“不可能，”哈利说，“要是那样的话，凯蒂只要在路上转个身，直接交给我就行了，不是吗？从三把扫帚出来以后，我就一直走在她后面。费尔奇对每个进出霍格沃茨的人都要搜查一番，凯蒂在校外把包裹交给我不是要明智得多吗？我不明白马尔福为什么要叫她把项链拿进城堡。”

“哈利，马尔福不在霍格莫德村！”赫敏说，她无奈地跺着脚。

“那他肯定还有一个同谋，”哈利说，“克拉布或高尔——对了，说不定是另一个食死徒呢，现在他肯定有一大堆比克拉布和高尔更像样的哥儿们了，因为他已经加入——”

罗恩和赫敏交换了一个目光，显然是说“跟他争论没用”。

“茴香麦片！”赫敏果断地说，这时他们已经来到了胖夫人跟前。

肖像向前旋开，放他们进了公共休息室。休息室里挤满了人，弥漫着湿衣服的气味。由于天气恶劣，似乎许多人都提早从霍格莫德村回来了。不过，人们并没有惊慌地窃窃私语，做出各种猜测，看来凯蒂惨遭厄运的消息还没有传开。

“仔细想想，这次下手其实安排得并不巧妙。”罗恩大大咧咧地把一个一年级同学从火边一把好椅子上赶开，自己坐了下来，“那个魔咒连城堡的大门都没能进入。这种安排可不能算万无一失。”

“你说得对，”赫敏说着用脚把罗恩从椅子上赶开，让那个一年级同学重新坐了下来，“这确实不是一个很周密的计划。”

“马尔福什么时候算得上是世界一流的思想家了？”哈利问。

罗恩和赫敏都没有理睬他。

第 13 章

神秘的里德尔

凯蒂第二天就转到圣芒戈魔法伤病医院去了，这时候，她中了魔咒的消息已经在学校里传遍了，不过具体细节大家并不清楚，除了哈利、罗恩、赫敏和利妮，似乎谁也不知道凯蒂本人并不是那条项链预期的攻击目标。

"噢，马尔福当然也知道。"哈利对罗恩和赫敏说，他们俩每次听见哈利提到"马尔福是食死徒"的想法，都只好继续装聋作哑。

邓布利多不知道去了哪里，哈利甚至怀疑他星期一晚上能不能赶回来给他上课。不过既然没有收到取消上课的通知，他还是在晚上八点钟准时出现在邓布利多办公室外面。他轻轻敲了敲门,里面有声音请他进去。邓布利多坐在那里,显得特别疲惫,那只手还像以前一样焦黑干枯,但是他脸上带着微笑,示意哈利坐下。冥想盆又一次放在桌上,将星星点点的银色光斑投射在天花板上。

"我出去的这段时间,你很忙碌啊,"邓布利多说,"你亲眼看见了凯蒂出事的情景。"

"是的,先生。她怎么样了?"

"情况还很不好,不过她还算比较幸运。她似乎只是一小块皮肤碰到了项链:她的手套上有一个小洞。如果她把项链戴在脖子上,或只是用不戴手套的手拿起项链,她都会死去,也许当场就毙命了。幸好斯内普教授很有办法,阻止了魔咒的快速传播——"

"为什么是他?"哈利立刻问道,"为什么不是庞弗雷夫人?"

"没礼貌。"墙上一幅肖像里传出一个轻轻的声音,菲尼亚斯·奈杰勒斯·布莱克——小天狼星的曾曾祖父,刚才趴在胳膊上似乎睡着了,这会儿正好抬起头来,"想当年,我可不允许一位学生对霍格沃茨的管理方式提出异议。"

"是的,谢谢你,菲尼亚斯。"邓布利多息事宁人地说,"哈利,斯内普在黑魔法方面的知识比庞弗雷夫人丰富得多。而且,圣芒戈魔法伤病医院的工作人员每小时都在向我汇报情况,我相信凯蒂很快就有希望完全恢复的。"

"你这个周末去哪儿了,先生?"哈利问,他知道自己有点得寸进尺,但他豁出去了,菲尼亚斯·奈杰勒斯显然也觉得哈利太过分了,轻轻地发出了嘘声。

"目前我还不想说,"邓布利多说,"不过,以后在适当的时候我会告诉你的。"

"会吗?"哈利惊异地问。

"会,我想会的。"邓布利多说着从长袍里面掏出一只装着银白色记忆的新瓶子,用魔杖一捅,拔出了木塞。

"先生,"哈利犹豫不决地说,"我在霍格莫德村看见蒙顿格斯了。"

"啊,是的,我已经发现蒙顿格斯不把你继承的遗产当回事,经常顺手牵羊。"邓布利多微微皱着眉头说,"自从你在三把扫帚酒吧外面跟他说过话之后,他就藏起来了。我想他是不敢见我了吧。不过你放心,他再也不会把小天狼星留下的东西偷走了。"

"那个卑鄙的老杂种竟敢偷布莱克家的祖传遗物?"菲尼亚斯·奈杰勒斯恼火地说,然后便大步走出了相框,无疑是去拜访他在格里莫广场12号的那幅肖像了。

"教授,"哈利在短暂的停顿之后说,"麦格教授有没有把我在凯蒂受伤后对她说的话告诉你?就是关于德拉科·马尔福的?"

"是的,她对我说了你的怀疑。"邓布利多说。

"那么你——?"

"凡是在凯蒂事故中有嫌疑的人,我都要对其进行深入细致的调查。"邓布利多说,"可是,哈利,我现在关心的是我们的课。"

哈利听了这话感到有点恼火。既然他们的课这么重要,为什么第一堂课和第二堂课之间隔了这么长时间?不过,他没有就德拉科·马尔福的事再说什么,而是注视着邓布利多把那些新的记忆倒进冥想盆中,然后用细长的双手端起石盆轻轻转动。

"关于伏地魔的早期经历,我想你一定还记得,我们上次说到那位英俊的麻瓜——汤姆·里德尔抛弃了他的女巫妻子梅洛普,回到了他在小汉格顿村的老家。梅洛普独自待在伦敦,肚子里怀着那个日后将成为伏地魔的孩子。"

"你怎么知道她在伦敦呢,先生?"

"因为有卡拉克塔库斯·博克提供的证据。"邓布利多说,"说来真是无巧不成书,他当年协助创办的一家商店,正是出售我们所说的那条项链的店铺。"

他晃动着冥想盆里的东西,就像淘金者筛金子一样,哈利以前看见他这么做过。那些不断旋转的银白色物体中浮现出一个小老头儿的身影,他在冥想盆里慢慢地旋转,苍白得像幽灵一样,但比幽灵更有质感,他的头发非常浓密,把眼睛完全遮住了。

“是的,我们是在很特殊的情况下得到它的。是一位年轻的女巫在圣诞节前拿来的,说起来已经是很多年前的事了。她说她急需要钱,是啊,那是再明显不过的。她衣衫褴褛,面容憔悴……还怀着身孕。她说那个挂坠盒以前是斯莱特林的。咳,我们成天听到这样的鬼话:‘喔,这是梅林的东西,真的,是他最喜欢的茶壶。’可是我仔细一看,挂坠盒上果然有斯莱特林的标记,我又念了几个简单的咒语就弄清了真相。当然啦,那东西简直就是价值连城。那女人似乎根本不知道它有多么值钱,只卖了十个加隆就心满意足了。那是我们做的最划算的一笔买卖!”

邓布利多格外用力地晃了晃冥想盆,卡拉克塔库斯又重新回到他刚才出现的地方,沉入了旋转的记忆之中。

“他只给了她十个加隆?”哈利愤愤不平地说。

“卡拉克塔库斯·博克不是一个慷慨大方的人。”邓布利多说,“这样我们便知道,梅洛普在怀孕后期,独自一个人待在伦敦,迫切地需要钱,不得不卖掉她身上惟一值钱的东西——那个挂坠盒,也是马沃罗非常珍惜的一件传家宝。”

“但是她会施魔法呀!”哈利性急地说,“她可以通过魔法给自己弄到食物和所有的东西,不是吗?”

“嗬,”邓布利多说,“也许她可以。不过我认为——我这又是在猜测,但我相信我是对的——我认为梅洛普在被丈夫抛弃之后,就不再使用魔法了。她大概不想再做一个女巫了。当然啦,也有另一种可能,她那得不到回报的爱情以及由此带来的绝望大大削弱了她的力量。那样的事情是会发生的。总之,你待会儿就会看到,梅洛普甚至不肯举起魔杖拯救自己的性命。”

“她甚至不愿意为了她的儿子活下来吗?”

邓布利多扬起了眉毛。

“莫非你竟然对伏地魔产生了同情?”

“不,”哈利急忙说道,“但是梅洛普是可以选择的,不是吗,不像我妈妈——”

“你妈妈也是可以选择的。”邓布利多温和地说,“是的,梅洛普·里德尔选择了死亡,尽管有一个需要她的儿子,但是不要对她求全责备吧,哈利。长期的痛苦折磨使她变得十分脆弱,而且她一向没有你妈妈那样的勇气。好了,现在请你站起来……"

"我们去哪儿?"哈利问,这时邓布利多走过来和他一起站在桌前。

"这次,"邓布利多说,"我们要进入我的记忆。我想,你会发现它不仅细节生动,而且准确无误。你先来,哈利……"

哈利朝冥想盆俯下身,他的脸扎入了盆中冰冷的记忆,然后他又一次在黑暗中坠落……几秒钟后,他的双脚踩到了坚实的地面,他睁开眼睛,发现他和邓布利多站在伦敦一条繁忙的老式街道上。

"那就是我。"邓布利多指着前面一个高个子的身影欢快地说,那人正在一辆马拉的牛奶车前面横穿马路。

这位年轻的阿不思·邓布利多的长头发和长胡子都是赤褐色的。他来到马路这一边,顺着人行道大步流星地往前走去,他身上那件考究的紫红色天鹅绒西服吸引了许多好奇的目光。

"好漂亮的衣服,先生。"哈利不假思索地脱口说道,邓布利多只是轻声笑了笑。他们不远不近地跟着年轻的邓布利多,最后穿过一道大铁门,走进了一片光秃秃的院子。

院子后面是一座四四方方、阴森古板的楼房,四周围着高高的栏杆。他走上通向前门的几级台阶,敲了一下门。过了片刻,一个系着围裙的邋里邋遢的姑娘把门打开了。

"下午好,我跟一位科尔夫人约好了,我想,她是这里的总管吧?"

"哦,"那个姑娘满脸困惑地说,一边用锐利的目光打量着邓布利多那一身古怪的行头,"嗯……等一等……科尔夫人!"她扭头大声叫道。

哈利听见远处有个声音大喊着回答了她。那姑娘又转向了邓布利多。

"进来吧,她马上就来。"

邓布利多走进一间铺着黑白瓷砖的门厅。整个房间显得很破旧,但是非常整洁,一尘不染。哈利和老邓布利多跟了进去。大门还没在他们身后关上,就有一个瘦骨嶙峋、神色疲惫的女人快步朝他们走来。她的面部轮廓分明，看上去与其说是凶恶，倒不如说是焦虑。她一边朝邓布利多走来，一边扭头吩咐另一个系着围裙的帮手。

“……把碘酒拿上楼给玛莎，比利·斯塔布斯把他的痂都抓破了，埃里克·华莱的血把床单都弄脏了——真倒霉，竟染上了水痘！”她像是对着空气说话，这时她的目光落在了邓布利多身上。她猛地刹住脚步，一脸惊愕，仿佛看见一头长颈鹿迈过了她的门槛。

“下午好。”邓布利多说着伸出了手。

科尔夫人目瞪口呆地看着他。

“我叫阿不思·邓布利多。我给您写过一封信，请求您约见我，您非常仁慈地邀请我今天过来。”

科尔夫人眨了眨眼睛。她似乎这才认定邓布利多不是她的幻觉，便强打起精神说道：“噢，对了。好——好吧——你最好到我的房间里来。是的。”

她领着邓布利多走进了一间好像半是客厅半是办公室的小屋。这里和门厅一样简陋寒酸，家具都很陈旧，而且不配套。她请邓布利多坐在一把摇摇晃晃的椅子上，她自己则坐到了一张杂乱不堪的桌子后面，紧张地打量着他。

“我信上已经对您说了，我来这里，是想跟您商量商量汤姆·里德尔的事，给他安排一个前程。”邓布利多说。

“你是他的亲人？”科尔夫人问。

“不，我是一位教师，”邓布利多说，“我来请汤姆到我们学校去念书。”

“那么，这是一所什么学校呢？”

“校名是霍格沃茨。”邓布利多说。

“你们怎么会对汤姆感兴趣呢？”

“我们认为他具有我们寻找的一些素质。”

“你是说他赢得了一份奖学金？这怎么会呢？他从来没有报名申请啊。”

“噢，他一出生，我们学校就把他的名字记录在案——”

“谁替他注册的呢？他的父母？”

毫无疑问,科尔夫人是一个非常精明、让人感到有些头疼的女人。邓布利多显然也是这么认为的,哈利看见他从天鹅绒西服的口袋里抽出了魔杖,同时又从科尔夫人的桌面上拿起一张完全空白的纸。

"给。"邓布利多说着把那张纸递给了她,一边挥了一下魔杖,"我想,您看一看这个就全清楚了。"

科尔夫人的眼神飘忽了一下,随即又专注起来,她对着那张空白的纸认真地看了一会儿。

"看来是完全符合程序的。"她平静地说,把纸还给了邓布利多。然后她的目光落在一瓶杜松子酒和两只玻璃杯上,那些东西几秒钟前肯定不在那儿。

"嗯——我可以请你喝一杯杜松子酒吗?"她用一种特别温文尔雅的声音说。

"非常感谢。"邓布利多笑眯眯地说。

很明显,科尔夫人喝起杜松子酒来可不是个新手。她把两个人的杯子斟得满满的,一口就把自己那杯喝得精光。她不加掩饰地咂巴咂巴嘴,第一次朝邓布利多露出了微笑,邓布利多立刻趁热打铁。

"不知道你是不是可以跟我说说汤姆·里德尔的身世?他好像是在这个孤儿院里出生的?"

"没错,"科尔夫人说着又给自己倒了一些杜松子酒,"那件事我记得清清楚楚,因为我当时刚来这里工作。那是一个除夕之夜,外面下着雪,冷得要命。一个天气恶劣的夜晚。那个姑娘,年纪比我当时大不了多少,踉踉跄跄地走上前门的台阶。咳,这种事儿我们经历得多了。我们把她搀了进来,不到一小时她就生下了孩子。又过了不到一小时,她就死了。"

科尔夫人意味深长地点了点头,又喝了一大口杜松子酒。

"她临死之前说过什么话没有?"邓布利多问,"比如,关于那男孩的父亲?"

"是啊,她说过。"科尔夫人手里端着杜松子酒,面前是一位热心的听众,这显然使她来了兴致。

"我记得她对我说:'我希望他长得像他爸爸。'说老实话,她这么希望是对的，因为她本人长得并不怎么样——然后，她告诉我，孩子随他父亲叫汤姆，中间的名字随她自己的父亲叫马沃罗——是啊，我知道，这名字真古怪，对吧？我们怀疑她是不是马戏团里的人——她又说那男孩的姓是里德尔。然后她就没再说什么，很快就死了。

"后来，我们就按照她说的给孩子起了名字，那可怜的姑娘似乎把这看得很重要，可是从来没有什么汤姆、马沃罗或里德尔家的人来找他，也不见他有任何亲戚，所以他就留在了孤儿院里，一直到今天。"

科尔夫人几乎是心不在焉地又给自己倒了满满一杯杜松子酒。她的颧骨上泛起两团红晕。然后她说："他是个古怪的孩子。"

"是啊，"邓布利多说，"我也猜到了。"

"他还是婴儿的时候就很古怪，几乎从来不哭。后来，他长大了一些，就变得很……怪异。"

"怪异，哪方面怪异呢？"邓布利多温和地问。

"是这样，他——"

科尔夫人突然顿住口，她越过杜松子酒杯朝邓布利多投去询问的目光，那目光一点儿也不恍惚或糊涂。

"他肯定可以到你们学校去念书，是吗？"

"肯定。"邓布利多说。

"不管我说什么，都不会改变这一点？"

"不会。"邓布利多说。

"不管怎样，你都会把他带走？"

"不管怎样。"邓布利多严肃地重复道。

科尔夫人眯起眼睛看着他，似乎在判断要不要相信他。最后她显然认为他是可以相信的，于是突然脱口说道："他让别的孩子感到害怕。"

"你是说他喜欢欺负人？"邓布利多问。

"我想肯定是这样，"科尔夫人微微皱着眉头说，"但是很难当场抓住他。出过一些事故……一些恶性事件……"

邓布利多没有催她，但哈利可以看出他很感兴趣。科尔夫人又喝了一大口杜松子酒，面颊上的红晕更深了。

“比利·斯塔布斯的兔子……是啊，汤姆说不是他干的，我也认为他不可能办得到，可说是这么说，那兔子总不会自己吊在房梁上吧？”

“是啊，我也认为不会。”邓布利多轻声说。

“但是我死活也弄不清他是怎么爬到那上面去干这事儿的。我只知道他和比利前一天吵过一架。还有后来——”科尔夫人又痛饮了一口杜松子酒，这次洒了一些流到下巴上，“夏天出去郊游——你知道的，每年一次。我们带他们到郊外或者海边——从那以后，艾米·本森和丹尼斯·毕肖普就一直不大对劲儿，我们问起来，他们只说是跟汤姆·里德尔一起进过一个山洞。汤姆发誓说他们是去探险，可是在那里面肯定发生了一些什么事。我可以肯定。此外还有许多许多的事情，稀奇古怪……”

她又看着邓布利多，她虽然面颊酡红，目光却很沉着。

“我想，许多人看见他离开这儿都会拍手称快的。”

“我相信您肯定明白，我们不会一直让他待在学校里，”邓布利多说，“至少每年暑假他还会回到这儿。”

“噢，没问题，那也比被人用生锈的拨火棍抽鼻子强。”科尔夫人轻轻打着酒嗝说。她站了起来，哈利惊异地发现，尽管瓶里的杜松子酒已经少了三分之二，她的腿脚仍然很稳当。“我猜你一定很想见见他吧？”

“确实很想。”邓布利多说着也站了起来。

科尔夫人领着他出了办公室，走上石头楼梯，一边走一边大声地吩咐和指责她的帮手和孩子们。哈利看到那些孤儿都穿着清一色的灰色束腰袍子。他们看上去都得到了合理的精心照顾，但是毫无疑问，在这个地方长大，气氛是很阴沉压抑的。

“我们到了。”科尔夫人说，他们在三楼的楼梯平台上拐了一个弯，在一条长长走廊的第一个房间门口停住了。她敲了两下门，走了进去。

“汤姆？有人来看你了。这位是邓布顿先生——对不起，是邓德波先生。他来告诉你——唉，还是让他自己跟你说吧。”

哈利和两个邓布利多一起走进房间，科尔夫人在他们身后关上了门。这是一间空荡荡的、没有任何装饰的小屋，只有一个旧衣柜、一把木椅子和一张铁床。一个男孩坐在灰色的毛毯上，两条长长的腿伸在前面，手里拿着一本书在读。

汤姆·里德尔的脸上看不到一点儿冈特家族的影子。梅洛普的遗言变成了现实:他简直就是他那位英俊的父亲的缩小版。对十一岁的孩子来说,他的个子算是高的,黑黑的头发、脸色苍白。他微微眯起眼睛,打量着邓布利多怪异的模样和装扮。一时间没有人说话。

"你好,汤姆。"邓布利多说着走上前伸出了手。

男孩迟疑了一下,然后伸出手去握了握。邓布利多把一张硬邦邦的木头椅子拉到里德尔身边,这样一来,他们俩看上去就像是一位住院病人和一位探视者。

"我是邓布利多教授。"

"'教授'?"里德尔重复了一句,他露出很警觉的神情。"是不是就像'医生'一样?你来这里做什么?是不是她叫你来给我检查检查的?"

他指着刚才科尔夫人离开的房门。

"不,不是。"邓布利多微笑着说。

"我不相信你。"里德尔说,"她想让人来给我看看病,是不是?说实话!"

最后三个字他说得凶狠响亮,气势吓人。这是一句命令,看来他以前曾经多次下过这种命令。他突然睁大了眼睛,狠狠地盯着邓布利多,而邓布利多没有回答,只是继续和蔼地微笑着。过了几秒钟,里德尔的目光松弛下来,但他看上去似乎更警觉了。

"你是谁?"

"我已经告诉你了。我是邓布利多教授,我在一所名叫霍格沃茨的学校里工作。我来邀请你到我的学校——你的新学校去念书,如果你愿意的话。"

听了这话,里德尔的反应大大出人意外。他腾地从床上跳起来,后退着离开了邓布利多,神情极为恼怒。

"你骗不了我!你是从疯人院里来的,是不是?'教授',哼,没错——告诉你吧,我不会去的,明白吗?那个该死的老妖婆才应该去疯人院呢。我根本没把小艾米·本森和丹尼斯·毕肖普怎么样,你可以自己去问他们,他们会告诉你的!"

"我不是从疯人院来的,"邓布利多耐心地说,"我是个老师,如果你能心平气和地坐下来,我就跟你说说霍格沃茨的事儿。当然啦,如果你不愿意去那个学校,也没有人会强迫你——"

"我倒想看看谁敢!"里德尔轻蔑地说。

"霍格沃茨,"邓布利多继续说道,似乎没有听见里德尔的最后那句话,"是一所专门为具有特殊才能的人开办的学校——"

"我没有疯!"

"我知道你没有疯。霍格沃茨不是一所疯子的学校,而是一所魔法学校。"

沉默。里德尔呆住了,脸上毫无表情,但他的目光快速地轮番扫视着邓布利多的两只眼睛,似乎想从其中一只看出他在撒谎。

"魔法?"他轻声重复道。

"不错。"邓布利多说。

"我的那些本领,是……是魔法?"

"你有些什么本领呢?"

"各种各样。"里德尔压低声音说,兴奋的红晕从他的脖子向凹陷的双颊迅速蔓延。他显得很亢奋。"我不用手碰就能让东西动起来。我不用训练就能让动物听我的吩咐。谁惹我生气,我就能让谁倒霉。我只要愿意就能让他们受伤。"

他的双腿在颤抖。他跌跌撞撞地走上前,重新坐在床上,垂下了脑袋,盯着自己的两只手,像在祈祷一样。

"我早就知道我与众不同。"他对着自己颤抖的双手说,"我早就知道我很特别。我早就知道这里头有点什么。"

"对,你的想法没有错。"邓布利多说,他收敛笑容,目光专注地看着里德尔,"你是一个巫师。"

里德尔抬起头。他的面孔一下子变了:透出一种狂热的欣喜。然而不知怎的,这并没有使他显得更好看些,反而使他精致的五官突然变得粗糙了,那神情简直像野兽一样。

"你也是个巫师?"

"是的。"

"证明给我看。"里德尔立刻说道,口气和刚才那句"说实话"一样盛气凌人。

邓布利多扬起眉毛。

"如果,按我的理解,你同意到霍格沃茨去念书——"

"我当然同意!"

"那你就要称我为'教授'或'先生'。"

里德尔的表情僵了一刹那,接着他突然以一种判若两人的彬彬有礼的口气说:"对不起,先生。我是说——教授,您能不能让我看看——?"

哈利以为邓布利多一定会拒绝,他以为邓布利多会对里德尔说,以后在霍格沃茨有的是时间做具体示范,并说他们眼下是在一座住满麻瓜的楼房里,必须谨慎从事。然而令他大为惊讶的是,邓布利多从西服上装的内袋里抽出魔杖,指着墙角那个破旧的衣柜,漫不经心地一挥。

衣柜立刻着起火来。

里德尔腾地跳了起来。哈利不能责怪他发出惊恐和愤怒的吼叫,他的所有财产大概都在那个衣柜里。可是,里德尔刚要向邓布利多兴师问罪,火焰突然消失了,衣柜完好无损。

里德尔看看衣柜,又看看邓布利多,然后,他指着那根魔杖,表情变得很贪婪。

"我从哪儿可以得到一根?"

"到时候会有的。"邓布利多说,"你那衣柜里好像有什么东西想要钻出来。"

果然,衣柜里传出微弱的咔哒咔哒声。里德尔第一次露出了惊慌的神情。

"把门打开。"邓布利多说。

里德尔迟疑了一下,然后走过去猛地打开了衣柜的门。挂衣杆上挂着几件破旧的衣服,上面最高一层的搁板上有一只小小的硬纸板箱,正在不停地晃动,发出咔哒咔哒的响声,里面似乎关着几只疯狂的老鼠。

"把它拿出来。"邓布利多说。

里德尔把那只晃动的箱子搬下来。他显得不知所措。

"那箱子里是不是有一些你不该有的东西?"邓布利多问。

里德尔用清晰、审慎的目光深深地看了邓布利多一眼。

"是的,我想是的,先生。"他最后用一种干巴巴的声音说。

"打开。"邓布利多说。

里德尔打开盖子,看也没看地把里面的东西倒在了他的床上。哈利本来以为里面会有更加令人兴奋的东西,却只看见一堆平平常常的玩意儿,其中有一个游游拉线盘、一只银顶针、一把失去光泽的口琴。它们一离开箱子就不再颤抖了,乖乖地躺在薄薄的毯子上,一动不动了。

"你要把这些东西还给它们的主人,并且向他们道歉。"邓布利多平静地说,一边把魔杖插进了上衣口袋里,"我会知道你有没有做。我还要警告你:霍格沃茨是不能容忍偷窃行为的。"

里德尔脸上没有丝毫的羞愧。他仍然冷冷地盯着邓布利多,似乎在掂量他。最后,他用一种干巴巴的声音说:"知道了,先生。"

"在霍格沃茨,"邓布利多继续说道,"我们不仅教你使用魔法,还教你控制魔法。你过去用那种方式使用你的魔法,我相信是出于无意,但这是我们学校绝不会传授、也绝不能容忍的。让自己的魔法失去控制,你不是第一个,也不会是最后一个。但是你应该知道,霍格沃茨是可以开除学生的,而且魔法部——没错,有一个魔法部——会以更严厉的方式惩罚违法者。每一位新来的巫师都必须接受:一旦进入我们的世界,就要服从我们的法律。"

"知道了,先生。"里德尔又说道。

很难知道他脑子里在想什么。他把那一小堆偷来的赃物放回硬纸箱时,脸上还是那样毫无表情。收拾完后,他转过身来,毫不客气地对邓布利多说:"我没有钱。"

"那很容易解决。"邓布利多说着就从口袋里掏出一只皮钱袋,"霍格沃茨有一笔基金,专门提供给那些需要资助购买课本和校袍的人。你的有些魔法书恐怕只能买二手货,不过——"

"在哪儿买魔法书?"里德尔打断了邓布利多的话,谢也没谢一声就把钱袋拿了过去,正在仔细端详一枚厚厚的金加隆。

"在对角巷。"邓布利多说,"我带来了你的书目和学校用品清单。我可以帮你把东西买齐——"

"你要陪我去?"里德尔抬起头来问道。

"那当然,如果你——"

"我用不着你,"里德尔说,"我习惯自己做事,我总是一个人在伦敦跑来跑去。那么,到这个对角巷怎么走呢——先生?"他碰到了邓布利多的目光,便补上了最后两个字。

哈利以为邓布利多会坚持陪着里德尔,但事情又一次出乎他的意料。邓布利多把装着购物清单的信封递给了里德尔,又告诉了里德尔从孤儿院到破釜酒吧的具体路线,然后说道:"你准能看见它,尽管你周围的麻瓜——也就是不懂魔法的人——是看不见的。打听一下酒吧老板汤姆——很容易记,名字跟你一样——"

里德尔恼怒地抽搐了一下,好像要赶走一只讨厌的苍蝇。

"你不喜欢'汤姆'这个名字?"

"叫'汤姆'的人太多了。"里德尔嘟囔道。然后他似乎是如鲠在喉,不吐不快,又似乎是脱口而出:"我父亲是巫师吗?他们告诉我他也叫汤姆·里德尔。"

"对不起,我不知道。"邓布利多说,声音很温和。

"我母亲不可能会魔法,不然她不会死。"里德尔不像是在对邓布利多说话,而更像是自言自语,"肯定是我父亲。那么——我把东西买齐了之后——什么时候到这所霍格沃茨学校去呢?"

"所有的细节都写在信封里的第二张羊皮纸上。"邓布利多说,"你九月一日从国王十字车站出发。信封里还有一张火车票。"

里德尔点了点头。邓布利多站起身,又一次伸出了手。里德尔一边握手一边说:"我可以跟蛇说话。我们到郊外远足的时候我发现的——它们找到我,小声对我说话。这对于一个巫师来说是正常的吗?"

哈利看得出来,他是故意拖到最后一刻才提到这个最奇特的本事,一心想把邓布利多镇住。

"很少见，"邓布利多迟疑了一下，说道，"但并非没有听说过。"

他的语气很随便，但他的目光却好奇地打量着里德尔的脸。两人站了片刻，男人和男孩，互相凝视着。然后两人松开了手，邓布利多走到了门边。

"再见，汤姆。我们在霍格沃茨见。"

"我看差不多了。"哈利身边那位满头白发的邓布利多说。几秒钟后，他们又一次轻飘飘地在黑暗中飞翔着，然后稳稳地落在现实中的办公室里。

"坐下吧。"邓布利多落在哈利身边，说道。

哈利坐了下来，脑子里仍然想着刚才看见的一切。

"他相信这件事的速度比我快得多——我是说，当你对他说他是一个巫师的时候。"哈利说，"海格最初告诉我时，我可不相信。"

"是啊，里德尔巴不得相信他是——用他自己的话说——是'与众不同'的。"邓布利多说。

"那个时候——你就知道？"哈利问。

"我就知道我刚才看见的那个人是有史以来最危险的黑魔法巫师？"邓布利多说，"不，我根本不知道他会成为现在这样的人。不过我确实对他很感兴趣。我回到霍格沃茨后就打算密切关注他，其实我本来就应该这么做的，因为他独自一个人，没有朋友，但是，我当时就觉得我这么做不仅是为了他，也是为了别人。

"你刚才也听见了，对于这样一个年轻巫师来说，他的能力是惊人地完善和成熟——而最有趣、也最不祥的一点是——他已经发现他可以在某种程度上控制这些能力，并开始有意识地使用它们。正如你看见的，他不像一般的年轻巫师那样毫无章法地胡乱做些实验。他已经在用魔法对付别人，用魔法去恐吓、惩罚和控制别人。那只被吊死的兔子，还有被他骗进山洞的那一男一女两个孩子的故事就很能说明问题……我只要愿意就能让他们受伤……"

"他还是个蛇佬腔。"哈利插嘴道。

“是啊,一种罕见的能力,据说跟黑魔法有关,不过我们知道,在伟大和善良的巫师中间也有蛇佬腔。事实上,他与蛇对话的能力并没有使我感到很不安,令我担心的是他明显表现出来的那种残酷、诡秘和霸道的天性。

“时间又在捉弄我们了,”邓布利多指了指窗外漆黑的天空说道,“不过在我们分手之前,我想请你注意一下我们刚才目睹的那一幕中的某些东西,它们跟我们将来要一起讨论的问题密切相关。

“首先,我想你肯定注意到了,当我提到有人的名字跟他一样,也叫‘汤姆’时,里德尔是什么反应吧?”

哈利点了点头。

“这显示出,他蔑视任何把他跟别人拴在一起的东西,蔑视任何使他显得平凡无奇的东西。即使在那个时候,他就希望自己与众不同,孤傲独立,声名远扬。你也知道,在那次对话的短短几年之后,他就抛弃自己的名字,打造出‘伏地魔’这样一个面具,并在它后面蛰伏了那么长时间。

“我相信你同样也注意到了,汤姆·里德尔当时已经极为自信,讳莫如深,而且显然没有一个朋友。他自己去对角巷,不需要别人的帮助和陪同。他什么都愿意自己做。成年后的伏地魔也是这样。你会听见许多食死徒声称他们得到了他的信任,并声称只有他们才能够接近他甚至理解他。其实他们都受了愚弄。伏地魔从来没有一个朋友,而且我认为他从来都不需要朋友。

“最后——我希望你没有因为犯困而忽视这一点,哈利——年轻的汤姆·里德尔喜欢收集战利品。你看见他藏在房间里的那一箱赃物了吧。它们都是从那些被他欺侮过的孩子们那里拿来的,可以说它们是某些特别可恶的魔法伎俩的纪念品。你记住他这种像喜鹊一样喜欢收集东西的嗜好,这对于将来格外重要。

“好了,哈利,真的该睡觉了。”

哈利站了起来。他朝门口走去时,目光落在上次放着马沃罗·冈特那枚戒指的小桌上,可是戒指已经不在那儿了。

“怎么了,哈利?”邓布利多看到哈利停住脚步,问道。

“戒指不见了,”哈利左右张望着说,“不过我以为你这里还会有一把口琴什么的。”

邓布利多笑了,眼睛从半月形的镜片上方望着他。

“眼光很敏锐,哈利,但口琴只是一把口琴而已。”

说完这句令人费解的话,他朝哈利挥了挥手,哈利明白自己应该离开了。

第14章

福灵剂

第二天上午，哈利的第一节课是草药课。吃早饭的时候，他因为怕别人听见，没能把邓布利多给他上课的内容告诉罗恩和赫敏。当他们穿过一片片菜地朝暖房走去时，他才把事情的经过一五一十地告诉了他们。周末的凶猛狂风终于平息了，但是那种怪异的浓雾又回来了，他们用了比平常更多的时间才找到上课的那座暖房。

"哇，多么恐怖啊，少年时期的神秘人。"罗恩轻声说，这时他们正围在一棵布满节疤的疙瘩藤的残根旁，开始戴防护手套。疙瘩藤是他们这学期所学课程的一部分。"但是我仍然不明白，邓布利多为什么要让你看这些呢？我是说，有趣倒是挺有趣的，但是有什么用呢？"

"不知道，"哈利说着戴上了一只防树胶的面罩，"但他说非常重要，会帮助我活下来。"

"我认为这很吸引人。"赫敏认真地说，"尽量了解伏地魔这个人是绝对有意义的，不然你怎么能发现他的弱点呢？"

"对了，斯拉格霍恩最近的那次晚会怎么样？"哈利隔着树胶防护罩闷声闷气地问赫敏。

"哦，其实挺好玩的，"赫敏一边戴上防护眼镜一边说道，"我是说，他虽然没完没了地唠叨他以前那些学生多么出名，而且明显是在讨好麦克拉根，因为麦克拉根认识许多头面人物，不过，他给我们吃了一些很美味的东西，还介绍我们认识了格韦诺格·琼斯。"

"格韦诺格·琼斯？"罗恩说，防护眼镜后面的眼睛一下子睁得老大，"是那个格韦诺格·琼斯吗？霍利黑德哈比队的队长？"

"没错，"赫敏说，"我个人认为她有点儿以自我为中心，不过——"

"这里不许再说话了！"斯普劳特教授厉声说道，她匆匆走了过来，神色很严厉，"你们落后了，别的同学都动手了，纳威已经弄到一颗荚果了！"

他们转脸望去，果然，纳威坐在那里，嘴唇滴着血，半边脸上被挠出了几道血痕，惨不忍睹，可是他手里抓着一个扑扑跳动的令人恶心的东西，有一个葡萄柚那么大。

"好的，教授，我们这就动手！"罗恩看到老师转过身去了，又低声补充道，"我们应该用闭耳塞听咒的，哈利。"

"不，绝对不行！"赫敏立刻反对，她跟平常一样，一想到混血王子和他那些魔咒就气不打一处来，"好了，快点儿吧……我们最好赶紧……"

她担忧地看了两个伙伴一眼，他们深吸了几口气，便埋头去对付他们中间的那个疙里疙瘩的残根了。

残根立刻活了起来，长长的刺藤从顶上蹿出来，在空中甩来甩去。其中一根缠在了赫敏的头发上，罗恩赶紧用一把整枝剪刀把它打了回去。哈利总算抓住了两根藤蔓，挽在一起打了个结。这些触手般的枝条中间露出了一个小洞。赫敏勇敢地把手臂插进洞里，洞口立刻像捕鼠夹一样咬住了她的肘部。哈利和罗恩拼命地拖拽、扭动那些藤蔓，让洞口重新张开了，赫敏总算把胳膊从里面挣脱出来，手里抓着一个像纳威弄到的那种荚果。顿时，那些刺藤全部缩了进去，布满节疤的残根静静地躺在那里，像一截毫无生气的死木头。

"咳，等我将来有了自己的房子，我可不想在花园里种这些玩意儿。"罗恩说着把防护眼镜推到额头上，擦了擦脸上的汗水。

"把碗递给我。"赫敏说，她把手里那颗扑扑跳动的荚果举得远远的。哈利把一只碗递了过去，赫敏把荚果扔进碗里，脸上是一种厌恶的表情。

"别缩手缩脚的，快把汁挤出来，趁着新鲜，质量最好！"斯普劳特教授喊道。

"反正，"赫敏继续着刚才被打断的谈话，就好像没有遭到树桩袭击似的，"斯拉格霍恩还要举办一个圣诞晚会，哈利，这次你可没有办法逃脱了，因为他特意叫我看看你哪一天晚上有空，这样他就肯定能把晚会安排在一个你能来的晚上。"

哈利叫苦不迭。罗恩正在用两只手按着荚果，想把它的汁液挤进碗里，听了这话，他猛地站起来，使出吃奶的劲儿挤压荚果，一边气呼呼地说："这个晚会又是专门招待斯拉格霍恩的那些宠儿的吧？"

"对，专门为鼻涕虫俱乐部举办的。"赫敏说。

荚果从罗恩的手里飞了出去，撞在暖房玻璃上，又弹回来砸在斯普劳特教授的后脑勺上，把她那顶打着补丁的旧帽子打掉了。哈利去捡荚果，回来时听见赫敏在说："喏，'鼻涕虫俱乐部'这个名字可不是我发明的——"

"'鼻涕虫俱乐部'，"罗恩用马尔福特有的那种讥讽口吻说，"真难听。喂，我希望你在晚会上玩得开心。你为什么不跟麦克拉根交朋友呢，这样斯拉格霍恩就能把你们封为鼻涕虫国王和王后——"

"我们还允许带客人去呢，"赫敏说，她的脸不知怎的突然涨得通红，"我正准备邀请你去呢，既然你认为晚会那么无聊，我就不费这个事了！"

哈利突然希望那颗荚果刚才飞得更远一点儿，这样他就用不着跟他们俩坐在一起了。罗恩和赫敏都没有注意到他，他抓起盛荚果的碗，尽量用他所能想出来的最大声音、以最卖力气的方式折腾着荚果。不幸的是，他仍然能听清他们俩说的每一个字。

"你本来准备邀请我的？"罗恩问，他的声音完全变了。

"对，"赫敏气冲冲地说，"但是，如果你情愿让我跟麦克拉根交朋友……"

停顿，哈利继续用一把小铲子敲打着那颗有弹性的荚果。

"不，我不情愿。"罗恩用很轻很轻的声音说。

哈利一铲子下去没敲中荚果，把碗砸碎了。

"恢复如初！"他赶紧用魔杖捅捅碎片，念了一句咒语，碗立刻自动粘合，恢复了原来的样子。但是，碗被砸碎的声音似乎惊醒了罗恩和赫敏，他们这才意识到哈利的存在。赫敏显得很慌乱，立刻开始在她那本《食肉树大全》里查找给疙瘩藤的荚果挤汁的正确方法。罗恩有点不好意思，但似乎心里美滋滋的。

"把那个递过来，哈利，"赫敏急急地说，"这上面说，我们应该用尖东西把它们刺破……"

哈利把碗里的荚果递给了赫敏，他和罗恩一起重新戴好防护眼镜，再一次埋头对付着那棵疙瘩藤。

他其实并不怎么吃惊，哈利一边跟一根想要掐住他脖子的刺藤扭打着，一边转开了心思。他早就模模糊糊地知道这件事早晚会发生。但是他不清楚自己对此会有什么感觉……如今他和秋·张尴尬得看都不敢看对方一眼，更不用说互相交谈了。如果罗恩和赫敏开始谈恋爱，然后又闹分手，那可怎么办呢？他们的友谊能经得起这番折腾吗？哈利想起三年级时罗恩和赫敏有几个星期互相不说话，他不得不两边周旋，给他们调解，搞得苦不堪言。还有，如果他们最后没有分手呢？如果他们变得像比尔和芙蓉那样，别人在他们面前都会感到尴尬、难以忍受，结果他就只好永远被排斥在外呢？

"抓住啦！"罗恩大喊一声，从残根里拽出了第二颗荚果。这时候赫敏正好把第一个弄开了，顿时，碗里满是蠕动的、像浅绿色毛毛虫一样的小疙瘩。

这节课剩下来的时间里，他们没有再提到斯拉格霍恩的晚会。随后的几天，哈利更加密切地注意着他的两位朋友，但罗恩和赫敏似乎没有什么异样，只是相互间比过去客气了一些。哈利想，他只能等到晚会举办的那天晚上，在斯拉格霍恩房间朦胧的灯光下，在黄油啤酒的作用下，看看会出现什么情况了。眼下，他还有更加紧迫的事情需要考虑。

凯蒂·贝尔还住在圣芒戈魔法伤病医院里，短期内不会出院，这就意味着，九月份以来哈利精心调教的那支很有希望的格兰芬多魁地奇球队缺少了一名追球手。他迟迟不肯找人替换凯蒂，希望她能回来，可是眼看他们对斯莱特林的第一场比赛就要临近，他终于不得不承认凯蒂赶不回来打比赛了。

哈利觉得他再也不能忍受搞一场全院选拔赛了。一天变形课后，他堵住了迪安·托马斯，他心里有一种跟魁地奇无关的沉甸甸的感觉。班上大多数同学都走了，只有几只叽叽喳喳的小黄鸟还在教室里飞来飞去，它们都是赫敏的作品。其他同学连一根羽毛都没有变出来。

"你对打追球手还有兴趣吗?"

"什——？有啊，当然有！"迪安兴奋地说。哈利看见迪安身后的西莫·斐尼甘重重地把课本塞进了书包，脸色很是难看。哈利之所以不愿意让迪安参加比赛，就是因为他知道西莫肯定会不高兴。然而，他必须把球队的利益放在第一位，而迪安在选拔赛上飞得比西莫快。

"好吧，你可以加入了。"哈利说，"今天晚上训练，七点钟。"

"好，"迪安说，"太棒了，哈利！哎呀，我要马上把这消息告诉金妮!"

他飞快地跑走了，教室里只剩下了哈利和西莫两个人，这真是令人尴尬的一刻，赫敏的一只金丝雀正好从他们头顶上飞过，把一滴鸟粪拉在西莫的头上，气氛变得更加尴尬了。

哈利选迪安接替凯蒂，对此感到不满的并不止西莫一个人。公共休息室里对于哈利挑选两名同班同学入队的事议论纷纷。哈利上学以来已忍受过比这糟糕得多的议论，所以倒并不特别往心里去，但是，他们的压力越来越大，必须保证在即将到来的对斯莱特林的比赛中取胜。如果格兰芬多赢了，哈利知道整个学院的人都会忘记他们曾经批评过他，并且会声称他们早就知道这是一支了不起的球队。可一旦输了……管它呢,哈利苦笑着想,比这更难听的议论他都忍受过来了……

那天晚上,哈利一看到迪安飞起来,就觉得没有理由后悔自己的选择了。迪安跟金妮、德米尔扎配合得十分默契。击球手珀克斯和古特的表现也越来越好。惟一有麻烦的是罗恩。

哈利一向知道罗恩的状态不稳定,他怯场,缺乏自信,不幸的是,本赛季即将到来的第一场比赛似乎把他过去的这些心理问题全都诱发出来了。他一连漏掉了六个球,其中大多数都是金妮打来的,然后他的技术变得越来越没有章法,竟然一拳打中了迎面飞来的德米尔扎·罗宾斯的嘴巴。

"怪我不小心,对不起,德米尔扎,太对不起了!"罗恩冲着她的背影喊道,德米尔扎歪歪斜斜地飞回地面,鲜血滴得到处都是,"我只是——"

"太紧张了,"金妮气愤地说,她落在德米尔扎身边,检查她肿得老高的嘴唇,"你这个草包,罗恩,你看看她现在的样子!"

"我可以修补好。"哈利落在两个姑娘身边说,他用魔杖指着德米尔扎的嘴,念了一声"*愈合如初*"。"还有,金妮,不许你管罗恩叫草包,这个球队的队长不是你——"

"噢,你似乎太忙了,没工夫管他叫草包,我认为应该有人——"

哈利强忍着没笑出来。

"全体队员,升到空中,我们再来……"

总的来说,这是他们这学期以来最糟糕的一次训练。眼看比赛就要临近了,哈利认为实话实说并不是最佳的策略。

"干得不错,诸位,我认为我们准能把斯莱特林打扁了。"他给大家鼓劲儿,因此,追球手和找球手们离开更衣室时情绪似乎都还不错。

"我表现得像一堆臭大粪。"门在金妮身后关上后,罗恩用空洞的声音说。

"不,不是,"哈利毫不含糊地说,"你是我选拔出来的最棒的守门员,罗恩。你惟一的问题就是心理紧张。"

在他们返回城堡的路上,哈利不断地说着一些鼓励的话,最后当他们走到三楼时，罗恩的情绪总算好了一点儿。哈利推开那幅挂毯，想走他们平常走的那条近路去格兰芬多塔楼，却发现迪安和金妮在他们眼前搂抱在一起，如漆似胶地热烈亲吻着。

似乎有个全身长鳞的大家伙在哈利心头突然活了起来，并用爪子抓挠着他的五脏六腑，热血一下子冲上了他的脑袋，所有的理性都被压制住了，取而代之的是一股强烈的冲动，只想用恶咒把迪安变成一堆果子冻。他与这种突如其来的疯狂念头搏斗着，听见罗恩的声音像是从很远的地方传来。

"喂！"

迪安和金妮一下子分开了，扭头张望着。

"怎么啦？"金妮说。

"我不愿意看见我的亲妹妹在大庭广众之下跟别人搂搂抱抱的！"

"这个走廊本来就没有人，是你自己闯进来的！"金妮说。

迪安显得很尴尬。他躲躲闪闪地朝哈利笑了一下，哈利没有理他，因为他内心里那个刚刚诞生的怪兽正在大吼着要把迪安立刻从球队里开除出去。

"嗯……走吧，金妮，"迪安说，"我们回公共休息室去……"

"你走你的！"金妮说，"我要跟我亲爱的哥哥说几句话！"

迪安走了，他似乎巴不得赶紧离开这个地方。

"好，"金妮说着甩去脸上长长的红头发，怒冲冲地瞪着罗恩，"让我们一下子把话都说清楚。罗恩，我跟谁好，我跟他们做什么，跟你没有任何关系——"

"是啊，没错！"罗恩同样怒气冲冲地说，"你以为我愿意别人说我的妹妹是——"

"是什么？"金妮大喊一声，拔出了魔杖，"是什么，你说清楚！"

"他只是随便说说的，金妮——"哈利下意识地说，而他内心那头怪兽正在吼叫着赞同罗恩的话。

"哼，他就是这么想的！"她突然朝哈利发起火来，"就因为他这辈子从来没有跟别人搂搂抱抱过，就因为他从小到大只被我们的穆丽尔姨妈吻过——"

"你闭嘴!"罗恩吼道,脸色从红变成了酱紫。

"不,我就不闭嘴!"金妮疯狂般地说,"我看见过你跟黏痰在一起,你每次看见她都眼巴巴地盼着她能吻你的脸,真是可怜!如果你自己也跟别人来点儿搂搂抱抱,就不会这么在乎别人在做什么了!"

罗恩也抽出了魔杖。哈利赶紧挡在他俩中间。

"你知不知道你在胡说些什么!"罗恩嚷道,哈利伸着胳膊挡在金妮前面,罗恩想绕过哈利结结实实地给金妮一下子,"就因为我没有在大庭广众——!"

金妮发出刺耳的嘲笑,使劲想把哈利推开。

"你在亲吻小猪吗?还是在枕头底下藏了一张穆丽尔姨妈的照片?"

"你——"

哈利的左胳膊底下射出一道橘黄色的光,差几寸就击中金妮了。哈利把罗恩顶到了墙上。

"别干傻事——"

"哈利跟秋·张亲热过!"金妮还在嚷嚷,声音里已经带着哭腔,"赫敏跟威克多尔·克鲁姆亲热过,只有你,罗恩,把这看成一件令人恶心的事儿,那是因为你的经验还不如一个十二岁的毛孩子!"

说完,她就气冲冲地走了。哈利赶紧放开罗恩。罗恩脸上的表情像是要杀人。他们俩站在那儿,呼哧呼哧地喘着粗气,后来,费尔奇的猫洛丽丝夫人出现在墙角,才打破了这紧张的气氛。

"走吧。"哈利说,他们已经听见费尔奇踢踢踏踏的脚步声了。

他们匆匆上了楼,顺着八楼的一道走廊往前走去。"喂,滚开!"罗恩朝一个小女生吼道,那女生吓了一大跳,手里的一瓶蟾蜍卵掉在了地上。

哈利几乎没有听到玻璃摔碎的声音。他只觉得脑子晕乎乎的,找不到方向。被闪电击中的感觉肯定就像这样。*这只是因为她是罗恩的妹妹,他对自己说,因为他是罗恩的妹妹,所以你才不愿意看见她跟迪安接吻……*

可是他脑海里自动浮现出一幅画面:在那条空无一人的走廊里,是他自己在亲吻金妮……他心里的那头怪兽快乐得直哼哼……但紧接着他看见罗恩扯开挂毯帘子，拔出魔杖对准了哈利，嘴里吼着一些话，什么"背信弃义"……什么"还说是我的朋友呢"……

"你说，赫敏真的跟克鲁姆亲热过吗?"罗恩突然问道，这时他们已经快要走到胖夫人肖像跟前了。哈利心虚地吃了一惊，赶紧把他的思绪从那条走廊上扯了回来：走廊里没有突然闯入的罗恩，只有他和金妮单独在一起——

"什么?"他慌乱地说，"哦……嗯……"

如果照实回答，应该说"是的"，但哈利不愿意这么说。不过，罗恩似乎从哈利的脸上得出了最坏的结论。

"茴香麦片。"他阴沉着脸对胖夫人说，两人爬过肖像洞口，进入了公共休息室。

他们谁也没有再提金妮或赫敏，事实上，那天晚上他们几乎没怎么说话，各自想着心事，默默地上床睡觉了。

哈利很长时间都没有睡着，他盯着四柱床的帐顶，努力想使自己相信他对金妮的感情完全是哥哥一样的。整个夏天，他们不是像兄妹一般生活，一起打魁地奇，一起奚落罗恩，一起嘲笑比尔和黏痰吗？他认识金妮已经好几年了……他自然觉得自己有责任保护她……他自然想要照看她……想要把迪安撕成碎片，因为他竟然敢吻她……不……他必须控制这种特殊的兄长之情……

罗恩发出了呼噜呼噜的响亮鼾声。

她是罗恩的妹妹，哈利坚决地对自己说，*罗恩的妹妹，我不能对她有非分之想*。无论如何不能拿他和罗恩的友谊去冒险。他把枕头拍打成一个更加舒适的形状，等着睡意来临，他用全部的力量控制着自己，不让思绪游移到金妮那儿去。

第二天早晨，哈利醒来时觉得脑子有点昏沉，晕晕乎乎的，因为他夜里做了一连串的怪梦，都是罗恩拿着一根击球手的球棒在追他。可是到了中午，他倒情愿让梦里的那个罗恩来取代这个真正的罗恩。罗恩不仅对金妮和迪安阴沉着脸，而且对赫敏也铁着脸，连嘲带讽，弄得赫敏又委屈又迷惑不解。更糟糕的是,罗恩似乎一夜之间变得像炸尾螺一样敏感易怒,一碰就炸。哈利花了一整天时间在罗恩和赫敏之间调停,都没有奏效。最后,赫敏非常愤怒地回去睡觉了,罗恩气势汹汹地痛骂了几个盯着他看的一年级学生一顿,把他们吓得够呛,然后他自己昂首阔步地回男生宿舍去了。

在随后的几天里,罗恩这种火暴脾气并没有缓解,这使哈利感到很沮丧。更糟糕的是,随之而来的是罗恩的守门技术一落千丈,这使他的脾气变得更加暴躁。在星期六比赛前的最后一次魁地奇训练中,追球手打来的球他一个也没有救起,反而朝每个人大吼大叫,还把德米尔扎·罗宾斯给气哭了。

"你闭嘴,别惹她!"珀克斯说,他虽然手里拿着一根沉甸甸的球棒,但个头只有罗恩的三分之二。

"够了!"哈利吼道,他看见金妮气冲冲地瞪着罗恩那边,想起她在施蝙蝠精魔咒方面是公认的一把好手,便急忙飞过去,赶在事态失控之前及时调停。"珀克斯,快去把游走球收拾起来。德米尔扎,打起精神来,你今天表现真不错。罗恩……"他等到其他队员都走远听不见了才说道,"你是我最好的朋友,但如果你继续这样对待别人,我就把你从队里踢出去。"

他本以为罗恩会扑上来揍他,没想到接下来的情况更加糟糕:骑在扫帚上的罗恩似乎完全泄了气,彻底丧失了斗志,他说:"我退出。我糟透了。"

"你没有糟透,你不许退出!"哈利揪住罗恩长袍的衣襟,发着狠劲儿说,"你状态好的时候什么球都能救起,你只是精神问题!"

"你说我有精神问题?"

"对,可能我就是这个意思!"

他们互相怒目而视,然后罗恩疲惫地摇了摇头。

"我知道你来不及再找一名守门员了,所以我明天还是参加比赛,但如果我们输了——我们肯定会输的,我就自动离开球队。"

不管哈利再说什么都无济于事。吃饭的时候,他一直在给罗恩打气,可是罗恩只顾对着赫敏横眉瞪眼,根本没有注意听。那天晚上在公共休息室里，哈利继续鼓励他，一再强调说如果罗恩离开的话，整个球队就完蛋了。可是，其他队员就聚在那边的墙角窃窃私语，显然是在议论罗恩，还不时地朝罗恩投来不满的目光，这使哈利的劝解效果大打折扣。最后，哈利想再发一次脾气，希望用激将法让罗恩进入那种不服输的、频频救球的状态，可是看样子这种策略和给他打气一样没有多少作用。罗恩上床睡觉时还是那样情绪低落，灰心绝望。

哈利在黑暗中躺了很长时间。他不想输掉即将到来的这场比赛。这不仅是他担任队长以来的第一场比赛，而且，他虽然还没能证明自己对德拉科·马尔福的怀疑，但一心想在魁地奇赛场上打败他。可是，如果罗恩的表现还跟最近这几次训练一样，那他们获胜的希望就太渺茫了……

但愿能想出一个办法让罗恩振作起来……让他以最佳状态参加比赛……想个办法让罗恩那一天事事顺利……

突然，哈利脑子里灵光一现，有了答案。

第二天早晨，早饭还像平常一样热闹。格兰芬多队的每个队员走进礼堂时，斯莱特林们就大声地喝倒彩，发嘘声。哈利扫了一眼天花板，看见一片清澈、瓦蓝的天空：这是一个好兆头。

格兰芬多的餐桌上是红彤彤金灿灿，哈利和罗恩走过来时，同学们热烈欢呼。哈利笑着挥挥手，罗恩勉强做了个鬼脸，摇了摇头。

“打起精神来，罗恩！”拉文德喊道，“我知道你肯定很棒！”

罗恩没有理睬她。

“茶？”哈利问罗恩，“咖啡？南瓜汁？”

“随便。”罗恩愁眉苦脸地说，郁闷地咬了一口面包。

几分钟后，赫敏来了，她因为受够了罗恩最近的古怪别扭，没有跟他们一起下楼来吃早饭。她快走到桌边时停住了脚步。

“你们俩感觉怎么样？”她试探地问，眼睛望着罗恩的后脑勺。

“不错。”哈利说，他正忙着把一杯南瓜汁递给罗恩，“给，罗恩，喝了吧。”

罗恩刚把杯子举到嘴边，赫敏突然厉声说道。

“别喝，罗恩！”

哈利和罗恩都抬头望着她。

"为什么?"罗恩说。

赫敏正呆呆地瞪着哈利,似乎不敢相信自己的眼睛。

"你刚才往那杯饮料里放东西了。"

"你说什么?"哈利说。

"你听见我说什么了。我都看见了。你刚才把什么东西倒进了罗恩的饮料。现在那瓶子还在你手里攥着呢!"

"真听不懂你在说什么。"哈利一边说一边赶紧把一个小瓶子塞进口袋里。

"罗恩,我警告你,别喝!"赫敏惊慌地又说了一遍,可是罗恩端起杯子,一口喝了个精光,然后说,"你少对我指手画脚的,赫敏。"

赫敏看上去又震惊又愤怒。她弯下腰压低了声音,为的是不让别人听见,"你会因为这件事被开除的。我真不敢相信你会干出这种事,哈利!"

"是谁在说话呀?"哈利低声说道,"是谁最近给人念了混淆咒呀?"

赫敏气冲冲地走到桌子那头去了。哈利望着她的背影,心里并不感到懊悔。赫敏始终不明白魁地奇是一件多么重要的事情。哈利转过脸来看着罗恩,罗恩正在那里咂着嘴。

"时间快到了。"哈利轻松愉快地说。

他们大步朝体育场走去,霜冻的草踩在脚下,发出嘎吱嘎吱的响声。

"天气这么好,运气真不错,是不是?"哈利问罗恩。

"是啊。"罗恩脸色苍白,好像身体很虚弱的样子。

金妮和德米尔扎已经换上了魁地奇球袍,正在更衣室里等着。

"条件看来很理想,"金妮睬也不睬罗恩,只管说道,"你猜怎么着?斯莱特林的追球手瓦赛——他昨天训练时被一只游走球击中脑袋,疼得不能参加比赛了!更妙的是——马尔福也请了病假!"

"什么?"哈利转过身来盯着她,"他病了?什么病?"

"不知道,但对我们来说太棒了。"金妮兴高采烈地说,"现在他们换上了哈珀。他跟我同级,是个大傻瓜。"

哈利淡淡地笑了笑,可是当他套上深红色的球袍时,他的思路却游移到了魁地奇以外的事情上。马尔福以前也有一次声称自己受伤了,不能参加比赛,但那次他是为了改变整个比赛的日程,换一个对斯莱特林更加有利的日子。他这次怎么这样痛快就让替补队员上场呢?他是真的病了,还是装病呢?

"真可疑,是不是?"他压低声音对罗恩说,"马尔福竟然不参加比赛!"

"这是我们运气好。"罗恩说,似乎有了一些活力,"瓦赛也不来了,他是他们队最好的得分手啊,真没想到——嘿!"他突然叫了一声,呆呆地望着哈利,守门员手套戴到一半停住了。

"怎么啦?"

"我……你……"罗恩放低声音,显得既害怕又兴奋,"我那杯饮料……我的南瓜汁……你没有……?"

哈利扬起眉毛,只说了一句:"五分钟后比赛就开始了,你最好赶紧穿上靴子。"

他们来到外面人声鼎沸的球场上。看台一边是一片红彤彤金灿灿的人海,另一边则是一片绿色和银色的汪洋。许多赫奇帕奇和拉文克劳也各有自己支持的球队。在所有这些尖叫声、鼓掌声中,哈利清清楚楚地听见了卢娜·洛夫古德那顶著名的狮子帽的咆哮声。

哈利走到裁判霍琦夫人面前,霍琦夫人站在那里正准备把球从箱子里放出来。

"双方队长握手,"她说,哈利的手几乎被斯莱特林的新队长厄克特捏碎了。"骑上扫帚。听我的哨声……三……二……一……"

哨声一响,哈利和其他队员使劲一蹬冻得硬邦邦的地面,升上了空中。

哈利绕着球场周围盘旋,寻找金色飞贼,同时警惕地提防着在他下面绕来绕去的哈珀。这时,一个跟以往的解说员截然不同的声音响了起来。

"好,现在他们出发了。我想,看到波特这学期拼凑起来的这支球队,大家都会感到吃惊的。许多人以为,守门员罗恩·韦斯莱上学期表现时好时坏,大概不会再待在球队了,但是他跟队长私人关系密切,这无疑帮了他的忙……"

这番话赢得了球场那端斯莱特林们的讥笑和喝彩。哈利在扫帚上伸长脖子朝解说员的台子看去。一个瘦瘦高高、黄头发、塌鼻子的男生正站在那儿，对着那只曾经属于李·乔丹的魔法麦克风滔滔不绝。哈利认出来了，是扎卡赖斯·史密斯——他非常讨厌的一名赫奇帕奇队员。

"哦，斯莱特林队第一次向球门发起进攻，是厄克特快速飞过球场——"

哈利的心都揪起来了。

"——韦斯莱把球救起，是啊，我想他偶尔也会交点儿好运……"

"没错，史密斯，说得对。"哈利低声嘟囔着，暗暗地笑了。他从一群追球手中间俯冲下去，眼睛四处寻找着那只捉摸不定的金色飞贼的踪影。

比赛进行了半个小时，格兰芬多六十比零领先，罗恩身手不凡，很漂亮地救起了一些险球，有几个球他甚至是用手套尖扑出去的。在格兰芬多投中的六个球中，金妮就占了四个。这一下扎卡赖斯收敛多了，不再大声念叨韦斯莱兄妹是因为哈利偏心才进入球队的。他改变目标，开始编派起珀克斯和古特来。

"当然啦，古特并不具备一般击球手那样的体格，"扎卡赖斯傲慢地说，"击球手总的来说肌肉都比较发达——"

"给他一记游走球！"哈利飞过古特身边时朝他喊了一声，古特脸上露出灿烂的笑容，却将那只游走球瞄准了正迎面朝哈利飞来的哈珀。哈利听见砰的一声闷响，知道那只球击中了目标，心头暗暗高兴。

格兰芬多队似乎怎么打都顺手。他们一次次进球得分，而在球场的另一端，罗恩轻松地救起了一个又一个球，简直是手到擒来。他现在脸上居然也有了笑容。当他特别漂亮地救起一个险球、观众齐声高唱那首最受欢迎的老歌"韦斯莱是我们的王"时，他还假装从高处给他们当指挥呢。

"他还觉得自个儿今天是个人物呢，嗯？"一个阴险的声音说，随即哈珀故意狠狠地撞了过来，把哈利撞得差点儿从扫帚上摔下去，"你那个败类哥儿们……"

霍琦夫人背对着他们，下面的格兰芬多们气愤地大声喊叫起来，可是当她转过身来时,哈珀已经迅速飞走了。哈利肩膀生疼,立刻朝他追了过去,打定主意也要撞他一下……

“我认为斯莱特林队的哈珀已经看见飞贼了!”扎卡赖斯·史密斯对着魔法麦克风说,“没错,他肯定看见了什么,波特没看见!”

史密斯真是个白痴,哈利想,他难道没有看见他撞自己吗?紧接着哈利的心忽悠一下,简直要从空中沉向地面了——史密斯说得对,哈利判断错了。哈珀刚才突然上升不是无缘无故的,他确实看见了哈利没有看见的东西:金色飞贼在他们的高处疾飞,在明朗的蓝天衬托下闪着耀眼的光芒。

哈利立刻加速,风在他耳边呼呼地掠过,史密斯的解说声、观众的喧闹声都听不见了,可是哈珀还是在他前面。格兰芬多只领先一百分,如果哈珀先飞到那儿,格兰芬多就输了……现在哈珀离飞贼只有几英尺远了,他的手向前伸着……

“喂,哈珀!”哈利孤注一掷地喊道,“马尔福给了你多少钱让你来替他打比赛?”

他不知道自己为什么要说这话,可是哈珀吃了一惊,一下子没有抓牢飞贼,球从他手指间滑脱,他的身子嗖地飞了过去。哈利朝那只扑扇着翅膀的小球猛冲过去,把它抓住了。

“有了!”哈利喊道,他车转身飞快地冲向地面,手里高高地举着那只飞贼。当观众们意识到是怎么回事时,立刻爆发出一阵震耳欲聋的喧闹,把比赛结束的哨声都淹没了。

“金妮,你去哪儿?”哈利大喊,队员们在空中热烈拥抱,他发现自己被他们挤在了最中间,可是金妮径直从他们旁边飞过,然后哗啦一声,撞上了解说员的台子。随着观众们的尖叫声和哄笑声,格兰芬多的队员们降落在那堆被撞得乱七八糟的木板旁,扎卡赖斯在木板下面有气无力地挣扎着。哈利听见金妮轻快地对愤怒的麦格教授说:“忘记刹车了,教授,抱歉。”

哈利哈哈大笑地挣脱其他队员,冲过去搂抱着金妮,但又赶紧放开了。他躲着金妮的目光,转而去拍打欢呼雀跃的罗恩的后背。格兰芬多的队员们忘记了前嫌,手挽着手走出球场,一边朝空中挥舞着拳头,向支持他们的观众挥手致意。

更衣室里一片欢腾的气氛。

"楼上的公共休息室里在开晚会,西莫说的!"迪安兴高采烈地喊道,"快走,金妮、德米尔扎!"

更衣室里只剩下哈利和罗恩了。他们正要离开,赫敏突然闯了进来。她两只手里攥着她那条格兰芬多的围巾,一副心烦意乱、但决心已定的样子。

"我想跟你谈谈,哈利。"她深深吸了一口气,"你不应该这么做。你听见斯拉格霍恩怎么说的,这是不合法的。"

"你准备怎么办,揭发我们?"罗恩问道。

"你们俩在说些什么呀?"哈利问,一边转身去挂他的球袍,这样他们俩就看不见他脸上得意的笑容了。

"你完全清楚我们在说什么!"赫敏声音尖利地说,"你早饭的时候往罗恩的南瓜汁里搀了幸运药水!福灵剂!"

"不,我没有。"哈利说着转过去面对着他们俩。

"你就是搀了,哈利,所以一切才这么顺利,斯莱特林怎么投都投不中,罗恩每个球都能救起来!"

"我没有把它搀进去!"哈利说着,忍不住绽开了笑容。他把手伸进外衣的口袋,掏出赫敏早上看见他拿在手里的那个小瓶。满满一瓶金黄色的药水,塞子仍然用蜡封得死死的。"我想让罗恩以为我搀了药水,所以,我知道你在旁边看着,就假装这么做了。"他看着罗恩。"你每个球都能救起来,是因为你自己感觉运气好。你是靠自己的能力做到的。"

他把药水又放回了口袋。

"我的南瓜汁里真的什么也没有?"罗恩大为震惊地说,"可是天气这么好……瓦赛不能来比赛……你真的没有给我喝幸运药水?"

哈利摇了摇头。罗恩呆呆地望了他片刻,然后猛地转向赫敏,模仿她的声音说:

"你今天早晨在罗恩的南瓜汁里搀了福灵剂,所以他才能救起那么多球！看见了吗！我不用帮助也能把球救起来，赫敏！”

“我从来没说过你不能——罗恩，你自己也以为喝了药水！”

可是罗恩已经扛着扫帚，大摇大摆地从赫敏身边走出了更衣室。

“嗯，”哈利打破突然出现的沉默说道，真没想到他的计划竟然这样事与愿违，“我们……我们上去参加晚会吧？”

“你自己去吧！”赫敏说，她眨眨眼皮忍住了泪水，“眼下我对罗恩感到腻烦了，真不明白我到底做错了什么……”

说完，她也一头冲出了更衣室。

哈利穿过拥挤的人群，走过场地，返回城堡，许多人都大喊大叫地祝贺他，但是他觉得内心沮丧极了。他本来以为只要罗恩赢了这场比赛，罗恩和赫敏肯定就会立刻重归于好。他不知道他怎么才能跟赫敏解释得清，是因为她吻了威克多尔·克鲁姆才得罪了罗恩，事情已经过去那么久了，这叫他怎么说呢？

哈利在格兰芬多的庆祝晚会上没有看见赫敏。他赶到时，晚会正在热烈地进行着。人们看到他进来，又爆发出一片掌声和欢呼声，祝贺的人群很快就把他团团围住了。他没有能够马上去找罗恩。克里维兄弟俩想写一篇极为详细的比赛分析，他好不容易才摆脱了他们。接着一大群女生又把他围在中间，不管他说什么没趣儿的话，她们都放声大笑，还一个劲儿地冲他挤眉弄眼，他费了好大工夫才脱了身。最后，他总算甩掉了罗米达·万尼——她强烈地暗示希望能跟哈利一起去参加斯拉格霍恩的圣诞晚会。哈利躲闪着朝饮料桌走去时，迎面撞上了金妮，侏儒蒲阿囡趴在她的肩膀上，克鲁克山眼巴巴地跟在她脚边喵喵地叫着。

“在找罗恩？”她问，然后嘲笑地说，“他在那儿呢，这个卑鄙的伪君子。”

哈利朝她手指的那个墙角望去。果然，罗恩和拉文德·布朗当着整个休息室的人紧紧地搂抱在一起，难解难分，简直分不清哪只手是谁的。

“他好像在啃她的脸，是不是？”金妮冷静地说，“我想他需要提高一下技术。比赛打得不错，哈利。”

她拍了拍他的胳膊。哈利感到他的心陡然往下一沉，可是接着她就走过去给自己倒黄油啤酒了。克鲁克山颠儿颠儿地跟在她后面,一双黄眼睛死死地盯着阿囡。

看来罗恩一时半会儿清醒不过来,哈利便转回身,却正好看到肖像洞口合上了。他心知不妙,因为他好像瞥见一蓬乱糟糟的褐色头发从那里一闪而过。

他赶紧再次避开罗米达·万尼冲了过去,一把推开胖夫人的肖像。外面的走廊里似乎空无一人。

"赫敏?"

他试着推开了第一间没上锁的教室,果然看见了赫敏。她独自一人坐在讲台上,一群叽叽喳喳的小黄鸟绕着她的头顶飞来飞去,显然是她刚才凭空变出来的。即使在这样的时刻,哈利也忍不住赞叹她的魔法技艺实在高超。

"噢,你好,哈利,"她用一种冷漠的声音说,"我正在练习呢。"

"是啊……它们——嗯……真不错……"哈利说。

他不知道该对她说些什么。他正猜想她是不是并没有注意到罗恩,她是不是因为晚会太吵了才离开休息室的,可是,紧接着便听见她用不自然的尖细声音说:"罗恩好像在庆祝会上玩得蛮开心的。"

"嗯……是吗?"哈利说。

"你别假装没有看见他。"赫敏说,"他可没有刻意躲起来,不是吗——"

他们身后的门突然被撞开了。哈利惊恐地看见罗恩拽着拉文德的手,嘻嘻哈哈地走了进来。

"噢。"他看见了哈利和赫敏,便一下子停住了。

"哎哟!"拉文德咯咯笑着退出了教室。门在她身后关上了。

教室里一片可怕的、酝酿着惊涛骇浪的沉默。赫敏盯着罗恩,罗恩没去看她,却用一种尴尬的、虚张声势的古怪腔调说:"嘿,哈利!我还纳闷你跑哪儿去了呢!"

赫敏从讲台上滑了下来。那群金黄色的小鸟继续围着她的脑袋叽叽喳喳地飞着,这使她看上去像一个奇怪的、长着羽毛的太阳系模型。

"你不应该让拉文德在外面等你。"她平静地说,"她会纳闷你跑哪儿去了。"

她昂着头,很慢很慢地朝门口走去。哈利看了一眼罗恩,罗恩似乎因为没出现更糟的局面而松了口气。

"万弹齐发!"门口传来一声尖叫。

哈利猛地转身,看见赫敏正用魔杖指着罗恩,脸上的表情十分激动。那群小鸟像一片沉甸甸的金色子弹一齐朝罗恩射去,罗恩惨叫着用手捂住脸,可是小鸟来势凶猛,在它们够得着的每片皮肤上又啄又挠。

"让它们滚!"他大叫,可是赫敏脸上带着最后一点复仇的怒火,猛地拧开门走了出去。在门砰然关上时,哈利仿佛听见了一声抽泣。

第 15 章

牢不可破的誓言

雪花又在窗外旋舞，扑打着结冰的窗棂，圣诞节转眼将至。海格已经独自一人把礼堂里每年少不了的十二棵圣诞树搬来了；楼梯栏杆上都缠上了冬青和金属箔；甲胄的头盔里闪烁着长明蜡烛，走廊里每隔一段都挂上了一大束一大束的槲寄生。每次哈利从走廊上走过时，总会有一堆堆的女孩聚在槲寄生下面，造成交通堵塞。幸好哈利频繁的夜游使他对城堡中的秘密通道摸得透熟，能够不太困难地在课间绕过有槲寄生的路线。

这种绕道以前会让罗恩感到嫉妒而不是开心，现在他却只是哈哈大笑。虽然哈利觉得这个嘻嘻哈哈的新罗恩比前几星期那个郁闷、好斗的罗恩好得多，可这改变却也代价高昂。首先，哈利不得不经常看到拉文德·布朗，这女孩似乎把不亲吻罗恩的每一刻都当做浪费；第二，哈利再次成了两个似乎要永远不跟对方说话的人的好朋友。

罗恩的手上和胳膊上还带着赫敏的小黄雀袭击留下的伤痕，他一副自卫和怨恨的口气。

"她没什么可抱怨的，"他对哈利说，"她亲了克鲁姆，结果发现也有人想亲我。嘿嘿，自由国家嘛，我没做错什么。"

哈利没有回答，假装专心在看明天上午魔咒课前要读完的那本书（《第五元素：探索》）。他虽然决心继续做这两个人的朋友，但现在很多时候都闭着嘴巴。

"我从没对赫敏承诺过什么，"罗恩嘟囔道，"我是要跟她一起去参加斯拉格霍恩的圣诞晚会，可她从来没说……只是朋友……我是自由人……"

哈利把《第五元素：探索》翻过一页，知道罗恩在看着他。罗恩的声音低了下去，在炉火的噼啪声中几乎听不见了，但哈利好像又听到了"克鲁姆"和"没啥可抱怨的"之类的话。

赫敏的时间表太满，哈利到晚上才能跟她正经说上话，反正这时罗恩被拉文德缠得紧紧的，顾不到哈利在干什么。只要有罗恩在，赫敏就不肯坐在公共休息室里，所以哈利一般到图书馆去找她，这意味着谈话要悄悄地进行。

"他爱亲谁就亲谁好了，"赫敏说，图书馆管理员平斯夫人正在后面的书架间巡视着，"我才不在乎呢。"

她举起鹅毛笔，给正在写的字母 i 狠狠地点上一点，结果把羊皮纸戳了个窟窿。哈利没吱声，他觉得他的嗓子一直不用都快要失声了。他把头埋得更低了一点儿，继续在《高级魔药制作》"长生不老药"一节上做着笔记，有时会停下来辨认一番王子对利巴修·波拉奇加的有用补充。

"顺便说一句，"过了一会儿赫敏说，"你要小心点儿。"

"跟你说最后一遍，"哈利悄悄地说，这是他闷了四十五分钟后第一次开口,声音有点哑,"这书我不还了,我从混血王子这儿学到的比斯内普和斯拉格霍恩——"

"我不是说你那个愚蠢的所谓王子,"赫敏凶巴巴地瞪了他的书一眼,好像它惹了她似的,"我是说刚才,到这儿来之前,我去盥洗室,那儿有一打女孩子,包括罗米达·万尼,都在讨论着怎么能让你喝下迷情剂。她们都希望能被你带去参加斯拉格霍恩的晚会,而且好像都买了弗雷德和乔治的迷情剂——"

"你怎么没把那些东西没收了呢?"哈利问,对赫敏维护规章制度的癖好在这节骨眼上松懈下来似乎觉得不可思议。

"她们没把药水带进盥洗室,"赫敏轻蔑地说,"只是在讨论计策。我怀疑就连混血王子,"她又凶巴巴地瞪了那本书一眼,"也想不出法子同时弄出一打不同的迷情剂的解药来,换了我就赶快邀请一个人——这样别人就不会觉得还有机会了。就是明天晚上嘛,她们急眼了。"

"没有一个我想邀请的人。"哈利嘟囔道,他还是尽量不去想金妮,虽然她总是在他梦中出现,并且出现的方式让他衷心庆幸罗恩不会摄神取念。

"好吧,那喝东西你可得当心,罗米达·万尼看上去可是认真的。"赫敏阴沉地说。

她把那卷长长的羊皮纸朝上拉了拉,刷刷地接着写她那篇算术占卜课的论文。哈利看着她,思绪在很远的地方。

"等一等,"他慢吞吞地说,"费尔奇不是把在韦斯莱魔法把戏坊买的东西都禁止了吗?"

"谁在乎过费尔奇禁止什么?"赫敏随口说道,一边还在专心写文章。

"不是所有的猫头鹰都要被检查吗?那些女孩子怎么能把迷情剂带进学校呢?"

"弗雷德和乔治把它们当香水和咳嗽药水送来的,这是猫头鹰订单服务的一部分。"

"你知道的真多。"

赫敏凶巴巴地瞪了他一眼,像瞪《高级魔药制作》一样。

"这些都在他们暑假里给我和金妮看的瓶子背后写着呢。"她冷冷地说,"我可不会在别人饮料里下药……或假装下药,那也一样恶劣……"

"是,好了,别介意,"哈利忙说,"问题是费尔奇给耍了,是不是?这些女孩子把东西伪装一下就可以带进学校!那马尔福为什么不能带项链——?"

"哦,哈利……别又提那个……"

"啊,为什么?"哈利追问道。

"你看,"赫敏叹了一口气,说道,"探密器能发现霉运咒和隐藏咒,是吧?它们是被用来探测黑魔法和黑魔法用品的,能在几秒钟之内探测到一个威力强大的咒语,比如项链上的那个。但是装错瓶子的东西就检测不出来了——再说,迷情剂不是黑魔法,又不危险——"

"你说得倒轻巧。"哈利嘟囔道,一边想到了罗米达·万尼。

"——所以就要靠费尔奇来发现它不是咳嗽药水了,可他并不是很高明的巫师,我怀疑他能不能区分——"

赫敏突然打住,哈利也听到了,身后阴暗的书架间有人走近。他们等了一会儿,平斯夫人那秃鹫般的面孔从拐角露了出来,凹陷的面颊、羊皮纸似的皮肤和长长的鹰钩鼻被她手里提的灯照得格外分明。

"图书馆该关门了,"她说,"把借的书放回原——你对那本书干了什么?你这邪恶的孩子!"

"这不是图书馆的,是我自己的!"哈利赶紧说,一边从桌上抄起那本《高级魔药制作》,可平斯夫人鹰爪般的手已经抓了过去。

"抢劫!"她嘶声说,"亵渎!玷污!"

"不过是书上写了点字!"哈利辩解着把书从她手里拽了回去。

她看上去就像要发心脏病,赫敏匆匆收拾好东西,抓住哈利的胳膊把他拖走了。

"你要是不小心点儿,她会禁止你进图书馆的。你干吗非得带那本愚蠢的书?"

"她乱叫乱嚷又不是我的错,赫敏。你说她会不会听到你说费尔奇的坏话?我总觉得他们之间有点什么……"

“哦，哈哈……”

他们很高兴又能正常说话了，于是他们一边沿着亮着灯的空荡荡的走廊往公共休息室走，一边争论着费尔奇和平斯夫人是否有秘密恋情。

“一文不值。”哈利对胖夫人说，这是节日的新口令。

“你也一样。”胖夫人调皮地笑着，一边向前旋开把他们让了进去。

“嘿，哈利！”哈利刚钻出肖像洞口，罗米达·万尼就说，“要喝一杯峡谷水吗？”

赫敏回头向他丢下了一个“我说什么来着？”的眼色。

“谢谢，不用了，”哈利忙说，“我不大爱喝。”

“那，拿上这个吧，”罗米达把一个盒子塞到他手里，“巧克力坩埚，里面有火焰威士忌。我奶奶寄给我的，可是我不喜欢……”

“这——好吧——多谢了，”哈利说，他想不出别的词，“哦——我是跟……”

他匆匆跟着赫敏走开了，声音渐渐微弱下去。

“跟你说了，”赫敏简明地说，“趁早邀请一个人，她们就不会来烦你了——”

她脸上突然变得一片木然，因为她看到罗恩和拉文德正纠缠在一起，挤在一张扶手椅上。

“晚安，哈利。”赫敏说，其实这时才七点钟，她没再说别的，径自回女生宿舍了。

哈利上床时安慰自己：还有一天的课和斯拉格霍恩的晚会要对付，然后就可以跟罗恩一起去陋居了。看来罗恩与赫敏不可能在节前和好，但假期也许能让两人冷静下来，反省一下自己的行为。

但希望不是太大，第二天他跟他们俩一起上了变形课之后，觉得希望更渺茫了。他们已经上到人体变形这个特别难的课题。这节课要求对着镜子使自己的眉毛变色。赫敏刻薄地嘲笑着罗恩灾难性的第一次尝试——他让自己长出了两撇惹眼的八字胡。罗恩以牙还牙，每次麦格教授提问时他都惟妙惟肖地模仿赫敏在座位上跳起坐下，拉文德和帕瓦蒂觉得好笑极了，赫敏又差点哭了出来。下课铃一响她就冲出教室，一半的东西都没拿。哈利觉得此刻她比罗恩更需要安慰，便收拾起她的东西追了出去。

终于追到了。赫敏刚从楼下盥洗室出来，旁边是卢娜·洛夫古德，正在胡乱地拍着她的后背。

"哦，你好，哈利，"卢娜说，"你知道你有一根眉毛是金黄的吗？"

"嘿，卢娜。赫敏，你东西没拿。"

哈利把她的书递了过去。

"哦，对了，"赫敏哽咽地说，一边接过自己的东西，又迅速扭过头去，掩饰她在用文具袋抹眼泪，"谢谢你，哈利。我得走了……"

她匆匆离去，没有给哈利说安慰话的机会，虽然老实讲他也想不出合适的话来。

"她有点儿不高兴，"卢娜说，"起先我还以为是哭泣的桃金娘呢，结果是赫敏。她提到了罗恩·韦斯莱……"

"是啊，他们吵架了。"

"罗恩有的时候说话很有趣，是不是？"两人一起走在走廊上，卢娜说，"可是也会有点刻薄，我去年就发现了。"

"是吧。"哈利说。卢娜又显示出她的特殊才能——一语道破不愉快的真相，他还真没见过像她这样的人，"你这学期过得好吗？"

"哦，还行。D.A.没有了，有点孤单，但金妮很好。那天她在变形课上制止了两个男生叫我'疯姑娘'——"

"你今晚愿意跟我去参加斯拉格霍恩的晚会吗？"

这句话脱口而出，哈利已来不及阻止，他觉得好像是一个陌生人在说话。

卢娜那双向外突出的眼睛惊讶地转向了他。

"斯拉格霍恩的晚会？跟你？"

"对，"哈利说，"我们都要带客人，所以我想你也许……我的意思是……"他急于澄清自己的意图，"我的意思是，只是作为朋友，你明白。但如果你不想……"

他已经有点儿希望她不想去了。

"啊,不,我愿意作为朋友跟你去!"卢娜笑逐颜开,哈利从没见过她这么灿烂的笑容,"没人邀请过我参加晚会,作为朋友!你是不是为这个还染了眉毛?我也要染吗?"

"不用,"哈利坚决地说,"那是个错误。我要请赫敏帮我变回来。那,我八点在门厅等你。"

"啊哈!"头上一个声音怪叫道,两人都吓了一跳。他们没注意,刚才正好从皮皮鬼的下面走过,他倒挂在一个枝形烛台上,正朝他们龇牙咧嘴地坏笑着。

"傻宝宝请疯姑娘去参加晚会!傻宝宝爱上了疯姑娘!傻宝宝爱——上了疯姑——娘!"

他嗖地飞走了,一边咯咯地笑着,一边尖叫着:"傻宝宝爱上了疯姑娘!"

"这些事最好不要张扬。"哈利说。当然,一转眼好像全校都知道了哈利·波特邀请卢娜·洛夫古德去参加斯拉格霍恩的晚会。

"你可以带任何人!"吃晚饭时罗恩不敢相信地说,"任何人!可你选了疯姑娘洛夫古德?"

"别那么说她,罗恩。"金妮责备道,她刚好从哈利身后路过,到她朋友那边去,"我真高兴你要带她去,哈利,她可兴奋了。"

她走过去跟迪安坐在了一起。哈利试图为金妮赞同他带卢娜去参加晚会而感到快乐,可是他做不到。赫敏一个人坐得远远的,拨弄着她的炖菜。哈利注意到罗恩正在偷偷地看她。

"你可以去道歉啊。"哈利直率地提议说。

"什么?再让一群小鸟来啄我?"罗恩嘟囔道。

"你干吗要模仿她?"

"她笑我的胡子!"

"我也笑了,这是我见过的最傻的事。"

但罗恩好像没听见,拉文德跟帕瓦蒂刚刚进来。拉文德挤到罗恩和哈利中间,伸出胳膊搂住了罗恩的脖子。

"嘿,哈利。"帕瓦蒂说,她好像跟哈利一样,对两位朋友的行为感到有点儿难堪和厌烦。

“嘿，”哈利说，“你好吗？你要留在霍格沃茨？我听说你父母想让你回去。”

“我暂时说服了他们。凯蒂的事着实把他们吓坏了，但因为后来一直没事……哦，嘿，赫敏！”

帕瓦蒂满脸带笑，哈利看得出她在为变形课上笑了赫敏感到内疚。他扭头一看，见赫敏也是一副笑容，如果可能的话，甚至可以说是灿烂的笑容。女孩子有时真是很奇怪。

“嘿，帕瓦蒂！”赫敏说，全然不理会罗恩和拉文德，“你今晚去参加斯拉格霍恩的晚会吗？”

“没人邀请我，”帕瓦蒂沮丧地说，“但是我很想去，听起来很棒……你会去的吧？”

“嗯，我八点跟考迈克见面，我们——”

好像皮搋子从堵塞的水池里拔出来的声音，罗恩浮出了水面。赫敏好像什么也没听见，什么也没看见。

“——我们一起去。”

“考迈克？”帕瓦蒂问，“你是说考迈克·麦克拉根？”

“对，”赫敏甜甜地说，“就是*差一点儿*——”她格外强调了这个词“——当上格兰芬多守门员的那个。”

“那你在跟他约会了？”帕瓦蒂瞪大了眼睛问。

“哦——是啊——你不知道吗？”赫敏说着，非常不像赫敏地咯咯笑起来。

“不会吧！”帕瓦蒂看上去对这个消息大为兴奋，“哇，你真是喜欢魁地奇球员，是不是？先是克鲁姆，然后是麦克拉根……”

“我喜欢*真正出色的*魁地奇球员，”赫敏纠正她说，依旧面带微笑，“好了，以后再聊……得去准备参加晚会了……”

她走了。拉文德和帕瓦蒂马上把脑袋凑在一起议论着这个新情况，包括她们对麦克拉根的一切耳闻，以及她们对赫敏的一切猜测。罗恩表情异常麻木，一言不发。哈利留在那儿，思考着女孩子为了报复可以陷得有多深。

晚上八点，他来到门厅，发现有异常多的女孩子在那儿游荡。当他走向卢娜时，她们似乎都在怨恨地盯着他。卢娜穿着一套镶着银色亮片的袍子，这引起一些窃笑，但在其他方面她看上去还是挺好的。哈利很高兴她没戴萝卜耳环、黄油啤酒瓶塞项链和她的防妖眼镜。

“嘿！我们走吧？”

“哦，好啊，”她愉快地说，“晚会在哪儿？”

“斯拉格霍恩的办公室。”哈利带着她登上大理石台阶，离开了那些眼光和嘀咕声，“你听说了吗，有吸血鬼要去呢。”

“鲁弗斯·斯克林杰？”卢娜问。

“我——什么？”哈利吃了一惊，问道：“你是说魔法部长？”

“对，他是个吸血鬼。”卢娜十分肯定地说，“斯克林杰刚刚接替康奈利·福吉的时候，我爸爸写了一篇很长的文章，可是部里有人不让他发表。显然，他们不想泄漏真相！”

哈利觉得说鲁弗斯·斯克林杰是吸血鬼太荒唐了，但他习惯了卢娜把她父亲的怪念头当真事儿讲，便没有说话。他们已经走近斯拉格霍恩的办公室，笑声、音乐声和响亮的说话声随着他们的脚步而增强。

不知道是本来如此，还是因为施了魔法，斯拉格霍恩的办公室比一般教师的房间大得多。天花板和墙壁上挂着翠绿、深红和金色的帷幔，看上去像在一个大帐篷里。房间里拥挤闷热，被天花板中央挂着的一盏金色华灯照得红彤彤的。灯里有真的小精灵在闪烁，每个小精灵都是一个明亮的光点。远处一个角落传来响亮的、听起来像用曼陀铃伴奏的歌声；几个谈兴正浓的老男巫头上笼罩着烟斗的青雾；一些家养小精灵在小腿的丛林中吱吱穿行，托着沉甸甸的银盘，把它们的身体都遮住了，看上去就像漫游的小桌子。

“哈利，我的孩子！”哈利和卢娜一挤进门，斯拉格霍恩便声如洪钟地叫道，“进来，进来，有这么多人要让你见见呢！”

斯拉格霍恩戴着一顶带缨穗的天鹅绒帽子，与他的吸烟衫很匹配。他不由分说地领着哈利走进人群，把哈利的胳膊抓得紧紧的，好像要带他幻影移形似的。哈利拉住卢娜的手，拽着她一起走。

“哈利，我想让你见见埃尔德·沃普尔，我以前的学生，《血亲兄弟：我在吸血鬼中生活》的作者——当然，还有他的朋友血尼。”

沃普尔是个戴着眼镜的小个子男人，他抓住哈利的手热切地握着。吸血鬼血尼又高又瘦，眼睛下有黑圈，一副厌倦的样子，一群女孩站在他旁边，好奇而兴奋。

“哈利·波特，我太高兴了！”沃普尔说，一边瞪着近视的双眼仰望着哈利的面孔，“我那天还跟斯拉格霍恩教授说呢，我们大家拭目以待的《哈利·波特传》在哪儿呢？”

“呃，”哈利说，“是吗？”

“果然像霍拉斯说的那么谦虚！”沃普尔说，“但说真格的——”他态度一变，突然像谈起了生意，“我很愿意写这本书——人们渴望更多地了解你，亲爱的孩子，渴望！如果你能接受我的几次采访，每次四五个小时，那样，几个月就能成书。不会费你什么事，我保证——问问血尼是不是——血尼，别走！”沃普尔突然变得神色严厉起来，因为吸血鬼朝旁边那群女孩蹭了过去，眼里带着饥饿的光。“给你，吃块馅饼。”沃普尔说着从一个托盘的小精灵那儿抓过一块塞到血尼手中，然后又把注意力转到哈利身上。

“亲爱的孩子，你能赚多少钱啊，你想象不到——”

“我实在不感兴趣。”哈利坚决地说，“我看到了一个朋友，对不起。”

他拖着卢娜挤进人群；他确实看到了一头棕色的长发，好像消失在了两个古怪姐妹演唱组之间。

“赫敏！赫敏！”

“哈利！你在这儿，太好了！嘿，卢娜！”

“你怎么了？”哈利问，赫敏看上去凌乱不堪，好像刚从魔鬼网中挣脱出来。

“哦，我刚刚逃脱——我是说，我刚刚离开了考迈克。”她说，见哈利还在询问地看着她，又解释地加了一句，“在槲寄生底下。”

“谁让你跟他来的。”哈利严厉地说。

“我想他最能惹罗恩生气，”赫敏冷静地说，“我考虑过扎卡赖斯·史密斯,但是我想,总体上——"

"你考虑过史密斯?"哈利反感地问道。

"是啊,我现在希望选择的是他,跟麦克拉根一比,格洛普都显得像绅士。我们到那边去,可以看到他过来,他那么高……"

三人向房间那头挤去,一边抓过几只装着蜂蜜酒的高脚杯,等到发现特里劳妮教授一个人站在那儿时,已经太晚了。

"您好。"卢娜礼貌地说。

"晚上好,亲爱的。"特里劳妮教授费了点劲才看清了卢娜。哈利又闻到了雪利料酒的气味。"最近我课上没见到你……"

"嗯,我今年选了费伦泽的课。"卢娜说。

"哦,当然,"特里劳妮教授带着怒气醉醺醺地干笑一声,说道,"我喜欢叫他驽马。你们可能以为,我回来了,邓布利多教授会把那匹马打发走吧?可是没有……我们还要分摊上课……这是侮辱,说真的,侮辱。你知道……"

特里劳妮教授似乎醉得没有认出哈利。趁着她在激烈抨击费伦泽,哈利凑近赫敏说:"我们现在说清楚,你打算告诉罗恩你干预了守门员选拔赛吗?"

赫敏扬起了眉毛。

"你真以为我做得出那种事?"

哈利精明地看着她。

"赫敏,如果你能邀请麦克拉根——"

"那不一样,"赫敏傲然道,"我没打算告诉罗恩守门员选拔赛上本来会发生什么,或不会发生什么。"

"那就好,"哈利热切地说,"不然他又会崩溃,我们下一场又完了——"

"魁地奇!"赫敏气呼呼地说,"男孩子就只关心这个吗?考迈克没问过一个关于我本人的问题,一直给我大讲特讲考迈克·麦克拉根的一百个惊险救球——哎呀,他来了!"

她动作快得像幻影移形,前一秒还在这儿,下一秒就从两个大笑的女巫中间钻过去消失了。

“看到赫敏了吗?”一分钟后麦克拉根从人堆里挤过来问道。

“没有,对不起。”哈利说完,赶紧转身加入了卢娜的谈话,一时竟忘记了她面前的人是谁。

“哈利·波特!”特里劳妮教授用那带着回响的深沉声音叫了起来,第一次注意到了哈利。

“啊,您好。”哈利冷漠地说。

“我亲爱的孩子!”她说,声音很小,但传得很远,“那些谣传!那些故事!救世之星!当然,我早就知道了……兆头总是不好,哈利……可是你为什么不来上占卜课了呢?对你来说,这门课尤为重要啊!”

“啊,西比尔,我们都觉得自己的课最重要!”一个洪亮的声音说,斯拉格霍恩出现在特里劳妮教授的另一边,他面色通红,天鹅绒帽子有点歪,一手端着蜂蜜酒,一手举着一块巨大的百果馅饼,“可是我想我从没见过这样一个魔药方面的天才!”他用宠爱的,虽然有些充血的眼睛看着哈利,“有天赋——像他妈妈!我只教过几个天资这么高的学生,我可以告诉你,西比尔——就连西弗勒斯——”

哈利惊恐地看到斯拉格霍恩伸出一只胳膊,像是从空气中把斯内普钩了出来。

“别偷偷摸摸的,来跟我们聊聊,西弗勒斯!”斯拉格霍恩快活地打着饱嗝说,“我正谈到哈利在魔药学上的特殊才能!当然也有你的功劳,你教了他五年!”

斯内普被斯拉格霍恩的胳膊箍住了肩膀,动弹不得,他的目光顺着鹰钩鼻子落到哈利身上,黑眼睛眯缝着。

“有趣,我从没觉得我教会过波特任何东西。”

“哦,那就是天才!”斯拉格霍恩叫道,“你没看见他第一节课交给我的活地狱汤剂呢——没见过哪个学生第一次能做得比他更好,我想就连你,西弗勒斯——”

“是吗?”斯内普平静地说,眼睛像钻子似的盯着哈利。哈利有点不安,惟恐斯内普追究起他在魔药学上新才华的来源。

“提醒我一下,你还修了什么课,哈利?”斯拉格霍恩问。

“黑魔法防御术,魔咒课,变形课,草药课……”

“一句话,当傲罗需要学的所有课程。”斯内普说,带着微微一丝冷笑。

“是的,我就是想当傲罗。”哈利挑战地说。

“你会是一名优秀的傲罗的!”斯拉格霍恩声音洪亮地说。

“我觉得你不应该当傲罗,哈利。”卢娜出人意料地说,大家都看着她,“傲罗是腐牙阴谋的一部分。我以为大家都知道呢。他们要利用黑魔法和牙龈病从内部搞垮魔法部。”

哈利噗嗤一笑,把一半蜂蜜酒吸到鼻腔里。真的,光为这个带卢娜来也值了。他从杯子上抬起头,咳嗽着,脸上湿漉漉的,还带着笑,却又看到一件像是有意要让他兴致更高的事情:德拉科·马尔福被费尔奇揪着耳朵朝这边走了过来。

“斯拉格霍恩教授,”费尔奇呼哧呼哧地说,下巴上的肉抖动着,金鱼眼中闪着抓到学生调皮捣蛋时的那种疯狂的光,“我发现这个男孩躲在楼上走廊里,你给他发请柬了吗?”

马尔福挣脱了费尔奇的手,看上去气急败坏。

“行了,没邀请我,”他愤愤地说,“我想闯进来,高兴了吧?”

“不,我不高兴!”费尔奇说,这话与他脸上的得意全然不符,“你有麻烦了!校长不是说未经允许晚上不许乱走吗?嗯?”

“不要紧,阿格斯,不要紧,”斯拉格霍恩挥了挥手说,“圣诞节嘛,想参加晚会又不是罪过。这次就算了吧,下不为例。德拉科,你可以留下。”

费尔奇那愤慨和失望的表情自然是意料之中的。但令哈利纳闷的是,马尔福为什么几乎同样不高兴呢?斯内普看着马尔福的眼神为什么既愤怒又……这可能吗?……有点害怕?

可是哈利几乎还没来得及记住眼前所见,费尔奇已经转身拖着步子,一边小声嘟囔着走开了,马尔福也已经整理出一副笑脸感谢斯拉格霍恩的宽大,斯内普的表情又平静得深不可测了。

“没什么,没什么,”斯拉格霍恩一摆手,说道,“毕竟,我认识你的祖父……”

“他一向对您称赞有加，先生，”马尔福马上说，“说您是他知道的最好的魔药专家……”

哈利瞪着马尔福，不是为这马屁而惊奇（他见马尔福拍过斯内普好多回了），而是马尔福看上去确实有点病态。很久以来他第一次这么近地观察马尔福。他发现马尔福的眼睛下面有黑圈，皮肤明显有些发灰。

“我有话跟你说，德拉科。”斯内普突然说。

“哎呀，西弗勒斯，”斯拉格霍恩说，又打了一个饱嗝，“圣诞节，别太严厉——”

“我是他的院长，严厉不严厉应由我决定。”斯内普简短地说，“跟我来，德拉科。”

两人走了，斯内普在前，马尔福气呼呼地后面跟着。哈利犹豫地站了片刻，然后说：“我去去就来，卢娜——哦——上厕所。”

“好的。”卢娜愉快地说。哈利匆匆钻进人群时，似乎听到她又对特里劳妮教授讲起腐牙阴谋，特里劳妮教授好像还真感兴趣。

出来之后，哈利从兜里抽出隐形衣披到身上，这样做很容易，因为走廊上很空，难的是找到斯内普和马尔福。哈利跑了起来，斯拉格霍恩办公室里仍在传出的音乐与谈话声掩盖了他的脚步声。也许斯内普把马尔福带到他的地下办公室去了……也许正在把他送回斯莱特林的公共休息室……哈利还是把耳朵贴到一扇扇门上。当他凑到走廊上最后一间教室的钥匙孔上时，顿觉一阵狂喜，他听到了说话声。

“……不能再出纰漏，德拉科，要是你被开除——”

“那事跟我无关，知道吗？”

“我希望你说的是真话，因为那事拙劣而又愚蠢，你已经受到怀疑了。”

“谁怀疑我？”马尔福生气地问，“再说最后一遍，不是我干的，知道吗？那个叫凯蒂的女孩准是有个没人知道的仇人——别那样看着我！我知道你在干什么，我又不傻，可是没用——我能阻止你！”

停了一阵子，斯内普轻声说：“呃……贝拉特里克斯姨妈教过你大脑封闭术。你有什么念头想瞒着你的主人，德拉科？”

"我没想瞒着他,我只是不要你插在里面。"

哈利把耳朵贴得更紧了一些……是什么使马尔福开始这样对斯内普说话的呢?斯内普,马尔福以前可是好像一直挺尊敬,甚至挺喜欢他的啊?

"所以你这学期躲着我?你怕我干涉?你要知道,德拉科,如果换了别人,我多次叫他来我办公室而他不来——"

"关禁闭!报告邓布利多!"马尔福讥笑道。

又停了一阵子,斯内普说:"你很清楚我不想做这些事。"

"那你最好别再叫我去你的办公室。"

"听我说,"斯内普的声音压得太低了,哈利把耳朵使劲贴在钥匙孔上才能听到,"我想帮助你。我对你母亲发过誓要保护你。我立了牢不可破的誓言,德拉科——"

"看来你必须打破了,因为我不需要你的保护。这是我的工作,他给我的,我正在做。我有一个计划,会成功的,只是时间比我预计的要长些!"

"你的计划是什么?"

"你管不着!"

"如果你告诉我,我可以帮你——"

"我已经有足够的帮手,谢谢,我不是一个人!"

"你今晚无疑是一个人,这是极其愚蠢的,在走廊里游荡,没有岗哨也没有后援。这些是低级错误——"

"本来有克拉布和高尔跟着我,可是你关了他们的禁闭!"

"小点儿声!"斯内普警告道,因为马尔福这时激动得提高了嗓门,"你的朋友克拉布和高尔这次要想通过黑魔法防御术的 O. W. Ls 考试,还得多下点儿功夫——"

"通过不了有什么关系?黑魔法防御术——只是一个笑话,一场戏,对不对?好像我们中间有谁需要黑魔法防御——"

"这是一场对成功非常关键的戏,德拉科!"斯内普说,"如果我不会演戏,你想我这些年会在哪儿?听我说!你现在很不谨慎,夜里到处乱走,被人当场抓住，还有，如果你依赖克拉布和高尔这样的助手——"

“不是只有他们，我身边还有别人，更强的人！”

“为什么不能告诉我，我可以——”

“我知道你在打什么主意！你想抢我的功！”

又停了一阵子，斯内普冷冷地说道：“你说话像个小孩子。我很理解你父亲入狱令你心烦意乱，但——”

哈利几乎连一秒钟的思想准备都没有，就听到马尔福的脚步声在门那边响起。他赶紧闪到一边，门已砰地打开了，马尔福大步朝走廊那头走去，经过斯拉格霍恩办公室敞开的门口，转过拐角不见了。

哈利大气不敢出，继续蹲伏着，斯内普慢慢走出教室，表情深不可测，回去参加晚会了。哈利蹲在隐形衣下，脑子飞快地转动着。

第16章

冰霜圣诞节

“斯内普说要帮他？他真的说要帮他？”

“如果你再问一遍，”哈利说，“我就把这甘蓝塞到——”

“我只是核实一下！”罗恩说。他们站在陋居的厨房水池前，为韦斯莱夫人削一堆小山似的球芽甘蓝。雪花在他们前面的窗户外飘飘荡荡地飞舞。

“是，斯内普说要帮他！”哈利说，“他说答应过马尔福的妈妈要保护他，而且他还立过一个牢不可破的誓言什么的——”

“牢不可破的誓言？”罗恩目瞪口呆，“不，他不可能……你确定？”

“是啊，我确定。”哈利说，“但是这意味着什么呢？”

“牢不可破的誓言是不能违背的……”

“这个我也估计出来了，很有趣。那么，要是违背了会怎么样呢？”

“死。”罗恩简单地说，“我五岁的时候，弗雷德和乔治想让我立一个，我差点儿就立了，已经跟弗雷德握手什么的，被爸爸发现了，他气疯了，”罗恩眼里闪动着回忆的光芒，“这是我惟一一次看到爸爸像妈妈那样发火。弗雷德说他左半拉屁股从此不一样了。”

“好了，先不说弗雷德的左半拉屁股——”

“说什么哪？”弗雷德的声音说，双胞胎兄弟走进了厨房。

“啊，乔治，看看，他们在用小刀呢。上帝保佑他们。”

“我还有两个月多一点儿就十七岁了，”罗恩暴躁地说，“到时候就能用魔法了！”

“但在此之前，”乔治说着坐到厨房的桌前，把脚跷到了桌上，“我们可以欣赏欣赏你示范怎样正确使用——哎哟。”

“都是你搞的！”罗恩恼火地说，一边吮着割破的拇指，“你等着，我满了十七岁——”

“我相信你会用迄今没人想到的魔法把我们镇住。”弗雷德打着哈欠说。

“说到迄今没人想到的魔法，罗恩，”乔治说，“我们听金妮说，你和一个小姑娘有情况，如果我们的情报没错的话，那小姑娘叫拉文德·布朗。这是怎么回事？”

罗恩有点脸红，转身削起了甘蓝，但似乎并没有不高兴。

“别多管闲事。”

“好刺人的回答，”弗雷德说，“我真不知道你是怎么想的，我们想知道的是……怎么会呢？”

“什么意思？”

“那女孩是不是出了车祸什么的？”

“什么？”

“她怎么会这样大面积脑损伤啊？小心！”

韦斯莱夫人走进来时,刚好看到罗恩把削甘蓝的小刀向弗雷德掷了过去。弗雷德懒洋洋地一挥魔杖,把小刀变成了一架纸飞机。

"罗恩!"她勃然大怒,"别让我再看见你扔刀子!"

"我不会,"罗恩说着,回身转向甘蓝山时,小声加了一句:"——让你看见的。"

"弗雷德,乔治,对不起,莱姆斯今天晚上来,比尔只能跟你们两个挤一挤了!"

"没问题。"乔治说。

"查理不回来,所以哈利和罗恩正好住阁楼,如果芙蓉跟金妮住——"

"——那金妮的圣诞节就——"弗雷德嘟囔道。

"——每个人应该都挺舒服,至少都有张床。"韦斯莱夫人的语气有些烦躁。

"珀西那张丑脸肯定不会出现吧?"弗雷德问。

韦斯莱夫人转过身去,然后答道:

"不会,我想他忙吧,在部里。"

"或者他是世界上最大的蠢货,"韦斯莱夫人离开厨房时弗雷德说,"二者必居其一。我们走吧,乔治。"

"你们干什么去?"罗恩问,"不能帮我们削甘蓝吗?你们可以用一下魔杖,我们就解放了。"

"我想不能,"弗雷德一本正经地说,"这是非常磨炼性格的,学习不用魔法削甘蓝,能让你体会到麻瓜和哑炮是多么不容易——"

"——如果你想要人帮忙,罗恩,"乔治接着说,一边把纸飞机掷回给他,"就不会朝他们扔刀子。一点儿忠告。我们到村里去,那儿的纸店有一个很漂亮的女孩,她觉得我的纸牌戏法神奇极了,几乎像真正的魔法……"

"饭桶,"罗恩阴沉地说,看着弗雷德和乔治从落满积雪的院子里走了出去,"只要花他们十秒钟,我们俩就也能去了。"

"我不行,"哈利说,"我向邓布利多保证过在这儿不会跑出去。"

"哦,对了。"罗恩又削了几个甘蓝,然后说,"你要把斯内普和马尔福的对话告诉邓布利多吗?”

“嗯,我要告诉所有能制止他们的人,邓布利多是第一位。我也许还要跟你爸爸谈谈。”

“可惜你没听到马尔福到底在干什么。”

“我没法听到,是不是?这是关键的地方,他都不肯告诉斯内普。”

沉默了一会儿,罗恩说:“当然,你知道他们会怎么说。我爸爸、邓布利多和所有的人,他们会说斯内普不是真的想帮助马尔福,他只是为了探出马尔福在干什么。”

“他们没听到他的口气,”哈利断然说道,“没人能演得那么像,即使是斯内普。”

“是啊……我只是说说。”罗恩说。

哈利转身看着他,皱起了眉头。

“你相信我吧?”

“我相信!”罗恩忙说,“真的,我相信!可是他们都相信斯内普是凤凰社的,对不对?”

哈利没说话,他已经想到这将是他的新证据最可能遭到的反驳。他甚至都能听见赫敏在说:

“显然,哈利,他是在假装帮忙,骗马尔福对他说实话……”

但这只是想象,因为他还没找到机会跟赫敏说他听到的事情。他回去之前她就从斯拉格霍恩的晚会上消失了,至少气愤的麦克拉根是这么说的。等他回到公共休息室,她已经睡觉去了。他第二天一大早就跟罗恩出发到陋居来了,只来得及说了句祝她圣诞快乐,并说放假回来后有非常重要的消息要告诉她。但他不太确定赫敏有没有听见,罗恩和拉文德正在他的后面用不说话的方式进行着告别。

但是,就连赫敏也无法否认一个事实:马尔福肯定在干着什么勾当,并且斯内普是知道的。所以哈利觉得有充分理由说“我告诉过你”,这句话他已经跟罗恩说了好几遍。

哈利没找到机会跟韦斯莱先生谈,他每天都在部里工作得很晚,直到圣诞前夜。韦斯莱一家和客人们坐在客厅里,金妮把这间屋子装饰得五彩缤纷，花团锦簇，简直像发生过一场纸拉花的爆炸。只有弗雷德、乔治、哈利和罗恩知道圣诞树顶上的小天使其实是一个花园小地精。弗雷德在拔圣诞晚餐用的胡萝卜时被这个小地精咬了脚踝，于是它被施了昏迷咒，涂成了金色，塞进了一件小芭蕾舞裙，背上粘了对小翅膀，在树顶上对他们怒目而视。这是哈利见过的最丑的天使，长着土豆似的大秃脑袋，脚上还有毛。

他们都得听韦斯莱夫人最喜欢的歌手塞蒂娜·沃贝克的圣诞广播，她的歌声从木头的大收音机中婉转流出。芙蓉似乎觉得塞蒂娜非常乏味，她在角落里大声说着话，韦斯莱夫人皱着眉头不停地用魔杖调整音量开关，使塞蒂娜唱得越来越响。在一首爵士味特别浓的曲子《一锅火热的爱》的掩护下，弗雷德、乔治跟金妮玩起了噼啪爆炸牌。罗恩的眼睛老是偷瞟比尔和芙蓉，好像想学点儿什么技巧。卢平显得特别憔悴，他坐在壁炉边，盯着炉火深处，仿佛听不见塞蒂娜的声音。

哦，来搅搅我的这锅汤，
如果你做得很恰当，
我会熬出火热的爱，
陪伴你今夜暖洋洋。

"我们十八岁时跟着这音乐跳过舞！"韦斯莱夫人用手里织的毛线擦了擦眼睛，"你还记得吗，亚瑟？"

"唔？"剥着小蜜橘打起了瞌睡的韦斯莱先生说，"哦，是啊……多棒的曲子……"

他努力坐直了一点儿，扭头看着坐在旁边的哈利。

"对不起啊，"他把脑袋朝收音机那边一摆，塞蒂娜已经唱起了叠句，"就快完了。"

"没事的。"哈利咧嘴一笑，说道，"部里忙吗？"

"非常忙，要是有进展也就罢了，可是这两个月逮捕的三个人里，我怀疑没有一个是真正的食死徒——不过别说出去，哈利。"他马上加了一句，看上去一下子清醒了许多。

“他们不会还关着桑帕克吧?”哈利问。

“恐怕还关着,我知道邓布利多曾想为桑帕克直接向斯克林杰上诉……所有跟他谈过话的人都认为他像这小蜜橘一样不可能是食死徒……可是上面想显得有进展,‘逮捕三人’听起来比‘误捕三人,后释放’好听多了……不过,这都是高度机密。”

“我不会说的。”哈利说。他犹豫了一下,不知道怎么切入他想讲的话题。当他整理思绪时,塞蒂娜已开始唱一首《你用魔法钩走了我的心》。

“韦斯莱先生,你还记得我去学校之前在车站告诉你的事吗?”

“我查过了,哈利。”韦斯莱先生马上说,“我去搜查了马尔福的家,没发现不该有的东西,无论是碎的还是整的。”

“嗯,我知道,我在《预言家日报》上看到你去搜查了……可这次不一样……更加……”

他对韦斯莱先生讲了马尔福与斯内普的密谈。在他们说话的时候,他看到卢平的脑袋稍稍偏向了他们,聆听着每一句话。他说完后一片沉默,只听到塞蒂娜的低吟:

> 哦,我可怜的心,它去了哪里?
> 它离开了我,被魔法钩去……

“你有没有想过,哈利,”韦斯莱先生说,“斯内普只是假装——”

“假装要帮忙,以便发现马尔福在干什么?”哈利立刻说,“是啊,我想你会这么说的,可是我们怎么知道呢?”

“这不是我们的事。”卢平出人意料地说。他现在背对着炉火,隔着韦斯莱先生面对着哈利。“是邓布利多的事。邓布利多信任西弗勒斯,对我们来说这应该就够了。”

“可是,”哈利说,“假如——假如邓布利多看错了斯内普——”

“有人这么说过,许多次了。说到底是你相不相信邓布利多的判断。我相信,所以,我信任西弗勒斯。”

"可是邓布利多也会犯错，"哈利争辩道，"他自己说过。你——"

他盯着卢平的眼睛。

"——你真喜欢斯内普？"

"我既不喜欢也不讨厌西弗勒斯。"卢平答道，见哈利显出怀疑的表情，他又说，"哈利，我说的是真话。也许我们永远不会成为知心好友；在詹姆、小天狼星和西弗勒斯之间的那些事情以后，积怨太多。但我不会忘记我在霍格沃茨任教的那年，斯内普每个月帮我配狼毒药剂，配得非常好，使我在满月时不用像过去那么痛苦。"

"可是他'无意中'走漏了你是狼人的消息，结果你只好离开！"哈利愤然道。

卢平耸了耸肩膀。

"这件事总会泄漏的。我们都知道他想要我的职位，但他只要在药里做点手脚，就可以把我害得更惨。他让我保持健康，我应该感激。"

"也许有邓布利多监视，他不敢在药里下手？"

"你是决心要恨他，哈利，"卢平无力地一笑，"我理解，詹姆是你父亲，小天狼星是你教父，你继承了一种成见。你当然可以把你对亚瑟和我说的话告诉邓布利多，但别指望他跟你看法一致，甚至别指望他会吃惊。也许西弗勒斯是奉了邓布利多的命令去问德拉科的。"

……而今你已把它撕破

请把我的心还给我！

塞蒂娜以一个长长的高音结束了她的演唱，收音机里传出响亮的掌声，韦斯莱夫人也兴奋地鼓着掌。

"完了？"芙蓉大声说，"谢天谢地，好难听——"

"睡觉前喝点饮料怎么样？"韦斯莱先生跳起来高声问道，"谁要蛋酒？"

"你最近在干什么？"哈利问卢平，韦斯莱先生跑去拿蛋酒，其他人都舒展着身体，聊起了天。

“哦，我在地下工作，”卢平说，“几乎真是地下。所以我没能写信，哈利。寄信给你会暴露的。”

“你说什么？”

“我生活在我的人当中，我的同类。”卢平说，“狼人，”他见哈利有些不解，又补充道，“他们几乎全都是伏地魔一边的。邓布利多需要一个间谍，我正好是……现成的。”

听起来他有点像发牢骚，可能自己也察觉了，便又笑得更热情了一些，说道：“我不是抱怨，这是必要的工作，谁能比我更胜任这份工作呢？只不过，取得他们信任很难。我带着曾经在巫师中生活过的明显印记，而他们向来避开正常的社会，生活在边缘地带，偷东西吃——有时杀人。”

“他们怎么会喜欢伏地魔呢？”

“大概觉得在他的统治下，他们会过得更好。跟格雷伯克辩论是一件很困难……”

“格雷伯克是谁？”

“你没听说过他吗？”卢平的双手在膝上痉挛地握紧了。“芬里尔·格雷伯克或许是当今世上最凶残的狼人。他以咬伤和传染尽可能多的人为己任，想造出大批狼人来打败巫师。伏地魔允诺给他一些猎物作为酬劳。格雷伯克专攻小孩……他说趁小时候咬，然后把他们从父母身边带走，培养他们仇恨巫师。伏地魔威胁要把格雷伯克放出去咬人家的小孩，这威胁通常很有效。”

卢平停了一会儿，又说：“是格雷伯克咬的我。”

“什么？”哈利吃了一惊，“你是说在——在你小时候？”

“对。我父亲冒犯了他。我有很长时间一直不知道袭击我的狼人是谁。我甚至怜悯他，以为他是控制不住，那时我已经知道一个人变成狼是什么滋味。但格雷伯克并不是那样。满月时他靠近猎物，确保袭击得手。他完全是有预谋的。他就是伏地魔用来召集狼人的人。格雷伯克坚持认为我们狼人应该吸血，应该对正常人进行报复，我不敢说我那种理智的辩论对他有多少效果。”

“可你是正常的！”哈利激烈地说，“你只是有一个——一个问题——”

卢平笑了起来。

“有时你让我想起了詹姆的很多事。他当着人就说这是我的‘毛茸茸的小问题’。许多人以为我养了一只不听话的兔子。”

他从韦斯莱先生手里接过一杯蛋酒,道了一声谢,看上去稍稍快活了一些。哈利听卢平提到他父亲,感到一阵激动,想起了有件事一直想要问卢平。

“你听说过有个叫混血王子的人吗?”

“混血什么?”

“王子。”哈利密切注视着他有没有想起来的迹象。

“巫师没有王子。”卢平微笑着说道,“你想用这个称号吗?我以为‘救世之星’已经够了。”

“这跟我无关!”哈利抗议道,“混血王子是以前在霍格沃茨待过的人。我拿了他使用过的魔药课本。他在上面写满了咒语,他发明的咒语。有一个是倒挂金钟——”

“哦,这个咒语在我上霍格沃茨的时候很流行。”卢平怀旧地说,“我五年级的时候有几个月,经常有人被提着脚踝倒吊在空中,没法动弹。”

“我爸爸用过它。”哈利说,“我在冥想盆里看到的,他对斯内普用过。”

他想用不经意的口气,好像只是随口提到,但不知是否取得了这种效果。卢平的笑容里包含着太多的理解。

“是啊,”他说,“但不只他一个人用过。我说过,它非常流行……你知道这些魔咒都是一阵一阵的……”

“可听起来像是在你上学的那个时候发明的。”哈利坚持道。

“不一定。魔咒和其他东西一样,都有流行和不流行的时候。”他注视着哈利的面孔,然后平静地说,“詹姆是纯血统,哈利,我向你保证,他从来没让我们叫过他‘王子’。”

哈利放弃了掩饰,问道:“也不是小天狼星?或者你?”

“肯定不是。”

“哦,”哈利望着炉火,“我还以为——他在魔药课上帮了我很大的忙,那个王子。”

“那本书是什么时候的，哈利？”

“不知道，我从来没查过。”

“也许这能帮助你了解到王子在霍格沃茨的时间。”卢平说。

没过多久，芙蓉决定模仿塞蒂娜唱《一锅火热的爱》，看到韦斯莱夫人的表情之后，大家都把这当做了上床睡觉的信号。哈利和罗恩一直爬到阁楼上罗恩的卧室里，那儿为哈利搭了一张行军床。

罗恩几乎一沾枕头就睡着了。哈利上床前从旅行箱里找出《高级魔药制作》翻了翻，终于在前面找到了出版时间。将近五十年了。五十年前他父亲及其朋友们都不在霍格沃茨。哈利失望地把书扔回了箱子里，关上灯，翻了一个身，想着狼人和斯内普，桑帕克和混血王子，终于迷迷糊糊地睡着了，梦里尽是鬼魅的阴影和被咬孩子的哭声……

“她一定是在开玩笑……”

哈利一下子惊醒了，发现床脚放着一只鼓鼓囊囊的长袜。他戴上眼镜环顾着四周，小窗几乎完全被雪遮住了，罗恩笔直地坐在窗前的床上，在看一个东西，好像是一条挺粗的金链子。

“那是什么？”哈利问。

“拉文德送的，”罗恩厌恶地说，“她不会真的以为我会戴吧……”

哈利凑近些一看，哑然失笑，链子上挂着几个大大的金字：

我的甜心

“不错，漂亮。你一定要在弗雷德和乔治面前戴上。”

“如果你告诉他们，”罗恩说着把项链塞到了枕头底下，“我——我——我就——”

“跟我结巴上了？”哈利笑着说，“行了吧，我会吗？”

“她怎么会以为我喜欢这种东西呢？”罗恩对着空气问，一副很震惊的样子。

“回想一下，”哈利说，“你有没有流露过喜欢脖子上挂着‘我的甜心’出去招摇的想法？”

“嗯……我们没说多少话，”罗恩说，“主要是……”

“亲嘴。”

“是啊。”罗恩犹豫了一会儿，又说，“赫敏真的跟麦克拉根好上了？”

“不知道，斯拉格霍恩的晚会上他们在一起来着，可是我看没有那么好。”

罗恩心情似乎稍微好了一些，又到袜子里头去掏礼物。

哈利的礼物包括一件胸前有金色飞贼的毛衣，是韦斯莱夫人亲手织的，双胞胎兄弟送的一大盒韦斯莱魔法把戏坊的产品，还有一个有点潮湿、带着霉味的包裹，标签上写着：

“**致主人，克利切**”。

哈利瞪着它。“你说打开它安全吗？”

“不可能是危险品，我们的邮件仍然都是经过魔法部检查的。”罗恩答道，尽管他怀疑地打量着那个包裹。

“我没想到给克利切送东西！人们一般会给家养小精灵送圣诞礼物吗？”哈利问，一边小心地捅着包裹。

“赫敏会。还是先看看是什么再内疚吧。”

片刻之后，哈利大叫一声，从行军床上跳了下来，包裹里是一大堆蛆。

“不错，”罗恩哈哈大笑，“想得很周到。”

“我宁可要这个也不要那条项链。”哈利说，罗恩立刻冷静下来。

坐下吃圣诞午餐时，每个人都穿着新毛衣，除了芙蓉（韦斯莱夫人似乎不愿在她身上浪费一件）和韦斯莱夫人自己。韦斯莱夫人戴着一顶崭新的女巫帽，夜空一样的深蓝色上闪烁着小星星般的钻石，还有一串夺目的金项链。

“弗雷德和乔治送给我的！漂亮吧？”

“我们越来越感激你了，妈妈，现在我们自己洗袜子了。”乔治说，一边潇洒地一挥手，“要防风草根吗，莱姆斯？”

“哈利，你头上有一条蛆。”金妮快活地说，隔着桌子欠身帮他拿掉了。哈利感到脖子上起了鸡皮疙瘩，但与那条蛆无关。

“哦，好恶心。”芙蓉说，做作地哆嗦了一下。

“可不，”罗恩说，“要肉卤吗，芙蓉？”

他急于献殷勤，把肉卤盘碰飞了。比尔一挥魔杖，肉卤升到空中，顺从地落回到盘里。

“你跟那个唐克斯一样笨，”芙蓉亲了一下比尔之后对罗恩说，“她总是打翻——”

“我邀请了亲爱的唐克斯，”韦斯莱夫人重重地放下胡萝卜，瞪着芙蓉说，“可她不肯来。你最近跟她谈过吗，莱姆斯？”

“没有，我跟谁都没多少联系。但唐克斯要回她自己的家，是不是？”

“嗯，”韦斯莱夫人说，“也许吧。我感觉她是打算一个人过圣诞节。”

她恼火地看了卢平一眼，好像她摊到芙蓉而不是唐克斯当儿媳全是他的错。哈利望望正用她自己的叉子喂比尔吃火鸡的芙蓉，感到韦斯莱夫人早就输定了。但他想起了关于唐克斯的一个问题，问卢平不是最合适吗？他对守护神无所不知。

“唐克斯的守护神变了，斯内普说的。我不知道会有这种事。守护神为什么会变呢？”

卢平不慌不忙地嚼着火鸡，咽下之后缓缓地说道：“有时……大的打击……感情剧变……”

“它看上去很大，有四条腿，”哈利说，突然他闪过一个念头，压低声音说，“嘿……不会是——？”

“亚瑟！”韦斯莱夫人突然叫道。她从椅子上站了起来，手捂着心口，瞪着厨房窗外。“亚瑟——是珀西！”

“什么？”

韦斯莱先生回过头，大家都立刻望着窗外，金妮站了起来看着外面。果然是珀西·韦斯莱，他正踏着院中的积雪大步走来，玳瑁框的眼镜在阳光下一闪一闪的。然而他并不是一个人。

“亚瑟，他——他是跟部长一起来的！”

果然不错，哈利在《预言家日报》上见过的那人正跟在珀西后面，他有一点儿跛，长而厚密的灰发和黑斗篷上落了片片白雪。大家谁也没来得及说话，韦斯莱夫妇刚交换了一个吃惊的眼神，后门就开了，珀西站在了门口。

一阵难堪的沉默，珀西生硬地说："圣诞快乐，妈妈。"

"哦，珀西！"韦斯莱夫人叫着扑到了他的怀里。

鲁弗斯·斯克林杰在门口停了下来，他拄着拐杖，微笑地看着这感人的一幕。

"打扰了，请原谅，"他说，这时韦斯莱夫人已转向他，笑吟吟地擦着眼睛。"珀西和我在附近——办事，您知道——他忍不住要来看看你们。"

但珀西没有想跟其他人打招呼的意思。他直挺挺地站在那儿，显得很不自然，目光越过众人的头顶。韦斯莱先生、弗雷德和乔治都板着面孔看着他。

"请进，坐吧，部长！"韦斯莱夫人慌乱地说着，一边扶正了自己的帽子，"吃一点窝鸡，或补丁[①] ……我是说——"

"不用，不用，亲爱的莫丽。"斯克林杰说。哈利猜想他在进屋前向珀西打听了她的名字。"我不想打扰，要不是珀西这么想见你们，我也不会来……"

"哦，珀西！"韦斯莱夫人含泪叫道，踮起脚尖去亲他。

"……我们刚来了五分钟，我到院子里走走，你们跟珀西多聊一会儿。不不，我真的不想打扰你们！嗯，如果有人愿意带我参观一下你们可爱的花园……啊，那个小伙子吃完了，你陪我散散步可以吗？"

餐桌旁的气氛明显变了，大家的目光从斯克林杰转移到了哈利身上。似乎没人相信斯克林杰不知道哈利的名字，也没人觉得他被选中陪部长到花园散步很自然，因为金妮、芙蓉和乔治的盘子也都空了。

"好啊。"哈利打破沉默，说道。

他没有上当，尽管斯克林杰说是在附近办事，珀西想来看看家人，但这才是他们来的真正原因：为了斯克林杰能跟哈利单独谈话。

"没事。"经过卢平身边时他小声说，因为他看到卢平正要从椅子上站起来。"没事。"看到韦斯莱先生张嘴要说话，他又加了一句。

---

① 韦斯莱夫人因为激动把"火鸡"和"布丁"都说得走了样。

“太好了！”斯克林杰向后退去，让哈利先走出门外，“我们就在花园里转转，然后珀西和我就走。继续吧，各位！”

哈利穿过院子朝杂草丛生、覆盖着白雪的韦斯莱家花园走去，斯克林杰一跛一跛地走在旁边。哈利知道他曾是傲罗办公室主任。他看上去很结实，带着战伤，跟戴着圆礼帽、大腹便便的福吉大不一样。

“很漂亮，”斯克林杰说，他在花园篱笆前停了下来，望着落满积雪的草坪和辨认不出的植物，“很漂亮。”

哈利没说话。他感觉到斯克林杰在观察他。

“我早就想见见你了，”过了一会儿斯克林杰说，“你知道吗？”

“不知道。”哈利诚实地说。

“哦，是的，早就想了。但邓布利多似乎很保护你。”斯克林杰说，“当然，这很自然，很自然，在你经历了那些之后……尤其是部里发生的事……”

他想等哈利说些什么，但哈利没有理睬，于是他又说道：“我上任之后一直希望有机会跟你谈谈，但邓布利多阻止了。我说过——这是完全可以理解的。”

哈利还是一言不发，等待着。

“传闻沸沸扬扬！”斯克林杰说，“当然，我们都知道这些故事是多么走样……传说有一个预言……说你是‘救世之星’……”

哈利想，话题现在接近斯克林杰来的本意了。

“……我想邓布利多跟你谈过这些事情吧？”

哈利犹豫着，不知该不该说谎。他望着花坛四周的小地精脚印，还有那块翻开的地皮，就是弗雷德抓住那个现在穿着芭蕾舞裙站在圣诞树顶的小地精的地方。最后他决定说实话……或说一点儿实话。

“对，我们谈过。”

“你们有没有，有没有……”哈利用眼角的余光看到斯克林杰正在注视着他，便假装对一个从结冰的杜鹃花丛下探出脑袋的小地精很感兴趣，“邓布利多跟你说了什么，哈利？”

“对不起，这是我们之间的事。”哈利说。

他尽可能地让声音听上去很愉快,斯克林杰的语气也轻松而友好:"哦,当然,如果是秘密,我不想让你泄露……不,不……再说,你是不是救世之星真的要紧吗?"

哈利琢磨了几秒钟后做出了回答。

"我不大懂您的意思,部长。"

"当然,对你很要紧,"斯克林杰说着大笑起来,"然而对巫师界……这都是观念,是不是?人们相信什么才是重要的。"

哈利没答腔。他觉得隐约看到了谈话会导向哪里,但他不想帮斯克林杰达到目的。杜鹃花丛底下的小地精在树根附近挖起了虫子,哈利的眼睛一直盯着它。

"人们相信你是救世之星。你知道,"斯克林杰说,"他们认为你是英雄——你是的,哈利,不管是不是救世之星!你已多少次面对那个连名字都不能提的大魔头了?总之,"他不等哈利回答,继续说了下去,"要紧的是,你在许多人的心目中是希望的象征,哈利。知道有人能,甚至注定能摧毁那个大魔头——这很自然会让人们感到鼓舞。我不禁感到,一旦你认识到这一点,你也许就会觉得,你几乎有义务跟魔法部合作,给大家信心。"

小地精刚刚捉住一条虫子,正在使劲拉扯,想把它从冻硬的地里拽出来。哈利沉默了很久,斯克林杰看看他又看看小地精,说道:"有趣的小家伙,是不是?可是你怎么想呢,哈利?"

"我不大明白你想要听什么。"哈利缓缓地说,"'跟魔法部合作'……是什么意思?"

"哦,一点也不麻烦,我向你保证。比方说,如果你能时不时地出入魔法部,那就会给人一个有利的印象。当然,在那儿的时候,你有许多机会和加德文·罗巴兹,即接替我的傲罗办公室主任多谈谈。多洛雷斯·乌姆里奇跟我说过你有志当一名傲罗。这很容易安排……"

哈利感到怒火中烧:这么说乌姆里奇还在魔法部?

"所以基本上,"他说,好像只想澄清几点事实,"你希望造成我为魔法部效力的印象?"

“看到有你更多地参与，大家会受到鼓舞的，哈利，”斯克林杰说，他似乎对哈利这么快就领悟了他的话感到很欣慰，“救世之星，你明白……就是要给人希望，让人感到激动人心的事情在发生……”

“可如果我出入魔法部，”哈利说，仍然努力保持友好的语气，“不会让人觉得我赞成部里的做法吗？”

“呃，”斯克林杰说道，微微皱了皱眉头，“是的，也是因为这个，我们希望——”

“不，我想不行，”哈利彬彬有礼地说，“您知道，我不喜欢魔法部做的某些事情，比如关押斯坦·桑帕克。”

斯克林杰一时没说话，但脸色马上沉了下来。

“我不指望你理解，”他说，但没能像哈利那样做到话语中不流露怒气，“现在形势危险，某些措施是必要的。你才十六岁——”

“邓布利多可远远不止十六岁，他也不赞成把斯坦·桑帕克关在阿兹卡班。”哈利说，“你把斯坦·桑帕克当成替罪羊，就像你想把我当成福神一样。”

两人互相瞪视了许久，最后斯克林杰不再伪装友善了，说道：“我看得出，你希望——像你心目中的英雄邓布利多一样——脱离魔法部？”

“我不想被利用。”

“有人会说为魔法部效力是你的义务！”

“是，有人会说在把人关进监牢前先查明他是不是食死徒是你的义务。”哈利说，他的火气上来了，“你所做的跟巴蒂·克劳奇一样。你们从来都没做对过，是不是？要么是福吉，人在他眼皮底下被杀了还假装天下太平；要么就是你，关押无辜，还假装有救世之星在为你工作！”

“你不是救世之星？”斯克林杰问。

“你不是说这不重要吗？”哈利说，讽刺地笑了一声，“至少对你不重要。”

“我不该那么说，”斯克林杰立刻说，“措词不当——”

“不，这很诚实，”哈利说，“是你对我说过的少数实话之一。你不关心我的死活，但你关心要我帮你使大家相信你在战胜伏地魔。我没忘记，部长……”

他举起右拳，冰冷的手背上那道伤痕发着白光，那是乌姆里奇逼他刻下的字迹：我不可以说谎。

“当我告诉大家伏地魔回来了的时候，并没看见你冲出来帮助我，魔法部去年可没这么热心交朋友。”

两人僵立在那儿，气氛像他们脚下的土地一样冰冷。小地精终于把虫子拽了出来，靠在杜鹃花丛最低的枝条上开心地吮吸着。

“邓布利多在干什么？”斯克林杰唐突地问，“他不在霍格沃茨的时候会去哪儿？”

“不知道。”

“就是知道你也不会告诉我，是不是？”

“是，不会。”

“好吧，我只有看看能不能用其他办法搞清楚了。”

“你可以试试，”哈利冷漠地说，“不过你看上去比福吉聪明，所以我以为你会吸取他的教训。他企图干涉霍格沃茨，你也许注意到他已不是部长了，但邓布利多还是校长。如果我是你，就不去干涉邓布利多。”

一阵长时间的沉默。

“我看出他在你身上做得很成功，”斯克林杰说，金丝边眼镜后的眼睛冷漠而严厉，“彻头彻尾是邓布利多的人，对不对？波特？”

“对，我是，”哈利说，“很高兴我们说清了这一点。”

他转身丢下魔法部长，大步朝屋里走去。

第17章

混沌的记忆

过完新年几天后的一个傍晚,哈利、罗恩和金妮在厨房火炉边排着队准备返回霍格沃茨。魔法部安排了这个一次性的飞路网连接,好让学生能快速安全地返校。只有韦斯莱夫人为他们送行,韦斯莱先生、弗雷德、乔治、比尔和芙蓉都要上班。韦斯莱夫人在说再见时流泪了。诚然,近来一丁点儿小事都会引起她的伤感。自从圣诞节那天珀西眼镜上被泼了防风草根酱(弗雷德、乔治和金妮都有功劳),冲出家门之后,她就时不时地会哭起来。

"别哭,妈妈,"金妮拍着她的背说,韦斯莱夫人这时正伏在她的肩头抽泣着，“没事的……”

“就是，别为我们担心，”罗恩说，让母亲在他面颊上印下一个湿漉漉的吻，“也别为珀西担心，他是这么个蠢猪，不是什么损失，是不是？”

韦斯莱夫人搂住哈利，抽泣得更厉害了。

“答应我要照顾好自己……别惹麻烦……”

“我一直是这样的，韦斯莱夫人，”哈利说，“我喜欢安静的生活，你知道。”

她含着眼泪笑了，退到了后面。

“那么，要好好的，你们每一个……”

哈利走进碧绿的炉火，喊了一声“霍格沃茨！”最后瞥了一眼韦斯莱家的厨房和韦斯莱夫人的泪容，就被火焰包围了。在高速旋转中他模糊地看见一些巫师的房间，都是没等看清就一闪而过了。然后他转得慢下来，端端正正地停在麦格教授的壁炉里。他爬出来时，正在工作的教授几乎连头都没抬。

“晚上好，波特。别把地毯搞上太多的灰。”

“没有，教授。”

哈利戴正眼镜，抹平头发，罗恩也旋转着出现了。金妮到了之后，三人一起走出麦格教授的办公室，朝格兰芬多塔楼走去。哈利望了望走廊窗户外面，太阳已经落到地平线上，场地上的积雪比陋居花园里还要深。远处可以看到海格在他的小屋前喂巴克比克。

“一文不值。”罗恩走到胖夫人跟前，自信地说。胖夫人看上去比平时更加苍白，听到他的大嗓门后畏缩了一下。

“不对。”她说。

“什么，‘不对’？”

“换口令了。请不要嚷嚷。”

“可是我们离校了，怎么知道——”

“哈利！金妮！”

赫敏朝他们奔了过来，脸红通通的，穿着斗篷，戴着帽子和手套。

“我两小时前回来的。刚才去看了海格和巴克——我是说蔫翼。”她上气不接下气地说，“你们圣诞节过得好吗？”

“嗯，”罗恩马上说，“事儿挺多的，鲁弗斯·斯克林杰——”

“哈利，我有个东西要给你，”赫敏没看罗恩，好像一点儿也没有听到他说话，“哦，等等——口令，戒酒。”

“正确。”胖夫人有气无力地说，旋开身体，露出了肖像洞口。

“她怎么了？”哈利问。

“显然是圣诞节玩得太疯了。”赫敏翻了翻眼睛，带头走进了拥挤的公共休息室，“她跟她的朋友维奥莱特把魔咒课教室走廊旁那幅画着几个醉修士的图里的酒全喝光了。总之……”

她在口袋里掏了一会儿，抽出一卷有邓布利多笔迹的羊皮纸。

“太好了，”哈利立刻展开它，发现他接下来跟邓布利多上课的时间就在明天晚上，“我有好多事要告诉他——还有你。我们坐下来吧——”

就在这时，他们忽然听见了一声响亮的尖叫：“罗—罗！”拉文德不知从哪儿冲了出来，扑进了罗恩的怀里。旁边有几个人吃吃地笑着。赫敏银铃般地笑了一声，说道：“那边有张桌子……过去吗，金妮？”

“不，谢谢，我说好要去见迪安的。”金妮说。哈利不禁注意到她不是很热心。罗恩和拉文德纠缠在一种直立式摔跤中，哈利就带着赫敏走到了那张空桌子前。

“你圣诞节过得怎么样？”

“哦，挺好的，”她耸了耸肩膀，“没什么特别的，罗—罗家呢？”

“待会儿告诉你。”哈利说，“喂，赫敏，你就不能——？”

“不能，”她坚决地说，“所以问都别问。”

“我想也许，过了圣诞节——”

“是胖夫人喝了一大桶五百年的陈酒，不是我，哈利。你要告诉我的重要消息是什么呢？”

这会儿她看上去脾气不好，没法跟她争，哈利丢开罗恩这个话题，讲了他听到的马尔福与斯内普的对话。

赫敏坐在那儿沉思了一会儿，说道：“你不觉得——？”

“——他是假装帮忙，骗马尔福跟他说实话？”

“嗯,是。”赫敏说。

“罗恩的爸爸和卢平也这么想,”哈利不甘心地说,“但这肯定证明马尔福在密谋什么事情,你不能否认。”

“我不否认。”她缓缓地答道。

“他在执行伏地魔的命令,像我说的那样!”

“嗯……他们哪个提过伏地魔的名字吗?”

哈利皱起眉头,努力回忆着。

“我不能确定……斯内普肯定说过‘你的主人’,那还能是谁?”

“我不知道,”赫敏咬着嘴唇说,“也许是他爸爸?”

她望着屋子那头,显然陷入了沉思,甚至没注意到拉文德在胳肢罗恩。“卢平好吗?”

“不大好,”哈利跟她讲了卢平在狼人中的使命以及他面临的困境,“你听说过芬里尔·格雷伯克吗?”

“听说过!”赫敏显得很吃惊,“你也听说过呀,哈利!”

“什么时候,魔法史课上?你明知道我从来不听……”

“不不,不是魔法史课上——马尔福用他威胁过博金!”赫敏说,“在翻倒巷,你不记得了?他对博金说格雷伯克是他家的老朋友,会来检查博金的进展!”

哈利愣愣地看着她。“我忘了!但这恰恰证明马尔福是食死徒,不然他怎么能接触格雷伯克,并叫他做事呢?”

“是很可疑,”赫敏轻声道,“除非……”

“哦,得了吧,”哈利恼火地说,“你回避不了这个事实!”

“嗯……有可能只是空头威胁。”

“你的话让人难以置信,真是。”哈利摇了摇头,说道,“我们以后会看到谁是谁非的……你会收回你的话的,赫敏,像魔法部一样。哦,对了,我还跟鲁弗斯·斯克林杰吵了一架。”

晚上剩下的时间是在友好的气氛中度过的,两人共同批判了魔法部长。赫敏跟罗恩一样认为,魔法部去年让哈利吃了那么多苦头,现在又来找他帮忙,脸皮真够厚的。

第二天早上新学期开始,六年级学生得到一个惊喜:公共休息室的布告牌上前一天晚上钉出了一张大告示。

幻影显形课

如果你已年满十七岁或到八月三十一日年满十七岁,便可参加由魔法部幻影显形教员教授,为期十二周的幻影显形课程。

愿意参加者请在下面签名。

学费:十二加隆。

哈利和罗恩加入到挤在告示前依次签名的学生中。罗恩刚拿出鹅毛笔要在赫敏后面签名,拉文德悄悄走到他身后,用手蒙住了他的眼睛,嗲声嗲气地说:"猜猜是谁,罗—罗?"哈利转身看到赫敏高傲地走开了,就追了上去,他也不想留在罗恩和拉文德旁边。但令他惊讶的是,罗恩在刚过肖像洞口不远处就追上了他们,耳朵通红,好像不大高兴。赫敏一句话没说,加快脚步跟纳威一起走了。

"这个——幻影显形,"罗恩的语气明显告诉哈利不可提刚才的事情,"应该挺好玩的吧?"

"不知道,"哈利说,"也许自己做会好一点儿,邓布利多带我的那次可不大舒服。"

"我忘了你已经做过……我最好一次通过,"罗恩说,显得有点儿担心,"弗雷德和乔治都通过了。"

"但查理没通过,是吧?"

"是,可查理比我块头大,"罗恩伸长双臂,好像大猩猩那样,"所以弗雷德和乔治没有围绕着这事多唠叨……至少没当着他的面……"

"我们什么时候可以参加考试?"

"一满十七岁,我是三月!"

"噢,可你没法在这儿幻影显形,在这城堡里……"

"这不要紧,对不对?人人都知道我会幻影显形,如果我想的话。"

罗恩不是惟一一个为能学习幻影显形而兴奋的人。那一整天都有人在议论要开的这门课程，非常向往能够随意地消失和显形。

"多带劲啊，要是能——"西莫打了个响指代表消失，"我表哥菲戈故意用这招来气我，等我学会了……他就别想有一刻安生……"

他沉浸在憧憬中，魔杖挥得劲太足了点儿，把那天魔咒课作业要变的一股清泉变成了一道水龙，射到天花板上反弹下来，正打在弗立维教授的脸上。

"哈利幻影显形过，"在弗立维教授挥动魔杖把自己弄干，并责罚西莫抄写句子"我是个巫师，不是乱挥棍子的狒狒"之后，罗恩对有点儿羞惭的西莫说，"邓——呃——有人带他，随从显形过，知道吧。"

"哇！"西莫小声叫道，他、迪安和纳威把脑袋凑在一起，都想听听幻影显形是什么感觉。这一天里，哈利都被要他讲述幻影显形的六年级学生包围着。当他说那感觉很不舒服时，他们都面露敬畏而不是失去兴趣。晚上八点差十分，他们还在要求他回答细节问题，哈利只好谎称要去图书馆还书，才抽身出来赶到邓布利多那儿去上课。

邓布利多办公室的灯亮着，历任校长的肖像在相框里轻轻打着鼾。冥想盆又摆在了桌上，邓布利多双手扶着盆沿，右手仍是焦黑色，似乎一点没有好转。哈利第一百次地纳闷是什么造成了这么明显的损伤，但他没有问。邓布利多说过他以后会知道的，况且他还有另一件事要说。但还没等哈利提起斯内普和马尔福，邓布利多就先开口了。

"我听说你圣诞节见过魔法部长？"

"是，他对我不大满意。"

"是啊，"邓布利多叹道，"他对我也不大满意。我们尽量不要因痛苦而消沉，哈利，继续奋斗。"

哈利笑了。

"他要我告诉巫师界说魔法部干得很出色。"

邓布利多笑了起来。

"这原是福吉的主意。他在任的最后那些天，拼命要保住职位，曾经想要见你，希望你能支持他——"

“在福吉去年干了那一切之后？”哈利愤怒地问，“在乌姆里奇之后？”

“我告诉福吉不可能，但他离职后这个主意并没有死。斯克林杰被任命几小时后我们见了一面，他要求我安排和你面谈——”

“你们就为这个发生了争执？”哈利脱口而出，“《预言家日报》上登了。”

“《预言家日报》的确偶尔会报道一些真相，”邓布利多说，“虽然可能是无意的。对，我们就是为此发生了争执。看来鲁弗斯终于还是设法堵到了你。”

“他指责我‘彻头彻尾是邓布利多的人’。”

“他真无礼。”

“我说我是的。”

邓布利多张嘴想说话，但又闭上了。在哈利身后，凤凰福克斯发出一声轻柔、悦耳的低鸣。哈利突然发现邓布利多那双明亮的蓝眼睛有些湿润，他大为窘迫，忙低头看着自己的膝盖。但邓布利多说话时，声音却相当平静。

“我很感动，哈利。”

“斯克林杰想知道你不在霍格沃茨的时候会去哪儿。”哈利仍然盯着膝盖。

“是啊，他很爱打听这个。”邓布利多的声音愉快起来，哈利感到可以抬头了。“他甚至企图盯我的梢，真是有趣。他派德力士跟踪我，这可不大好，我已经被迫对德力士用过魔咒，非常遗憾地又用了一次。”

“所以他们还不知道你去哪儿？”哈利问，希望就这个他很好奇的问题获得更多信息，但邓布利多只是从半月形的眼镜片上方望着他笑了笑。

“是啊，他们不知道，现在告诉你也还为时过早。现在，我建议我们继续上课，除非有别的事——？”

“有，先生，”哈利说，“是关于马尔福和斯内普的。”

“斯内普教授，哈利。”

“是的，先生。我听到他们在斯拉格霍恩教授的晚会上……嗯，实际上我跟踪了他们……”

邓布利多不动声色地听着。哈利讲完后他沉默了一会儿，然后说道："谢谢你告诉我，哈利，但我建议你别把它放在心上。我认为这不是很重要。"

"不是很重要？"哈利不相信地说，"教授，你理解——？"

"是的，哈利，感谢上天赐予我非凡的智力，我理解你对我讲的一切。"邓布利多有点尖锐地说，"我想你甚至可以相信我比你更理解。我很高兴你能告诉我，但让我向你保证，你没有说到令我不安的事情。"

哈利坐在那儿瞪着邓布利多，心里像开了锅。这到底是怎么回事？难道邓布利多真的授意过斯内普去探明马尔福的动向，他已从斯内普口中听过哈利所说的情况？还是他实际上很担忧，只是装出一副若无其事的样子？

"那么，先生，"哈利用他希望是礼貌、平静的声音说，"你还是信任——"

"我已经够宽容地回答了这个问题，"邓布利多说，但语气不再宽容，"我的回答没有变。"

"我想也没有。"一个讥讽的声音说。菲尼亚斯·奈杰勒斯显然只是假装睡着了。邓布利多没有理他。

"现在，哈利，我必须坚持继续上课了。今晚我有更重要的事要跟你讨论。"

哈利不服气地坐在那儿，如果他拒绝转换话题呢，如果他坚持争论马尔福的问题呢？邓布利多摇了摇头，仿佛看透了哈利的心思。

"啊，哈利，这是多么常见的事情，即使在最好的朋友之间！我们都相信自己要说的比对方的重要得多！"

"我不认为你要说的不重要，先生。"哈利语气生硬地说。

"嗯，你说对了，它是很重要。"邓布利多轻快地说，"我今晚要给你看两个回忆，它们都来之不易，我想第二个是我收集到的所有回忆中最重要的一个。"

哈利没有说话，还在为他的报告遭受冷遇而生气，但他也看出再争下去没有什么好处。

“所以，”邓布利多朗声说道，“我们今晚要继续汤姆·里德尔的故事，上节课讲到他正要跨入霍格沃茨的门槛。你大概还记得他听说了自己是巫师时是多么兴奋，还有他拒绝让我陪他去对角巷，我也警告过他进校后不得继续偷窃。

“新学年开始了，带来了汤姆·里德尔，一个穿着二手袍子的安静男孩，跟其他新生一起排队参加分院仪式。分院帽几乎是一碰到他的脑袋，就把他分到了斯莱特林学院。”邓布利多继续说着，焦黑的手朝身后一挥，指了指那顶待在他头顶架子上一动不动的古老陈旧的分院帽，“我不知道里德尔什么时候了解到该学院著名的创始人会蛇佬腔——也许就在那天晚上。这个消息想必令他十分兴奋，并增加了他的自负。”

“或许他在公共休息室里用蛇佬腔吓唬过斯莱特林的同学或让他们佩服起他来，然而，这些一点也没有传到教员们那里。他外表没有露出丝毫的傲慢或侵略性。作为一个资质超常又十分英俊的孤儿，他自然地几乎一到校就吸引了教员们的注意和同情。他看上去有礼貌、安静、对知识如饥似渴。几乎所有的人都对他印象很好。”

“你没告诉他们你在孤儿院见到他时，他是什么样子？”

“没有。尽管他未曾表示过忏悔，但也许他对以前的行为有所自责，决心重新做人，我选择了给他这个机会。”

邓布利多停了下来，询问地望着哈利。哈利张嘴想说话，因为这又一次证明邓布利多过于信任别人，尽管有压倒性的证据表明那些人不值得信任。但哈利想起了什么……

“但您并不真正相信他，是不是？他告诉我……日记里出来的那个里德尔说：‘邓布利多似乎从来不像其他教师那样喜欢我’。”

“这么说吧，我不是无条件地认为他值得信任。”邓布利多说，“前面已经提过，我决定密切观察他，我确实这么做了。我不能说从一开始的观察中就发现了很多。他对我很戒备。我相信他是感觉到了，他在发现自己真实身份时的那阵激动中对我说得太多了一点。他小心地注意不再暴露那么多。但他无法收回那些他在兴奋中说漏的话，也无法收回科尔夫人对我吐露的那些。然而，他很明智，没有企图像迷惑我的那么多同事一样来迷惑我。

“在学校的几年里,他在身边笼络了一群死心塌地的朋友,我这么说是因为没有更好的词,但我已经提过,里德尔无疑对他们毫无感情。这帮人在城堡里形成一种黑暗势力,他们成份复杂,弱者为寻求庇护,野心家想沾些威风,还有生性残忍者,被一个能教他们更高形式残忍的领袖所吸引。换句话说,他们是食死徒的前身,有的在离开霍格沃茨后真的成了第一批食死徒。

“里德尔对他们控制得很严,这帮人从未被发现公开干坏事,虽然他们在校那七年霍格沃茨发生过多起恶性事件,但都未能确凿地与他们联系起来。最严重的一起当然是密室的开启,造成一名女生死亡。你知道,海格为此案受了冤枉。

“我在霍格沃茨没找到多少关于里德尔的记忆,”邓布利多说着把他那枯皱的手放在冥想盆上,“没有几个当时认识他的人愿意谈他,他们太害怕了。我现在知道的,是在他离开霍格沃茨后,费了许多的劲儿,寻访那些能够被引出话来的人,查找旧记录,询问了麻瓜和巫师之后才了解到的。

“那些肯对我回忆的人告诉我,里德尔对他的出身很着迷。当然这可以理解,他在孤儿院长大,自然想知道他是怎么到那儿的。看来他曾在奖品室、在学校旧记录的级长名单中,甚至在魔法史书里搜寻过老汤姆·里德尔的踪迹,但一无所获,最后他被迫承认他父亲从未进过霍格沃茨。我相信就是在那时他抛弃了这个名字,改称伏地魔的,并开始调查以前被他轻视的他母亲的家史——你应该记得,他认为那个女人既然屈从于死亡这一人类的可耻弱点,就不可能是巫师。

“他惟一的线索只有‘马沃罗’这个名字,他从孤儿院管理人员那里得知这是他外祖父的名字。经过在旧书和巫师家庭中一番艰苦的查询,他终于发现了斯莱特林家族残存的一支。十六岁那年的夏天,他离开了每年要回去的孤儿院,去寻找他冈特家的亲戚。现在,哈利,请站起来……”

邓布利多站了起来,哈利看到他又拿着一个小水晶瓶,里面盛满了打着旋的、珍珠色的回忆。

"我能收集到这个非常幸运。"他一边说一边把那亮晶晶的东西倒进了冥想盆,"等我们经历了之后,你就会理解了。可以了吗?"

哈利走近石盆,顺从地俯下身子,将面孔浸入了回忆中。他又体验到那种熟悉的在虚空中坠落的感觉,然后落在一块肮脏的石头地上,周围几乎一片漆黑。

过了几秒钟他才认出了这个地方,这时邓布利多也落在了他身旁。冈特家污秽得无法形容,比哈利见过的任何地方都脏。天花板上结着厚厚的蛛网,地面黑糊糊的,桌上搁着霉烂的食物和一堆生了锈的锅。惟一的光线来自一个男人脚边那根摇摇欲灭的蜡烛。那人头发胡子已经长得遮住了眼睛和嘴巴。有那么一刻,哈利甚至猜测他是不是死了,但忽然响起的重重敲门声,使那人浑身一震,醒了过来,他右手举起魔杖,左手拿起一把短刀。

门吱呀一声开了,门口站着一个男孩,提着一盏老式的油灯。哈利立刻认了出来:高个儿,黑头发,脸色苍白,相貌英俊——少年伏地魔。

伏地魔的目光在脏屋子中缓缓移动着,发现了扶手椅上的那个人。他们对视了几秒钟,那人摇摇晃晃地站起来,脚边的许多酒瓶乒乒乓乓,丁丁当当地滚动着。

"**你**!"他吼道,"**你**!"

他醉醺醺地扑向里德尔,高举着魔杖和短刀。

"*住手!*"

里德尔用蛇佬腔说。那人刹不住脚撞到了桌子上,发了霉的锈锅摔落在地上。他瞪着里德尔,他们久久地相互打量着,那人先打破了沉默。

"*你会说那种话?*"

"*对,我会说。*"里德尔走进房间,门在他身后关上了。哈利不禁对伏地魔的毫无畏惧感到一种恼火的钦佩。他的脸上显出厌恶,也许还有失望。

"*马沃罗在哪儿?*"他问。

"*死了,*"对方说,"*死了好多年了,不是吗?*"

里德尔皱了皱眉。

“那你是谁?”

“我是莫芬,不是吗?”

“马沃罗的儿子?”

“当然是了,那……”

莫芬推开脏脸上的头发,好看清里德尔。哈利看出他右手上戴着马沃罗的黑宝石戒指。

“我以为你是那个麻瓜,”莫芬小声说,“你看上去特像那个麻瓜。”

“哪个麻瓜?”里德尔厉声问。

“我姐姐迷上的那个麻瓜,住在对面大宅子里的那个麻瓜。”莫芬说着,出人意料地朝两人之间的地上啐了一口,“你看上去就像他。里德尔。但他现在年纪大了,是不是?他比你大,我想起来了……”

莫芬似乎有点儿晕,他摇晃了一下,但仍扶着桌边。

“他回来了,知道吧。”他傻乎乎地加了一句。

伏地魔盯着莫芬,仿佛在估计他的潜能。现在他走近了一些,说道:“里德尔回来了?”

“啊,他抛弃了我姐姐,我姐姐活该,嫁给了垃圾!”莫芬又朝地上啐了一口,“还抢我们的东西,在她逃跑之前!挂坠盒呢,哼,斯莱特林的挂坠盒哪儿去了?”

伏地魔没有说话。莫芬又愤怒起来,挥舞着短刀大叫道:“丢了我们的脸,她,那个小荡妇!你是谁?到这儿来问这些问题?都过去了,不是吗……都过去了……”

他移开了目光,身子微微摇晃着。伏地魔走上前。这时一片异常的黑暗袭来,吞没了伏地魔的油灯和莫芬的蜡烛,吞没了一切……

邓布利多的手紧紧抓着哈利的胳膊,两人腾空飞回到了现实。在经历了那穿不透的黑暗之后,邓布利多办公室那柔和的金黄色灯光令哈利觉得有些刺眼。

“就这些?”哈利马上问,“为什么一下子黑了,发生了什么事?”

“因为莫芬想不起此后的事了。”邓布利多招手让哈利坐下,“他第二天早上醒来时是一个人躺在地上,马沃罗的戒指不见了。

“与此同时，在小汉格顿村，一个女仆在大街上尖叫着狂奔着，说大宅子的客厅里有三具尸体：老汤姆·里德尔和他的父母。

“麻瓜当局一筹莫展。据我所知，他们至今仍不知道里德尔一家是怎么死的，因为阿瓦达索命咒一般都不留任何伤痕……惟一的例外正坐在我面前。”邓布利多朝哈利的伤疤点了一下头，接着说道，“可魔法部立刻就知道是巫师下的毒手。他们还知道一个素来憎恨麻瓜的人住在里德尔家对面，并且此人曾因袭击此案中的一个被害人而进过监狱。

“于是魔法部找到莫芬，都没用怎么审问，没用吐真剂或摄神取念，他当即供认不讳，提供了只有凶手才知道的细节，并说他为杀了那些麻瓜而自豪，说他多年来一直在等着这个机会。他交出的魔杖立刻被证明是杀害里德尔一家的凶器。他没有抵抗，乖乖地被带进了阿兹卡班。惟一令他不安的是他父亲的戒指不见了。‘他会杀了我的。’他反复对逮捕他的人说，‘我丢了他的戒指，他会杀了我的。’那似乎是他后来所有的话。他在阿兹卡班度过了余生，哀悼着马沃罗最后一件传家宝的丢失，最后被葬在监狱旁边，与其他那些死在狱中的可怜人葬在了一起。”

“伏地魔偷了莫芬的魔杖，用它杀了人？”哈利说着坐直了身体。

“不错，”邓布利多说，“没有回忆证明这一点，但我想我们可以相当确定。伏地魔击昏了他的舅舅，拿了他的魔杖，穿过山谷到‘对面的大宅子’去了，杀死了那个抛弃他那巫师母亲的麻瓜，顺带杀掉了他的麻瓜祖父母，抹去了不争气的里德尔家族，也报复了从来不想要他的生父。然后他回到冈特家，施了那点儿复杂的魔法，把假记忆植入他舅舅的脑子里，又将魔杖放在它昏迷的主人身旁，拿了那枚古老的戒指扬长而去。”

“莫芬从没想到是他干的？”

“没有。我说过，他供认不讳，并且到处炫耀。”

“但他一直保留着这段真实的记忆？”

“是的，但需要大量高技巧的摄神取念才能把它引出来。莫芬已经认罪，谁还会去挖他的思想呢？但我在他在世的最后几个星期里去探过监，那时我正努力设法了解伏地魔的过去。我好不容易提取了这段回忆，看到这些内容后，我试图争取把莫芬放出阿兹卡班。但魔法部还没做出决定,莫芬就去世了。"

"可魔法部怎么没想到伏地魔对莫芬做了什么呢?"哈利愤然道,"他当时还未成年,对吧? 我以为他们能测出未成年人施的魔法呢!"

"你说得很对——他们能测出魔法,但测不出施魔法者:你还记得魔法部指控你施了悬停魔咒,而实际上是——"

"多比干的。"哈利低吼道,那次冤枉还让他愤愤不平,"所以如果你未成年,你在成年巫师的家里施魔法,魔法部不会知道?"

"他们肯定搞不清是谁施了魔法。"邓布利多说,对哈利大为愤慨的表情微微一笑,"他们靠巫师父母来监督孩子在家中的行为。"

"那是废话。"哈利激动地说,"看看发生了什么,看看莫芬!"

"我同意,"邓布利多说,"不管莫芬是什么人,他不应该那样屈死在狱中,顶着一个他没有犯过的谋杀罪名。但时间已晚,我想在结束前再给你看一段记忆……"

邓布利多从里面的口袋里又摸出一个小水晶瓶,哈利顿时安静下来,想起邓布利多说这是他收集的记忆中最重要的一个。哈利注意到瓶里的东西不太容易倒进冥想盆,好像有点凝结,难道记忆也会变质吗?

"这个不长,"终于倒空小瓶后,邓布利多说,"我们一会儿就回来。好了,再次进入冥想盆吧……"

哈利再次感到掉进了那银色的表层,这次正落在一个人面前,他立刻认了出来。

这是年轻得多的霍拉斯·斯拉格霍恩,哈利习惯了他的秃顶,看到斯拉格霍恩一头浓密光泽的黄色头发,觉得不大舒服,就好像他在头上盖了茅草,虽然头顶已有一块亮亮的、金加隆那么大的秃斑。他的胡子没有现在多,是姜黄色的,身体也不像哈利认识的斯拉格霍恩那样滚圆,不过那绣花马甲的金纽扣已经绷得相当紧了。他一双小脚搁在一个天鹅绒的大坐垫上,半躺在一张舒适的带翼扶手椅上,手里握着一小杯葡萄酒,另一只手在一盒菠萝蜜饯里挑拣着。

邓布利多出现在身边,哈利环顾着四周,发现他们站在斯拉格霍恩的办公室里。六七个男孩围坐在斯拉格霍恩旁边,都是十五六岁,椅子都比他的硬或矮。哈利立刻认出了里德尔。他面孔最英俊，也是看上去最放松的一个，右手漫不经心地搭在椅子扶手上。哈利心中一震，看到他戴着马沃罗的黑宝石戒指，这么说这时他已经杀了他的父亲。

“先生，梅乐思教授要退休了吗？”里德尔问。

“汤姆，汤姆，我知道也不能告诉你。”斯拉格霍恩责备地对他摇晃着一根沾满糖霜的手指，但又眨眨眼睛使这效果略微受到了破坏，“我不得不说，我想知道你的消息是从哪儿得来的，孩子。你比一半的教员知道得都多。”

里德尔微微一笑，其他男孩也笑了起来，向他投去钦佩的目光。

“你这个鬼灵精，能知道不该知道的事，又会小心讨好重要的人——顺便谢谢你的菠萝，你猜中了，这是我最喜欢的——”

几个男孩窃笑时，一件怪事发生了。整个房间突然被白色的浓雾笼罩着，哈利只能看到身边邓布利多的脸。斯拉格霍恩的声音在屋里响起，响亮得很不自然：“——你会犯错误的，孩子，记住我的话。”

雾散了，跟来的时候一样突然，但是没人提到它，从他们脸上也看不出刚刚发生过什么异常的事情。哈利困惑地环顾着四周，斯拉格霍恩书桌上的金色小钟敲响了十一点。

“老天，已经到时间了？”斯拉格霍恩说，“该走啦，孩子们，不然我们就麻烦了。莱斯特兰奇，明天交论文，不然就关禁闭。你也一样，埃弗里。”

斯拉格霍恩从椅子上爬了起来，把空杯子拿到桌前，男孩们鱼贯而出。但里德尔落在后面。哈利看得出他在故意磨蹭，希望单独跟斯拉格霍恩留在屋里。

“快点儿，汤姆，”斯拉格霍恩转身发现他还在，说道，“你不想被人抓到你熄灯时间还在外面吧，你是级长……”

“先生，我想问您一点事儿。”

“那就快问，孩子，快问……”

“先生，我想问您知不知道……魂器。”

又来了：屋里浓雾弥漫，哈利既看不见斯拉格霍恩也看不见里德尔了，只有邓布利多在他身边安详地微笑着。然后斯拉格霍恩的声音再次洪亮地响起，跟刚才一样。

"我对魂器一无所知，即使知道也不会告诉你！马上出去，不要让我再听到你提这个！"

"嗯，就这样，"邓布利多在哈利旁边平静地说，"该走了。"

哈利双脚离开了地面，几秒钟后落回到邓布利多书桌前的地毯上。

"就这些？"哈利茫然地问道。

邓布利多说过这是最重要的记忆，可他看不出重要在哪里。当然，那突如其来的白雾，并且似乎没人注意到它，是很奇怪，但除此之外好像没发生什么，只是里德尔问了一个问题，没得到回答。

"你可能注意到了，"邓布利多坐回了桌子后面，说道，"这段记忆被篡改过了。"

"篡改过？"哈利重复道，也坐了下来。

"当然，"邓布利多说，"斯拉格霍恩教授篡改了他自己的记忆。"

"可他为什么要那么做呢？"

"因为，我想，他对这段记忆感到羞愧，所以就把它篡改了，使自己体面一些，抹去了他不想让我看到的部分。你也看到了，篡改得很拙劣，这倒是好事，说明真实的记忆还在底下。"

"所以，我第一次要给你布置作业了，哈利。你要设法使斯拉格霍恩教授暴露出真实的记忆，这无疑将是我们最关键的资料。"

哈利瞪圆了眼望着他。

"可是，先生，"他说，尽量保持着语气的恭敬，"您不需要我——您可以用摄神取念……或吐真剂……"

"斯拉格霍恩教授是个非常有能耐的巫师，会防到这两招的。他大脑封闭的功夫比可怜的莫芬高多了。自从我逼他交给我这个失真的记忆之后，他不随身带着吐真剂的解药才怪呢。

"我想，企图强行从斯拉格霍恩教授那儿获取真相是愚蠢的，弊大于利。我不希望他离开霍格沃茨。不过，他像我们大家一样有自己的弱点，我相信你是能够突破他防线的人。拿到真实的记忆非常重要，哈利……具体有多重要，只有在看了真东西之后才知道。所以，祝你好运……晚安。”

哈利虽然对自己突然被打发走有些吃惊，但还是马上站了起来。

“晚安，先生。”

带上书房的门时，他清楚地听到菲尼亚斯·奈杰勒斯说：“我看不出那男孩怎么能比你更合适，邓布利多。”

“我也不指望你能看出来，菲尼亚斯。”邓布利多答道。福克斯又发出一声悦耳的低鸣。

第 18 章

生日的意外

第二天，哈利把邓布利多给他布置的作业告诉了罗恩和赫敏，是分别说的，因为赫敏在罗恩面前仍然不肯久待，最多只是轻蔑地白他一眼。

罗恩认为哈利在斯拉格霍恩那里不可能会遇到什么麻烦。

“他喜欢你，”吃早饭时，罗恩轻松地挥着一叉子煎鸡蛋说，“不会拒绝你任何事的，是不是？你是他的魔药小王子。今天下午课后留下来问他好了。”

赫敏则悲观一些。

“他一定是决心隐瞒真相了，如果连邓布利多都拿不到的话。”她低声说，这时是课间休息，他们站在积满白雪、冷冷清清的院子里，“魂器……魂器……我都没听说过……”

“你没听说过？”

哈利很失望，他还指望赫敏能提供一些线索呢。

“准是很高级的魔法，不然伏地魔为什么想知道？我觉得要搞到这个情报很困难，哈利，你必须非常谨慎，怎么接近斯拉格霍恩，要想个计策。”

“罗恩说只要我今天魔药课后留下来……”

“哦，如果罗－罗说了，你最好照办，”她顿时火冒三丈，“罗－罗的判断什么时候错过啊？”

“赫敏，你就不能——”

“不能！”她怒气冲冲地甩了一句，转身就走，把哈利一个人丢在齐踝深的雪地里。

这些天的魔药课已经够不自在的了，因为哈利、罗恩和赫敏坐在一张桌子上。今天赫敏把她的坩埚挪到一边，和厄尼挨着坐，对哈利和罗恩两个人都不理了。

“你怎么得罪她了？”罗恩看着赫敏高傲的侧影，小声问哈利。

哈利还没来得及答话，斯拉格霍恩就在前面叫大家安静了。

“请静一静，静一静！快点儿，今天下午有很多事要做！戈巴洛特第三定律……谁能给我讲讲——？当然是格兰杰小姐啦！”

赫敏用最快的速度背道：“戈巴洛特第三定律称，混合毒药之解药大于每种单独成份之解药之总和。”

“完全正确！”斯拉格霍恩微笑道，“格兰芬多加十分！现在，如果我们承认戈巴洛特第三定律成立……”

哈利只能按斯拉格霍恩的话相信戈巴洛特第三定律成立，因为他压根儿没听懂。除了赫敏之外，似乎谁也没听懂斯拉格霍恩下面的话：

“……当然，这意味着，假使我们已用斯卡平的现形咒正确分析出魔药的成份，我们的首要目标不是简单地选择每种个体成份的解药，而是找到附加成份，它能通过近乎于炼金术的程序，把各种互不相干的成份变形——”

罗恩半张着嘴坐在哈利旁边,心不在焉地在他那本崭新的《高级魔药制作》上乱画着。罗恩总是忘记他现在听不懂课已经不能再靠赫敏救他了。

"……所以,"斯拉格霍恩最后说,"我要你们每人来我的讲台上拿一个小瓶子,在下课前必须配出瓶中之物的解药。祝你们好运,别忘了戴防护手套!"

赫敏马上离开凳子朝讲台走去,她都走到一半了,其他人才意识到要行动。等哈利、罗恩和厄尼回到桌前,她已经把瓶里的东西倒进了坩埚,在下面点起了火。

"可惜那个王子这次也帮不上你了,哈利,"她直起腰,愉快地说,"你必须理解其中的原理,没法投机取巧!"

哈利恼火地拔出瓶塞,把那鲜艳的粉红色毒药倒进坩埚,点着了火,一点儿也不知道下面该干什么了。他看看罗恩,罗恩傻头傻脑地站在那儿,只是依样做完了哈利所做的事。

"王子真的没有提示吗?"罗恩小声问哈利。

哈利抽出他那本宝贝的《高级魔药制作》,翻到解药那一章。有戈巴洛特第三定律,跟赫敏背的一字不差,但没有王子写的注释。显然王子跟赫敏一样毫不费力就理解了。

"没有。"哈利沮丧地说。

赫敏劲头十足地在坩埚上方挥舞着魔杖,可惜他们模仿不了她的魔法,因为她现在已很擅长无声咒,不用说出咒语。这时厄尼正对着他的坩埚念叨着"*原形立现!*"听起来挺像回事,哈利和罗恩赶紧效仿。

只过了五分钟,哈利就意识到他那班上第一魔药师的名声将要毁于一旦。斯拉格霍恩第一次巡视时期待地朝他的坩埚里看了看,正准备像往常那样兴奋地欢呼,可是他又立即缩回了头,被臭鸡蛋味熏得连连咳嗽。赫敏的表情得意到极点,她受够了每次魔药课上自己都被人超过。现在她正把那些神秘分离的成份小心地注入到十个不同的小水晶瓶里。哈利为了避免看到这恼人的情形,只好埋头去看混血王子的书,他猛地翻了几页。

有了,在那一长串解药名字的右边潦草地写着:

只需在嗓子里塞入一块粪石

哈利盯着这行字看了一会儿。粪石他不是听说过吗,很久以前,斯内普在第一堂魔药课上就提到:“山羊胃中的结石,可抵御多种毒药。”

这不是戈巴洛特问题的答案,如果这课还是斯内普教,哈利也不敢这么做,但此刻他顾不得了。他冲向储藏柜,推开独角兽角和一堆堆干草药,在里面胡乱地翻找着,终于在最里面找到了一个小硬纸盒,上面潦草地写着“粪石”。

斯拉格霍恩叫道:“还有两分钟,各位!”哈利打开盒子,看到了六块皱缩的褐色物体,与其说像石头,不如说像干腰子。他拿了一块,把盒子放回柜中,快步走回坩埚旁。

“时间……到!”斯拉格霍恩愉快地说,“看看你们做得怎么样! 布雷司……你有些什么?”

斯拉格霍恩在教室中缓缓地巡视,检查着那些五花八门的解药。谁都没有做完,赫敏正争取在斯拉格霍恩过来之前往她的瓶里再塞入几样成份。罗恩彻底放弃了,只是在努力避免吸入他坩埚发出的腐臭气。哈利站在那儿等着,粪石攥在有点汗津津的手里。

斯拉格霍恩最后踱到了他们桌前,闻了闻厄尼的解药,皱着眉朝罗恩走去。他在罗恩的坩埚前没有多待,迅速退开了,有一点作呕。

“你呢,哈利,”他说,“你要给我看什么?”

哈利伸出手,掌心里躺着那块粪石。

斯拉格霍恩低头看了足足十秒钟,哈利都担心他要吼起来了,但他扬起头,放声大笑。

“你真有胆量,孩子!”他捏起粪石,高高地举起来让全班同学看,“哦,真像你母亲……我不能判你错……粪石当然能解所有这些魔药!”

赫敏满脸是汗,鼻子上粘着灰,面色铁青。她那没做完的解药在斯拉格霍恩身后慢吞吞地冒着泡,其中含有五十二种成份,包括一团她自己的头发。可斯拉格霍恩眼中只有哈利。

“你是自己想到粪石的，是不是，哈利？”赫敏咬着牙问。

“这就是真正的魔药师需要的独立精神！”哈利还没答话，斯拉格霍恩高兴地说，“正像他母亲，对魔药有着天生的悟性，他无疑是得了莉莉的遗传……对，哈利，对，如果你有粪石，那当然管用……不过，因为它不是什么毒都能解，而且它很稀少，所以了解怎样配制解药还是有用的……”

全班惟一比赫敏更恼火的人是马尔福。哈利开心地看到他身上洒了猫尿似的东西。但他们还没来得及对哈利什么也没做就得了全班第一表示愤慨，下课铃就响了。

“收拾东西！”斯拉格霍恩说，“格兰芬多敢于冒险，加十分！”

他呵呵地笑着，摇摇摆摆地走回了讲台前。

哈利有意落后，磨磨蹭蹭地收拾着书包。罗恩跟赫敏走时都没祝他好运。两人都气鼓鼓的。最后教室里只剩下了哈利和斯拉格霍恩两个人。

“快点儿吧，哈利，你下节课要迟到了。”斯拉格霍恩亲切地说，一边扣上了他那火龙皮公文包的金搭扣。

“先生，我想问你一点儿事。”哈利说，不禁想起了伏地魔。

“那就快问，亲爱的孩子，快问……”

“先生，我想问你知不知道……魂器。”

斯拉格霍恩僵住了，他的圆脸似乎凹陷下去。他舔舔嘴唇，沙哑地问：“你说什么？”

“我问你知不知道魂器，先生。”

“邓布利多让你来的？”斯拉格霍恩低声问。

他的语气完全变了，不再亲切，而是充满了震惊和恐惧。他在胸前的口袋里摸了一会儿，抽出一条手帕擦了擦冒汗的额头。

“邓布利多给你看了那个——那个记忆，是不是？”

“是的。”哈利临时决定最好不要撒谎。

“当然啦，”斯拉格霍恩轻声说，一边还在擦拭着苍白的面孔，“当然……如果你看了记忆，哈利，你就会知道我对魂器一无所知——一无所知。”他用力重复着这几个字。

然后他抓起火龙皮公文包，把手帕塞回口袋里，朝地下教室外走去。

“先生，”哈利急切地说，“我只是想，记忆里可能还有一点儿东西——”

“是吗？那你就错了，是不是？**错了！**”

他吼出最后一个词，不等哈利说话，就砰地带上门走了。

听哈利讲述完这次灾难性的谈话，罗恩跟赫敏都毫不同情。赫敏还在为哈利没好好做功课就取胜而愤愤不平，罗恩则怨恨哈利没有塞给他一块粪石。

“如果我们两个人都那么做只会显得很愚蠢！”哈利暴躁地说，“你看，我必须设法软化他，才能问他伏地魔的事，是吧？唉，你能不能振作点儿？”见罗恩听到那个名字畏缩了一下，哈利恼怒地说。

哈利对自己的失败以及罗恩、赫敏对自己的态度感到窝火，在以后的几天中，他一直在寻思着下一步该拿斯拉格霍恩怎么办，最后他决定暂时让斯拉格霍恩以为他已忘掉了魂器。显然，最好先让对方产生一种安全感，再攻其不备。

哈利没再去问斯拉格霍恩，魔药教师便对他又恢复了平日的宠爱，似乎把那件事忘到了脑后。哈利等着再接到他那种小聚会的邀请，打定主意这次聚会就是跟魁地奇训练冲突他也要参加。可是他没有等到。他问了赫敏和金妮，她们俩也没接到邀请，并且据她们所知，别人也没有接到。哈利不禁想到也许斯拉格霍恩并非真的那么健忘，也许他是决心不让哈利有机会来问他了。

与此同时，霍格沃茨的图书馆破天荒的第一次令赫敏失望了。她大为震惊，甚至忘了自己还在为哈利用粪石投机取巧而生气。

“我没找到一条关于魂器用途的资料！”她对哈利说，“一条都没有！我翻遍了禁书区，甚至看了最可怕的书，教你怎么熬制最恐怖的魔药的那些——都没有！我只在《至毒魔法》的序言中找到了这个，你听——‘关于魂器这一最邪恶的魔法发明，在此不加论述，亦不予指导’……那干吗要提啊？”赫敏恼火地合上那本旧书，旧书发出幽灵般的哀号。“闭嘴！”她没好气地说,一边把它塞进了书包。

进入二月,学校周围的积雪融化了,取而代之的是凄冷的阴湿。灰紫色的云块低低地压在城堡上空,连绵的寒雨使得草坪变得湿滑、泥泞。结果六年级学生的第一节幻影显形课就从操场移到了大礼堂里,这门课被安排在星期六上午,以免耽误常规课程。

哈利和赫敏来到大礼堂时(罗恩和拉文德一起走了),发现桌子都不见了。雨水敲打着高高的窗户,施了魔法的天花板在头顶上昏暗地旋转着。他们集合在麦格、斯内普、弗立维和斯普劳特教授(四位院长)和一个小个子巫师的面前。哈利猜想那位应该就是魔法部来的幻影显形课指导教师。他苍白得出奇,睫毛透明,头发纤细,有一种不真实感,好像一阵风就会把他吹走。哈利想,或许是因为经常移形和显形削弱了他的体质,或是这种纤弱的体形最适于消失。

"上午好,"当学生们到齐了、院长们叫大家安静下来之后,魔法部的巫师说,"我叫威基·泰克罗斯,在接下来的十二周中将担任你们的幻影显形课指导教师,希望能帮你们为这次幻影显形考试做好准备——"

"马尔福,安静听讲!"麦格教授厉声说。

大家转过头,马尔福脸色暗红,满面怒容地从克拉布身边走开了,他们刚才似乎正在小声争吵。哈利瞥了一眼斯内普,他好像也很恼火,不过哈利怀疑这更多的是因为麦格教授批评了他学院的学生,而不是因为马尔福不守纪律。

"——到那时,许多同学也许已有能力参加考试。"泰克罗斯继续说,仿佛没有被打断似的。

"大家也许知道,在霍格沃茨校内一般无法幻影显形和移形。校长特地撤销了魔法,将这一限制解除一小时,仅仅在大礼堂里,让大家可以练习。我强调一下,不可幻影显形到这礼堂的墙外,谁要是尝试谁就是不明智的。

"现在我希望大家各自站好,在身前留够五英尺的空间。"

礼堂里一片混乱,学生们开始散开,撞到一起,叫别人走出自己的领地。院长们在学生中走来走去,帮他们排好位置,调解纠纷。

“哈利，你去哪儿？”赫敏问。

哈利没有回答；他迅速穿过人群，从正在尖叫着给几个都想靠前站的拉文克劳学生找位子的弗立维教授面前走了过去，又从正在轰赶赫奇帕奇学生站队的斯普劳特教授面前走了过去，随后又躲开了厄尼·麦克米兰，钻到了人群的末尾，站在正趁乱继续跟克拉布争吵的马尔福身后。克拉布站在五英尺外，看上去挺不服气。

“我不知道还要多久，知道吗？”马尔福凶狠地说，没注意哈利就在后头，“时间比我想的要长。”

克拉布张开嘴巴，但马尔福似乎猜到了他要说什么。

“听着，我在干什么不关你的事，克拉布，你和高尔只管执行命令和放哨！”

“我要是想让朋友为我放哨，就会告诉他们我在干什么。”哈利用刚好能让马尔福听见的声音说。

马尔福猛然转身，一只手疾速抓向魔杖，但此时四位院长正在高喊“安静！”礼堂里静了下来，他慢慢地转过身去。

“谢谢，”泰克罗斯说，“现在……”

他一挥魔杖。每个学生面前的地上立刻出现了一个老式的木圈。

“幻影显形时最重要的是要记住三个D！”泰克罗斯说，“即目标，决心，从容[①]！”

“第一步：把注意力集中到你的目标上，”泰克罗斯说，“当前，就是你们面前的木圈里面。现在请把注意力集中到你们的目标上。”

每个人都在偷偷看着周围，看大家是否都在盯着木圈，然后赶紧按要求做。哈利凝视着他的木圈里那块灰扑扑的圆形地面，努力不去想其他事情。结果发现这不可能，因为他忍不住总是在想马尔福到底在做什么事，会需要有人替他放哨。

“第二步：”泰克罗斯说，“决心去占据你所想的那个空间！让想要进去的渴望淹没你们全身每个最小的部位！”

---

① “目标，决心，从容”这三个词在英语中均以字母D开头。

哈利偷眼看了看四周,左边稍远一点的地方,厄尼正铆足劲儿盯着他的木圈,脸都涨红了,仿佛正努力下一个鬼飞球大小的蛋。哈利咬住嘴唇没敢笑,赶紧把视线转回到自己的木圈中。

"第三步:"泰克罗斯喊道,"等我下令之后……原地旋转,让自己进入虚空状态,动作要从容!现在听我的口令……一——"

哈利又朝周围看了看;许多人似乎都对这么快就要他们幻影显形感到吃惊。

"——二——"

哈利努力重新把注意力集中到他的木圈上;他已经忘记了三个D是什么。

"——三!"

哈利原地旋转起来,一下子失去了平衡,差点儿摔倒。不止是他一个,礼堂中突然到处是摇摇晃晃的人。纳威仰面躺在地上,厄尼以芭蕾舞似的动作跳到了木圈里,兴奋了片刻,直到看到迪安在冲着他哈哈大笑。

"没关系,没关系,"泰克罗斯干巴巴地说,似乎他也没指望有更好的结果,"摆好木圈,站回原位……"

第二次尝试并不比第一次好,第三次也一样糟糕。直到第四次时才出现了一点刺激。有人发出一声可怕的尖叫,大家惊恐地转过身,只见赫奇帕奇的苏珊·博恩斯正在木圈中摇摇晃晃,可左腿还留在五英尺外的原地。

院长们聚到她身边,砰的一声巨响,一阵紫色的烟雾散尽后,大家看到苏珊抽泣着,腿被安上了,但她仍面带恐惧。

"分体,即身体某部分的分离,"威基·泰克罗斯淡淡地说,"发生在决心不够坚定的时候。必须始终把注意力集中在目标上,不要慌,要从容……像这样。"

泰克罗斯走向前,张开双臂,优雅地原地旋转起来,在袍子的飘旋中消失了,随后出现在礼堂的后面。

"记住三个D,"他说,"再来一次……一——二——三——"

可是一个小时过后,苏珊的分体还是这节课上最有趣的事件。泰克罗斯似乎并不气馁。他系上斗篷，只是说："下星期六再见，各位，不要忘记：目标，决心，从容。"

他一挥魔杖消去木圈，然后跟麦格教授一起走出了礼堂。

"你做得怎么样？"罗恩急忙跑向哈利，问道，"我最后一次好像有点儿感觉了——脚底麻酥酥的。"

"我想是你的运动鞋太小了吧，罗－罗。"后面一个声音说，赫敏得意地走了过来。

"我没感觉，"哈利说，没理会赫敏的打岔，"可现在我不关心了——"

"你说什么，不关心……你不想学幻影显形？"罗恩不相信地问。

"我真的不大起劲，我更喜欢飞行。"哈利说，一边转头想看看马尔福在哪儿。走进门厅后，他加快了脚步。"快点好吗，我有点事……"

罗恩纳闷地跟着哈利跑回格兰芬多塔楼，他们被皮皮鬼耽搁了一小会儿。皮皮鬼堵上了五楼的一扇门，非要每人把自己裤子烧着才让过去，但哈利和罗恩掉头走了一条可靠的近道。五分钟后，两人爬进了肖像洞口。

"能告诉我我们去干什么吗？"罗恩问，微微有点气喘。

"上去。"哈利说着穿过公共休息室，走进通往男生宿舍楼梯的门。

正如他希望的那样，宿舍里没人。他打开箱子翻找起来，罗恩不耐烦地看着。

"哈利……"

"马尔福让克拉布和高尔放哨，他刚才和克拉布吵起来了。我想知道……啊哈！"

哈利找到了——一张折成方形、看似空白的羊皮纸。他把它展开来，用魔杖尖敲了敲。

"我庄严宣誓我不干好事……或马尔福不干好事。"

羊皮纸上立刻现出活点地图，绘着城堡每一层的详细平面图，许多带标记的小黑点正在上面移动，代表着城堡里的每个人。

"帮我找马尔福。"哈利急切地说。

他把地图摊在床上，两人趴在上面找了起来。

"这儿!"一两分钟后罗恩叫道,"他在斯莱特林的公共休息室里,看……跟帕金森、沙比尼、克拉布和高尔在一起……"

哈利看着地图,显得有点失望,但立刻又振作起来。

"从现在起我要监视他,"他坚决地说,"只要一看到他在什么地方,克拉布和高尔在外面放哨,我就披上隐形衣,去搞清他在——"

他突然打住了,纳威带着一股很重的焦煳味走了进来,径直到他箱子里找裤子。

虽然哈利决心要抓到马尔福在干什么,但他后两个星期的运气实在不佳。他尽可能频繁地查看着地图,有时在课间不必要地去上盥洗室,可是一次都没在可疑地点发现马尔福。他倒是看到克拉布和高尔单独在城堡里活动的时间比平时多,有时停在空走廊上一动不动,但那时马尔福不仅不在附近,而且在地图上都找不到他。这太神秘了,哈利想过他会不会出了学校,但城堡中安全措施这么严,他想不出马尔福怎么会出得去。他只能猜想马尔福是混在图上那几百个黑点之中。原来形影不离的马尔福、克拉布和高尔分开了,也许人长大了就会这样吧——罗恩跟赫敏就是活生生的例子,哈利悲哀地想。

由二月进入三月,天气没什么变化,只是潮湿又加上了多风。所有公共休息室布告牌上都贴出一张告示,说这次去霍格莫德的旅行取消了,大家都很不满,罗恩怨气冲天。

"是我的生日啊! 我一直盼着呢!"

"并不特别意外,是不是?"哈利说,"在凯蒂出事之后。"

凯蒂还没从圣芒戈魔法伤病医院回来。而且《预言家日报》又报道了新的失踪事件,包括几位霍格沃茨学生的亲戚。

"现在我能盼的只有无聊的幻影显形了!"罗恩丧气地说。

三节课下来,幻影显形还是那么困难,只是又有几个人做得分了身。挫折感在增强,学生中对威基·泰克罗斯以及他那三个D有不少抵触情绪,因此给他起了好些绰号,最礼貌的是狗臭屁和粪脑袋。

"生日快乐,罗恩,"三月一日早上,他们被去吃早饭的西莫和迪安吵醒后,哈利说,"送你一件礼物。"

他把纸包扔到罗恩床上，落在一小堆包裹中间，哈利猜想那些包裹是家养小精灵夜里送来的。

“同喜同喜。”罗恩迷迷糊糊地说。

在罗恩撕开纸包时，哈利下了床，打开箱子找活点地图，他每次用完都把它藏在箱子里。哈利翻出了半箱东西，才在一堆卷好的袜子底下找到了地图，那里还藏着他那瓶幸运药水，福灵剂。

“好了，”他把地图拿到床上，轻轻敲了敲，小声念道：“我庄严宣誓我不干好事。”以免从床脚走过的纳威听见。

“太棒了，哈利！”罗恩兴奋地叫了起来，挥舞着哈利送给他的魁地奇守门员手套。

“小意思。”哈利心不在焉地说，一边在斯莱特林的宿舍里仔细寻找马尔福，“嘿……我想他不在床上……”

罗恩没回答，正忙着拆礼物，不时发出开心的大叫。

“今年真是大丰收！”他宣布说，一边举起一块沉甸甸的金表，那表的边缘有奇特的符号，指针是用移动的小星星做的，“看，爸妈送给我什么了？嘿，我打算明年还要成年一次……”

“酷。”哈利抬眼看了一下罗恩的手表，嘟囔了一声，又更加仔细地查看着地图。马尔福在哪儿？他好像不在礼堂中斯莱特林的餐桌旁吃早饭……不在坐在书房中的斯内普旁边……也不在盥洗室和校医院……

“要吗？”罗恩举着一盒巧克力坩埚含混地问。

“不了，谢谢。”哈利抬头看了一眼，说道，“马尔福又不见了！”

“不可能。”罗恩把第二块巧克力坩埚塞进嘴里，从床上溜下来开始穿衣，“好啦，再不快一点儿，你就只好空着肚子幻影显形了……也许倒容易些，我想……”

罗恩若有所思地看着那盒巧克力坩埚，然后耸耸肩，拿起了第三块。

哈利用魔杖敲了敲地图，念道：“恶作剧完毕！”（虽然并未完毕）。他一边穿衣一边苦苦思索：马尔福的不时失踪肯定有原因，但他就是想不出这原因是什么。最好的办法是盯他的梢，但即使有隐形衣这也是不切实际的，因为要上课，还有魁地奇训练、作业和幻影显形，若是整天在学校里跟踪马尔福,不可能不被人注意到。

"好了吗?"他问罗恩。

快走到宿舍门口时,他发现罗恩还没动身,而是倚在床柱上,凝视着被雨水洗刷的窗户,脸上带着一种古怪的茫然表情。

"罗恩,吃早饭。"

"我不饿。"

哈利瞪着他。

"你刚才不是说——?"

"唉,好吧,我跟你下去,"罗恩叹了口气,"可我不想吃。"

哈利怀疑地打量着他。

"你刚才吃了半盒巧克力坩埚,是不是?"

"不是这么回事,"罗恩又叹了口气,"你……你不懂。"

"算了吧。"哈利说着转身去开门,虽然心中疑惑。

"哈利!"罗恩突然叫道。

"什么?"

"哈利,我受不了了!"

"你受不了什么了?"哈利问,不禁吃了一惊,他看到罗恩脸色很苍白,好像要生病的样子。

"我没法不想她!"罗恩沙哑地说。

哈利目瞪口呆,他没有料到,也拿不准自己想不想听到这个。虽然他们是朋友,但如果罗恩开始叫拉文德"拉—拉",他将不得不采取强硬立场。

"那也不妨碍你吃早饭吧?"哈利问,试图在这件事中注入一点正常思维。

"我想她不知道我的存在。"罗恩说着绝望地一摆手。

"她当然知道你的存在,"哈利被搞糊涂了,"她不是老吻你吗?"

罗恩吃惊地眨了眨眼睛。

"你说的是谁啊?"

"你说的是谁啊?"哈利说,越来越感到这谈话已经完全失去了理智。

“罗米达·万尼，”罗恩柔声道，整个面孔都亮了，好像被一道最纯净的阳光照透了。

两人对视了近一分钟，哈利才说：“这是个玩笑，对吧？你在开玩笑。”

“我想……哈利，我想我爱她。”罗恩用奇怪的声音说。

“好，”哈利说着走近了罗恩，细细地打量着他那呆滞的眼睛和苍白的脸色，“好……严肃地再说一遍。”

“我爱她，”罗恩屏息道，“你看到她的秀发了吗，又黑又亮，缎子似的……还有她的眼睛？她那双乌黑的大眼睛？还有她的——”

“真好笑，”哈利不耐烦地说，“可是玩笑结束了，好吗？别闹了。”

他转身离开了，刚走出两步，他的右耳上重重挨了一击。他摇晃了两下，回过头去，罗恩刚把拳头收回去，脸都气歪了，正要再打。

哈利本能地拔出魔杖，想都没想咒语就跳入了脑中：倒挂金钟！

罗恩大叫一声，脚跟又被猛然拽起。他无助地倒挂在空中，袍子翻垂下来。

“这是为什么？”哈利吼道。

“你侮辱了她，哈利！你说是个玩笑！”罗恩大声说，他的血涌到了头部，脸渐渐地变紫了。

“真是荒唐！”哈利说，“你中了什么——”

他忽然注意到了罗恩床上那个打开的盒子，心头像被狂奔的巨怪撞了一下。

“这巧克力坩埚是哪儿来的？”

“是生日礼物！”罗恩叫道。他吊在那儿缓缓转动着，竭力想挣脱。“我不是还给了你一块吗？”

“你从地上捡的，是不是？”

“是我床上掉下去的。好了吧？放我下来！”

“不是从你床上掉下去的，你这笨蛋，你不明白吗？这是我的，我找地图时从箱子里扔出来的。这是罗米达·万尼圣诞节前送给我的巧克力坩埚，里面加了迷情剂！”

但罗恩似乎只听进去了一个词。

"罗米达！你刚才说罗米达？哈利——你认识她？能给我介绍介绍吗？"

哈利瞪着倒挂着的罗恩，瞪着那张现在带着无限渴望的面孔，忍住一阵强烈的笑意。他的一部分——最靠近灼痛的右耳的那部分——很想把罗恩放下来，看他去发疯，一直到药力消失。可另一方面，他们还是朋友，罗恩打他时是神志失常的。哈利想，如果他让罗恩去向罗米达·万尼表达不朽的爱情，他就真该再挨一拳。

"行，我给你介绍。"哈利脑筋一转，说道，"我这就放你下来，好吗？"

他让罗恩摔在地上(他的耳朵真的很疼)，但罗恩马上跳了起来，眉开眼笑。

"她在斯拉格霍恩的办公室。"哈利蛮有把握地说，一边带着他朝门口走去。

"她为什么在那儿？"罗恩赶紧跟上，着急地问。

"哦，她跟他上魔药课。"哈利信口胡诌道。

"也许我可以申请跟她一起上？"罗恩热切地说。

"好主意。"哈利说道。

拉文德等在肖像洞口旁边，这是哈利没料到的。

"你迟到了，罗-罗！"她撅着嘴说，"我给你带了件生日——"

"走开，"罗恩不耐烦地说，"哈利要把我介绍给罗米达·万尼。"

他没再跟她说话，径自挤出了肖像洞口。哈利想对拉文德做个抱歉的表情，但可能显出的只是愉快，因为当胖夫人在他们身后旋上时，拉文德看上去已经气急败坏。

哈利担心斯拉格霍恩在吃早饭，但才敲了一声门就开了。他穿着一件绿天鹅绒的晨衣，戴着一顶一样颜色的睡帽，还是睡眼惺忪的。

"哈利，"他嘟囔道，"太早了吧……我星期六一般起得晚……"

"教授，很抱歉打搅您，"哈利尽量轻声说，罗恩踮着脚尖，企图越过斯拉格霍恩朝房间里看，"可是我的朋友罗恩误服了迷情剂，您能不能给他配点解药？我本想带他去找庞弗雷夫人，但我们不可以买韦斯莱魔法把戏坊的东西，所以，您知道……问起来会很尴尬……"

"我以为你已经给他弄出了解药呢,哈利,你不是个魔药专家吗?"斯拉格霍恩问。

"呃,"哈利有点分神,因为罗恩用胳膊肘在捅他的肋骨,想要挤进屋去,"我从没配过迷情剂的解药,先生,等我配出来,罗恩可能已经做出了什么严重的——"

罗恩帮忙似的恰好在这时哀呼起来:"我看不到她,哈利——他把她藏起来了吗?"

"药水没过期吧?"斯拉格霍恩开始带着职业的兴趣打量着罗恩,"你知道,放的时间越长药劲会越强。"

"怪不得呢。"哈利气喘吁吁地说,他现在简直是在跟罗恩搏斗,以免他把斯拉格霍恩撞倒,"今天是他的生日,教授。"他哀求道。

"哦,好吧,进来吧,进来,"斯拉格霍恩发了慈悲,"我包里有必需品,这个解药不难……"

罗恩冲进斯拉格霍恩那热烘烘的拥挤的书房,被一个带穗的脚凳绊了一下,赶紧抱住哈利的脖子才恢复了平衡。他小声说:"她没看见,没看见吧?"

"她还没来呢。"哈利说,一边看着斯拉格霍恩打开配药包,往一个小水晶瓶里加点儿这个又加点儿那个。

"那就好,"罗恩热切地说,"我看上去怎么样?"

"非常英俊,"斯拉格霍恩递给罗恩一杯澄清的液体,"把它喝了,这是滋补神经的,能让你在她来时保持镇静。"

"太棒了。"罗恩迫不及待地说,咕嘟一声喝下了解药。

哈利和斯拉格霍恩观察着他。有那么一刻,罗恩笑嘻嘻地望着他们,然后,他的笑容很慢很慢地消失了,变成了极度的恐惧。

"恢复正常了?"哈利笑着问,斯拉格霍恩呵呵地笑了。

"非常感谢您,教授。"

"不客气,孩子,不客气。"斯拉格霍恩说,罗恩跌坐到旁边的扶手椅上,像霜打了一般。"提提精神,这是他现在需要的。"斯拉格霍恩继续说,一边急忙走到一个摆满饮料的桌子前,"我有黄油啤酒、葡萄酒,还有最后一瓶橡木陈酿的蜂蜜酒……嗯……本想送给邓布利多做圣诞礼物的……算了……"他耸了耸肩膀,"他反正不知道！我们为什么不打开它,庆祝一下韦斯莱先生的生日呢？要驱散爱情幻灭的痛苦,莫过于一杯好酒……"

他又大笑起来,哈利也笑了。这是自上回灾难性的试探之后,他算是第一次单独跟斯拉格霍恩在一起。也许,只要让斯拉格霍恩保持好心情……让他喝够橡木陈酿的蜂蜜酒……

"来吧,"斯拉格霍恩递给哈利和罗恩每人一杯蜂蜜酒,举着杯子说,"生日快乐,拉尔弗——"

"——罗恩——"哈利小声说。

可罗恩似乎没听到祝酒,已经把酒倒进嘴里,咽了下去。

有那么一秒钟,几乎只是一下心跳的时间,哈利感到出了可怕的问题,而斯拉格霍恩似乎没有发觉。

"——祝你有更多——"

"罗恩！"

罗恩掉了杯子,想从椅子上站起来,但却倒了下去。他四肢剧烈地痉挛着,口吐白沫,眼珠凸了出来。

"教授！"哈利大叫,"快想想办法！"

可是斯拉格霍恩好像吓呆了。罗恩抽搐着,呼吸困难,皮肤开始变青。

"怎么——可是——"斯拉格霍恩结结巴巴地说。

哈利跃过一张矮桌,冲向斯拉格霍恩打开的配药包,抽出瓶瓶罐罐。罗恩那可怕的咕噜咕噜的呼吸声充满了房间。终于找到了——斯拉格霍恩在魔药课上收去的那块腰子状的石头。

他奔回罗恩身边,撬开他的嘴巴,把粪石塞进了他嘴里。罗恩剧烈地哆嗦了一下,咕噜噜倒吸了一口气,身体瘫软不动了。

第 19 章

小精灵尾巴

“所以，总而言之，罗恩这个生日过得不咋样。”弗雷德说。

晚上，校医院很安静，拉着窗帘，亮着灯。只有罗恩这张病床上住了人。哈利、赫敏和金妮都坐在他身边。他们在门外等了一整天，每当有人进去或出来时便努力朝里面张望着。庞弗雷夫人八点钟才让他们进去。弗雷德和乔治是八点十分赶到的。

“我们没想到会是这样送礼物。”乔治阴郁地说着，一边把一个大礼包放在罗恩床头的柜子上，然后在金妮身边坐下来。

“就是，在我们想象的情景中，他是清醒的。”弗雷德说。

“我们还在霍格莫德,等着给他个惊喜——”乔治说。

“你们在霍格莫德?”金妮抬起头问。

“我们想买下佐科的店面,”弗雷德垂头丧气地说,“搞个霍格莫德分店。可是如果你们周末不能过去买东西,那个店还有个鬼用啊……不过现在不说它了。”

他拉了张椅子坐在哈利旁边,看着罗恩苍白的面孔。

“这事儿到底是怎么发生的,哈利?”

哈利又复述起他已经向邓布利多、麦格、庞弗雷夫人、赫敏、金妮等人说了好像有一百遍的故事。

“……然后我把粪石塞进了他的嗓子里,他的呼吸通畅了一些,斯拉格霍恩跑去叫人,麦格和庞弗雷夫人来了,把罗恩抬到了这里。他们认为他会好的。庞弗雷夫人说他还要在这儿待一两周……继续服用芸香精。”

“老天,多亏你想到了粪石。”乔治低声说。

“幸好屋里有一块。”哈利说,想到要是没找着那块小石头的后果,他不禁感到浑身冰冷。

赫敏发出一声几乎听不见的抽泣。她这一整天特别安静。刚才她脸色煞白地冲到校医院门口,询问哈利是怎么回事,之后,她几乎没有参加哈利和金妮关于罗恩是怎样中毒的反复讨论,只是咬着牙,神情恐惧地站在旁边,直到终于允许他们进去看他。

“爸爸妈妈知道吗?”弗雷德问金妮。

“他们已经看过他了,一小时前来的——这会儿在邓布利多的办公室呢,但很快就会回来……”

停了一会儿,大家看着罗恩在昏睡中小声嘟囔。

“毒药在酒里?”弗雷德轻声问。

“是。”哈利马上说。他现在没法想别的,很高兴有机会重新讨论这个话题。“斯拉格霍恩把它从——”

“他会不会趁你不注意时往罗恩杯子里放了什么东西?”

“有可能,可斯拉格霍恩为什么要对罗恩下毒呢?”

“不知道,”弗雷德皱起眉头,“你觉得他有没有可能把杯子搞混了?

本来是想害你的？”

“斯拉格霍恩为什么要对哈利下毒？”金妮问。

“我不知道，”弗雷德说，“不过肯定有好多人想对哈利下毒，是不是？救世之星嘛。”

“你认为斯拉格霍恩是食死徒？”金妮说。

“什么都有可能。”弗雷德阴沉地说。

“他可能中了夺魂咒。”乔治插嘴道。

“他也可能是无辜的。”金妮说，“毒药可能下在酒瓶里，这样对象就可能是斯拉格霍恩本人。”

“谁会想杀斯拉格霍恩呢？”

“邓布利多认为伏地魔想把斯拉格霍恩拉过去，”哈利说，“斯拉格霍恩在来霍格沃茨之前已经躲了一年。而且……”他想到了邓布利多还没从斯拉格霍恩那里获得的那段回忆，“也许伏地魔想除掉他，觉得他可能对邓布利多很有价值。”

“可你说斯拉格霍恩打算把那瓶酒送给邓布利多做圣诞礼物的，”金妮提醒他，“所以投毒者也可能是针对邓布利多的。”

“那么投毒者不大了解斯拉格霍恩。”赫敏这么多小时里第一次开口，听上去像得了重伤风，“了解斯拉格霍恩的人都知道，他很可能把好吃的东西都自己留着。”

“呃—敏—恩。”罗恩突然嘶哑地叫道。

大家沉默下来，担心地看着他，但他嘟囔了几声人们听不懂的话之后又打起鼾来。

病房门猛然打开了，他们都吓了一跳，海格大步走进来，头发上带着雨水，熊皮大衣在身后拍打着，手里拿着弩弓，在地上踏出海豚一般大的泥脚印。

“一天都在林子里！”他喘着气说，“阿拉戈克病得更重了，我念东西给它听——刚刚才上来吃晚饭，斯普劳特教授跟我讲了罗恩的事！他怎么样？”

“还好，”哈利说，“他们说他会好的。”

"一次探视不能超过六人!"庞弗雷夫人急忙从办公室里跑了过来。

"加上海格是六个。"乔治指出说。

"哦……对……"庞弗雷夫人似乎把庞大的海格当成了好几个人,为了掩饰她的错误,她赶紧去用魔杖清除他的泥脚印。

"我不相信,"海格俯视着罗恩,摇摇他那乱蓬蓬的大脑袋,粗声粗气地说,"就是不相信……看他躺在那儿……谁会想伤害他呢?"

"这正是我们在讨论的问题,"哈利说,"我们也不知道。"

"不会是有人跟格兰芬多魁地奇球队过不去吧?"海格担心地说,"先是凯蒂,现在是罗恩……"

"我看不出有谁想干掉一支魁地奇球队。"乔治说。

"如果不会受处罚的话,伍德可能会对斯莱特林这么干。"弗雷德比较公正。

"我想不是为了魁地奇,但两次事件之间有联系。"赫敏轻声说。

"何以见得?"弗雷德问。

"第一,两次本来都该致命的,却没有致命,尽管这纯粹是运气。第二,毒药和项链似乎都没害到原定要害的人。当然,"她沉吟地说,"这样看来幕后那个人更加阴险,因为他们为了袭击真正的目标似乎不在乎干掉多少人。"

还没有人对这个不祥的预言做出回答,病房的门又开了,韦斯莱夫妇匆匆走向病床。他们上次探视只是确定罗恩能完全康复。现在韦斯莱夫人抓住哈利,紧紧地拥抱着他。

"邓布利多告诉我们你用粪石救了他。"她抽泣道,"哦,哈利,我们说什么好呢?你救过金妮……救过亚瑟……现在又救了罗恩……"

"不用……我没有……"哈利局促地说。

"还真是,现在想起来,我们家好像有一半人的命都是你救的。"韦斯莱先生说,他的嗓子眼有些发紧,"我只能说,罗恩在霍格沃茨特快列车上决定坐在你的车厢里,那真是幸运的一天,哈利。"

哈利不知道该怎么回答,当庞弗雷夫人又提醒他们罗恩床边只能有六位探视者时,他几乎有些庆幸。哈利和赫敏立刻起身离去,海格决定跟他们一起走，让罗恩跟他的家人待在一起。

“真可怕，”海格吹着他的大胡子咆哮道，三人沿着走廊往大理石台阶走去，“采取了这么多新的保安措施，还是继续有孩子受伤……邓布利多担心坏了……他不大说，但我看得出……”

“他没有什么主意吗，海格？”赫敏急切地问。

“我想他有几百个主意，他那样的脑子，”海格忠诚地说，“可他不知道是谁送的项链，谁在酒里下的毒，要不然早就抓住他们了，是不是？我担心的是，”海格压低嗓门，回头看了看（哈利则帮着看天花板上有没有皮皮鬼），“像这样接连有孩子出事，霍格沃茨还能办多久。这不又像密室事件了吗？会搞得人心惶惶，家长把孩子接出学校，然后董事会……”

一个长发女郎的幽灵恬静地飘过，海格停了下来，然后沙哑地小声说：“……董事会就会讨论把我们关掉。”

“不会的吧？”赫敏担心地问。

“你得从他们的观点来看，”海格语气沉重地说，“把孩子送进霍格沃茨总会有一些风险，是不是？几百个未成年的巫师关在一起，难免会有事故，是不是？可是谋杀事件性质不同啊，难怪邓布利多那么生斯内——”

海格突然刹住了，蓬乱的黑胡子间露出的那块面孔带着熟悉的心虚表情。

“什么？”哈利马上问，“邓布利多生斯内普的气？”

“我没那么说。”海格否认道，但他那惶恐的样子是最有力的揭发，“看看时间，快十二点了，我得——”

“海格，邓布利多为什么生斯内普的气？”哈利大声问。

“嘘！”海格说，看上去既紧张又恼火，“别嚷嚷那种话，你想让我丢掉工作吗？哦，我想你不在乎，是不是，反正你已经放弃了保护神奇——”

“别想让我觉得内疚，那没用！”哈利激烈地说，“斯内普干了什么？”

“我不知道，哈利，我根本不该听到的！我——唉，那天我从林子里出来，听到他们在说话——在吵架。我不喜欢引人注意，就偷偷走在后面，努力不听，可那是一场——激烈的讨论，想不听也不容易。”

“说呀？”哈利催促道，海格那双大脚不安地动了动。

"嗯——我听到斯内普说邓布利多太想当然,也许他——斯内普——不想再干了——"

"再干什么?"

"我不知道,哈利,听起来好像斯内普觉得工作太重了,就是这样——但是,邓布利多直截了当地说是斯内普同意干的,没什么可说的。对他挺强硬的。然后又说到要斯内普调查他的学院,斯莱特林。咳,这没什么奇怪的!"海格见哈利和赫敏意味深长地对视了一下,急忙说,"所有学院的院长都要调查项链的事——"

"对,可是邓布利多没跟其他人争吵,是不是?"哈利说。

"听着,"海格说,一边局促地扳着弩弓,嘎嘣一声,弩弓折成了两半,"我知道你对斯内普是怎么想的,哈利,我不希望你去猜疑本来没有的事情。"

"小心!"赫敏急促地说。

他们回过头,看见阿格斯·费尔奇的阴影正投到他们身后的墙上,然后他本人从一个拐角走了出来,他佝偻着背,下巴的垂肉抖动着。

"哦嗬!"他呼哧呼哧地说,"这么晚了还不睡觉,关禁闭!"

"不,费尔奇,"海格马上说,"他们跟我在一起,是吧?"

"那有什么区别?"费尔奇可憎地问。

"我是教师,不是吗? 你这鬼鬼祟祟的哑炮!"海格登时火了。

费尔奇勃然大怒,发出可怕的嘶嘶声,洛丽丝夫人不知什么时候来了,蛇一样绕在费尔奇的瘦脚踝上。

"走。"海格从牙缝中挤出声音说。

哈利不需要再提醒,他跟赫敏匆匆逃走了,海格和费尔奇的高嗓门在身后回响着。在即将拐进格兰芬多塔楼时,他们碰到了皮皮鬼,他正快活地朝着吵嚷声的方向冲去,咯咯地笑着叫道:

> 哪儿有打架,哪儿有麻烦,
>
> 就叫皮皮鬼,他会去添乱!

胖夫人正在打瞌睡,被吵醒了不大高兴,拉长了脸,但还是旋开了,让他们爬了进去,幸好公共休息室里一片清静,空无一人。大家似乎还不知道罗恩的事,哈利大大地松了口气,他今天已经被问得够多了。赫敏跟他道了晚安,回女生宿舍了。哈利留了下来,坐在壁炉旁凝视着那些即将燃尽的炉灰。

邓布利多跟斯内普吵架了,尽管他对哈利口口声声坚持说他完全信任斯内普,他还是跟斯内普发脾气了……觉得斯内普没有尽力调查斯莱特林……或调查某一个斯莱特林的学生——马尔福?

是否因为邓布利多不希望哈利做傻事,害怕哈利自己插手去管,才假装说哈利怀疑的事情是无中生有?有可能。甚至可能是他不希望哈利上课分心或耽误了从斯拉格霍恩那里搞到真实的记忆。也可能邓布利多觉得不该对一个十六岁学生说他对教员的怀疑……

"你在这儿,波特!"

哈利惊得跳了起来,拿起了魔杖。他本来以为休息室里没人,完全没想到会突然从远处座位上冒出一个庞大的身影。哈利定睛一看,是考迈克·麦克拉根。

"我一直在等你回来,"麦克拉根说,没理会哈利拔出的魔杖,"准是打了个盹儿。我看到他们把韦斯莱抬到校医院去了。看样子他不能参加下星期的比赛了。"

哈利过了一会儿才明白过来他在说什么。

"哦……对了……魁地奇,"他把魔杖插回牛仔裤的腰带中,疲惫地捋了一下头发,"是啊……他可能去不了啦。"

"那就该我当守门员了,是不是?"麦克拉根问。

"啊,"哈利说,"啊,我想是……"

哈利想不出反驳的理由,毕竟,麦克拉根在选拔赛上名列第二。

"太好了,"麦克拉根用满意的口气说,"什么时候训练?"

"什么?哦……明天晚上有一次。"

"好,听我说,波特,我们应该事先谈一谈。我有一些战略想法,可能对你有用。"

"行,"哈利不太热情地说,"我明天再听吧,现在挺累的……再见……"

罗恩中毒的事第二天就迅速传开了,但没有像凯蒂受伤那么轰动,大家似乎认为这也许是个意外,因为他当时在魔药老师的屋里,而且立刻服了解药,没什么大碍。实际上,格兰芬多的学生普遍更关心的是对赫奇帕奇的魁地奇比赛,很多人都想看到该队追球手扎卡赖斯·史密斯受到惩罚,因为他在对斯莱特林的开场赛中解说得那么恶劣。

哈利对魁地奇的兴趣却是从未像现在这样低过,他的心思迅速被德拉科·马尔福占满了,还是一有机会就查看活点地图,有时还会绕到马尔福所在的地方,但仍未发现他有异常行为。然而,还是有些神秘的时刻,马尔福会完全从地图上消失……

但哈利没有很多时间想这个问题,要参加魁地奇训练,要做作业,还有走到哪里都会遭到麦克拉根和拉文德的纠缠。

哈利不能确定这两个人哪个更讨厌。麦克拉根不断暗示他当守门员会比罗恩更好,认为现在哈利经常看到他的训练,一定会得出同样的结论。他还喜欢批评其他球员,向哈利提供详细的训练方案,哈利好几次不得不提醒他谁是队长。

与此同时,拉文德经常凑上来讨论罗恩,哈利觉得这比麦克拉根的魁地奇讲座更令人厌烦。一开始,拉文德很生气没人想到告诉她罗恩进了校医院——"我是他的女朋友!"不幸的是,她现在决定原谅哈利的失忆,很喜欢跟他就罗恩的感情做一次次深谈,这种极不舒服的经历哈利宁可没有。

"听我说,你为什么不跟罗恩谈这些呢?"哈利问。

在一次特别长的问话里,拉文德无所不谈,从罗恩对她的新袍子到底发表了什么评论,一直问到哈利是否觉得罗恩对她是"认真的"。

"唉,我是想问啊,可我去看他的时候,他总是在睡觉。"拉文德烦恼地说。

"是吗?"哈利很惊讶,因为每次他去校医院,罗恩都很清醒,对邓布利多和斯内普吵架的消息很感兴趣,骂起麦克拉根来也积极起劲。

"赫敏·格兰杰还去看他吗?"拉文德突然问。

"嗯,我想是的。他们是朋友嘛,是不是?"哈利尴尬地答道。

"朋友?别逗我了。"拉文德轻蔑地说,"罗恩跟我好了之后,她几星期都没跟他说话!可是我估计她想跟他和好,因为现在他那么有趣……"

"你是说中毒有趣?算了——对不起,我该走了——麦克拉根要过来谈魁地奇了。"哈利急忙说,然后冲进旁边一扇伪装成墙壁的门中,抄近路逃去上魔药课了,幸好拉文德和麦克拉根不能跟去。

在对赫奇帕奇比赛的那天早上,哈利去球场前到校医院看了看。罗恩焦躁不安,庞弗雷夫人不让他去观看比赛,怕他兴奋过度。

"麦克拉根表现得怎么样?"他紧张地问哈利,好像不记得他已经问过两遍了。

"我跟你说了,"哈利耐心地说,"他就是世界一流我也不想留他。他老是教训别人,觉得他在哪个位置都能比我们其他人更好。我巴不得早点儿摆脱他。说到摆脱,"哈利站起来,拿起他的火弩箭,"你能不能在拉文德来看你时不假装睡觉?她也要让我发疯了。"

"哦,"罗恩难为情地说,"是,好的。"

"如果你不想再跟她处下去,就告诉她。"

"嗯……这……不那么容易,是不是?"罗恩停了一会儿,又不经意地加了一句,"赫敏比赛前会来吗?"

"不,她已经跟金妮去球场了。"

"哦,"罗恩显得有些沮丧,"好吧,祝你们好运,希望你痛揍麦克拉——我是说史密斯。"

"我尽量。"哈利说着扛起飞天扫帚,"赛后再见。"

他匆匆穿过无人的走廊。全校人都出去了,不是已坐在体育场里就是正往那儿走。哈利边走边看窗外,判断风力多大。听到前方有响动,他抬起目光,看到马尔福朝他走来,旁边有两个女孩,其中一个面有愠色。

看到哈利,马尔福突然停住了,然后短促地干笑一声,继续往前走。

"你去哪儿?"哈利问。

"啊,我正要告诉你呢,因为这是你的事,波特,"马尔福讥笑道,"你最好快点儿,他们在等'救世队长'——'得分之星'——谁知道他们现在叫你什么呢。"

一个女孩勉强地笑了一声,哈利盯着她,她的脸红了。马尔福从哈利身旁挤了过去,那女孩跟她的朋友小跑着跟上,转过拐角不见了。

哈利定在原地,眼睁睁地看着他们消失了。真够气人的,他已经是卡着时间去赛场,可却发现马尔福趁全校人都去看球赛的时候在偷偷行动:到现在为止,这是搞清马尔福在干什么的最好机会。时间一秒一秒无声地过去,哈利还站在那儿,望着马尔福消失的地方……

"你去哪儿了?"哈利冲进更衣室时金妮问。全队都已换好衣服,准备上场了。击球手古特和珀克斯紧张地用球棍敲着小腿。

"我碰到马尔福了。"哈利小声告诉她,一边把红色的球袍套到头上。

"噢?"

"我想知道,所有的人都在这儿,他怎么会带着两个女孩在城堡里……"

"这个时候这件事很要紧吗?"

"咳,我不可能搞清楚,是不是?"哈利抓起火弩箭,戴好眼镜,"走吧!"

他没再说话,大步走到球场上,迎来震耳欲聋的欢呼和嘘声。没有什么风,白云朵朵,时而有耀眼的阳光射出。

"麻烦的天气!"麦克拉根给队员们打气说,"古特,珀克斯,你们要在阳光照不到的地方飞,让对方看不到你们过来——"

"我是队长,麦克拉根,不要再指导他们了,"哈利恼火地说,"到球门那儿去。"

麦克拉根走了之后,哈利转向了古特和珀克斯。

"记着要在阳光照不到的地方飞。"他不情愿地叮嘱道。

他跟赫奇帕奇的队长握了手,然后在霍琦夫人的哨声中腾空而起,升得比其他队员都高,围绕球场疾驰,寻找飞贼。如果能早点儿抓到它,也许还有机会返回城堡拿上活点地图,去搞清马尔福在干什么……

"赫奇帕奇的史密斯拿到了鬼飞球,"一个梦幻般的声音在球场上空回响,"当然,上次是他做的解说。金妮·韦斯莱撞到了他,我想可能是故意的——看上去很像。史密斯上次对格兰芬多出言不逊。我想他现在后悔了——哦，快看，他丢掉了鬼飞球，金妮抢了过去，我喜欢她，她人很好……”

哈利朝解说台看去，哪个头脑正常的人会让卢娜做解说呢？可就是在高空也不会看错，那淡金色的长发，黄油啤酒瓶塞做的项链……她旁边的麦格教授显得有点不自在，好像确实对这一任命感到有些后悔。

“……可现在那个赫奇帕奇的大个子球员把鬼飞球从她手里夺走了，我不记得他的名字，好像是毕勃——不，巴金思——”

“是卡德瓦拉德！”麦格教授在卢娜旁边高声说道，观众哄堂大笑。

哈利举目四望寻找飞贼，却不见它的踪影。过了一会儿，卡德瓦拉德进了一球。麦克拉根在那儿大声指责金妮丢掉了鬼飞球，结果没注意大红球从他左耳边飞了过去。

“麦克拉根，请专心干你该干的事，不要干涉别人！”哈利转过身冲着他的守门员吼道。

“你也没做个好榜样！”麦克拉根也吼道，面孔通红，怒气冲冲。

“哈利·波特在和他的守门员争吵，”卢娜平静地说，下面赫奇帕奇和斯莱特林的观众都喝起了倒彩，“我不认为那有助于他找到飞贼，但这也许是个巧妙的幌子……”

哈利愤怒地诅咒了一声，转身继续绕场疾驰，在天空中搜寻那个带翅膀的小金球的影子。

金妮和德米尔扎各进一球，让下面穿着红金双色服装的观众有了一点可以欢呼的东西。然后卡德瓦拉德又进了一球，把比分扳平，但卢娜好像没注意到。她似乎对比分这种庸俗的东西特别不感兴趣，总是把观众的注意力引到别处，如奇形怪状的云彩，还有扎卡赖斯·史密斯开场后把鬼飞球拿在手里都没超过一分钟，是不是得了“丢球症”，等等。

“赫奇帕奇队七十比四十领先！”麦格教授朝卢娜的麦克风中喊道。

“是吗，已经这样了？”卢娜茫然地说，“哦，看哪！格兰芬多的守门员抓住了一个击球手的球棍。”

哈利在空中急忙转过身，果然，麦克拉根出于只有他自己才知道的原因,从珀克斯手里夺过了球棍,好像在示范怎么向飞来的卡德拉瓦德打游走球。

"把球棍还给他,回球门里去!"哈利咆哮着朝麦克拉根冲了过去,麦克拉根朝游走球狠抽一棍,球打飞了。

一阵头晕目眩的剧痛……一道亮光……远处的尖叫声……然后像在长长的隧道里坠落……

哈利知道的下一件事,就是发现自己躺在一张异常温暖舒适的床上,看着一盏在朦胧的天花板上投下金色光圈的吊灯。他艰难地抬起头,看到左边有一个很眼熟的雀斑脸的红头发的人。

"谢谢你来陪我。"罗恩笑嘻嘻地说。

哈利眨眨眼睛,环顾着四周。没错,他在校医院里。外面的天空靛蓝中夹着深红的条纹。比赛一定早结束了……抓住马尔福的希望也落空了。哈利觉得脑袋沉得出奇,他举起手,摸到了一大圈硬硬的绷带,像阿拉伯人的缠头巾。

"怎么回事?"

"头骨碎裂,"庞弗雷夫人急忙走来,把他按回枕头上,"不用担心,我立刻就缝合上,但你要住一晚上,几小时之内不可用力过度。"

"我不想在这儿过夜,"哈利愤怒地说,一边掀开被单坐了起来,"我想找到麦克拉根,把他杀了。"

"这恐怕属于'用力过度',"庞弗雷夫人坚决地把他推回床上,威胁地举起魔杖,"你要住到我让你出院为止,波特,不然我就要叫校长了。"

她匆匆走回办公室,哈利倒回枕头上,怒不可遏。

"你知道我们输了多少?"他咬着牙问罗恩。

"嗯,我知道,"罗恩抱歉地说,"最后比分是三百二十比六十。"

"精彩,"哈利说,气得眼睛都红了,"真精彩! 等我抓住麦克拉根——"

"别抓他,他的块头像巨怪。"罗恩理智地说,"我个人认为完全可以用王子那个让脚趾疯长的咒语教训他一下。不过,在你出院前可能其他队员已经整过他了,他们都不痛快……"

罗恩的语气中有抑制不住的开心。哈利看得出他为麦克拉根捅了这么大的娄子而暗暗高兴。哈利躺在那儿，盯着天花板上的光圈，新缝合的头骨不是很疼，只是在绷带下隐隐作痛。

“在这儿能听到解说，”罗恩说，他笑得声音都抖了，“我希望以后都由卢娜解说……丢球症！……”

但哈利还在盛怒中，看不出这里面有多少幽默。过了一会儿，罗恩的笑声低了下去。

“你昏迷的时候金妮来过。”停了好长时间，他说。哈利的想象立刻超速运转起来，飞快构思出一幕画面：金妮对着他没有知觉的身体抽泣，表白着她对他深深的爱恋，罗恩为他们俩祝福……“她说你去的时候刚刚赶上比赛，怎么会呢？你走得挺早的啊。”

“哦……”哈利说，脑海中幻想的那一幕坍塌了，“是……我看到马尔福跟两个女孩走了，她们好像不想跟他走，这是他第二次没跟全校师生一起待在魁地奇球场。他上次比赛也溜了，记得吗？”哈利叹了口气。“当时要跟踪他就好了，比赛输得这么惨……”

“别傻了，”罗恩劈头说，“你不能为跟踪马尔福而错过魁地奇比赛，你是队长！”

“我想知道他在干什么。别跟我说这都是我的想象，我听到他和斯内普——”

“我从来没说这都是你的想象，”罗恩用胳膊肘支起身子，皱着眉头对哈利说道，“可是没有哪条规定说这地方每次只能有一个人搞阴谋啊！你对马尔福有点着魔了，哈利，竟然想为了跟踪他而放弃比赛……”

“我想抓到他！”哈利沮丧地说，“我的意思是，他从地图上消失的时候都到哪儿去了？”

“不知道……霍格莫德？”罗恩打着哈欠说。

“我在地图上没见他走过秘密通道。再说我想通道也受到监视了，是不是？”

“那我就不知道了。”

两人沉默下来。哈利盯着天花板上的光圈，思索着……

要是他有鲁弗斯·斯克林杰的权力，就可以派人盯马尔福的梢。可惜哈利没有一批傲罗听他调遣……他想到利用D.A.，可仍然有缺课的问题，大部分人的日程还是挺满的……

罗恩的床上响起了低沉的呼噜声。稍后庞弗雷夫人走了出来，这次她穿了件厚厚的睡衣。装睡最容易不过了，哈利翻了个身，听到她挥动魔杖拉上了所有的窗帘。灯暗下来，她走回办公室，哈利听到门咔哒一声关上了，知道她去睡觉了。

哈利在黑暗中回忆着，这是他第三次在魁地奇赛场上受伤而被送进校医院。上次是因为球场周围有摄魂怪，他从扫帚上摔了下来。再上次是因为不可救药的洛哈特教授把他手臂内的骨头变没了……那是他最痛的一次……他想起了一夜长出手臂里全部骨头的那种剧痛，还有意外的午夜来访——

哈利腾地坐了起来，心嗵嗵地跳着，绷带歪到了一边。他终于有了一个办法可以跟踪马尔福——他怎么会忘了呢？为什么先前没想起来呢？

问题是，怎么去叫他？怎么做呢？

哈利轻声试探着向黑暗中呼唤。

“克利切？”

噼啪一声巨响，扭打声和尖叫声随即充满了原本寂静的病房。

罗恩惊醒了，叫道：“出了什么——”

哈利急忙用魔杖指着庞弗雷夫人的房门念道：“闭耳塞听！”免得她冲过来。然后他爬到床脚，细看发生了什么。

两个家养小精灵在病房中央的地板上打着滚，一个穿着件缩水的栗色套头衫，戴着几顶绒线帽，另一个屁股上裹着块脏兮兮的破布。然后又是一声巨响，皮皮鬼这个恶作剧专家出现在扭成一团的小精灵上空。

“我在看他们呢，傻宝宝波特！”他指着下面气愤地告诉哈利，然后高声尖笑道，“看那两个小东西吵架，咬呀咬，打呀打。”

“不许克利切在多比面前侮辱哈利·波特，不许！不然多比就帮克利切闭上嘴巴！”多比尖叫道。

“——踢呀踢，抓呀抓！”皮皮鬼兴奋地喊道，一边朝小精灵扔着粉笔头，给他们火上浇油，“掐呀掐，戳呀戳！”

“克利切对他主人想说什么就说什么，没错。什么主人呀，龌龊的泥巴种的朋友，哦，克利切的女主人会怎么说——？”

克利切的女主人到底会说什么，他们没听到，因为这时多比把他那疙疙瘩瘩的小拳头杵进了克利切的嘴里，打掉了他的半口牙齿。哈利和罗恩一齐从床上跳了起来，拉开了两个小精灵，但他们还在企图踢打对方。皮皮鬼在旁边怂恿着，一边绕着吊灯飞舞，一边尖叫道，“用手指捅他鼻孔，打他的鼻子，揪他的耳朵——”

哈利用魔杖朝皮皮鬼一指，“锁舌封喉！”皮皮鬼抓着喉咙，噎住了，从窗口飞了出去，一边做着下流的手势，但说不出话来，因为他的舌头跟上颚粘到了一起。

“漂亮，”罗恩欣赏地说着，把多比举到空中，他乱舞的四肢再也碰不到克利切，“又是王子的魔法吧？”

“对，”哈利扭着克利切枯瘦的胳膊，扼住他的脖子，“——我禁止你们再打架！噢，克利切，禁止你再打多比。多比，我知道我不能再命令你——”

“多比是自由的家养小精灵，可以服从他喜欢的任何人，多比会做哈利·波特要他做的任何事情！”多比说，泪水顺着他皱巴巴的小脸淌到套头衫上。

“那好。”哈利说。他和罗恩放开了小精灵，他们落到地上，但没再打架。

“主人叫我？”克利切嘶哑地问，鞠了一躬，尽管他那眼神显然希望哈利不得好死。

“是，我叫你。”哈利看看庞弗雷夫人的房门，确定闭耳塞听咒还有效，看不出她有听到吵闹声的迹象。“我要给你一个任务。”

“克利切听凭主人吩咐，”克利切腰弯得那么深，嘴几乎碰到了他那疙疙瘩瘩的脚趾，“因为克利切别无选择，但克利切为有这样一个主人而羞耻，没错——”

“多比愿意做，哈利·波特！”多比尖叫道，他那网球大的眼睛中仍盈满泪水，"能为哈利·波特效劳是多比的荣幸！"

"细想起来，有你们两个在一起倒不错。"哈利说，"好吧，那么……我希望你们跟踪德拉科·马尔福。"

他不顾罗恩脸上那又惊又恼的表情，接着说："我想知道他去哪儿，见谁，干什么。我要你们全天盯着他。"

"是，哈利·波特！"多比马上说，大圆眼睛闪着兴奋的光芒，"要是多比做错了，多比就从最高层楼跳下去，哈利·波特！"

"那可不必。"哈利忙说。

"主人要我跟踪马尔福家最小的公子？"克利切嘶声道，"主人要我监视我旧主人的纯血统外孙？"

"正是他，"哈利看到一个很大的危险，决定立刻防止，"禁止你向他告密，克利切，禁止让他知道你在干什么，禁止跟他说话，给他写信，或……或用任何方式跟他联系。听到了吗？"

他看出克利切正努力在刚才的命令里寻找漏洞，就停在那儿等待着。过了一会儿，克利切又深鞠一躬，恨恨地说："主人把一切都想到了，克利切必须服从他，尽管克利切宁可当马尔福少爷的仆人，没错……"

"那就这么定了，"哈利说，"我要你们定期汇报，但要看准我周围没人时再来，罗恩跟赫敏在没关系。别告诉其他任何人你们在干什么。只要像两张膏药一样粘着马尔福。"

第 20 章

伏地魔的请求

哈利和罗恩星期一一早就出院了，在庞弗雷夫人的照料下，他们已完全康复，现在正享受着被打晕和中毒的好处，最好的一点就是赫敏跟罗恩和好了。她甚至领着他们去吃早饭，还带来了金妮跟迪安吵架的消息。哈利胸中那头昏睡的野兽突然抬起头，满怀希望地嗅着空气。

“他们吵什么？”他努力用随便的口气问。三人拐进八楼的一条走廊，只有一个很小的女孩在看一幅巨怪穿芭蕾舞裙的挂毯。看到这几个六年级学生走过来，她好像很害怕，把她拿在手里的一个很沉的铜天平掉在了地上。

"没事!"赫敏温和地说着,一边快步走过去帮她。"来……"她说,用魔杖敲了敲摔坏的天平,"恢复如初。"

小女孩没有道谢,木头似的立在原地,看着他们走过去。罗恩回头望了望她。

"我觉得天平变小了。"

"别管她。"哈利有点不耐烦地说,"金妮和迪安吵什么呢,赫敏?"

"哦,迪安觉得麦克拉根用游走球打你很好笑。"

"一定是挺滑稽的。"罗恩公平地说。

"一点儿都不滑稽!"赫敏激烈地反驳道,"可吓人了,要不是古特和珀克斯抓住了哈利,他可能会伤得非常重!"

"嗯,不过,金妮和迪安没有理由为这个闹崩啊。"哈利说,仍努力装出不经意的口气,"他们还在一起吗?"

"在一起——你为什么这么感兴趣?"赫敏问道,一边尖锐地看了哈利一眼。

"我只是不想球队再出乱子!"他赶忙说,但赫敏仍然面带怀疑,这时后面一个声音叫道:"哈利!"他如释重负地转过身。

"哦,你好,卢娜。"

"我去校医院找你,"卢娜一边说一边在包里翻着,"他们说你出院了……"

她把一根葱一样的玩意儿、一个花斑大伞菌和一大堆猫褥草似的东西塞在罗恩手里,最后抽出一卷脏兮兮的羊皮纸递给了哈利。

"……这是让我带给你的。"

是个小纸卷,哈利立刻看出又是邓布利多让他去上课的邀请。

"今天晚上。"他一打开羊皮纸卷就对罗恩和赫敏说。

"你上次解说得很不错!"卢娜拿回葱、伞菌和猫褥草时,罗恩对她说。卢娜不置可否地笑了笑。

"你在笑话我,是不是?"她说,"人人都说我很糟糕。"

"不,我是说正经的,"罗恩真诚地说,"我不记得有哪次解说让我听得这么开心!哎,这是什么呀?"他把那葱一样的玩意儿举到了眼前。

“哦，是戈迪根。”她说着把猫薄草和伞菌塞回包里，“你要喜欢就留下吧，我有好几个呢。这个能挡住大嘴彩球鱼[①]，很有效。”

她走了，罗恩哈哈大笑，手里还抓着戈迪根。

“嘿嘿，我对她印象好起来了，对卢娜。”三人继续向礼堂走去时，罗恩说，“我知道她神经有问题，但是她也有好的——”

他突然住了口，拉文德·布朗气势汹汹地站在大理石台阶下面。

“嘿。”罗恩不安地说。

“快走。”哈利小声提醒赫敏，两人匆匆溜走，但已听到拉文德说：“你为什么不跟我说你今天出院？为什么跟她在一起？”

罗恩半小时后来吃早饭时，显得很恼火。虽然他和拉文德坐在一起，但哈利没见他们说一句话。赫敏好像对这一切浑然不觉，但有一两次哈利看到她脸上掠过一丝令人不解的笑意。一整天她心情似乎特别好，晚上在公共休息室她甚至答应看看（也就是帮着写完）哈利的草药课论文。在此之前她是坚决不肯的，因为她知道哈利会借给罗恩去抄。

“多谢了，赫敏。”哈利说着匆匆拍了拍她的肩膀，又看了看表，发现已经快八点了，“哟，我得快点儿，不然去邓布利多那儿就要迟到了。”

她没有回答，只是没精打采地画掉了他的几个差劲的句子。哈利咧嘴一笑，赶紧爬出肖像洞口，朝校长办公室跑去。滴水嘴状石头怪兽听到“太妃手指饼”后跳到一边。哈利一步两级地登上螺旋形楼梯，他敲门时里面的钟正好打了八点。

“进来。”邓布利多叫道。哈利伸手去推门，门却从里面被猛地拽开了，特里劳妮教授站在那儿。

“啊哈！”她戏剧性地指着哈利，从她那像放大镜一样的镜片后面眨着眼睛看着他，“这就是我被粗暴地赶出你办公室的原因，邓布利多！”

“亲爱的西比尔，”邓布利多说，语气有点恼火，“没谁想把你粗暴地赶出去，但哈利预约了，而且我确实觉得已没什么可说——”

“很好，”特里劳妮用受了很大伤害的口气说，“如果你不肯赶走那匹

① 彩球鱼，见《神奇动物在哪里》一书第64页，人民文学出版社，2001年10月第1版。

驽马,也罢……也许我会找到一所更能欣赏我才华的学校……"

她推开哈利,消失在螺旋形楼梯上。听到她在半道绊了一下,哈利猜她可能是踩到她的哪一条长披肩了。

"请关上门,坐下,哈利。"邓布利多的声音有些疲惫。

哈利照办了,坐在邓布利多桌前那个老位子上,他注意到冥想盆又摆在那里,还有两个小水晶瓶,里面是打着旋的记忆。

"特里劳妮教授还在为费伦泽教课的事不高兴?"哈利问。

"不高兴,"邓布利多说,"占卜课比我想象的麻烦得多,我本人从没上过这个课。我不能让费伦泽回到林子里去,因为他被驱逐出来了。我也不能让西比尔·特里劳妮离开。我们私下说说:她没意识到城堡外有多么危险。她还不知道——我觉得告诉她这个也是不明智的——她做过关于你和伏地魔的预言。"

邓布利多深深叹了口气,说道:"不过,别管我的教员的事了。我们有更重要的事情要谈。首先——你做了我上节课布置的作业吗?"

"啊,"哈利猛然想起,因为幻影显形课、魁地奇比赛、罗恩中毒、自己头骨碎裂,还有一心要搞清马尔福在干什么,他几乎忘了邓布利多要他搞到斯拉格霍恩的记忆……"嗯,魔药课后我问了一下斯拉格霍恩教授,可是,呃,他不肯给我。"

片刻的沉默。

"噢,"邓布利多从半月形的眼镜片上方盯着哈利,哈利又有一种被X光照射的感觉,"你觉得已经尽了最大努力,是吗?已经充分发挥了你的聪明才智?想尽了一切点子?"

"呃。"哈利语塞了,不知该说什么。他的那一次尝试突然显得那么微不足道。"呃……罗恩误服了迷情剂的那天,我把他带到斯拉格霍恩教授那里,我想如果能让斯拉格霍恩教授心情好,也许——"

"成功了吗?"邓布利多问。

"嗯,没有,先生。罗恩中毒了——"

"——自然,于是你就忘了找寻记忆的事,我没指望会有别的反应,因为你的好朋友有危险。但是,一旦确定韦斯莱同学会彻底康复,我以为你会回头做我布置的作业。我已对你说明那个记忆多么重要。实际上，我已竭力让你认识到那是最关键的一段记忆，没有它，我们只会浪费时间。”

一阵火辣辣的、针扎一般的羞耻感从哈利的头顶传遍全身。邓布利多没有提高嗓门，甚至话语中也没带怒气，但哈利宁愿他大吼大叫，这种冰冷的失望比什么都令人难受。

“先生，”他有点绝望地说，“不是我不上心，我只是有其他——其他事情……”

“其他事情让你惦记着，”邓布利多帮他把话说完，“我知道了。”

两人又沉默了，这是哈利在邓布利多身边经历过的最难堪的沉默，它似乎无休无止，只是时而被邓布利多头顶上阿芒多·迪佩特哼哼哧哧的鼾声打断。哈利有一种奇怪的渺小感，好像自己进屋后缩小了。

他再也受不了了，于是说道：“邓布利多教授，我真的很抱歉。我应该做得更多……我应该想到如果不是真的重要，你也不会叫我去做。”

“谢谢你这么说，”邓布利多平静地说，“那我可否希望，你从此能把这件事往前提一提？如果没有那个记忆，我们以后再上课也就没有什么意义了。”

“我会的，先生，我会搞到它的。”哈利热切地说。

“那我们现在就不再谈它了，”邓布利多语气亲切了一些，“接着讲上次的故事。你记得讲到哪儿了吗？”

“记得，先生，”哈利马上说，“伏地魔杀了他的爸爸和爷爷奶奶，让人以为是他舅舅干的。然后他回到霍格沃茨向……向斯拉格霍恩教授打听魂器。”他惭愧地喃喃道。

“很好，”邓布利多说道，“现在，我希望你还记得，我在一开始给你单独授课时就告诉过你，我们会进入猜测和臆想的领域。”

“记得，先生。”

“我希望你也认为，到目前为止，我给你看的都是相当可靠的事实，凭这些我推想出了伏地魔十七岁前的情况。”

哈利点了点头。

“但现在，哈利，现在情况更加迷离而诡异，如果说找到关于少年里德尔的证据已很困难,那找到能记忆成年伏地魔的人则几乎不可能。事实上,我怀疑除了他自己之外,是否还有一个活人能向我们详细讲述他离开霍格沃茨后的生活。然而,我有最后两个记忆要跟你分享。"邓布利多说着指了指在冥想盆旁边闪闪发亮的两个小水晶瓶,"之后,我将很高兴听你判断我所得出的结论是否合理。"

邓布利多这样重视他的判断,使哈利对没能搞到关于魂器的记忆更加羞愧。他内疚地在椅子上动了动,邓布利多把第一个瓶子举到光线下细细地看着。

"我希望你没有对潜进别人的记忆感到厌倦,因为它们是很奇特的。这两个。"他说,"第一个来自一个很老的家养小精灵,她叫郝琪。在看郝琪的见证之前,我必须简单说一下伏地魔是怎么离开霍格沃茨的。

"你可能已经猜到,他以每门考试都是最优的成绩升到了七年级。周围的同学都在考虑毕业后要从事什么职业。几乎所有的人都认为汤姆·里德尔会有惊人的建树,他是级长,学习尖子,得到过学校的特别嘉奖。我知道有几位教师,包括斯拉格霍恩教授,建议他进魔法部,并愿意主动为他引见,但他一概予以拒绝。后来教员们得知,他去博金－博克工作了。"

"博金－博克?"哈利愕然道。

"博金－博克。"邓布利多平静地说,"我想,等进入了郝琪的记忆,你就会看到那个地方对他有什么吸引力了。但这不是伏地魔的第一选择。当时没什么人知道——我是听老校长说过此事的少数人之一。伏地魔先找了迪佩特教授,询问他是否可以留在霍格沃茨执教。"

"他想留在这儿?"哈利更惊诧了。

"我相信他有好几条理由,尽管他一条也没有告诉迪佩特教授。"邓布利多说,"首先,很重要的一条是,伏地魔对这所学校比他对任何个人更有感情。霍格沃茨是他最开心的地方,是他感到像家的第一个也是惟一的地方。"

哈利听到这些话有点儿不舒服,因为这也正是他对霍格沃茨的感受。

"第二,这座城堡是古老魔法的据点,伏地魔无疑比大多数学生探知了这里更多的秘密,但他可能觉得还有不少未解之谜,还有不少魔法的宝藏可以发掘。

“第三,当了教师,他可以对少年巫师有很大的影响力。这个思想或许来自斯拉格霍恩教授,那是跟他关系最好的一位教授。斯拉格霍恩使他看到教师能发挥多么大的影响。我从来没有以为伏地魔打算在霍格沃茨待一辈子,我认为他是把这里看成一个招兵买马的好地方,他可以给自己拉起一支队伍。”

“可他没有得到这份工作,先生?”

“没有。迪佩特教授说他才十八岁,太年轻了,但欢迎他过两年再来申请,如果到那时他还想教书的话。”

“你对此事怎么想的,先生?”哈利迟疑地问。

“非常不安。”邓布利多说,“我建议阿芒多不要聘他——我没有摆出刚才说的这些理由,因为迪佩特教授很喜欢伏地魔,对他的诚实深信不疑——但我不希望伏地魔回到这所学校,尤其是得到有权力的职位。”

“他想要什么职位?想教什么课?”

邓布利多还没回答,哈利就知道了答案。

“黑魔法防御术,当时是由一位叫加拉提亚·梅乐思的老教授教的,他在霍格沃茨已有将近五十年了。

“伏地魔去了博金-博克,所有欣赏他的教员都说可惜,那样一个才华出众的年轻巫师去当了店员。但伏地魔不只是店员。他因为彬彬有礼,英俊聪明,很快就得到了只有博金-博克这种地方才有的特殊工作。你知道,哈利,这家店专销有特异性能的物品。伏地魔被派去说服别人将宝物交给店里出售,据说,他对此事特别擅长。”

“我相信。”哈利忍不住说。

“是啊,”邓布利多说着无力地微微一笑,“现在该听听家养小精灵郝琪的记忆了,她的主人是一位年纪很大、非常富有的女巫,名叫赫普兹巴·史密斯。”

邓布利多用魔杖敲了敲一个小瓶,瓶塞飞了出去,他把打着旋儿的记忆倒进了冥想盆,说道:“你先来,哈利。”

哈利站了起来,再次俯身凑近石盆中荡着涟漪的银色物质,直到面孔碰到了它。他翻着跟头在黑暗的虚空中坠落,落到了一间起居室里,看到一个很胖很胖的老太太,戴着一顶精致的姜黄色假发,艳丽的粉红色长袍在她四周铺散开来,使她看上去像一块融化的冰淇淋蛋糕。她正对着一面镶嵌着珠宝的小镜子,用一块大粉扑往已经鲜红的面颊上涂着胭脂。一个哈利所见过的最瘦小、最苍老的家养小精灵正在给老太太的胖脚上穿的一双紧绷绷的缎子鞋扣搭扣。

"快点儿,郝琪!"赫普兹巴专横地说,"他说四点来,只有两分钟了,他还从没迟到过呢。"

她收起粉扑。家养小精灵直起腰,脑袋才齐到赫普兹巴的椅垫,纸一般的皮肤挂在骨架上,像她身上披的那块细亚麻布袍子一样。

"我怎么样?"赫普兹巴问,一边转动着脑袋,从各个角度欣赏着她镜中的面孔。

"很美丽,夫人。"郝琪尖声说。

哈利只能推测郝琪的合同里要求她在回答这个问题时必须咬牙说谎,因为在他看来赫普兹巴·史密斯离美丽差远了。

门铃丁丁当当地响了,女主人和小精灵都跳起来。

"快,快,他来了,郝琪!"赫普兹巴叫道,小精灵奔出屋去。屋里非常拥挤,简直想象不出有人能穿过房间而不撞倒至少一打东西。陈列描漆小盒的橱柜,排满烫金书籍的书架,摆着大小星体和星相仪的架子,还有许多长在铜器皿中的茂盛植物。这间屋子看上去像是魔法古玩店和温室拼凑起来的。

小精灵一会儿就回来了,后面跟着一个高个子青年,哈利一下就认出是伏地魔。他穿着一套黑西服,头发比上学时长了一些,面颊凹了下去,但这些都很适合他,他看上去更英俊了。他小心地穿过拥挤的房间,看样子已来过许多次,然后低低地弯下腰,嘴唇轻轻碰了一下赫普兹巴的小胖手。

"我给你带了花。"他小声说着,手里变出了一束玫瑰。

"你这个淘气的孩子,你不该这样!"老赫普兹巴尖叫道,不过哈利注意到她已在旁边一张小桌上准备了一个空花瓶,“你宠坏我这个老太太了,汤姆……坐下,坐下……郝琪在哪儿……啊……”

家养小精灵端着一盘小糕点冲进屋来,把盘子摆在女主人肘边。

“随便吃吧,汤姆,”赫普兹巴说,“我知道你很喜欢我的糕点。你怎么样?脸色有点白。店里把你用得太狠了,我说过一百回了……”

赫普兹巴咯咯地笑了起来,伏地魔机械地微笑着。

“哎,这次来看我的借口是什么?”她眨巴着眼睫毛问。

“那副妖精做的盔甲,博克先生想出个更高点的价钱,五百加隆,他觉得这够公道的了——”

“哎呀,哎呀,不要这么急嘛,不然我会以为你只是为了我的玩意儿才来的!”赫普兹巴撅着嘴说道。

“我是为了它们才被派来的。”伏地魔轻声说,“我只是个小小的店员,夫人,只能听人吩咐。博克先生要我问——”

“哦,博克先生,呸!”赫普兹巴说着小手一摆,“我要给你看一样博克先生从来没见过的东西!你能保密吗,汤姆?你能保证不告诉博克先生我有这个吗?他要是知道我给你看过,会永远不让我安生的。这个我不卖,不会卖给博克,不会卖给任何人!可是你,汤姆,你会欣赏它的历史,而不是只想着能赚多少加隆……”

“我很乐意看赫普兹巴小姐给我看的任何东西。”伏地魔轻声说,赫普兹巴又像小姑娘似的咯咯笑了起来。

“我让郝琪拿出来了……郝琪,你在哪儿?我要让里德尔先生看看我们最好的宝贝……干脆两样都拿来吧……”

“在这儿呢,夫人。”家养小精灵尖声说,哈利看到了两个摞在一起的皮盒子,好像是在自动飘过来似的,他知道那是因为那一丁点儿大的小精灵在举着它们,在桌子、躺椅和坐垫中间穿行。

“好,”赫普兹巴愉快地说着,从小精灵手里接过盒子,搁在膝上,准备打开上面的那个,“我想你会喜欢的,汤姆……哦,如果我家的亲戚知道我让你看了……他们马上就会来抢走的!”

她打开了盖子。哈利朝前凑了凑,看到里面像是一个小金杯,有两个精致的耳柄。

“你知道这是什么吗，汤姆？拿起来好好看看！”赫普兹巴轻声说。伏地魔伸出细长的手指，捏住一边的耳柄，把杯子从柔软的缎子衬垫上拿起来。哈利看到他的黑眼睛里似乎闪过一丝红光。他那贪婪的表情奇特地反映在赫普兹巴的脸上，只是她的小眼睛在盯着伏地魔英俊的面庞。

“獾。”伏地魔辨认着杯子上的雕饰，喃喃地说道，“这是……”

“赫尔加·赫奇帕奇的，你很在行，聪明的孩子！”赫普兹巴说着倾身捏了捏他那凹陷的面颊，胸衣响亮地嘎吱了一声，“我没跟你说过我是赫奇帕奇的远房后代吗？这东西在我家传了好多好多年了。很漂亮，是不是？据说还有各种魔力，但我没怎么试过，我只是把它好好地收在这儿……”

她把杯子从伏地魔瘦长的食指上钩了回来，专心致志地把它嵌回原处，没有注意到杯子被拿回时伏地魔脸上掠过的一丝阴影。

“好啦，”赫普兹巴愉快地说，“郝琪在哪儿？哦，在这儿——把它拿走吧，郝琪——”

小精灵顺从地接过装杯子的盒子。赫普兹巴的注意力转向了她膝上那个扁一些的盒子。

“我想这个你会更喜欢的，汤姆。”她轻声说，“凑近一点儿，亲爱的孩子，看清楚……当然，博克知道我有这个，我从他那儿买来的。我敢说等我死后他一定想把它拿回去……”

她拨开精致的金丝扣，打开了盒盖。深红的天鹅绒衬垫上躺着一个沉甸甸的金色小挂坠盒。

伏地魔这次没等邀请就伸手把小挂坠盒拿了起来，举到光下细细看着。

“斯莱特林的记号。”他轻声说，光中闪耀着一个华丽的、蛇形的S。

“对啦！”看到伏地魔出神地盯着她的小金盒，赫普兹巴显然很高兴，“为这个我可花了高价，可是我不能错过，一定要把它加入我的收藏。博克是从一个寒酸的女人那儿买来的，那女人大概是偷的，不知道它的真实价值——”

这次错不了了：她说话时伏地魔的眼睛里闪烁着红光，哈利看到他攥着小金盒链子的手指关节都变白了。

“——我敢说博克没付给她几个钱，可是你看……多漂亮，是不是？还有各种魔力，虽然我只是把它安全地收着……”

她伸手去收回小金盒。有那么一刻，哈利以为伏地魔不会放手，但它从他指间滑下，落到了红天鹅绒垫子上。

“好了，汤姆，亲爱的，我希望你喜欢！”

她端详着他的面孔，哈利第一次看到她脸上的傻笑呆滞了。

“你没事吧，亲爱的？”

“没事，”伏地魔安静地说，“没事，我很好……”

“我以为——是光线吧——”赫普兹巴说，好像有点慌乱。哈利猜她可能也看到了伏地魔眼中那瞬间的红光。“来，郝琪，把它们拿走，重新锁起来……用老魔法……”

“该走了，哈利。”邓布利多轻声说。小精灵举着盒子摇摇摆摆地走开时，邓布利多抓住哈利的胳膊，一起穿过一片虚空，升回了邓布利多的办公室。

“赫普兹巴·史密斯在这之后两天就去世了。”邓布利多坐了下来，示意哈利也坐下，“魔法部判定，是家养小精灵郝琪在她女主人的晚饮可可茶中误放了毒药。”

“不可能！”哈利气愤地说。

“看来我们意见一致，”邓布利多答道，“当然，这起死亡案与里德尔家的命案有许多相似点。两起案子中都有替罪羊，替罪羊对杀人经过都有清楚的记忆——”

“郝琪承认了？”

“她记得在女主人的可可茶里放了点儿东西，后来发现那不是糖，而是一种罕见而致命的毒药。判决说她不是蓄意谋杀，而是老眼昏花——”

“伏地魔篡改了她的记忆，就像对莫芬那样！”

“对，这也是我的结论。而且，也像对莫芬那样，魔法部本来就倾向于怀疑郝琪——”

“——因为她是家养小精灵，”哈利说，他从没像现在这样同情赫敏组织的社团:家养小精灵解放阵线。

“正是,而且她又老了,她承认在饮料里放了东西之后,魔法部就没人想到再去调查。跟莫芬的情况一样,等我找到她,取得她的记忆时,她几乎已经走到生命的尽头。当然,她的记忆只能证明伏地魔知道杯子和挂坠盒的存在。

“郝琪被定罪时,赫普兹巴的家族发现她的两件最贵重的宝物已经丢失。他们花了一段时间才确定了这件事,因为她有很多秘密的藏宝地点,总是把她的收藏看得特别严。而在他们认定杯子和挂坠盒都不见了之前,博金-博克的那个店员,那个经常去看赫普兹巴并且那样会讨她欢心的青年,已经辞职消失了。他的老板也不知道他的去向,他们像别人一样感到意外。汤姆·里德尔在很长一段时间里销声匿迹了。

“现在,”邓布利多说,“如果你不介意,哈利,我想再提醒你注意一下故事中的某些细节。伏地魔又犯下了一桩谋杀案。不知道这是不是继里德尔家命案之后的第一桩,但我想是。你想必也看到了,这一次他不是为了报复,而是为了利益。他想要那可怜的老太太给他看的那两件奇宝。就像他抢孤儿院其他孩子的东西一样,就像他偷他舅舅的戒指一样,这次他盗走了赫普兹巴的杯子和挂坠盒。”

“可是,”哈利皱着眉头说道,“这好像很疯狂……冒那么大的风险,丢掉工作,就为了……”

“也许对你来说是疯狂,但对伏地魔不是。”邓布利多说,“我希望你将来能理解这些东西对他的意义,哈利。但你必须承认,至少不难想象他认为挂坠盒理所当然是属于他的。”

“挂坠盒也许吧,”哈利说,“可为什么他把杯子也拿走呢?”

“那只杯子曾属于霍格沃茨的另一位创始人。我想这所学校对伏地魔仍有很大的吸引力,他无法抗拒一个浸透着霍格沃茨历史的东西。我想还有其他原因……我希望将来能向你证明。”

邓布利多把最后一瓶记忆倒入了冥想盆,哈利再次站了起来。

“这是谁的记忆?”

“我的。”邓布利多说。

哈利跟着邓布利多潜入了流动的银色物质，落到他刚刚离开的办公室里。福克斯在栖木上酣睡着。书桌后是邓布利多，看上去跟站在哈利身边的邓布利多很像，不过两只手是完好无损的，脸上皱纹或许略少一些。这间办公室与现在的惟一区别是外面在下雪，淡青的雪片在黑暗中飘过窗前，堆积在外面的窗台上。

年轻一些的邓布利多似乎在等待什么，果然，不一会儿便响起了敲门声，他说："进来。"

哈利差点儿叫出了声，但赶紧忍住了。伏地魔走了进来，他的面孔不是哈利两年前看到的从大石头坩埚里升起的那样，不那么像蛇，眼睛还不那么红，脸还不像面具。他的面孔似乎被烧过，五官模糊，像蜡一样，古怪地扭曲着。眼白现在似乎永久地充着血，但瞳孔还不是哈利后来所看到的那两条缝。他身上披着一件长长的黑斗篷，脸像肩头的雪花一样白。

桌后的邓布利多没有显出吃惊之色。这次来访显然是有预约的。

"晚上好，汤姆，"邓布利多轻松地说，"坐吧。"

"谢谢，"伏地魔坐到邓布利多指的椅子上——看上去就是哈利刚刚离开的那张，"我听说你当了校长，"他的声音比先前要高一些，冷一些，"可敬的选择。"

"我很高兴你赞成。"邓布利多微笑道，"可以请你喝杯饮料吗？"

"那太感谢了，"伏地魔说，"我走了很远的路。"

邓布利多站了起来，快步走到现在放冥想盆的柜子前，但那时摆满了酒瓶。他递给伏地魔一杯葡萄酒，给自己也倒了一杯，然后回到书桌旁。

"那么，汤姆……是什么风把你吹来的？"

伏地魔没有马上回答，只是呷着酒。

"他们不再叫我'汤姆'了，如今我被称为——"

"我知道你被称为什么，"邓布利多愉快地微笑道，"但是对我，你恐怕将永远都是汤姆·里德尔。这恐怕就是当老师的让人讨厌的地方之一，他们从来不会完全忘记学生当初的情形。"

他举起杯子，像要跟伏地魔干杯。伏地魔还是面无表情。但哈利感到屋里的气氛发生了微妙的变化:邓布利多拒绝用伏地魔选定的称呼,是拒绝让伏地魔支配谈话。哈利看得出伏地魔也感觉到了。

"我惊讶你在这儿待了这么久,"伏地魔停了一会儿说,"我一直奇怪,你这样一位巫师怎么从来不想离开学校。"

"哦,"邓布利多说,依旧面带笑容,"对于我这样的巫师来说,没有什么比传授古老技艺和训练年轻头脑更重要了。如果我记得不错,你也曾经看到过教师职业的吸引力。"

"我现在仍然能看到,"伏地魔说,"我只是奇怪为什么你——经常被魔法部请教,并且好像两次被提名为魔法部长的人——"

"实际上有三次了,但魔法部的职业对我从来没有吸引力。这是我们共同的地方,我想。"

伏地魔不带笑容地低下头,又呷了口酒。邓布利多没有打破两人之间的沉默,而是带着愉快的表情期待伏地魔先开口。

"我回来了,"过了片刻他说,"可能比迪佩特教授期望的晚了一点……但是回来了,为的是再次申请他那时说我太年轻而不适合担任的职位。我来请你允许我回这座城堡执教,你想必知道我离开这里后见了很多,也做了很多,我可以教授你的学生从其他巫师那里学不到的东西。"

邓布利多从他的杯子上面打量了伏地魔一会儿才开口。

"是的,我知道你离开我们之后见了很多,也做了很多。"他平静地说,"关于你所作所为的传闻也传到了你的母校,汤姆。如果它们有一半可信,我将非常遗憾。"

伏地魔依然面无表情,说道:"伟大引起嫉妒,嫉妒导致怨毒,怨毒滋生谎言。这你一定了解,邓布利多。"

"你把你的所作所为称为'伟大',是吗?"邓布利多优雅地问。

"当然,"伏地魔说,他的眼睛好像烧红了,"我做了实验,可能已把魔法推进到前所未有的——"

"是某些魔法,"邓布利多平静地纠正他说,"某些。但在另一些上,你还是……恕我直言……无知得可悲。"

伏地魔第一次笑了,那是一种睥睨的讥笑,邪恶的表情,比暴怒更加可怕。

"老论调,"他轻声说,"可是,邓布利多,我在世上所见没有一样能证明你那著名的观点:爱比我那种魔法更加强大。"

"也许你找的地方不对。"邓布利多提醒道。

"那么,还有哪里比这儿——霍格沃茨——更适合我开始新的研究呢?"伏地魔说,"你肯让我回来吗?你能让我与你的学生分享我之所学吗?我将我自己和我的才能交给你,听你指挥。"

邓布利多扬起了眉毛。

"听你指挥的那些人呢?那些自称——或据说自称食死徒的人怎么办?"

哈利看出伏地魔没想到邓布利多知道这个名字;他看到伏地魔的眼睛又闪着红光,两道缝隙般的鼻孔张大了。

"我的朋友们,"他停了一刻说,"他们没有我也会继续干下去,我相信。"

"我很高兴听到你把他们称作朋友,"邓布利多说,"我以为他们更像是仆人。"

"你错了。"伏地魔说。

"那么,如果我今晚去猪头酒吧,不会看到那群人——诺特、罗齐尔、穆尔塞伯、多洛霍夫——在等你回去吧?真是忠诚的朋友啊,跟你在雪夜里跋涉了这么远,只是为了祝你谋到一个教职。"

邓布利多对他的随行者如此了解无疑使伏地魔更加不快,但他几乎立刻镇定下来。

"你还是无所不知,邓布利多。"

"哦,哪里,只是跟当地酒吧服务员的关系不错而已。"邓布利多轻松地说,"现在,汤姆……"

邓布利多放下空杯子,坐直身子,双手指尖碰在一起,这是他惯有的姿势。

"……我们把话说开吧,你今晚为什么带着手下到这里来,申请一份你我都知道你并不想要的工作?”

伏地魔显出冷冷的惊讶。

“我不想要的工作?恰恰相反,邓布利多,我非常想要。”

“哦,你想回到霍格沃茨,但你其实并不比十八岁时更想教书。你究竟想要什么,汤姆?为什么不能坦率一次呢?”

伏地魔冷笑了一声。

“如果你不想给我一份工作——”

“当然不想,”邓布利多说,“而且我看你也没有指望我给你。但你还是来了,提出了申请,你一定有所企图。”

伏地魔站了起来,满面怒容,看上去比以前任何时候都不像汤姆·里德尔。

“这是你的最后决定?”

“是的。”邓布利多也站了起来。

“那我们就没有什么可谈的了。”

“没有了。”邓布利多说,脸上露出深深的悲哀,“我能用燃烧的衣柜吓住你,迫使你赎罪的时间早已过去。可我希望能,汤姆……我希望能……”

有那么一瞬间,哈利差点喊出一声无用的警告,他确信伏地魔的手突然移向了口袋里的魔杖……但那一刻过去了,伏地魔已转身走开,门在关上,他不见了。

哈利感到邓布利多的手又抓住了他的胳膊,过了一会儿,他们站到了几乎相同的地点,但外面没有雪落到窗台上,邓布利多的手又变得焦枯了。

“为什么?”哈利马上问,仰望着邓布利多的面孔,“他为什么回来?你搞清了吗?”

“我有些想法,但只是想法而已。”

“什么想法,先生?”

“等你拿到斯拉格霍恩教授的那段记忆,我就会告诉你,哈利。”邓布利多说,“找到那最后一块拼图,一切都会明白的……对我们两人都是,我希望。”

哈利仍满肚子好奇，当邓布利多走到门口、为他打开门时，他并没有马上动身。

“他还是想教黑魔法防御术吗，先生？他没说……”

“哦，他肯定是想教黑魔法防御术。我们那次短暂会面的后果证明了这一点。自从我拒绝伏地魔之后，就没有一个黑魔法防御术教师能教到一年以上。”

第21章

神秘的房间

在接下来的一个星期里，哈利绞尽脑汁地考虑着怎么能让斯拉格霍恩交出真实的记忆，可是没有一点儿灵感，他只好做起如今他在无计可施时做得越来越多的事情：翻他的魔药课本，希望王子在空白处写了点高招。

"你找不到的。"星期天的晚上，赫敏断言道。

"别说了，赫敏，"哈利说，"要不是王子，罗恩现在不会坐在这儿了。"

"他会的，只要你在一年级时认真听斯内普讲课。"赫敏不以为然地说。

哈利不理她，他刚发现空白处写了个咒语(神锋无影!)，下面还有“**对敌人**”三个有趣的字。哈利心里痒痒的很想试一下，但觉得最好不要在赫敏跟前试，便偷偷把页角折了起来。

他们坐在公共休息室的炉边，还没睡觉的都是六年级学生，今天有些兴奋：吃过晚饭回来时，他们发现布告牌上贴出了一张新告示，通知幻影显形考试的日期。第一场考试(四月二十一日)前，年满十七岁的同学可报名到霍格莫德参加特殊训练(有严格监督)。

罗恩看了告示后惊慌起来，他还不会幻影显形，担心考试通不过。已经成功了两次的赫敏要自信一些。哈利还有四个月才满十七岁，不管练没练好都不能参加考试。

“可你至少会幻影显形了!”罗恩紧张地说，“你到了七月份不会有问题的。”

“我才成功了一次。”哈利提醒道。他上节课终于做到了消失后在木圈里现身。

浪费了很多时间唠叨对幻影显形的担心之后，罗恩正在痛苦地给斯内普写一篇特别难的论文。哈利跟赫敏都已写完了。哈利等着得低分，因为他在对付摄魂怪的最佳办法上与斯内普不一致。但哈利不在乎，现在对他来说，拿到斯拉格霍恩的记忆才是最重要的。

“我告诉你，那个蠢王子不会帮你的，哈利!”赫敏说，她的声音更响了，“只有一个办法可以强迫别人做你想让他们做的事，那就是夺魂咒，但那是违法的——”

“嗯，我知道，谢谢，”哈利看着书，头也不抬地说，“所以我才找不同的东西。邓布利多说吐真剂没用，但可能有别的东西，魔药或魔咒……”

“你的方法不对头，”赫敏说，“邓布利多说只有你才能搞到那段记忆，这肯定是说你能说服斯拉格霍恩，而别人不能。不是给他下魔药的问题，那谁都会——”

“‘挑衅’怎么写?”罗恩问，一边盯着羊皮纸使劲摇羽毛笔，“不可能是‘桃畔’——”

“不是，”赫敏说着拉过罗恩的论文，“‘占卜’也不是‘古十’。你用的什么笔呀?"

"是弗雷德和乔治的查错字笔……但我想魔法开始失灵了……"

"一定是,"赫敏指着他的论文题目说,"我们要写的是如何对付摄魂怪,不是对付'挖泥泽',我也不记得你什么时候改名叫'罗鸟·卫其利'了。"

"啊?!"罗恩惊恐地瞪着羊皮纸说,"可别叫我重写啊!"

"没事,可以改好。"赫敏说着把论文拉过去,抽出了魔杖。

"我爱你,赫敏。"罗恩说着倒回椅子上,困乏地揉着眼睛。

赫敏脸微微一红,但只说了句:"可别让拉文德听到了。"

"不会的,"罗恩捂着嘴说,"也许我会……这样她就会甩掉我了……"

"如果你想结束,为什么不甩掉她呢?"哈利问。

"你从来没有甩过人,是不是?"罗恩说,"你和秋只是——"

"分开了。"哈利说。

"希望我跟拉文德也能那样,"罗恩阴郁地说,一边看着赫敏默默地用魔杖尖轻叩他的每个错别字,把它们改正过来,"可是我越暗示想结束,她就越缠得厉害,跟巨乌贼似的。"

"好了。"大约二十分钟后,赫敏把论文还给了罗恩。

"多谢多谢,"罗恩说,"我能借你的笔写结论吗?"

哈利在混血王子的笔记中没找到什么帮助,他环顾四周,休息室内只剩下他们三个人,西莫刚刚诅咒着斯内普和他布置的论文上楼睡觉去了。这里惟有炉火的噼啪声和罗恩用赫敏的笔写最后一段摄魂怪论文的沙沙声。哈利刚打着哈欠合上混血王子的书,忽然——

噼啪。

赫敏发出一声短促的尖叫,罗恩把墨水洒到了论文上,哈利叫道:"克利切!"

家养小精灵低低地弯下腰,对着他那疙疙瘩瘩的脚趾说:

"主人说要经常向他汇报马尔福少爷的动向,所以克利切来——"

噼啪。

多比出现在克利切身旁,茶壶罩做的帽子歪在一边。

“多比也在帮忙,哈利·波特!”他尖声说,又怨恨地看了克利切一眼,“克利切应该告诉多比他什么时候来见哈利·波特,这样可以一起汇报!”

“什么呀?”赫敏问,似乎还在为他们的突然出现而吃惊,“怎么回事,哈利?”

哈利犹豫着,他还没把让克利切和多比跟踪马尔福的事告诉赫敏,因为家养小精灵对于她总是一个敏感的话题。

“嗯……他们在为我跟踪马尔福。”

“日日夜夜。”克利切声音沙哑地说。

“多比一星期没睡觉了,哈利·波特!”多比自豪地说,一边摇晃着身体。

赫敏马上愤然。

“你没睡觉,多比? 可是哈利,你没跟他说不许——”

“当然没有,”哈利忙说,“多比,你可以睡觉,对不对? 可你们发现什么了吗?”他趁赫敏插嘴之前赶紧问道。

“马尔福少爷举止高贵,不愧是纯血统,”克利切立刻又沙哑地说道,“他的外貌让人想起我女主人那精致的轮廓,他的风度是——”

“德拉科·马尔福是个坏男孩!”多比气愤地尖叫道,“一个坏男孩,他——他——”

他浑身上下从茶壶罩的流苏到袜子头都哆嗦起来,然后他冲向炉火,好像要跳进去。哈利不是完全没有料到,连忙紧紧抱住他的腰,多比挣扎几秒钟后软了下来。

“谢谢你,哈利·波特,”他喘着气说,“多比还是很难说旧主人的坏话……”

哈利放开了他。多比把茶壶罩戴好,挑战似的对克利切说:“但克利切应该知道德拉科·马尔福不是家养小精灵的好主人!”

“是啊,我们不需要听你有多爱马尔福,”哈利说,“还是快说他到哪儿去了吧。”

克利切又怒冲冲地鞠了个躬,说道:“马尔福少爷在礼堂吃饭,睡在地下教室的一间宿舍里,他到许多教室上课——”

"多比，你来说，"哈利打断了克利切，"他有没有去不该去的地方？"

"哈利·波特，先生，"多比尖声说，大大的圆眼睛在火光中闪亮，"多比没发现马尔福少爷违反任何规定，但他仍然小心防止被人发现。他经常带着不同的学生去八楼，他们给他放哨，他走进——"

"有求必应屋！"哈利把《高级魔药制作》在头上重重地一拍。赫敏和罗恩都瞪着他。"他就是溜到那儿去了！那就是他干那个……鬼知道什么事的地方！我打赌这就是他从地图上消失的原因——现在想起来，我从没在地图上看到过有求必应屋！"

"说不定制作活点地图的人根本不知道有那间屋子。"罗恩说。

"我想这是那间屋子魔法的一部分，"赫敏说，"如果你需要它在地图上显示不出来，就显示不出来。"

"多比，你进去看见马尔福在干什么了吗？"哈利急切地问。

"没有，哈利·波特，这不可能。"多比说。

"没有什么不可能，"哈利马上说，"马尔福去年闯进了我们总部，所以我也能进去偷看他，没问题。"

"我想不行，哈利。"赫敏慢慢地说，"那次是因为玛丽埃塔这个笨蛋走漏了消息，马尔福已经知道我们怎么用那间屋子，他要那间屋子变成D.A.总部，它就变成了。可现在，你不知道马尔福进去时那间屋子是什么样子，所以你不知道让它变成什么样子。"

"会有办法的，"哈利不以为然地说，"你干得很好，多比。"

"克利切也干得不错，"赫敏好心地补了一句，但克利切不仅没有显出感激，反而把充血的大眼睛一翻，对着天花板沙哑地说，"泥巴种跟克利切说话，克利切假装听不见——"

"住口。"哈利厉声说，克利切最后深鞠一躬，幻影移形了，"你也去睡一觉吧，多比。"

"谢谢，哈利·波特，先生！"多比快乐地尖声说，也消失不见了。

"这好吧？"屋里一没了小精灵，哈利马上转向罗恩和赫敏，兴奋地说，"我们知道马尔福到哪儿去了！现在可以堵到他了！"

"是，好极了。"罗恩阴沉地说，他正试图擦去纸上那一大片墨水，那儿刚才是一篇快写完的论文。赫敏把它拖了过去，开始用魔杖把墨水吸走。

“可是带着‘不同的学生’是怎么回事？”赫敏问，“有多少人参与？按说他应该不会让很多人知道他在干什么……”

“是啊，这很蹊跷，”哈利皱着眉道，“我听到他叫克拉布别管他在干什么……现在怎么又告诉这么些……这么些……”

哈利的声音低了下去，眼睛望着炉火。

“天哪，我真笨，”他轻声说，“很明显，是不是？地下教室里有一大缸呢……他那节课上随时都可能偷到……”

“偷到什么？”罗恩问。

“复方汤剂。他偷了斯拉格霍恩在第一堂魔药课上给我们看的复方汤剂……没有什么不同的学生给马尔福放哨……就是克拉布和高尔……对，这下都对上了！”哈利跳了起来，在火炉前踱着步，“因为只有这两个人才会蠢到即使马尔福不说他在干什么，也能听他吩咐……但他不想让人看到这两个人总守在有求必应屋外头，所以就让他们喝了复方汤剂，变成别人的样子……魁地奇比赛那天我看到的两个女孩——哈！就是克拉布和高尔！”

“你是说，”赫敏屏着气说，“我帮助修天平的那个小女生——？”

“对，当然！”哈利望着她大声说，“当然！马尔福当时一定在有求必应屋，所以那女生——那男生丢掉了天平，告诉马尔福别出来，外面有人！还有，那个把癞蛤蟆卵掉到地上的女生！我们一直在他旁边走来走去，却不知道！”

“他把克拉布和高尔变成了女生？”罗恩说着大笑起来，“老天……难怪他们最近不大开心……我奇怪他们怎么没对他说‘见鬼去吧’……”

“他们不会的，是不是？如果他给他们看过他的黑魔标记。”哈利说。

“哦……那个不知是否存在的黑魔标记。”赫敏怀疑地说，一边卷起擦干的论文还给罗恩，免得它再遭不测。

“看着吧。”哈利自信地说。

“好，那就看着吧。”赫敏说着站起来伸了伸懒腰，“可是哈利，你先别太兴奋了，我还是觉得，你如果不知道里面有什么，是进不了有求必应屋的。而且我认为你不应该忘记,"她把书包甩到肩上,十分严肃地看了他一眼,"你应该集中精力搞到斯拉格霍恩的记忆。晚安。"

哈利看着她走了,感觉有点儿不悦。通往女生宿舍的门在她身后一关上,他就转向了罗恩。

"你是怎么想的?"

"我希望能像家养小精灵一样幻影移形,"罗恩盯着多比消失的地方说,"那么幻影显形考试就十拿九稳了。"

哈利这一夜没睡好,自己感觉醒着躺了好几个小时,一直在猜测马尔福用有求必应屋干什么,想象着自己明天进去后会看到什么。尽管赫敏泼了凉水,哈利还是相信既然马尔福能看到 D.A.总部,他就能看到马尔福的……什么呢?约会地点?藏身处?储藏室?工作间?哈利的脑子飞快地转动着,后来终于睡着了,梦中仍受到马尔福形象的侵扰,他一会儿变成斯拉格霍恩,一会儿变成斯内普……

第二天吃早饭时哈利满怀期待。黑魔法防御术课前有一段空闲,他决定设法进入有求必应屋。赫敏夸张地表示对他悄声说出的方案不感兴趣。哈利有些恼火,因为他觉得赫敏如果愿意是可以帮上大忙的。

"喂,"他凑向前悄悄地说,一只手按住赫敏刚从送信的猫头鹰身上解下的《预言家日报》,不让她躲到报纸后面去,"我没忘记斯拉格霍恩,可我不知道怎么搞到他的记忆,在有灵感之前我为什么不能去看看马尔福在干什么呢?"

"我已经告诉过你了,"赫敏说,"你得说服斯拉格霍恩,而不是对他下药或者施魔法。否则邓布利多一下子就办到了。你不要在有求必应屋外面浪费时间了。"她把《预言家日报》从哈利手底下抽出,折起来看着第一版,"你应该去找斯拉格霍恩,努力感化他。"

"有没有我们认识的——?"赫敏浏览报纸标题时,罗恩问道。

"有!"赫敏说,哈利和罗恩一听都噎着了,"不过还好,他没死——是蒙顿格斯,给抓起来送进阿兹卡班了!说是扮成阴尸入室行窃……有一个叫奥塔维·佩珀的失踪了……哎呀,多可怕,一名九岁男孩企图杀死祖父母而被逮捕,据说是中了夺魂咒……"

他们默默吃完早饭，赫敏马上赶去上古代魔文课，罗恩去了公共休息室，准备把斯内普要的摄魂怪论文写完。哈利直奔八楼走廊，目标是傻巴拿巴教巨怪跳芭蕾舞的挂毯对面的那段空墙。

一到僻静地段，哈利就披上了隐形衣。其实没有必要。他发现目的地根本没有人。哈利不知道马尔福在里面还是在外面时自己进去的机会更大，但至少他的初次尝试不会被假扮成十一岁女生的克拉布或高尔打搅了。

走近隐藏着有求必应屋的地方，他闭上眼睛。他知道该做什么，去年已经练得很熟了。他专心致志地想：*我需要看看马尔福在这儿干什么……我需要看看马尔福在这儿干什么……我需要看看马尔福在这儿干什么……*

他三次走过那个地方，激动得心咚咚地跳着，然后，他睁开眼睛转向它——可眼前还是一段普通的白墙。

他走上前推了推，石头还是硬邦邦的，一动不动。

"好吧，"哈利大声说，"好吧……我想得不对……"

他想了一会儿，又走了起来，闭着眼睛，集中意念。

我需要看马尔福经常偷偷来的地方……我需要看马尔福经常偷偷来的地方……我需要看马尔福经常偷偷来的地方……

走过三次之后，他期待地睁开眼睛。

没有出现门。

"哦，别这样，"他烦躁地对着墙壁说，"要求提得很清楚嘛……好吧……"

他使劲想了几分钟，又大步走了起来。

我需要你变成你为德拉科·马尔福变成的地方……我需要你变成你为德拉科·马尔福变成的地方……我需要你变成你为德拉科·马尔福变成的地方……

走完后，他没有马上睁开眼睛，而是侧耳聆听，好像希望听见门突然出现的声音。可是没有听见，只有远处小鸟的啁啾。他睁开了眼睛。

还是没有出现门。

哈利诅咒了一声，听到有人尖叫。他转过头，看到一群一年级新生逃回了拐角，显然是以为碰到了一个说话特别粗鲁的幽灵。

哈利试了"我需要看看德拉科·马尔福在你里面做什么"的各种变化形式，最后不得不承认赫敏可能说得有道理，那间屋子就是不想让他进去。他沮丧而恼火地赶去上黑魔法防御术课，在路上脱下隐形衣，塞进了书包。

"又迟到了，波特，"哈利匆匆跑进点着蜡烛的教室时，斯内普冷冷地说，"格兰芬多扣十分。"

哈利对斯内普怒目而视，冲到罗恩旁边的椅子上坐下。班上半数人都还站着，在拿书和整理东西，他并没有晚多少。

"开始上课之前，我想看到你们的摄魂怪论文。"斯内普说着漫不经心地一挥魔杖，二十五卷羊皮纸升到空中，在他桌上整齐地落成一堆，"我替你们希望，这次比那篇抵御夺魂咒的狗屁不通的东西好些。现在，请打开书，翻到——什么事，斐尼甘同学？"

"先生，"西莫说，"我有个问题，怎么区分阴尸和幽灵呢？因为《预言家日报》中提到了阴尸——"

"没有，没有这回事。"斯内普用厌倦的语气说。

"可是先生，我听到人们说——"

"如果你好好读了那篇文章，斐尼甘同学，就会知道所谓的阴尸只是一个臭烘烘的小偷，蒙顿格斯·弗莱奇。"

"斯内普跟蒙顿格斯不是一边的吗？"哈利小声问罗恩和赫敏，"蒙顿格斯被抓起来了，他不应该难受吗？"

"波特似乎对这个问题有很多话要说，"斯内普说着突然朝教室后面一指，黑眼睛盯着哈利，"让我们问问波特，如何区分阴尸和幽灵。"

全班都回头看着哈利，他急忙回忆那天晚上去拜访斯拉格霍恩时邓布利多说的话。

"呃——这个——幽灵是透明的——"

"哦，很好，"斯内普撇着嘴打断了他，"对，显而易见，近六年的魔法教育在你身上没有白费，波特。*幽灵是透明的*。"

潘西·帕金森发出高声尖笑。还有几个人也傻笑起来。哈利深深吸了口气，镇静地说了下去，尽管怒火中烧："幽灵是透明的，但阴尸是死尸，是吧？所以它们应该是实心的——"

"五岁小孩也能讲出这些。"斯内普讥笑道，"阴尸是被黑巫师的魔咒唤起的死尸。它没有生命，只是像木偶一样被用来执行巫师的命令。而幽灵，我相信大家现在都已知道，是离去的灵魂留在世间的印记……当然，正如波特英明指出的那样，它是透明的。"

"但，哈利说的是最实用的区分方法！"罗恩说，"假使在黑巷子里迎面碰到一个，我们会赶快看一看它是不是实心的，而不会问：'对不起，你是不是一个离去的灵魂留在世间的印记？'"

教室里发出一片笑声，但立刻被斯内普的眼色压了下去。

"格兰芬多再扣十分。我不指望你能说出更高明的话，罗恩·韦斯莱——一个实心到在这间屋子里连幻影显形半英寸都做不到的学生。"

"不要！"赫敏见哈利愤怒地张嘴要说话，忙抓住他的胳膊小声说，"没有意义的，只会又被关禁闭，算了吧。"

"现在打开书，翻到一百三十页。"斯内普得意地微笑道，"读关于钻心咒的前两段……"

罗恩整堂课都特别蔫，下课铃响了，拉文德追上罗恩和哈利（她走近时赫敏神秘蒸发了），为了在课堂上嘲笑罗恩幻影显形的事而痛骂斯内普。可这似乎只能更加激怒了罗恩，他跟哈利拐进男生盥洗室，把她甩掉了。

"斯内普说得对，是不是？"罗恩盯着破镜子看了一两分钟后说，"我不知道去考试有没有意义，我就是学不会幻影显形。"

"你可以参加霍格莫德的特殊训练，看看会怎么样，"哈利理智地说，"至少，那会比显形到一个愚蠢的木圈里有趣些。然后，如果你还是不能——嗯——做到像你希望的那样好，还可以推迟考试，到夏天跟我一起——桃金娘，这是男生盥洗室！"

一个女孩的幽灵从他们后面的一个抽水马桶里升了起来，在半空中飘浮着，一双眼睛从厚厚的白色圆形眼镜后面瞪着他们。

"哦,"她闷闷不乐地说,"是你们两个。"

"你在等谁?"罗恩问,一边从镜子里看着她。

"没等谁。"桃金娘忧郁地抠着下巴上一个小点说,"他说他会回来看我,后来你又说会来看我……"她责备地看了哈利一眼……"好多个月都没看到你们,我已经学会对男孩不抱太多期望了。"

"我以为你住在女生盥洗室呢。"哈利说,那个地方他已经避开好几年了。

"是啊,"她说着气呼呼地耸了耸肩膀,"可那并不意味着我不能访问别的地方。有一次我来看过你洗澡,记得吗?"

"记忆犹新。"哈利说。

"可我以为他喜欢我,"她哀怨地说,"也许等你们走了,他还会回来的……我们有很多共同点……我相信他感觉到了……"

她期待地望着门口。

"你说你们有很多共同点,"罗恩说,现在似乎被逗乐了,"是指他也住在水管里吗?"

"不是,"桃金娘抗议道,声音在老式的瓷砖盥洗室中回响,"我是说他很敏感,他也被人欺负,觉得孤单,没人说话,他不怕暴露自己的感情,想哭就哭!"

"有个男生在这儿哭过?"哈利好奇地问,"小男生?"

"不要你管!"桃金娘说,那漏水的小眼睛盯着已在咧着嘴笑的罗恩,"我保证过不告诉任何人,我要把他的秘密带进——"

"——不是坟墓吧?"罗恩笑道,"也许是下水道……"

桃金娘发出一声愤怒的号叫,钻回了抽水马桶,水溅在马桶的周围和地板上。刺激桃金娘似乎让罗恩重新获得了勇气。

"你说得对,"他说着把书包甩回肩上,"我要参加霍格莫德的特殊训练,然后再决定去不去考试。"

到了周末,罗恩加入了赫敏和其他一些两星期后年满十七岁的六年级学生当中。哈利看着他们都准备去村子里,感到有些嫉妒。天气又特别好,春意融融,是很久以来难得看到的一个晴天。不过,他已决定利用这个时间再去偷袭一下有求必应屋。

“你还不如直接去斯拉格霍恩的办公室，把他的记忆搞到手。”当他在门厅那儿对罗恩和赫敏透露这一计划时，赫敏说。

“我一直在努力啊！”哈利烦躁地说，这倒是真的，那个星期的每节魔药课后他都留下来，想堵住斯拉格霍恩，可是魔药教师总是溜得很快，他一次都没堵到。哈利两次去敲他办公室的门，可是敲不开，虽然第二次他确信听到了被迅速掐断的留声机声。

“他不想跟我说话，赫敏！他看得出我又想跟他单独谈话，他不肯给我这个机会！”

“可你必须锲而不舍，是不是？”

排在费尔奇面前的一小队人往前走了几步，哈利怕被这个像往常那样拿着探密器捣捣戳戳的管理员听到，就没有回答。他祝罗恩和赫敏好运，然后转身爬上大理石台阶，决心不管赫敏怎么说，他要花一两个小时去对付有求必应屋。

等到看不见门厅了，哈利从包里抽出活点地图和隐形衣。隐形之后，他敲敲地图念道：“我庄严宣誓我不干好事。”然后仔细查看起来。

因为是星期天上午，几乎所有的学生都在各自的公共休息室里，格兰芬多的在一座塔楼，拉文克劳的在另一座，斯来特林的在地下教室里，赫奇帕奇的在厨房附近的地下室。有零零星星的人在图书馆或走廊上闲逛……还有几个人在操场上……看到了，高尔一个人在八楼走廊上。地图上看不到有求必应屋，但哈利不担心这一点。如果高尔在外面放哨，那么屋子就是开着的，无论地图知不知道。他箭步冲上楼梯，到了走廊口的拐角处才放慢脚步。他蹑手蹑脚地向赫敏两星期前好心帮过的那个端着铜天平的小女孩走去，一直走到她身后，才弯下腰小声说：“你好……你很漂亮，是不是？”

高尔惊恐地尖叫了一声，把天平扔向空中，撒腿就跑，在天平摔到地上的回响散去前早就跑得没踪影了。哈利大笑着转身面对着那段空墙，他相信德拉科·马尔福正僵立在后面，知道外面有不受欢迎的人却不敢出来。这给了哈利一种非常痛快的气势，他开始想还有哪种说法没试过。

可是乐观的情绪没有维持多久。他花了半个小时,又试了很多说法,墙上还是没有出现门。哈利感到遭受了难以置信的挫折,马尔福近在咫尺,却半点也看不出他在干什么。哈利彻底失去了耐心,冲过去朝墙上踢了一脚。

"哎哟!"

他觉得脚趾头可能折断了,抱着脚跳着,隐形衣滑落了。

"哈利?"

他单腿来了个急转身,结果摔倒了。他十分吃惊地看到唐克斯正朝他走来,好像她经常来这条走廊上散步似的。

"你来这儿干什么?"他问,一边急忙爬起来,为什么唐克斯总是看到他躺在地上呢?

"我来见邓布利多。"

哈利觉得她的样子很可怕,比平常更瘦,灰褐色的头发很稀疏。

"他的办公室不在这儿,"哈利说,"在城堡那一边,石头怪兽后面——"

"我知道,"唐克斯说,"他不在那儿,显然又走了。"

"是吗?"哈利说着把踢伤的脚轻轻放回地面,"嘿——你不知道他去哪儿了吧?"

"不知道。"

"你找他有什么事吗?"

"没什么,"唐克斯说,仿佛是在无心地扯着她袍子的袖子,"我只是想他可能了解情况……我听到传闻……有人受伤……"

"是啊,我知道,都见报了,"哈利说,"那个小孩企图杀死他的……"

"《预言家日报》的报道经常滞后。"唐克斯说,似乎没在听他说话,"你最近没收到凤凰社成员的信吧?"

"凤凰社没人给我写信了,自从小天狼星——"

他看到她的眼中已泪水盈盈。

"对不起,"他不安地说,"我……我也很怀念他……"

"什么?"唐克斯茫然问道,仿佛没听到他的话,"……回头见吧,哈利……”

她突然转身往回走去，留下哈利呆呆地望着她。约莫一分钟后，他又披上隐形衣，继续设法进入有求必应屋，但心已经不在上头。终于，腹中空空的感觉和罗恩、赫敏就要回来吃午饭的事实使他放弃了尝试，把走廊让给了马尔福，希望他吓得再待上几小时也不敢出来。

他在大礼堂里找到罗恩和赫敏，他们都已经吃到一半了。

“我成功了——差不多！”罗恩一看到哈利就兴奋地说，“应该幻影显形到帕笛芙夫人茶馆的外面，我超过了一点儿，到了文人居旁边，但至少我移动了！”

“太棒了。”哈利说，“你怎么样，赫敏？”

“哦，她显然是完美的，”罗恩抢先回答说，“完美的目光、决绝和从容——管它是哪儿点呢。结束后我们一起在三把扫帚喝了一杯，你没听到泰克罗斯怎么不停地夸她呢。他要是过两天不求婚才怪——”

“你呢？”赫敏问道，没去理睬罗恩，“一直在有求必应屋那儿？”

“是，”哈利说，“猜猜我在那儿碰到谁了？唐克斯！”

“唐克斯？”罗恩和赫敏一齐惊讶地说。

“对，她说是来找邓布利多……”

“依我看，”哈利说完他和唐克斯的对话后，罗恩立刻说，“她有点崩溃了，在魔法部发生了那些事之后六神无主了。”

“这有点怪，”赫敏说，显得很担心，“她应该守护学校，为什么突然擅离职守来找邓布利多，何况他还不在？”

“我有个想法，”哈利试探地说，他觉得说这个有点怪，这似乎更像是赫敏的领域，“你觉得她会不会……会不会……爱着小天狼星？”

赫敏瞪着他。

“你怎么会这么说？”

“我不知道，”哈利耸了耸肩膀，“可我提到小天狼星的名字时，她差点哭出来……她的守护神现在是个四条腿的庞然大物……我想会不会是变成……变成……他了。”

“是个想法，”赫敏慢吞吞地说，“可我还是不明白她为什么要冲进城堡找邓布利多,如果这真是她来的原因……"

"还是我说的吧?"罗恩说,他正在把土豆泥舀进嘴里,"她有点儿反常,六神无主,女人嘛,"他煞有介事地对哈利说,"就是容易沉不住气。"

"可是,"赫敏说,她已从沉思中回过神来,"我怀疑你找不到一个女人会为罗斯默塔夫人听了那巫婆、治疗师和米布米宝的笑话没有笑而生半小时闷气。"

罗恩瞪起了眼睛。

第22章

葬礼之后

片片明朗的蓝天开始出现在城堡塔楼上空，但这些夏天来临的迹象未能让哈利心情好起来。他既没能侦察出马尔福在干什么，也没能跟斯拉格霍恩单独谈上话，让他交出看样子已经隐藏数十年的记忆。

“说最后一遍，忘掉马尔福吧。”赫敏果断地对哈利说。

这是午饭后，他们和罗恩坐在院中一个阳光明媚的角落里。赫敏和罗恩都捏着一份魔法部的小册子：《幻影显形常见错误及避免方法》，今天下午就要考试了，但小册子基本上未能镇定他们紧张的神经。一个女孩从拐角走了出来，罗恩一惊，忙躲到赫敏身后。

“不是拉文德。”赫敏厌倦地说。

“哦,还好。”罗恩说着放松下来。

“哈利·波特?”那女孩说,“有人让我把这个带给你。”

“谢谢……”

哈利接过那小卷羊皮纸,心猛地往下一沉。那女孩走开后他说:“邓布利多说过在我搞到记忆之前不上课了呀!”

“也许他想问问你进展如何。”赫敏猜测道,哈利打开纸卷。上面不是邓布利多那细长的斜体字,而是凌乱潦草的字迹,纸上还有大团墨渍,字迹很难辨认。

亲爱的哈利、罗恩、赫敏:

阿拉戈克昨天夜里死了。哈利和罗恩,你们见过他,知道他多么特殊。赫敏,我知道你也会喜欢他的。如果你们今晚能来参加葬礼,对我意义很大。我打算黄昏时分举行葬礼,这是一天中他最喜欢的时间。我知道你们不允许那么晚出来,但可用隐形衣。我本来不想提这个要求,可是我无法独自面对。

海格

“你看。”哈利把纸条递给了赫敏。

“哦,上帝。”她迅速扫了一遍后递给了罗恩,他也读了一遍,脸上露出越来越不敢相信的表情。

“他疯了!”罗恩激烈地说,“那畜生叫它的同伴把哈利和我吃掉!说是随便吃!现在海格却要我们去对着它那恐怖的、毛森森的尸体痛哭!”

“不仅如此,”赫敏说,“他还要我们晚上离开城堡,明知道保安措施已经严了一百万倍,被抓到会有多大的麻烦!”

“我们以前也在夜里去看过他。”哈利说。

“去过,可是为这种事?”赫敏说,“我们为海格冒过很多风险,可是毕竟——阿拉戈克已经死了。如果是为了救他——”

“——我更不想去,”罗恩坚决地说,“你没见过它,赫敏。相信我,死了会使海格好得多。”

哈利拿回纸条,盯着那满纸的墨渍,显然曾有大滴大滴的泪水掉在羊皮纸上。

“哈利,你不会打算去吧?”赫敏问,“为这个关禁闭太不值了。”

哈利叹了口气。

“是,我知道,我想海格只能自己安葬阿拉戈克了。”

“就是。”赫敏看上去松了口气,“哎,今天下午魔药课要没人了,我们都去考试……想办法软化斯拉格霍恩吧!”

“你觉得第五十七次会幸运吗?”哈利苦涩地说。

“幸运,”罗恩突然说,“哈利,对了——幸运!”

“你说什么呀?”

“用幸运药水!”

“罗恩,对——对了!”赫敏似乎惊呆了,“当然!我怎么没想到呢?”

哈利瞪着他俩。“福灵剂?我不知道……我还想留着呢……”

“留着干什么?”罗恩不解地问。

“哈利,还有什么比这个记忆更重要的吗?”赫敏问。

哈利没有回答。那个小金瓶已在他脑际萦绕了一段时间,一些模糊而不成形的想法(金妮和迪安分手,罗恩高兴地看到她有新男友)在他的脑海深处酝酿,只有在梦中或半梦半醒的朦胧时刻才会意识到……

“什——?是,当然,”他回过神来,“嗯……好吧。如果今天下午还不能让斯拉格霍恩开口,我晚上就带一些福灵剂去再试一次。”

“那就这么定了,”赫敏活泼地说,她站了起来,踮起脚尖做了个优雅的旋转动作,一边念念有词,“目标……决心……从容……”

“哦,停止,”罗恩央求道,“我已经够晕的了——快,掩护我!”

“不是拉文德!”赫敏不耐烦地说,又一对女孩出现在院中,罗恩急忙躲到她身后。

“漂亮,”罗恩说着从赫敏肩头偷偷看了一眼,“嘿,她们好像不大开心,是不是?”

“她们是蒙哥马利姐妹,当然不开心了,你没听说她们小弟弟的事吗？"赫敏说。

"说实话，我已经不了解别人家人的情况了。"罗恩说。

"她们的弟弟被狼人咬了，据说是因为她们的母亲拒绝帮助食死徒。总之，那男孩才五岁，死在圣芒戈医院了，他们救不了他。"

"死了？"哈利震惊地问，"可狼人不杀人啊，他们不是只会把你变成狼人吗？"

"有时也杀，"罗恩表情异常严峻，"我听说过狼人失去控制的时候就会。"

"那狼人叫什么？"哈利忙问。

"听说是那个芬里尔·格雷伯克。"赫敏说。

"我知道——那个喜欢袭击小孩的疯子。卢平跟我说过的！"哈利愤怒地说。

赫敏黯然地看着他。

"哈利，你必须搞到那段记忆。这都是为了阻止伏地魔，是不是？现在发生的这些可怕的事都要归到他头上……"

城堡里的钟声响了，赫敏和罗恩跳了起来，显得很害怕。

"你们没问题，"他俩走向门厅去跟其他参加幻影显形考试的学生会合时，哈利说，"祝你们好运！"

"你也是！"赫敏意味深长地看了他一眼，哈利朝地下教室走去。

那天下午魔药课上只有三个学生：哈利、厄尼和德拉科·马尔福[①]。

"你们都不到幻影显形的年龄？"斯拉格霍恩和蔼可亲地问，"还没满十七岁？"

三人点了点头。

"那好，"斯拉格霍恩快活地说，"既然人数这么少，我们来做点儿好玩的，我要你们每人给我配一点有趣的东西！"

"听起来很棒，先生。"厄尼搓着手奉承道。马尔福却没有一丝笑容。

---

① 从第五册《哈利·波特与凤凰社》上看，纳威也没有到十七岁，因为他和哈利是同一年七月底生人。

“什么意思,‘有趣’的东西?”他烦躁地问。

“哦,给我一个意外。”斯拉格霍恩轻松地答道。

马尔福沉着脸打开了他的《高级魔药制作》,再明显不过的是,他认为这门课是白耽误工夫。哈利越过自己的课本偷偷地看着他,想道,马尔福无疑是在吝惜本来可以去有求必应屋的时间。

是幻觉吗,马尔福怎么似乎像唐克斯一样变瘦了?他无疑是更加苍白了,皮肤仍带着那种暗灰色,也许是由于他这些天很少见阳光。他没有了得意、兴奋或高傲的神气,也全无在霍格沃茨特快列车上公开吹嘘伏地魔给他的任务时那种趾高气扬,在哈利想来,只可能有一个结论:那个任务,不管它是什么,进行得不顺利。

受了这个念头的鼓舞,哈利翻开他的《高级魔药制作》,找到了一个被混血王子改动了很多的叫做欢欣剂的魔药,它似乎不仅符合斯拉格霍恩的要求,而且(想到这儿,哈利心脏狂跳起来)如果能让他尝上一点的话,或许可以让他心花怒放,交出记忆……

“啊,看上去妙极了。”一个半小时后,斯拉格霍恩盯着哈利坩埚中阳光般金黄的液体拍手叫道,“欢欣剂,是不是?那是什么味道?嗯……你加了小小一枝椒薄荷,是不是?不大正统,然而这是多么天才的灵感,哈利。当然啦,这可以抵消唱歌太多和拧鼻子等偶尔引起的副作用。我真不知道你从哪儿得到的这些奇思妙想,我的孩子……除非——”

哈利用脚把混血王子的课本往书包深处塞了塞。

“——就是你母亲的基因在你身上显出来了!”

“哦……也许吧。”哈利松了口气。

厄尼一脸怨气,他决心要胜过哈利一次,急急忙忙发明了自己的魔药,可它却在坩埚底凝结成紫色的汤团状的东西。马尔福已经板着脸收拾好书包,斯拉格霍恩说他的打嗝药水只是“还过得去”。

下课铃一响,厄尼和马尔福马上就走了。

“先生,”哈利开口道,但斯拉格霍恩立刻左右望了望,看到屋里只剩下了他和哈利,赶紧用最快的速度溜掉了。

“教授——教授,你不想尝尝我的魔——?”哈利绝望地问。

但斯拉格霍恩已经走了。哈利失望地倒空坩埚，收拾好东西，离开了地下教室，慢慢地上楼回公共休息室了。

罗恩和赫敏下午很晚才回来。

"哈利！"赫敏钻过肖像洞口时叫道，"哈利，我考过了！"

"好样的！罗恩呢？"

"他——他只差一点儿。"赫敏小声说。罗恩无精打采地钻了过来，看上去颓丧极了。"真是倒霉，因为一丁点大的事——考官刚好看到他落下了半根眉毛……斯拉格霍恩怎么样？"

"没戏吧。"这时罗恩走了过来，哈利说，"不走运，伙计。但你下次一定能通过——我们俩可以一起考。"

"我想是吧。"罗恩郁闷地说，"就半根眉毛！好像多要紧似的！"

"我理解，"赫敏安慰道，"是很苛刻……"

他们吃晚饭的大部分时间都在骂幻影显形考官，到走回公共休息室的时候，罗恩的心情似乎略微好了一点儿，现在话题转到了斯拉格霍恩和他的记忆这个老问题上。

"那，哈利——你要不要用福灵剂？"罗恩问。

"嗯，我想最好用一下。"哈利说，"我觉得不需要全用掉，因为要不了十二个小时，要不了一个通宵……我只要喝一口，两三小时应该就够了。"

"那种感觉美妙极了，"罗恩怀念地说，"好像你干什么都不会出错。"

"你说什么呀？"赫敏笑道，"你又没喝过！"

"是啊，可我以为喝过，是不是？"罗恩煞有介事地说，"其实差不多……"

他们刚才看到斯拉格霍恩进了餐厅，知道他喜欢慢慢用餐，就在公共休息室等了一会儿，计划是等斯拉格霍恩回去之后哈利去他的办公室。

太阳落到禁林的树梢上时，他们判断时间到了，看准纳威、迪安和西莫都在休息室之后，偷偷溜进了男生宿舍。

哈利拿出箱底的袜子，抽出了一个闪闪发光的小瓶子。

"找到了。"哈利举起小瓶，掐好量喝了一口。

"感觉如何？"赫敏小声问。

哈利一时没有回答,接着,慢慢地但是确确实实地,一种无比振奋的感觉流向全身,仿佛有无限的机会。他感到自己能做任何事,一切事……从斯拉格霍恩那里搞到记忆突然好像不仅可能,而且简直是轻而易举……

他微笑着站了起来,充满自信。

"妙极了,真是妙极了。好……我要去海格那儿。"

"什么?"罗恩和赫敏大吃一惊。

"哦,哈利——你要去见斯拉格霍恩,还记得吗?"赫敏说。

"不,"哈利自信地说,"我要去海格那儿,我对这件事感觉很好。"

"你对埋葬一只巨蜘蛛感觉很好?"罗恩惊愕地问。

"对,"哈利从包里抽出隐形衣,"我感觉今天晚上应该去那儿,你懂我的意思吗?"

"不懂。"罗恩和赫敏一起说,两人现在都很惊恐了。

"这是福灵剂吗?"赫敏担心地问,一边把瓶子举到光前,"你不会还有一瓶——什么——"

"疯狂素?"罗恩猜测道,这时哈利已经把隐形衣披到了肩上。

哈利哈哈大笑,他俩好像更害怕了。

"相信我,我知道自己在干什么……或至少……"他自信地朝门口走去,"福灵剂知道。"

他把隐形衣拉到头上,往楼下走去,罗恩、赫敏紧跟在后面。下了楼梯,哈利从敞开的门里溜了出去。

"你跟她在上面干什么?"拉文德·布朗尖叫道,目光越过哈利盯着从男生宿舍下来的罗恩和赫敏。哈利听到罗恩结结巴巴地分辩着,他快步穿过房间,甩掉了他们。

过肖像洞口很简单,他走近时,金妮和迪安正好爬进来。哈利从他们两人之间钻了过去,不小心碰了金妮一下。

"请别碰我,迪安,"她说,语气有些恼火,"你老是这样,我自己能爬进去……"

肖像在哈利身后旋上,但他听到迪安在生气地反驳……他的快感在增强。哈利在城堡中大步流星地走着,不需要蹑手蹑脚,因为路上没碰到一个人,但这一点也不令他奇怪。今晚他是霍格沃茨最幸运的人。

为什么有把握该去海格那儿,他也不知道,仿佛魔药一次只能照亮几步,他看不到最后会通向哪里,看不到斯拉格霍恩会从哪儿进来,但他知道自己是在能搞到记忆的正确道路上。到了门厅,他看到费尔奇忘了锁大门,哈利微笑着打开门,呼吸着清新的空气和青草的气味,然后下台阶走入了暮色中。

到了台阶底下,他才想起途中到菜园里走走会是多么惬意。虽然不完全顺路,但哈利清楚地感到他应该听从这一冲动。于是他立刻迈动双脚朝菜园方向走去。到了那里,他高兴但并不十分惊讶地发现斯拉格霍恩教授在跟斯普劳特教授说话。哈利躲在低矮的石墙后面,心境平和地聆听着他们的对话。

"……真是谢谢你费心,波莫娜,"斯拉格霍恩客气地说,"多数权威认为此药在黄昏时采摘药效最佳。"

"哦,我同意,"斯普劳特热情地说,"够了吗?"

"足够,足够,"斯拉格霍恩连声道谢,哈利看见他抱了一大捧叶子,"我的三年级学生每人都可分到几片,还能余下一些,防止有人煮过头……好,祝你晚安,再次感谢!"

斯普劳特教授在渐浓的暮色中朝着暖房的方向走去,斯拉格霍恩迈步朝哈利隐身的地方踱了过来。

哈利突然感到一种想要现身的冲动,一把扯下了隐形衣。

"晚上好,教授。"

"我的老天爷,哈利,你吓了我一跳。"斯拉格霍恩猛然止步,警惕地看着他,"你怎么从城堡里出来了?"

"我想费尔奇忘记锁门了。"哈利愉快地说,他高兴地看到斯拉格霍恩皱起了眉头。

"我要揭发那个人,依我看他更关心垃圾而不是师生的安全……可你为什么在这儿呢,哈利?"

"哦,先生,是海格,"哈利知道现在应该实话实说,"他很难过……你不会告诉别人吧，教授？我不想给他惹麻烦……”

斯拉格霍恩的好奇心显然被勾起来了。

“这个，我不能保证，”他粗声说，“但我知道邓布利多对海格深信不疑，所以我相信海格不会干太可怕的……”

“哦，是那只巨蜘蛛，海格养了好多年了……它住在林子里……会说话和做好多事——”

“我也曾听说林子里有八眼巨蛛。”斯拉格霍恩望着黑森森的树林，轻声说，“这么说是真的？”

“对，”哈利说，“可这一只，阿拉戈克，是海格养的第一只，它昨天夜里死了。海格非常难过，他希望有人陪他埋葬阿拉戈克，我说我去。”

“令人感动，很感人。”斯拉格霍恩心不在焉地说，他那眼皮向下耷拉着的大眼睛盯着远处海格小屋的灯光。“八眼巨蛛的毒汁是非常珍贵的……如果那畜生刚死，毒汁可能还没干……当然，如果海格不高兴，我不想冒昧。但如有办法搞到一些……要知道，从活的八眼巨蛛身上搞到毒汁几乎是不可能的……”

斯拉格霍恩更像是在自言自语。

“……不采集它似乎太浪费了……也许一品脱能值一百加隆呢……老实说，我的薪水不高……”

现在哈利看清该做什么了。

“嗯，”他装得很像地犹豫了一会儿，说道，“教授，如果你想去，海格可能会很高兴的……可以更隆重地给阿拉戈克送行……”

“是，当然，”斯拉格霍恩说，他的眼睛现在闪闪发光了，“好吧，哈利，我带上一两瓶酒到下面跟你会合……我们为那可怜的畜生——不是祝寿——而是在下葬之后好好为它送行。我去换一下领带，这条太花哨了点儿……”

他匆匆跑回城堡。哈利加快脚步往海格那儿走去，对自己很满意。

“你来了。”海格打开门，看到哈利掀开隐形衣出现在他面前，他沙哑地说。

“是啊——罗恩和赫敏来不了，他们很抱歉。”

"不——不要紧……但你来了他会很感动的,哈利……"

海格大声抽泣了一下。他给自己做了个黑袖套,好像是用破布条蘸了鞋油做的。他眼睛又红又肿。哈利安慰地拍拍他的胳膊肘,这是他不用费劲而可以够得着的最高部位。

"在哪儿安葬他[①]? 林子里?"

"老天,不行,"海格说着用衬衫角擦了擦泪眼,"阿拉戈克一死,其他蜘蛛不肯让我靠近他们的网子。看来他们只是因为他的命令才没有吃掉我! 你能相信吗,哈利?"

诚实的回答是"相信",哈利还痛苦地记得他和罗恩遭遇那些八眼巨蛛的情景,他们很清楚阿拉戈克是阻止那些巨蛛吃掉海格的惟一原因。

"以前林子里从来没有我不能去的地方!"海格摇头道,"不容易啊,把阿拉戈克的尸体搬出来。跟你说吧——他们一般会把尸体吃掉……可是我想给他一个体面的葬礼……好好送行……"

他又抽泣起来,哈利一边拍着他的胳膊肘一边说(魔药似乎暗示正该这么做):"海格,我在路上碰到斯拉格霍恩教授了。"

"没有麻烦吧?"海格说着惊恐地抬起头,"我知道你不该晚上离开城堡,是我的错——"

"不,不,他听到我来做什么之后,说他也想来跟阿拉戈克告个别。他去换衣服了,我想……他还说要带点酒来祭奠阿拉戈克……"

"是吗?"海格说,又是惊讶又是感动,"那——那他真好,而且没有告发你。我跟霍拉斯·斯拉格霍恩从来没多少交情……但他要来送阿拉戈克? 嗯……他会喜欢的,阿拉戈克……"

哈利暗想,阿拉戈克最喜欢的可能是斯拉格霍恩的一身肥肉。他走到后窗口,看到了一幕相当恐怖的情景,外面朝天躺着一只巨大的死蜘蛛,蛛腿弯曲纠结。

"就葬在这儿吗,海格,在你的花园里?"

---

① 因为海格对巨蜘蛛有感情,所以用"he"来称呼阿拉戈克及其同类,而哈利当着海格的面用"he",背后还是用"it",斯拉格霍恩教授也是如此。

“南瓜地后面，我想。”海格哽噎道，“我已经挖了——坟墓。只是觉得我们应该说点什么——美好的回忆——”

他的声音颤抖着中断了。敲门声响起，他转身去开门，一边用斑斑点点的大手帕擤着鼻子。斯拉格霍恩匆匆跨进门，怀里抱着几个酒瓶，脖子上戴了一条黑色的领巾。

“海格，”他用低沉庄重的语气说，“我很难过。”

“你太好了，”海格说，“非常感谢，也谢谢你不关哈利的禁闭……”

“做梦也想不到。”斯拉格霍恩说，“悲哀的夜晚，悲哀的夜晚……那可怜的动物在哪儿？”

“外面，”海格用颤抖的声音说，“我们——我们开始吗？”

三人走进了后花园，月亮在树缝间发出惨淡的光，与海格窗口的灯光混合在一起，照着躺在一个大坑边上的阿拉戈克的尸体，旁边是一堆十英尺高的新土。

“真漂亮。”斯拉格霍恩说着走近蜘蛛的脑袋，那上头八只乳白色的眼睛茫然地盯着苍穹，两只弯曲的大螯在月光中一动不动。斯拉格霍恩在大螯前弯下腰，似乎在察看那毛森森的大脑袋，哈利仿佛听到了瓶子的丁当声。

“不是所有的人都能欣赏他们的美。”海格对着斯拉格霍恩的后背说，眼泪从他那布满皱纹的眼角流了下来，“我不知道你对阿拉戈克这样的动物感兴趣，霍拉斯。”

“感兴趣？亲爱的海格，我敬畏他们。”斯拉格霍恩从尸体前退回来，哈利看到瓶子的反光一闪，隐没在他的斗篷里，又在那里擦眼睛的海格全未察觉，“现在……开始葬礼吧？”

海格点点头，走上前去，拖起巨蜘蛛，大吼一声，把它滚进了黑坑。尸体撞到坑底时发出一声可怕的嘎吱吱的巨响，海格又哭了起来。

“当然，你受不了，因为你最了解他。”斯拉格霍恩也只够得到海格的胳膊肘，但还是拍了拍他，“我说两句吧。”

哈利想，斯拉格霍恩一定从阿拉戈克身上搞了很多优质毒汁，因为他往坑边走去时脸上带着满意的微笑。斯拉格霍恩用缓慢、庄严的语调说：

“别了,阿拉戈克,蜘蛛之王,认识你的人不会忘记你长期忠诚的友谊!虽然你的肉体会腐烂,你的精神将留在你森林之家那静谧的、蛛网交织的所在。愿你多眼的后代繁衍不息,也愿你的人类朋友在哀痛中得到慰藉。”

“说得……说得……太美了!”海格号叫了一声,倒在粪堆上,哭得更凶了。

“好了,好了,”斯拉格霍恩说着一挥魔杖,那一大堆泥土升了起来,沉闷地压在死蜘蛛身上,形成了一个光滑的土丘,“我们进去喝一杯吧。扶着他那一边,哈利……对了……起来,海格……好……”

他们把海格扶到桌前的一把椅子上,葬礼中一直躲在篮筐里的牙牙现在轻轻走过来,像平时那样把它那沉重的脑袋搁到哈利的腿上。斯拉格霍恩打开了一瓶他带来的酒。

“我全都检查过了,没有毒药。”他向哈利保证说,一边把大半瓶酒倒进了海格那水桶大小的杯子里,“在你可怜的朋友罗伯特[1] 出事后,我让一个家养小精灵尝了每一瓶酒。”

哈利想象着赫敏听了这种虐待家养小精灵的做法后会是什么表情,决定永远不对她提起。

“一杯给哈利……”斯拉格霍恩说着把第二瓶酒分别倒进了两只杯子,“……一杯给我。好,”他高高举起杯子,“为了阿拉戈克。”

“阿拉戈克。”哈利和海格一起说。

斯拉格霍恩和海格都痛饮了一大口,但哈利得了福灵剂的启示,知道他不能喝,便假装喝了一口,把杯子放回到桌上。

“我把他从一个蛋养大的,”海格悲伤地说,“刚孵出来时多小啊,才哈巴狗那么大。”

“真可爱。”斯拉格霍恩说。

“以前把他养在学校的柜子里,直到……唉……”

海格的脸色阴沉下来,哈利知道为什么:由汤姆·里德尔主使,将密室事件嫁祸于海格,结果他被赶出学校。但斯拉格霍恩似乎没在听,他只是

---

① 斯拉格霍恩到现在也没记住罗恩的名字。

望着天花板,那儿挂着几只铜壶,还有一束长长的柔顺光洁的白毛。

"不是独角兽的毛吧,海格?"

"哦,是独角兽的毛,"海格不在意地说,"从尾巴上扯下来的,在林子里挂到了树枝上……"

"可是亲爱的朋友,你知道那得值多少钱?"

"动物受伤的时候,我用它绑绷带,"海格说着耸了耸肩膀,"特别好使……特别结实,你瞧。"

斯拉格霍恩又痛饮了一口,目光仔细地在小屋中搜寻着,哈利知道他是在找更多的宝物,可以给他换成好多橡木陈酿的蜂蜜酒、菠萝蜜饯和天鹅绒的吸烟衫。斯拉格霍恩把海格和自己的杯子又斟满了,问到现在林子里住着的生物,又问海格怎么能照看得过来。海格在酒精的作用和斯拉格霍恩的奉承之下开朗起来,停止了擦眼睛,开始兴致勃勃地大讲起护树罗锅的饲养来。

福灵剂此时轻轻推了哈利一下,他注意到斯拉格霍恩带来的酒很快要光了。哈利还不会不出声地施续满咒,但今晚他不能的念头是可笑的。果然,哈利拿魔杖在桌肚里朝空杯了一指,杯子立即满了,海格和斯拉格霍恩都没察觉(他们现在正在交流着非法交易恐龙蛋的故事),哈利自己咧嘴一笑。

约一小时后,海格和斯拉格霍恩开始放纵地祝酒:为霍格沃茨,为邓布利多,为小精灵酿的酒,为——

"哈利·波特!"海格吼道,把第十四桶葡萄酒一饮而尽,流了一下巴。

"对啊,"斯拉格霍恩有些口齿不清地叫道,"巴利·沃特,救世少年——嗯——差不多那个意思。"他嘟囔道,也跟着一饮而尽。

没过多久,海格又泪汪汪地把整条独角兽的尾巴塞到了斯拉格霍恩手中,后者高喊着"为友谊!为慷慨!为十加隆一根!"把它揣进了衣服口袋里。

接下来有一会儿,海格和斯拉格霍恩并排坐着,搂住对方,唱起了一首舒缓忧伤的歌。唱的是一个垂死的巫师奥多。

"啊,好人不长命,"海格嘟囔着趴到桌子上,有一点儿对眼了,斯拉格霍恩还在颤声唱着。"我爸爸那么年轻就走了……你爸爸妈妈也是,哈利……"

硕大的泪珠又从海格那爬满皱纹的眼角涌出,他抓住哈利的胳膊摇晃着。

"……他们那个年纪的巫师里头,我见过的最好的一对……可怕……可怕……"

斯拉格霍恩伤感地唱着:

英雄奥多被抬回故乡,

抬到他儿时熟悉的地方,

帽子翻过来,入土安葬,

魔杖折两段,多么悲伤。

"……可怕,"海格哼哼道,蓬乱的大脑袋滚到了臂弯里,低沉地打起鼾来。

"对不起,"斯拉格霍恩打了个嗝说,"我从来唱不准调子。"

"海格不是说你唱歌,"哈利轻声说,"他在说我爸爸妈妈的死。"

"哦,"斯拉格霍恩抑制住一个大嗝说,"哦,是啊,那真是——非常可怕。可怕……可怕……"

他似乎不知说什么好,又去往杯里添酒。

"我想——你不记得了吧,哈利?"他笨拙地问。

"不记得——他们死的时候我才一岁。"哈利说,一边盯着在海格粗重的呼噜中摇曳的烛火,"但我后来了解了不少。我爸爸先死的,你知道吗?"

"我——我不知道。"斯拉格霍恩声音微弱地说。

"是……伏地魔杀了他,然后跨过他的尸体朝我妈妈走了过去。"

斯拉格霍恩猛地哆嗦一下,但好像无法将他那恐惧的目光从哈利脸上移开。

"他叫我妈妈走开,"哈利无情地说,"伏地魔告诉我她本来可以不死的，他只想杀我，她本来可以逃走的。”

“哦，天哪，”斯拉格霍恩轻声说，“她本来可以……她不用……太可怕了……”

“是啊，”哈利的声音近乎耳语，“可是她没有动。爸爸已经死了，她不想我也死掉。她试图向伏地魔求情……可他只是大笑……”

“够了！”斯拉格霍恩突然叫道，举起颤抖的手，“真的，亲爱的孩子，够了……我是个老人……我不需要听……我不想听……”

“我忘了，”哈利撒了个谎，福灵剂引导着他，“你喜欢她，是不是？”

“喜欢她？”斯拉格霍恩说，眼里又汪满了泪水，“我不能想象有哪个见过她的人会不喜欢她……非常勇敢……非常活泼……啊，最可怕的事……”

“可你不肯帮助她的儿子。她把她的生命给了我，你却连一段记忆都不肯给我。”

海格如雷的鼾声充满了小屋。哈利牢牢地盯着斯拉格霍恩泪汪汪的眼睛。魔药教师似乎无法转移视线。

“别那么说，”他小声说，“如果能帮助你的话……当然不成问题……可是那东西又没有用处……”

“有用，”哈利清楚地说，“邓布利多需要了解，我需要了解。”

他知道自己是安全的：福灵剂告诉他，斯拉格霍恩明天早上什么也不会记得。哈利直视着斯拉格霍恩的眼睛，身子微微前倾。

“我是救世之星，我必须杀死他，我需要那段记忆。”

斯拉格霍恩脸色更加苍白，脑门上亮晶晶的全是汗。

“你是救世之星？”

“当然，”哈利镇静地说。

“可是……亲爱的孩子……你要求得太多了……实际上，你在要我帮你摧毁——”

“你不想除掉杀死莉莉·伊万丝的巫师？”

“哈利，哈利，我当然想，可是——”

“你害怕他会发现你帮了我？”

斯拉格霍恩没说话，但神色恐惧。

"希望你像我妈妈一样勇敢，教授……"

斯拉格霍恩举起胖手，把颤抖的手指按到嘴上，他一时看上去像个庞大的婴儿。

"我觉得不光彩……"他从指缝间小声喃喃道，"我为——为那段记忆显示的事情而感到羞耻……我想我那天可能造成了很大危害……"

"你把记忆交给我就一切都抵消了，"哈利说，"这是非常勇敢和高尚的事。"

海格在梦中抽搐了一下，继续打着呼噜。斯拉格霍恩和哈利隔着流泪的蜡烛对视着，沉默持续了很久，福灵剂告诉哈利不要打破它，再等一等。

最后，斯拉格霍恩很慢很慢地把手伸进兜里，抽出了魔杖，另一只手从斗篷里摸出一个小小的空瓶子。他仍然盯着哈利的眼睛，将魔杖尖抵在太阳穴上，然后拿开了。杖尖带出一缕长长的银丝般的记忆。它越拉越长，终于断了，银光闪闪地在杖尖上飘荡。斯拉格霍恩把它放进瓶中，银丝卷了起来，继而展开了，像气体一样盘旋着。他用颤抖的手塞紧瓶盖，隔着桌子递给了哈利。

"非常感谢您，教授。"

"你是个好孩子，"斯拉格霍恩说，泪水顺着他肥胖的面颊流进了他的海象胡须中，"你有她那样的眼睛……看了这个之后别把我想得太坏……"

他也把脑袋搁到臂弯里，长叹一声，睡着了。

第23章

魂 器

悄悄走回城堡时，哈利能感觉到福灵剂的效力在渐渐消失。大门还没锁，但在四楼他碰到了皮皮鬼，急忙钻进旁边一条近道，才没被发现。走到胖夫人肖像前他扯下隐形衣时，发现她的情绪对他非常不利，但他并不觉得意外。

"你知道现在是什么时间吗？"

"非常抱歉——我有重要的事情必须出去——"

"半夜里改了口令，你只能睡走廊了。"

"开玩笑！"哈利说，"为什么要半夜改口令？"

“就是这样的，”胖夫人说，“你要是有气跟校长说去，是他让加强保安措施的。”

“好啊，”哈利看看坚硬的地面，怨恨地说，“真是妙极了。对，如果邓布利多在的话，我是要去跟他说说，因为是他要我——”

“他在，”哈利身后一个声音说，“邓布利多教授一小时前就回学校了。”

差点没头的尼克朝哈利飘了过来，脑袋依旧在皱领上摇摇晃晃。

“我听血人巴罗说的，他看到了。巴罗说邓布利多看上去心情很好，就是有点累，那是当然的。”

“他在哪儿？”哈利的心怦怦跳了起来。

“哦，在天文塔上哼哼唧唧，丁铃当啷。这是他最喜欢的消遣——”

“不是血人巴罗，我问的是邓布利多！”

“哦——在他办公室，”尼克说，“据巴罗说，他睡觉前还有点事要办——”

“是，没错，”一想到可以告诉邓布利多他搞到了记忆，哈利满心兴奋，掉头就跑。胖夫人在后面叫了起来。

“回来！我骗你的！我是生气你把我吵醒了！口令还是‘绦虫’！”

但哈利已经跑远了，几分钟后，他已在对邓布利多的石头怪兽说“太妃手指饼”了。怪兽跳到一旁，让哈利走上了螺旋楼梯。

“进来。”哈利敲门后听到邓布利多说，声音似乎疲惫不堪。

哈利推开门。邓布利多的办公室还是老样子，但窗外换成了缀满星斗的黑色夜空。

“啊呀，哈利，”邓布利多惊讶地说，“这么晚来有什么事吗？”

“先生——我搞到了，我搞到了斯拉格霍恩的记忆。”

哈利掏出小玻璃瓶给邓布利多看。校长似乎愣了片刻，然后脸上绽开了笑容。

“哈利，这是激动人心的消息！真是太棒了！我知道你能办到！”

他显然完全忘记了已是深夜，急忙从桌后出来，用那只好手接过斯拉格霍恩的记忆，大步走到摆着冥想盆的柜子前。

"现在,"邓布利多把石盆搁在桌上,把瓶里的东西倒了进去,"现在,我们终于要看到了。哈利,快……"

哈利顺从地俯身到冥想盆上,感到双脚离开了地面……他再次在黑暗中坠落,掉到多年前斯拉格霍恩的办公室里。

还是那年轻得多的斯拉格霍恩,一头浓密光泽的草黄色头发,姜黄色的小胡子,坐在一张舒适的带翼扶手椅中,脚搁在天鹅绒大坐垫上,一手端着一小杯葡萄酒,另一只手在一盒菠萝蜜饯里挑拣着。六七个十多岁的男孩围坐在斯拉格霍恩旁边,其中有汤姆·里德尔。马沃罗的黑宝石金戒指在里德尔的手上闪烁着。

邓布利多落到哈利身边时,里德尔正问:"先生,梅乐思教授要退休了吗?"

"汤姆,汤姆,我知道也不能告诉你,"斯拉格霍恩责备地对他摇着一根沾满糖霜的手指,但又眨眨眼睛。"我不得不说,我想知道你的消息是从哪儿得来的,孩子。你比一半的教员知道得都多。"

里德尔微微一笑,其他男孩也笑起来,向他投去钦佩的目光。

"你这个鬼灵精,能知道不该知道的事,又会小心讨好重要的人——顺便谢谢你的菠萝,你猜中了,这是我最喜欢的——"

几个男孩窃笑起来。

"——我相信你二十年内就会升为魔法部长。也许只要十五年,如果你经常给我送菠萝蜜饯的话。我在部里有很硬的关系。"

其他男孩又笑起来,汤姆·里德尔只是微露笑容。哈利注意到在这些男孩中他绝不是年龄最大的,但他们似乎都把他看作领袖。

"我不知道政界是否适合我,先生,"笑声渐止后汤姆·里德尔说,"首先我没有背景。"

旁边两个男孩相视而笑。哈利相信他们是想到了一个私下流传的笑话,无疑是他们知道的或是猜测的,与他们头儿的显赫祖先有关。

"什么话,"斯拉格霍恩爽朗地说,"你那样的才能,一定出自体面的巫师世家,这一点再清楚不过了。你前途无量,汤姆,我还从来没看错过一个学生。"

斯拉格霍恩书桌上的金色小钟打了十一点。

"老天,已经到时间了？该走啦,孩子们,不然我们就麻烦了。莱斯特兰奇,明天交论文,不然就关禁闭。你也一样,埃弗里。"

男孩们鱼贯而出。斯拉格霍恩从椅子上爬起来,把空杯子拿到桌前。身后的动静使他回过头来,里德尔还站在那儿。

"快点儿,汤姆,你不想被人抓到熄灯时间还在外面吧,你是级长……"

"先生,我想问你点事。"

"那就快问,孩子,快问……"

"先生,我想问你知不知道……魂器。"

斯拉格霍恩瞪着他,胖手指心不在焉地抚摩着杯脚。

"黑魔法防御术的课题,是吗?"

但哈利看得出斯拉格霍恩明知这不是学校的功课。

"不是,先生,我在书上看到的,不大理解。"

"嗯……是啊……在霍格沃茨很难找到一本详细介绍魂器的书,汤姆。那是非常邪恶的东西,非常邪恶。"斯拉格霍恩说。

"但你显然很了解,先生？我是说,像你这样的巫师——对不起,我的意思是,如果你不能告诉我,显然——我只知道如果有人能告诉我,那就是你——所以我就想问一问——"

恰到好处,哈利想,那种犹豫、不经意的语气,巧妙的恭维,一点儿都没有过火。哈利自己有过太多从不情愿的人嘴里套取信息的经历,不会认不出一个行家。他看得出里德尔非常非常想要这个信息,也许为这一刻已经筹划了好几个星期。

"嗯,"斯拉格霍恩说,他没看里德尔,而是玩弄着菠萝蜜饯盒子上的缎带,"当然,给你简单介绍一下不会有什么坏处,只是让你理解一下这个名词。魂器是指藏有一个人的部分灵魂的物体。"

"可我不大明白那是怎么回事,先生。"里德尔说。

他的声音是小心控制的,但哈利能感到他的激动。

"就是说,你把你的灵魂分裂开,"斯拉格霍恩说,"将一部分藏在身体外的某个物体中。这样，即使你的身体遭到袭击或摧毁，你也死不了，因为还有一部分灵魂留在世间，未受损害。但是，当然，以这种形式存在……"

斯拉格霍恩的脸皱了起来，哈利想起他两年前听到的话。

"我被剥离了肉体，比幽灵还不如，比最卑微的游魂还不如……但我还活着。"

"……很少有人想那样，汤姆，少而又少。死去还痛快些。"

但里德尔的饥渴现在很明显，他表情贪婪，已经隐藏不住他的欲望。

"怎么分裂灵魂呢？"

"哦，"斯拉格霍恩不安地说，"你必须明白，灵魂应该保持完整无缺。分裂它是一种违逆，是反自然的。"

"可是怎么分裂呢？"

"通过邪恶的行为——最邪恶的行为，通过谋杀。杀人会使灵魂分裂，想要制造魂器的巫师则利用这种破坏：把分裂出的灵魂碎片封存——"

"封存？可是怎么——？"

"有一个咒语，不要问我，我不知道！"斯拉格霍恩像被蚊子叮烦的老象一样摇着脑袋，"我看上去像是试过的吗——我像杀人犯吗？"

"不，先生，当然不是，"里德尔忙说，"对不起……我不是有意冒犯……"

"哪里，哪里，没有冒犯，"斯拉格霍恩粗声粗气地说，"对这些事情有些好奇是正常的……有才能的巫师总会被魔法的那一面所吸引……"

"是的，先生，"里德尔说，"可我不明白的是——仅仅出于好奇，我想问的是，一个魂器用处大吗？灵魂是不是只能分裂一次？多分几片是不是更好，能让你更强大？比如说，七不是最有魔力的数字吗，七个——？"

"我的老天爷啊，汤姆！"斯拉格霍恩叫道，"七个！想杀一个人还不够邪恶吗？无论如何……分裂灵魂已经够邪恶了……而分成七片……"

斯拉格霍恩现在显得非常不安了：他瞪着里德尔，好像以前没看清他，哈利看得出他在后悔参与了这场谈话。

“当然，”他小声说，“我们谈的这些都是假设，是不是？只是学术性的……”

“是的，先生，当然。”里德尔马上说。

“不过，汤姆……我所讲的——我们所讨论的这些，还是别说出去。人们知道我们聊过魂器是不会高兴的。这在霍格沃茨是禁止的，你知道……邓布利多尤其激烈……”

“我不会说出去的，先生。”里德尔说完就离开了。但哈利瞥见了他的面孔，上面充满了狂喜，像他刚发现自己是巫师时一样，那种喜悦没有令他的面庞更显英俊，反而显得有些狰狞……

“谢谢你，哈利，”邓布利多低声说，“我们走吧……”

哈利落回到办公室的地上，邓布利多已经坐在书桌后。哈利也坐了下来，等着邓布利多开口。

“我等这个证据已经有很久了，”邓布利多终于说，“它证实了我的推测，证明我是对的，也告诉我前面的道路还很长……”

哈利突然发现墙上画像中的老校长们全都醒了，在偷听他们的谈话。一个红鼻子的肥胖巫师还拿出了助听器。

“哈利，”邓布利多说，“我相信你了解刚才那段对话的重要性。就在你这样的年龄，汤姆·里德尔正千方百计打听怎样能让他永远不死。”

“那么你认为他成功了，先生？”哈利问，“他做成了魂器？所以他袭击我之后没有死？他在某个地方藏有一个魂器？他的一小片灵魂是安全的？”

“一小片……或更多。”邓布利多说，“你听到了伏地魔的话：他特别想从斯拉格霍恩口中知道的是如果一个巫师制造多个魂器会怎么样，如果一个巫师为了逃避死亡而不惜多次杀人，多次分裂他的灵魂，存在多个单独储藏的魂器中，会有什么后果。没有书本能给他这个知识。据我所知——我想伏地魔也知道——没有一个巫师曾把他的灵魂分裂到两片以上。”

邓布利多停了停，整理着思绪，然后说：“四年前，我得到了一个证据，表明伏地魔分裂了他的灵魂。”

“在哪儿?”哈利问,“怎么知道的?”

“是你交给我的,哈利。”邓布利多说,“那本日记,里德尔的日记,教人怎样重新打开密室的那本。”

“我不明白,先生。”

“哦,虽然我没有看到从日记中现身的里德尔,但你向我描述的是我从未见过的现象。仅仅一个记忆,会有自己的行动和思想?仅仅一个记忆,竟会吸取拿到它的那个女孩的生命?不,那日记本里还有邪恶得多的东西……一片灵魂。我几乎可以确信,那日记本是一个魂器。可是这又提出了更多的问题。令我最感兴趣也最为震惊的是那日记本曾经既被当做防护器,又被当做武器。”

“我还是不明白。”哈利说。

“它起到了魂器的作用——换句话说,藏在里面的那片灵魂是安全的,并且的确起着帮助主人避免死亡的作用。但里德尔无疑希望有人读到那本日记,希望他的那片灵魂附到别人身上,以便将斯莱特林的怪物重新释放出来。”

“嗯,他不想让他的辛苦白费,”哈利说,“他希望人们知道他是斯莱特林的继承人,因为他当时得不到名分。”

“很对,”邓布利多点点头说,“但你有没有想到,哈利,如果他希望日记被传递给或植根于某个未来的霍格沃茨学生,那他对里面宝贵的灵魂碎片可是非常不当心的。正如斯拉格霍恩教授所说,魂器的用途,是把自己的一部分灵魂安全地封存起来,而不是扔到别人的路上去冒被消灭的危险——这实际上发生了:那一片灵魂已不复存在,这你看到了。

“伏地魔对这个魂器的大意让我感到大大的不祥。这意味着他很可能已经做成——或计划要做更多的魂器,所以失去一个不会那么危险。我不愿相信这一点,但似乎没有其他解释可以说得通。

“两年后你告诉我,在伏地魔还魂的那个夜里,他对食死徒说了一句最令人警醒的话:‘我,在长生的路上比谁走得都远。’你告诉我这就是他说的话:‘比谁走得都远。’食死徒不知道,但是我想我知道它的含义。他是在指他的魂器,多个魂器,哈利。我相信这是其他任何巫师都不曾有过的。但种种迹象都很吻合:这些年来伏地魔似乎变得越来越不像人,我想那种变形只能解释为,他的灵魂受到的破坏超出了我们所说的一般邪恶的范围……"

"他靠杀人使自己不死?"哈利说,"如果他那么想长生不死,为什么不造一块魔法石,或者偷一块呢?"

"我们知道,他五年前正是那么做的。但我想魔法石不如魂器对伏地魔的胃口,有几点原因。

"长生不老药确实能延长生命,但必须经常喝,永远喝下去,才能保持不死。那样,伏地魔将完全依赖此药。如果药用完了或受到污染,或是魔法石被盗,他就会像其他人一样死去。伏地魔喜欢单独行动,记得吗?我相信他会觉得依赖是不可容忍的,哪怕是依赖长生不老药。当然,为了摆脱他在袭击你之后那种半生半死的可怕状态,他愿意喝它,但那只是为了重获肉体。之后,我相信他还是打算继续依靠他的魂器:他不再需要别的,只要能重获一个人身。他已经长生不死了……或者说比任何人都更接近长生不死了。

"但现在,哈利,有了你为我们搞到的这个关键的记忆,我们比任何人都更接近如何将伏地魔消灭的秘密。哈利,你听到他说了:'多分几块是不是更好,能让你更强大……七不是最有魔力的数字吗……'七不是最有魔力的数字吗。对,我认为把灵魂分成七片对伏地魔很有吸引力。"

"他做了七个魂器?"哈利惊恐地问,墙上几个肖像也发出震惊和愤慨之声,"但它们可能在世界上任何地方——隐藏着——埋着或隐形——"

"我很高兴你能看到问题的严重程度,"邓布利多镇静地说,"但首先,哈利,不是七个魂器,是六个。第七部分灵魂,无论怎样残破,仍在他复活的身体里,就是这一部分的他在多年流亡中以幽灵般的形式存在着,没有它,他就没有了自己。这第七部分灵魂将是想要杀死伏地魔的人最后必须攻击的对象——他体内的那一片。"

"可是那六个魂器,"哈利有些急不可耐地说,"怎么才能找到它们呢?"

"你忘了……你已经摧毁了一个,我又摧毁了一个。"

“你摧毁了一个?”哈利忙问。

“是的,”邓布利多举起他那只焦黑的手说,“那个戒指,哈利,马沃罗的戒指。那上面有一个可怕的咒语。要不是——请原谅我的不谦虚——要不是我本领高强,还有斯内普教授在我重伤回到霍格沃茨后及时相助,我可能就不会活着讲这个故事了。但,一只枯手换取伏地魔七分之一的灵魂似乎不算太贵。戒指已不再是魂器了。”

“可你是怎么找到它的?”

“你知道,我多年来想方设法了解伏地魔过去的生活,跑了很多地方,寻访他的踪迹。我发现这个戒指藏在冈特家的废墟中。好像伏地魔把他的一片灵魂藏在里面后,他就不想再戴它了。他把它藏在他祖先住过的小屋里(莫芬当然已被押往阿兹卡班了),用许多强大的魔法保护着它。但是伏地魔没想到我有一天会来踏访这个废墟,并会留意寻找魔法隐藏的痕迹。

“然而,我们不要庆祝得太早。你消灭了日记,我消灭了戒指,如果关于七片灵魂的猜测是正确的,那就还有四个魂器。”

“它们可能是任何东西?”哈利说,“可能是旧铁罐,或者,空药瓶……?”

“你想的是门钥匙,哈利,那是容易被忽略的普通物件。但伏地魔会用旧铁罐或空药瓶来保存他自己宝贵的灵魂吗?你忘了我告诉你的一点,伏地魔喜欢收集纪念品,他喜欢具有强大魔法且有历史意义的物品。他的骄傲、他的优越感、他为自己在魔法史上占取惊人地位的决心,这些都让我觉得伏地魔会精心挑选他的魂器,偏爱配得上这份荣誉的物品。”

“日记没那么特殊。”

“你自己说过,日记能证明他是斯莱特林的继承人,我相信伏地魔认为它意义重大。”

“那么,其他魂器呢?”哈利问,“你知道它们都是什么吗,先生?”

“我只能猜测。”邓布利多说,“由于已经说过的原因,我相信伏地魔会偏爱本身高贵的物品。因此我仔细搜索伏地魔的过去,看能否找到这种物品在他周围消失的痕迹。”

“金挂坠盒！”哈利大声说，“赫奇帕奇的杯子！”

“对，”邓布利多微笑道，“我可以打赌——也许不能用我这只好手，但可以用两根手指，它们就是第三第四个魂器。还有两个要难一点——假设他一共做了六个，但我试着猜一下，他得到赫奇帕奇和斯莱特林的宝物之后，就会去寻找格兰芬多或拉文克劳的遗物。我想，四位创始人的四件宝物一定对伏地魔有着极大的吸引力。我无法回答他是否找到了拉文克劳的东西，但我确信，格兰芬多惟一已知的遗物安然无恙。”

邓布利多用焦黑的手朝他身后的墙上一指，那儿的玻璃匣子里躺着一把镶着红宝石的宝剑。

“你认为这是他想回霍格沃茨的真正原因吗，先生？”哈利说，“为找到其他创始人的遗物？”

“这正是我的猜测。但可惜这并未给我们多少帮助，因为他还没有来得及在校内搜索就被赶走了，至少我相信如此。我只能推断，他未能实现收集四位创始人遗物的野心。他肯定有了两个，也许找到了三个——我们目前就只能推知这么多。”

“就算他得到了拉文克劳或格兰芬多的东西，那还剩下第六个魂器，”哈利扳着手指说，“除非他两个都搞到了？”

“我认为没有，”邓布利多说，“我想我知道第六个魂器是什么。如果我坦白地告诉你，我对那条蛇——纳吉尼的行为已经关注了一段时间，不知你会说什么。”

“蛇？”哈利很吃惊，“可以用动物做魂器？”

“不大可取，因为把你灵魂的一部分托付给一个自己能动的、有思维的东西是非常冒险的。但是，如果我估计正确，伏地魔在进你父母家想杀你的时候，至少还缺少一个魂器，尚未达到他要做六个的目标。

“他似乎在利用特别重要的谋杀来制作魂器，你当然是这样一个目标。他相信如果杀了你，他就消灭了预言所提示的危险。他相信这样他就天下无敌了。我想他一定是打算用你的死来做他的最后一个魂器。

“我们知道，他失败了。但隔了几年之后，他用纳吉尼杀死了一个麻瓜老头，也许他就是那时想到了把这条蛇变成他的最后一个魂器的。它可以突出斯莱特林的家世，增加伏地魔的神秘性。我想这可能是他最喜欢的东西了。他无疑喜欢把它带在身边，而且似乎对它有异乎寻常的支配力，这即使在蛇佬腔中也是罕见的。”

“那，日记毁了，戒指毁了，杯子、挂坠盒和蛇还在，你认为还有一个魂器可能是拉文克劳或格兰芬多的遗物？”

“很好，一个简练而准确的总结，是的。”邓布利多点头赞许道。

“那……你还在寻找它们吗，先生？你离开学校就是去做这件事吗？”

“对，我找了很长时间。我想……也许……我快要找到另一个了，有些蛛丝马迹了。”

“如果你找到了，”哈利马上说，“我能跟你去帮忙消灭它吗？”

邓布利多非常认真地看了哈利一会儿，然后说：“我想可以。”

“我可以？”哈利说，吃了一惊。

“哦，是的，”邓布利多说着微微一笑，“我想你赢得了这个权利。”

哈利的心飞了起来。终于听到一次不是谨慎和保护之类的话了，感觉真好。墙上的校长们似乎对邓布利多的决定不那么赞赏。哈利看到有几个人在摇头，菲尼亚斯·奈杰勒斯打起了呼噜。

“魂器被毁时伏地魔会知道吗，先生？他能感觉到吗？”哈利问道，没去理睬那些画像。

“非常有趣的问题，哈利。我想不会。因为伏地魔现在罪恶太深，而他的这些重要部分又分离得太久，我相信他的感觉不如我们了。也许在临死时，他才会感觉到损失……像那本日记被毁的时候他就没有察觉，后来才从卢修斯·马尔福口中逼问出来。我听说，当伏地魔发现日记被摧毁并失去了所有魔力之后，曾经大发雷霆，非常可怕。”

“可我以为是他要卢修斯·马尔福把它偷偷带进霍格沃茨的。”

“是的，那是多年以前，伏地魔确信自己可以制造多个魂器的时候。但卢修斯仍要等伏地魔的许可才能行动，他没有等到，因为伏地魔交托日记后不久便消失了。他无疑认为卢修斯对魂器除了小心看护之外不敢做任何事。但他过于依靠卢修斯对主人的畏惧了——要知道这个主人已失踪多年并被卢修斯认为已经死亡了。当然，卢修斯不知道那本日记实际上是什么。我想伏地魔只会跟他说日记被施了巧妙的魔法,能使密室重新打开。如果卢修斯知道他手里捧了主人的一片灵魂,一定会对它更加尊敬一些——但事实是,他为了自己的目的执行了老计划:把日记安置在亚瑟·韦斯莱的女儿身上。他希望以此败坏亚瑟的名声,把我赶出霍格沃茨,同时除掉一件非常容易惹祸的物证。啊,可怜的卢修斯……出于私心丢掉魂器而触怒了伏地魔,去年在魔法部又是那样的惨败,如果他此刻暗自庆幸能在阿兹卡班苟且偷安,我是不会奇怪的。"

哈利坐在那里沉思了一会儿,问道:"如果魂器全部给销毁了,伏地魔就能被杀死?"

"我想是的,"邓布利多说,"没有了魂器,伏地魔就是个灵魂已经残损的凡人。但不要忘记,尽管灵魂残破得无法修复,他的脑子和魔力还完好无损。即使已经没有魂器,杀死伏地魔这样的巫师还是需要超常的能力与本领。"

"可我没有超常的能力与本领。"哈利脱口而出。

"你有,"邓布利多坚定地说,"你有伏地魔从未有过的能力。你有——"

"我知道!"哈利不耐烦地说,"我有爱!"他好容易才没有加上:"有什么了不起!"

"是的,哈利,你有爱,"邓布利多好像很了解哈利舌头底下压着的话,"想想你经历的一切,这是非常了不起的。你还太年轻,不知道你是多么特殊,哈利。"

"那么,预言说我有'黑魔王所不了解的能量',指的就是——爱吗?"哈利问,他感到有点失望。

"对——就是爱。"邓布利多说,"但是哈利,永远不要忘记,预言的意义只是伏地魔造成的。我去年年底跟你讲过这一点。伏地魔把你当成对他最危险的人——而这样一来,他就使你变成了对他最危险的人!"

"可这是一回事——"

"不是一回事!"邓不利多语气有些不耐烦了。他用枯黑的手指着哈利说:"你太把那个预言当回事了!"

"可是,"哈利结结巴巴地说,"你说过那预言意味着——"

"如果伏地魔从未听说过那个预言,它还会应验吗?它还会有意义吗?当然不会!你认为预言厅中的每个预言都应验了吗?"

"可是,"哈利糊涂了,"可是去年,你说我们中必有一个要把对方杀死——"

"哈利呀,哈利,那只是因为伏地魔犯了个大错,他按特里劳妮教授的预言采取了行动!如果伏地魔没有杀死你父亲,会让你产生强烈的复仇欲望吗?当然不会!如果他没有逼你母亲为你而死,会让你得到他无法穿透的魔法保护吗?当然不会!哈利。你看不到吗?伏地魔自己制造了他最可怕的敌人,就像普天下的暴君一样!你知道暴君多么害怕被压迫的人民吗?他们都知道总有一天,在众多受害者中会有一个起来奋起反击!伏地魔也一样。他总是在寻找那个会向他挑战的人,听到预言后就马上行动,结果他不仅亲手选出了那个最有可能除掉他的人,而且给了他一件特别致命的武器!"

"可是——"

"你必须明白这一点!"邓布利多站了起来,在屋子里大步地走来走去,闪亮的袍子在身后呼呼飘动。哈利还从没见他这么激动过,"在企图杀你的时候,伏地魔就亲自选出了坐在我面前的这个卓越的人,并为他提供了工具!你能看到伏地魔的思想、野心,甚至能听懂他发令时那蛇说话般的语言,这都只能怪他自己。可是,哈利,尽管你能洞察伏地魔的世界——要知道,这是任何食死徒不惜用杀人来换取的能力,但你却从未接受黑魔法的诱惑,从未显露过丝毫想要追随伏地魔的欲望,一秒钟都没有!"

"当然不会!"哈利愤怒地说,"他杀了我的父母!"

"简而言之,是你的爱保护了你!"邓布利多大声说,"惟有这一种保护,才有可能抵御伏地魔那样的权力的诱惑!虽然经历了那么多诱惑,那么多痛苦,你依然心地纯洁,还像你十一岁时那样。当时你向那面能照出你内心愿望的镜子中望去,看到的只有怎样挫败伏地魔,而没有永生和财富。哈利,你知不知道,世上没有几个巫师能看到你在镜中看到的东西?

伏地魔那时就该知道他要对付的是什么,可惜他没有!

"但他现在知道了。你侵入了伏地魔的思想而不受损害,他想附在你身上时却不能不忍受剧烈的痛苦,他在部里已经发现了这一点。但我想他不了解这是为什么,哈利。他那样忙于破坏自己的灵魂,从来无暇去了解一个纯洁健全的灵魂拥有何等无与伦比的力量。"

"可是,先生,"哈利说,竭力不想显得像是在争辩,"说到底还是一样,是不是?我必须设法杀死他,否则——"

"必须?"邓布利多说,"你当然必须!但不是因为预言!而是因为你自己,你不这样做就不会安心!我们都知道这一点!请想象一下,如果你从未听过那个预言!你对伏地魔会有什么想法呢?想一想!"

看着面前踱来踱去的邓布利多,哈利沉思起来。他想到了他的母亲、他的父亲和小天狼星,想到了塞德里克,想到了伏地魔的种种罪行。他的胸中腾起一股烈焰,直烧到喉咙口。

"我想除掉他,"哈利轻声说,"我想去做这件事。"

"你当然会!"邓布利多叫道,"你看,预言并没表示你必须做什么!但预言使伏地魔认定你是他的对手……换句话说,你有权选择自己的道路,有权不理睬那个预言!但伏地魔还是会对它念念不忘,他会继续追杀你……所以确实是必然——"

"我们中有一个会把对方杀死,"哈利说,"是的。"

他终于明白了邓布利多要告诉他的意思,那就是:被拽进角斗场去面对一场殊死搏斗和自己昂首走进去是不同的。也许有人会说这二者之间并无多少不同,但邓布利多知道——我也知道,哈利带着一阵强烈的自豪想道,我父母也知道——这是世界上全部的不同。

第 24 章

神锋无影

晚上的活动累得哈利筋疲力尽,但心情很愉快。第二天上午的魔咒课上,他把事情的经过一五一十地都告诉了罗恩和赫敏(先对附近同学施了闭耳塞听咒)。他们俩都对他诱使斯拉格霍恩交出记忆颇为满意。当他说到伏地魔的魂器,又说到邓布利多答应发现另外一个魂器后会带他一起去时,他们十分敬畏。

"哇,"当哈利终于说完时,罗恩叫道,手里的魔杖对着天花板乱晃,他根本没意识到自己在干什么,"哇,你真要跟邓布利多一起去……去消灭……哇。"

“罗恩,你在造雪啊。”赫敏和颜悦色地说,一边抓住他的手腕不让魔杖指向天花板,那儿已经开始有大片白色的雪花飘下。哈利发现旁边座位上的拉文德·布朗用红红的眼睛瞪着赫敏,赫敏立刻放开了罗恩的胳膊。

“哦,对了,”罗恩看看自己的肩头,有点儿惊讶地说,“对不起……我们好像都沾上了讨厌的头皮屑……”

他掸掉了赫敏肩上的一些假雪花,拉文德哭了起来。罗恩显得很内疚,转身背对着她。

“我们分手了,”他悄悄地告诉哈利,“昨天晚上。她看到我们跟赫敏从宿舍里出来。她显然看不到你,所以就以为只有我们俩。”

“啊,”哈利说,“那么——你不介意吹了吧?”

“不介意,”罗恩承认道,“她大吵大闹的时候是挺难受,但至少不用我提出分手了。”

“懦夫,”赫敏说,不过看上去挺愉快的,“哎,昨晚好像罗曼司普遍不利,金妮和迪安也分手了,哈利。”

哈利觉得她对他说这话的时候带着一种会意的眼神,但她不可能知道他的内心突然跳起了康茄舞。他尽量不动声色地问:“怎么搞的?”

“哦,很可笑的事……她说迪安钻肖像洞口时总想帮她一把,好像她自己爬不进来似的……但他们磕磕绊绊已经很久了。”

哈利看了看教室另一头的迪安,他看上去显然很不开心。

“当然,这让你左右为难了,是不是?”赫敏问。

“什么意思?”哈利赶紧问。

“魁地奇球队,如果金妮和迪安不说话了……”

“哦——是啊。”哈利说。

“弗立维。”罗恩警告道。小个子魔咒课教师在朝他们晃晃悠悠地走过来,只有赫敏已经把醋变成了酒,她的烧瓶里盛满了深红色的液体,而哈利和罗恩的瓶里还是浑浊的棕黄色。

“好了,好了,男孩子们,”弗立维教授尖声责备地说,“少说点话,多下点活……让我看你们做一下……”

哈利和罗恩一起举起魔杖,竭力聚精会神,将魔杖指向烧瓶。哈利的醋变成了冰,罗恩的烧瓶炸了。

“好……家庭作业……”弗立维教授说着从桌子底下钻出来,择着帽顶上的玻璃片,“练习。”

魔咒课后,正好是难得的共同空闲时间,三人一起走回公共休息室。罗恩似乎对跟拉文德分手感到很轻松。赫敏也兴致不错,虽然问她笑什么时她只是说“天气好”。他们似乎都没注意到哈利内心正展开着激烈的斗争:

她是罗恩的妹妹。

可她甩掉了迪安!

她还是罗恩的妹妹。

我是他的好朋友!

那只会更难办。

如果我先跟他说——

他会打你的。

如果我不在乎呢?

他是你的好朋友!

哈利几乎没注意到他们是怎样从肖像洞口爬进洒满阳光的公共休息室的,他只是模糊地意识到屋里聚集了一小群七年级学生,这时赫敏叫了起来:“凯蒂!你回来啦!好了吗?”

哈利瞪大了眼睛:果然是凯蒂·贝尔,看上去完全康复了,被欢乐的朋友们围在中间。

“我真的好了!”她快活地说,“星期一出的院,在家跟爸爸妈妈待了两天,今天早上回来的。利妮跟我讲了麦克拉根和上次比赛的事,哈利……”

“是啊,”哈利说,“不过,现在你回来了,罗恩也好了,我们有希望打败拉文克劳,就是说还有夺杯的机会。哎,凯蒂……”

他必须马上问她,他的好奇心甚至把金妮暂时挤到了脑后。凯蒂的朋友们开始收拾东西,显然变形课要迟到了。他压低嗓门问道:“……那条项链……你想起来是谁给你的了吗?"

"没有。"凯蒂懊恼地摇摇头,"每个人都问我,可我一点儿都想不起来。我记得的最后一件事是走进三把扫帚的厕所。"

"那你肯定进厕所了?"赫敏说。

"嗯,我记得我推开门,所以我想,对我施夺魂咒的家伙肯定就在门后。之后我的记忆就是一片空白,直到两星期前在圣芒戈医院。对不起,我该走了,我想麦格教授不见得会因为这是我第一天回学校就不罚我抄写。"

她抓起书包和书,匆匆去追赶同伴,哈利、罗恩和赫敏坐到一张靠窗的桌子前,思考着刚才她说的情况。

"那么,把项链给凯蒂的一定是个女的,"赫敏说,"因为是在女厕所。"

"或者看上去像女的,"哈利说,"别忘了,霍格沃茨有一大锅复方汤剂,我们知道被偷掉了一些……"

他在想象中看到克拉布和高尔神气活现地走过,都变成了女孩模样。

"我想再喝一口福灵剂,到有求必应屋去看看。"哈利说。

"那纯粹是浪费魔药,"赫敏放下刚从书包里拿出来的《魔法字音表》,断然说道,"运气只能帮你这么多了,哈利。斯拉格霍恩的情况不一样,你一向有说服他的能力,只需要调整一下环境。但运气不足以帮你穿透强大的魔法。别浪费剩下的魔药了!如果邓布利多带你去的话,你会需要你能得到的所有运气……"她压低声音说。

"不能再配点吗?"罗恩问哈利,没有理会赫敏,"要能备上一些就好了……看看书……"

哈利从书包里抽出《高级魔药制作》,查找福灵剂。

"天哪,太复杂了,"他扫视着那一长串的配料说,"要六个月……得慢慢熬……"

"总是这样。"罗恩说。

哈利正要把书收起来,忽然发现有一页折着,他翻到那里,见是神锋无影咒,注有"对敌人",是自己几星期前做的记号。他还没有试过它是什么样,主要因为不想在赫敏的周围试。但他想下次悄悄走近麦克拉根时试它一下。

只有迪安一个人不是特别高兴看到凯蒂回来,因为这意味着不需要他当追球手了。当哈利跟他谈的时候,迪安对这个打击的反应还算平静,只是耸耸肩哼了一声。但哈利走开时,还是真真切切地感到迪安和西莫在背后不服气地嘟囔着。

接下来的两个星期,哈利看到了他当队长以来最好的魁地奇训练。他的队员们为赶走了麦克拉根和终于迎回了凯蒂而欢欣鼓舞,飞得异常出色。

金妮似乎一点都不为跟迪安分手而难过,相反,她成了全队的灵魂人物。她模仿罗恩看到鬼飞球过来时紧张地在球门前跳上跳下,模仿哈利被撞晕前朝麦克拉根大吼,把大家逗得很开心。哈利跟队员们一起大笑,很高兴自己有正当理由看着金妮。因为眼睛没有一直注意看球,他被游走球额外多撞了几次。

他脑子里仍在激烈地斗争着:金妮还是罗恩?有时他想,经过了同拉文德的恋爱,罗恩可能不会太介意他与金妮约会。但他又想起金妮亲吻迪安时罗恩的表情,断定自己就是拉拉她的手都会被罗恩看作卑鄙的背叛……

但哈利忍不住要跟金妮说话,跟她一起笑,训练完跟她一起走回去。不管良心怎样不安,他还是不禁幻想着怎么能跟她单独相处:最好斯拉格霍恩再召集个小聚会,那样罗恩就不会在场——不幸的是,斯拉格霍恩似乎对他们不抱希望了。哈利有一两次想到找赫敏帮忙,但觉得自己会受不了她脸上的得意表情。有时候,在赫敏看到他盯着金妮或被金妮逗得大笑时,他好像就发现过这种表情。更麻烦的是,他焦虑地想到如果自己不采取行动,肯定很快就会有别人约会金妮。他和罗恩至少在这一点上看法是一致的:金妮太招人喜欢了,这对她本人没好处。

总之,再喝一口福灵剂的诱惑日益增强,因为这应当算是个如同赫敏所说的需要“调整一下环境”的情况吧?和煦的五月天轻轻溜走,好像他每次看到金妮时罗恩都在旁边。哈利发现自己渴望有一个好运,能让罗恩觉得没有比好朋友哈利和妹妹金妮倾心相爱更令他开心的事情,并且能让他和金妮单独相处几秒钟以上。但这两条似乎都没机会实现,因为本赛季最后一场魁地奇比赛在即,罗恩总想跟哈利讨论战术,无暇顾及其他。

在这方面罗恩并不特殊,全校对格兰芬多—拉文克劳球赛的兴趣极其高涨。因为这场比赛将决出尚难料定的冠军杯名次。如果格兰芬多领先拉文克劳三百分(难度很大,但哈利从没见他的球队飞得像现在这么好过),他们就能夺杯;如果领先不到三百分,就要排在拉文克劳后面,屈居第二;如果落后一百分,就会排到赫奇帕奇后面,名列第三;如果落后一百分以上,就会掉到第四。那样的话,哈利想,就永远没有人会让他忘记,是他率领格兰芬多球队拿了两百年来的第一个倒数第一。

这场关键性的比赛的前奏仍旧是那些内容:两学院的学生在走廊上威吓对方的球队;在个别球员走过时大声排练针对他们的口号;球员们则要么大摇大摆地享受关注,要么在课间冲进盥洗室呕吐。不知为何,在哈利的脑子里,这场比赛与他对金妮的计划的成败密切联系在一起。他忍不住想,如果他们领先三百分以上,热烈的庆祝场面和赛后的联欢也许能赶得上一大口福灵剂的效果。

在所有这些繁琐的事情中,哈利始终没有忘记他的另一个目标:搞清马尔福在有求必应屋干什么。他仍然查看活点地图,在图上经常找不到马尔福,他推测马尔福有很多时间都待在那间屋里。尽管哈利正在对进入有求必应屋失去希望,但只要在附近他还是会去试试,然而无论他怎么变换说法,墙上还是没有出现门。

在同拉文克劳比赛的几天之前,哈利独自从公共休息室走去吃晚饭,罗恩又冲进旁边的盥洗室里呕吐去了,赫敏跑去找维克多教授,因为她想起上次交的算术占卜课论文中可能有个错误。哈利多半是出于习惯,又拐到八楼走廊上,边走边看活点地图。一开始他找不到马尔福,猜想那小子又去有求必应屋了,然后他看到标着马尔福的小点站在楼下一个男盥洗室里,旁边不是克拉布和高尔,而是哭泣的桃金娘。

哈利盯着这不太可能的组合,没留神撞到了一副盔甲上。稀里哗啦的响声把他从沉思中唤醒了。他怕费尔奇出现,赶快冲向大理石楼梯,跑到下一层走廊上。他把耳朵贴到盥洗室的门上，但什么也听不见。他轻轻地推开了门。

德拉科·马尔福背对门站着，手扶着水池边，淡黄色的脑袋低垂着。

“别这样，”哭泣的桃金娘温柔的声音从一个隔间传了出来。“别这样……告诉我是什么事……我可以帮你……”

“谁也帮不了我，”马尔福说，全身都在发抖，“我干不了……干不了……办不成……如果不快点办成……他说他会杀了我……”

哈利心中猛然一震，脚像被钉在了那儿，他发现马尔福在哭——真的在哭，眼泪从他苍白的脸上流到肮脏的池子里。马尔福抽噎着抬起头，浑身一激灵，从破镜子里看到哈利正在身后瞪着他。

马尔福急忙转身抽出魔杖，哈利也本能地拔杖自卫。马尔福的魔咒稍稍打偏了一点儿，击碎了哈利身后的壁灯。哈利闪到一旁，默念倒挂金钟！魔杖点出，但马尔福挡住了这个咒语，又举起了魔杖——

“别打了！别打了！”哭泣的桃金娘尖叫着，声音在瓷砖盥洗室里回响，“别打了！别打了！”

砰的一声，哈利身后的垃圾箱爆炸了。哈利试了个锁腿咒，却从马尔福耳后的墙上弹回，把哭泣的桃金娘身下的抽水马桶打得粉碎。桃金娘高声尖叫，水漫了一地，哈利滑倒了，马尔福扭歪了面孔叫道：“钻心剜——”

“神锋无影！”哈利在地上大吼一声，疯狂地挥舞着魔杖。

马尔福的脸上和胸口血如泉涌，好像被无形的宝剑劈过一般。他踉跄着向后退去，扑通一声倒在积水的地上，溅起大片水花，魔杖从他软绵绵的右手里掉了下去。

“不——”哈利大惊。

哈利脚下打着滑，摇摇晃晃地爬了起来，奔向马尔福，只见他的面孔已经变得鲜红，苍白的手抓着浸透鲜血的胸膛。

“不——我没有——”

哈利不知道自己在说什么，他在马尔福身边跪了下来。马尔福倒在血泊中控制不住地哆嗦着，哭泣的桃金娘发出一声震耳欲聋的尖叫。

"杀人啦！盥洗室里杀人啦！杀人啦！"

门在哈利身后砰地打开了,他惊恐地抬起头:斯内普冲了进来,脸色铁青。他粗暴地把哈利推到一边,跪到马尔福跟前,抽出魔杖,沿着被哈利咒语造成的那些深深的口子移动着,嘴里念着一种唱歌似的咒语。出血似乎减轻了。斯内普擦去马尔福脸上的污物,又念了一遍咒语,现在伤口好像在愈合了。

哈利还在旁边看着,被他自己做的事吓傻了,几乎没意识到自己也浸在鲜血和污水里。哭泣的桃金娘还在他们头顶上抽泣和哀号。斯内普第三次施完破解咒后,半拖半抱地把马尔福扶了起来。

"你需要去校医院,可能会有一些伤疤,但如果及时用白鲜的话,也许连伤疤都可以避免……走吧……"

斯内普搀着马尔福走出去时,在门口回过头来,用冰冷而愤怒的语气说道:"你,波特……在这儿等我。"

哈利丝毫都没有想到不服从,他慢慢站起来,浑身战栗,低头看着积水的地面,那上面浮着一朵朵红花般的血迹。他甚至没有勇气叫哭泣的桃金娘停止吵闹,她还在继续哭哭啼啼,但已越来越明显地带有享受的味道。

斯内普十分钟后回来了,他走进盥洗室,关上了门。

"走开。"他对桃金娘说,她倏地钻回抽水马桶,留下一片令人耳鸣的寂静。

"我不是有意的,"哈利马上说,他的声音在冷冰冰、湿漉漉的空间回响,"我不知道那个魔咒是干什么的。"

但斯内普没有理睬。

"我显然低估了你,波特,"他平静地说,"谁想得到你会这种黑魔法呢?那个魔咒是谁教你的?"

"我——我看来的。"

"在哪儿?"

"是——图书馆的一本书里,"哈利临时乱编道,"我想不起书名——"

"撒谎。"斯内普说。哈利喉咙发干,他知道斯内普要做什么,而自己从来不能阻止……

盥洗室在他眼前晃动起来,他努力摒除所有的思想,但不管怎么努力,混血王子的《高级魔药制作》还是模糊地浮到了眼前……

然后他又看见了斯内普,在这一片狼藉的浸水的盥洗室中央。他望着那双深不可测的黑眼睛,侥幸地希望斯内普没有看到,然而——

"把你的书包拿给我,"斯内普轻声说,"还有你所有的课本。所有的。拿到这儿来。快!"

争辩已经没用,哈利马上转身踩着水跑出盥洗室。一到走廊里,他便拔腿朝格兰芬多塔楼跑去。大部分人都在朝相反的方向走,见到他一身血水都很惊诧,但他只顾往前跑,没有回答向他投来的一个个问题。

他感到惊愕不解,好像一个可爱的宠物突然变得凶残起来。王子把这样一个魔咒抄到书上时是怎么想的呢?斯内普看到了又会怎样?他会不会告诉斯拉格霍恩(哈利的胃里翻腾起来)——哈利这一学年魔药课的好成绩是怎么来的?他会不会把那本教了哈利这么多知识的书没收或撕毁……那本已经变得像导师和朋友的书?哈利不能让这种事发生……他不能……

"你去哪儿了——怎么湿淋淋的——那是血吗?"

罗恩站在楼梯顶上,困惑地望着哈利。

"我需要你的书,"哈利气喘吁吁地说,"你的魔药课本。快……快拿给我……"

"可是混血王子——?"

"以后再解释!"

罗恩从包里抽出《高级魔药制作》递给了他。哈利冲进公共休息室,抓起书包,不顾几个已经吃完晚饭的人惊讶的目光,钻出肖像洞口,沿八楼走廊疾奔。

他在巨怪跳舞的挂毯前突然刹住了脚步,闭上眼睛开始来回踱步。

我需要一个地方让我藏书……我需要一个地方让我藏书……我需要一个地方让我藏书……

他在那段空墙前来回走了三次,当他睁开眼睛时,终于看到了有求必应屋的门。哈利拽开它冲了进去,把门撞上了。

他倒吸了一口气。尽管着急、恐惧,害怕盥洗室里等着他的事情,他还是不禁对眼前的景象感到惊叹。他站在一间大教堂那么大的屋子里,高窗投下的光柱照出的像是一座高墙林立的城市,哈利看出那都是由历代霍格沃茨人藏进来的物品堆砌而成的。那一条条街巷边是堆得摇摇欲坠的破家具,可能是为了掩藏误施魔法的证据而被塞到了这里,或是由那些维护城堡体面的家养小精灵藏起来的。这里有成千上万本书籍,无疑是禁书、被乱涂过的书或偷来的书;有带翼弹弓和狼牙飞碟,其中有几个仍然有气无力地在堆积如山的禁物上盘旋;一些破瓶子里盛着已经凝固的魔药;还有帽子,珠宝,斗篷,像是火龙蛋壳的东西;几个塞住口的瓶子里还在闪着邪恶的光;还有几柄生锈的剑和一把血迹斑斑的大斧。

哈利匆匆走进这宝藏堆中的一条小巷,向右一拐,经过一个巨怪标本,又跑了一小段,在破裂的消失柜(就是去年蒙太在里面消失的那个)旁又向左一拐,最后停在一个表面起泡、像被泼过强酸的大柜子前。他打开吱吱嘎嘎的柜门,那里面已经藏了个笼子,笼子里的东西早就死了,从骨骼上看有五条腿。他把混血王子的书塞到笼子后面,用力关上门。他停了一会儿,心脏剧烈地跳着,环顾着杂物堆……在这么多破烂中间,他能找得到这个地方吗?他从旁边的板条箱顶上抓下一个丑陋的老男巫的破半身像,搁在藏有那本书的柜子上面,为了更显眼,又在老男巫的头上盖了一顶灰扑扑的旧发套和一顶锈暗的冠冕。然后他飞快地冲过藏满杂物的街巷,一直跑到走廊上,砰地带上门。它立刻又变成了石墙。

哈利全速奔向楼下的盥洗室,边跑边把罗恩的《高级魔药制作》塞进自己的书包。一分钟后,他上气不接下气地回到斯内普面前,胸口火烧一般地痛。斯内普一言不发地伸出手来,哈利把书包递过去。

斯内普把哈利的书一本本拿出来检查。最后只剩那本魔药课本了,他非常仔细地盯着它看了一会儿。

"这是你的《高级魔药制作》吗,波特?"

"是的。"哈利仍在喘着粗气。

"你很确定是不是,波特?"

"是。"哈利语气中多了一点反抗。

"这是你从丽痕书店买的《高级魔药制作》?"

"是。"哈利一口咬定。

"那封面背后怎么写着'罗乌·卫其利'呢?"

哈利的心跳停了一下。

"那是我的绰号。"他说。

"你的绰号?"

"对……就是朋友给我起的名字。"

"我知道绰号是什么意思。"斯内普说,冷酷的黑眼睛又钻子般地盯住哈利的双眼。哈利努力不去看那眼睛。封闭你的大脑……封闭你的大脑……但他还没有学会……

"你知道我是怎么想的吗,波特?"斯内普轻轻地说,"我认为你是个撒谎的人,骗子。应该罚你每星期六都给我关禁闭,直到学期结束。你觉得怎么样,波特?"

"我——我不能同意,先生。"哈利说,依然拒绝看斯内普的眼睛。

"好,等关禁闭之后看你会有什么感觉。"斯内普说,"星期六上午十点,波特,到我的办公室。"

"可是,先生……"哈利说着绝望地抬起头,"魁地奇……最后一场——"

"十点钟,"斯内普小声说,脸上浮起微笑,露出了黄牙,"可怜的格兰芬多……今年要拿第四了,我担心……"

他扬长而去,留下哈利望着破镜子,感觉自己比罗恩这辈子任何时候感受到的都要难受。

"我不想说'我跟你说过'了。"一小时后,赫敏在公共休息室里说。

"行了,赫敏。"罗恩恼火地说。

哈利没有去吃晚饭,他一点胃口也没有。他刚刚给罗恩、赫敏和金妮说完他的遭遇,其实似乎没什么必要,消息已不胫而走。哭泣的桃金娘显然在城堡里的每个盥洗室都冒出来讲过这个故事;潘西·帕金森已经去校医院看过马尔福,立刻到处说哈利的坏话;斯内普对教员们宣传了此事。

哈利被叫出公共休息室,在麦格教授跟前熬过了极其难堪的十五分钟。麦格说他没被开除已经很幸运了,并说她完全支持斯内普作出的处分:每星期六关禁闭,直到学期结束。

"我跟你说过那个什么王子有问题,"赫敏说,显然还是忍不住,"我说对了吧?"

"我想不是。"哈利固执地说。

即使赫敏不在这里唠唠叨叨地给他上课,他也已经够受的了。听说他星期六不能参加比赛,格兰芬多球员脸上的表情是对哈利最可怕的惩罚。他能感到金妮的目光在盯着他,但他不敢去面对,不想看到失望或愤怒。他刚刚告诉她,星期六由她当找球手,迪安回来顶替她当追球手。如果他们赢了,也许金妮和迪安会在赛后的兴奋中重归于好……这个念头像一把冰刀刺入了哈利的心房。

"哈利,"赫敏说,"你怎么还护着那本书呢,那个魔咒——"

"你能不能别再唠叨那本书了?"哈利没好气地说,"王子只是把它抄在那儿!并没有建议别人使用!说不定,他只是记录了一个别人对他用过的咒语!"

"我不信。你其实是在为你做的事辩护——"

"我不是在为我做的事辩护!"哈利马上说,"我希望没有做,不只是因为要关那么多次禁闭。你知道我不会去用那样的魔咒,哪怕是对马尔福。但你不能怪王子,他又没写'这个真不错,试试吧'——他只是自己作了个记录,对吧,不是给别人……"

"你是不是要告诉我,"赫敏说,"你还要回去——"

"拿那本书?没错,我会的。"哈利坚决地说,"听我说,没有王子我就不会赢到福灵剂,也不会知道怎么解罗恩的毒,也不会——"

"——得到你不配得的'魔药奇才'的美名。"赫敏尖刻地说。

"行了,赫敏!"金妮说,哈利又是惊讶、又是感激地抬起头来,"听起来马尔福是想用一个不可饶恕咒,你应该庆幸哈利有好的招数对付他!"

"我当然很庆幸哈利没有中咒!"赫敏说,显然是被刺痛了,"但你不能说那个神锋无影咒好吧,金妮。看它把哈利害到了什么田地!想到你们比赛的前景,我本来以为——”

“哦,别开始假装你懂魁地奇,”金妮抢白道,“那只会自找尴尬。”

哈利和罗恩目瞪口呆:向来关系很好的赫敏和金妮现在都抱着胳膊坐在那里,眼睛瞪着相反的方向。罗恩不安地看看哈利,然后随手抓起一本书,躲到书后面去了。哈利虽然知道自己不配,却还是突然感到难以置信的快乐,尽管他们一晚上都没有再说话。

哈利的好心情没有保持多久,第二天他要忍受斯莱特林学生的奚落,更不用提格兰芬多学生的怒气,因为他们的队长闯了祸被禁止参加本赛季的最后一场比赛。到了星期六上午,不管他对赫敏会怎么说,哈利内心甘愿用世上所有的福灵剂来换取跟罗恩、金妮他们一同走向魁地奇球场。这种惩罚简直是无法忍受的:离开那一群群戴着玫瑰花结和帽子、挥着旗子和围巾拥进阳光中的同学,独自走下石阶,进入地下教室,一直走到远处的喧闹声再也听不见了。他知道自己在这里听不到一句解说、一声喝彩或叹息。

“啊,波特。”哈利敲门走进那间熟悉而讨厌的办公室时,斯内普说。他虽然已经到楼上教课,却还没有腾出这个房间。屋里还是那么昏暗,沿墙的架子上还是摆着许多魔药罐,罐里浮着各种令人恶心的东西。不祥的是,一张显然是给哈利坐的桌子上堆着许多结了蛛网的盒子,散发着一种枯燥、艰苦而毫无意义的工作所特有的气氛。

“费尔奇先生想找人清理这些旧档案,”斯内普轻声说,“是霍格沃茨犯错的人及其惩罚的记录。在墨水变淡或是卡片被老鼠破坏的地方,我们希望你把不清楚的字迹誊写清楚,并按字母顺序排列,放回盒子里。不许使用魔法。”

“是,教授。”哈利说,尽量在话语中加入深深的蔑视。

“我想你可以开始了,”斯内普嘴角浮现出恶意的微笑,“在1012到1056号盒子里,你会看到一些熟悉的名字,这会增加工作的乐趣。这儿,你看……”

他夸张地扬手从顶上的一个盒子里抽出一张卡片,念道:“‘詹姆·波特和小天狼星布莱克,对伯特伦·奥布里使用非法恶咒,奥布里的头变成两倍大。两人都关禁闭。'"斯内普冷笑一声,"想起来一定很欣慰吧,他们虽然不在了,但他们的伟大事迹还记录在……"

哈利又感到怒火中烧,他咬着牙不让自己反击,在文件盒前面坐了下来,把一个盒子拖到面前。

正如哈利预料的那样,这个工作枯燥乏味,毫无意义,时而还会让他心中一揪(显然是斯内普安排的),因为他读到了他父亲或小天狼星的名字,通常是两人一起犯了各种各样微不足道的错误,有时还加上莱姆斯·卢平和小矮星彼得。他一边抄写他们的种种过错和对他们的惩罚,一边想象着外面的情形,比赛大概刚刚开始……找球手是金妮对秋……

哈利一次次地去瞄墙上滴答滴答的大钟,它好像走得只有普通的钟一半快,也许斯内普施了魔法故意让它走得特别慢?他不可能才来了半小时……一小时……一个半小时……

时针指到十二点半的时候,哈利的肚子开始咕咕叫了。一点十分,给哈利分配过任务后就没再说话的斯内普终于抬起头来。

"我想可以了,"他冷冷地说,"弄到哪里作个记号,下星期六上午十点继续。"

"是,先生。"

哈利把一张折起的卡片胡乱塞进盒子里,在斯内普改变主意之前赶紧溜出门,冲上石阶,竖起耳朵捕捉着球场传来的声音,可是那边静悄悄的……这么说,已经结束了……

他在拥挤的大礼堂外犹豫了一会儿,然后跑上大理石台阶。无论格兰芬多输了还是赢了,球队通常都在公共休息室里庆祝或悲伤。

"如何?"他试探性地问胖夫人,不知里面会是什么情况。

她带着不可捉摸的表情答道:"你会知道的。"

胖夫人向前旋开了。

她身后的洞口里爆发出喧闹的欢呼声,哈利呆住了,人们看到他都高喊起来,几只手把他拽进了房间。

"我们赢了!"罗恩大声叫着跳过来,朝哈利挥舞着银杯,"我们赢了!四百五比一百四!我们赢了!"

哈利看看周围，金妮向他奔来，她张开双臂抱住了他，脸上是一种炽烈的表情。于是，没有想，没有准备，没有担心有五十个人在看着，哈利吻了她。

过了长长的几分钟——也可能有半个小时——或阳光灿烂的几天——他们才分开了。屋里变得非常安静。然后有几个人吹起了口哨，有人不自然地吃吃笑了起来。哈利越过金妮的头顶，看到迪安手里举着一个破杯子，罗米达·万尼好像要摔东西，赫敏在笑，但哈利的眼睛在寻找罗恩，终于找到了，他还攥着奖杯，看上去像当头挨了一棍似的。两人对视了片刻，罗恩的脑袋微微动了一下，哈利知道那意思是："好吧——如果你一定要。"

他胸中的野兽在胜利地咆哮，哈利看着金妮咧嘴一笑，指了指肖像洞口。他的意思似乎要在校园里散步很久，如果有时间的话，他们可以谈谈球赛。

第 25 章

被窃听的预言

哈利·波特和金妮·韦斯莱约会的事好像引起了很多人的兴趣，大多数是女孩子，然而哈利觉得自己这几个星期丝毫没有受到这些闲言碎语的影响，并且心情愉快。毕竟，这是一个很不错的改变，人们谈论的是一件让他感到久违了的快乐事情，比起一天到晚谈论黑魔法的恐怖场面强多了。

“我还以为别人会有更有趣的事情来闲谈呢。”金妮说，她坐在公共休息室的地板上，靠着哈利的腿，在读《预言家日报》，“摄魂怪一星期内捣了三次乱，罗米达·万尼所做的一切就是让我问问你胸口上是不是文了一只鹰头马身有翼兽。”

罗恩和赫敏两个哈哈大笑。哈利没理睬他们。

“那你对她说了什么呢?”

“我告诉她是一头匈牙利树蜂,”金妮说,懒懒地翻了一页报纸,“更有男子汉气概。”

“谢谢,”哈利露齿一笑,“那你对他说罗恩的是什么?”

“一只侏儒蒲,但我没说在哪儿。”

赫敏笑得前仰后合,罗恩皱起了眉头。

“小心点儿,”他警告地指着哈利和金妮说,“不要因为我允许你们交往,就以为我不能收回——”

“‘你允许’,”金妮嘲笑道,“从什么时候开始我做事要你允许了?不管怎样,你自己说过,宁可他是哈利,也不要是迈克尔或迪安。”

“那是,”罗恩勉强地说,“只要你们不在公共场所接吻——”

“你这个卑鄙的伪君子!你和拉文德那是怎么回事?到处亲热,就像一对鳗鱼黏在一起!”金妮质问道。

进入六月,罗恩的忍耐没有受到多少考验,因为哈利和金妮在一起的时间越来越有限。金妮的O.W.Ls考试日渐临近,她每晚不得不花好几个小时复习功课。在这样一个晚上,金妮去了图书馆,哈利坐在公共休息室的窗边,本想完成他的草药课家庭作业,但事实上他正在重温午饭时与金妮在湖边度过的一段非常愉快的时光。这时赫敏挤进了他和罗恩中间的座位,脸上是一种很坚决的表情,让人看了很不舒服。

“我想和你谈谈,哈利。”

“谈什么?”哈利疑惑地问。赫敏昨天刚数落过他,怪他打扰了应该努力复习迎考的金妮。

“那个所谓的混血王子。”

“哦,又来了,”他嘟囔道,“你能不能换个话题?”

他还没敢返回有求必应屋去拿他的那本书,他的魔药课成绩也因此掉了下来(不过,斯拉格霍恩对金妮很有好感,他诙谐地将哈利的成绩下降归于相思病)。哈利觉得斯内普一定还没有放弃搜查王子的课本,由于斯内普一直在监视他，他决定暂时不去碰那本书。

"我就不换话题，"赫敏坚定地说，"直到你听我说完。我一直想找出是谁把发明黑魔咒当成了嗜好——"

"此兄没有把这当成嗜好——"

"此兄，此兄——你说他是男的？"

"我们已经说过了，"哈利不耐烦地说，"王子，赫敏，王子！"

"好吧！"赫敏说着脸颊上泛起红晕，从口袋里掏出一张很旧的报纸，朝哈利的桌子上猛地一扔，"看这个！看看上面的照片！"

哈利拿起那张破报纸，盯着上面年久发黄的活动照片；罗恩也凑过来看。照片上是个大约十五岁的瘦瘦女孩。她并不漂亮，看起来既有点乖戾，又有点闷闷不乐。她的眉毛粗重，一张脸长长的，面色苍白。照片下面的说明是：艾琳·普林斯，霍格沃茨高布石队队长。

"怎么了？"哈利说着扫了一眼相关的短文，那仅仅是一条校际比赛的平淡新闻。

"她的名字叫做艾琳·普林斯。普林斯[①]，哈利。"

他们互相对视了一眼，哈利意识到赫敏要说什么。他突然大笑起来。

"不可能。"

"什么？"

"你认为她是混血……？哦，别逗了。"

"为什么不可能？哈利，在巫师界里没有真正的王子！这个词要么是昵称，要么是某个人自封的头衔，也有可能就是个名字，不可能吗？听我说！如果她有一个姓'普林斯'的巫师爸爸，并且她的妈妈是麻瓜，那么她就可能是'混血王子'啊！"

"对，真是天才，赫敏……"

"但这很有可能啊！也许她就以自己是'混血王子'为荣呢！"

"听着，赫敏，我知道不是女的，我能感觉出来。"

"你就是认为女孩子不可能有这么聪明。"赫敏生气地说。

---

① 在英语中，普通名词"王子"和姓氏专有名词"普林斯"都是Prince。

“我和你相处五年了,怎么可能还认为女孩子不聪明呢?”哈利说,觉得被刺痛了,“是因为他写字的方式,我就是知道这个‘王子’是男的,我判断得出来。跟这女孩子一点儿关系也没有,你是从哪儿弄到这张照片的?”

“图书馆,”赫敏胸有成竹地说,“那里有全部的旧《预言家日报》。我会尽量找到更多的有关艾琳·普林斯的材料。”

“祝你找得愉快。”哈利烦躁地说。

“我会的。”赫敏说,走到肖像洞口时,又冲他扔下一句,“我首先要找的地方,就是所有魔药课的奖励记录!”

哈利冲她皱了皱眉头,然后继续凝视着逐渐黑下来的夜空。

“她还没有原谅你在魔药课上超过她。”罗恩说完,继续看起他的《千种神奇草药及蕈类》。

“我想把那本书拿回来,你不认为我有点发疯吧?”

“当然不,”罗恩坚定地说,“王子,他是一个天才。不管怎样……没有他的粪石秘诀……”他意味深长地摸着自己的喉咙,“我就不可能在这儿和你讨论这个了,是吧? 当然,我不是说你对马尔福施的那个魔咒很棒——”

“我也不认为。”哈利迅速地说。

“但他恢复了,是吧? 很快就站起来了。”

“是,”哈利说,这确是事实,尽管他的良心一直隐隐不安,“多亏斯内普……”

“这星期六你还要到斯内普那儿关禁闭?”罗恩接着问。

“是啊,还有下个星期六,下下个星期六。”哈利叹着气说,“他还暗示说,如果我这学期结束前不把所有的文件盒整理完,明年还要继续。”

他发现这些禁闭特别讨厌,占用了本来就很少的和金妮在一起的时间。事实上,他最近常常想,斯内普是不是知道这一点,因为他把哈利关得越来越久,并且有意提及哈利错过了美好的天气及其带来的各种机会。

吉米·珀克斯手拿一卷羊皮纸出现在哈利身旁,把他从痛苦的沉思中唤醒了。

"谢谢你,吉米……嘿,是邓布利多的!"哈利激动地说,连忙展开羊皮纸看了起来,"他要我去他的办公室,越快越好!"

哈利和罗恩对视着。

"啊呀,"罗恩小声道,"你认为……他会不会找到了……?"

"最好去看看,不是吗?"哈利说着一跃而起。

他赶忙走出公共休息室,顺着八楼向前急奔,一个人都没遇到,只碰到皮皮鬼迎面飞来,像往常一样一边朝哈利扔着粉笔头,一边咯咯笑着躲避哈利的防御咒。皮皮鬼消失后,走廊里一片寂静,还有十五分钟就要敲宵禁的钟了,大部分人已经回到公共休息室。

这时,哈利听到一声尖叫和一声撞击。他停下脚步,侧耳细听。

"你——竟——敢——啊——!"

声音是从旁边的一个走廊里传出来的,哈利握紧魔杖冲了过去,又转过一个拐弯,看见特里劳妮教授倒在地板上,脑袋被她那许多披肩中的一条盖住了,几个雪利酒瓶散落在一边,有一个已经碎了。

"教授——"

哈利急忙跑上前去扶她。她的一些闪亮的珠子和她的眼镜缠在了一起。她大声地打了个嗝,拍了拍头发,在哈利的搀扶下站了起来。

"这是怎么了,教授?"

"你问得好!"她刺耳地说,"我刚才在一个人散步,一边想着某些我碰巧瞥见的不祥征兆……"

哈利没太注意她在说什么。他刚刚注意到他们站在什么地方:右边是巨怪跳舞的挂毯,左边是光滑坚硬的石墙,后面藏着——

"教授,你刚才是不是想进有求必应屋?"

"……天赐我的征兆——你说什么?"

她目光突然变得有点躲躲闪闪的。

"有求必应屋,"哈利重复道,"你是想要进去吗?"

"我——嗯——我不知道学生们也知道——"

"不是所有的人都知道。"哈利说,"但出了什么事?你尖叫了……听起来好像受了伤……"

“我——嗯，”特里劳妮教授说，一边警惕地用披肩围住自己，低头用她那双放大了好几倍的眼睛盯着哈利，“我本来希望——啊——存放一些——呃——个人用品在有求必应屋里……”她嘟哝了句什么“恶毒的指控”。

“噢，”哈利说着扫了一眼地上的雪利酒瓶，“但你没能进去藏它们？”

他觉得这很奇怪，当初他想藏起混血王子的课本时，有求必应屋为他开过门。

“哦，我可以进去，”特里劳妮教授瞪着那堵墙说，“但是里面已经有人了。”

“有人在里面——？谁？”哈利问道，“谁在里面？”

“我也不知道，”特里劳妮教授说，看上去有点被哈利急切的问话吓着了，“我进了屋里，听到有人的声音，这是我这些年藏——用这个屋子的时候从未碰到过的。”

“有人的声音？说些什么？”

“我不知道是不是在说什么，”特里劳妮教授说，“那是……叫喊声。”

“叫喊声？”

“愉快的叫喊声。”她点着头说道。

哈利盯着她。

“是男的还是女的？”

“我猜是男的。”特里劳妮教授说。

“听起来有点高兴？”

“很高兴。”特里劳妮教授轻蔑地说。

“好像是在庆祝什么？”

“肯定。”

“那后来呢——？”

“后来我叫了一声‘谁在那里？’”

“你不问就没法知道是谁吗？”哈利有点失望地问她。

“天目，”特里劳妮教授端着架子说，一边拉拉她的披肩以及那许多串闪亮的珠子，“不是用来关注叫喊这种世俗领域的事情的。”

"没错,"哈利连忙说,他已经太多次地听说特里劳妮教授的天目了,"那个声音回答说是谁了吗?"

"不,没有,"她说,"一切变得漆黑,接着我就知道我头朝前被扔了出来!"

"你没有看到这事是怎么发生的?"哈利忍不住问道。

"我没有看到,我刚才说了,当时一片漆黑——"她停住话,怀疑地瞪着他。

"我认为你最好告诉邓布利多教授,"哈利说,"应当让他知道马尔福在庆祝——我是说,那个把你从屋里扔出来的人。"

令他惊讶的是,特里劳妮教授听到这个建议后挺直了身体,一副很傲慢的样子。

"校长暗示过希望我最好少去拜访他,"她冷淡地说,"我不会死乞白赖地缠着不尊重我的人。如果邓布利多决定不理会纸牌的警示——"

她那瘦骨嶙峋的手突然一把抓住了哈利的手腕。

"一次又一次,无论我怎么摆——"

她戏剧性地从层层披肩下拿出一张纸牌。

"——闪电击中的塔楼,"她喃喃道,"灾难,不幸,越来越近……"

"没错,"哈利又说,"嗯……我还是认为你应该告诉邓布利多,关于这个声音,后来的漆黑一片,以及你被扔出有求必应屋……"

"你这么认为?"特里劳妮教授似乎考虑了一会儿,但是哈利看得出来,她喜欢再讲述一遍她这段小小的历险。

"我正要去见他,"哈利说,"我和他约好的,我们可以一同去。"

"哦,那好吧。"特里劳妮教授笑着说。她弯下腰,抱起她的雪利酒瓶,随手扔进了旁边壁龛上一个蓝白色大花瓶里。

"我真怀念你在班上的时光,哈利,"他们一起往邓布利多的办公室走去时,她深情地说道,"你从来不是一个好的预言家……但你是一个很理想的对象……"

哈利没有回答,他一直不愿意成为特里劳妮教授连续预测厄运的对象。

“我担心，”她接着道，“那匹老马——对不起，是马人——对纸牌占卜一窍不通。我问过他——预言家之间的对话——难道他没有感觉到灾难来临前那隐隐的振动吗？但他似乎觉得我很滑稽。对，是滑稽！”

她的声音歇斯底里地提高了很多，尽管瓶子已经在身后很远的地方，哈利突然闻到了一股非常浓烈的雪利酒的气味。

“那匹马大概听别人说过我没有继承我曾曾祖母的天赋。这些谣言已经由嫉妒的人传播好几年了。哈利，你知道我对这些人是怎么说的吗？如果我没有向邓布利多证明我的能力，他会让我在这所优秀的学校里教书，这些年来会对我如此信任吗？”

哈利嘟囔了一声。

“我清楚地记得邓布利多对我的第一次面试，”特里劳妮教授用沙哑的声音接着说，“他深深地被我打动了，当然，深深地打动了……我住的是猪头酒吧，那地方我不推荐给别人——有臭虫，亲爱的孩子——但是当时经费紧张。邓布利多很客气，亲自到旅馆里来拜访我。他问我……我必须承认，一开始我觉得他对占卜似乎没什么好感……我记得我开始感到有点奇怪，我那天没吃多少东西……但是后来……”

现在哈利才开始真正注意听了，因为他知道当时发生了什么：特里劳妮教授做出了那个改变他一生经历的预言，那个关于他和伏地魔的预言。

“……但是后来我们被西弗勒斯·斯内普粗暴地打断了！”

“什么？”

“是这样，当时门外一阵骚动，随即门被撞开了，那个十分粗俗的酒吧招待和斯内普站在外面，斯内普胡扯说是上错了楼梯，然而我疑心他是在偷听邓布利多对我的面试被抓到了——你瞧，他自己当时也在找工作，无疑想学到一些经验。嗯，在那之后，你是知道的，邓布利多似乎很愿意给我一份工作，哈利，我不禁想到那是因为他欣赏我不装腔作势的风格和从容的天赋，与那个藏起来从钥匙孔偷听、自以为是、咄咄逼人的男青年形成了鲜明的对照——哈利，亲爱的？”

她这才意识到哈利已经不在身边，回过头看了看，他站在那里，离她已有十步之遥。

“哈利?”她疑惑地又叫了一声。

可能是因为哈利脸色苍白,所以她才显得这么担心和害怕。哈利一动不动地站在那里,一波又一波的震惊向他袭来,一波接着一波,淹没了一切,只剩下那个他以前一直不知道的情况……

是斯内普偷听了预言。是斯内普把预言的消息告诉了伏地魔。是斯内普和小矮星彼得两个人让伏地魔去追杀莉莉、詹姆和他们的儿子……

现在哈利再也不关心其他事情了。

“哈利?”特里劳妮教授又喊了一遍,“哈利——我想我们是要一起去见校长的吧?”

“你待在这里。”哈利用麻木的嘴唇说道。

“但是,亲爱的……我还想告诉他,我是怎么在有求必应屋受到攻击的——”

“你待在这里。”哈利生气地又说了一遍。

她看起来有点惊慌。哈利从她身边跑过,拐入通往邓布利多办公室的走廊,那个孤零零的石头怪兽守卫在那里。哈利冲着怪兽大声喊出了口令,然后一步三级地冲上了移动的螺旋形楼梯。他不是轻轻地敲响邓布利多的门,而是咚咚地捶着门。哈利已经冲进了门内,那个镇静的声音才回答说:“进来。”

凤凰福克斯转身看了一眼,它明亮的黑眼睛里映着窗外金色的落日,闪闪发光。邓布利多正站在窗前看着校园,臂上搭着一条长长的黑色的旅行斗篷。

“嗯,哈利,我答应过你可以跟我一道去。”

哈利愣了一下,同特里劳妮教授的交谈似乎使哈利忘记了所有的事情,他的头脑也好像反应迟钝了。

“跟……你一起去……?”

“当然啦,如果你愿意的话。”

“如果我……”

这时,哈利才想起他最初迫切想赶到邓布利多办公室来的原因。

“你找到一个了?你找到一个魂器了?”

"我想是的。"

愤怒和憎恨在他心中与震惊和激动斗争着。有好大一会儿,哈利几乎一句话也说不出来。

"感到害怕是很自然的。"邓布利多说。

"我不害怕!"哈利马上说,这话是绝对真实的,害怕是他此刻完全没有的感觉,"哪一个魂器?在哪儿?"

"我也不能确定是哪一个——不过我认为可以排除那条蛇——但是我相信它藏在遥远的海边的一个山洞里,一个我努力寻找了很久的山洞里。汤姆·里德尔在孤儿院每年一次的旅行中曾经恐吓过两个孤儿的那个山洞,你记得吗?"

"记得,"哈利说,"它有些什么防御机关呢?"

"我不知道,只有一些猜测,也可能完全不对。"邓布利多犹豫了一下说道,"哈利,我答应过你可以跟着我一道去,我遵守那个诺言,但是如果我不事先警告你,这会有超乎寻常的危险,我可就太不应该了。"

"我去。"几乎还没等邓布利多说完,哈利就抢着说。他内心充满了对斯内普的憎恨,想不顾一切地去冒险做点什么的欲望在这几分钟里陡增了十倍。这一切似乎都写在哈利的脸上,邓布利多把目光从窗前移开,更仔细地看着哈利,他银色的双眉紧锁着,中间形成一条浅浅的竖纹。

"你怎么了?"

"没什么。"哈利赶紧撒谎道。

"什么让你这么不高兴?"

"我没有不高兴。"

"哈利,你大脑封闭术从来就不高——"

这句话像火星一样点燃了哈利的愤怒。

"斯内普!"哈利极其大声地说,他们身后的福克斯轻轻地尖叫了一声,"原来都是斯内普!是他把预言告诉了伏地魔,就是他,他在房间外偷听了,特里劳妮告诉我的!"

邓布利多的表情毫无变化,但哈利似乎觉得,在鲜红的落日映衬下,邓布利多的脸色还是变白了。过了好一会儿,邓布利多一句话也没说。

"你是什么时候知道这些的?"他最终问道。

"刚刚知道!"哈利说,他竭力控制着自己不要吼出来。然后,他突然不能自已。"你还让他在这里教书,是他告诉伏地魔去追杀我的父母的!"

哈利喘着粗气,像是在搏斗一样,他转过身背向仍然一动不动的邓布利多,在书房里来回踱步,搓着手指的关节,尽力克制着要摔东西的冲动。他想冲邓布利多发火和咆哮,同时又想跟着他去摧毁魂器;他想说邓布利多是老糊涂了,居然相信斯内普,但又害怕如果自己控制不住愤怒,邓布利多就不会带他一起去……

"哈利,"邓布利多平静地说,"请听我说。"

他想停下脚步,但这竟和控制自己的怒吼一样困难。哈利顿了一下,咬着嘴唇,看着邓布利多满是皱纹的脸。

"斯内普教授犯了一个严重的——"

"别告诉我是一个错误,先生,他当时在房间外偷听!"

"请让我说完。"邓布利多等哈利草草地点了点头,接着说道,"斯内普教授犯了一个严重的错误。他在听到特里劳妮教授上半部分预言的时候,仍然受雇于伏地魔。由于他的主人对这些十分在意,自然地,他就急急忙忙地把他所听到的告诉了他的主人。但他当时不知道——他也不可能知道——从那以后伏地魔会追杀哪个男孩,也不知道被屠戮的父母会是斯内普教授认识的人,也就是你的母亲和父亲——"

哈利大声地冷笑着。

"他恨我爸爸就像恨小天狼星一样!你没注意到吗,教授,为什么斯内普恨的人最后都以死亡而告终呢?"

"哈利,当斯内普教授意识到伏地魔会那样去理解预言时,你不知道他有多么懊悔。我相信这是他一生中最大的遗憾,也是他回来的理由——"

"但他是一个很厉害的大脑封闭大师,不是吗,先生?"哈利说,他尽力保持镇静,但声音还是有点颤抖,"难道伏地魔不是很相信斯内普站在他那一边,即使是现在?教授……你怎么能确定斯内普是站在我们这一边的呢?"

邓布利多有一会儿没有说话，他似乎正在下一个决心。最后他说道：“我确定。我完全信任西弗勒斯·斯内普。”

哈利做了几个深呼吸，想努力稳定一下自己的情绪，但没有效果。

“哼，我不信！”他同刚才一样大声地说，“他现在同德拉科·马尔福在一些事情上勾勾搭搭，就在你的鼻子底下，你仍然——”

“我们已经讨论过这些了，哈利，”邓布利多说，他的声音又显得严厉了，“我已经把我的观点告诉过你。”

“你今天晚上要离开学校，我敢打赌你肯定没有考虑过斯内普和马尔福可能会决定——”

“什么？”邓布利多扬起眉毛问，“你怀疑他们会做什么？说明确一点儿。”

“我——他们有阴谋！”哈利说着，双手攥成了拳头，“特里劳妮教授刚才在有求必应屋里，准备藏她的雪利酒瓶，结果她听到了马尔福的叫喊声，庆贺声！他在那里面试图修复什么危险的东西，据我看，他已经终于修好了。而你却要离开学校，不去——”

“够了。”邓布利多说。虽然他说得极其平静，但是哈利马上沉默下来，因为他知道自己最终越过了一道看不见的底线，“你以为今年我有哪次是毫无保护措施就离开学校的吗？我还没有过。今晚，当我离开时，各处将会有额外的防御措施。请不要认为我没有认真对待我的学生们的安全，哈利。”

“我没有——”哈利喃喃道，有点惭愧，但邓布利多打断了他。

“我不想就这个问题再深入讨论下去了。”

哈利忍住反驳的话，他害怕自己说得太多，丧失了陪同邓布利多的机会。但邓布利多接着问道：“你愿意今晚跟我一道去吗？”

“愿意。”哈利马上答道。

“很好，那么听着。”

邓布利多挺直了腰。

“我带你去有一个条件：你必须毫无疑问地立刻服从我的任何命令。”

“当然。”

“你要听明白，哈利。我是说你甚至必须服从像‘跑’、‘藏起来’或‘回去’这样的命令。你答应吗？”

“我——答应，当然。”

“如果我叫你藏起来，你会吗？”

“会。”

“如果我叫你逃走，你会服从吗？”

“会。”

“如果我叫你离开我，保全自己，你会照我说的做吗？”

“我——”

“哈利？”

他们对视了一会儿。

“会，先生。”

“很好。那么我希望你去拿你的隐形衣，五分钟后我们在门厅见面。”

邓布利多转过身，看着火红的窗户外面，现在太阳正在天边闪耀着红宝石一般的光芒。哈利快速地走出办公室，走下螺旋形楼梯。他的思维很奇怪地突然变得很清晰，他知道要做什么了。

哈利回来时，罗恩和赫敏正一起坐在公共休息室里。“邓布利多想要什么？”赫敏马上问道。“哈利，你没事吧？”她又担心地说。

“我没事。”哈利简单地回答，他从他们身边跑过，冲上楼梯进了宿舍，猛地打开衣箱，拿出活点地图和一双卷好的袜子，然后又快速冲下楼梯，进了公共休息室，在罗恩和赫敏坐的地方刹住脚。他们俩满脸惊讶。

“我没有多少时间，”哈利喘着气说道，“邓布利多要我来拿隐形衣。听着……”

他很快讲了他要去哪里和为什么要去。尽管赫敏惊恐地抽了一口冷气，罗恩匆忙地提着问题，他都没有做任何停顿，待会儿他们自己可以弄清更详尽的细节。

“……你们明白吗？”哈利飞快地讲完了，“邓布利多今天晚上不在，所以马尔福可以放手去干他的阴谋。*不，听我说！*”因为罗恩和赫敏都显出要打断他的迹象，哈利生气地压低声音说，“我知道那是马尔福在有求必应屋里庆贺。喏——”他猛地把活点地图塞进赫敏手里，“你们必须盯着他，也必须盯着斯内普。调用每一个你们能找到的D.A.的人。赫敏，这些联络用的加隆硬币仍然能用，对吗？邓布利多说他已经加强了学校的保卫，但如果斯内普搀和进来，他会知道邓布利多的保护措施是什么，知道怎么去避免——但他不会知道你们俩也被分配了监视的任务，不是吗？”

“哈利——”赫敏开始发问，她由于害怕而瞪大了双眼。

“我没有时间和你们争辩，”哈利急忙说，“也拿上这个——”他把袜子扔进罗恩的手里。

“谢谢，”罗恩说，“呃——为什么要给我袜子？”

“你们需要裹在袜子里面的东西，那是福灵剂。也分一点给金妮。替我向她说声再见。我得走了，邓布利多在等着呢——”

“不！”赫敏说，这时罗恩拿出了那个装有金色药水的小瓶子，满脸敬畏的表情，“我们不需要这个，你带着它，谁知道你会遇上什么情况？”

“我没事的，我和邓布利多在一起，”哈利说，“我想知道你们没问题……别那样，赫敏，再见……”

然后他就走了，匆匆钻过肖像洞口朝门厅赶去。

邓布利多正在橡木大门口等着。他转过身，哈利正好刹住脚，站在最上面的石头台阶上，喘着粗气，两肋间火辣辣地刺痛。

“我希望你穿上隐形衣，”邓布利多说，等哈利穿上后，他又说，“很好。我们走吧？”

邓布利多立刻下了石头台阶，他的旅行斗篷在夏日静止的空气里几乎纹丝不动。哈利穿着隐形衣匆匆地跟着他，仍在喘气，身上出了很多汗。

“可是别人看到你出去会怎么想呢，教授？”哈利问，脑子里想着马尔福和斯内普。

“我去霍格莫德喝一杯，”邓布利多轻松地说，“我有时候去罗斯默塔那儿坐坐，或者去猪头酒吧……或者假装去那里，这是一个掩饰真实目的地的好方法。”

他们在渐浓的暮色中往外走去。空气中充满温暖的青草气息、湖水的味道，以及从海格的小屋飘来的烧木头的烟味。很难相信他们要去做危险的、令人恐惧的事情。

"教授，"当车道尽头处的大门映入眼帘时，哈利轻轻地问，"我们要幻影显形吗？"

"是的，"邓布利多说，"你现在已经能够幻影显形了，是吧？"

"是的，"哈利说，"但我还没有证书。"

他觉得最好实话实说，不然显形后离他要去的地方还有一百英里，那不就坏了事吗？

"没关系，"邓布利多说，"我可以再帮助你一次。"

他们出了大门，走上了暮色笼罩的通往霍格莫德的荒凉小路。夜色降临的速度同他们的脚步一般快，当他们来到大马路上时天已经完全黑下来了。店铺的窗户里闪着灯光，他们走近三把扫帚酒吧时，听到了沙哑的叫喊声。

"——不许进来！"罗斯默塔大喊道，强行撵出一个看起来很邋遢的巫师，"哦，你好，阿不思……这么晚出来……"

"晚上好，罗斯默塔，晚上好……原谅我，我要去猪头酒吧……别见怪，只是我今晚想有一个更安静的氛围……"

过了一小会儿，他们拐进了一条小街，猪头酒吧的标记在吱吱地发出轻响，尽管没有风。与三把扫帚相比，这间酒吧里显得空空荡荡的。

"我们没有必要进去，"邓布利多扫视了一圈，喃喃地说，"只要没有人看见我们离开……现在你把手放在我的胳膊上，哈利。不用抓得太紧，我只是引着你。我数三声——一……二……三……"

哈利旋转起来。立刻又是那种恐怖的感觉，像是被挤在一个厚厚的橡皮管子里，他不能呼吸，身体的每一个部位都遭受着挤压，简直要超过他忍耐的极限了。然后，就在他认为自己肯定要窒息时，无形的管子突然迸裂开来，他站在凉爽的黑暗中，大口大口地呼吸着新鲜的、咸丝丝的空气。

第 26 章

岩　洞

哈利可以闻到大海的气味，听见波涛汹涌的声音。他望着远处月光下的大海和繁星点点的夜空，一阵寒冷的微风吹拂着他的头发。他站在一块露出海面的高高的黑色岩石上，海浪在他脚下翻滚，泛起泡沫。他扭头朝后望去。身后耸立着一座悬崖，陡峭的岩壁直落而下，黑糊糊的看不清面目。几块很大的岩石，如哈利和邓布利多站着的这块，似乎是过去某个时候从悬崖的正面脱落下来的。四下里光秃秃的，满目荒凉，除了苍茫的大海和岩石，看不见一棵树，也没有草地和沙滩。

"你觉得怎么样？"邓布利多问。听他那口气，仿佛他在问哈利这里是不是一个理想的野餐地点。

“他们把孤儿院的孩子带到这儿来了?”哈利问,他想象不出比这儿更不舒服的旅游地了。

“确切地说,不是这儿。”邓布利多说,“在我们后面那些悬崖的半腰上,有一个勉强称得上村庄的地方。我相信他们把孤儿们带到了那儿,让他们呼吸呼吸大海的空气,看看海浪。不,我认为只有汤姆·里德尔和那几个被他欺负的孩子曾经到过这个地方。麻瓜不可能爬上这块岩石,除非他们特别擅长攀岩;船也没法靠近悬崖,周围的水域太危险了。我可以想象里德尔是怎么爬上来的,魔法肯定比绳索更管用。他还带了两个小孩子,大概是为了享受恐吓他们的乐趣吧。我想其实他一个人上来就行了,你说呢?”

哈利又抬头看了看那道悬崖,身上起了一层鸡皮疙瘩。

“可是他的——还有我们的——目的地还在更远一点的地方。走吧。”

邓布利多示意哈利走到岩石边缘,岩石上有许多可供踩脚的参差不齐的凹缝,通向下面那些在悬崖周围、半露出海面的巨型卵石。从这里攀岩而下非常危险,邓布利多那只焦枯的手不听使唤,行动比较迟缓。低处的岩石被海水冲刷得滑溜溜的。哈利感觉到散发着海腥味儿的冰冷水花溅在他脸上。

“荧光闪烁!”邓布利多下到最靠近悬崖正面的那块巨型卵石上,蹲下身念了句咒语。星星点点的金光在他身下几英尺处的黝黑海面上闪烁着。他身边那道漆黑的岩壁也被照亮了。

“看见了吗?”邓布利多轻声问,一边把魔杖举得更高一些。哈利看见悬崖上有一道裂缝,黑黢黢的海水在里面打着旋儿。

“你不介意把身上弄湿吧?”

“没关系。”哈利说。

“那就把你的隐形衣脱掉——现在没必要穿着它了——然后让我们冒险试一试吧。”

邓布利多突然变得像年轻人一样身手敏捷,他从那块卵石上轻轻地滑进海水里，朝岩石表面那道漆黑的裂缝游去。他把魔杖叼在嘴里，采用的是完美的蛙泳姿势。哈利脱下隐形衣塞进口袋，也跟了上去。

海水冷极了。哈利的衣服被水浸透之后，变得胀鼓鼓沉甸甸的，拽着他直往下沉。他深深吸了几口气，闻到刺鼻的盐腥味儿和海藻味儿，他挣扎着寻找那道正往悬崖深处移动、变得越来越小的闪烁的亮光。

很快，裂缝变成了一条漆黑的暗道，哈利看得出来，涨潮的时候暗道肯定会被海水灌满。两边沾满黏泥的岩壁只间隔三英尺宽，在邓布利多魔杖一闪而过的亮光照耀下，像柏油一样闪着湿漉漉的光。再往里去一点，暗道向左一拐，哈利看见它一直伸向悬崖的最深处。他继续跟着邓布利多往前游，冻得麻木的手指在粗糙、潮湿的岩石上擦过。

然后，他看见前面的邓布利多从水里站了起来，银白色的头发和黑色长袍都闪烁着水光。哈利游到那里，发现有台阶通向一个很大的岩洞。他费力地登上台阶，水从湿透的衣服里哗哗往下直流。他终于走出了海水，周围的空气寂静而寒冷，他控制不住地瑟瑟发抖。

邓布利多已经站在了岩洞中央，魔杖高高地举在手里，他原地缓缓地转着圈，仔细查看着岩壁和洞顶。

“没错，就是这个地方。”邓布利多说。

“你怎么知道的？”哈利小声问。

“它见识过魔法。”邓布利多简短地说。

哈利不知道他这样浑身发抖，是因为寒冷侵入了骨髓呢，还是因为他也意识到了魔咒的存在。他注视着邓布利多继续在原地慢慢地旋转，显然是在专注地研究某些哈利看不见的东西。

“这只是前厅，是入口大厅，”邓布利多过了片刻说道，“我们需要进到里面去……现在挡住我们的是伏地魔布下的机关，而不是大自然设置的障碍……”

邓布利多走近洞壁，用焦黑的指尖抚摸着它，又用一种奇怪的、哈利听不懂的语言轻声说着什么。邓布利多从右边绕着岩洞走了两圈，边走边尽可能地触摸粗糙的洞壁，偶尔停下来用手指在某个地方上上下下地摸索一番。最后，他终于停住脚步，把手掌平按在洞壁上。

“这儿，”他说，“我们从这儿进去。入口是隐蔽的。”

哈利没有问邓布利多是怎么知道的。他从没见过哪个巫师这样解决难题：只用眼睛看，用手摸。不过哈利早就知道，弄得乒乒乓乓、烟雾大作的，通常是水平较低的人的特点，而不是高手的做派。

邓布利多从洞壁前往后退了几步，用魔杖指向岩石。顿时，那里出现了一道拱门的轮廓，放射出耀眼的白光，似乎裂缝后面有强烈的灯光照着。

“你成——成功了！”哈利说，他的牙齿在嘚嘚地打着战，但他的话音未落，那道轮廓就不见了，岩石还跟刚才一样坚硬厚实，上面什么也没有。邓布利多扭头看了看。

“哈利，真对不起，我忘记了。”他说。他用魔杖一指哈利，哈利的衣服立刻变得干爽、暖和了，就像挂在熊熊的炉火前烘过一样。

“谢谢。”哈利感激地说，可是邓布利多已经又把注意力转向了坚实的洞壁。他没有再尝试别的魔法，只是站在那里，全神贯注地盯着洞壁，似乎那上面写着什么极为有趣的东西。哈利一动不动地站在那儿，他不想打断邓布利多的思路。

然后，足足过了两分钟，邓布利多轻声说：“哦，当然不会。太低级了。”

“你说什么，教授？”

“我认为，”邓布利多说着用那只没有受伤的手从长袍里掏出一把银质的短刀，就是哈利用来切魔药配料的那种，“我们需要付出代价才能通过。”

“代价？”哈利说，“你必须给这道门一些东西？”

“是的，”邓布利多说，“如果我没有弄错的话，是血。”

“血？”

“所以我说太低级了。”邓布利多说，他的口气里透着轻蔑，甚至失望，似乎伏地魔没能达到邓布利多预期的标准，“我相信你也明白，其道理是想让对手削弱自己方能进入。伏地魔又一次没能理解，有许多东西比肉体的伤害可怕得多。”

“是啊，但如果能够避免……”哈利说，他遭受过的痛苦太多了，不愿意再经历更多。

“有时候是无法避免的。”邓布利多说着把长袍袖子往上抖了抖，露出了受伤的那只手的小臂。

“教授！”哈利看见邓布利多举起了短刀，赶紧走上前去阻止道，“让我来，我——”

他不知道自己要说什么——更年轻，更结实？然而邓布利多只是微微笑了笑。一道银光闪过，喷出一股殷红，岩石表面顿时洒满了闪亮的、暗红色的血珠。

“你很善良，哈利。”邓布利多说，他用魔杖尖划过他在自己手臂上割开的那道深深的伤口，伤口立刻就愈合了，就像斯内普给马尔福疗伤的情景一样，“可是你的血比我的更有价值。啊，看来真的有效，是不是？”

洞壁上又一次出现了那道白得耀眼的拱门轮廓，这次它没有隐去。拱门里那块洒满鲜血的岩石突然消失了，露出一个门洞，里面似乎是无尽的黑暗。

“跟我来吧。”邓布利多说着走过了门洞，哈利跟在他后面走了进去，一边匆匆点亮了自己的魔杖。

他们眼前是一副十分怪异的景象。他们站在一片黑色的大湖岸边，湖面无比宽阔，一望无际，哈利看不见远处的对岸。他们所处的山洞很高，抬头望去也看不见洞顶。远远的，像是在湖的中央，闪烁着一道朦胧的、绿莹莹的光，倒映在下面死寂的湖水中。除了那道绿光和两根魔杖发出的亮光，四下里完全是浓得化不开的黑暗，而这几道亮光的穿透性也不像哈利预想的那么强，这里的黑暗似乎比普通的黑暗更稠密，更厚重。

“我们往前走吧，”邓布利多轻声说，“千万小心，不要踩进水里。紧紧地跟着我。”

他绕着湖岸往前走，哈利紧跟在他后面。他们的脚步踏在湖边狭窄的岩石上，发出啪啪的回声。他们一直往前走，可是四周的景象没有丝毫改变：一边是粗糙的岩洞壁，另一边是无边无际、光滑如镜的黑色湖面，湖的正中央闪烁着那道神秘的绿光。哈利感觉这个地方以及这种寂静令人压抑,心神不安。

"教授?"他忍不住问道,"你认为魂器藏在这里?"

"哦,是的,"邓布利多说,"是的,我相信是藏在这里。问题是,我们怎么才能找到它。"

"我们不能……我们不能试一试飞来咒吗?"哈利说,他知道这肯定是一个愚蠢的建议,但他虽然嘴上不愿意承认,可心里却巴不得赶紧离开这个鬼地方。

"当然可以,"邓布利多说着突然停住脚步,哈利差点儿撞到他身上,"你为什么不试一试呢?"

"我?噢……好吧……"

哈利没有料到这点,他清了清嗓子,举起魔杖,大声说道:"魂器飞来!"

随着爆炸般的一声巨响,一个白森森的大家伙从二十英尺开外的漆黑湖面上蹿了上来。哈利还没来得及看清那是什么,哗啦一声,它又消失了,在平静的水面上溅起大片很深的波纹。哈利惊得往后一跳,撞在了岩壁上。他转向邓布利多,心脏仍在咚咚地狂跳着。

"那是什么?"

"我想,如果我们试图抓取魂器,它就会做出反应。"

哈利转脸又看了看湖水。湖面又变得像黑色的玻璃一样,明亮而光滑了。那些波纹消失的速度快得离奇,但哈利的心仍然跳得像打鼓一样。

"你早就知道会发生那样的事吗,先生?"

"我早就知道如果我们明目张胆地想拿到那个魂器,肯定就会遭遇一些什么。哈利,你的主意很不错,用最简便的方法弄清了我们面对的是什么。"

"但是我们并不知道那个东西是什么。"哈利说,眼睛望着平静而凶险的湖面。

"你应该说那些东西,"邓布利多说,"我不相信它们只有一个。我们继续往前走好吗?"

"教授?"

"怎么了,哈利?"

"你认为我们需要下到湖里去吗?"

"下湖? 除非我们的运气特别不好。"

"你不认为魂器在湖底下吗?"

"哦,不……我认为魂器在湖的中央。"

邓布利多指了指湖中央那道朦胧的绿光。

"那么我们必须到湖中央才能拿到它了?"

"是的,我认为是这样。"

哈利没再说什么。他脑子里想的净是水怪、水妖、水鬼、巨蟒和幽灵……

"啊哈!"邓布利多说着又停住了脚步,这次哈利真的撞到了他身上。哈利在黑黢黢的湖水边踉跄着眼看快要栽倒,邓布利多用那只没有受伤的手紧紧抓住他的手臂,把他拉了回来。"真抱歉,哈利,我应该打个招呼的。请往后站,贴在岩壁上,我认为我已经找着地方了。"

哈利不明白邓布利多的意思。在他看来,这一片漆黑的湖岸跟别处没有什么不同,然而邓布利多像是觉察到了某些特殊之处。这次,他的手不是在岩壁上抚摸,而是在空气中慢慢划动,似乎想找到并抓住某个无形的东西。

"嗬嗬!"几秒钟后,邓布利多高兴地说。他把手一合,抓住了空气中哈利看不见的某个东西。邓布利多慢慢挪向湖边,哈利紧张地注视着邓布利多带铜扣的鞋尖挪到了岩石边缘的最外面。邓布利多仍然悬空攥着那只手,另一只手举着魔杖,用魔杖尖敲了敲他的拳头。

立刻,一条粗粗的绿色铜链突然从湖水深处冒了出来,蹿向邓布利多紧攥的拳头。邓布利多用魔杖敲了敲链条,链条便开始像蛇一样从他的拳头里滑过,在地上盘成一堆,丁丁当当的声音撞在岩壁上,发出响亮的回声。链条把某个东西从漆黑的湖底拽了上来。哈利惊愕地看着一条小船的船头如幽灵一般突然冒出湖面,像链条一样发出绿莹莹的光,朝哈利和邓布利多站着的湖岸漂浮过来,几乎没有带起一丝涟漪。

"你怎么知道它在那儿?"哈利惊诧地问。

"魔法总会留下痕迹的,"邓布利多说,随着砰的一声轻响,小船撞上了湖岸,"有时候是非常明显的痕迹。我教过汤姆·里德尔,知道他的风格。"

"这……这只小船安全吗?"

"哦,我认为是安全的。伏地魔需要有一种办法,在他万一需要探望或取走他的魂器时,可以顺利地穿过湖面,以免激怒他安置在湖里的那些家伙。"

"那么,如果我们乘着伏地魔的船过湖,水里的那些家伙就不会对我们下手了,是吗?"

"我认为我们必须做好心理准备,一旦它们发现我们不是伏地魔,肯定会对我们下手的。不过,到目前为止,我们进行得还算顺利。它们允许我们把小船从湖里弄了上来。"

"可是它们为什么要让我们这么做呢?"哈利问,他无法摆脱脑海里浮现出的可怕画面:当他们远远离开湖岸时,便会有许多触手从漆黑的湖水里伸出来。

"伏地魔坚信只有技艺十分高超的巫师才能发现那条小船,他的自信是有道理的。"邓布利多说,"我认为,他准备好了冒险让别人发现小船——在他看来这几乎是不可能的,他知道他在前面还设置了一些只有他自己能够穿越的障碍。待会儿我们就能看到他是不是正确了。"

哈利低头看看小船。确实是一条很小的船。

"它好像不是给两个人坐的,能吃得住我们俩的重量吗?我们俩加在一起会不会太重了?"

邓布利多轻声笑了。

"伏地魔不会考虑到重量,他只考虑有多少魔法力量穿越了他的湖。我倒认为这条船可能被施了一个魔咒,一次只能乘坐一位巫师。"

"那——?"

"我认为不会把你算在内的,哈利,你不够年龄,还没有资格。伏地魔怎么也不会想到一个十六岁的少年会来到这个地方。我认为,跟我的力量相比,你的力量恐怕可以忽略不计。"

这番话听得哈利垂头丧气，邓布利多大概也意识到了这点，他又补充道："伏地魔错了，哈利，伏地魔错了……老年人低估年轻人，是愚蠢和健忘的……好了，这次你先上，留神别碰到水。"

邓布利多让到一边，哈利小心翼翼地爬上船。邓布利多也跨了进去，把链条盘起来堆在船底。他们紧紧地挤在一起，哈利没法舒舒服服地坐着，只能蹲下来，膝盖顶在船帮上。小船立刻就出发了，四下里一片寂静，只有船头穿透水面发出的柔和的沙沙声。小船在自动行驶，不用他们动手，似乎有一根看不见的绳索把它拉向了湖中央的那道绿光。很快，山洞的岩壁看不见了，他们感觉就像在大海上一样，只是周围没有海浪。

哈利低头看去，随着小船的行进，只见魔杖的光亮映在黑糊糊的水面上，闪烁着点点金光。小船在玻璃一般光滑的湖面切开深深的波纹，像黑色镜面上的沟槽……

就在这时，哈利看见了它——白得像大理石一样，在水面下几英寸的地方漂浮。

"教授！"他说，惊恐的声音在寂静的水面上发出响亮的回音。

"哈利？"

"我好像看见水里有一只手——一只人的手！"

"是的，我相信你看见了。"邓布利多平静地说。

哈利低头望着湖水深处，寻找着那只消失了的手，嗓子眼里涌起一种想吐的感觉。

"那么，刚才从水里蹿出来的那个东西——？"

没等邓布利多回答，哈利就自己找到了答案。魔杖的亮光又掠过一片水面，这次哈利看见离水面几英寸的地方仰面躺着一个死人：他那双睁着的眼睛迷迷蒙蒙的，好像里面结着蛛网，头发和长袍像烟雾一样在他身体周围打着旋儿飘荡着。

"这里面有死尸！"哈利说，他的声音听上去比平常尖利得多，简直不像是他自己的。

"是的，"邓布利多心平气和地说，"但是我们暂时还用不着担心它们。"

"暂时?"哈利重复了一遍这个词,把目光从湖水里收了回来,望着邓布利多。

"只要它们仅仅在我们船底下静静地漂浮着,"邓布利多说,"一具死尸没有什么可害怕的,哈利,就像黑暗没有什么可害怕的一样。可伏地魔不这样认为,他肯定暗暗地害怕这两样东西。他又一次暴露了他缺乏智慧。当我们面对死亡和黑暗时,我们害怕的只是未知,除此之外没有别的。"

哈利什么也没说。他不想争辩,但他一想到他们周围和他们船底下漂浮着死尸,就觉得特别恐怖,而且,他不相信那些死尸没有危险。

"可是刚才就有一具跳了出来。"他说,努力想使声音像邓布利多的那样平静自然,"我试着用飞来咒召集魂器时,一具死尸蹿出了湖面。"

"是啊,"邓布利多说,"我相信当我们去拿魂器时,就会发现它们不那么安静了。不过,就像居住在寒冷和黑暗中的许多生物一样,它们害怕光明和温暖,到时候如果需要的话,我们可以求助于它们——火,哈利。"邓布利多看到哈利脸上困惑的表情,又微笑着补充道。

"噢……是啊……"哈利急忙说。他转过脸去望着那道绿光,小船仍然不可阻挡地朝那里驶去。现在,他再也无法假装自己不害怕了。一望无际的黑湖,里面漂浮着死尸……他觉得他碰见特里劳妮教授,把福灵剂交给罗恩和赫敏,已经是很久很久以前的事了……他突然希望自己当时好好地跟他们告一个别……而且,他甚至没有看见金妮……

"快要到了。"邓布利多欢快地说。

果然,绿光似乎终于变得更大更亮了,几分钟后,小船轻轻地撞在一个什么东西上,停住了。哈利起先没有看清,等他举起点亮的魔杖,便看见他们来到了湖中央一座光滑的岩石小岛上。

"小心别碰到湖水。"哈利从船上下来时,邓布利多再次警告道。

小岛跟邓布利多的办公室差不多大:一大块平坦的黑色石板,上面空荡荡的,只有发出那道绿光的光源。现在离近了看,绿光显得明亮多了。哈利眯起眼睛看着它,起初他以为是一盏什么灯,接着他看到绿光是从一个类似冥想盆的石盆里发出来的,石盆下面有个底座。

邓布利多走近石盆,哈利也跟了过去。他们并排站在那里,望着石盆里面。满满一盆翠绿色的液体,发出闪闪的磷光。

“这是什么?”哈利轻声问。

“我不能肯定,”邓布利多说,“不过,是比鲜血和死尸更令人担心的东西。”

邓布利多把遮住那只黑手的长袍袖子朝上抖了抖,枯焦的手指尖伸向了液体表面。

“先生,不,别碰它——!”

“我碰不到它。”邓布利多淡淡地笑了笑,“看见了吗?我的手没办法再往前伸了。你试试看。”

哈利瞪着眼睛把手伸向石盆,想去触摸那些液体。可他遇到了一股无形的阻力,他的手无法接近液体。不管他的手怎么使劲往下伸,手指碰到的似乎都是坚硬无比、牢不可摧的空气。

“哈利,请你让开。”邓布利多说。

他举起魔杖,在液体表面做出一些复杂的动作,嘴里无声地念叨着什么。什么动静也没有,只是液体发出的光似乎更明亮了一些。哈利默默地看着邓布利多作法,直到邓布利多收回魔杖,他才觉得又可以说话了。

“你认为魂器就藏在这里面吗,先生?”

“哦,是的。”邓布利多更专注地凝视着石盆。哈利看见他的脸倒映在平滑的绿色液面上。“可是怎么才能拿到它呢?这种液体,手伸不进去,不能使它分开、把它舀干或者抽光,也不能用消失咒使它消失,用魔法使它变形,或用其他方式改变它的性质。”

邓布利多似乎是心不在焉地又举起魔杖,在空中旋转了一下,变出一只高脚水晶酒杯抓在手里。

“我只能得到这样的结论:这种液体需要喝掉。”

“什么?”哈利说,“不行!”

“我认为是这样:只有把它喝掉,我才能让石盆变空,看清底下藏着什么。”

“可是如果——如果它把你毒死了呢?”

“哦,我相信它不会有那样的作用。”邓布利多轻松地说,“伏地魔不会愿意毒死来到这座小岛上的人。”

哈利无法相信。难道邓布利多又是那样荒唐地一味把人往好处想吗?

“先生,”哈利说,努力使自己的声音听上去显得通情达理,“先生,我们面对的是伏地魔——”

“对不起,哈利。我应该这么说:他不会愿意立即害死来到这座小岛上的人,”邓布利多自己纠正道,“他会让他们再活一段时间,弄清他们怎么能够穿越他的那些防御机关,最重要的是,弄清他们为什么如此渴望清空石盆。你别忘了,伏地魔相信只有他一个人知道他的魂器。”

哈利还想说话,但邓布利多举起一只手让他别出声。邓布利多对着翠绿色的液体微微皱起眉头,显然在费力地思索着什么。

“毫无疑问,”他最后说道,“这种药剂肯定会阻止我获取魂器。它大概会使我瘫痪,使我忘记我到这里来的目的,使我感到极度痛苦,无法集中意念,或者以其他方式使我丧失能力。如果出现这种情况,哈利,就需要你来确保我不停地喝下去,即使你必须把药水灌进我紧闭的嘴巴里。明白吗?”

他们的目光在石盆上方相遇了。两张惨白的脸都被那种古怪的、绿莹莹的光映照着。难道,就是为了这个才邀请他一起来的——就是为了他能强迫邓布利多喝下一种或许会给他带来无法忍受的痛苦的药水?

“你还记得我带你一起来的条件吗?”邓布利多问。

哈利迟疑着,望着那双被石盆的光映得发绿的蓝眼睛。

“可是,万一——?”

“你发誓要听从我的命令的,是不是?”

“是,可是——”

“我提醒过你可能会有危险,是不是?”

“是,”哈利说,“可是——”

“那就好,”邓布利多说着又把袖子往上抖了抖,举起空的高脚酒杯,“这就是我的命令。”

"为什么不能让我来喝药水呢?"哈利绝望地问。

"因为我比你老得多、聪明得多,而我的价值比你小得多。"邓布利多说,"我最后再问一遍,哈利,你能不能向我发誓,你会尽全部的力量让我继续喝下去?"

"难道不可以——?"

"你能不能发誓?"

"可是——"

"发誓,哈利!"

"我——好吧,可是——"

不等哈利再提出反抗,邓布利多就把水晶杯子放进了液体。那一瞬间,哈利真希望邓布利多不能用酒杯接触到药水,然而,水晶杯一下子就沉了下去。杯子满了,邓布利多把它举到了嘴边。

"祝你健康,哈利。"

他一饮而尽。哈利惊恐地注视着,两只手紧紧地攥着石盆的边缘,攥得指尖都发麻了。

"教授?"他看到邓布利多放下了空杯子,便担忧地问,"你感觉怎么样?"

邓布利多摇了摇头,他的眼睛是闭着的。哈利不知道他是不是很痛苦。邓布利多闭着眼睛再一次把杯子伸进了石盆,舀起满满的一杯,又喝了下去。

邓布利多默默地喝了三杯。喝到第四杯时,他踉踉跄跄地往前扑倒在石盆上。他的眼睛仍然闭着,呼吸很沉重。

"邓布利多教授?"哈利说,他的嗓子眼发紧,"你能听见我说话吗?"

邓布利多没有回答。他的脸在抽搐,似乎他正在沉睡,正在做一个可怕的噩梦。他攥着杯子的手松弛下来,药水眼看就要洒了,哈利上前一步抓住水晶杯,把它端得稳稳的。

"教授,你能听见我说话吗?"他又大声问了一遍,声音在山洞里回荡。

邓布利多喘着粗气说话了,哈利简直听不出那是他的声音,因为他从未见过邓布利多这样害怕。

"我不想……别逼我……"

哈利望着他如此熟悉的这张苍白的面孔，望着那个鹰钩鼻子和那副半月形眼镜，不知道自己该怎么办。

"……不喜欢……想停止……"邓布利多呻吟着说。

"你……你不能停止，教授，"哈利说，"你必须不停地喝下去，记得吗？你告诉过我，你必须不停地喝下去。来……"

哈利把杯子硬塞到邓布利多的嘴边往里灌着，邓布利多把杯子里剩下的药水喝了下去。哈利真讨厌自己，从心底里反感自己的所作所为。

"不……"邓布利多呻吟着，哈利重新把酒杯放进石盆，为他舀起满满一杯，"我不想……我不想……放开我……"

"没事的，教授，"哈利说，他的手在颤抖，"没事的，有我呢——"

"让它停止，让它停止。"邓布利多呻吟道。

"好的……好的，这就让它停止。"哈利哄骗他说。又把酒杯里的液体灌进了邓布利多张开的嘴巴里。

邓布利多失声尖叫，凄厉的声音越过沉寂的黑湖，在大山洞里回荡着。

"不，不，不……不……我不能……我不能，别逼我，我不想……"

"没事的，教授，没事的！"哈利大声说，他的手抖得太厉害了，几乎舀不起第六杯药水了。石盆已经空了一半。"你什么事也没有，你是安全的，这不是真的，我发誓这不是真的——来，把这个喝了，把这个喝了……"

邓布利多听话地喝了下去，就好像哈利递给他的是一种解药，可是，他刚喝光杯里的药水，就扑通跪倒在地上，全身无法控制地颤抖起来。

"都是我的错，都是我的错，"他哭泣着说，"请让它停止吧，我知道我做错了，哦，请让它停止吧，我再也、再也不会了……"

"这就让它停止，教授。"哈利说，他的声音变得又粗又哑，他把第七杯药水灌进了邓布利多的嘴里。

邓布利多蜷缩成一团，似乎周围有一些看不见的人在折磨他。他的手胡乱挥动着，差点把哈利颤抖的手里那只重新舀满的杯子打翻，嘴里呻吟道:“别伤害他们,别伤害他们,求求你,求求你,都是我的错,冲我来吧……”

“来,把这个喝了,把这个喝了,你很快就没事了。”哈利不顾一切地说,邓布利多又一次听话地张开了嘴巴,尽管他的眼睛闭得紧紧的,从头到脚抖个不停。

然后,他向前一扑,再一次大声惨叫,并用拳头捶打着地面,哈利满满地舀起了第九杯药水。

“求求你,求求你,求求你,不要……不要那个,不要那个,让我做什么都行……”

“喝吧,教授,喝吧……”

邓布利多像个渴极了的孩子一样喝着,可是刚一喝完又惨叫起来,好像他的五脏六腑都着了火似的。

“不要了,求求你,不要了……”

哈利舀起第十杯药水,觉得水晶杯已经擦着盆底了。

“我们就要成功了,教授,把这个喝了,把这个喝了吧……”

他支起邓布利多的肩膀,邓布利多又一次喝干了杯里的液体。哈利重新站起来舀了满满一杯子,邓布利多突然喊叫起来,声音比任何时候都要痛苦:“我想死!我想死!让它停止,让它停止吧,我想死!”

“把这个喝了,教授,把这个喝了吧……”

邓布利多又喝了,可是刚一喝完,他就喊道:“让我死吧!”

“喝完——喝完这一杯就行!”哈利喘着气说,“就喝这一杯……快要结束了……一切都结束了!”

邓布利多大口喝光了杯子里的最后一滴药水,然后,他呼噜呼噜地喘着粗气,脸朝下翻滚在地上。

“不!”站起来重新用酒杯舀药水的哈利喊道,他把杯子扔进了石盆,冲过来扑在邓布利多身边,把他翻过来仰面躺着。邓布利多的眼镜歪了,嘴巴张得大大的,眼睛紧闭着。“不,”哈利一边摇晃着邓布利多一边说,“不,你没有死,你说过这不是毒药,醒醒,快醒醒——恢复活力!”他用魔杖指着邓布利多的胸口喊道,一道红光一闪,可是什么反应也没有。“恢复活力——先生——求求你——”

邓布利多的眼皮在抖动，哈利的心欢跳起来。

“先生，你——？”

“水。”邓布利多声音嘶哑地说。

“水，”哈利喘着粗气说，“——好的——”

他一跃而起，抓起刚才丢在石盆里的杯子。他没有注意到那个金挂坠盒就盘绕在它下面。

“清水如泉！”他用魔杖指着酒杯大喊了一声。

杯里立刻出现了满满的清水。哈利跪在邓布利多身边，扶起他的头，把杯子端到他的唇边——可是杯子已经空了。邓布利多呻吟了一声，又开始重重地喘着粗气。

“刚才还有的——等等——清水如泉！”哈利又用魔杖指着杯子说道。转眼间，杯里又是满满的清水，可是他刚把它端到邓布利多的嘴边，水就又一次消失了。

“先生，我在想办法，我在想办法！”哈利焦急万分地说，但是他知道邓布利多不可能听见。邓布利多翻过去侧身躺着，嗓子里发出粗重的、呼噜呼噜的喘息声，听上去令人心痛欲绝。**“清水如泉——清水如泉——清水如泉！”**

杯子再一次变满又变空。邓布利多的呼吸已经很微弱了。哈利的大脑紧张地转动着，他本能地知道只有一个办法能够弄到水，那是伏地魔早就计划好了的……

他奔过去扑倒在岩石边，把杯子伸进湖里，舀了满满一杯冰冷的湖水，这次水没有消失。

“先生——给！”哈利喊道，他向前一扑，笨手笨脚地把水倒在了邓布利多的脸上。

他只能做到这样了，因为，他那没拿杯子的胳膊上有一种冷飕飕的感觉，但并不是因为有冰冷的湖水溅在上面。一只黏糊糊、白森森的手抓住了他的手腕，那个家伙正在慢慢地把他往岩石后面拖。湖面不再光滑如镜，而是在剧烈地搅动。哈利抬眼望去，到处都是白森森的脑袋和手从黑糊糊的水里冒出来，男人的，女人的，孩子的，都睁着凹陷的、没有视觉的眼睛，朝岩石这边漂浮过来：漆黑的湖水里浮现出一大片死尸。

"统统石化！"哈利大喊，他一边拼命抓住岛上光滑潮湿的岩石表面，一边用魔杖指着那个抓住他胳膊的阴尸。阴尸松开了他，扑通一声跌回到水里。哈利挣扎着站起来。可是更多的阴尸已经爬上了岩石，它们枯槁的手抓住滑溜溜的岩石，空洞洞、雾蒙蒙的眼睛盯着他，被水浸湿的破衣烂衫拖在身后，一张张凹陷的脸上带着鄙夷的神情。

"统统石化！"哈利又大喊了一声，他一边后退一边使劲在空中挥舞着魔杖。六七具阴尸被击倒了，但是更多的阴尸朝他逼来。"障碍重重！速速禁锢！"

几具阴尸踉跄着摔倒了，其中一两个被绳子捆了起来，然而，在它们后面爬上岩石的那些阴尸只是跨过它们，或踩着它们倒下的身体又走了过来。哈利继续使劲挥舞着魔杖，大声喊道："神锋无影！**神锋无影！**"

阴尸们破烂的湿衣服和冰冷的皮肤上出现了深深的大口子，但没有一滴血流出来。它们无知无觉，继续一步步逼了过来，朝哈利伸出一双双干枯的手。哈利又往后退了几步，感觉有胳膊从后面搂住了他，那些像死亡一样冰冷、没有血肉的胳膊，把他从地面上抱了起来，缓缓地、但毫不犹豫地走向了黑湖。哈利知道他没有办法脱身，他肯定会被淹死的，成为另一具守护伏地魔某个灵魂碎片的阴尸……

可是就在这时，黑暗中出现了腾腾的火焰：一个明亮的、金红色的火环环绕在岩石周围，那些紧紧抓住哈利的阴尸一具具变得脚步踉跄，身体摇晃。它们不敢穿过火焰进入湖水，只好扔下了哈利。哈利摔在地上，脚滑在岩石上，擦破了胳膊，但是他赶紧挣扎着爬起来，举起魔杖警惕地望着四周。

邓布利多已经又站了起来，他的脸色像周围的阴尸一样惨白，但是个子比它们都高，火光在他的眼睛里跳动。他的魔杖像火把一样高高地举着，魔杖尖上蹿出一道道火焰，像一根巨大而温暖的套索，把阴尸们都围了起来。

阴尸们互相撞在一起，晕头转向地想逃避围住它们的火焰……

邓布利多从石盆底下捞起挂坠盒,塞进了他的长袍里面。他一言不发,示意哈利到他身边去。阴尸们被火焰弄昏了头脑,似乎没有意识到它们追捕的人正要离开小岛。这时邓布利多领着哈利向小船走去,那道火环围着他们,随着他们一起移动。不知所措的阴尸们簇拥着他们来到湖边,迫不及待地重新滑入黑暗的湖水中。

哈利浑身都在发抖,他以为邓布利多没有力气爬上小船了。邓布利多上船的时候脚步有些踉跄,他似乎在用全部的精力维持他们周围那道防护的火环。哈利扶着他,让他在小船里坐好。两人刚刚挤坐进去,小船就掠过漆黑的水面往回驶去,离开了仍然被火环包围的岩石。那些在水下漂浮的阴尸似乎再也不敢露面了。

“先生,”哈利喘着气说,“先生,我忘记了——忘记了火——他们突然朝我扑来,把我吓坏了——”

“可以理解。”邓布利多喃喃地说。哈利惊恐地听出他的声音十分虚弱。

随着砰的一声轻响,他们到了岸边,哈利抢先跳下小船,回身搀扶邓布利多。邓布利多刚一上岸,举着魔杖的手就垂了下去。火环消失了,但是阴尸没有再从湖里冒出来。小船又一次沉入水中,那根链条也丁丁当当地重新滑进湖水里。邓布利多重重地叹了一口气,身体靠在山洞的岩壁上。

“我很虚弱……”他说。

“别担心,先生,”哈利赶紧说道,他看到邓布利多极度苍白的脸色和精疲力竭的样子,心里非常不安,“别担心,我们俩会回去的……靠在我身上,先生……”

哈利把邓布利多那只没有受伤的手臂拉过来搭在自己的肩膀上,他承受着校长的大部分重量,沿着湖边往回走。

“那个保护机关……毕竟还是……设计得很巧妙的。”邓布利多有气无力地说,“一个人是不可能做到的……你干得不错,非常漂亮,哈利……”

“现在别说话了,”哈利说,邓布利多的声音变得这样含糊,脚步变得这样无力，真让他感到害怕，“节省些体力，先生……我们很快就会离开这里的……”

“那道拱门肯定又封死了……我的刀子……”

“用不着了，我被岩石擦伤了，”哈利坚决地说，“你只要告诉我位置……”

“这儿……”

哈利把受伤的胳膊在石头上擦了擦，拱门收到这份血的礼物，立刻重新打开了。他们穿过外面的山洞，哈利搀扶着邓布利多，回到悬崖上那道裂缝里冰冷的海水中。

“一切都会顺利的，先生，”哈利一遍又一遍地说着，刚才邓布利多虚弱的声音让他担忧，现在他的沉默更让他揪心，“差不多快要到了……我可以幻影显形，把我们俩都带回去……别担心……”

“我不担心，哈利，”邓布利多说，尽管海水寒冷刺骨，他的声音却多了一点儿气力，“我和你在一起呢。”

第 27 章

被闪电击中的塔楼

回到布满繁星的夜空下，哈利把邓布利多拖到离他们最近的那块巨型卵石顶上，扶他站了起来。邓布利多浑身透湿，瑟瑟发抖，全身的重量仍然压在哈利身上。哈利全神贯注，所有的意念都集中于他的目的地：霍格莫德村。他闭上眼睛，紧紧抓着邓布利多的胳膊，一下子跨进了那种恐怖的挤压感中。

没等睁开眼睛，他就知道成功了：海风和海腥味都消失了。他和邓布利多站在霍格莫德村漆黑的马路上，浑身发抖，衣服往下滴着水。恍惚间，哈利似乎看见又有阴尸从一些商店旁边钻出来，朝他一步步紧逼过来，可是他眨眨眼睛，却发现什么动静也没有。四下里一片寂静，夜黑得很深，只看见几盏路灯和楼上几扇亮灯的窗户。

"我们成功了，教授！"哈利费了很大的力气低声说。他突然发现他的胸口火辣辣地痛。"我们成功了！我们拿到了魂器！"

邓布利多东倒西歪地撞在他身上。哈利起初还以为是他的幻影移形不够熟练，使邓布利多脚下失去了平衡，紧接着他看见了邓布利多的脸，在远处一盏路灯的映照下，这张脸比任何时候都苍白、没有生气。

"先生，你没事吧？"

"没有以前好了，"邓布利多虚弱地说，他的嘴角在抽搐，"那种药水……可不是什么健康饮料……"

令哈利大为惊恐的是，邓布利多一下子瘫倒在地上。

"先生——没事了，先生，你很快就会好的，别担心——"

他焦急地四处张望着，想找人来帮忙，可是看不见一个人影，他只知道必须想办法赶紧把邓布利多送到校医院去。

"我们需要把你送到学校，先生……庞弗雷夫人……"

"不，"邓布利多说，"我需要的……是斯内普教授……不过我认为……我走不了多远……"

"好的——先生，听我说——我去敲一户人家的门，找一个地方让你待着——然后我就可以跑去找庞弗雷——"

"西弗勒斯，"邓布利多清清楚楚地说，"我需要西弗勒斯……"

"好吧，斯内普——但是我需要暂时离开你一会儿，好去——"

然而，哈利还没动身，就听见奔跑的脚步声。他的心欢跳起来：有人看见了，有人知道他们需要帮助了——他扭头一看，罗斯默塔夫人顺着漆黑的街道朝他们跑来，脚上穿着毛绒高跟拖鞋，身上是一件绣着火龙的丝绸晨衣。

"我刚才拉上卧室窗帘时，看见你们幻影显形来着！谢天谢地，谢天谢地，我真不知道该——咦，阿不思这是怎么啦？"

她刹住脚步，瞪大眼睛，低头望着邓布利多。

"他受伤了。"哈利说，"罗斯默塔夫人，能不能让他到三把扫帚里待一会儿,我到学校里找人来帮忙?”

“你不能独自回去!你没有发现——你没有看见吗——?”

“麻烦你帮我扶他一下,”哈利没有听她说话,只管对她说道,“我想我们可以把他弄进去——”

“出什么事了?”邓布利多问,“罗斯默塔,怎么回事?”

“黑——黑魔标记,阿不思。”

她用手指着霍格沃茨方向的天空。哈利听见这几个字,内心顿时充满了恐惧……他转眼望去。

它果然在那儿,悬挂在学校上空:那个绿得耀眼的骷髅,嘴里吐出蛇信子般的舌头,食死徒们无论什么时候闯入一座建筑物……无论在什么地方杀了人……都要留下这样的标记……

“它是什么时候出现的?”邓布利多问,他挣扎着站了起来,手把哈利的肩膀抓得生疼。

“一定是几分钟前,我把猫放出去的时候它还不在那儿,可是等我上了楼——”

“我们需要立刻回城堡去。”邓布利多说,“罗斯默塔,”他虽然脚步还有些踉跄,但似乎已经开始主动控制局面,“我们需要交通工具——飞天扫帚——”

“我的酒吧后面有两把,”罗斯默塔说,神色非常惊恐,“要不要我跑去取来——?”

“不,哈利可以办到。”

哈利立刻举起魔杖。

“罗斯默塔的扫帚飞来!”

一秒钟后,他们就听见砰的一声巨响,酒吧的前门被撞开了。两把扫帚嗖地蹿到街上,你追我赶地冲到了哈利身边,然后突然停在腰那么高的位置上,微微地颤动着。

“罗斯默塔,请给魔法部送一个情报。”邓布利多说着骑上了离他最近的那把扫帚,“也许霍格沃茨内部的人还不知道已经出事了……哈利,穿上你的隐形衣。”

哈利从口袋里掏出隐形衣披在身上，然后骑上了他的扫帚。当哈利和邓布利多一蹬地面，飞向空中时，罗斯默塔夫人已经跌跌撞撞地朝她的酒吧跑去了。两把扫帚迅疾地朝城堡飞去，哈利侧眼看了看邓布利多，想在他万一摔落时拉他一把，没想到，黑魔标记的出现似乎给邓布利多注入了一针强心剂：他俯身伏在扫帚上，眼睛紧紧地盯着黑魔标记，银白色的长头发和胡须在他身后的夜空中飘荡。哈利便也朝那个骷髅望去，恐惧像一个有毒的气泡一样膨胀着，挤压着他的肺部，他已根本没有心思考虑其他不适……

他们离开了多久？罗恩、赫敏和金妮的好运气用完了没有？难道是他们中间的哪个人使得黑魔标记出现在学校上空？或者是纳威、卢娜，或者D.A.的其他某个成员？如果真是那样……是他叫他们在走廊上巡逻的，是他叫他们离开安全的床铺的……难道，他又要为一位朋友的死负责吗？

他们飞过先前走过的那些漆黑的、蜿蜒曲折的小巷，晚风在哈利耳边呼啸掠过，在这声音之外，他听见邓布利多又在用某种奇怪的语言低声说着什么。他们飞过围墙、进入场地时，他的扫帚颤抖了一会儿，哈利知道这其中的原因：邓布利多正在解开他亲手设置在城堡周围的那些魔法，这样他们才能迅速进入学校。黑魔标记是在城堡的制高点——天文塔的上空闪烁着。难道这意味着死亡就发生在那里？

邓布利多已经越过了钝锯齿形的城堡围墙，正从扫帚上下来。几秒钟后，哈利降落在他身边，朝四周张望着。

围墙里一片荒凉，通向城堡内的旋转楼梯的门都是关着的。四下里看不见搏斗、奋力抗争的迹象，也看不见一具尸体。

“这是什么意思？”哈利问邓布利多，他抬头望着空中的绿色骷髅，它那蛇信子般的舌头在他们头顶上闪烁着邪恶的光芒，“这个标记是真的吗？真的有人被——教授？”

就着黑魔标记发出的昏暗绿光，哈利看见邓布利多正用那只焦黑的手揪着自己的胸口。

“去把西弗勒斯叫醒，”邓布利多有气无力、但十分清晰地说，“告诉他发生了什么事,叫他赶紧来见我。除此之外,什么也不要做,不要跟任何人说话,也不要脱掉你的隐形衣。我在这里等着。"

"可是——"

"你发誓要服从我的,哈利——快去!"

哈利匆匆跑向旋转楼梯的门,但他刚握住铁门环,就听见门的另一边传来奔跑的脚步声。他转脸看着邓布利多,邓布利多示意他往后退。哈利退后几步,一边拔出了自己的魔杖。

门突然被撞开了,一个人闯了进来,同时喊道:"除你武器!"

哈利的身体顿时变得十分僵硬,他感到自己跌跌撞撞地退到塔楼的围墙边,像一座雕像一样立在那里,浑身动弹不得,也说不出话来。他不明白这是怎么回事——"除你武器"并不是一个冰冻魔咒啊——

这时,就着黑魔标记的绿光,他看见邓布利多的魔杖在空中划出一道弧线,飞出了围墙外,他明白了……邓布利多用无声咒定住了哈利,他念这个咒语用去的一秒钟时间,使他失去了保护自己的机会。

邓布利多背靠围墙站在那里,脸色惨白,但仍然没有表现出丝毫的惊慌或忧虑。他只是望着那个除去他武器的人,说道:"晚上好,德拉科。"

马尔福朝前逼近几步,迅速打量了一下四周,想看看除了他和邓布利多之外是否还有别人。他的目光落在第二把扫帚上。

"还有谁在这儿?"

"我正想问你这个问题呢。你是一个人在单独行动吗?"

在黑魔标记的绿光下,哈利看见马尔福那双浅色的眼睛又盯住了邓布利多。

"不是,"他说,"有人支持我。今天晚上食死徒闯进了你的学校。"

"很好,很好,"邓布利多说,就好像马尔福给他看了一份雄心勃勃的作业计划,"确实不错。是你想办法把他们放进来的,是吗?"

"没错,"马尔福说,他的呼吸有些急促,"就在你的眼皮底下,你一直没有发现!"

"多么巧妙,"邓布利多说,"不过……冒昧问一句……他们此刻在哪儿呢?你好像孤立无援啊。"

“他们碰到了你的几个警卫，在下面搏斗呢。不会耽搁太久的……我自己先上来。我——我要完成一项工作。”

“好，那你就动手干吧，我亲爱的孩子。”邓布利多温和地说。

沉默。哈利被囚禁在他的隐形衣下，身体动弹不得。他眼睛望着面前的两个人，耳朵专心地听着远处食死徒们搏斗的声音。在他面前，德拉科·马尔福只是呆呆地盯着阿不思·邓布利多，而邓布利多竟然不可思议地笑了。

“德拉科啊德拉科，你不是一个杀人的人。”

“你怎么知道？”马尔福立刻问道。

他似乎也意识到这句话听上去多么幼稚。在黑魔标记的绿光下，哈利看到他的脸红了。

“你不知道我的能力，”马尔福说，语气变得凶狠起来，“你不知道我都做了什么！”

“噢，我当然知道。”邓布利多和蔼地说，“你差点杀死了凯蒂·贝尔和罗恩·韦斯莱。整个这一年你都在想办法杀死我，而且越来越迫不及待。原谅我这么说，德拉科，但是你的做法很蹩脚……说实在的，真是太蹩脚了，我简直怀疑你有没有用心去做……”

“我当然用心了！”马尔福激动地说，“我整整一年都在忙这件事，今晚——”

哈利听见下面城堡内的什么地方传来一声沉闷的喊叫。马尔福僵住了，扭头往身后望去。

“有人正在奋力抵抗呢。”邓布利多态度随和地说，“你刚才说到……对了，你说你终于成功地让食死徒进了我的学校，我承认，我原来以为这是不可能的……你是怎么做到的？”

可是马尔福没有回答，他仍然在倾听下面的动静，似乎跟哈利一样被定住了，动弹不得。

“也许你应该一个人把活儿给干了。”邓布利多给他出主意道，“如果你的后援被我的警卫打败了呢？你恐怕也发现了，今晚这里还有凤凰社的成员。你反正并不需要帮助……我此刻没有魔杖……没有办法保护自己。”

马尔福只是呆呆地盯着他。

“我明白了，”邓布利多看到马尔福既不行动也不说话，就温和地对他说，“你很害怕，要等他们上来才敢动手。”

“我才不怕呢！”马尔福凶狠地吼道，但他仍然没有动手伤害邓布利多，“感到害怕的应该是你！”

“可是为什么呢？我认为你不会杀死我的，德拉科。杀人并不像一般人以为的那么简单……好吧，就趁我们等候你的朋友们的这点儿工夫，你跟我说说……你是怎么把他们偷偷弄进来的？你似乎花了很长时间才想出了这个办法。”

马尔福似乎在拼命克制自己，不让自己叫喊或呕吐出来。他咽了咽唾沫，深深吸了几口气，眼睛狠狠地瞪着邓布利多，魔杖直指邓布利多的胸膛。然后，他似乎不由自主地说道：“我不得不把那个多年没人使用的破消失柜修好。就是去年蒙太关在里面出不来的那个柜子。”

“啊——”

邓布利多的叹息像是一声呻吟。他闭了一会儿眼睛。

“很聪明的主意……我记得柜子有两个呢，是不是？”

“另一个在博金-博克商店里，”马尔福说，“他们在两个柜子之间修了一条通道。蒙太告诉我，他被关在霍格沃茨那个柜子里时，全身动弹不得，但有时候能听见学校里的动静，有时候又能听见商店里发生的事情，就好像柜子在这两个地方跑来跑去似的，但是谁也听不见他的声音……最后，他总算通过幻影显形逃了出来，尽管他的考试没有及格。他的幻影显形差点要了他的命。大家都以为这是一个很好玩的故事，只有我意识到了其中的含义——就连博金也不知道——只有我意识到，只要我把那个破柜子修好，就能通过两个消失柜进入霍格沃茨。”

“很好，”邓布利多喃喃地说，“这样食死徒就能从博金-博克商店进入学校来帮助你……一个巧妙的计划，一个十分巧妙的计划……而且，正如你说的，就在我的眼皮底下……”

“是啊，”马尔福说，奇怪的是他似乎从邓布利多的赞扬中获得了勇气和安慰，“没错，就是这样！”

“可是有些时候，”邓布利多继续说道，“你不能肯定是否能把柜子修好，对吗？这时你就采取了一些笨拙的、考虑不周的措施，比如捎给我一条中了魔法的项链，其实它肯定会落到别人手里……还有往蜂蜜酒里下毒，其实我喝那个酒的可能性微乎其微……”

“是啊，但你仍然不知道这些事情是谁策划的，是吧？”马尔福讥笑道，这时邓布利多的身体贴着墙壁往下出溜了一点儿，显然他的腿脚已经没有力气，说不出话的哈利拼命挣扎，想摆脱束缚他的魔咒，但毫无结果。

“实际上我早就知道了。”邓布利多说，“我相信是你干的。”

“那你为什么不阻止我呢？”马尔福问。

“我试过，德拉科。斯内普教授听从我的吩咐一直在监视你——”

“他才没有听从你的吩咐呢，他答应过我母亲——”

“他当然会跟你这么说，德拉科，可是——”

“他是个双重间谍，你这个愚蠢的老头儿，他根本就没有替你卖命，你还被蒙在鼓里呢！”

“就让我们彼此保留不同意见吧，德拉科。我碰巧很信任斯内普教授——”

“哼，你正在失去对他的控制！”马尔福讥笑道，“他一直提出要帮助我——想把功劳占为己有——想插手做点什么——‘你在干什么？那条项链是你弄的？太愚蠢了，会把事情都暴露出去的——’但是我没有告诉他我在那间有求必应屋里做什么，等他明天一早醒来，事情已经大功告成，他再也不会是黑魔王的宠儿了，他跟我一比什么都不是，什么都不是！”

“多么令人快慰。”邓布利多温和地说，“我们都希望自己的辛勤努力得到别人的赏识，这是不用说的……但你肯定有一个同伙……在霍格莫德有一个人，可以塞给凯蒂那条——那条——啊……”

邓布利多又闭上眼睛，微微点了点头，似乎快要睡着了。

“……不用说……是罗斯默塔。她中夺魂咒有多长时间了？”

“你终于想明白了，是吗？”马尔福嘲笑地说。

下面又传来一声喊叫，比刚才的那声更响。马尔福再次不安地扭过头去，然后又回过头来望着邓布利多。邓布利多继续说道："因此，可怜的罗斯默塔只好躲在她自己的厕所里，把那条项链塞给了任何一个独自上厕所的霍格沃茨学生？还有那瓶下过毒的蜂蜜酒……当然啦，罗斯默塔可以替你在那瓶酒里兑上毒药，再把它卖给斯拉格霍恩，以为它会作为圣诞礼物送给我……是啊，非常巧妙……非常巧妙……可怜的费尔奇怎么也想不到要检查罗斯默塔夫人卖出的酒……那么你告诉我，你和罗斯默塔是怎么联系的呢？对于所有进出学校的通讯联络，我们都要严格检查的呀。"

"魔法硬币，"马尔福说，他似乎必须不停地往下说，他举着魔杖的那只手抖得很厉害，"我有一枚硬币，她也有一枚，我可以向她传递消息——"

"就是去年那个自称'邓布利多军'的小组采用的秘密联络方式？"邓布利多问。他的声音随和亲切，但哈利看见他说话时身子又往墙下滑了一英寸。

"对，我是跟他们学的。"马尔福狞笑着说，"给蜂蜜酒下毒的主意是从泥巴种格兰杰那里听来的，我听见她在图书馆里说费尔奇认不出药水……"

"请不要在我面前使用那个侮辱性的词。"邓布利多说。

马尔福发出一阵难听的大笑。

"眼看我就要取你的性命了，你还在意我说一句'泥巴种'？"

"是的，我很在意。"邓布利多说，这时哈利看见他双脚在地面上打了一个滑，使劲撑着不让自己瘫倒，"至于你要取我性命的事，德拉科，已经过去了好几分钟了。周围没有别人，我现在手无寸铁，你做梦也不会想到有这样的好机会，可你还是没有动手……"

马尔福的嘴唇不由自主地扭曲着，好像在品尝一种很苦的东西。

"再说说今晚的事，"邓布利多继续说道，"我还是有点儿不明白……你知道我离开学校了？当然啦，"邓布利多自己回答了这个问题，"罗斯默塔看见我离开的，我想，她一定用你们那种巧妙的硬币把消息告诉了你……”

“没错，”马尔福说，“但她说你只是去喝一杯，很快就会回来……”

“是啊，我确实是去喝了些东西……现在我回来了……勉强回来了，”邓布利多轻声嘟囔道，“所以你就决定给我设置一个陷阱？”

“我们决定在塔楼上空悬挂黑魔标记，逼你急忙赶回来看看谁遇害了。”马尔福说，“这个办法果然有效！”

“噢……也不一定……”邓布利多说，“那么，我是不是可以这样理解：目前还没有人遇害？”

“有一个人死了，”马尔福说，他的声音突然升高了一个八度，“一个你们的人……不知道是谁，天太黑了……我从尸体上跨过来的……我应该在这上面等你回来的，都怪你们那些凤凰社的人出来挡道……”

“不错，正是这样。”邓布利多说。

下面又传来碰撞声和人们的喊叫声，比刚才更响了，似乎有人就在通向邓布利多、马尔福和哈利这边的旋转楼梯上搏斗。哈利的心在他看不见的胸膛里狂跳，却没有人能够听见……死了一个人……马尔福从尸体上跨过来的……那会是谁呢？

“没有多少时间了，”邓布利多说，“何去何从，德拉科，我们讨论一下你的选择吧。”

“我的选择！”马尔福大声说，“我拿着魔杖站在这里——我要杀死你——”

“亲爱的孩子，我们别再演戏了。如果你真的要杀死我，刚才除去我的武器之后你就会动手了，而不会是停下来跟我愉快地谈论这些措施和方法。”

“我没有选择！”马尔福说，他的脸色突然变得和邓布利多的一样惨白，“我非做不可！他会杀死我！他会杀死我的全家！”

“我理解你的处境，”邓布利多说，“不然我为什么在此之前一直没有跟你碰面呢？我知道如果伏地魔发现我对你起了疑心，你就会被暗杀的。”

马尔福听到那个名字，害怕地抽搐了一下。

“我知道你接受了那个任务，但我不敢跟你谈起这件事，生怕他会对你使用摄神取念咒。”邓布利多继续说道，“现在我们终于可以开诚布公地说话了……你没有造成任何破坏，没有伤害任何人，你真是很幸运，被你误伤的那些人都活了下来……我可以帮助你，德拉科。”

“不，不可能，”马尔福说，他握着魔杖的那只手颤抖得非常厉害，“谁也不可能。他叫我做这件事，不然就会杀死我。我别无选择。”

“站到正确的道路上来吧，德拉科，我们可以把你藏在绝对安全的地方，比你所能想象的还要安全。而且，我今晚就可以派凤凰社的成员去把你母亲也藏起来。你父亲目前在阿兹卡班还不会有危险……到时候我们也会保护他的……站到正确的道路上来吧，德拉科……你不是一个杀人的人……”

马尔福呆呆地望着邓布利多。

“可是我已经走了这么远，不是吗？”他语速很慢地说，“他们以为我不等大功告成就会丧命，可是我还活着……而且你被我控制住了……现在拿魔杖的是我……你听我的摆布……”

“不，德拉科，”邓布利多平静地说，“现在是你听我摆布，而不是我听你摆布。”

德拉科没有说话。他的嘴巴张得大大的，握着魔杖的那只手仍在抖个不停。哈利仿佛觉得它往下降了一点儿——

突然，一阵脚步声嗵嗵嗵地上了楼梯，一眨眼间，马尔福被拨拉到一边，四个穿着黑袍子的人破门而出，拥到了围墙边。哈利仍然动弹不得，他怀着惊恐的心情，眼睛一眨不眨地盯着这四个陌生人：看来食死徒在下面的搏斗中占了上风。

一个身材粗壮、脸上带着古怪狞笑的歪嘴男人发出了呼哧带喘的笑声。

“邓布利多被逼到墙角了！”他说完便转向一个壮实的小个子女人，她看上去像是他的妹妹，脸上也带着迫不及待的笑容，“邓布利多没有魔杖，邓布利多孤立无援！干得漂亮，德拉科，干得漂亮！”

“晚上好，阿米库斯，”邓布利多语气十分平静，像是在欢迎那人参加茶会,“你还带来了阿莱克托……太可爱了……”

那女人恼怒地假笑了一声。

“你都死到临头了,还以为这些小玩笑能救你的命?”她讥笑道。

“玩笑?不,不,这是礼貌。”邓布利多回答。

“动手吧。”站得离哈利最近的那个陌生人说,他四肢修长,灰色的头发和络腮胡子都纠结在一起,那件食死徒的黑袍子很不舒服地紧紧勒在身上。他的声音很古怪,是哈利从来没听过的:一种嘶哑刺耳的咆哮。哈利还闻到他身上散发出一股冲鼻的怪味儿,混杂着泥土味、汗味,以及——毫无疑问——血腥味。他肮脏的手指上留着长长的黄指甲。

“是你吗,芬里尔?”邓布利多问。

“没错,”那人用刺耳的声音说,“见到我很高兴吧,邓布利多?”

“不,不能说很高兴……”

芬里尔·格雷伯克咧嘴一笑,露出尖尖的牙齿。鲜血滴到他的下巴上,他慢慢地、令人恶心地舔着嘴唇。

“但你知道我是多么喜欢孩子,邓布利多。”

“我是否可以这样理解:现在即使在月亮不圆的日子你也要咬人?这可真奇怪……你养成了这种吃人肉的癖好,一个月一次都不能满足吗?”

“说得对,”格雷伯克说,“让你震惊了,是不是,邓布利多?让你害怕了?”

“唉,坦白地说,确实让我感到有些恶心,”邓布利多说,“而且,我是有点儿震惊:这位德拉科竟然偏偏把你请到他的朋友们居住的学校里来……”

“我没有,”马尔福喘着气说。他没有看格雷伯克,似乎连瞄都不愿瞄他一眼。“我不知道他要来——”

“我可不愿意错过到霍格沃茨来的美差,邓布利多。”格雷伯克用刺耳的声音说,“有这么多的喉咙可以撕开……味道真好,味道真好啊……”

说着,他举起一根黄黄的指甲剔起了大门牙,一边朝邓布利多狞笑着。

“我可以把你当成餐后的甜食,邓布利多……”

"不行。"第四个食死徒厉声说道。他满脸横肉,一副凶相。"我们有命令的。必须让德拉科动手。好了,德拉科,快行动吧。"

马尔福更加没有斗志了。他看上去很害怕,呆呆地瞪着邓布利多的脸。邓布利多的脸色越发苍白,个头也显得比平常矮了许多,因为他靠在墙上的身体一直在往下出溜。

"要我说,他在这个世界上的日子反正也不多了!"那个歪嘴男人说,他妹妹在一旁呼哧呼哧地笑着给他助阵,"你看看他——你这是怎么回事啊,邓老头儿?"

"唉,体力不支,反应迟钝啊,阿米库斯。"邓布利多说,"总之,年老不中用啦……总有一天,你也会落到这步田地……如果你幸运的话……"

"这话是什么意思?这话是什么意思?"食死徒喊道,突然变得凶狠起来,"你还是老样子,是不是,邓老头儿?满嘴空话,不干实事,我真弄不懂黑魔王为什么要把你干掉!好了,德拉科,快动手吧!"

就在这时,下面又传来许多人混战的声音,其中一个人喊道:"他们把楼梯堵住了——粉身碎骨!**粉身碎骨!**"

哈利的心欢跳起来:这么说,这四个人并没有把对手完全消灭,他们只是突围出来跑到了塔楼顶上,而且,听下面的声音,他们好像在身后筑了一道路障——

"快,德拉科,快动手吧!"一脸凶相的男人恼怒地说。

可是马尔福抖得太厉害了,没有办法瞄准目标。

"我来吧。"格雷伯克恶狠狠地说着就朝邓布利多逼了过去,他张开两只手,露出了嘴里的尖牙。

"我说过不行!"一脸凶相的男人喊道。一道强光一闪,狼人被击到一边,撞在墙上,差点儿摔倒,脸上一副恼羞成怒的样子。哈利站在那儿,被邓布利多的魔咒束缚着,心咚咚跳得像打鼓一样,但竟然谁也听不见,这简直不可思议——只要他能够动弹,他就可以从隐形衣下面射出魔咒——

"德拉科,快动手,不然就闪开,让我们——"那女人尖声尖气地说。然而就在这时,通向围墙的门又一次被撞开了,斯内普攥着魔杖站在那里，一双黑眼睛迅速扫视着面前的场景，从瘫倒在墙上的邓布利多到那四个食死徒——其中包括气势汹汹的狼人，还有马尔福。

“我们遇到难题了，斯内普，”体格粗壮的阿米库斯说，他的目光和魔杖都牢牢地盯住邓布利多，“这小伙子好像不能——”

但是另外一个人念着斯内普的名字，声音很轻很轻。

“西弗勒斯……”

这声音比哈利整晚经历的任何事情都叫他害怕。邓布利多在哀求，这可是破天荒的第一次。

斯内普没有说话，他走上前，粗暴地把马尔福推到一边。三个食死徒一言不发地闪到了后面，就连狼人似乎也被吓住了。

斯内普凝视了邓布利多片刻，他脸上粗犷的线条里刻着深深的厌恶和仇恨。

“西弗勒斯……请求你……”

斯内普举起魔杖，直指邓布利多。

“*阿瓦达索命！*”

斯内普的魔杖尖上射出一道绿光，不偏不倚地击中了邓布利多的胸膛。哈利惊恐的尖叫声被憋在了喉咙里，他发不出声音，也动弹不得，只能眼睁睁地望着邓布利多被击到空中。邓布利多似乎在那闪亮的骷髅下停留了一秒钟，然后像一个破烂的大玩偶似的，慢慢地仰面倒下去，从围墙的垛口上栽下去不见了。

第28章

王子逃逸

哈利觉得自己好像也飞了出去;这没有发生……这不可能……

"离开这里,快点儿!"斯内普说。

他一把抓住马尔福的后脖颈,用力把他第一个推出了门外;格雷伯克和那身材粗壮的食死徒兄妹紧跟其后,他们俩兴奋地喘着粗气。当他们从门口消失后,哈利意识到自己又可以动了。现在让他木呆呆地瘫靠在墙上的不是魔法,而是恐惧和震惊。当那个一脸凶相的食死徒最后一个离开塔顶、正要从门口消失时,他一把掀开了隐形衣。

"统统石化!"

食死徒踉跄了一下,好像有什么硬东西砸到了他的背上,然后就像尊蜡像一样倒了下去。但是他还没着地,哈利就已经越过了他,朝着漆黑的楼梯跑了下去。

恐惧撕扯着哈利的心……他必须找到邓布利多,必须抓住斯内普……不知怎的这两件事联系在了一起……如果这两件事都做成了,他就可以使一切逆转……邓布利多就不可能死去……

他纵身跃过最后十级螺旋形楼梯,落地后停住脚,举起魔杖。昏暗的灯光照着满是灰尘的走廊,好像半个屋顶都塌了。一场激烈的战斗正在他面前进行,他试图弄清是谁和谁在交战,忽然听到那个令他憎恶的声音叫道:"都结束了,该走了!"只见斯内普消失在走廊远处的拐角处,他和马尔福似乎是毫无损伤地冲了出去。哈利拔腿急追,忽有一人抽身朝他扑来,原来是狼人格雷伯克。哈利还没来得及举起魔杖,格雷伯克已经扑到他身上。哈利仰天倒了下去,感到又脏又乱的头发遮住了他的脸,汗臭和血腥味灌入了他的口鼻之中,贪婪的热气喷到了他的喉咙口……

"统统石化!"

哈利感到格雷伯克倒在他身上,赶忙使出九牛二虎之力推开狼人。这时,只见一道绿光飞来,他赶忙躲开,然后不顾一切地向混战的人群冲去。脚下好像踩到了又软又滑的什么东西,他踉跄了一下,见是两具躯体脸朝下躺在血泊之中,但他来不及细看。哈利看到了火光般飞舞的红发,是金妮正在和粗壮的食死徒阿米库斯对战。阿米库斯朝她不停地施着魔法,而她左躲右闪,阿米库斯哈哈大笑道:"钻心剜骨——钻心剜骨——你不可能永远跳来跳去的,宝贝儿——"

"障碍重重!"哈利大喊道。

他的魔咒正中阿米库斯的胸口,随着一声杀猪似的嚎叫,阿米库斯的身子飞了起来,撞到对面的墙上,然后滑了下去,被挡住看不见了,因为罗恩、麦格教授和卢平正在那边各自迎战一个食死徒。更远一点儿,唐克斯和一个身材庞大的金发巫师正战得不可开交,那巫师发的咒语四处乱飞,碰到墙壁反弹出去,石头震裂了,窗户玻璃震碎了……

"哈利,你从哪儿来?"金妮叫道,但哈利没有时间回答她。他低着头,向前急奔,惊险地躲过头顶上方的一个爆炸,瓦砾碎片如阵雨一般。绝不能让斯内普逃掉,他必须抓住斯内普……

"那边!"麦格教授喊道,哈利瞥见女食死徒阿莱克托双手护头飞奔着从走廊上逃去,她哥哥紧随其后。哈利奋力追着,可是脚被什么东西绊了一下,摔了一跤,他发现自己横躺在一个人的腿上,扭头一看,竟是脸色苍白的纳威趴在地上。

"纳威,你——?"

"我没事,"纳威嘟囔了一声,手紧紧地捂住肚子,"哈利……斯内普和马尔福……跑掉了……"

"我知道,我正在追他们!"哈利说道,在地上冲着一个正在制造最多混乱的大块头金发食死徒施了一个魔咒,正中他的脸部,他发出一声痛苦的怒吼,转过身子晃了两下,吃力地跟在食死徒兄妹后面逃走了。

哈利从地上爬起来,顺着走廊向前飞奔,不顾身后乒乒乓乓的激战声、其他人叫他回去的大喊声,以及躺在地上、不知死活的人的微弱呼叫声……

他在拐弯处刹住脚,运动鞋踩在血迹上直打滑,斯内普已经没有影子。是不是他已经进入了有求必应屋的密室里面,还是凤凰社设了屏障,不让食死徒朝那边撤退?他飞奔着冲向下一条空空的走廊,只听见自己沉重的脚步声和咚咚的心跳声。幸好他突然看到一行带血的脚印,说明至少有一个食死徒正朝着前门的方向逃去——也许有求必应屋真的被堵上了——

他又在一个拐弯处刹住脚,正好一个咒语飞过,他连忙俯身躲到一副盔甲后面,盔甲被炸烂了。他突然看见食死徒兄妹正从大理石楼梯上往下奔逃,连忙向他们施了几个魔咒,但只击中了楼梯口画像中几个戴着假发的女巫,她们尖叫着跑进了旁边的画框。哈利从被炸烂的盔甲上跳过去,听见越来越多的尖叫声和喊叫声,好像城堡里的其他人都被惊醒了……

他朝一个近道飞奔而去,希望超过食死徒兄妹并追上斯内普和马尔福,他们现在一定已经到达场地了。在那段隐蔽楼梯的中部,他没忘记跳过那级会消失的台阶，然后从底部的一个挂毯后面冲了出去，看到走廊里站着一群穿着睡衣、不知所措的赫奇帕奇学生。

“哈利！我们听到一声响动，还有人提到了黑魔标记——”厄尼·麦克米兰说道。

“闪开！”哈利喊道，把两个男生撞到一边，奔下大理石楼梯。橡木大门被炸开了，门前的石板上沾有血痕，好几个吓呆了的学生在墙边挤成一团，其中一两个还用胳膊遮住了脸。巨大的格兰芬多沙漏被咒语击中，里面的红宝石还在噼里啪啦地不停地往石板上掉……

哈利飞奔过门厅，冲进外面漆黑的场地。他依稀看见三个人影正在草坪上奔跑，从外形看是大块头金发食死徒，以及跑在前面的斯内普和马尔福。一旦出了校门，他们就可以使用幻影移形了……

哈利奋力急追，夜晚的凉风撕扯着他的肺。他突然看见前方一道闪光映出了那三个人的轮廓，他不知道是哪里来的光亮，仍继续狂追，还够不着向他们瞄准发射咒语——

又是一道闪光，叫喊声，还击的光束，哈利知道了，是海格从他的木屋里冲了出来，正在试图阻止食死徒逃跑。尽管每次呼吸都像要撕裂他的肺，胸部的刺痛像火烧火燎一样，哈利还是加快了脚步，他脑海里响着一个声音：“别让海格……别让海格也……”

突然有个东西狠狠地砸在哈利的后腰上，他向前栽倒了，脸重重地磕在地面上，鼻孔流出了血。他翻过身，举起魔杖，知道自己走近道超过的食死徒兄妹又追上来了……

“障碍重重！”他一边大叫，一边又翻过身，匍匐在地面上，他的魔咒奇迹般地击中了一个，那人踉跄着倒在地上，又绊倒了另一个。哈利纵身跃起，向斯内普追去……

直到这时，他才透过突然钻出云层的月牙的微光，看见海格的巨大轮廓。金发食死徒正向这个狩猎场看守一个接一个地施着魔咒，但从巨人母亲那里继承来的强健体魄和粗厚皮肤似乎保护了海格。然而斯内普和马尔福仍在逃跑，很快就要跑出大门了，就可以幻影移形了——

哈利狂奔着从海格和他的对手身边跑了过去，指着斯内普的后背大喊:“昏昏倒地!”

没有打中,红光飞过斯内普的头顶。斯内普迅速转身并大叫道:“德拉科,快跑!”他和哈利相距二十米开外,四目对视,几乎同时举起了魔杖。

“钻心剜——”

但是斯内普躲避着咒语,在哈利的咒语还未说完前就将他击倒了。哈利打了个滚又爬了起来,却听见身后的大块头食死徒大吼道:“火焰熊熊!”随着一声爆破般的巨响,一个飞舞着的橙色火球四窜开来。海格的木屋着火了。

“牙牙在里面,你这个恶魔——!”海格怒吼道。

“钻心剜——”哈利指着前面火光里的身影再次高喊,但是斯内普又把他的魔咒挡掉了。哈利看到他在冷笑。

“你别用不可饶恕咒了,波特!”斯内普在熊熊的火焰、海格的怒吼和火屋里牙牙的狂吠声中喊道,“你还没有足够的胆量和能力——”

“速速禁——”哈利咆哮道,但斯内普几乎是懒洋洋地轻轻拨开了他的魔咒。

“回击啊!”哈利冲他狂叫道,“回击啊,你这个懦夫——”

“懦夫,你是说我吗,波特?”斯内普吼道,“你父亲从来不敢攻击我,除非是四对一,我倒想知道你会叫他什么呢?”

“昏昏倒——”

“又被挡掉了,又被挡掉了,一直挡到你知道闭上嘴巴,闭上大脑为止,哈利!”斯内普冷笑道,同时又一次拨开了魔咒,“快过来!”他冲着哈利身后的大块头食死徒喊道,“该走了,别让魔法部发现我们——”

“障碍重——”

但哈利还没来得及说完咒语,一阵无法忍受的剧痛突然袭来,他跪在了草地上。有人在尖叫,剧痛足以使他毙命,斯内普要把他折磨致死或者致疯——

“不!”斯内普咆哮道,剧痛消失得像来时一样迅速,哈利蜷曲着躺在漆黑的草地上,紧握魔杖,不停地喘着粗气,只听见他头顶上的什么地方斯内普大叫着:“你们忘记命令了吗?波特属于黑魔王——我们别碰他!

走！走！”

食死徒兄妹和大块头食死徒服从了命令，朝着大门口跑去，哈利觉得自己脸下的大地都在颤抖。哈利使足力气，愤怒地呐喊一声，他不顾自己死活，再次站了起来，步履蹒跚地朝斯内普追去，他现在像憎恨伏地魔一样憎恨斯内普了——

“神锋无——”

斯内普轻挥魔杖，魔咒再次被击退。但这时哈利离斯内普只有几步远，终于可以看清斯内普的脸了。斯内普不再冷笑或讥笑，闪耀的火光映照着一张充满愤怒的脸。哈利集中全部意念想道：“倒挂金——”

“不，波特！”斯内普尖叫道。随着一声巨响，哈利向后炸飞了，又一次重重地摔在地上，这次手中的魔杖飞了出去。他听见海格的大喊声和牙牙的狂吠声。斯内普走近哈利，低头瞪着他，此时的哈利同邓布利多一样手无魔杖，毫无反抗之力。燃烧的木屋映照出斯内普苍白的脸庞，脸上满是憎恨，同杀死邓布利多时一样。

“你竟敢用我的魔咒来攻击我，波特？是我发明了这些魔咒——我，混血王子！你要用我的发明来攻击我，像你那肮脏的父亲一样，是吗？我说不行……不行！”

哈利扑向他的魔杖，但斯内普向魔杖施了个魔咒，魔杖飞入黑暗中不见了。

“那么你杀了我吧！”哈利喘息道，他一点儿都不害怕，只有愤怒和蔑视，“像杀他一样杀了我吧，懦夫——”

“**不许**——”斯内普尖叫道，他的脸突然变得无比疯狂，毫无人性，好像同他们身后火屋里厉声狂吠的那条狗一样痛苦，“——**叫我懦夫！**”

斯内普猛烈地抽打着空气。哈利感到有种白热的、像鞭子样的东西打在脸上。他被重重地抽倒在地上，满眼冒着金星，有一阵子好像停止了呼吸。就在这时，他听见一阵翅膀的扑棱声，巨大的影子遮住了天空中的星星。巴克比克已经飞到了斯内普的头上，刀一样锋利的爪子抓得斯内普连连后退。哈利坐了起来，刚才撞到地上的脑袋还眩晕着，只见斯内普拼命奔跑着，巨大的巴克比克拍着翅膀在后面紧追不放，发出一种哈利从未听过的尖厉吼叫——

哈利挣扎着站了起来,东倒西歪地寻找他的魔杖,希望能继续追击。但当他在草丛里拨开树枝摸索时,就知道已经太晚了。确实是太晚了,等他找到魔杖转过身时,只看见鹰头马身有翼兽在大门口的空中盘旋着,斯内普已经在魔法学校外幻影移形了。

“海格,”哈利喃喃道,他环顾四周,头还在发晕,“**海格?**”

他跌跌撞撞地朝燃烧的房子走去,只见一个巨大的身影扛着牙牙从火焰中走了出来。哈利欣慰地叫了一声,跪了下去。他的四肢都在发抖,浑身疼痛,每吸一口气都是一阵刺痛。

“你没事吧,哈利?你没事吧?说话呀,哈利……”

海格汗毛粗重的大脸在哈利脑袋上方晃来晃去,把星星都遮住了。哈利能闻到木头和狗毛烧焦的味道。他伸出手摸了摸旁边牙牙温热而颤抖的身体,知道它还活着。

“我没事,”哈利喘息着说,“你呢?”

“我当然……那还要不了我的命。”

海格双手钳住哈利的双臂把他扶起来,力气那么大,以致哈利的双脚悬空了。海格把他放回到地上,他看到海格的一只眼睛下面有个很深的伤口,血正顺着脸颊往下流,伤口在迅速肿胀。

“应该把你房子的火灭掉,”哈利说,“咒语是清水如泉……”

“我知道差不多是那样。”海格嘟囔道。他举起一把冒着烟的粉红色花伞,说道:“清水如泉!”

一道水柱从伞顶飞出。哈利也举起魔杖——此时他觉得它像是铅做的,也念道:“清水如泉!”他和海格把水浇在房子上,直到浇灭了最后一点火星。

“还不是太糟,”几分钟后,海格望着冒烟的废墟,满怀希望地说,“没有什么邓布利多摆不平的……”

一听到邓布利多的名字,哈利的胃里一阵剧烈的灼痛。沉默和寂静中,恐惧感在体内增长。

“海格……”

"听到他们过来的时候,我正在给护树罗锅包扎伤腿,"海格悲伤地说,仍然盯着他那烧毁的木屋,"都烧成枯树枝了,可怜的小东西们……"

"海格……"

"到底发生什么事了,哈利?我看到那些食死徒从城堡里跑下来,但斯内普对他们干了什么?他去哪儿了——他是在追他们吗?"

"他……"哈利清了一下嗓子,惊吓和烟雾使得他的喉咙发干,"海格,他杀了……"

"杀了?"海格低头瞪着哈利大声说,"斯内普杀人了?你在说什么,哈利?"

"邓布利多,"哈利说,"斯内普杀了……邓布利多。"

海格呆呆地看着哈利,毛发间露出的那一小块脸庞一片茫然,困惑不解。

"邓布利多怎么了,哈利?"

"他死了。斯内普杀了他……"

"别这么说,"海格粗声说,"斯内普杀了邓布利多——别说傻话,哈利。你是怎么了?"

"我看到的。"

"不可能。"

"我看到了,海格。"

海格摇着头,他的表情混合着怀疑和同情。哈利知道海格以为他是刚才被魔咒击中了头,现在还眩晕着说胡话呢……

"事情一定是这样的,邓布利多一定是让斯内普跟着那些食死徒,"海格充满信心地说,"我猜他是不能暴露身份。现在,把你送回学校去吧。快,哈利……"

哈利也不再试图争辩或解释了。他仍然不由自主地瑟瑟发抖。海格很快就会知道的……当他们朝城堡走去时,哈利见到许多窗子里的灯都亮了。他可以清楚地想象里面的情景,大家奔走相告,描述食死徒刚刚进来的情景,黑魔标记闪耀在霍格沃茨魔法学校的上空,一定有人被杀了……

橡木大门敞开在他们的面前，灯光照在车道和草坪上。慢慢地，穿着睡衣的人群疑惑地走下楼梯，紧张地向四周张望着，寻找在夜幕中逃走的食死徒留下的痕迹。然而哈利的眼睛却紧盯着那座最高的塔楼下的空地，想象着会看到一团黑色的东西躺在草地上，尽管他离那里还很远。就在他一言不发地盯着邓布利多尸体应该在的地方时，他看见人群开始往那里移动。

"他们在看什么？"走近城堡时，海格问。牙牙紧跟在他们的脚后。"那是什么，躺在草地上？"海格又急切地问道，直奔天文楼的脚下，那里正聚集着一小群人，"看见了吗，哈利？就在塔楼下，在标记下面……啊呀……你不觉得有人被摔——？"

海格不说话了，那想法显然太恐怖，无法大声说出来。哈利和他并肩前行，感到半小时前被魔咒击中的脸和腿上还在隐隐作痛，但有一种奇怪的超脱感，好像那是身旁别人身上的疼痛。他真切感到并难以摆脱的是胸口那种压得透不过气来的可怕感觉……

他和海格像做梦一样穿过低语的人群，来到最前面，吓呆了的师生们在那儿让出了一个缺口。

哈利听见了海格痛苦和震惊的呻吟声，但他没有停住脚步，继续慢慢地向前移动，直到他走到邓布利多躺着的地方，蹲在他的身旁。

当邓布利多施在他身上的全身束缚咒解开后，哈利就知道没有希望了，如果施魔咒的人不死，魔咒是不会自然解开的。但是哈利仍没有心理准备见到眼前这一幕：他今生今世遇到的、也许以后再也遇不到的最好的巫师，四肢摊开，手脚折断，横躺在眼前。

邓布利多双眼紧闭，从他四肢摊开的角度看起来像是在熟睡。哈利伸手扶正那鹰钩鼻上的半月形眼镜，用自己的袖子擦了一下他嘴角的血痕，然后低头凝视着那张充满智慧的苍老的脸庞，努力地去面对这个难以接受的事实：邓布利多再也不会对他说什么了，再也不可能帮他什么了……

哈利身后的人群在低语。过了好一会儿，哈利才觉得自己好像是跪在什么硬东西上，他低头看了看。

他们许多个小时之前偷到的挂坠盒从邓布利多的口袋里掉了出来。盒盖开着，可能是掉在地上时弹开的。哈利捡起小盒，尽管此时他震惊、恐惧、悲伤得无以复加，但他知道，这里头肯定有问题……

他把挂坠盒翻了过来。同他在冥想盆里看到的那个相比，这个既没有那个大，也缺少花纹标志，也没有斯莱特林特有的华丽的"S"标记。另外，里面除了在放肖像的地方紧紧地塞了一张折叠的羊皮纸外，别无他物。

哈利机械地、不假思索地取出那片羊皮纸，借着身后许多魔杖上的光，打开来读道：

致黑魔王

在你读到这之前我早就死了

但我要让你知道，是我发现了你的秘密。

我偷走了真正的魂器，并打算尽快销毁它。

我甘冒一死，是希望你在遇到对手时

能被杀死。

R.A.B.

哈利既不懂也不关心那上面说的是什么意思。重要的只有一点：这不是伏地魔的魂器。邓布利多喝了那可怕的药水自废功力，全都是白费。身后的牙牙开始嗥叫，哈利把那片羊皮纸在手心揉作一团，泪水模糊了他的眼睛。

第29章

凤凰挽歌

“走吧，哈利……”

“不。”

“你不能待在这儿，哈利……走吧……”

“不。”

哈利不想离开邓布利多，不想到任何地方去。海格扶着哈利肩膀的手在颤抖。这时另一个声音说道：“哈利，走吧。”

一只小了许多的、更加温暖的手握住了哈利的手，把他向上拉着。哈利糊里糊涂地顺势站了起来，直到他茫然地穿过人群，从空气中飘来了一丝花香，这才意识到是金妮一直在拉着他往城堡里走。听不清楚的话语从四面传来，抽泣、叫喊和哀号划破了夜空，但哈利和金妮继续向前，走上台阶，进入门厅。一张张面孔在哈利视线边缘晃动，人们盯着他，窃窃私语，惊愕迷茫。他们向大理石楼梯走去，格兰芬多的红宝石散落在地上，闪耀着血滴一样的红光。

"我们去校医院。"金妮说。

"我没受伤。"哈利说。

"是麦格的命令，"金妮说，"大家都在那里，罗恩，赫敏，卢平和所有的人——"

恐惧再次从哈利的心中升起。他刚才几乎忘记那些一动不动的躯体了。

"金妮，还有谁死了？"

"别害怕，我们之中没有人死。"

"但是黑魔标记——马尔福说他踩到了一具尸体——"

"他踩到了比尔，但他没事，他还活着。"

然而，她的嗓音有点异样，哈利心知不妙。

"你确定？"

"我当然确定……他只是——伤得很重。芬里尔·格雷伯克袭击了他。庞弗雷夫人说，他不会——不会再像从前一样了……"金妮的声音有点发抖，"我们不知道会有什么样的后遗症——我是说，芬里尔·格雷伯克是狼人，但他当时没有变成狼形。"

"其他人呢……当时地上还有别人……"

"纳威也在医院里，庞弗雷夫人认为他会完全康复的。弗立维教授也被打昏了，但他没事，只是有一点虚弱。他坚持要去照顾拉文克劳的学生。死了一个食死徒，是被那个大块头金发食死徒射出的四处乱飞的杀戮咒击中的——哈利，如果我们没有喝你给的福灵剂，我想我们肯定都阵亡了，那些咒语好像都刚好差一点点，就是击不中我们——"

他们到了校医院，推开门，哈利看见纳威躺在门口的一张床上，明显是睡着了。罗恩、赫敏、卢娜、唐克斯和卢平围在最里面的一张床边。听到开门声,他们都抬起头。赫敏跑了过来,一把抱住哈利。卢平也满脸忧虑地走了过来。

"你没事吧,哈利?"

"我没事……比尔怎么样?"

没有人回答。哈利越过赫敏的肩膀看到了一张皮开肉绽、奇形怪状、无法辨认的脸,躺在枕头上。庞弗雷夫人正在用一种刺鼻的绿色药膏擦拭他的伤口。哈利想起斯内普轻挥魔杖,马尔福被神锋无影切开的伤口就抚平了。

"你不可以用一个魔咒或什么把他治好吗?"他问庞弗雷夫人。

"没有魔咒可以治疗这些伤口,"庞弗雷夫人说,"我已经试过我知道的所有魔法,没有一种可以治愈狼人咬的伤口。"

"但他不是在满月时被狼人咬的呀?"罗恩说,他低头凝视着他哥哥的脸,好像能用目光使他的伤口愈合似的,"芬里尔·格雷伯克没有变成狼形,所以比尔肯定不会变成——一个真的——"

他有点不确定地看着卢平。

"对,我想比尔不会变成真正的狼人,"卢平说,"但并不是说一点变化都没有。这些是带魔咒的伤口。它们不可能彻底愈合,而且——而且比尔今后可能会有些狼人的特征。"

"邓布利多可能会知道怎么办,"罗恩说,"他在哪儿?比尔是听从他的命令迎战那些疯子的,邓布利多要对他负责,他不能就这样放手不管——"

"罗恩,邓布利多死了。"金妮说。

"不可能!"卢平狂乱地把目光从金妮转向了哈利,希望他能否认,但哈利没有,卢平瘫坐在比尔床边的椅子上,双手捂着脸。哈利从没见卢平失控过。哈利觉得自己好像看到了什么不体面的隐私,他转过身,却撞到了罗恩的目光。他们默默地交换了眼神,证实了金妮所说的话。

"他是怎么死的?"唐克斯低声问,"是怎么发生的?"

"斯内普杀了他,"哈利说,"我当时在场,亲眼看到的。我们一起回到天文塔,因为黑魔标记就在那儿……邓布利多病了,他很虚弱,但我想,当我们听到有人跑上楼来时，他已经意识到那是一个圈套。邓布利多用魔咒把我定住了，我什么都做不了，我穿着隐形衣——然后马尔福从门口进来，缴了他的武器——”

赫敏猛然捂住嘴巴，罗恩叹息着，卢娜的嘴唇在打颤。

“——更多的食死徒来了——然后斯内普——斯内普下了手，阿瓦达索命咒。”哈利说不下去了。

庞弗雷夫人突然泪如雨下。别人都没注意到她，只有金妮低声道：“嘘！听！”

庞弗雷夫人用手捂住嘴，咽着泪水，眼睛睁得大大的。在外面黑暗中的某个地方，凤凰正在用哈利从未听过的方式唱着令人动容的凄婉挽歌。像以前听凤凰的歌声一样，哈利感觉到这首挽歌的曲子是在他的脑海里，而不是在现实中，仿佛是他自己的悲伤化作了挽歌，在校园里和城堡的窗户间回荡。

哈利不知道他们站在那里听了多久，也不知道为什么他们听着这哀悼之歌会有一丝安慰，只感觉过了很久，麦格教授才推门走进病房。同其他人一样，她身上也有战斗后的痕迹，脸上有些许擦伤，长袍也被撕破了。

“莫丽和亚瑟正向这边赶来，”她说，音乐的魔力被打断了，大家好像从恍惚中惊醒，都转过身去看着比尔，或是揉揉眼睛，摇摇头。“哈利，怎么回事？听海格说你当时是和邓布利多教授在一起的，当他——当那件事发生的时候。海格还说斯内普教授好像参与了什么——”

“斯内普杀了邓布利多。”哈利说。

麦格盯着他愣了一会儿，然后令人揪心地摇晃起来。庞弗雷夫人向前跑了几步，用魔法变出一把椅子，放在了麦格的身后。

“斯内普，”麦格虚弱地重复着，跌坐在椅子上，“我们都怀疑……但邓布利多相信……一直……斯内普……简直是难以置信……”

“斯内普是很高超的大脑封闭大师，”卢平说，他的声音刺耳，与平时大不一样，“这是我们都知道的事实。”

“但是邓布利多发誓说他是我们这边的人！”唐克斯轻声道，“我一直认为邓布利多一定知道斯内普的一些情况，那是我们不知道的……"

"他总是暗示他有牢不可破的理由信任斯内普，"麦格教授喃喃道，一边用格子花边的手帕擦着不断流泪的眼角，"我是说……从斯内普的历史表现……大家当然会对他存有怀疑……但是邓布利多明确地告诉我，斯内普的忏悔是绝对发自内心的……他不想听到一句说他的坏话！"

"我倒想知道斯内普是怎么说服他的。"唐克斯说。

"我知道，"哈利说，大家都转过身盯着他，"斯内普透露消息给伏地魔，导致伏地魔追杀我的父母。然后斯内普告诉邓布利多，他当时没有意识到自己那样做的后果，他十分抱歉他走漏了消息，他对于他们的死感到遗憾。"

"邓布利多就相信他了？"卢平难以置信地问，"邓布利多就相信了斯内普对詹姆的死感到抱歉？斯内普一直憎恨詹姆……"

"而且他认为我妈妈也一钱不值，"哈利说，"因为她是麻瓜生的……他叫她'泥巴种'……"

没有人问哈利怎么会知道这些的，好像大家都迷失在恐怖和震惊之中，正试图接受这些已经发生的荒诞事实。

"这都是我的错，"麦格教授突然说道，她看上去不知所措，双手拧着湿乎乎的手帕，"是我的错，是我让弗立维晚上去叫斯内普的，我还请他来帮我们！如果我没有通知斯内普这里发生了什么事，他可能不会加入到食死徒那边。我认为在弗立维告诉他之前，斯内普并不知道食死徒在这里，不知道他们会来。"

"不是你的错，米勒娃，"卢平肯定地说，"当时我们都需要更多的帮助，知道斯内普会来我们挺高兴的……"

"那么他到了之后，是直接加入食死徒一边的吗？"哈利问道，他想知道斯内普奸诈和罪恶的每一个细节，拼命搜集更多仇恨他的理由，发誓要报仇。

"我不知道具体是怎么发生的，"麦格教授心烦意乱地说，"一切都令人迷惑……邓布利多说他要离开学校一会儿，让我们在走廊巡逻以备不测……莱姆斯、比尔和尼法朵拉都加入进来了……于是我们在一起巡逻。

一切似乎都很平静。所有通往校外的秘密通道都被堵住了，我们知道没有人可以飞进来，进入城堡的每一个入口都罩着强力的魔法。我仍然没有弄明白食死徒是怎么进来的……"

"我知道，"哈利说，他简单地说了那一对消失柜组成的魔法通道，"所以他们是从有求必应屋里溜进来的。"

他不由自主地瞟了罗恩和赫敏一眼，他们俩都显得很狼狈。

"是我搞砸了，哈利，"罗恩沮丧地说，"我们照你说的做了，检查了活点地图，没有看到马尔福在上面，我们想他一定在有求必应屋，所以我、金妮和纳威就跑过去守在那里……但是却让马尔福给溜过去了。"

"我们守了一个钟头，他从那个屋里出来了，"金妮说，"他独自一人，抓着那只恶心的枯手——"

"他的'光荣之手'，"罗恩说，"只有拿着它的人才能看见亮光，记得吗?"

"不管怎样，"金妮接着说，"他一定是在检查食死徒溜进来是否安全，因为他一看到我们就向空中扔了个什么东西，顿时漆黑一团——"

"——从秘鲁进口的隐身烟雾弹，"罗恩痛苦地说，"是弗雷德和乔治的。我倒要问问他们都是在跟什么人做生意。"

"我们试了所有的办法——荧光闪烁，火焰熊熊，"金妮说，"没有东西能穿透那一片黑暗，我们只好从走廊里再摸索着出来，同时还听到有人从旁边冲了过去。很显然是因为马尔福有光荣之手，可以看见并引导他们，但我们不敢施任何魔法或抛出任何东西，怕击中自己人。当我们走到一个有灯光的走廊时，他们都跑光了。"

"幸运的是，"卢平嘶哑地说道，"罗恩、金妮和纳威几乎是马上就碰到了我们，并且告诉我们发生了什么事情。几分钟后我们发现那些食死徒正在奔向天文塔。马尔福显然没有料到有这么多人放哨，他似乎很快用完了他的隐身烟雾弹。战斗爆发了，他们分散开来，我们上去追击。一个叫吉本的食死徒却突围跑掉了，朝着塔楼的楼梯奔去——"

"去放出黑魔标记?"哈利问道。

"对，肯定是这样，他们准是在离开有求必应屋前就安排好的，"卢平说,"但我想吉本不愿意一人待在那里等邓布利多,因为他又返回楼下加入了战斗,结果被一个没打到我的杀戮咒击中了。"

"罗恩在和金妮、纳威一起盯着有求必应屋,"哈利转向赫敏说,"那你在——?"

"在斯内普的办公室外面,是啊,"赫敏轻声道,她的眼眶里泪光闪耀,"和卢娜一起。我们在外面待了很久,什么也没有发生……我们不知道楼上发生了什么,活点地图在罗恩那儿……将近午夜的时候,弗立维教授闯进地下教室,他大叫着城堡里有食死徒,我想他根本就没有注意到我和卢娜在那里,他直接冲进斯内普的办公室。我们听到他说斯内普必须和他一起回去帮忙,然后听到一声响亮的重击声,斯内普奔了出来。他看到了我们,然后——然后——"

"什么?"哈利催促着她。

"我真是太蠢了,哈利!"赫敏用尖细的声音小声说,"他说弗立维教授瘫倒了,我们应该进去照看,而他去——而他去帮助迎战食死徒——"

她羞愧地捂着脸,从指缝里接着说下去,所以声音有点发闷。

"我们进了他的办公室,看能不能帮助弗立维教授,只见他昏迷在地板上……现在看来很明显,一定是斯内普对弗立维使了昏迷咒,但我们当时没有意识到,哈利。我们没意识到,我们竟然让斯内普走了!"

"不是你们的错,"卢平肯定地说,"赫敏,如果你们没有听从斯内普的话闪开的话,他可能已经杀了你和卢娜。"

"那么他就上了楼,"哈利说,他仿佛看见斯内普顺着大理石楼梯往上跑,黑色的长袍像往常一样在身后飘动着,边跑边从袍子里抽出魔杖,"然后他就找到了你们战斗的地方……"

"我们遇到麻烦了,我们正处于下风。"唐克斯小声地说,"吉本倒下了,但其他食死徒似乎要血战到底。纳威受了伤,比尔遭到了芬里尔·格雷伯克的猛烈攻击……当时漆黑一团……魔咒四处乱飞……那男孩马尔福不见了,他一定是溜了,顺着楼梯上了塔楼……然后更多的食死徒跟在他后面,其中有人施了一个魔咒封住了他们身后的楼梯……纳威直冲过去,被弹向了空中——"

“我们没有人能够突破魔障，”罗恩说，“那个大块头食死徒仍然朝着四周乱施魔咒，从墙上反弹回来的魔咒都差一点儿就击中了我们……”

“然后斯内普出现了，”唐克斯说，“然后他又不见了——”

“我看到他冲着我们跑过来，但是恰好那个大块头食死徒的一个魔咒打来，我躲开魔咒后，斯内普人就不见了。”金妮说。

“我看到他直接跑过了那道魔障，好像魔障不存在似的。”卢平说，“我试图跟在他后面冲过去，结果和纳威一样被扔到了空中……”

“他肯定熟悉一个我们不知道的魔咒，”麦格轻声道，“毕竟——他是黑魔法防御术的教师……我当时想他是忙着去追赶逃上塔楼的食死徒……”

“他是，”哈利狂怒地说，“但是他是追去帮助他们，而不是阻止他们……我敢打赌有黑魔标记才能通过那道魔障——那么，他从楼上下来之后又发生了什么？”

“嗯，当时大块头食死徒恰好施了一个魔咒，砸下来半个天花板，也把挡着楼梯口的魔障给破了，”卢平说，“我们——我们中间还没倒下的都冲上前去。这时斯内普和那男孩出现在灰尘之中——显然，我们谁也没有攻击他们——”

“就让他们通过了，”唐克斯用空洞的声音说道，“我们以为他们正被食死徒追赶着——接着，别的食死徒和芬里尔·格雷伯克回来了，我们又打了起来——我好像听到斯内普喊了一声，但不知道他喊的是什么——”

“他大叫道：‘结束了’，”哈利说，“就是说，他完成了他要做的事。”

大家都沉默了。福克斯的挽歌仍在外面漆黑的场地上回荡。音乐声在空气里颤动着，一个突如其来的、不舒服的想法涌进了哈利的脑海……他们已经把邓布利多的遗体从塔楼底下收走了吗？后面会发生什么呢？邓布利多会在哪里安息呢？他的拳头在口袋里攥得更紧了，他能感觉到那个小小的、冰凉的假魂器紧贴在他右手的关节上。

医院的门突然被撞开，大家都吓了一跳。韦斯莱夫妇大踏步走进来，芙蓉紧跟在后面，她美丽的脸庞上满是恐惧。

"莫丽——亚瑟——"麦格教授急忙跳起来跟他们打招呼,"我很抱歉——"

"比尔,"韦斯莱太太轻声道,她看到比尔血肉模糊的脸后,疾步从麦格教授旁边走过,"哦,比尔!"

卢平和唐克斯迅速站起来,朝后退了几步,让韦斯莱夫妇走近床边。韦斯莱太太弯下身,轻吻着儿子血染的额头。

"你是说芬里尔·格雷伯克攻击了他?"韦斯莱先生担忧地问麦格教授,"'芬里尔·格雷伯克当时没有变成狼形'? 这是什么意思? 比尔会怎么样?"

"我们现在还不知道。"麦格教授回答道,一边无助地看着卢平。

"可能会有一些变化,亚瑟,"卢平说,"这种情况很少见,可能很特殊……我们还不知道他醒来后会变得怎样……"

韦斯莱太太从庞弗雷夫人手中拿过那个难闻的药膏,开始往比尔的伤口上涂抹。

"那么邓布利多……"韦斯莱先生问,"米勒娃,是真的吗……他真的……"

当麦格教授点头时,哈利察觉金妮走到了他身边,她眯起眼睛盯着芙蓉,后者正低头凝视着比尔,脸上一副惊呆了的表情。

"邓布利多死了。"韦斯莱先生轻声道,但韦斯莱太太眼睛一直盯着她的儿子。她开始抽噎,眼泪滴在比尔满是伤痕的脸上。

"当然,长相并不重要……这并不真——的重要……但他一直是个英俊的——孩子……一直很英俊……他本来打——算要结婚的!"

"什么意思?"芙蓉突然大声地说,"你是什么意思,他本来打算要结婚的?"

韦斯莱太太抬起满是泪痕的面庞,很是惊讶。

"我——只是说——"

"你认为比尔不再想和我结婚了?"芙蓉质问道,"你认为,因为这些伤口,他就会不爱我了?"

"不,我不是那——"

“他不会的!”芙蓉说,同时挺直了腰,把银色的长发向后一甩,“一个狼人是阻止不了比尔爱我的!”

“嗯,对,我也相信,”韦斯莱太太说,“但我想可能——考虑到他——他——”

“你认为我会不想和他结婚? 或者你希望我不想和他结婚?”芙蓉说,鼻翼翕动,“我只是在乎他的长相吗? 我认为我一个人的美貌对我们俩来说已经足够了! 所有这些伤疤说明我的丈夫是勇敢的! 我来!”她气势汹汹地加了一句,一边推开韦斯莱太太,从她手中抢过药膏。

韦斯莱太太跌到了她丈夫身上,看着芙蓉大把地给比尔抹着药膏,脸上带着古怪的表情。没有人说话。哈利动都不敢动,像所有人一样,他等待着一场火山爆发。

“我们的穆丽尔姨妈,”停了很久之后,韦斯莱太太说,“有一个很漂亮的头冠——妖精做的——我相信我能说服她借给你在婚礼上用,她很喜欢比尔,你知道。那头冠戴在你头发上会很美丽的。”

“谢谢你,”芙蓉生硬地说,“我相信会很美丽的。”

突然——哈利还没有反应过来是怎么回事——两个女人抱头痛哭。哈利被彻底搞糊涂了,转过身去,怀疑这个世界是不是疯了。罗恩看起来和哈利一样惊讶。金妮和赫敏也在交换着惊讶的眼神。

“你看!”一个不自然的声音说道,唐克斯两眼放光地看着卢平,“她仍然想和他结婚,尽管他被咬过了! 她不在乎!”

“这不一样。”卢平嘴唇几乎没动地说,他突然显得很紧张,“比尔不会变成一个完全的狼人。这件事完全——”

“但我也不在乎,我不在乎!”唐克斯说,抓住卢平的袍襟不停地摇着,“我告诉过你一百万次了……”

唐克斯守护神的意义和她灰褐色的头发,还有她听说有人被芬里尔·格雷伯克攻击后跑来找邓布利多,所有这一切哈利突然都明白了。唐克斯爱的不是小天狼星……

“我告诉过你一百万次了,”卢平躲避着唐克斯的目光,低头盯着地板说,“我年纪太大了,不适合你,也太穷了……太危险了……”

“我也是一直在说，你这个理由太荒谬了，莱姆斯。”韦斯莱太太轻轻拍着芙蓉的背，从芙蓉的肩上冲着他说。

“我一点都不荒谬，”卢平坚定地说，“唐克斯应该有一个年轻而健全的人爱他。”

“但是她想要你，”韦斯莱太太说，同时轻轻地一笑，“再说，莱姆斯，年轻而健全的男人不一定能永远保持那样。”她悲伤地指了指她的儿子。

“现在……讨论这个不合适，”卢平说，他慌乱地环顾四周，回避着大家的目光，“邓布利多死了……”

“如果这个世界拥有更多的爱，邓布利多会比任何人都更高兴。”麦格教授简短地说，这时门又开了，海格走了进来。

他脸上没有胡子和头发的那一小块地方被泪水浸透了，而且肿了起来，他哭得身子发抖，手中攥着一块斑斑点点的大手帕。

“我已经……我已经完成了，教授，”他哽噎着说，“把——把他搬走了。斯普劳特教授让孩子们都回床上睡觉了。弗立维教授还在躺着，但他说过一会儿就会好的，斯拉格霍恩教授说已经通知魔法部了。”

“谢谢你，海格，”麦格教授马上站了起来，转过身看着围在比尔床边的人们，“魔法部的人来后，我可能得去见见他们。海格，请你告诉四个学院的院长——斯拉格霍恩可以代表斯莱特林——说我要马上在我的办公室会见他们，我希望你也来。”

海格点着头，转过身慢慢地走出了屋子。这时麦格教授低头看着哈利。

“在见他们之前，我想和你说几句话，哈利。你可以过来一下吗……”

哈利站了起来，喃喃地对罗恩、赫敏和金妮说：“一会儿见，”便跟在麦格教授后面走出了病房。外面的走廊显得空空荡荡的，惟一的声音是远处凤凰的歌声。过了好几分钟哈利才反应过来，他们不是朝麦格教授的办公室走去，而是去邓布利多的办公室。又过了好几秒钟，他才意识到，麦格教授是代理校长……所以她现在当然是校长……所以石头怪兽后面的房间现在是她的了……

他们一声不响地登上螺旋形楼梯，走进了圆形的办公室。他不知道自己以为会看到什么:也许房间里挂着黑纱,甚至邓布利多的遗体也停放在那里。可事实却是,办公室里的一切同他和邓布利多几个小时前离开时一模一样:银制的仪器在细腿桌子上嗡嗡旋转,喷吐着烟雾,玻璃匣中格兰芬多的宝剑在月光下闪闪发光,分院帽仍在桌子后面的架子上。但是福克斯的栖木空了,那凤凰仍在场地上哀唱挽歌。一幅新的肖像已经加入霍格沃茨学院已故校长们的行列……邓布利多沉睡在桌子上方的一个金色的相框里,半月形的眼镜架在他的鹰钩鼻上,看上去安详而宁静。

麦格教授瞥了一眼他的肖像,然后做了一个奇怪的动作,似乎是让自己硬下心来,然后才绕到桌后。她看着哈利,紧绷的脸上满是皱纹。

"哈利,"她说,"我想知道你和邓布利多教授在晚上离开学校后都做了些什么。"

"我不能告诉你,教授。"哈利说。他已经预料到了这个问题,他的答案也是早就想好了的。就是在这里,就是在这个房间,邓布利多对他说过,他只可以把他们经历的事情告诉罗恩和赫敏。

"哈利,这可能很重要。"麦格教授说。

"确实是,"哈利说,"很重要,但是他不想让我告诉任何人。"

麦格教授生气地瞪着他。

"波特(哈利注意到麦格又用姓来称呼他了),邓布利多已经死了,我想你应该看到情况有些不同了——"

"我不这么认为,"哈利耸耸肩说道,"邓布利多从没告诉过我,他死了就可以不继续执行他的命令。"

"但是——"

"但是在魔法部的人来之前,有一件事你应该知道。罗斯默塔夫人中了夺魂咒,是她帮助了马尔福和食死徒,所以项链和下了毒的蜂蜜酒——"

"罗斯默塔?"麦格教授难以置信地问,这时有人敲门,斯普劳特、弗立维和斯拉格霍恩教授跨进屋来,后面跟着仍在大哭的海格,他巨大的身躯随着悲伤而抖动。

"斯内普!"斯拉格霍恩迫不及待地说,他看上去最为震惊,脸色苍白,不停地出汗,"斯内普! 我教过他! 我以为我了解他!"

还没人来得及答话,一个尖尖的声音从墙上的高处传来,一个一头黑发、留着短刘海的黄脸巫师刚刚回到他的空画布上。

"米勒娃,部长几秒钟后就到,他刚从魔法部幻影移形。"

"谢谢你,埃弗拉。"麦格教授说,然后迅速转身看着教授们。

"在部长到来之前,我想谈谈霍格沃茨学校该何去何从,"她快速地说,"我个人认为我们学校明年不能继续办下去了。校长死在我们一个同事手里,这简直是对霍格沃茨校史的极大玷污,太恐怖了。"

"我相信邓布利多一定希望我们能继续办学,"斯普劳特教授说,"我觉得只要有一个学生想来上学,学校就应该开办。"

"但这之后我们还会有学生吗?"斯拉格霍恩说道,他正用丝绸手帕擦着额头,"父母们会让孩子待在家里,我不能指责他们。我个人认为在霍格沃茨并不比在其他地方更危险,但你不能希望母亲们也这么想。她们会希望全家人在一起,这是很自然的事情。"

"我同意,"麦格教授说,"其实,要说邓布利多从未正视霍格沃茨可能有一天会关门,那也是不对的。当初密室重新打开的时候,他就考虑过关闭学校——我必须要说,与城堡深处藏有斯莱特林的怪兽相比,我认为邓布利多教授被谋杀更加令人不安……"

"我们必须找董事们商议,"弗立维教授用又尖又细的声音说道,他额头上有很大一块瘀斑,但除此之外,他昏倒在斯内普办公室似乎并未给他造成损伤,"我们必须按章办事。不能这么草率地下结论。"

"海格,你一句话还没有说呢,"麦格教授说,"你的意见是什么,霍格沃茨要继续开办吗?"

在这场谈话中,海格一直用他那满是泪痕的大手帕捂着脸,默默地抽噎着。他抬起红肿的双眼,用嘶哑的声音说道:"我不知道,教授……这得由几位院长和校长您做决定……"

"邓布利多教授向来看重你的意见,"麦格教授和蔼地说,"我也一样。"

"嗯,我会留下,"海格说,硕大的泪珠从他的眼角滑落,顺着凌乱的胡须流淌下来,"这是我的家,从我十三岁以来一直是。如果有小孩想要我教他们,我会教的。但是……我不知道……霍格沃茨没有了邓布利多……"

他抽噎了一下,脸又一次消失在手帕的后面。一阵沉默。

"很好,"麦格教授说着朝窗外的场地上瞅了一眼,看部长是否已经来了,"这样的话,我必须赞成弗立维的意见,应当先找董事会商议一下,由他们来做最后的决定。"

"现在,怎么送学生回家……有一个意见是宜早不宜迟。必要的话,明天我们可以安排霍格沃茨特快过来——"

"邓布利多的葬礼怎么办?"哈利最后问道。

"嗯……"麦格教授说,声音颤抖着,好像少了一点儿原有的果断,"我——我知道邓布利多的愿望是长眠在这里,在霍格沃茨——"

"那么就这么办,是吗?"哈利急切地问。

"如果部里认为合适的话。"麦格教授说,"还没有一位校长——"

"还没有一位校长对学校做出过如此大的贡献。"海格咆哮道。

"霍格沃茨应该是邓布利多最后安息的地方。"弗立维教授说。

"绝对。"斯普劳特教授说。

"那样的话,"哈利说,"就该等到葬礼结束后再送学生回家。他们想跟校长——"

最后一个词卡在他的喉咙里,但是斯普劳特教授帮他把话说全了。

"告别。"

"说得好,"弗立维教授尖叫道,"说得很好!我们的学生应该感恩,这很合适。我们可以在这之后再安排他们回家。"

"同意。"斯普劳特教授吼道。

"我想……是的……"斯拉格霍恩声音很激动,海格闷闷地发出了一声赞同的抽噎。

"他来了,"麦格教授突然说,眼睛凝视着场地上,"部长……他好像带了个代表团……"

“我可以离开吗，教授？”哈利马上问。

他今晚一点也不想看到鲁弗斯·斯克林杰，或者被他讯问。

“可以，”麦格教授说，“要快点儿。”

她大步走到门前，拉开门等着他。哈利迅速走下螺旋形楼梯，穿过空荡荡的走廊，他的隐形衣丢在了天文塔的顶上，但是没有关系，走廊里没人看到他，连费尔奇、洛丽丝或皮皮鬼都不在。在他拐入通往格兰芬多公共休息室的过道之前，一个人影都没有碰到。

“是真的吗？”他走近时胖夫人轻声地问，“确实是真的吗？邓布利多——死了？”

“是的。”哈利说。

她悲叹一声，不等他说口令就向前旋开，让他进去了。

不出哈利所料，公共休息室里挤满了人。当他爬进肖像洞口时，公共休息室里变得鸦雀无声。他看到迪安和西莫坐在近旁的一堆人里，这说明宿舍里一定没人，或者几乎没人。哈利没有同任何人说话，也没有和任何人交换眼神，径直穿过房间，走进了通往男生宿舍的门。

正像他所希望的那样，罗恩在等他，仍然穿得很整齐，坐在床上。哈利也坐到自己的床上，他们互相对视了好一会儿。

“他们在讨论关闭学校。”哈利说。

“卢平说他们会的。”罗恩说。

停顿了片刻。

“这么说，”罗恩放低了声音，好像旁边的家具会听到似的，“你们找到一个？你们拿到了一个？一个——一个魂器？”

哈利摇了摇头。所有发生在黑湖周围的一切，现在都好像是一场可怕的噩梦。真的发生了吗，仅仅是在几小时之前？

“你们没拿到？”罗恩问，看上去大失所望，“不在那儿？”

“没拿到，”哈利说，“被人拿走了，放了一个假的在那儿。”

“被人拿走了——？”

哈利默不作声地从口袋里掏出那个假挂坠盒，打开来递给了罗恩。整个故事以后再说吧……今晚这已经无关紧要……重要的是结束了，无意义的冒险结束了，邓布利多的生命结束了……

“R.A.B.，”罗恩低语道，“他又是谁呢？”

“不知道。”哈利说，一边和衣躺了下去，双目无神地看着上方。他对于R.A.B.一点都没有好奇心，他怀疑将来也不会再有任何好奇心。他躺在那里，突然觉得场地上寂静无比。福克斯已停止了歌唱。

他知道——虽然搞不清为什么会知道——凤凰已经走了，永远地离开了霍格沃茨，像邓布利多一样永远地离开了学校，离开了这个世界……离开了哈利。

第 30 章

白色坟墓

所有的课程都暂停了，所有的考试都推迟了。在随后的两天里，有些学生被他们的家长从霍格沃茨匆匆接走了——邓布利多死后的第二天早晨，帕瓦蒂孪生姐妹没吃早饭就走了，扎卡赖斯·史密斯也跟着他那趾高气扬的父亲离开了城堡。西莫·斐尼甘断然拒绝跟他母亲一起回家，他们在门厅里扯着嗓子吵了一架，最后他母亲同意他留下来参加葬礼，争吵才算结束。西莫后来告诉哈利和罗恩，他母亲在霍格莫德很难找到一张床位，因为有那么多男男女女的巫师拥到了村子里，来向邓布利多作最后的告别。

葬礼前一天的傍晚时分，一辆房子那么大的粉蓝色马车被十几匹巨大的、长着翅膀的银鬃马拉着，从天空中飞了过来，降落在禁林边缘。低年级的学生们十分兴奋，他们以前从没见过这种景象。哈利从窗口注视着一位人高马大、气宇轩昂，黑头发黄皮肤的女人从马车里走下来，一头扑进了等在那里的海格的怀抱。与此同时，魔法部的一支代表团——其中包括部长本人——被安排在城堡里住了下来。哈利煞费苦心地避免跟他们中间的任何人碰面，他相信他们迟早会盘问他邓布利多最后一次离开霍格沃茨的来龙去脉。

哈利、罗恩、赫敏和金妮整天待在一起。阳光明媚的天气似乎在嘲弄他们。哈利不禁想象，如果邓布利多没死该有多好。现在到了期末，金妮的考试已经结束，作业的压力减轻了，他们整天泡在一起……他知道自己必须说什么和应该做什么，但他一小时一小时地往后拖延，因为他实在舍不得放弃最能给他带来慰藉的东西。

他们每天到校医院探望两次。纳威已经出院，比尔还在那里继续接受庞弗雷夫人的照料。他的伤疤还是那么触目惊心。说实在的，他现在的模样跟疯眼汉穆迪很有几分相似，幸好他的眼睛和双腿还完好尢损，不过他的性格似乎一点儿没变。惟一有所改变的，是他现在突然酷爱吃煎得很嫩的牛肉了。

"……幸亏他要跟我结婚，"芙蓉一边帮比尔把枕头拍得松软一些，一边高兴地说，"因为英国人总是把肉煎得太老，这话我说过好多遍了。"

"看来我只好面对现实，他是真的要娶她了。"金妮叹着气说，那天晚上她和哈利、罗恩、赫敏一起坐在格兰芬多公共休息室敞开的窗户旁边，望着外面暮色中的场地。

"她并没有那么糟糕。"哈利说，"虽说有点儿丑。"他看见金妮扬起了眉毛，赶紧找补了一句，金妮勉强笑了几声。

"唉，既然妈妈都能忍受，我想我也没问题。"

"有我们认识的人死了吗？"罗恩看到赫敏在浏览《预言家晚报》，便问道。

赫敏被他故意装出来的恶狠狠的声音吓了一跳。

“没有，”她不满地说，一边把报纸叠了起来，“他们还在寻找斯内普，但没有线索……”

“当然不会有。”哈利说，每次提起这个话题，他都要发火，“他们要等找到伏地魔之后才能找到斯内普，既然这么长时间他们都没能找到他……”

“我要去睡觉了。”金妮打着哈欠说，“我最近一直睡得不好，自从……好吧……我需要好好地补补觉了。”

她亲了亲哈利(罗恩敏感地扭过头去)，朝另外两个人挥了挥手，就去女生宿舍了。门刚在她身后关上，赫敏就朝哈利探过身来，脸上带着赫敏特有的那种表情。

“哈利，我今天上午有所发现，在图书馆……”

“R.A.B.?”哈利坐直了身子问道。

他不像以前那样容易激动、好奇，一心想打破砂锅问到底了。他只知道他必须弄清那个魂器的真实去向，才能深入探索他面前那条黑暗而曲折的小路——当初他和邓布利多共同踏上了那条小路，而现在他知道他将一个人继续走下去。大概还有四个魂器藏在不知道什么地方，他需要把它们一个个找到、销毁，才有可能最终消灭伏地魔。他不停地暗暗背诵着它们的名字，似乎这样就能把它们吸引过来：“挂坠盒……杯子……蛇……格兰芬多或拉文克劳的什么东西……挂坠盒……杯子……蛇……格兰芬多或拉文克劳的什么东西……”

夜里睡着后，这段咒文似乎还在哈利的脑海里跳动，结果他的梦里充斥着杯子、挂坠盒和其他神秘的东西，看得见却够不着，尽管邓布利多热心地递给了他一架绳梯，可是他刚开始往上爬，绳梯就变成了蛇……

邓布利多死后的第二天早晨，他就把挂坠盒里的那张纸条拿给赫敏看了，她当时没有认出那三个字母属于她在书里读到过的哪位无名巫师，但是，从那以后，她就整天往图书馆跑，而对于一个没有家庭作业的人来说，这是没有多大必要的。

“不是，”她悲哀地说，“我一直在努力，哈利，但什么也没有发现……倒是有两个比较出名的巫师，姓名的开头是这几个字母——罗萨琳·安提岗·班格斯……鲁伯特·阿克斯班奇·布鲁克斯坦顿……但他们根本对不上号。从那张纸条上看,那个偷去魂器的人应该认识伏地魔,而我找不到丝毫线索证明班格斯或阿克斯班奇跟伏地魔有什么关系……实际上我要说的是关于……嗯,关于斯内普的事。"

她再次提起这个名字时显得很紧张。

"他怎么啦?"哈利粗声粗气地问,重新跌坐在椅子上。

"是这样,我原来说的关于'混血王子'的话并没有错。"她迟疑地说。

"你非得哪壶不开提哪壶吗,赫敏?你知道我现在的感受吗?"

"不——不——哈利,我不是那个意思!"她慌慌张张地说,一边左右张望着,看有没有人在偷听,"我的意思是,我说那本书原来是艾琳·普林斯的没有错。知道吗……她是斯内普的母亲!"

"我认为她不能算是个美人儿。"罗恩说,赫敏没理他。

"我把剩下来的旧《预言家日报》翻了一遍,发现了一条不起眼的告示,说艾琳·普林斯嫁给了一个名叫托比亚·斯内普的男人,后来又有一条告示,说她生下了一个——"

"——杀人犯。"哈利咬牙切齿地说。

"对……是这样。"赫敏说,"所以……我说得不错,斯内普肯定因为自己是'半个普林斯'而感到自豪,明白吗?从《预言家日报》上看,托比亚·斯内普是个麻瓜。"

"是啊,这就对了,"哈利说,"他假装自己是纯血统,这样就能跟卢修斯·马尔福以及其他人攀上关系……他就像伏地魔。纯血统母亲,麻瓜父亲……为自己的出身感到羞愧,想利用黑魔法使别人畏惧他,给自己取了一个够威风的新名字——伏地魔——混血王子——邓布利多怎么就没有——?"

他顿住了,眼睛望着窗外。他忍不住老是去想邓布利多对斯内普的不可原谅的信任……可是就像赫敏刚才无意中指出的,他,哈利,也同样受了欺骗……尽管那些随意涂写的咒语越来越残忍,但他仍然不肯相信那个曾经那么聪明、给了他那么多帮助的男孩是坏人……

给了他帮助……现在想起来,简直让人无法忍受……

"我还是不明白,他为什么没有揭穿你利用了那本书。"罗恩说,"他肯定知道你那些知识是从哪儿来的。"

"他早就知道,"哈利恨恨地说,"我使用神锋无影咒的时候他就知道了。他实际上并不需要摄神取念咒……他大概早在那之前就知道了,因为斯拉格霍恩总是念叨我在魔药方面多么出色……他不应该把他的旧课本留在储藏柜底部的,是不是?"

"可是他为什么不揭穿你呢?"

"我认为他不想把自己跟那本书联系在一起。"赫敏说,"我想,要是让邓布利多知道了,他肯定会不高兴的。即使斯内普不承认那本书是他的,斯拉格霍恩也会一眼认出他的笔迹。总之,那本书是留在了斯内普原来的教室里,我敢肯定邓布利多知道斯内普的母亲叫'普林斯'。"

"我应该把书拿给邓布利多看看的。"哈利说,"他一直想让我认清伏地魔在学校时有多么邪恶,现在我可以证明斯内普也是——"

"'邪恶'这个词太重了。"赫敏轻声说道。

"不是你一直在对我说那本书很危险吗!"

"我是想说,哈利,你过于责怪自己了。我本来认为王子有一种很残忍的幽默感,但我怎么也猜想不到他日后会成为一个杀人犯……"

"我们谁也不可能猜到斯内普会……你知道。"罗恩说。

他们沉默下来,每个人都陷入了沉思,但是哈利相信另外两个人和他一样,都想到了第二天早上邓布利多的遗体被安葬的事。哈利以前没有参加过葬礼,小天狼星死的时候,根本没有遗骨可埋。他不知道到时候会是怎样的情景。他会看到什么?会有什么感受?他隐约有些担忧。他不知道等葬礼结束后,邓布利多的死对他来说是不是会更加真实。现在,有时那个可怕的事实几乎要将他袭倒,但更多的时候他内心是一片空白和麻木。尽管整个城堡里的人都在谈论这件事,他仍然很难相信邓布利多真的不在了。当然啦,他没有像小天狼星死后那样,绝望地寻找某些漏洞,眼巴巴地盼着邓布利多还能回来……他伸手到口袋里摸着那个假魂器的冰冷的链子,现在他走到哪儿都带着它,不是作为护身符,而是提醒自己它的代价,提醒自己还有多少事情要做。

第二天，哈利一早起来收拾行李。霍格沃茨特快列车将在葬礼结束一小时后出发。他来到楼下，发现礼堂里的气氛非常压抑。每个人都穿着礼服长袍，而且似乎谁也没有多少食欲。麦格教授让教工餐桌中间那个王位般的座位空着。海格的椅子也没有人坐。哈利猜想他也许没有心情来吃早饭。可是斯内普的座位上却坐着鲁弗斯·斯克林杰，看着十分扎眼。他那双黄眼睛扫视着礼堂，哈利避开了他的目光。哈利很不舒服地感觉到斯克林杰是在找他。在斯克林杰的随行人员中，哈利看见了红头发、戴着角质边眼镜的珀西·韦斯莱。罗恩丝毫没有表现出他知道珀西来了，只是格外狠劲儿地切着他的熏鱼。

在那边斯莱特林的餐桌上，克拉布和高尔凑在一起窃窃私语。虽说两人都是身材粗笨的大小伙子，但是中间少了马尔福那苍白瘦长的身影，少了马尔福对他们发号施令，他们俩显得特别孤单。哈利没有更多地去想马尔福，他的仇恨全集中在斯内普身上。他没有忘记在塔楼顶上马尔福的声音里流露出的恐惧，也没有忘记在另外几个食死徒赶到之前，马尔福的魔杖已经垂落下去。哈利不相信马尔福会杀死邓布利多。他仍然因为马尔福醉心于黑魔法而憎恨他，但现在这种憎恨里混杂着一点点同情。马尔福此刻在什么地方呢？伏地魔以杀害他和他的父母相威胁，命令他做的究竟是一件什么事情呢？

金妮捅了捅哈利，打断了他的思绪。麦格教授站起身，礼堂里悲哀的低语声立刻平静下来。

“时间差不多了，”她说，“请跟着你们的院长到场地上去。格兰芬多的同学跟我来。”

他们排着队从板凳后面走出来，几乎没有发出一点声响。哈利瞥见斯拉格霍恩站在斯莱特林队伍的最前面，穿着一件华贵的、用银线刺绣的鲜绿色长袍。另外，他从来没有看见赫奇帕奇的院长斯普劳特教授这么整洁干净过，帽子上一块补丁也没有了。当他们走到门厅时，发现平斯夫人站在费尔奇身边，戴着一块垂到膝盖上的厚厚的黑色面罩，费尔奇穿了一套老式西服，打着领带，身上散发出一股樟脑球的味儿。

哈利出了大门，来到石阶上，发现他们正朝着湖的方向走去。温暖的阳光照在他的脸上,他们默默地跟着麦格教授走向排列着好几百把椅子的地方。椅子中间有一个过道,前面放着一张大理石桌子,所有的椅子都朝向它。这是夏季一个最最美丽宜人的日子。

一半椅子上已经坐了人,这些人各式各样,鱼龙混杂:有衣衫褴褛的,有整洁体面的;有老年人,也有年轻人。大多数人哈利都不认识,但有一些他是知道的,其中包括凤凰社的成员:金斯莱·沙克尔,疯眼汉穆迪,唐克斯——她的头发又奇迹般地变成了耀眼的粉红色,莱姆斯·卢平——唐克斯跟他手拉着手,韦斯莱夫妇,还有芙蓉搀扶着比尔,后面跟着穿黑色火龙皮夹克衫的弗雷德和乔治。此外还有马克西姆夫人——她一个人就占了两把半椅子,破釜酒吧的老板汤姆,哈利的哑炮邻居阿拉贝拉·费格,古怪姐妹演唱组里那位毛发粗重的低音提琴手,骑士公共汽车驾驶员厄恩·普兰,对角巷长袍专卖店的摩金夫人,还有几个人哈利只是看着面熟,如猪头酒吧的那个服务员,霍格沃茨特快列车上推小车的女巫。城堡里的幽灵也来了,在阳光下几乎看不见他们,只有走动时才能辨认出来,在明亮的空气中闪烁着虚幻的光芒。

哈利、罗恩、赫敏和金妮依次坐到湖边那排椅子的最后几个座位上。人们在小声地互相交谈,声音像是微风吹过草地,而鸟叫的声音显得格外响亮。人群还在不断拥来。哈利看见卢娜扶着纳威在椅子上坐下,不由得对他们俩产生了喜爱之情。在邓布利多去世的那天夜里,D.A.的所有成员中只有他们俩响应了赫敏的召唤,哈利知道这是为什么:他们俩最怀念D.A.……也许他们经常会把硬币拿出来看看,希望D.A.还会再组织活动……

康奈利·福吉经过他们身边朝前排的座位走去,他愁眉苦脸,像往常一样旋转着他那顶绿帽子。随后,哈利认出了丽塔·斯基特,并恼火地发现她那红爪子般的手里竟然攥着一个笔记本,接着他又认出了多洛雷斯·乌姆里奇,顿时火冒三丈。乌姆里奇那张癞蛤蟆般的脸上装出一副悲哀的表情,铁褐色的鬈发上顶着一只黑色天鹅绒蝴蝶。她一看见像哨兵一样站在湖边的马人费伦泽,就吓得匆匆忙忙坐到远处一个座位上去了。

终于,全体人员都已落座。哈利可以看见斯克林杰跟麦格夫人一起坐在前排，显得神色庄重，很有气派。哈利不知道斯克林杰和其他大人物是不是真的为邓布利多的死感到悲伤。接着，他听见了音乐，宛如另一个世界飘来的仙乐，他忘记了对部长的反感，转脸寻找这音乐的来源。这样做的不止他一个人：许多脑袋都在转动、寻找，带着一点儿惊异。

“在那儿。”金妮贴着哈利的耳朵小声说。

于是，他看见了他们，就在阳光照耀下的清澈的绿色湖水中，就在湖面下几英寸的地方，这使他想起了那些阴尸，恐惧再次袭上心头。一支人鱼组成的合唱队用一种奇怪的、他听不懂的语言在婉转歌唱，他们苍白的面孔荡漾不定，紫色的头发在他们周围漂浮。这音乐听得哈利脖子后面的汗毛根根竖立，却并不刺耳难听。它明明白白地诉说着哀痛和绝望。哈利低头望着水里那些情绪激动的面孔，觉得至少他们是在为邓布利多的离去感到忧伤。这时，金妮又捅了捅他，他转过脸来。

海格沿着座位中间的过道在慢慢往前走。他在无声地哭泣，脸上挂满亮晶晶的泪水，哈利知道，他怀里抱着的是邓布利多的遗体，用缀满金星的紫色天鹅绒包裹着。看到这一幕，一阵钻心的刺痛涌上哈利的喉咙：一时间，那奇特的音乐，还有离他如此之近的邓布利多的遗体，似乎带走了那一天所有的温暖。罗恩显得十分震惊，脸色煞白。大滴大滴的泪珠不断地滚落在金妮和赫敏的腿上。

他们看不清前面的情况。海格似乎把遗体小心翼翼地放在了桌子上。他在顺着过道往回走，一边使劲擤着鼻子，发出吹喇叭般的响声，有些人朝他投去不满的目光，哈利看到其中就有多洛雷斯·乌姆里奇……可是哈利知道邓布利多是不会介意的。海格经过时，哈利想对他友好地打个招呼，但是海格的眼睛肿成了一道缝，真奇怪他居然还能看清脚下的路。哈利看了看海格要去的后排，明白了是什么在给他指路。巨人格洛普就坐在那里，穿着像小帐篷那么大的夹克衫和长裤，那颗硕大无比、像巨型卵石一样丑陋的脑袋低垂着，显得很温顺，甚至善解人意。海格在他的同母异父弟弟旁边坐了下来，格洛普重重地拍了拍海格的头，使得椅子的四条腿都陷进了地里。哈利一时忍不住想笑。但就在这时，音乐停止了，他转过脸，重新望着前面。

一个头发浓密、穿一身朴素黑袍子的小个子男人从座位上站起身,站在邓布利多的遗体前。哈利听不清他在说些什么。偶尔有只言片语越过几百个脑袋飘到后面。"高贵的精神"……"学术成就"……"伟大的心灵"……这些都没有多大意义。这些都跟哈利认识的那个邓布利多没有多大关系。他突然想起邓布利多发明的那几个词:"笨蛋!""哭鼻子!""残渣"和"拧",又一次忍不住想笑……他这是怎么了?

左边传来了水花泼溅的声音,他扭头一看,那些人鱼都冒出了水面,也在仔细地倾听。哈利想起两年前邓布利多蹲在水边,差不多就在此刻哈利所坐的这个位置,用人鱼的语言跟人鱼的首领交谈。哈利不知道邓布利多是在哪儿学会了人鱼的语言。他有那么多事情没有问他,他有那么多话应该对他讲……

于是,突如其来地,可怕的事实朝他袭来,比任何时候都更加毫不留情,不可否认。邓布利多死了,不在了……他紧紧地攥住手里那个冰冷的挂坠盒,攥得手心生疼,但仍然挡不住泪水涌出他的眼眶:他避开金妮和其他人的目光,望着远处湖那边的禁林,那个穿黑衣服的小个子男人还在发表着单调沉闷的讲话……禁林里有动静。马人也来表示他们的哀悼。他们没有走到空地上来,哈利看见他们半隐半现地站在阴影里,一动不动地望着这边的巫师们,他们的弓箭悬挂在身体一侧。哈利想起了他第一次进入禁林的噩梦般的经历,他在那里第一次看见了那个曾是伏地魔的家伙,他还想起了他当时面对他的情景,想起了不久之后他和邓布利多怎样商量着去打这场注定要输的战斗。邓布利多说,重要的是不断斗争、斗争、再斗争,只有那样才能把邪恶控制住,虽然永远不可能完全消灭……

哈利坐在热辣辣的太阳底下,清清楚楚地看见那些关心他的人一个个站在他的面前,他的妈妈、爸爸,他的教父,最后是邓布利多,他们都决心要保护他,然而现在一切都结束了。他不能再让任何人挡在他和伏地魔之间。他必须永远抛弃那个早在一岁时就应该丢开的幻想,不再以为某位长辈的怀抱会保护他不受任何伤害。现在没有人会把他从噩梦中唤醒,没有人会在黑暗中低声安慰他,说他实际上是安全的,一切都是他自己想象出来的。他的最后一位、也是最了不起的一位保护者也死了,他比以前任何时候都更加孤独。

小个子男人终于说完，回到了座位上。哈利等着另外的人站起来，他以为还会有人讲话，比如部长大人，但是谁也没有动弹。

突然，几个人尖叫起来。耀眼的白色火焰从邓布利多的遗体和那张桌子周围蹿了出来：火苗越蹿越高，遮挡住了遗体。白色的烟袅袅地升向空中，呈现出各种奇怪的形状：一刹那间，哈利仿佛看见一只凤凰欢快地飞上了蓝天，但紧接着火焰就消失了，那里出现了一座白色的大理石坟墓，把邓布利多的遗体和安放遗体的那张桌子都包在了里面。

无数枚箭像阵雨一样射向空中，引起了几声惊叫，但它们在离人群很远的地方就坠落了。哈利知道，这是马人们在志哀。他看见他们掉转身体，消失在阴凉的树丛中。那些鱼人也慢慢沉入绿色的水底，再也看不见了。

哈利看着金妮、罗恩和赫敏。罗恩的脸缩成一团，似乎太阳刺得他睁不开眼睛。赫敏脸上满是亮晶晶的泪痕，但金妮已经不哭了。她迎着哈利的目光，神情刚毅而热烈，就像哈利缺席的那天球队赢得魁地奇杯后她拥抱哈利的时候那样。在那一刻，哈利知道他们彼此心心相印，知道当他把他要做的事情告诉她时，她不会说“你要小心”或“你别去做”，而是会欣然接受他的决定，因为她从心底里知道他就是那样一个人。于是，他咬咬牙，说出了自从邓布利多死后他就知道非说不可的话。

“金妮，你听我说……”他用很轻的声音说，这时周围的说话声越来越响，人们纷纷站了起来，“我不能再跟你保持这种关系了。我们不能再见面，不能再在一起了。”

她脸上带着古怪的、扭曲的笑容，说道：“是为了某个愚蠢而崇高的理由，是吗？”

“这几个星期和你在一起……就像是……就像是从别人那里偷来的日子，”哈利说，“但我不能……我们不能……现在有些事情必须我一个人去做。”

金妮没有哭，只是望着他。

“伏地魔总是利用与他的敌人亲近的人。他已经有过一次把你当做诱饵,那只是因为你是我最好朋友的妹妹。你想一想,如果我们保持这种关系,那会给你带来多大的危险。他会知道的,会弄清楚的。他会试图通过你来接近我。”

“如果我不在乎呢?”金妮感情激烈地说。

“我在乎。”哈利说,“如果这是你的葬礼……而一切都是我造成的……你认为我会有什么感受……”

她扭过脸去望着湖面。

“我其实一直没有放弃你,”她说,“没有真的放弃。我一直存着希望……赫敏叫我投入生活,试着跟别人相处,在你周围放松一些,因为,你还记得吗,以前只要你在屋里,我就连话也说不出来。赫敏认为,如果我拥有更多的——自我,你或许就会更加注意到我。”

“赫敏真是个鬼灵精,”哈利说着,想让自己笑一笑,“我真后悔没有早一点问你。不然我们可以有很长时间……好几个月……也许好几年……”

“但是你一直忙着拯救巫师界呢。”金妮嗔笑着说,“唉……其实我并不感到意外。我早就知道最后会是这样的结局。我早就知道你不去寻找伏地魔是不会甘心的。也许正因为这个我才这么喜欢你。”

听着这些话,哈利再也忍受不住了,他想,如果他继续坐在金妮身边,他的决心肯定会动摇。他看见罗恩此刻把赫敏搂在怀里,轻轻地抚摸着她的头发,赫敏趴在他的肩头伤心地哭泣,大滴的眼泪也从罗恩的长鼻子尖上滚落下来。哈利狼狈地站起身,背对着金妮和邓布利多的坟墓,绕着湖边走去。走动一下比静静坐着好受多了:正如尽早动身去寻找魂器,消灭伏地魔,会比焦虑地等待好受得多……

“哈利!”

他一转身,看见鲁弗斯·斯克林杰拄着拐杖一瘸一拐地绕着湖岸快步朝他走来。

“我一直想跟你谈谈……我陪你走走,你不反对吧?”

“好吧。”哈利淡淡地说,抬脚又往前走去。

“哈利,真是一个可怕的悲剧。”斯克林杰轻声说道,“听到这个消息,我震惊得简直无法形容。邓布利多是一位非常了不起的巫师。我们之间有些分歧,你也知道,但是谁也不如我更了解——”

“你想要什么?”哈利直截了当地问。

斯克林杰似乎有些恼火,但他像以前一样,迅速地把面部表情调整为忧伤和理解。

“是啊,你肯定万分痛苦,”他说,“我知道你跟邓布利多非常亲近。我想你大概是他这辈子最喜欢的学生了。你们俩之间的关系——”

“你想要什么?”哈利停下脚步,又问了一遍。

斯克林杰也站住了,身体倚在拐杖上,眼睛盯着哈利,表情变得严厉了。

“我听说,他去世那天夜里离开学校时,你跟他在一起。”

“听谁说的?”哈利问。

“邓布利多死后,在塔楼顶上有人对一个食死徒念了一句‘统统石化!’而且那上面有两把扫帚。部里是会推断的,哈利。”

“我听了真高兴。”哈利说,“不过,我跟邓布利多去了哪里,我们做了什么,都是我的私事。他不想让人知道。”

“这样的忠诚实在让人敬佩。”斯克林杰说,他似乎在强压着内心的恼怒,“可是邓布利多已经不在了,哈利。他已经不在了。”

“只有当这里的人都不再忠实于他,他才会离开这所学校。”哈利说着,脸上不由得露出了微笑。

“我的好孩子……即使邓布利多也不可能起死回——”

“我并没有说他能。你不会理解的。但我真的没有什么可以告诉你的。”

斯克林杰迟疑着,然后用故作矜持的口吻说:“部里可以给你提供各种保护,哈利。我很愿意安排我的两个傲罗为你服务——”

哈利笑了起来。

“伏地魔想要亲手杀死我,傲罗是阻挡不了他的。谢谢你这么说,但是不必了。”

“那么,”斯克林杰换了一种冷冰冰的口气说,“圣诞节时我向你提出的请求——"

"什么请求？噢，对了……叫我告诉全世界你们在从事多么了不起的工作，为了——"

"——为了提高大家的士气！"斯克林杰厉声说道。

哈利端详了他片刻。

"斯坦·桑帕克放出来了吗？"

斯克林杰的脸涨成了一种难看的绛紫色，哈利一下子想起了弗农姨父。

"看得出来，你——"

"彻头彻尾是邓布利多的人。"哈利说，"没错。"

斯克林杰又狠狠瞪了他几眼，然后一言不发地掉转身，一瘸一拐地走了。哈利看到珀西和魔法部代表团的其他成员都在等他，他们还不时担忧地望望仍然坐在座位上哭泣的海格和格洛普。罗恩和赫敏匆匆朝哈利走来，与迎面而去的斯克林杰擦肩而过。哈利转过身，慢慢地往前走，等着他们赶上来。最后，他们在一棵山毛榉树的绿阴下追上了哈利。在过去的好时光里，他们曾在这棵树下坐过。

"斯克林杰想干什么？"赫敏小声问。

"和圣诞节那次一样，"哈利耸了耸肩膀说，"希望我向他透露邓布利多的内部消息，并希望我充当魔法部新的形象大使。"

罗恩似乎在做激烈的思想斗争，然后他大声对赫敏说："瞧着吧，我要回去把珀西揍一顿！"

"别。"赫敏一把抓住他的胳膊，坚决地说。

"那样我会好受一些！"

哈利笑出了声，就连赫敏也咧嘴笑了，不过她抬眼望望城堡，笑容隐去了。

"一想到我们可能再也不能回来，我就觉得受不了。"她轻声说，"霍格沃茨怎么可能关闭呢？"

"也许它不会关。"罗恩说，"我们在这里并不比在家里更危险，不是吗？现在到处都一样了。我倒认为霍格沃茨更安全些，有那么多巫师在里面保卫着这个地方。你说呢,哈利?”

“即使重新开学,我也不会回来了。”哈利说。

罗恩吃惊地瞪着他,赫敏悲哀地说:“我就知道你会这么说。可是你打算做什么呢?”

“我要再到德思礼家去一趟,因为邓布利多希望我这么做,”哈利说,“但时间不会很长,然后我就一去不回头了。”

“你不回来上学,准备去哪儿呢?”

“我想回一趟高锥克山谷。”哈利低声说。从邓布利多去世的那个晚上起,他脑子里就盘算着这个念头。“对我来说,所有的一切都源于那里。我有一种感觉,我需要到那里去一趟。我还可以看看我父母的坟墓。”

“然后呢?”罗恩问。

“然后我就得去追查另外几个魂器的下落,不是吗?”哈利说,他望着邓布利多的白色坟墓在湖对岸水中投下的倒影,“他希望我这么做,为此才把这些都告诉了我。如果邓布利多是对的——我相信他是对的——现在还剩下四个魂器。我要把它们找到,一一销毁,然后我再去寻找伏地魔的第七个灵魂碎片,就是仍然存在于他身体里的那个,最后由我来结果他的性命。如果半路上碰到西弗勒斯·斯内普,”他又说道,“对我来说那再好不过,可他就要倒霉了。”

良久的沉默。人群差不多已经散光了,落在后面的人让出很大一块地方,让庞然大物般的格洛普搂抱着海格通过,海格的哀号声仍然在湖面上回荡。

“我们也去,哈利。”罗恩说。

“什么?”

“去你的姨妈姨父家,”罗恩说,“然后我们会一直陪着你,不管你去哪儿。”

“不行——”哈利赶紧说道。他没有料到这一点,他本来想让他们明白他是准备一个人踏上这千难万险的旅途。

“你有一次对我们说过,”赫敏轻声说,“如果我们想后退还来得及考虑。我们曾经有时间考虑过这件事,是不是?”

"不管发生什么,我们都在你身边,"罗恩说,"可是,伙计,你必须上我爸妈家来一趟,然后我们再开始做别的,包括去高锥克山谷。"

"为什么?"

"比尔和芙蓉的婚礼啊,你忘记了?"

哈利不胜惊讶地望着他。世界上仍然存在婚礼这样平凡的事情,真是令人不可思议,同时也令人感到美妙无比。

"对啊,这是我们不应该错过的。"他最后说道。

他的手不由自主地握紧了那个假魂器,尽管种种的一切,尽管等待他的是一条漆黑而曲折的道路,尽管他知道最后——不管是一个月、一年、或十年之后——他肯定要跟伏地魔面对面地较量,可是想到他仍然可以和罗恩、赫敏一起享受最后一个黄金般的平静日子,他就感到心情无比的愉快。

哈利·波特

系列回放

第1册

《哈利·波特与魔法石》

这是一个异乎寻常的星期二，住在女贞路4号的德思礼先生看见一只花斑猫正在家门口不远的地方看地图，而且听电视上说：一贯昼伏夜出的猫头鹰今天一早就四处纷飞，连专家们也无法解释这种反常现象。

就在这天晚上，失去父母的一岁男孩哈利·波特神秘地出现在女贞路4号的门前，开始了在他姨父姨妈家饱受欺凌的生活。姨父和姨妈好似凶神恶煞，经常对他大吼大叫，不时把他关在壁橱“房间”里。他们还有一个混世魔王一般的儿子达力，更是经常对瘦小的哈利拳脚相加。

十年过去了，住在姨父姨妈家的哈利从来没有过过生日。但是在他十一岁生日那天，一切都发生了变化。一只猫头鹰捎来了一封信：邀请哈利去一个他从来没有听说过的神奇地方——霍格沃茨魔法学校去上学。

九月一日那天,哈利来到古城堡似的魔法学校:大礼堂的天花板上闪烁着耀眼的星星,白色的幽灵在学生们的头顶上飘荡,宽大的餐桌上凭空出现美味佳肴,会说话的肖像需要学生说出口令才能通过……这里的一切——从上课到吃饭到睡觉都充满了魔力。这里还有形形色色的老师:慈祥和蔼的老校长邓布利多教授,严厉正直的副校长麦格教授,处处呵护着哈利的海格,还有不知怎的总是看哈利不顺眼、不断找他茬儿的斯内普教授。不过最让哈利感到高兴的是,他结识了两个好朋友——忠厚善良的男孩罗恩和聪明伶俐的女孩赫敏。当然,同学中还有趾高气扬、一心与他作对的男孩德拉科·马尔福……

哈利开始学习自己以前从来不知道的魔法,他学会了空中飞行,学会了使用咒语,还学会了骑着扫帚打魁地奇球。一件可以让他随时从别人视线中消失的隐形衣更给了他出入任何场合的自由。

然而,在这一切的背后,似乎有一种更加神秘的力量始终萦绕在哈利的周围:他额头上那道由杀害他父母的凶手留下的闪电形伤疤现在比起十年来的任何时候都更加频繁地隐隐作痛,而且一次比一次厉害;哈利和罗恩、赫敏偶然发现学校三楼的一个房间里竟然有一条长着三个脑袋的大狗;魔法界的银行古灵阁离奇被盗;黑魔法防御术课教师的头上总是莫名其妙地围着一条大围巾……这一切都与一块神秘的魔法石有关,都与那个杀死了哈利的父母、被人称为“伏地魔”的邪恶巫师有关,从此哈利开始了他在魔法世界中艰难多舛的命运……

第 2 册

《哈利·波特与密室》

哈利·波特在霍格沃茨魔法学校一年快乐而惊险的学习生活结束了,迎来了他的第一个暑假:依然是姨父姨妈的不断呵斥,还有表哥达力没完没了的欺负。

暑假结束时,哈利正准备打点行装去学校,一个他从没见过的家养小精灵多比前来发出警告:如果哈利重返霍格沃茨,灾难将会临头。

但是哈利一心想逃离女贞路4号的难熬日子,渴望魔法学校的惊险、刺激的生活,于是他义无反顾地回到了霍格沃茨。

等待他的似乎是更加五彩缤纷的魔法生活:魔法学校里的鬼魂们要举行忌辰晚会,哈利和他的朋友一起参加了这别具一格的聚会;魁地奇比赛依旧让他魂牵梦萦;魔药课上的复方汤剂更是让他激动不已,因为喝了它会让一个人变成别人的模样。

可是,与这一切相伴相随的是接踵而至的烦恼:好朋友罗恩的妹妹金妮对他投来的关切目光常令他尴尬不已;小男生科林·克里维“追星”式的跟踪又经常使他落荒而逃;游荡在女生盥洗室里的幽灵“哭泣的桃金娘”搅得他不得安宁;新来的黑魔法防御术课教师吉罗德·洛哈特教授装腔作势,让他作呕;斯内普教授依然三番五次地刁难他,当众给他难堪;死对头马尔福也一如既往地给他以及他的两个好朋友制造麻烦。

然而,这一切还只不过是他在霍格沃茨魔法学校所遭受的灾难中的插曲,正如多比所预言的,哈利遭受了重重磨难,经历了种种危险,难解之谜常使他煞费苦心:霍格沃茨的学生接二连三地变成了石头,好朋友罗恩的妹妹金妮也惨遭厄运;他额头上的伤疤比去年痛得更加频繁,也更加剧烈,他脑子里不时听到一个令他毛骨悚然的冰冷、恶毒的声音;他还在盥洗室里发现了一本五十年前的日记,日记的主人叫里德尔,并把他带到了五十年前的六月十三日,向他揭示了五十年前是谁打开了霍格沃茨魔法学校的密室,放出了密室的怪兽,制造了一起死亡事件。

可是密室早已经被封闭,那五十年后这一连串离奇的事件究竟又是谁制造?是哈利的死对头马尔福精心策划的杰作?还是忠厚善良的狩猎场看守海格无心铸成的大错?是与五十年前的密室有关?还是那个杀死哈利父母的黑魔王重又回到霍格沃茨在制造更大的阴谋?哈利决定走进密室……

第 3 册

《哈利·波特与阿兹卡班的囚徒》

哈利·波特在霍格沃茨魔法学校已经度过了不平凡的两年，暑假里又在女贞路4号熬过了一段不开心的日子。

在新学年去霍格沃茨的途中，哈利听说魔法界有一座由摄魂怪看守的守备森严的监狱，叫做阿兹卡班，里面关押着一个叫小天狼星布莱克的囚徒。据人们传言，布莱克是伏地魔的忠实信徒和杀人不眨眼的帮凶，曾经用一句魔咒接连结束了十三条性命。

传言还说，布莱克不久前从阿兹卡班监狱逃了出来，在苦苦寻找哈利，伺机将他杀害，为他的主人伏地魔报仇，因为十二年前，他的主人试图杀害哈利,不但没有成功,反而遭受重创。据说,布莱克在睡梦中仍然呓语不休:"他在霍格沃茨……他在霍格沃茨。"

哈利·波特虽然身在魔法学校的城堡内,既有朋友的赤诚帮助,也有老师的悉心呵护——当然,马尔福还是处处与他为敌,斯内普教授对他的态度依然如旧,但校园内危机四伏,哈利的生命时时受到威胁:频频的噩梦让他头痛欲裂;摄魂怪总在他身边游弋徘徊;黑魔法防御术课上他当场昏厥;布莱克的身影总是在他身边时隐时现。

一天,在霍格沃茨城堡外,布莱克终于站到了哈利的面前,在场的还有罗恩、赫敏、新任黑魔法防御术课教师卢平,以及罗恩的宠物小耗子斑斑。

哈利为替父母报仇,不顾自己年小体弱,决心和布莱克舍命相搏。可是出人意料的是,布莱克一味忍让,并没有向哈利出手。原来布莱克一直追杀的并非是哈利,而是罗恩的宠物斑斑。

其实,斑斑是一个尼格马格斯(借助一种魔法可以变成动物的人),它的真实身份和布莱克以及卢平一样,是哈利父母当年的朋友,名叫小矮星彼得。

十二年前,由于布莱克对小矮星彼得的轻信,将哈利父母的去向告诉了他,谁知小矮星彼得向伏地魔出卖了哈利父母的行踪,导致哈利父母双双丧命。布莱克一方面因为自己的过错导致好朋友的死亡而感到内疚,另一方面对小矮星出卖朋友的行为深恶痛绝,决心亲手除掉这个背信弃义的家伙。卢平逼迫彼得现出了人形,皮毛斑驳的小耗子变成了秃顶的彼得,并在哈利面前承认了他当年出卖他父母的罪行。哈利和卢平以及布莱克最终决定把彼得押回霍格沃茨,然后再转交阿兹卡班。

然而,意外发生了,彼得再次逃脱,哈利几乎丧命……

第4册

《哈利·波特与火焰杯》

在霍格沃茨魔法学校上学的第三个暑假里，哈利和好朋友罗恩一家以及赫敏去观看了激动人心的魁地奇世界杯赛，然而就在比赛结束的夜晚，营地上空出现了已经消失十三年的黑魔标记。与此同时，十三年前神秘人在哈利额头上留下的那道伤疤，也频繁地疼痛起来。一切都预示着有什么不同寻常的事情正在或即将发生。

在开学典礼上，校长邓布利多宣布了一个重大消息，中断了一百多年的三强争霸赛今年将在霍格沃茨举行，届时将由一个神奇的火焰杯从来自欧洲三所最大的魔法学校中各选出一名勇士比试三种项目，胜者赢得三强奖杯。由于比赛充满危险，按照规定，只有年满十七岁的学生才有资格报名。但意外发生了,火焰杯选出了代表三所学校的三名勇士之后,竟然喷出了第四名勇士的名字——哈利·波特。所有人都认为,这是一个巨大的阴谋,这个居然能够越过邓布利多设置的年龄界线,把哈利的名字投进火焰杯的巫师,肯定欲借三强争霸赛惊险艰巨的比试项目杀害哈利。这个人就隐藏在霍格沃茨,他是谁呢?

虽然哈利为此心烦意乱,但霍格沃茨的生活仍然是令人向往的。新来的黑魔法防御术课教师穆迪,以前是一个大名鼎鼎的傲罗,他居然在课堂上演示三个令人胆战心惊的不可饶恕咒,所有的学生都对他既佩服又惧怕。拉文克劳学院魁地奇球队的找球手秋·张是个漂亮的东方女孩,她令哈利心旌摇曳,只是好像已经芳心他属,这使哈利朦胧的憧憬遭受了小小的失意。

三强争霸赛开始了,每个项目看起来都是不可能完成的。但是,每当哈利感到绝望的时候,总会有人提示他、帮助他,使哈利涉险过关。哈利的出色表现使大家确信,他肯定会夺得三强杯,而那个想借危险的魔法比赛杀死哈利的人失算了。但与哈利并列争霸赛冠军的塞德里克却失去了生命……

谁都没有料到,在所有这些的背后,酝酿着一个更大的黑魔法阴谋……

第 5 册

《哈利·波特与凤凰社》

在这个漫长的暑假中,哈利感觉自己被困在了姨妈家,经过三强争霸赛最后一天的那个可怕的夜晚,他想知道魔法界发生了什么,但是似乎所有人都对他隐瞒着真情。更加令人难以置信的是,哈利居然在女贞路遭受到摄魂怪的袭击。

逃过一劫的哈利被护送到伦敦一所秘密的大宅子里,在那里他见到了自己的教父小天狼星布莱克。原来,邓布利多已经重新召集了凤凰社的成员,他们正在加紧秘密活动,准备对抗已经复活的伏地魔。哈利和他的朋友们非常渴望能够加入战斗,但所有凤凰社的成员都以年龄太小为由,拒绝他们参与。

回到霍格沃茨的生活也同以前大不相同了。由于魔法部拒绝承认伏地魔复活这个可怕的事实,因此给霍格沃茨委派了一位新的黑魔法防御术课教师乌姆里奇。对于学校里的绝大部分师生来说,这个自以为是、专横跋扈的女人简直就是一个噩梦,她对待哈利尤其残忍刻薄。这还不是最糟的,为了掩盖伏地魔复活的事实,哈利被魔法部说成是一个狂妄自大、造谣惑众的卑鄙小人,这使他在学校里饱受嘲笑和侮辱。

令人不解的事情一件接着一件。哈利越来越频繁地在梦中看见一条长长的走廊,他非常想进入走廊尽头的那扇门,那里面有一件他极为渴望得到的东西,但每当他就要进入时,都会头痛欲裂地从梦中惊醒。终于有一天,当哈利又一次梦见那条走廊时,他看到好友罗恩的父亲被一条大蛇咬伤,危在旦夕——令哈利大为惊恐的是,他觉得自己就是那条蛇。

面对所有这一切,哈利茫然、惊恐而又愤怒,他渴望老校长邓布利多的安慰和帮助。但不知为什么,邓布利多似乎不愿见他,他甚至总是躲避哈利的眼睛,这令哈利更加烦躁不安。

哈利终于知道梦中那条走廊尽头的门后是什么地方了,可是那里到底藏着一件什么神秘的东西,使得伏地魔的手下和凤凰社的成员为之殊死搏斗呢?邓布利多将对哈利揭示一个天大的秘密,而这个秘密将影响他的一生……